HEYNE <

BEATE SAUER

Wunder gibt es immer wieder

Roman

WILHELM HEYNE VERLAG
MÜNCHEN

Penguin Random House Verlagsgruppe FSC® N001967

Originalausgabe 06/2023

Redaktion: Friederike Römhild
Printed in Germany
Umschlaggestaltung: t.mutzenbach design unter Verwendung von
Arcangel (Laura Arcangel); ullstein bild (ullstein bild - Leber);
Shutterstock.com (suns07butterfly)
Satz: Satzwerk Huber, Germering
Druck und Bindung: GGP Media GmbH, Pößneck
ISBN: 978-3-453-42665-8

www.heyne.de

Prolog

2. Juni 1953

»Verdammt, verdammt, verdammt!« Eva schleuderte das Kopfkissen an die Wand des Hotelzimmers. Sie war nahe daran, vor Zorn und Enttäuschung mit dem Fuß aufzustampfen. Einzig ihr Alter von siebzehn Jahren hielt sie davon ab. Sie war kein Kind mehr, auch wenn ihr Vater sie wie eines behandelte und einfach über sie bestimmte.

Sie hatte sich so sehr auf die Zeit mit ihrer Cousine Margit gefreut. Eigentlich war es mit ihren Eltern abgesprochen gewesen, dass sie von dem kleinen Ort an der Bergstraße, wo sie gerade mit ihrer Familie in den Ferien war, für ein paar Tage zu ihrer Cousine nach Frankfurt reiste. Eigentlich ...

Aber daraus wurde nichts, weil ihr Vater bei einem zufälligen Anruf in der Zeitung erfahren hatte, dass sein neuer Chefredakteur alle Redaktionsmitglieder samt ihren Familien für das kommende Wochenende zu einer Gartenparty an den Starnberger See einlud. Und wegen dieser paar Stunden wollte ihr Vater unbedingt vorzeitig nach München zurückkehren, und sie – Eva – musste auf die Tage in Frankfurt verzichten. Als ob es den Chefredakteur im Geringsten interessierte, ob sie mit zu dem Fest kam oder nicht.

Ihr Vater hatte sich jedoch in den Kopf gesetzt, mit der ganzen Familie dort zu erscheinen, und wie immer hatte sich alles seinen Wünschen unterzuordnen. Eva schluckte schwer. Es war so bitter, dass ihre Mutter dies klaglos gutgeheißen und sich überhaupt nicht für sie eingesetzt hatte. Nur einen um Verständnis bittenden Blick hatte sie ihr zugeworfen. Wie immer. Wenn sie unter vier Augen waren, würde sie ihr bestimmt wieder einmal sagen, wie sehr Evas Vater sich wünschte, Karriere bei der Zeitung zu machen und dass diese Party eine wunderbare Gelegenheit sei, sich mit dem neuen Chefredakteur des *Münchner Abend* gutzustellen. Eva wollte das nicht mehr hören. Sie könne Margit doch ein anderes Mal besuchen, hatte ihre Mutter sie zu trösten versucht.

Eva ließ sich auf das Bett sinken und starrte unglücklich vor sich hin. Es ging nicht nur um die unbeschwerte Zeit mit Margit, die Einkaufsbummel und Kinobesuche und die Stunden in schönen Cafés die vertrauten Gespräche und das Kichern über irgendwelchen Unsinn. All das, was sie den Vater und ihre ungeliebte Arbeit als Sekretärin einmal vergessen ließ. Da war auch noch jenes Fest, zu dem Margit sie mitbringen durfte. Dem hatte sie so sehr entgegengefiebert. Es war der Kostümball, mit dem eine Freundin der Cousine ihren Geburtstag feierte.

Margit hatte ihr von dem Anwesen vorgeschwärmt. Eine Villa mit Erkern und Türmchen, in einem verwunschenen, parkartigen Garten im Taunus gelegen. Lampions würden in den alten Bäumen hängen, und ganz bestimmt würde es Champagner geben.

Allein das Ambiente war schon so verheißungsvoll. Aber am meisten hatte sich Eva darauf gefreut, ihr Kostüm vorführen zu dürfen. Wochenlang hatte sie überlegt, Entwürfe gezeichnet und sie wieder verworfen, in jeder freien Minute bei ihrer Arbeit hatte sie davon geträumt. In der Mittagspause war sie oft durch die Geschäfte in der Münchner Innenstadt geschlendert und hatte nach den passenden Stoffen gesucht.

Eva konnte nicht widerstehen. Mit einem dicken Kloß im Hals stand sie auf, trat an den Kleiderschrank und nahm das Kostüm heraus. Sehnsüchtig strich sie darüber. Die dunkelrote Seide des Oberteils mit den Puffärmeln und der breiten Schärpe fühlte sich angenehm kühl unter ihren zartgliedrigen Händen an und der weiße, rot getupfte Musselin des bodenlangen Rocks federleicht. Für die Stoffe hatte sie einen halben Monatslohn aufwenden müssen, und das Kostüm zu schneidern hatte sie, obwohl sie wirklich gut nähen konnte, an ihre Grenzen gebracht. Doch es war wunderschön geworden.

Als Eva das Kostüm wieder in den Schrank hängte und die Tür schloss, schossen ihr Tränen der Enttäuschung in die Augen. Sie hatte schon öfter Kleider für sich entworfen, aber nie hatte sie das so glücklich gemacht, wie dieses Kostüm zu zeichnen und zu nähen. Sie verstand selbst nicht, warum es so war.

Die Stimmen ihrer Zwillingsschwestern draußen auf dem Flur schreckten Eva auf, und sie blinzelte die Tränen energisch weg. Die beiden sollten nicht sehen, dass sie geweint hatte. Gleich darauf stürmten sie in ihr Zimmer. Sie wussten nichts von der Auseinandersetzung Evas mit dem Vater. Als es geschah, spielten sie fröhlich im Garten des Hotels.

»Eva, Eva, komm mit ...« Franzi fasste sie an der Hand und Lilly baute sich aufgeregt vor ihr auf. »Papa und Mama sind schon im Saal. Gleich wird die Krönung der Kwehn im Fernsehen gezeigt. Wir wollen das doch alle zusammen sehen.« Die Achtjährige hatte sich die korrekte Aussprache von *Queen* nicht gemerkt. Eva musste unwillkürlich lächeln.

Über ihrem Ärger und ihrer Enttäuschung hatte sie völlig vergessen, dass das Hotel einen der teuren neuen Fernsehapparate besaß. So genossen die Gäste das Privileg, die Übertragung der Krönungszeremonie zeitgleich mitverfolgen zu können. Das war nur im Nordwesten Deutschlands und in einem Teil von Hessen möglich, was mit der Reichweite von irgendwelchen Funkwellen zusammenhing. Ihr Vater hatte es erklärt, aber Eva hatte sich die Gründe nicht gemerkt. Sie hatte sich auf das epochale Ereignis und auf beeindruckende Bilder gefreut. Durch den Streit mit ihrem Vater war ihr jede Lust vergangen.

»Ich hab's mir anders überlegt.« Sie zuckte mit den Schultern. »Die Zeremonie interessiert mich überhaupt nicht. Ich lese lieber was.«

»Aber Eva ...« Die Gesichter der kleinen Schwestern spiegelten maßlose Enttäuschung.

»Du hast uns doch versprochen, für unsere Papierpuppen ein Königinnenkleid zu malen«, protestierte Franzi.

»Ja, das hast du!«, bekräftigte Lilly, um ihren Mund zuckte es weinerlich.

Eva wollte erwidern, dass sie so ein festliches Kleid auch malen konnte, ohne die Krönung im Fernsehen verfolgt zu haben. Aber dann bremste sie sich. Sie hatte die Zeremonie wirklich sehen wollen. Sollte sie sich auch dieses Vergnügen von ihrem Vater verderben lassen? Nein, das würde sie nicht.

»Gut, ich komme mit«, gab sie nach.

»Und nach der Krönung malst du uns das Kleid?« Franzi sah sie erwartungsvoll an.

»Das kann ich noch nicht versprechen.« Eva zauste ihr zärtlich durchs Haar. »Vielleicht mache ich es auch erst morgen.« Sie musste ihrer Cousine unbedingt einen Brief schreiben, dass sie nicht kommen konnte, und ihr das Herz ausschütten.

Franzi gab sich mit dieser Antwort zufrieden, und die beiden Schwestern rannten vor Eva her, den Flur entlang und dann die Treppe hinunter. An der Tür des Saals blieb Eva stehen. Fünfzig Menschen hatten sich dort bestimmt schon versammelt. Auf dem Podium an der Stirnseite stand der Fernsehapparat. Er hatte Ähnlichkeit mit einer Kommode, in die eine Art Scheibe eingelassen war, der Bildschirm.

Von den hinteren Tischen konnte man gewiss nicht viel sehen. Ihr Vater hatte für sie alle einen direkt vor dem Fernseher ergattert. Ob im Restaurant, Kino oder Theater, er bekam eigentlich immer die besten Plätze. Auch wenn Eva nie so recht verstand, wie er das schaffte. Vielleicht, weil er einfach der felsenfesten Überzeugung war, dass ihm das zustand.

Für einige Augenblicke betrachtete Eva ihre Familie aus der Ferne, wie Fremde. Ihre Eltern waren das, was man ein »schönes Paar« nannte. Ihr Vater, Axel Vordemfelde, legte die Arme um ihre kleinen Schwestern, sagte etwas zu ihnen, und die beiden strahlten ihn an. Mit Mitte vierzig war er immer noch ein attraktiver Mann, er hatte ein ausdrucksvolles Gesicht, das man mit seinem kräftigen Kinn und den markanten Wangenknochen ein paar Jahre zuvor noch als »nordisch« bezeichnet hätte. Nur war er dunkelhaarig und nicht blond. Das Haar ihrer Mutter Annemie, ihren richtigen Namen Annemarie verwendete kaum jemand, schimmerte dagegen hell. Fast zehn Jahre jünger als Evas Vater, war sie zierlich und schlank, und ihr schönes Gesicht mit den großen blauen Augen erinnerte Eva wieder einmal an eine Elfe.

Lilly sah ihr sehr ähnlich, während Franzi und sie selbst mehr ihrem Vater glichen. Nur die blauen Augen hatte Eva von der Mutter geerbt. Trotz ihres zarten Aussehens hatte sich ihre Mutter im Krieg und in den schwierigen Jahren danach behauptet. Als Hilfskrankenschwester, Köchin und selbst als Straßenbahnschaffnerin hatte sie geschuftet, um ihre Töchter und sich durchzubringen. Und das, obwohl sie aus einer großbürgerlichen Familie stammte und nie für ihren Lebensunterhalt hatte arbeiten müssen. Wenn Eva ihre Mutter Mutter beim Hamstern ins Münchner Umland begleitet hatte, hatte sie mit den Bauern hart um jede Kartoffel und jedes Stück Brot gefeilscht. Damals war sie so mutig und stark. Eva war stolz auf ihre Mutter gewesen.

Seit ihr Vater vor drei Jahren aus der russischen Kriegsgefangenschaft nach Hause zurückgekehrt war, hatte die Mutter ihre Selbstständigkeit jedoch wieder verloren – fast wie ein Schmetterling, der sich in eine Raupe zurückverwandelt hatte. Sie sah zu ihrem Gatten auf und beugte sich selbstverständlich seinem Willen, so wie Eva es auch bei vielen Müttern ihrer Freundinnen beobachtet hatte. Ob das auch einmal ihr Schicksal sein würde, sich als Ehefrau ganz aufzugeben? Der Gedanke erschreckte Eva.

Ein Kellner trat an ihren Tisch, und Axel Vordemfelde gab seine Bestellung auf. Ihre Mutter bemerkte Eva und winkte ihr zu. War ihr Gesichtsausdruck ein wenig schuldbewusst, weil sie sie vorhin überhaupt nicht unterstützt hatte? Eva schluckte ihren Groll hinunter, trotz allem liebte sie ihre Mutter sehr.

Oben auf dem Podium machte sich der Hotelbesitzer an dem Fernsehapparat zu schaffen. Eine von Menschenmassen gesäumte Straße, das englische Parlament und Big Ben erschienen auf dem Bildschirm, ehe sich die Aufnahme verzerrte und nur noch Geflimmer zu sehen war.

Während der Hotelbesitzer hektisch an irgendwelchen Knöpfen drehte, näherte sich Eva ihrer Familie.

»Ach, Eva, da bist du ja!« Die Stimme des Vaters klang neutral, wie fast immer, wenn sie sich gestritten hatten. Als hätte es die Auseinandersetzung gar nicht gegeben. »Ich hab dir einen Cocktail bestellt, so etwas trinkst du doch gerne.«

»Und wir bekommen Limonade und Eis.« Lilly schmiegte sich an den Vater.

Eva beschloss, den Cocktail nicht anzurühren. An Weihnachten hatte sie ihren ersten zu Hause genießen dürfen. Das teure Getränk war in der Öffentlichkeit eigentlich Erwachsenen vorbehalten. Bestimmt sollte es ihr die erzwungene Rückkehr nach München versüßen. Aber so einfach war sie nicht zu versöhnen.

»Stellt euch vor, über zweihundert Millionen Menschen auf der ganzen Welt schauen sich die Krönung vor Fernsehgeräten an«, sagte der Vater. Seine Stimme klang ehrfürchtig.

»Woher weißt du das?« Evas Mutter sah ihn fragend an.

»Ich hab natürlich die Nachrichten in der Zeitung und im Radio verfolgt.«

»Hast du die Kwehn mal getroffen?«, fragte Franzi.

»Nein, aber ihren Vater, König Georg VI., in London, in seinem Palast.«

»Hat er seine Krone aufgehabt?«

»Das war bei einem Empfang für den deutschen Botschafter, da trägt der König keine Krone.«

Eva kämpfte gegen die wieder in ihr aufsteigende Gereiztheit an. Ihr Vater war vor dem Krieg ein paar Jahre lang

Auslandskorrespondent einer großen Berliner Zeitung gewesen. Eine Zeit, von der er oft erzählte. Viele berühmte Menschen hatte er damals getroffen. Verglichen damit war die Stelle als Journalist beim *Münchner Abend* sicher langweilig. Aber musste er ihr deshalb die Tage mit der Cousine verwehren?

»Die Queen ist übrigens schon seit dem Tod ihres Vaters die Königin, auch wenn sie erst heute gekrönt wird«, erklärte ihr Vater. Franzi öffnete den Mund, wohl um zu fragen, weshalb das so war. Aber da kam schon der Kellner und brachte die Getränke. Die Zwillinge fielen über das Eis her, Vater und Mutter stießen mit Sekt an. Trotz des bittenden Blicks der Mutter ließ Eva den Cocktail stehen. Dann wurde endlich das Fernsehbild wieder klar. Die Gespräche im Saal verstummten, und Eva setzte sich unwillkürlich aufrechter hin, fasziniert von den acht Schimmeln mit glänzenden Geschirren, die eine goldene Kutsche – der Kommentator nannte sie *Staatskarosse* – zogen und vor der Westminster Abbey anhielten. Die Geschirre der Pferde waren ebenfalls golden, berichtete er weiter. Trotz des Schwarz-Weiß-Bildes sah Eva das genau vor sich.

»Das ist eine Kutsche wie aus dem Märchen«, flüsterte Lilly hingerissen.

»Ja, da hast du recht.« Eva strich ihr über den Rücken. Ihre Mutter beugte sich vor, hielt selbstvergessen ihr Sektglas in der Hand.

Männer in prächtigen Uniformen eilten herbei und halfen der Königin aus der Kutsche.

»Ach, ist die jung.«

»Und so klein und zierlich.«

»Und so hübsch.« Enthusiastische Rufe und begeisterte Seufzer wurden im Saal laut.

Ja, die Königin war wirklich sehr jung und zierlich. Sie trug ein weißes, wunderschön mit funkelnden Diamanten, Perlen und Stickereien verziertes Kleid – die Stickereien symbolisierten Blumen aus den Ländern des Commonwealth, erläuterte der Kommentator –, und eine lange, mit Hermelin besetzte Schleppe hing um ihre Schultern.

Das Gesicht der jungen Königin Elizabeth wirkte ernst und in sich gekehrt, als sei sie sich der vor ihr liegenden Aufgabe nur zu sehr bewusst. Langsam schritt sie durch das Kirchenschiff, eine Prozession aus ebenfalls prächtig gekleideten Männern folgte ihr.

Gebannt sah Eva zu, wie die Königin nun auf einem thronartigen Stuhl aus Holz Platz nahm. Ihre Kehle war ganz trocken geworden, so sehr staunte sie. Und so entschied sie, doch einen Schluck von dem Cocktail zu nehmen. Die kleinen Schwestern schmiegten sich mit großen Augen an die Eltern. Selbst der Vater beugte sich gespannt vor, legte seinen Arm wieder um Franzi und Lilly und zog sie an sich heran.

Im Saal wurde es ganz still, als die junge Königin gelobte, stets ihrem Land zu dienen. Für ein paar Momente war unter der Stimme des Kommentators ihre eigene sehr hell und klar zu hören. Die Zeremonie nahm ihren Lauf. Während der Salbung war die Königin nicht im Bild, die Kameras zeigten stattdessen Aufnahmen der Kirche, da diese Augenblicke zu heilig waren und nicht von der Öffentlichkeit gesehen werden durften.

Jubel ertönte, als der Erzbischof von Canterbury schließlich die englische Krone auf das Haupt der Königin setzte. Sie schien fast zu schwer für Elizabeth zu sein, doch sie hielt sich aufrecht und strahlte eine ganz eigene Würde aus. Die Adeligen in der Kathedrale erhoben sich von ihren Sitzen, schwenkten ihre Kronen und huldigten ihr mit Jubelrufen.

Diese junge, zierliche Frau war nun die Regentin über ein riesiges Reich. Selbst ihr eigener Gatte hatte geschworen, ihr immer zu dienen. Und die kostbaren Gewänder – die mit Hermelin besetzte Schleppe beim Einzug in die Abtei, das Leinenkleid, das man ihr vor der Salbung über das bestickte Seidengewand gezogen hatte, und der goldene Umhang aus Brokat, den sie jetzt trug – symbolisierten ihre Metamorphose in eine gekrönte Monarchin. Auch dank ihrer war sie ein anderer Mensch.

Versonnen verfolgte Eva, wie die junge Königin, die Krone auf dem Haupt, Reichsapfel und Zepter in den Händen, langsam und gefolgt von einer Prozession aus hohen kirchlichen Würdenträgern und Adeligen aus der Abtei schritt. Gewänder besaßen eine ganz eigene Macht. Sie konnten Menschen verwandeln. So wie ja ein Kostüm oder eine Verkleidung einem dabei half, ganz neue Seiten an sich zu entdecken. Eva kannte dieses Gefühl nur zu gut. Auch in dem Kostüm, das oben in ihrem Zimmer im Schrank hing, hatte sie sich bei den Anproben *anders* gefühlt – lebendig und wagemutig und voller Energie; als sei sie eine junge Frau, der die Welt offenstand, und nicht nur eine kleine Sekretärin. Evas Herz klopfte heftig in ihrer Brust.

Die Kameras fingen die nun jubelnden und Fähnchen schwenkenden Menschenmengen vor der Kathedrale ein. Die gespannte Stimmung im Saal des Hotels löste sich, die Gäste begannen sich zu unterhalten. Ihre Schwestern tranken ihre Limonade aus, und ihr Vater bestellte neue Getränke.

Nur Eva weilte noch immer in einer anderen Welt. Wer wohl die Menschen waren, die die Krönungsroben der jungen Königin entworfen und angefertigt hatten? Es musste wunderschön sein, etwas erschaffen zu können, das so, so ... Eva suchte nach Worten ... so voller Magie war.

Teil 1

Kapitel 1

September 1955

Wanderschuhe, dicke Wollsocken, Schlafanzug, Unterwäsche ... Eva ging noch einmal ihre Liste durch. Das Reise-Necessaire mit Zahnbürste, Seife und Shampoo hätte sie beinahe vergessen. Sie verstaute es eilig im Koffer, klappte ihn zu und trug ihn hinunter in die Diele im Erdgeschoss, wo bereits ihr Rucksack stand. Eva würde ihren Urlaub mit ihrer Cousine verbringen, die seit einem Jahr eine Ausbildung als Hauswirtschafterin in einem luxuriösen Hotel in Fuschl am See im Salzkammergut begonnen hatte.

Im Esszimmer hatten die Schwestern ihr Frühstück fast schon beendet. Seit Kurzem weigerten sie sich, sich gleich anzuziehen. Franzi trug einen Faltenrock und eine Bluse, Lilly ein Kleid mit Blumenmuster, ein Band aus bunten Perlen hing um ihr Handgelenk.

»Eva, da steht ein Artikel vom Papa.« Franzi deutete aufgeregt auf den *Münchner Abend*, der aufgeschlagen auf dem Tisch lag. *Adenauer in Moskau – harte Verhandlungen mit der sowjetischen Führung* lautete die Überschrift.

»Oh, tatsächlich?« Eva nahm sich ein Brötchen und bestrich es mit Butter und Marmelade. Die Mutter goss ihr

Kaffee ein. Wochenlang war das alles beherrschende Thema in der Familie gewesen, dass der Vater zu dem Tross aus Journalisten gehören würde, die den Kanzler nach Moskau begleiteten. Seit sie ein Backfisch war, las Eva gerne und aufmerksam Zeitung. Ihr gefiel die Art, wie ihr Vater schrieb, pointiert und bildhaft. Über diesen Staatsbesuch berichten zu dürfen, war ein großes Privileg. Es war der erste Staatsbesuch eines deutschen Kanzlers in Moskau, und Adenauer wollte darauf hinwirken, dass die sowjetische Führung die letzten deutschen Kriegsgefangenen freiließ. Eva hoffte sehr, dass ihm das glückte. Aber musste sich alles immer um den Vater und seine Arbeit drehen?

»Bringst du uns was mit aus Österreich?«, erkundigte sich Lilly.

»Das weiß ich noch nicht«, behauptete Eva.

»Ach, bitte ...«

»Na ja, vielleicht eine Tüte Malzkaramell-Bonbons oder Schokolade mit Rosinen«, neckte Eva sie. Die Schwestern mochten diese Süßigkeiten nicht.

»O nein, igitt ...«, stöhnte Lilly.

»Das tust du nicht.« Franzi fuchtelte mit ihrem Löffel herum. »Und du hast gelacht, ich hab's gesehen!«

»Schluss jetzt!«, mischte sich ihre Mutter ein. »Ihr beide müsst in die Schule. Habt ihr die Butterbrote eingepackt?«

Maulend standen die Schwestern auf und holten ihre Ranzen und Jacken. Eva begleitete sie zur Haustür und zog sie an sich. » Passt auf euch auf, ja? Und streitet euch nicht so oft.« Immer wieder fühlte sie sich für die beiden wie eine Mutter und nicht wie eine große Schwester, obwohl sie nur neun Jahre älter war. Seit der Geburt war Eva für sie mitverantwortlich gewesen. Sie hatte sie gewickelt, gefüttert und im Luftschutzbunker getröstet. Wenn ihre Mutter gearbeitet hatte, passte sie auf sie auf.

Die beiden liefen los, und am Gartentor drehte Franzi sich noch einmal zu Eva um. »Ich weiß, du bringst uns was mit.«

Eva winkte ihnen nach, bis sie zwischen den Einfamilienhäusern aus den Zwanzigerjahren und den gepflegten, kleinen Gärten im gutbürgerlichen Stadtteil Pasing aus ihrem Blickfeld verschwanden. Der Tag war sonnig, und obwohl sich an dem wilden Wein neben der Eingangstür schon die ersten Blätter rot verfärbten, war es so früh am Morgen schon recht warm. Hoffentlich blieb das Wetter in den nächsten beiden Wochen so schön.

Evas Mutter blickte von der Zeitung auf, als sie wieder in das Esszimmer zurückkam. In ihrem Morgenrock, ein luftiges Etwas aus zartgrüner Seide und Spitze, wirkte sie mal wieder wie eine Elfe. Sie kleidete sich meistens erst an, wenn alle aus dem Haus waren.

Eva griff nach der Brötchenhälfte und biss hinein. Inzwischen war es selten, dass sie mit der Mutter einmal allein war. Sonst waren immer ihre Schwestern oder ihr Vater da.

»Was habt Margit und du außer Wandern eigentlich noch für eure Ferien geplant?«

»Wir möchten nach Salzburg fahren und dort ein oder zwei Nächte in der Jugendherberge übernachten und uns die Stadt ansehen. Mehr noch nicht. Als wir vor ein paar Tagen telefoniert haben, hat Margit gesagt, sie hätte eine Überraschung für mich. Aber sie ist nicht mit der Sprache herausgerückt, was für eine.«

»Das sieht ihr ähnlich. Sie ist immer für Aufregung gut.« Evas Mutter lächelte. »Ihr beiden habt euch schon ziemlich lange nicht mehr gesehen, oder?«

»Das letzte Mal vor über zwei Jahren.«

»Das ist wirklich lange her.«

»Margit war ja als Au-Pair in London, um ihr Englisch aufzupolieren. Und davor hätten wir uns eigentlich in Frankfurt getroffen, wenn ich nicht wegen dieser Party von Vaters Chefredakteur mit nach München hätte zurückfahren müssen.«

Ein angespanntes Schweigen breitete sich zwischen ihnen aus. Schließlich seufzte ihre Mutter. »Nimmst du das deinem Vater nach all der Zeit etwa immer noch übel?«

Eva zögerte. »Ja, schon ...« Ihre Bewunderung für den Vater war schon früher gebrochen und längst nicht mehr bedingungslos. Seit dem Streit war er ihr vollends fremd geworden. Das wurde ihr plötzlich klar. »Ich hab wirklich versucht, Vater zu erklären, warum mir so viel an der Zeit mit Margit und dem Fest lag und wie stolz ich auf mein Kostüm war, aber er hat mir überhaupt nicht zugehört. Das ist ja oft so bei ihm. Er hört mir nicht zu, und was ich möchte, ist ihm egal.«

»Eva, das stimmt nicht, deinem Vater war es nun einmal wichtig, sich von Anfang an mit seinem neuen Chef gutzustellen. Ohne dieses vertrauensvolle Verhältnis wäre er nicht vor ein paar Monaten zum Leiter der Politik beim *Münchner Abend* befördert worden. Diese Position und die Moskau-Reise bedeuten ihm sehr viel.«

»Das verstehe ich ja. Trotzdem war es völlig überflüssig, dass ich bei dieser Gartenparty dabei war. Der Chefredakteur hatte mich doch schon eine Minute, nachdem ich ihm die Hand gegeben hatte, wieder vergessen. Und Franzi und Lilly auch.«

»Dein Vater liebt uns, deshalb wollte er uns alle bei sich haben. Er sagt immer wieder, wie sehr ihm der Gedanke an uns die Kraft gegeben hat, die Kriegsgefangenschaft zu überstehen. Er hatte es, als er vor fünf Jahren aus der Gefangenschaft endlich nach Hause kommen durfte, nicht leicht, in seinem Beruf wieder Fuß zu fassen. Das solltest du auch bedenken.« Die Stimme ihrer Mutter klang vorwurfsvoll. »Fast alle guten Stellen in den Zeitungsredaktionen und beim Hörfunk waren inzwischen vergeben. Und dein Vater will doch auch für uns beruflich vorankommen. Damit wir ein gutes Leben haben und glücklich sind.«

War das so? Oder ging es dem Vater nicht vor allem um sich und seine Karriere? Eva hatte ein schlechtes Gewissen bei diesem Gedanken, und so kurz vor ihrem Urlaub wollte sie sich nicht mit ihrer Mutter streiten.

»Ich sollte mir mal ein paar Brote schmieren. Ich muss gleich los.«

Ihre Mutter schüttelte den Kopf. »Ich hab dir schon ein Essenspaket vorbereitet, es steht in der Küche.« Auf dem Tisch lagen in Butterbrotpapier eingeschlagene Brote, Äpfel, eine Tafel Schokolade, und sogar eine Thermoskanne stand bereit.

Eva war gerührt. »Wie früher zum Schulausflug. Danke, Mama.«

»Mütter machen das für ihre Töchter, auch wenn sie fast schon erwachsen sind.« Ihre Mutter öffnete eine Schublade des Küchenschranks und holte ihr Portemonnaie heraus. Sie entnahm ihm einen Zwanzigmarkschein und reichte ihn Eva. »Kauf dir etwas Schönes davon, meine Große.«

»Mama, ich verdien doch selbst Geld.«

»Nimm es, Liebes.« Ihre Mutter schloss Evas Finger um den Geldschein. »Ich möchte, dass du und Margit die Ferien wirklich genießt.«

»Das werden wir bestimmt, danke!« Eva umarmte ihre Mutter, sie war mittlerweile fast einen Kopf größer als sie.

»Ruf mal an, damit ich weiß, dass es euch beiden gut geht.« Ihre Mutter strich ihr über die Wange.

»Ja, ja, das mache ich und ich schreibe auch Karten, versprochen!« Eva verstaute das Essen und die Thermoskanne in ihrem Rucksack. In wenigen Minuten fuhr die Straßenbahn an der nahe gelegenen Haltestelle los, die sie zum Hauptbahnhof bringen würde.

Evas Mutter half ihr, den Rucksack aufzusetzen, und begleitete sie in die Diele, wo Eva den Koffer aufhob. Ein letzter Kuss auf die Wange der Mutter, dann verließ sie das Haus. Als sie sich auf dem Gartenweg umdrehte, stand ihre Mutter in der geöffneten Eingangstür und winkte ihr nach. So wie früher, wenn sie zu Klassenfahrten aufgebrochen war, Eva lächelte vor sich hin. Ihre Gedanken wanderten zu Margit und ihren gemeinsamen Ferientagen. Was für eine Überraschung die Cousine wohl für sie hatte?

Ein tiefblauer See tauchte vor dem Busfenster auf, eingerahmt von grünen Hügeln, und dahinter, in der Ferne, erhoben sich die Alpengipfel. Da und dort entdeckte Eva ein hübsches Kirchlein oder eine Kapelle mit einem Zwiebelturm. Kühe mit Glocken um den Hals grasten auf den Weiden. Über allem spannte sich ein wolkenloser Himmel. Dann glitten stattliche Häuser mit Fensterläden und breiten Holzbalkonen an Eva vorbei. Weiße und rote Geranien hingen über die Brüstungen, und auch die Gärten quollen von farbenfrohen Blumen schier über.

Diese Postkarten-Idylle war Fuschl am See, das Ziel ihrer Reise. Etwa fünf Stunden war sie nun unterwegs, jetzt war es kurz vor drei. Von München nach Salzburg war sie mit dem Zug gefahren und dort in den Bus umgestiegen. Ach, die Gegend und die Ortschaften waren wirklich wunderschön!

»Fuschl am See, Busbahnhof«, verkündete der Fahrer. Eva griff nach ihrem Rucksack und setzte ihn auf. Gleich darauf hielt der Bus an. Rasch nahm sie ihren Koffer aus der Ablage und folgte den anderen Fahrgästen zur Tür.

»Eva, Eva!« Eine vertraute Stimme rief ihren Namen. Sie wandte sich um. Eine blonde Frau kam lachend und winkend auf sie zugerannt. Sie trug eine weite helle Hose und einen schicken ärmellosen Pullover. Ihr Haar war, anders als bei ihrer letzten Begegnung, modisch kurz geschnitten, und ihr Mund war leuchtend rot geschminkt. Margit war nur zwei Jahre älter geworden und doch wirkte sie so erwachsen.

Für einen Moment fühlte sich Eva sehr jung. Aber die strahlenden Augen der Cousine waren ihr wohlvertraut, und ihr Gefühl von Fremdheit verschwand sofort, als sie sich in die Arme schlossen.

»Eva, wie schön, dass du hier bist! Hat mit der Fahrt alles gut geklappt? Ich hab schon befürchtet, dass ich zu spät bin, im Hotel war so viel los«, sprudelte Margit hervor. »Ich wollte dich nicht in meiner Uniform abholen, und dann war da dieser Traktor vor mir auf der Straße und ich hab mir gedacht, ich hätte mich doch nicht umziehen sollen und ...«

»Keine Sorge, es ist alles gut gelaufen, und ich freue mich auch sehr, dich zu sehen«, unterbrach Eva lachend ihre Cousine, als diese kurz Luft holte.

»Entschuldige, ich rede mal wieder zu viel.« Margit grinste. »Gib mir mal deinen Koffer. Ach, der ist ziemlich schwer. Wie gut, dass ich mit dem Auto hier bin.« Sie hakte Eva unter und steuerte mit ihr auf einen kleinen Opel zu, der am Straßenrand parkte.

»Heißt das etwa, du hast einen Führerschein?« Erst jetzt realisierte Eva, was die Cousine da gerade gesagt hatte. »Und gehört der Wagen etwa dir?« Margit war wirklich erwachsen geworden.

»Ja, ich hab vor ein paar Wochen den Führerschein gemacht. Den Opel hab ich mir von einem Kollegen geliehen.« Ihre Cousine verstaute Evas Gepäck im Kofferraum. Dann öffnete sie ihr die Beifahrertür und nahm selbst hinter dem Steuer Platz, ehe sie den Zündschlüssel drehte und Gas gab.

Schnell hatten sie den kleinen Ort durchquert und das Seeufer erreicht. Eva war noch ganz überwältigt von den Eindrücken und Neuigkeiten, als Margit sich ihr zuwandte. »Eva, es tut mir leid, ich muss dich gleich mit etwas überfallen.« Ihre Stimme klang schuldbewusst. »Aber wenn du es nicht möchtest, dann sage ich Frau Häuser, der Empfangsdame, ab, versprochen!«

»Worum geht es denn?« Eva war ein bisschen beunruhigt.

»Also, es ist so, dass Filmaufnahmen am Hotel stattfinden. Mit Magda Schneider und ihrer Tochter Romy. Der Film handelt davon, wie sich Elisabeth von Österreich und der Kaiser Franz-Joseph kennenlernen und ineinander verlieben. Romy spielt die junge Elisabeth, also Sissi, und …«

»Mein Gott, ist das aufregend! Und das sagst du mir erst jetzt!« Eva blickte die Cousine gleichermaßen entzückt und fassungslos an. Seit sie als Kind das erste Mal im Kino gewesen war, liebte sie Filme. Diese Begeisterung hatte im Lauf der Jahre noch zugenommen. Nur selten verpasste sie eine Premiere. Sie hatte Romy Schneider in *Wenn der weiße Flieder wieder blüht* und *Mädchenjahre einer Königin* auf der Leinwand gesehen. Und nun fand ein Dreh nahe dem Hotel statt, in dem Margit arbeitete.

»Es sollte meine Überraschung für dich sein, ich weiß ja, wie sehr du Filme liebst.« Margit warf ihr einen raschen Blick von der Seite zu, ehe sie sich wieder auf die Landstraße konzentrierte. »Ich dachte, wir könnten ein, zwei Tage in Fuschl bleiben, du schläfst bei mir im Hotel im Zimmer, und wir versuchen, bei den Aufnahmen zuzusehen und dann erst zu unserer Wanderung aufzubrechen. Aber jetzt ist es so, dass das Hotel in Bad Ischl, wo die Filmleute ursprünglich wohnen sollten, wegen eines Wasserschadens schließen musste. Deshalb logieren die Schauspieler und der Filmstab seit gestern bei uns im Hotel am See …«

»Wirklich? Das wird ja immer spannender! Wir werden unter einem Dach mit den Filmleuten sein.« Eva wurde die Brust vor Aufregung und Freude ganz eng.

»Ich finde es ja auch toll.« Wieder hörte sich Margit etwas zerknirscht an. »Aber leider ist es so, dass jetzt ja eigentlich Nachsaison ist und das Hotel deshalb weniger Personal hat. Und mit den Filmleuten sind wir fast ausgebucht. Deshalb hat mich Frau Häuser, unsere Empfangsdame, die für die weiblichen Angestellten zuständig ist, heute Morgen gefragt, ob ich meinen Urlaub nicht verschieben könnte. Ich hab ihr von dir erzählt und dass du schon auf dem Weg nach Fuschl bist. Und da hat sie mir angeboten, dass du ein Zimmer umsonst haben kannst, und für Frühstück und Abendessen müsstest du auch nichts bezahlen. Ich hab ihr gesagt, dass ich das erst mit dir besprechen muss. Wahrscheinlich dauern die Dreharbeiten eine gute Woche.«

»Das heißt, ich darf über eine Woche unter einem Dach mit den Schauspielern und dem Filmstab wohnen?«

»Ja, und du hättest ein eigenes Zimmer …«

»Ich fasse es nicht. Wie schön.« Eva zögerte einen Moment. Können wir uns denn trotzdem sehen, auch wenn du arbeiten musst?« Sie war hin- und hergerissen. Da war einerseits die faszinierende Aussicht, mit berühmten Schauspielern so lange unter einem Dach zu sein. Andererseits hatten sie ja die Ferien zusammen verbringen wollen.

»Ich bin als Zimmermädchen eingeteilt, es gehört zu meiner Ausbildung, dass ich verschiedene Stationen im Hotel durchlaufe. Ein paar Stunden habe ich tagsüber und abends immer mal wieder frei. Wenn die Dreharbeiten zu Ende sind, beginnt mein Urlaub. Einige Tage haben wir dann also auf jeden Fall noch für uns.«

»Das ist schön.«

»Es macht dir wirklich nichts aus?«

»Nein, keine Sorge, ich werde mich schon irgendwie selbst beschäftigen und ganz bestimmt nicht langweilen.« Eva hatte fast ein schlechtes Gewissen, weil sie über die Filmaufnahmen so begeistert war.

»Ach, ich bin dir so dankbar.« Margit nahm die Hand vom Lenkrad und drückte Evas Arm. »Ich hätte die Kollegen nicht gerne hängen gelassen. Und …«, sie grinste, »… es schadet auch nichts, wenn ich jetzt bei Frau Häuser was guthabe. Schließlich ist sie meine direkte Vorgesetzte.«

In einiger Entfernung tauchte langsam hinter einem Wäldchen ein ockerfarbenes, quadratisches Bauwerk auf. Es wirkte wie ein mächtiger Turm mit einem spitz zulaufenden Dach.

»Das ist das Hotel Fuschl am See, *mein* Hotel.« Ein gewisser Stolz schwang in Margits Stimme mit.

»*Dein* Hotel?«, neckte Eva sie.

»Na ja, noch gehört es mir nicht.« Die Freundin nahm den Ball auf. »Aber, wer weiß, was die Zukunft so bringt.«

»Ich weiß noch aus dem Geschichtsunterricht, dass Bad Ischl für die österreichischen Kaiser irgendwie wichtig war.

Haben sie da nicht den Sommer verbracht? Waren sie denn auch öfter in Fuschl am See?«

»Das Hotel war früher mal das Jagdschloss der Salzburger Erzbischöfe. Es ist gewissermaßen das Double für das Schloss Possenhofen am Starnberger See, wo Sissi aufgewachsen ist. Es heißt, es war dem Regisseur zu heruntergekommen und zu schäbig.«

»Wirklich?«

»Tja, Film ist nun mal eine große Illusion.«

»Sagt eine sehr altkluge Margit.« Eva lachte. Aber ja, auch wegen der Illusionen liebte sie es, sich Filme anzusehen.

Sie hatten das Wäldchen durchquert, und nun breitete sich das Schlosshotel in seiner ganzen Pracht vor ihnen aus. Es lag auf einer kleinen Halbinsel, das turmartige Bauwerk war nur ein Teil davon und stand direkt am Ufer. Eine Reihe weiterer Gebäude, die niedriger waren, grenzten hufeisenförmig daran. Alle hatten sie rot-weiße Fensterläden. Der makellose Rasen vor dem Hotel war leuchtend grün und eine kreisrunde Auffahrt führte zu dem Portal. Hinter dem Hotel glitzerte der See im Sonnenlicht, als sei er mit Tausenden Diamanten übersät. Eva atmete tief ein. Mein Gott, hier, an diesem zauberhaften Ort, würde sie nun logieren dürfen. Sie war völlig überwältigt.

Margit bog schwungvoll in den Parkplatz seitlich des Gebäudes ein. Dort standen bereits viele Fahrzeuge: Transportwagen, Lkws, einige Limousinen und auch schicke Cabriolets. Wahrscheinlich gehörten sie den Schauspielern.

Eva fühlte sich ganz schwindelig vor Aufregung. Hoffentlich würde sie bei den Dreharbeiten zusehen dürfen.

Die Eingangshalle des Hotels war weitläufig und licht. Eva nahm einen großen Kamin wahr und Hirschgeweihe an den Wänden. Ein dicker Mann, den Hut aus der Stirn geschoben, eine brennende Zigarre im Mund, durchquerte die Halle und verschwand hinter einer Tür.

»War das nicht Ernst Marischka?« Gebannt starrte Eva ihm hinterher.

»Ja, aber ich hatte den Namen vorher noch nie gehört.«

»Margit, das ist der Regisseur von *Mädchenjahre einer Königin*!«

»Tatsächlich?« Margit winkte unbeeindruckt einem jungen Mann in einer blauen Uniform hinter der Rezeption zu und ging mit Eva zum Aufzug. Der Teppichboden im Innern war so dick, dass Eva das Gefühl hatte, mit den Füßen schier darin zu versinken. Mit einem leisen Surren glitt der Aufzug nach oben.

»Die richtig großen, schönen Zimmer mit Bad und Toilette haben leider die Filmleute in Beschlag genommen. Deines liegt unter dem Dach, und das WC ist auf dem Gang. Das macht dir doch hoffentlich nichts aus?« Margit blickte sie besorgt an.

»Nein, überhaupt nicht.« Eva schüttelte den Kopf. Notfalls hätte sie auch in einem Verschlag genächtigt.

Der Aufzug endete in einem der oberen Stockwerke. Margit nahm wieder den Koffer in die Hand. Sie stiegen eine Treppe hinauf und bogen in einen Flur mit schrägen Wänden ein. Gleich darauf öffnete die Cousine eine Tür. Dahinter lag ein kleines Zimmer mit einer Blümchentapete. Darin standen ein Messingbett, über das eine spitzenverzierte Tagesdecke gebreitet war, und ein Schrank. Durch das Fenster in der Dachgaube konnte Eva auf der anderen Seite des Sees die

Berge mit ihren schroffen Felsspitzen und grünen Weiden sehen. »Es ist wirklich hübsch und gemütlich.«

»Da bin ich aber froh, dass es dir gefällt.«

Auf dem Tisch in der Gaube, das bemerkte Eva erst jetzt, stand ein kleiner Strauß gelber Teerosen neben einer Lampe, an der Vase lehnte eine Karte. Das Foto von Romy Schneider mit ihrem Autogramm. »Woher hast du das denn?« Hingerissen drehte sie sich zu Margit um, die wieder ein bisschen schuldbewusst wirkte.

»Romy Schneider hat mir die Autogramm-Karte gestern Abend geschenkt, als ich ihr Bett für die Nacht fertig gemacht habe. Sie ist sehr nett. Und, na ja, ich hab gehofft, dass du einverstanden sein würdest, dass wir unsere Wanderung aufschieben. Deshalb hab ich vorhin schon die Blumen und das Autogramm in das Zimmer gebracht.«

»Ach, Margit, das ist so lieb von dir.« Eva umarmte ihre Cousine stürmisch. »Und jetzt hör schon auf, geknickt zu sein, das sieht dir gar nicht ähnlich.«

»Na gut.« Das Gesicht ihrer Cousine hellte sich auf. »Willst du dich ein bisschen frisch machen und ausruhen? Oder sollen wir gleich ins Restaurant gehen, die Terrasse liegt direkt am See? Du hast nach der Fahrt doch bestimmt Hunger. Ich lade dich natürlich ein.« Rasch blickte sie auf ihre Armbanduhr. »Jetzt haben wir halb vier, bis um sechs habe ich Zeit, anschließend beginnt meine Schicht.«

»Ich packe schnell den Koffer aus und zieh mir was anderes an. Dann komme ich ins Restaurant.« Auf gar keinen Fall würde sie sich ausruhen. Während der Filmaufnahmen in diesem Hotel zu sein, war so spannend. Sie wollte nichts verpassen.

Rasch verstaute Eva ihre Kleider im Schrank, wusch sich und tauschte Rock und Bluse, die sie während der Reise getragen hatte, gegen das Dirndl, das sie sich eigens für ihre Ferien in den Bergen genäht hatte. Der Rock war dunkelrot und weiß geblümt, die Schürze hatte den gleichen Rotton. Prüfend betrachtete sie sich im Spiegel. Das Mieder hatte sie mit einer selbst entworfenen Stickerei verziert. Aus einem Impuls heraus flocht sie sich die dunklen Haare zu Zöpfen und steckte sie sich um den Kopf. Nachdem sie noch rasch Strümpfe und Schuhe angezogen hatte, eilte sie aus dem Zimmer.

Eva nahm lieber die Treppe statt den Aufzug. Doch unten im Erdgeschoss blickte sie sich ratlos um. Margit hatte ihr den Weg ins Restaurant beschrieben. Aber sie hatte in dem weitläufigen Gebäude völlig die Orientierung verloren und keine Ahnung, wo sie war. Ein Stück weiter stand eine Tür offen. Vielleicht war dort jemand, der ihr weiterhelfen konnte.

»Entschuldigen Sie ...« Eva lugte in den Raum. Die Jalousien waren geschlossen und das Licht gedämpft. Sie hielt einen Moment inne. Der saalartige Raum war ja voller Gewänder. Dicht an dicht hingen sie an Ständern aus Metall. Und wie schön sie waren. Das mussten die Kostüme für den Film sein. Fasziniert und ohne recht zu wissen, was sie tat, trat sie näher und ging langsam an den Ständern entlang. Da waren weiße Uniformröcke mit goldenen Epauletten. Seidig schimmernde Kleider in allen Farben des Regenbogens, tiefrot und smaragdgrün, sonnengelb und leuchtend blau, bei denen, selbst jetzt, da sie auf Bügeln hingen, zu erahnen war, wie sich die weiten Röcke anmutig über Krinolinen bauschen würden. Andere glänzten geheimnisvoll dunkel wie der Nachthimmel. Es gab hübsche Dirndl und elegante Reitkleider. Und dort ... die Gewänder voller Rüschen und aufwendiger Stickereien und glitzernder Steine, sie waren bestimmt für einen Ball gedacht.

Eva sah vor sich, wie die Kleider beim Tanz die Schauspielerinnen umspielten, wie sie im Takt der Musik graziös schwangen und die Verzierungen hell im Licht funkelten. Wer wohl all diese Kostüme entworfen hatte? Ihr Herz zog sich vor Sehnsucht zusammen. Es musste wundervoll sein, so etwas erschaffen zu können.

Am anderen Ende des Raumes hörte sie Stimmen. Es gab wohl noch eine zweite Tür. Plötzlich hatte sie das Gefühl, etwas Verbotenes getan zu haben, und eilte hastig davon.

Wieder im Flur entdeckte Eva etwas weiter vorne ein Fenster. Vor ihr erstreckte sich der See im Sonnenlicht, ein paar Schwäne glitten majestätisch durch das Wasser, und weiter rechts stand das ockerfarbene Gebäude, das wie ein mächtiger Turm wirkte. Jetzt wusste sie wieder, wo sie sich befand. Doch Eva ließen die Eindrücke nicht los, die Stoffe, die Farben und Stickereien, von denen solch eine Pracht und Schönheit ausgingen. Was war nur mit ihr? Und warum war sie so überwältigt, als hätte sie eben in dem Raum voller Filmkostüme ein Stück vom Himmel erblickt?

Margit saß schon im Schatten eines Sonnenschirms auf der Terrasse am Seeufer. Etwas außer Atem ließ sich Eva bei ihr nieder. »Tut mir leid, dass du warten musstest, ich hab mich im Hotel verlaufen.« Wieder verstand sie sich selbst nicht ganz. Die Cousine und sie waren sonst so vertraut miteinander. Aber sie mochte ihr nicht von dem Raum mit den wunderschönen Gewändern erzählen und wie sehr sie sie verzaubert hatten. Der Moment war so kostbar gewesen, dass sie ihn ganz für sich behalten wollte.

»Das macht doch nichts.« Ihre Cousine lächelte sie an und reichte ihr die Speisekarte. »Hier, such dir aus, was du möchtest. Du bist eingeladen.«

»Ich bin eigentlich gar nicht so hungrig. Meine Mutter hat mir ein üppiges Essenspaket mitgegeben. Ich hab gar nicht alles aufgegessen.« Und in der Erinnerung war Eva noch einmal berührt von dem mittlerweile so seltenen vertrauten Moment mit ihrer Mutter.

»Ach, ein Eis geht doch immer. Das Hotel hat seinen eigenen Konditor, es ist wirklich gut.« Margit lachte.

Ein Stück entfernt, auf einem abgesperrten Bereich der Hotelterrasse, stellten einige Männer eine Vogelvoliere auf. Ob sie zu einer Filmszene gehörte? Margit bemerkte Evas fragenden Blick.

»Sissi gehören Vögel, sie füttert sie regelmäßig. Und gegen Ende des Films, bevor sie zu der Hochzeit mit dem Kaiser nach Wien aufbricht, schenkt sie ihnen die Freiheit.« Margit legte die Hand auf die Brust und seufzte tief. »Gewissermaßen im Gegensatz zu dem strengen Hofzeremoniell, in dem sie gefangen sein wird. Das haben die Filmleute gesagt.«

Welche Kleider Romy Schneider wohl bei diesen Szenen tragen würde? Ob sie unter den Filmkostümen waren, die sie eben gesehen hat? Vielleicht eines der Dirndl?

»Was darf ich den Damen denn bringen?« Ein junger, schlaksiger Kellner war zu ihnen getreten. Verlegen warf er Margit bewundernde Blicke zu.

»Darf ich vorstellen ... Eva, das ist mein Kollege Rolf, Rolf das ist meine Cousine Eva.« Margit vollführte eine lässige Handbewegung. »Rolf, du hast doch auch Dienst im Restaurant. Morgens und abends wird Eva dort essen. Sei so nett und kümmere dich gut um sie, ja?«

Der junge Kellner versicherte mit rotem Kopf, dass er das »selbstverständlich« tun würde.

Eva entschied sich für ein gemischtes Eis und eine Limonade und Margit für einen Cocktail. Amüsiert verfolgte Eva, wie der Kellner eifrig davoneilte. »Er ist in dich verliebt, weißt du das?«

»Wirklich, denkst du?« Margit wirkte unbeeindruckt. Nun ja, sie hatte noch nie unter einem Mangel an Verehrern gelitten. Männer mochten sie einfach, und sie nahmen es Margit auch nicht übel, wenn sie ihre Avancen zurückwies und nur eine Freundschaft akzeptierte.

»Du bist also nicht an ihm interessiert?«

»Ich mag ihn, er ist nett.« Margit zuckte mit den Schultern. »Aber Rolf ist definitiv kein Mann, in den ich mich verlieben könnte.« Ein verträumter Klang schwang auf einmal in ihrer Stimme mit.

»Gibt es denn jemanden, in den du verliebt bist?« Eva beugte sich interessiert vor.

»Einen amerikanischen Barpianisten, den ich in London kennengelernt habe.«

»Jetzt nimmst du mich aber auf den Arm!«

»Nein, ich sage die Wahrheit, ich schwöre es!« Lachend legte sich Margit die linke Hand auf die Brust und hob die rechte. Ihre Augen strahlten. »Peter ist Pianist im Dorchester, einem ziemlich feinen Hotel. Ein paar Wochen, bevor meine Zeit als Au-Pair zu Ende war, war ich mit ein paar Freundinnen im Kino. Es war klar, dass wir alle nicht mehr lange in London bleiben würden, deshalb wollten wir uns endlich mal einen Drink in dieser teuren Bar gönnen. Peter und ich haben uns angesehen, während er gespielt hat. Da war sofort dieses Prickeln zwischen uns, es war wirklich so«, kam sie einer ungläubigen Frage von Eva zuvor. »Und dann, nach ein paar Stücken, hat er sich einfach neben mich an die Bar gesetzt. Er hat gelächelt und gesagt, dass er nur für mich gespielt hätte. So fing alles an …«

»Wie romantisch!«

Der junge Kellner erschien wieder an ihrem Tisch und brachte ihre Leckereien. Er schien einer Unterhaltung nicht abgeneigt, aber Margit bedachte ihn mit einem freundlichen, wenn auch unmissverständlich knappen »Vielen Dank, Rolf«, und er verschwand wieder.

»Und du?« Margit sog an dem Strohhalm in ihrem Cocktail. »Wie steht es denn bei dir um die Liebe? Gibt es da jemanden? Wir haben uns im letzten Jahr nicht sehr oft geschrieben.«

»Beim Tanzen habe ich ein paar junge Männer kennengelernt, und mit einem habe ich ein bisschen geknutscht.« Eva errötete. »Aber es war nichts Ernstes.«

»Und da ist auch kein heimlicher Schwarm? Keine große, unerfüllte Liebe?« Margit senkte ihre Stimme zu einem dramatischen Flüstern.

»Nein, wirklich nicht.« Eva kam sich langweilig vor. Wie bunt und voller Abenteuer Margits Leben war, während sie noch nicht einmal von einem intensiven Flirt erzählen konnte.

Kurz hing sie ihren Gedanken nach, während sie ihr Eis löffelte. »Du und dein Peter«, wandte sie sich schließlich wieder der Cousine zu, »ich stelle mir das ziemlich schwierig vor, verliebt und so weit voneinander entfernt zu sein. Willst du denn nach deiner Ausbildung wieder nach London gehen?«

»Nein, er wird versuchen, eine Stelle als Barpianist in Salzburg zu bekommen. Er ist sehr talentiert und dorthin kommen viele amerikanische Touristen, deshalb stehen seine Chancen sicher nicht schlecht. Und wenn ich meine Ausbildung abgeschlossen habe, wollen wir zusammen nach Paris gehen.«

»Paris ...« Eva seufzte sehnsüchtig.

»... ja, ich will mein Französisch unbedingt verbessern. Gute Sprachkenntnisse brauche ich nun mal, wenn ich Empfangsdame in einem luxuriösen Hotel werden – oder gar mein eigenes besitzen will.« Margit breitete die Arme aus, als wollte sie die ganze Welt umarmen, und lachte übermütig. Eva traute es ihrer Cousine durchaus zu, dass sie ihre Pläne verwirklichte.

»Und du, was ist mit dir? Wie stellst du dir deine Zukunft vor?« Margit hob das Cocktailglas hoch, um den letzten Rest des Getränks mit dem Strohhalm aufzusaugen.

»Ich, ach ...« Eva zuckte mit den Schultern, »ich werde weiter als Sekretärin arbeiten, und wenn ich Glück habe, treffe ich einen Mann, in den ich mich wirklich verliebe, und dann werde ich heiraten und Kinder mit ihm haben.« Selbst ihr entging nicht, wie resigniert sich das anhörte. Das Brautkleid, das sie sich selbst entwerfen würde, war ihr bisher immer als das Schönste an ihrer Hochzeit erschienen.

»Das klingt aber nicht gerade begeistert«, erwiderte Margit prompt. »Willst du denn nicht mehr vom Leben? Hast du gar keine Träume?«

»Ja, schon, aber ich weiß eigentlich gar nicht, was genau.« Eva starrte auf den See hinaus, wo ein Ausflugsdampfer vorbeifuhr, das Kielwasser glitzerte im Sommerlicht wie eine riesige Schleppe. Mit der Distanz zu ihrem Zuhause und im Zusammensein mit ihrer lebensfrohen Cousine wurde Eva plötzlich klar, wie unzufrieden und traurig sie war.

»Du wolltest doch so gerne Schneiderin werden. Ich hab nie verstanden, warum Onkel Axel dir nicht erlaubt hat, eine Lehre zu machen. Das ist doch ein ehrbarer Beruf. Meine Mutter hat es auch nicht verstanden.«

»Vater fand das für unsere Familie nicht angemessen, er und Mutter kommen nun mal aus dem Großbürgertum. Eine Schneiderlehre, das sei nur was für kleine Leute, hat er gesagt.«

»Weißt du, was meine Mutter sagt? Dass ihr Bruder manchmal ein ziemlicher Snob ist ...« Margit brach ab. »Tut mir leid, das hätte ich nicht sagen sollen.«

»Ich weiß ja, dass die beiden sich nicht so gut verstehen«, wehrte Eva ab. Ihre resolute Tante, Margits Mutter, war Kriegswitwe, sie arbeitete als Empfangsdame in einem großen Frankfurter Hotel und stand mit beiden Beinen im Leben. Anders als der konservative Vater hatte sie ziemlich liberale Ansichten. Dass sie aus einer Bankiers-Familie stammte, war ihr völlig egal. Evas Vater hatte seine Schwester sogar mal »eine verkappte Kommunistin« genannt, fiel Eva ein. Plötzlich nahm sie wahr, dass ein Schatten auf Margits eben noch so fröhliches Gesicht gefallen war. Sie wirkte plötzlich in sich gekehrt, ja bekümmert.

»Was ist denn?«, fragte Eva erschrocken.

»Ach, nichts ...«

»Das glaube ich aber nicht.«

Margit senkte den Kopf. »Mein Vater ist ja ganz am Anfang des Krieges gefallen«, sagte sie schließlich leise.

»Ja, ich weiß.«

»Ich habe ihn kaum gekannt, ich war damals erst fünf. Trotzdem habe ich ihn als Kind oft vermisst. Und später dann habe ich mir vorgestellt, wie er sich mit mir freuen würde, wenn etwas Schönes in meinem Leben geschieht. Als ich mich in Peter verliebt habe oder den Ausbildungsplatz in diesem renommierten Hotel bekommen habe. Ich finde es so schade – das sollte ich wohl wieder nicht sagen –, dass dein Vater sich nicht über dein Talent zu nähen und Kleider zu entwerfen freuen kann. Denn du hast dein Dirndl selbst genäht, oder?«, fragte Margit nach einer Pause sanft. »Es ist so hübsch, vor allem die Stickerei auf dem Mieder.«

Margits Worte über den Vater hatten ins Schwarze getroffen und Eva wehgetan. Ihr Blick hellte sich wieder auf. »Ja, das ist mein eigener Entwurf ...«, gab sie zögerlich zu.

»Ich weiß noch genau, wie du immer die schönsten Kleider für unsere Puppen genäht hast. Einfach so, ohne irgendeine Vorlage. Du hast die tollsten Kreationen gezeichnet. Du bist begabt, Eva. Willst du nicht doch noch eine Lehre als Schneiderin machen?«

»Mir reicht es, in meiner Freizeit zu schneidern«, wehrte Eva ab und wechselte schnell das Thema. »Margit, erzähl mir von deiner Arbeit.«

Aber Margit hörte ihr gar nicht zu, sie richtete sich auf und deutete zu der Voliere, die eben am Rand der Terrasse aufgestellt worden war. »Oh, schau mal ...«

Ein wenig entfernt davon hatte sich eine Gruppe von Leuten versammelt, die etwas miteinander besprachen, vielleicht eine Filmszene. Eva erkannte sofort Romy Schneider, die auch in Alltagskleidung strahlend hübsch aussah. Magda Schneider erschien ihr dagegen ziemlich matronenhaft. Eva war kein großer Fan von ihr, irgendwie war sie ihr immer zu bieder. Und da war der Regisseur Ernst Marischka, wieder mit einer Zigarre im Mund. Die anderen in der Gruppe kannte sie nicht.

»Weißt du, wer die alle sind?«, wandte sie sich neugierig an Margit. »Also, außer, Romy und Magda Schneider und dem Regisseur …«

»Nee, ich hab nur sagen hören, dass der Mann mit dem Hut und dem Schnurrbart, der neben Romy Schneider steht«, Margit wies auf einen untersetzten Herrn in den Fünfzigern, »der Kameramann ist. Den Namen hab ich vergessen, aber er hat wohl mit Veit Harlan gearbeitet.«

»Oh …« Veit Harlan hatte den berüchtigten NS-Propagandafilm *Jud Süß* gedreht. Deswegen hatte es nach dem Krieg einige Prozesse gegeben, mit großen Berichten in den Zeitungen. Eva hatte den Film nie gesehen. Aber was sie darüber wusste, fand sie abstoßend.

Eine große schlanke Frau um die fünfzig trat jetzt zu der Gruppe. Sie war sehr elegant, hatte attraktive, etwas strenge Gesichtszüge und strahlte etwas Einschüchterndes aus.

»Und das, warte mal, sie hat so einen seltsamen Namen«, hörte Eva die Cousine sagen. »Das ist … Jetzt hab ich's! Gerdago, sie ist die Kostümbildnerin.«

»Das ist Gerdago? Und sie hat die Kostüme zu *Sissi* entworfen?« Eva fuhr auf.

»Ja, und?« Margit zuckte mit den Schultern.

»Gerdago, also, das ist ihr Künstlername, eigentlich heißt sie Gerda Iro oder Gerda Gottstein. Sie war auch für die Kostüme von *Mädchenjahre einer Königin* und *Maskerade* verantwortlich, der Film hatte schon in den Dreißigerjahren Premiere, ich hab ihn in einer Wiederholungsvorführung gesehen und fand die Gewänder hinreißend elegant.« Evas Stimme überschlug sich vor Aufregung. »Da war dieses schwarze, schmal geschnittene Kostüm mit dem kurzen Samt-Jäckchen und …«

»Den hab ich auch gesehen! Aber wer die Kostümbildnerin war, habe ich mir nicht gemerkt«, unterbrach Margit sie erstaunt.

Eva sah wieder den Raum mit den wunderschönen Kleidern vor sich. Ach, wenn sie all die Roben doch nur noch einmal betrachten könnte.

Kapitel 2

Eva erwachte am nächsten Morgen voller Vorfreude auf den Tag. Sie sprang aus dem Bett und öffnete die Fensterläden. Tiefblau breitete sich der See unter ihr aus, die Alpen mit ihren Schneefeldern schienen zum Greifen nah, und der Himmel war wolkenlos. Außenaufnahmen stand also nichts im Wege. Sie war fest entschlossen, bei den Dreharbeiten zuzusehen. Das würde sie schon schaffen. Sie wusch sich und zog sich schnell an. Dann machte sie sich auf den Weg ins Erdgeschoss.

Am Abend, als Margit ihrer Arbeit als Zimmermädchen nachgegangen war, hatte sie die letzten Brote aus dem Essenspaket der Mutter auf einer Bank am Seeufer gegessen und war nicht im Restaurant gewesen. Bei dem Gedanken, alleine dort zu frühstücken, war ihr ein bisschen unbehaglich zumute. Bestimmt war alles sehr elegant und luxuriös. Warum konnte sie nicht auch so selbstbewusst und weltgewandt sein wie Margit?

Der Frühstücksraum war in lichten Tönen gehalten, die Stühle hatten Bezüge aus hellem Chintz, und auf den Tischen lagen Silberbesteck und kunstvoll gefaltete Stoffservietten. Unsicher blickte Eva sich um. Durfte sie sich setzen, wohin sie wollte? Zu ihrer Erleichterung kam Rolf, der junge Kellner vom gestrigen Nachmittag, auf sie zugeeilt und nahm sie unter seine Fittiche. »Fräulein Eva, einen wunderschönen guten Morgen! Wenn Sie mir bitte folgen würden?« Er dirigierte sie zu einem kleinen Tisch vor einem Fenster und reichte ihr dann die Frühstückskarte. »Möchten Sie Kaffee, ja? Und ein gekochtes Ei? Wachsweich? Sehr gerne! Und darf ich Ihnen einen Orangensaft empfehlen?«

Eva entschied sich für Toast und Marmelade statt Brötchen – zu Hause gab es das nicht oft. Dann entfernte er sich mit einer angedeuteten Verbeugung. Er schien sich Margits Wunsch, sich um Eva zu kümmern, wirklich zu Herzen genommen zu haben. Neugierig blickte sie sich um. Die anderen Gäste waren vornehm gekleidet, sie fühlte sich in ihrem Dirndl ein wenig deplatziert. Die meisten Männer trugen Anzug und Krawatte, die Frauen Kleider oder Kostüme aus teuren Stoffen und von erstklassiger Machart. Die Schauspieler konnte sie zu ihrem Bedauern nirgends entdecken. Eva vertrieb sich die Zeit damit sich vorzustellen, wie sie da einen Kragen größer nähen und dort für eine Jacke einen anderen Stoff nehmen würde. Sie tat das ganz oft, Kleidungsstücke in Gedanken umgestalten, wenn sie auf etwas warten musste, es war ihr zur Gewohnheit geworden.

Ihre Gedanken wanderten zu ihrem Gespräch mit Margit am vergangenen Nachmittag. Es stimmte einfach nicht, dass es ihr reichte, in ihrer Freizeit zu nähen. Sie liebte es, ebenso wie die Abendkurse, in denen sie lernte, Schnittmuster zu kreieren. Ein paar hatte sie inzwischen besucht. Nach dem Lyzeum hätte sie darum kämpfen sollen, eine Lehre als Schneiderin zu machen. Doch damals hatte sie dem Vater noch vertraut, dass er wusste, was das Beste für sie sei, und ihm nachgegeben. Und jetzt verbrachte sie ihre Tage damit, für die Geschäftsführung einer großen Druckerei langweilige Briefe zu schreiben.

»Fräulein Eva …« Der junge Kellner stand mit einem Tablett neben ihr. »Fräulein Margit hat mich gebeten, Ihnen auszurichten, dass sie heute Abend gegen sechs Zeit hat, ihr Dienstplan hat sich geändert.« Selbst bei dieser Mitteilung errötete er.

Eva unterdrückte ein Schmunzeln. »Vielen Dank, Rolf.«

»Haben Sie denn für heute schon Pläne?« Er goss ihr, die linke Hand hinter dem Rücken, schwungvoll etwas Kaffee ein.

»Ich möchte bei den Dreharbeiten zusehen. Kennen Sie einen Platz, von dem aus man einen guten Blick auf die Terrasse und das Seeufer hat?« Sie war sich sicher, dass dort gedreht würde, weshalb hätten sich die Filmleute sonst vor der Vogel-Voliere besprechen sollen? Doch die Antwort des Kellners war enttäuschend. »Meines Wissens werden heute Aufnahmen in Bad Ischl gemacht.«

»Oh, das ist ja schade. Wo denn dort?«

»Da habe ich leider keine Ahnung, aber ich kann Ihnen gerne eine Busverbindung heraussuchen, bestimmt spricht es sich in dem Ort schnell herum, wo gefilmt wird. Bad Ischl ist nicht groß.«

Hoffentlich hatte Rolf recht.

Rolf hielt Wort, und eine gute halbe Stunde später durchquerte Eva, nachdem sie noch schnell auf ihrem Zimmer gewesen war, um ihren Rucksack zu holen, die Halle. Sie hatte die Eingangstür fast erreicht, als sie eine tiefe Männerstimme rufen hörte: »Hallo, Fräulein!«

Verwundert drehte sie sich um. »Ja, bitte, meinen Sie mich?«

Der beleibte Regisseur Ernst Marischka und ein schlanker, braun gebrannter Mann Ende dreißig kamen auf sie zu. »Ja, genau, um Sie geht es mir.« Der Regisseur musterte sie kritisch von oben bis unten. Dann wandte er sich an seinen Begleiter. »Das Fräulein würde passen, oder?«

»Ich denke schon.« Der schlanke Mann nickte.

»Aber ...« Eva öffnete den Mund, um zu fragen, was das zu bedeuten habe, doch der Regisseur fiel ihr ins Wort: »Haben Sie heute schon was vor?«

»Ich, nein ...«

»Uns ist eine Statistin ausgefallen. Sie wollen doch bestimmt in einem Film mitwirken, oder? Jeder will das.«

Eva stockte der Atem. »Ich soll Statistin sein, in *Sissi*?«

»Ja, genau das.«

Ihr verschlug es die Sprache. »Na... natürlich will ich das!«, stammelte sie.

»Schön, schön, hab ich's doch gewusst.« Der Regisseur tätschelte Evas Arm und verschwand.

»Kommen Sie mal mit.« Der schlanke Mann winkte ihr, ihm zu folgen.

»Ich werde wirklich Statistin sein?« Eva starrte ihn an, unfähig, sich von der Stelle zu rühren.

»Ja, wie oft wollen Sie es denn noch hören? Und fünfundzwanzig Schillinge gibt's außerdem. Aber jetzt stehen Sie hier nicht herum. Wir haben sowieso schon zu viel Zeit verloren.« Der schlanke Mann bog in einen Flur. Die Angst, er könnte es sich anders überlegen, riss Eva aus ihrer Starre, und sie lief hinter ihm her. Es kam ihr wie ein Traum vor.

Gleich darauf öffnete der Mann die Tür zu dem Raum, in dem die Filmkostüme hingen. »He, ist da wer?«, rief er. Als keine Antwort kam, wies er Eva an zu warten, und eilte davon.

Sie würde als Statistin in einem Film mitwirken! Und eben hatte sie noch befürchtet, die Dreharbeiten zu verpassen. Eva wurde ganz schwindelig. Ob sie vielleicht im nächsten

Moment in ihrem Zimmer unter dem Dach wieder aufwachen würde?

Der schwache Geruch nach Talkumpuder und Parfüm war jedoch ganz real, und das Kleid auf der Schneiderpuppe mit den silbernen Stickereien wirkte echt. Vorsichtig berührte Eva den beigefarbenen, seidig schimmernden Stoff. Aber sie stutzte. Er fühlte sich nicht kühl und glatt an. Das war gar keine Seide, das war ...

»Sagen Sie mal, was machen Sie denn da?« Der scharfe Ton ließ Eva zusammenzucken und zurückweichen. Eine schlanke, elegante Frau mit sehr verärgerter Miene kam auf sie zu. Es war: Gerdago. »Wer sind Sie überhaupt?«

»I... ich ...«, stotterte Eva. »Mein ... mein Name ist Eva Vordemfelde.«

»Und was haben Sie hier überhaupt zu suchen?«

»Ich ... ich sollte warten. Ich werde als Statistin gebraucht.« Eva fühlte sich wie eine Schülerin, die von der Lehrerin bei einer Untat ertappt worden war.

»Ach, Sie hat man dafür auserkoren.« Gerdago fasste sie bei den Schultern und betrachtete sie prüfend. »Gut, Sie sind schlank und mittelgroß, das Kostüm sollte Ihnen passen.« Sie wandte sich zum Gehen. »Ich schicke Ihnen meine Assistentin, sie wird Ihnen bei der Anprobe helfen. Aber fassen Sie so lange gefälligst nichts an.«

»Es tut mir leid. Mir kommt das alles wie ein Traum vor ...« Eva holte tief Luft. Sie musste das einfach sagen. »Ich finde diese Kostüme so schön. Und Ihre Kostüme in *Maskerade* und in *Mädchenjahre einer Königin* fand ich auch schon wunderschön.« Sie verstummte verlegen.

»Da schau her, Sie sind ja gut informiert.« Gerdago schien amüsiert.

»Ja, und ich habe auch in Filmzeitschriften über Sie gelesen. Und … darf ich Sie etwas fragen?«

»Meinetwegen, wenn Sie sich kurzfassen, ich habe nicht viel Zeit.«

»Der Stoff des Gewandes auf der Schneiderpuppe. Ich dachte es sei Seide. Aber es ist Nylon, nicht wahr?«

»Ja, das stimmt.«

»Aber die Stickereien sind doch so aufwendig …«

»Und jetzt möchten Sie wissen, warum diese kostbaren Stickereien auf einem verhältnismäßig billigen, synthetischen Stoff gefertigt wurden?«

»Ja, genau.«

»Es gab nicht genug Seide.« Gerdagos Stimme klang trocken.

»Oh …«

»Seit Kriegsende sind erst zehn Jahre vergangen. Deshalb ist Seide in so großen Mengen, wie wir sie für all die Kostüme benötigt hätten, einfach nicht zu bekommen. Beantwortet das Ihre Frage?«

»Ja, das tut es.« Wieder kam sich Eva wie ein Schulmädchen vor.

»Gut, denn jetzt muss ich wirklich weiter.« Gerdago nickte ihr knapp zu, dann verließ sie den Raum.

Welches der Kostüme sie wohl gleich tragen würde? Vielleicht sogar ein Ballkleid? Eva hütete sich, die Gewänder noch einmal zu berühren. Wie herrlich musste es sein, solche Kreationen erschaffen zu können. Ihr Blick fiel auf einen zerfledderten Stapel Papier auf einem Stuhl. Er war gebunden. »Sissi. Ein Film von Ernst Marischka« stand auf dem ersten Blatt. Das war das Drehbuch zum Film. Ohne nachzudenken, nahm Eva das Drehbuch und schob es in ihren Rucksack.

Erst als sie Schritte auf dem Flur hörte, wurde ihr klar, dass sie gerade etwas gestohlen hatte.

Eine zierliche Frau mit blonden Locken kam herein, sie trug einen weißen Kittel über einem Sommerkleid. »Sie sind also die neue Statistin.« Ihre Stimme klang etwas gehetzt.

»Ja.« Eva knetete ihre verschwitzen Finger hinter ihrem Rucksack. Sie fürchtete, dass ihr das Schuldbewusstsein ins Gesicht geschrieben stand. Aber die Assistentin musterte ebenfalls nur ihre Körpermaße. Dann verschwand sie zwischen den Kleiderständern und kam gleich darauf mit einem rosa Kostüm, einem Korsett, sowie einem Unterrock zurück.

»Dahinter können Sie sich umkleiden.« Sie wies auf einen Vorhang, der zwischen Metallstangen hing. »Ziehen Sie den Unterrock und das Korsett an. Dann rufen Sie mich. Sie sind ja glücklicherweise schlank. Aber trotzdem werde ich Sie schnüren müssen.«

Sie, die eben noch traurig über ihr langweiliges Leben gewesen war, durfte all das erleben. Noch immer überwältigt, zitterten Evas Hände so sehr, dass sie Mühe hatte, den Anweisungen zu folgen.

»Ich bin so weit«, rief sie schließlich.

»Gut«, die Assistentin trat zu ihr in die improvisierte Kabine. »Halten Sie sich an der Lehne fest«, sie wies auf einen Stuhl, »und beugen Sie sich vor.« Mit einer für so eine zierliche Person erstaunlichen Kraft zog sie an den Schnüren des Korsetts und verknotete sie.

Ach, du meine Güte! Eva konnte nur noch flach atmen. Dann half ihr die Assistentin in das Kostüm.

»Das Kleid«, brachte sie mühsam hervor, »es hat einen ziemlich schmalen Rock, verglichen mit den anderen Gewändern ...«

»Sie sind ja nur die Staffage im Hintergrund und werden in Rückenansicht gefilmt und sollen keine Aufmerksamkeit auf sich ziehen.« Die Assistentin musterte sie wieder. »Schnell, setzen Sie sich, ich werde Sie frisieren.«

Kurz war sie enttäuscht, dass nicht ihr Gesicht zu sehen sein würde, aber das verschwand gleich wieder dank der berauschenden Tatsache, dass sie ein Kostüm trug und in dem Film mitwirken würde. »Frisieren ... gehört ... das auch zu Ihren Aufgaben?« Eva rang immer noch nach Atem. Das Korsett umschlang sie hart und fest. Es war furchtbar unbequem.

»Nein, das macht sonst die Maskenbildnerin. Aber sie hat beim Dreh alle Hände voll zu tun.«

Rasch und geschickt löste die Assistentin ihre Zöpfe und entflocht sie, ehe sie ihr die Haare zu einem Knoten wand, den sie am Hinterkopf feststeckte. Dann puderte sie ihr das Gesicht, trug Rouge auf und schminkte ihr die Lippen.

»Aber ... ich soll doch nur von hinten zu sehen sein?«, wunderte Eva sich.

»Laut den gezeichneten Szeneneinstellungen, ja. Aber man weiß nie, was dem Regisseur so einfällt.«

»Was sind denn gezeichnete Szeneneinstellungen?«

»Sie stellen aber viele Fragen! Wie der Name schon sagt, werden alle Szenen des Drehbuchs gezeichnet, und zwar so, wie sie später gefilmt werden.« Ungeduldig setzte die Assistentin Eva einen kleinen Hut in der Farbe des Kleides auf und befestigte ihn mit einer Schleife unter ihrem Kinn.

Erst jetzt kam Eva dazu, sich im Spiegel in der improvisierten Kabine richtig zu betrachten. Staunend sah sie sich an. Die junge Frau, die ihr daraus in dem rosa Kleid mit den Rüschen am Kragen und den hohen Stulpen an den Ärmeln entgegenblickte, war sie – und doch auch wieder nicht. Aber es war etwas anderes, als ein Faschingskostüm zu tragen. Auch wenn sie nicht hätte benennen können, was der Unterschied war.

»Schnell ... Kommen Sie!« Die Assistentin verstaute Evas Dirndl in einem Beutel und winkte ihr, ihr zu folgen. Sie hetzte mit ihr durch die Flure bis zu dem Parkplatz und dort zu einem Wagen.

»Rein mit Ihnen, und ziehen Sie den Rock am Po bitte glatt!« Die Assistentin öffnete ihr die hintere Tür. Eva ließ sich vorsichtig auf der Rückbank nieder. Die Assistentin ordnete noch die Falten, ehe sie sich auf dem Beifahrersitz mit dem Beutel auf dem Schoß niederließ und der Fahrer den Wagen startete.

Der See glitt an Eva vorbei, da waren Bauernhäuser inmitten von Feldern. Sie durchquerten idyllische Dörfer, aber irgendwie bekam sie alles gar nicht so richtig mit. Sie war viel zu aufgeregt. Panik mischte sich in ihre Vorfreude. Was, wenn sie vor der Kamera stolperte und das Kleid zerriss, oder ...

Als sie eine von alten Bürgerhäusern gesäumte Straße entlangfuhren, registrierte Eva das Ortsschild »Bad Ischl«. Hübsche schmiedeeiserne Balkone verliehen den Häusern einen besonderen Charme. Gleich darauf hielt der Wagen auf einem Platz.

»Schnell, schnell ...« Die Assistentin scheuchte sie nach draußen. Sie eilten eine Gasse entlang und an einer Absperrung vorbei. In einer kleinen Straße an einem schmalen Fluss waren Kameras aufgebaut, Tonangeln ragten in die Luft. Die Scheinwerfer brannten schon. Einige Dutzend Menschen hasteten geschäftig in dem gleißenden Licht hin und her.

»Na, endlich!« Der schlanke Mann, der Eva vorhin zu dem Raum mit den Kostümen gebracht hatte, schaute auf seine

Armbanduhr und seufzte. Dann fasste er Eva am Arm und führte sie ein Stück weiter bis zu einer Kreidemarkierung am Boden. »Sie bleiben hier stehen, mit dem Rücken zu den Kameras. Und sobald ich Ihnen ein Zeichen gebe, gehen Sie langsam weiter, von den Kameras weg. Haben Sie das verstanden?«

»Ja.« Eva nickte.

»Sie gehen nur, Sie tun nichts anderes. Und vor allem schauen Sie sich nicht um.«

»Ja«, wiederholte Eva. »Ich habe es verstanden.«

»Schön.«

Eva spürte die Wärme der Scheinwerfer auf ihrem Rücken. Nervös wartete sie. Auch auf der anderen Seite des Flüsschens standen stattliche Bürgerhäuser mit hellen Fassaden, davor wuchsen Platanen, was der Promenade ein südländisches Flair verlieh. Ein spitzer Kirchturm ragte über den Dächern auf, und jenseits des Städtchens erhoben sich die Berge vor dem Sommerhimmel. Ob das alles mit ihr auf der Aufnahme zu sehen sein würde?

Wenig später ertönte der Ruf: »Ruhe bitte!«, gefolgt von dem Befehl: »Kamera ab!«

Schnell, aber etwas leiser hörte Eva eine andere Stimme rufen: »Läuft!«

»Ton ab!«

»Läuft!«

Dann ertönte wieder die Stimme des Regisseurs: »Und bitte!«

Eva hielt den Atem an.

»Sissi, Fünf-Eins, die Erste«, rief der Assistent.

Eva hörte nur noch das Knallen der Klappe, ihre Augen waren starr auf den schlanken Mann gerichtet, der ihr endlich ein Zeichen gab. Langsam, begleitet vom Surren der Kameras, ging sie vorwärts. Ihre Nervosität war verschwunden und sie fühlte sich auf einmal glücklich. Gestern hatte sie noch in einem Zug gesessen und sich auf einen Wanderurlaub gefreut und jetzt wirkte sie in einer großen Filmproduktion mit. Es war, als hätte eine unsichtbare Macht einen Zauberstab über sie geschwungen.

Ein paarmal wurde Eva angewiesen, wieder zu der Kreidemarkierung zurückzukehren und dann langsam von der Kamera wegzugehen. Schließlich erklärte ihr der schlanke Mann, die Szene »sei abgedreht« und sie könne sich in einem Wohnwagen in einer Seitenstraße umziehen. Er deutete in die Richtung hinter ihr und nach rechts. Eva war ganz heiß vor Glück.

Gerdagos Assistentin lehnte an dem Wohnwagen und rauchte eine Zigarette. Sie bedeutete Eva, ihr nach drinnen zu folgen.

»Wie geht es mit den Dreharbeiten weiter?«, erkundigte Eva sich mit glühenden Wangen, während ihr die Frau aus dem Kostüm half.

»Die Kameras werden für die nächste Szene, in der Sissi aus einem Fenster steigt, neu platziert. Ihre Mutter hat sie eingeschlossen, weil sie ihr auf die Nerven fiel.« Die ungeduldige Stimme der Kostümbildnerin verriet, dass es ihr mit Eva ähnlich erging. »Nach einer Pause wird an der Kaiservilla weitergedreht.«

»Darf ich zusehen?«

»Vielleicht.« Die Frau hob die Schultern. »Wenn Sie niemandem im Weg stehen.«

»Aber jetzt wird an dem kleinen Fluss weitergedreht?«, vergewisserte Eva sich.

»Ja.« Die Assistentin reichte ihr den Beutel mit dem Dirndl und verließ den Wohnwagen, offensichtlich um jede weitere Unterhaltung zu vermeiden.

Eva zog sich schnell an und lief dann, so schnell sie konnte, zurück an den Drehort. Eine größere Gruppe von Menschen, die ebenfalls die Aufnahmen verfolgen wollten, hatte sich hinter der Absperrung versammelt. Auch aus den Fenstern der benachbarten Häuser und denen auf der anderen Seite des Flüsschens beugten sich Zuschauer, um einen Blick auf den Dreh zu erhaschen.

»Der Schauspieler in der grünen Uniform, ist das nicht der Josef Meinrad vom Burgtheater?«, hörte sie jemanden fragen.

»Ja, genau, das ist er.«

»Ach, das waren noch Zeiten, als der Kaiser im Sommer nach Bad Ischl gekommen ist«, bemerkte wieder ein anderer. »Ein sehr nobler, alter Herr. Als kleiner Bub hab ich ihn noch gesehen.«

»He, Sie da, Sie dürfen hier nicht durch.« Ein Ordner wollte Eva an der Absperrung wegscheuchen, doch als sie sagte, dass sie eben als Statistin in dem Film mitgewirkt habe, ließ er sie passieren.

Die beiden Kameras waren umgestellt worden und auf den Anbau eines großen weißen Hauses und dessen grüne Holzbrüstung gerichtet, sowie auf ein Sprossenfenster. Kameras und Scheinwerfer waren noch ausgeschaltet. Jemand hielt eine riesige Tonangel in die Luft. Eva drückte sich in einen Eingang außerhalb des Aufnahmebereichs und verfolgte fasziniert, wie Romy Schneider in einem Trachtenkostüm, einen kleinen Federhut auf dem Kopf, aus dem Fenster kletterte und ihre Angel auf den Anbau warf, ehe sie selbst hinuntersprang. Ganz offensichtlich eine Probe vor dem Dreh.

Der Regisseur Ernst Marischka sprach mit ihr und sie hörte aufmerksam zu, dann verschwand sie im Haus. Auf seine Anweisung hin wurde der Standort einer Kamera ein wenig verändert. Schließlich hob er die Hand und rief: »Beleuchtung an!«

Das Eva inzwischen bekannte Ritual aus Befehlen und Antworten ertönte. Die Kameras begannen zu surren. Und nun stieg Romy Schneider abermals aus dem Fenster. Sie bewegte sich genauso wie während der Probe, und doch schien ihr Spiel erst jetzt, im Scheinwerferlicht, wirklich zum Leben zu erwachen. Wieder war Eva ganz gebannt und verzaubert, die Zeit verging wie im Flug.

Sie empfand einen fast körperlichen Schmerz, als das Surren der Kameras verklang, das Scheinwerferlicht erlosch und jemand eine Pause verkündete.

Sprachlos von all den Eindrücken, mit strahlenden Augen und einem Lächeln auf den Lippen, schlenderte Eva durch die Straßen von Bad Ischl. Plötzlich fiel ihr das entwendete Drehbuch in ihrem Rucksack wieder ein. Ihr schlechtes Gewissen wich der Vorfreude auf die Lektüre. Sie konnte es kaum abwarten, es am Abend in ihrem Hotelzimmer durchzulesen und sich die Kostüme für die einzelnen Szenen vorzustellen. Aber ... Eva blieb in Gedanken versunken stehen und ballte die Hände zu Fäusten. Nein, sie wollte sich die Gewänder nicht nur in ihrer Fantasie vorstellen. Sie wollte mehr. Während des Filmdrehs hatte sie so eine Magie verspürt. Wie damals, während der Krönungszeremonie der Queen. Für Eva bestanden keine Zweifel, es lag an den Kostümen. Wie es wohl wäre, sie zu zeichnen, ja, sie selbst zu *kreieren*?

Wieder klopfte ihr Herz schneller. Sicher, sie entwarf manchmal Kleider für sich. Aber Filmkostüme waren etwas ganz anderes. Und doch, auch wenn es vermessen war, sie musste es einfach versuchen.

Ein Stück weiter vorne in der Straße entdeckte sie das Schild einer Schreibwarenhandlung unter einer Markise. Eigentlich war es mehr eine Buchhandlung, in der auch Schreibwaren verkauft wurden, wie ihr ein Blick in die Schaufenster verriet. Eva kaufte einen Zeichenblock, Buntstifte, Aquarellfarben und Pinsel. Sie hatte schon bezahlt und wollte den schattigen Laden wieder verlassen, als ihr noch etwas einfiel.

»Haben Sie vielleicht ein Buch über Kostüme?«, wandte sie sich an den älteren Herrn hinter der Kasse.

»Was meinen Sie denn mit Kostümen? Etwa Faschingskostüme? So etwas haben wir nicht.«

»Nein, historische Kleider.«

»Da muss ich nachsehen.« Der Mann verschwand hinter einigen Regalen und kehrte dann mit einem dicken Band wieder zurück. »Das kann ich Ihnen anbieten«, sagte er, während er das Buch auf die Theke legte. *Historische Gewänder vom Mittelalter bis zum 19. Jahrhundert* stand auf dem Buchumschlag.

»Wie teuer ist das Buch?«

»Zweihundert Schillinge.«

Eva schluckte. Das entsprach fast dreißig Mark. Sie schlug das Buch auf. Es war ein richtiger Bildband. Zu sehen waren viele Zeichnungen aus der Zeit, als Sissi eine junge Frau gewesen war.

»Ich nehme das Buch«, hörte sie sich sagen, »ich muss nur noch in einer Bank etwas Geld wechseln.« Und mit dem Gefühl, etwas Verrücktes und doch auch ganz Beglückendes zu tun, eilte sie aus dem Laden.

Was für ein aufregender Tag! Noch immer erschien Eva alles wie ein Traum, als sie am Abend ins Hotel zurückkehrte.

Vor den Fenstern erstreckte sich der abendliche See. Wie verwunschen spiegelte sich das hell erleuchtete Hotel darin. Fühlte man sich so, wenn man sich richtig verliebt hatte? Schwebend vor Glück? Vielleicht.

In der Halle kam ihr Margit entgegen. »Mein Gott, Eva, da bist du ja! Wo warst du denn die ganze Zeit, ich hab mir schon Sorgen um dich gemacht.« Verwirrt und ein bisschen ärgerlich runzelte sie die Stirn.

»Es tut mir leid, dass ich so spät dran bin. Aber, Margit, du wirst es nicht glauben ...« Jubelnd breitete Eva die Arme aus.

»Also, wo warst du? Heraus mit der Sprache.«

»Ich habe an dem Dreh von *Sissi* mitgewirkt. Als Statistin, ich bin in dem Film ...«

»Haha. Veralbern kann ich mich selbst.« Margit verzog ungeduldig den Mund.

»Nein, es stimmt, ich nehme dich nicht auf den Arm. Der Regisseur hat mich heute Morgen in der Halle angesprochen. Mich!«, jauchzte sie. »Die junge Frau, die ursprünglich als Statistin vorgesehen war, ist krank geworden. Und mir hat das Kostüm gepasst.« Eva war nahe daran, wie ein kleines Kind vor Freude um ihre Cousine herumzuhüpfen. Nur das Bewusstsein, dass sie immerhin schon neunzehn war, hielt sie davon ab.

»Das ist doch nicht möglich!« Margit schlug die Hand vor den Mund. »Du bist kaum einen Tag hier, und schon wirst du Statistin in einem Kinofilm. Erzähl, ich will alles wissen, jede Einzelheit. Das heißt, warte ... Ich besorge uns eine Flasche Wein und ein paar belegte Brote, und dann setzen wir uns irgendwo ans Seeufer, ja? Dort können wir ungestört reden.«

Eva brachte ihren Rucksack aufs Zimmer, der wegen des Bildbandes und des entwendeten Drehbuchs sehr schwer war, und holte sich eine Jacke. Wieder unten in der Halle musste sie nicht lange warten, bis Margit mit einem Korb am Arm wieder zurückkehrte. Sie führte Eva zu einem lauschigen Platz am Seeufer und breitete eine Decke aus.

»So, nun erzähl«, sagte sie, während sie die belegten Brote, die Flasche Wein und zwei Gläser aus dem Korb nahm. »Ich platze vor Neugierde.« Sie entkorkte die Flasche, goss Wein in die beiden Gläser und drückte eines Eva in die Hand.

Eva nahm einen großen Schluck. Der Rotwein schmeckte herb und fruchtig. Sie trank normalerweise nicht viel Alkohol, aber irgendwie passte das zu diesem außergewöhnlichen Tag. Ausführlich berichtete sie von den Ereignissen im Hotel und den Aufnahmen in Bad Ischl. Margit hörte ihr gespannt, mit vielen Ohs und Ahs, zu.

Eva hielt kurz inne und trank noch einen zweiten großen Schluck von dem Wein. »Nach der Pause wurde noch eine Außenaufnahme an der Kaiservilla gemacht«, erzählte sie weiter. In der Abenddämmerung war das Licht über dem See ganz weich, Grillen zirpten in den Büschen, und der Himmel hatte eine Farbe wie dunkelblauer Samt. Wieder kam ihr alles vor wie ein Wunder. »Die Kaiservilla hatte man wegen des Drehs abgesperrt, aber ich durfte mit in den Garten. Du musst dir das so vorstellen: Sissis Mutter, ihre Schwester Néné, und die Mutter des Kaisers stehen auf dem Balkon, denn sie denken, Franz-Joseph fährt vor. Aber in der offenen Kutsche – vier Pferde haben sie gezogen! – sitzt nur sein Adjudant. Der sagt den enttäuschten Damen, dass der Kaiser später kommen wird. Er und Sissi sind sich nämlich inzwischen begegnet. Sissi hatte ihre Angelleine ausgeworfen, und der Haken hatte sich im Ärmel des Kaisers verfangen.«

»Sie hat ihn also buchstäblich an der Angel.« Margit lachte.

»Ja, sie unternehmen einen Spaziergang, und es knistert heftig zwischen den beiden.« Auf der Rückfahrt im Bus hatte Eva schon in dem gestohlenen Drehbuch geblättert. Aber davon erzählte sie Margit lieber nichts, denn sie hatte deswegen wieder ein schlechtes Gewissen.

»Was für ein tolles Erlebnis! Verrückt ...« Margit schüttelte ungläubig den Kopf. »Ich bin so neidisch. Du wirst in einem Film vor einem riesigen Publikum zu sehen sein.«

»Na ja, nur mein Rücken.« Eva lachte, wieder ganz ergriffen von diesem Glücksgefühl, als sie das Kostüm getragen hatte.

Es war schön, mit Margit am Seeufer unter dem sternenklaren Himmel zu sitzen, über alles Mögliche zu plaudern und Wein zu trinken. Und doch wünschte sich Eva, in ihrem Zimmer zu sein und das Drehbuch endlich vollständig zu lesen.

Als sie später der Cousine eine gute Nacht gewünscht und sich von ihr verabschiedet hatte, rannte sie durch die Korridore. In ihrem Zimmer ließ sie sich an dem kleinen Tisch in der Gaube nieder und schaltete die Lampe neben der Vase mit den Teerosen ein. Atemlos schlug sie das Drehbuch auf und vertiefte sich darin. Sie blendete alles um sich herum aus. Sie sah nur noch die Kostüme vor sich, die Gerdago entworfen hatte.

Schon nach den ersten Seiten kamen ihr eigene Ideen. Wie im Traum griff Eva nach ihrem Skizzenblock und den Stiften und begann zu zeichnen. Anfangs zögerlich, dann immer sicherer, zog sie Striche auf dem Papier. Umrisse von Kleidern entstanden, erst noch ganz skizzenhaft, dann immer detaillierter. Sie fügte da ein paar Rüschen und dort Verzierungen hinzu, veränderte einen Faltenwurf und einen Kragen und entschied sich für eine andere Farbe.

Mit heftig klopfendem Herzen hielt sie schließlich inne. Irgendwo schlug eine Kirchturmuhr zweimal die volle Stunde. Wie im Flug war die Zeit vergangen. Eva fühlte sich so lebendig wie noch nie zuvor in ihrem Leben.

Später, beim Einschlafen, mischten sich ihre Skizzen mit den Kostümen von Gerdago. Die Bilder begleiteten sie bis in ihre Träume.

Kapitel 3

Die Septembersonne übergoss die Münchner Altstadt nahe dem Marienplatz mit ihrem milchigen Licht, als Axel Vordemfelde zu seiner Zeitungsredaktion ging. Selbst den schlichten Fassaden der Nachkriegsbauten in den ehemaligen Bombenlücken verlieh sie an diesem Morgen einen gewissen Zauber. Über den Dächern ragten die Türme der Frauenkirche mit ihren behäbigen, halbrunden Hauben auf. Es herrschte Fön, im Umland von München zeichneten sich die schneebedeckten Gipfel der Alpen weiß vor dem blauen Himmel ab.

Viele Menschen hätten ihn darum beneidet, in der bayrischen Hauptstadt leben zu dürfen. Dessen war sich Axel Vordemfelde sehr wohl bewusst. Aber für ihn bedeutete es nach den Tagen als Journalist beim Staatsbesuch in Moskau die Rückkehr in ein tristes, ödes Exil. Dort, unter den Pressevertretern, hatte er sich am Puls der Zeit befunden, war dabei gewesen, als Weltpolitik gemacht wurde, hatte Artikel über Geschehnisse von historischem Rang verfassen können.

Hier, beim *Münchner Abend*, würde ein großer Teil seiner Arbeit als Leiter des Ressorts Politik wieder darin bestehen, Agenturmeldungen zu redigieren und sich mit den Niederungen der bayrischen Landespolitik zu befassen. Bayern trat zwar gerne als souveräner Staat auf, dabei war es doch einfach nur Provinz. Hier waren tatsächlich Absurditäten wichtig wie die Frage, ob an den Landesgrenzen weiß-blaue Grenzpfähle stehen sollten.

Und Ministerpräsident Wilhelm Hoegner von der SPD mochte sich im *Dritten Reich* mit seinem Exil in der Schweiz eine moralisch weiße Weste bewahrt haben, ein Politiker von wirklichem Format war er aber in Axel Vordemfeldes Augen, anders als Konrad Adenauer, nun wirklich nicht.

Sicher, man konnte darüber streiten, ob es ein Fehler gewesen war, dass die Bundesrepublik nun diplomatische Beziehungen zu Moskau aufnahm, was die Teilung von Deutschland in West und Ost praktisch besiegelte – er, Axel Vordemfelde, hielt es für einen Fehler. Aber es war zumindest ein kluger Schachzug gewesen, dass Adenauer die Freilassung der letzten deutschen Kriegsgefangenen auf sowjetischem Boden dafür zur Bedingung gemacht hatte. Zehn Jahre verbrachten die früheren Kameraden jetzt in dieser Hölle. Ihm waren seine fünf wie eine Ewigkeit erschienen, und er hatte sie nur mit viel Glück überlebt.

Vor den Schaukästen neben dem Eingang des *Münchner Abend* in der Sendlinger Straße blieb Axel Vordemfelde stehen. Die aktuelle Ausgabe der Zeitung hing darin. Ein Agenturfoto zeigte Adenauer, wie er die Regierungsmaschine auf dem Flughafen Köln-Wahn verließ und von einer begeisterten Menschenmenge empfangen wurde. Den dazugehörigen Kommentar unter der Überschrift »Deutsche Familien dürfen auf die Rückkehr ihrer Väter hoffen – deutsche Teilung ein hoher Preis für den Triumph Adenauers?« hatte er verfasst.

»Morgen, Herr Doktor ...« Der Pförtner begrüßte ihn mit nach oben gerecktem Daumen. »Ich hab jeden Ihrer Artikel gelesen. Na, der Adenauer hat's dem Iwan ja gezeigt.«

»Ja, er hat hart verhandelt.« Axel Vordemfelde wechselte noch ein paar Worte mit dem Pförtner, es war immer gut, Volkes Stimme als Rückmeldung auf Artikel zu bekommen. Dann lief er zu den Redaktionsräumen im ersten Stock hinauf. Die Tür zum Sekretariat stand wie immer offen, er klopfte an den Rahmen. »Morgen, Fräulein Wiesinger.«

»Herr Doktor, wie schön, dass Sie wieder hier sind.« Fräulein Wiesinger, wie immer im Kostüm, eine Perlenkette um den Hals, lächelte ihn an. Ihre Stimme klang ein bisschen belegt. »Der Chef, das kann ich Ihnen ja schon mal im Vertrauen sagen, war sehr zufrieden mit Ihren Artikeln.«

»Das freut mich. Ist er schon da?« Axel Vordemfelde öffnete seine Aktentasche und nahm ein Päckchen heraus.

»Er hat einen Zahnarzttermin und kommt deshalb etwas später.«

»Sie hören sich leicht erkältet an, geht es Ihnen gut?«

»Ach, nur ein Schnupfen, nichts weiter«, wehrte sie ab und fuhr sich mit einem spitzenbesetzten Taschentuch über die Nase.

»Das ist für Sie, ein Mitbringsel aus Moskau.« Axel Vordemfelde reichte Fräulein Wiesinger das Päckchen. Er achtete stets darauf, sich mit den Sekretärinnen gut zu stellen, und hielt die Kollegen für dumm, die dies nicht taten. Sekretärinnen waren nun mal eine unerschöpfliche Quelle für Klatsch und Tratsch in der Redaktion – was sich manchmal als sehr wichtig erweisen konnte.

»Aber, Herr Doktor, ich weiß nicht, was ich sagen soll ...« Verlegen schlug sie das Geschenkpapier auseinander und nahm das rauchblau und grau gemusterte Seidentuch heraus. »Oh, wie schön!« Sie errötete erfreut, wie er gehofft hatte. »Und so was gibt es in der Sowjetunion?«

»In Läden für die Touristen. Ich dachte, es passt gut zu den Farben, die Sie so tragen.«

»Aber ja.« Sie legte sich das Tuch um die Schultern. »Vielen Dank. Das wäre wirklich nicht nötig gewesen.«

»Doch, natürlich ist es das. Bei Ihnen konnte ich mich unbedingt darauf verlassen, dass Sie meine Artikel am Telefon akkurat und fehlerfrei stenografiert haben.« Axel Vordemfelde hatte, wie viele andere Kollegen auch, seine Texte vom Moskauer Hotelzimmer telefonisch in die Redaktion durchgegeben. Sie zu telegraphieren war ihm zu umständlich erschienen.

»Dann will ich mich mal wieder an die Arbeit machen.« Er nickte der Sekretärin zu und ging in sein Büro. Er konnte noch einen atmosphärischen Bericht zu der Reise schreiben. Ein Sonderzug war eigens für die Verhandlungen von Frankfurt nach Moskau gefahren worden, damit sich die deutsche Delegation dort abhörsicher beraten konnte. Das war ein interessantes Thema für die Leser – und für ihn ein letzter Abglanz der Reise, bevor ihn endgültig der Alltag in der journalistischen Provinz wiederhatte.

Eine Sache gab es, die er in seinem Leben wirklich bereute: dass er 1941 wegen seiner Karriere von Berlin nach München gewechselt war. Der Herausgeber der Illustrierten hatte ihm versichert, dass er es schaffen würde, ihn als »unabkömmlich« deklarieren zu lassen und so vor dem Dienst in der Wehrmacht zu bewahren. Da der Mann über gute Beziehungen zur nationalsozialistischen Führung verfügte, hatte er ihm leider vertraut. Doch der Feldzug in der Sowjetunion und der zum Stillstand kommende Vormarsch der deutschen Armee hatten alles verändert. Die Stelle als Chefredakteur der Illustrierten hatte er nur wenige Monate innegehabt, bevor er doch zur Wehrmacht nach Russland eingezogen worden war. Und nach seiner Entlassung aus der Kriegsgefangenschaft hatte das Blatt schon lange nicht mehr existiert.

Aber die Vergangenheit war nicht mehr zu ändern, was zählte, war die Gegenwart. Axel Vordemfeldes Pragmatismus gewann die Oberhand. Er hatte seine Notizen auf dem Schreibtisch ausgebreitet, als sein Telefon klingelte.

»Herr Doktor, ich habe hier jemanden aus Köln für Sie am Apparat«, meldete sich die Sekretärin. »Der Name ist ...« Sie begann heftig zu husten. »Entschuldigung ...«

»Schon gut, stellen Sie durch ...«, unterbrach Axel Vordemfelde sie. Zu spät fiel ihm ein, dass dies vielleicht der schwatzhafte, nicht übermäßig intelligente Kollege aus der Domstadt war, der immer schon mal zum Oktoberfest nach München hatte kommen wollen. Er hatte sich in Moskau an der Hotelbar beinahe selbst eingeladen, als er sagte, ob man sich nicht auf dem Fest treffen und gemeinsam eine Runde durch die Bierzelte machen wolle. Man könne bestimmt viel *Gaudi* miteinander haben. Als er das Wort Gaudi sagte, hatte er gelacht.

Axel Vordemfelde überlegte hochkonzentiert, wie er den Mann am besten abwimmeln konnte, als eine Frauenstimme an sein Ohr drang. »Herr Dr. Vordemfelde? Hier Hoffmann, die Sekretärin von Herrn Dr. Meinrad.«

Meinrad, das war doch der Chefredakteur Fernsehen des NWDR in Köln? Axel Vordemfelde hatte ihn auch bei dem Staatsbesuch in Moskau kennengelernt und an der Hotelbar ausgiebig mit ihm getrunken.

»Ja, worum geht es?« Unwillkürlich setzte er sich aufrechter hin.

»Herr Dr. Meinrad hat mich gebeten, Ihnen auszurichten, dass in Kürze eine Stelle als leitender politischer Redakteur im Bonner Studio des NWDR frei wird. Erfahrungen beim Fernsehen sind ausdrücklich erwünscht. Deshalb lässt er fragen, ob Sie sich vorstellen könnten, sich auf die Stelle zu bewerben?«

»Mich auf die Stelle zu bewerben ... Ja, natürlich, ja ...« Axel Vordemfelde umklammerte den Hörer fester. Er hatte Meinrad von seinen Erfahrungen beim Radio und als Auslandskorrespondent der *Voss'schen Zeitung* vor dem Krieg erzählt und auch, dass er dann zwei Jahre lang für das neu gegründete Fernsehen in Berlin gearbeitet hatte.

Das Medium und die Möglichkeiten, die es eröffnete, Menschen in Wort und Bild zu Hause zu erreichen, hatten ihn schon damals fasziniert. Für ihn bedeutete es die Zukunft des Journalismus. Voller Begeisterung hatte er anklingen lassen, dass er gerne wieder für das Fernsehen arbeiten würde. Meinrad, dieser kühle Hund, hatte sich das angehört, war jedoch nicht darauf eingegangen. Und jetzt das ... Bestimmt hatten ihn seine Artikel überzeugt.

»Würde es Ihnen passen, am nächsten Donnerstag zu einem Gespräch nach Köln zu kommen? Um zehn Uhr morgens? Die Kosten für die Hotelübernachtung und die Fahrt übernimmt natürlich der Sender.«

»Ich schaue mal in meinem Kalender nach.« Axel Vordemfelde gab vor, darin zu blättern. Aber für dieses Gespräch hätte er sogar die Beerdigung seiner Mutter – wenn sie nicht ohnehin schon vor langer Zeit gestorben wäre – ausfallen lassen. »Ja, der Termin passt mir«, sagte er schließlich.

»Wie schön, dann richte ich das dem Herrn Doktor aus.«

Axel Vordemfelde besprach noch ein paar Formalitäten mit der Sekretärin, etwa, wo genau das Gespräch stattfinden würde. Dann beendete er das Telefonat und ließ sich in seinem Schreibtischstuhl zurücksinken. Adrenalin durchströmte seinen Körper. Er fühlte sich wie elektrisiert. Das Bonner Studio des NWDR. Es war kaum zu glauben. Würde sein Traum, am Puls der Zeit, nahe dem Machtzentrum der Republik arbeiten zu können, tatsächlich wahr werden?

Flüchtig streifte ihn der Gedanke an seine Familie. Für seine Frau und die Töchter würde es einen Umzug in die Hauptstadt am Rhein bedeuten. Aber es stand außer Frage, seine Karriere hatte nun mal Vorrang. Sie profitierten schließlich auch davon.

Es konnte nicht schaden, sich vorab genau über die Herren zu informieren, die höchstwahrscheinlich an dem Gespräch teilnehmen würden. Beschwingt und voller Hoffnungen griff Axel Vordemfelde zu seinem *Oeckl*, dem Handbuch des öffentlichen Lebens und unverzichtbaren Nachschlagewerk für Journalisten, und dann zum Telefon.

Niedergeschlagen betrat Eva den großen Raum im Untergeschoss des Hotels und ließ sich in einer der hinteren Reihen nieder. In wenigen Minuten begann die Vorführung. Morgen würden die Schauspieler und der Filmstab nach Wien abreisen, wo der Dreh in verschiedenen Studios weiterging. Deshalb hatte der Regisseur die Hotelgäste und das Personal eingeladen, sich die am Schlosshotel und in Bad Ischl aufgenommenen Szenen zusammen mit den Schauspielern und den Leuten von der Technik anzusehen.

Für Eva waren die Tage wie im Flug vergangen. Vormittags hatte sie meist bei den Dreharbeiten zugesehen und sich abends mit Margit zu einem Picknick oder einem Spaziergang am Seeufer getroffen. Aber die Nachmittage und die späten Abende hatte sie in ihrem Zimmer unter dem Dach verbracht und wie in einem Rausch gemalt und gezeichnet.

Margit hatte sie nichts davon erzählt. Wenn sie fragte, wie sie denn so ihre Zeit verbringe, hatte Eva ausweichend geantwortet. Eva fand es ja selbst albern, aber sie befürchtete immer noch, dass der Zauber, der sie so in seinen Bann geschlagen hatte, verloren ginge, wenn sie darüber sprach.

Ein wenig fühlte sie sich wie Aschenputtel auf dem Ball kurz vor Mitternacht. Noch waren da die prächtigen Roben, der Glanz und das Glück. Aber morgen, mit der Abreise der Filmleute und dem Ende der Dreharbeiten, würde der Zauber gebrochen sein. Eva würde wieder in ihr altes, langweiliges Leben zurückkehren. Die Kehle wurde ihr eng, und sie blinzelte die Tränen weg, die ihr in die Augen schossen. Sie hatte eine wunderschöne Zeit erlebt, viel schöner, als sie es sich je erträumt hätte, und sie wollte nicht in Selbstmitleid versinken.

Margit drängte sich jetzt durch die Reihe und ließ sich neben ihr nieder. »Ich bin ja so gespannt!«, beteuerte sie und drückte Evas Arm.

»Ich auch.« Wie würde es wohl sein, all die Szenen, bei deren Dreh sie zugesehen hatte, auf der Leinwand zu erblicken?

Der Regisseur Ernst Marischka betrat den Vorführraum und stapfte zu der ersten Reihe, wo er sich schwerfällig setzte und sich eine Zigarre anzündete. Dann kamen Romy und Magda Schneider und die anderen Schauspielerinnen und Schauspieler. Da war ja auch Gerdago! Eva setzte sich kerzengerade hin. In einem schwarzen, figurbetonten Kleid und hochhackigen Schuhen schritt die Kostümbildnerin wie die anderen ganz nach vorne und nahm dort Platz. Während der letzten Tage hatte Eva sie nicht mehr gesehen. Als sie sich beim Filmstab nach der Kostümbildnerin erkundigt hatte, war ihr gesagt worden, dass Gerdago in ihrem Wiener Atelier arbeitete. Anscheinend war sie allein für diese Vorführung nach Fuschl am See gekommen.

»Dann wollen wir mal.« Der Regisseur gab ein Zeichen. Das Licht erlosch, der Filmprojektor begann zu surren. Die Gespräche verstummten. Alles um Eva herum versank, und sie sog die Bilder in sich auf. Wie perfekt die Kostüme zu den jeweiligen Szenen passten und den Figuren Leben einhauchten. Romy Schneider in dem lebensfrohen roten Reitkleid auf ihrem Pferd und in dem legeren, trachtenartigen Kostüm, in dem sie ihre Vögel in der Voliere fütterte, die sie gegen Ende des Films, wenn sie sich aus Liebe zum Kaiser für den goldenen Käfig der Wiener Hofburg entschieden hatte, in die Freiheit entließ. Magda Schneider, die liebevolle Mama, trug fast immer helle und warme Farben, während die Erzherzogin Sophie, die böse Schwiegermutter in spe, in dunkle oder kühle gekleidet war.

»Das bist du, nicht wahr?« Wieder drückte Margit ihren Arm.

»Ja«, flüsterte sie und beugte sich vor.

Da war sie – Eva – in dem rosa Kostüm im Hintergrund der Szene an dem Flüsschen in Bad Ischl. Sie war Teil dieses Films. Millionen von Menschen würden sie sehen. Eva war überwältigt, am liebsten hätte sie den Projektor angehalten, um jede Einzelheit in sich aufzusaugen. Wie deutlich die lichte Farbe ihres Kleides sich vom dunklen Grün der Uniform des Polizeihauptmanns abhob, der Sissi beobachtete. Bestimmt hatte Gerdago sich ganz bewusst für diesen Kontrast entschieden.

Andere Szenen wechselten einander auf der Leinwand ab. Den Höhepunkt bildeten Sissi und Franz-Joseph, wie sie nach der Verkündigung der Verlobung auf den Balkon der Kaiservilla in Bad Ischl traten und die Bevölkerung ihnen zujubelte. Sissi in einem hellblauen, mit Rosen bestickten Ballkleid, eine kühle Farbe, die ihre künftige hohe und von den Menschen distanzierte Stellung vorwegnehmen sollte.

Ein Flackern auf der Leinwand, dann endete die Filmvorführung. Das Licht ging an, und Eva schloss geblendet die Augen. Als sie die Lider wieder öffnete, fühlte sie sich wie aus einem Traum erwacht. Die gläserne Kutsche aus dem Märchen hatte sich in einen verschrumpelten Kürbis verwandelt. Alle strebten nach draußen.

»Lass uns gehen.« Margit stand auf. »Auf der Terrasse gibt es zur Feier des Tages Sekt und Häppchen.«

Eva folgte ihr, noch immer von der Traurigkeit erfüllt, dass alles auf einmal vorbei war.

Auf der Terrasse schwirrten das Lachen und die Stimmen der Gäste durch die Luft. Margit, die kurz verschwunden war, kam mit zwei Sektkelchen in den Händen zu ihr und stieß lachend mit ihr an.

»Auf meine Cousine, die wunderbarste Statistin der Welt. Und, wie war es für dich, dich in dem Film zu sehen?«

»Oh, schön ...«

»Das hört sich aber nicht sehr enthusiastisch an. Ich an deiner Stelle wäre völlig aus dem Häuschen.«

Jemand stellte einen Plattenspieler an, laute rhythmische Tanzmusik schallte über die Terrasse. Plötzlich war Eva alles zu viel, sie war nicht in der Stimmung, sich zu vergnügen. Sie musste noch ein letztes Mal an diesen Ort gehen, der sie so verzaubert hatte.

»Margit, es tut mir leid, aber ich habe ziemliche Kopfschmerzen«, schwindelte sie.

»Ach, deshalb wirkst du so niedergeschlagen, warum hast du das denn nicht gleich gesagt?« Margit sah sie besorgt an. »Soll ich dich in dein Zimmer bringen? Hast du Aspirin oder so etwas?«

»Ich schaffe es schon allein in mein Zimmer. Und, ja, Tabletten habe ich. Hab noch viel Spaß!«

»Wir sehen uns dann morgen Vormittag. Wenn die Filmleute abgereist sind, habe ich endlich Urlaub.« Margit zog sie an sich. »Schlaf dich aus und erhol dich gut.«

»Morgen geht es mir bestimmt wieder besser.« Schuldbewusst, weil sie die Cousine angelogen hatte, lief Eva davon.

Hoffentlich war die Tür zu dem Raum mit den Filmkostümen nicht abgeschlossen. Mit klopfendem Herzen drückte Eva die Klinke herunter. Zu ihrer Erleichterung gab die Tür nach. Hastig schlüpfte sie durch den Spalt und zog sie hinter sich wieder zu. Drinnen war es dunkel. Der schwache Geruch von Talkumpuder und Parfüm war noch deutlicher zu riechen als bei ihren beiden vorherigen Besuchen. Wo der Lichtschein, der durch die Ritzen in den Fensterläden fiel, auf die Gewänder traf, ging ein schwaches Funkeln von ihnen aus. Nur ein paar ungestörte Momente lang wollte sie die Magie, die in diesem Raum lag, noch einmal auskosten. Ganz für sich allein. Neben der Tür ertastete Eva einen Schalter und drückte ihn. Licht flammte auf. Über den meisten Roben hingen schon schützende Hüllen aus dünnem Stoff. Eva ging an den Metallständern entlang und hob die Hüllen hoch. Da war Sissis Reitkleid und dort das Ballkleid vom Abend ihrer Verlobung.

Die Magie, die sie in den letzten Tagen empfunden hatte, durfte nicht wieder aus ihrem Leben verschwinden. Noch nie zuvor war sie so glücklich gewesen wie in den Stunden, in denen sie sich in das Drehbuch hineingeträumt und die Kostüme gezeichnet hatte. Vielleicht musste sie das nicht aufgeben. Vielleicht konnte sie ja ... Eva wagte nicht, den Gedanken zu Ende zu denken. Das Blut rauschte in ihren Adern.

»Jetzt haben Sie hier aber wirklich nichts mehr zu suchen.« Eine kühle Stimme ließ sie zusammenzucken. Als sie sich umdrehte, stand Gerdago vor ihr, direkt neben einem großen Arbeitstisch, und zog ihre dunklen Augenbrauen hoch. Ihre Miene war schwer zu deuten, freundlich war sie nicht. »Und die Hüllen der Kostüme haben Sie auch noch zurückgeschlagen.«

»Ich ... ich musste die Gewänder einfach noch einmal sehen«, stammelte Eva.

»Ach, tatsächlich?«

»Ja, denn ich ... Nun, mir ist in den vergangenen Tagen klar geworden, das heißt, eigentlich ist mir erst jetzt klar geworden ...« Da war wieder dieser Gedanke. Sie konnte ihn nicht mehr wegschieben, er war beängstigend und doch auch so beglückend.

»Könnten Sie sich bitte in vollständigen Sätzen ausdrücken?«

»Es tut mir leid. Mir ist klar geworden, dass ... dass ich ... Kostümbildnerin werden möchte.« Nun war's heraus.

»So, so ...« Gerdago lehnte sich gegen einen Tisch und musterte Eva. »Und was hat Sie zu dieser Erkenntnis geführt?«

»Ich finde Ihre Kostüme wunderschön.«

»Das sagten Sie bereits, Kindchen. Aber das hier geht nicht.« Sie zeigte auf die zurückgeschlagenen Hüllen der Kostüme.

»Es tut mir leid ...«

»Also, noch mal, wie kommen Sie darauf?«

Evas Herz schlug ihr bis zum Hals. Mit einem tiefen Atemzug versuchte sie sich zu beruhigen und ihre Stimme zu festigen. »Ich finde die Schauspieler, vor allem Romy Schneider, wundervoll. Aber ohne Ihre Kostüme hätte ihr Spiel nicht diese ... diese Magie. Das habe ich vorhin beim Betrachten der Filmszenen verstanden. Es hat mich überwältigt. Ich möchte ...«, Eva suchte nach Worten, »ich möchte auch diese ganz besondere Atmosphäre kreieren. Eine Stimmung, die die Menschen verzaubert. Und ...« Da war noch etwas, das noch schwerer zu benennen war.

»Ja, was denn nun?« Die Ungeduld in Gerdagos Stimme war unüberhörbar.

»Ich habe nächtelang Kostüme gezeichnet, und da habe ich mich so lebendig und glücklich gefühlt. Es ist, als gehörte es zu mir.« Eva errötete. Wahrscheinlich hörte sie sich völlig lächerlich an.

»Sie haben Kostüme gezeichnet? Einfach so?«, fragte Gerdago und sah Eva aufmerksam an.

»Nein, nur zu diesem Film. Als ich vor einer Woche hier in dem Raum war, lag da das Drehbuch. Und ... nun, ich habe es mitgenommen.« Eva schoss die Hitze ins Gesicht. »Ich habe es mir durchgelesen und angefangen, *meine* Entwürfe zu zeichnen.«

»Sie haben also ein Drehbuch gestohlen«, stellte Gerdago fest, um ihren Mund spielte ein Schmunzeln.

Eva starrte auf ihre Füße. »Ich weiß, ich hätte es nicht tun sollen, aber es war schon ziemlich zerfleddert.«

»Haben Sie denn eine Ausbildung zur Schneiderin absolviert?«

»Nein, ich bin Sekretärin.«

»Nun, das sind schon zwei sehr gegensätzliche Welten.«

Wieder quälte Eva der Gedanke, warum sie sich nicht gegen ihren Vater durchgesetzt und die Ausbildung zur Schneiderin gemacht hatte. »Ich kann aber wirklich gut nähen. Im Krieg und in den Jahren danach, wenn meine Mutter arbeiten musste, war ich oft mit meinen kleinen Schwestern bei einer Nachbarin, sie ist Schneiderin. Sie hat mir sehr viel beigebracht, schwierige Nähtechniken etwa und wie unterschiedlich Stoffe fallen. Und ich habe neben meiner Arbeit Kurse besucht, in denen ich gelernt habe, Schnitte zu erstellen. Dieses Kleid habe ich selbst entworfen und genäht.« Eva deutete auf sich. Mit seinen schmalen Biesen an der Brust und dem in Falten gelegten Rock war es alles andere als einfach zu schneidern gewesen.

»So so, wirklich?« Gerdago ließ flüchtig ihren Blick darüber gleiten, schien jedoch nicht besonders beeindruckt.

So schnell würde Eva nicht aufgeben. Sie nahm ihren ganzen Mut zusammen. »Sie haben doch selbst nie eine Schneiderlehre gemacht, Sie sind Bildhauerin, das habe ich gelesen.«

»Sie sind ja wirklich gut über mich informiert.«

»Ich mag Ihre Kostüme so sehr, deshalb hat mich Ihr Werdegang interessiert.« Zum ersten Mal sah Eva Gerdago direkt in die Augen. »Anscheinend hat auch Sie etwas an der Kostümbildnerei fasziniert, sonst wären Sie Bildhauerin geblieben.« Sie wusste selbst nicht, woher sie den Mut nahm, Gerdago so selbstbewusst zu begegnen.

»Nun, ein Filmkostüm hat durchaus etwas von einer Skulptur. Deshalb sind die beiden Künste gar nicht so weit voneinander entfernt, wie es auf den ersten Blick scheint«, erwiderte Gerdago und schlug mit den schwarzen Handschuhen, die sie in der Hand hielt, auf den Tisch, als sei sie zu einem Entschluss gelangt. » Sie haben Entwürfe gezeichnet, haben Sie gesagt?«

»Ja«, erwiderte Eva verwundert.

»Kommen Sie morgen um acht in mein Zimmer, es hat die Nummer 103, und bringen Sie Ihre Zeichnungen mit.«

»Wie bitte?« Eva konnte es kaum glauben.

»Ich werde sie mir ansehen und Ihnen sagen, ob Sie Talent für diesen Beruf haben oder nicht. Und bringen Sie das Drehbuch mit, das Sie gestohlen haben.«

»Ich ... vielen Dank ...«, stammelte Eva.

»Glauben Sie mir, für Dank ist es noch zu früh. Und jetzt tun Sie mir den Gefallen und gehen Sie.«

»Ja, natürlich.« Eva wäre fast über ihre eigenen Füße gestolpert. Draußen auf dem Flur lehnte sie sich gegen die Wand. Sie zitterte am ganzen Körper. Gerdago, *die* Gerdago, würde ihre Entwürfe beurteilen.

Nervös ordnete Eva am nächsten Morgen ihre Zeichnungen. Vor Aufregung hatte sie in der Nacht kaum geschlafen. Bisher hatte sie die meisten Skizzen als gelungen empfunden. Aber nun erschienen ihr alle stümperhaft. Sollte sie Gerdago wirklich aufsuchen und sich ihr vernichtendes Urteil anhören? Kurz spielte sie mit dem Gedanken, sich davor zu drücken. Doch dann schüttelte sie energisch den Kopf und hob das Kinn. Nein, so feige war sie nicht. Sie würde sich der Meinung ihres Idols stellen.

Als Eva kurz darauf an die Tür von Zimmer 103 klopfte, war ihr jedoch ganz flau im Magen und Gerdagos knappes »Herein« klang alles andere als ermutigend.

»Da sind Sie ja.« Gerdago wandte sich ihr zu. Sie stand in der Mitte des großen, stilvoll möblierten Raums, wieder schwarz und sehr elegant gekleidet. Die Hornbrille mit den großen Gläsern sah schick aus, ließ sie aber auch sehr streng wirken. Vor ihr auf dem Boden lagen etwa ein halbes Dutzend großformatige Zeichnungen ausgebreitet, als ob sie ihre eigenen Entwürfe kritisch aus der Distanz begutachten wollte.

Eva nahm verschiedene Farbtöne wahr: ein helles Lila, Gelb und Silber. Sie erhaschte einen Blick auf eine Skizze, die ein weißes, mit Sternen besticktes Ballkleid zeigte. Auch in den langen, kunstvoll frisierten Haaren der Trägerin war ein Schmuck aus Sternen angedeutet. »Hier ist das Drehbuch.« Sie reichte es Gerdago. Es war mittlerweile voller Eselsohren und die Seiten waren von bunten Farbspritzern übersät. Neben manche Szenen hatte sie auch Skizzen gezeichnet.

Gerdago nickte nur und legte es ohne einen weiteren Kommentar zur Seite. »Setzen Sie sich.« Sie wies auf einen Sessel und nahm gegenüber von Eva Platz. »Und nun zeigen Sie mal, was Sie so haben.«

Eva legte ihre Zeichnungen auf den kleinen Tisch zwischen ihnen. Jetzt war ihr richtig schlecht. Schweigend nahm Gerdago eine nach der anderen von dem Stapel. Manche betrachtete sie ausführlich, andere legte sie schnell beiseite. Ihrer Miene war nicht zu entnehmen, was sie davon hielt. Eva beobachtete sie genau. In ihrem Rücken blähte der Wind die Gardine vor einem auf Kipp stehenden Fenster. Fast wie der schwingende Rock eines Kleides.

Schließlich wandte Gerdago sich Eva wieder zu. »Ich stelle fest, Sie haben sich bei Ihren Entwürfen an der tatsächlichen Mode des Jahres 1853 orientiert.«

In jenem Jahr hatte die Verlobung von Sissi und dem Kaiser stattgefunden. »Ja, ich habe mir ein Buch über historische Kostüme gekauft und sie genau studiert.« Eva nickte.

»Nun, das ist lobenswert. Aber Film ist Illusion, und die Kostüme sind es ebenfalls. Sie sollen das heutige Publikum ansprechen. Mit den hochgeschlossenen Tagesgewändern aus dem Jahr von Sissis Verlobung, den vorne abgeflachten Röcken und den nach unten verlängerten, spitz zulaufenden Taillen könnten sich die Zuschauerinnen nicht identifizieren. Deshalb habe ich mich bei meinen Entwürfen von der Mode Christian Diors inspirieren lassen. Den rundum weiten Röcken und der Taille, die in der natürlichen Taille sitzt, und den weiten Ausschnitten. Mitte des neunzehnten Jahrhunderts hatten nur die Ballkleider ein tiefes Dekolleté, tagsüber hielten die Damen ihre Brust bedeckt.«

»Oh ...« Eva senkte den Kopf. Sie hatte Gerdagos Kostüme doch bei den Dreharbeiten häufig gesehen. Warum war ihr das nur nicht aufgefallen? Anscheinend hatte sie völlig in ihrer eigenen Welt gelebt, während sie in ihrem Hotelzimmer Seite um Seite glückselig mit Zeichnungen gefüllt hatte. Sie fühlte sich elend. Ihr Blick fiel auf die Entwürfe, die auf dem Boden ausgebreitet lagen, und blieb an dem mit Sternen besetzten Kleid haften. »Aber ... aber, dieses Kostüm dort«, sie zeigte darauf, »das ist doch von dem berühmten Gemälde von Franz Xaver Winterhalter inspiriert, oder? Jenem Gemälde, das Kaiserin Elisabeth in dem berühmten weißen Ballkleid und mit diamantenen Sternen im Haar zeigt.« Es hing in der Hofburg in Wien, Eva kannte es aus einem Kunstreiseführer der Eltern, den sie sich viele Male angesehen hatte.

»Ja, es ist inspiriert davon.« Gerdago nickte. »Aber *Inspiration* ist nicht gleichbedeutend mit *Kopie*.«

Dann hielt Gerdago sie also für eine Kopistin, für eine, die unfähig war, etwas Eigenes zu erschaffen. Eva schnürte es die Kehle zu. Sie raffte ihre Skizzen zusammen, darum bemüht, das Zittern ihrer Hände zu unterdrücken.

»Warten Sie doch!«

»Aber Sie finden meine Skizzen doch schlecht. Ich will Sie nicht länger damit behelligen.«

»Ich habe nicht gesagt, dass ich sie schlecht finde.«

Überrascht sah Eva auf. Lag da eine gewisse Wärme in Gerdagos Augen, oder bildete sie sich das nur ein?

»Ich habe nur gesagt, dass Sie sich zur sehr an der tatsächlichen Mode orientiert haben.«

Stumm sah Eva Gerdago an.

»Sie können gut zeichnen und haben ein gutes Auge für Formen und für Verzierungen. Es gefällt mir, wie Sie die Kleider entsprechend der Szenen im Drehbuch interpretiert haben. Dass Sie Sissi in der Szene, in der sie als Verlobte des Kaisers auf einem Dampfschiff die Donau entlangfährt und die Menschen am Ufer ihr zuwinken, einen Samtmantel tragen lassen, wie ihn eine Kaiserin bei ihrer Krönung tragen würde. Denn sie wird ja bald die Kaiserin sein.«

Tatsächlich war Eva, als sie das Kostüm gezeichnet hatte, die Krönung der englischen Königin in den Sinn gekommen, deren Übertragung im Fernsehen sie vor zwei Jahren so fasziniert verfolgt hatte. Doch sie brachte kein Wort über die Lippen.

»Der meterlange Schleier, den Sie Sissi bei der Hochzeit mitgegeben haben, sagt mir ebenfalls zu. Denn bei aller Leichtigkeit des Seidenstoffs, drückt er die Bürde aus, die sie als Kaiserin zu tragen haben wird. Was sehen Sie mich denn so ängstlich an?« Gerdago lächelte unzweifelhaft. »Sie haben Talent.«

»Meinen Sie das ernst?« Eva hatte so sehr gehofft, dass die berühmte Kostümbildnerin ihr Talent erkannte. Nun jedoch wagte sie es kaum zu glauben.

»Ja, aber Talent allein reicht nicht.«

»Was meinen Sie damit?« Eva schluckte hart.

»Talent ist das eine. Wichtig ist, was Sie daraus machen.«

»Ich weiß, dass ich noch sehr viel lernen muss. Und ich will das wirklich. Lernen und mich weiterentwickeln. Das müssen Sie mir glauben.«

Gerdago musterte sie prüfend. »Wo leben Sie denn?«, fragte sie schließlich.

»In München.«

»Ich bin ganz gut mit einem Kostümbildner bekannt, der häufig mit wechselnden Ensembles am Deutschen Theater in München Revuen inszeniert, sein Name ist Heiner Palzer. Wenn Sie möchten, schreibe ich Ihnen eine Empfehlung. Vielleicht nimmt er Sie unter seine Fittiche.«

»Natürlich möchte ich das!« Eva vergaß ihre Schüchternheit. Sie presste die Hand gegen die Brust. Ihr Herz klopfte rasend schnell. Sie strahlte Gerdago an, gleichzeitig schossen ihr die Tränen in die Augen. »Ich bin Ihnen ja so dankbar!«

Während sie versuchte, sich unauffällig die Tränen der Freude und der Erleichterung abzuwischen, ging Gerdago zu einem Schreibtisch und griff nach einem Füllfederhalter und Briefpapier. Sie schrieb ein paar Zeilen, schob den Briefbogen dann in ein Kuvert und klebte es zu.

»Hier.« Sie reichte es Eva mit einem Lächeln. »Und noch etwas möchte ich Ihnen mit auf den Weg geben: Was auch immer man Ihnen über Ihr Talent sagen wird, ob etwas Positives oder Negatives: Sie müssen an sich selbst glauben. Das ist das Wichtigste.«

»Danke«, flüsterte Eva noch einmal, ehe sie sich mit bebender Stimme verabschiedete.

»Eva!« In der Eingangshalle des Hotels wäre sie fast mit Margit zusammengeprallt, die die Uniform eines Zimmermädchens mit schwarzem Kleid, weißer Schürze und Häubchen trug. »Was ist denn mit dir los? Du wirkst völlig aus dem Häuschen.« Die Cousine musterte sie verwundert, ein Lächeln huschte über ihr Gesicht. »Hast du dich etwa verliebt? Gibt es ein Geheimnis, das ich noch nicht kenne?«

Vielleicht fühlte es sich wirklich so an, tief verliebt zu sein – diese Freude und das Herzklopfen und das Gefühl, die ganze Welt umarmen zu können. »Nein, das habe ich nicht, auch wenn es mir so vorkommt.«

»Das klingt ja sehr mysteriös. Ich hab nur zehn Minuten Zeit, du musst mir alles erzählen.« Margit fasste sie an der Hand, lief mit ihr in einen Korridor und dort zu einer Nische. »Jetzt sag schon.« Sie zog Eva neben sich auf eine gepolsterte Bank zwischen zwei Blumenkübeln.

»Gerdago hat sich meine Kostümentwürfe angesehen. Sie hält mich für begabt und hat mir ein Empfehlungsschreiben für einen Kollegen am Deutschen Theater in München mitgegeben«, sprudelte Eva hervor.

»Was erzählst du da?« Margit runzelte die Stirn. »Seit wann entwirfst du denn auch Kostüme fürs Theater? Ich verstehe nur Bahnhof.«

Sie hatte der Cousine so vieles verschwiegen. »Margit, es tut mir leid, ich muss dir, glaube ich, einiges beichten.«

Eva berichtete ihr davon, wie sie stundenlang auf ihrem Zimmer gesessen und Kostüme gezeichnet hatte, statt die Umgebung zu erkunden, wie sie Margit hatte glauben lassen. Sie gestand ihr, dass die Kopfschmerzen am Vorabend nur ein Vorwand gewesen waren, sich davonzuschleichen, da sie sich die Kostüme noch einmal hatte ansehen wollen. Sie erzählte ihr von der beängstigenden und beglückenden Erkenntnis, dass Kostüme zu entwerfen das war, was sie mehr als alles in der Welt wollte. Von dem Zusammentreffen mit Gerdago und dem Gespräch gerade eben und seinem so wundervollen Ende. Eva strahlte, sie war ganz außer Atem.

Margit hatte ihr mal staunend, mal kopfschüttelnd zugehört. »Ich freue mich sehr für dich.« Sie drückte Evas Hand. »Auch wenn du mir deine Träume ruhig schon früher hättest anvertrauen können. Ich hab ja immer gefunden, dass du wirklich toll Kleider zeichnen kannst. Dann wirst du also zu diesem Kostümbildner gehen, wenn du wieder zu Hause bist.«

»Ja, das werde ich tun.« Eva wäre am liebsten auf der Stelle nach München zurückgefahren, statt noch ein paar Ferientage mit Margit zu verbringen. Doch das konnte sie ihr natürlich nicht sagen.

»Mein Gott«, Margit schüttelte wieder den Kopf, »wenn ich mir vorstelle, eines Tages sitze ich im Kino und lese im Abspann ›Kostüme: Eva Vordemfelde‹. Das ist ja noch viel, viel schöner als eine Ausbildung zur Schneiderin.«

»Stimmt!« Eva nickte heftig. Doch plötzlich legte sich ein Schatten auf ihre ausgelassene Stimmung. Schneiderin zu werden, hatte ihr Vater nicht erlaubt. Aber, versuchte sie sich zu beruhigen, Kostümbildnerin war ein künstlerischer und kein kleinbürgerlicher Beruf, und ihr Vater war mit Malern und Schriftstellerin befreundet. Da konnte er nichts gegen ihren Traum einzuwenden haben.

Kapitel 4

Die Durchsage »München Hauptbahnhof, in wenigen Minuten erreichen wir München Hauptbahnhof« schallte durch den Zug. Axel Vordemfelde stand auf und zog seinen kleinen Koffer von der Gepäckablage. Die meiste Zeit während der Fahrt von Köln nach München hatte er das Abteil der Ersten Klasse für sich allein gehabt. Ein glücklicher Zufall, hatte er sich doch mit reichlich Lektüre eingedeckt, die er so ungestört lesen konnte: die wichtigsten deutschen Tages- und Wochenzeitungen und das Magazin *Der Spiegel*. Aber er war zu aufgedreht gewesen, um sich lange auf irgendeinen Artikel konzentrieren zu können. Das Gespräch mit den leitenden Herren des NWDR hatte in ihm nachgehallt. Es hatte in einer angenehmen Atmosphäre im Funkhaus am Kölner Wallrafplatz stattgefunden. Aus Hamburg war der Leiter der Nachrichten-Hauptredaktion des NWDR angereist. Vom Fernsehen Köln des NWDR hatten, neben dem Chefredakteur Dr. Meinrad, der Programmchef und sogar der Intendant teilgenommen, sowie ein schweigsamer Vertreter des Betriebsrats, der nicht weiter zählte.

Die Herren Kollegen zeigten sich sehr interessiert an seiner Zeit beim Fernsehen in Berlin. Als er einstreute, dass Goebbels dem neuen Medium gegenüber sehr skeptisch gewesen sei, was erst recht die Bedeutung des Fernsehens für die Demokratie beweise, hatte dies bei den Kollegen für erheiterte Zustimmung gesorgt.

Mit seinen Erfahrungen beim Radio und als Auslandskorrespondent vor dem Krieg konnte er ebenfalls punkten. Geschickt hatte er etliche Höhepunkte seiner Laufbahn einfließen lassen, etwa den Empfang des deutschen Botschafters im Buckingham Palast, über den er berichtet hatte. Oder auch seine Artikel über die Wahl in Frankreich 1936, bei der die neu gegründete *Front populaire* (Volksfront) gewonnen hatte, ein Zusammenschluss aus Sozialisten, Kommunisten und radikalisierten Sozialisten. Er hatte angedeutet, dass er über deren Sieg insgeheim froh gewesen sei – was so nicht stimmte, er hatte für Sozialisten nichts übrig, von Kommunisten ganz zu schweigen. Aber die anwesenden Herren standen in dem Ruf, liberal zu sein. Da konnte etwas zur Schau getragene politisch links angehauchte Gesinnung nicht schaden.

Seinen lobpreisenden Artikel über den Staatsbesuch Hitlers bei Mussolini in Rom 1938 ließ er lieber unerwähnt. Zu seiner Erleichterung fragte auch niemand danach. Außerdem hatten die allermeisten Kollegen damals so systemkonform geschrieben wie er. Sonst hätten sie auch gar nicht als *Schriftleiter*, wie die Journalisten während des Nationalsozialismus hießen, arbeiten dürfen.

Am Ende des Gesprächs hatte man ihn gebeten, in einem anderen Raum zu warten. Er hatte die Zeit kettenrauchend verbracht und die Domtürme angestarrt. Dann, endlich, war er wieder in das Sitzungszimmer gebeten worden und Dr. Klaus-Jürgen Meinrad, der Chefredakteur, hatte ihm lächelnd mitgeteilt: »Herr Dr. Vordemfelde, Sie haben uns alle überzeugt, Sie können die Stelle haben.«

In diesem Augenblick war ihm nicht nur ein Stein, sondern ein ganzes Gebirge vom Herzen gefallen. Axel ballte die Rechte zur Faust. Endlich, endlich nahm seine Karriere wieder Fahrt auf. Er würde es im Sender ganz weit nach oben bringen, das schwor er sich.

Der Zug kam zum Halten. Axel nahm seinen Koffer in die Hand und trat in die von mildem Septembersonnenlicht erfüllte Bahnhofshalle hinaus. Dort strebte er auf den Hauptausgang und den Taxistand zu, überlegte es sich dann aber anders. Bevor er nach Hause zu seiner Familie fuhr, wollte er noch etwas erledigen.

An der Gepäckaufbewahrung war nicht viel los. Rasch hatte er seinen Koffer abgegeben. Dann schlug er den Weg in die Münchner Innenstadt ein.

In der Nähe des Odeonsplatzes hatte er sein Ziel, ein Geschäft, das auf Fernsehapparate spezialisiert war, erreicht. Einen Moment blieb er vor dem Schaufenster stehen, zusammen mit anderen Passanten. Über die Bildschirme flimmerte eine Nachrichtensendung. Die SPD-Fraktion in Bonn billigte einstimmig die Ergebnisse der Moskauer Verhandlungen von Konrad Adenauer. Wieder ballte Axel die rechte Hand unwillkürlich zur Faust. Bald würde *er* über solche Ereignisse im Fernsehen berichten.

Im Geschäft trat ein Verkäufer in Anzug und Krawatte eifrig auf ihn zu. »Kann ich dem Herrn behilflich sein?«

»Ja, ich möchte einen Fernsehapparat kaufen. Und zwar eines der neuen freistehenden Geräte, keines, das in einen Schrank oder eine Kommode eingebaut ist.«

»Selbstverständlich, sehr gerne, wie der Herr wünschen. Wie wäre es mit diesem Apparat?« Er wies auf ein mittelgroßes Gerät.

»Ach, nein, eher nicht. Wie teuer ist denn dieses Gerät?« Axel deutete auf den größten Apparat im Laden.

»Nun, der Preis liegt regulär bei 690 Mark. Aber da es ein Ausstellungsstück ist, könnten wir um 50 Mark im Preis heruntergehen.«

Axel schüttelte den Kopf. »Nein, ich möchte ein ganz neues Gerät.« Die Inflation in den Zwanzigerjahren und die Währungsreform hatten dem Familienvermögen und seinem Erbe ziemlich zugesetzt. Aber das wollte er sich zur Feier des Tages leisten. Er hatte es endlich geschafft. Außerdem war die neue Stelle sehr gut bezahlt.

»Da beträgt die Lieferzeit leider drei bis vier Tage.«

»Das nehme ich in Kauf.« Dem Fernsehen gehörte die Zukunft, und er würde ein Teil davon sein. Das wollte er mit einem brandneuen Gerät feiern. Etwa hunderttausend Fernsehzuschauer gab es inzwischen in Westdeutschland, und es würden von Jahr zu Jahr mehr werden, davon war er felsenfest überzeugt. Bewegte Bilder faszinierten die Menschen, das hatte der Siegeszug des Kinos zur Genüge bewiesen. Zurzeit gab es in jedem Sendegebiet nur ein einziges Programm. Aber das würde sich im Laufe der nächsten Jahre ganz gewiss ändern und man würde, wie beim Hörfunk, zwischen verschiedenen zeitgleichen Sendungen wählen können.

»Der Herr ...« Der Verkäufer räusperte sich dezent, er reichte Axel den Kaufvertrag und riss ihn aus seinem Schwelgen in der Zukunft.

Schwungvoll setzte Axel seine Unterschrift unter den Kaufvertrag. Nachdem er den Liefertermin vereinbart hatte, machte er sich auf den Weg nach Hause. Sollte er der Familie gleich erzählen, welch eine glückliche Wendung seine berufliche

Zukunft genommen hatte? Oder sollte er damit warten, bis das Fernsehgerät geliefert wurde? Axel Vordemfelde hatte seiner Frau Annemie gegenüber behauptet, wegen eines Interviews mit einem Minister ins Rheinland zu reisen. Er hatte ihr gegenüber keine Niederlage eingestehen wollen, falls er die Stelle nicht bekommen hätte. Immer noch war er unsicher, was er tun sollte, als er vor seinem Zuhause im gutbürgerlichen Stadtteil Pasing aus dem Taxi stieg und den Fahrer bezahlte.

Jetzt, gegen sieben Uhr, brannte in den Zimmern im Erdgeschoss des Einfamilienhauses aus den Zwanzigerjahren schon Licht. Die Sonne neigte sich dem Horizont zu, und es begann kühl zu werden. Der Rauch von Holz- und Kohlefeuern lag in der Luft. Ein anheimelnder Geruch. Ja, hier war er zu Hause, hier wartete seine Familie auf ihn und freute sich über seine Heimkehr. Rührung durchflutete ihn.

Kaum hatte er den Schlüssel im Schloss gedreht und die Haustür geöffnet, kamen die Zwillinge auf ihn zugestürzt. »Papa, Papa!« Sie strahlten ihn an.

»Meine beiden Süßen!« Er schloss sie in die Arme. »Na, habt ihr mich vermisst?«

»Ja, ganz arg.« Lilly, sein geheimer Liebling und das niedlichste seiner drei hübschen Kinder, schmiegte sich an ihn.

Er ging mit ihnen ins Esszimmer. Von dort konnte er durch einen bogenförmigen Durchgang in die Küche sehen. Annemie, seine Frau, stand am Herd, Topflappen in den Händen, mit denen sie eine Kasserole aus dem Backofen nahm. Ihr Gesicht war von der Hitze gerötet, und das Deckenlicht brachte ihre blonden Haare zum Glänzen. Trotz des einfachen Rocks und der Schürze, und obwohl sie kein Make-up trug, war sie hinreißend schön. Jäher Besitzerstolz erfüllte ihn. Er hatte eine Frau, um die ihn die anderen Männer beneideten. Auf dem gesellschaftlichen Parkett bewegte sie sich sicher, was ihm in seinem neuen beruflichen Umfeld nutzen würde.

»Axel, da bist du ja. Wie schön!« Sie eilte zu ihm und küsste ihn auf die Wange. »Ich muss noch schnell die Soße anrühren, dann komme ich zu dir und den Mädchen.«

»Papa, bist du denn heute auch wieder geflogen?«, wollte Lilly mit großen Augen wissen.

»Nein, heute nicht, das Rheinland ist ja nicht so weit weg wie Moskau.« Axel stellte den Koffer auf den Boden und öffnete ihn. »Trotzdem habe ich euch was mitgebracht.«

»Was denn?« Kichernd knieten sich Lilly und Franzi neben ihn.

»Das ist für meine Mädchen!« Er reichte ihnen zwei Kinderbücher. »Und das ist für meine wunderschöne Frau.« Annemie war zu ihnen getreten, und er förderte ein samtenes Etui aus dem Koffer zutage und klappte es auf. Darin lag ein goldenes Armband, das er bei einem Juwelier in der Nähe des Kölner Doms gekauft hatte.

»Ach, Axel, wie hübsch.« Annemie legte die zierliche Hand auf ihre Brust. »Aber du hast uns doch erst aus Moskau etwas mitgebracht.«

»Tja, ich habe nun mal eine wunderbare Familie.« Er hatte seinen Triumph unbedingt feiern wollen, das ließ er sich etwas kosten. »Wann kommt Eva wieder nach Hause?« Für sie hatte er eine Handtasche gekauft, auch wenn sie es eigentlich nicht verdiente. Sie war in der letzten Zeit oft so schwierig und launisch ihm gegenüber.

»In drei Tagen, endlich«, sprudelte Franzi hervor. »Sie fehlt uns.«

»Du wirkst zufrieden, Axel.« Annemie legte ihm zärtlich die Hand auf den Arm. »Das Interview mit dem Minister lief gut?«

»Ja, das tat es.«

»Das freut mich!« Annemie lächelte ihn an.

Axel beschloss, Annemie und den Kindern erst dann von seinem neuen Karrieresprung zu erzählen, wenn der Fernseher geliefert wurde. Das würde den Moment vollkommen machen.

Sollte sie jetzt gleich zum Deutschen Theater fahren und versuchen, mit Heiner Palzer zu sprechen? Mit dieser Frage verließ Eva drei Tage später den Münchner Hauptbahnhof. Vielleicht war es doch besser, wenn sie noch einmal probierte, den Kostümbildner telefonisch zu erreichen und einen Termin mit ihm auszumachen. Sie hatte vom Schlosshotel in Fuschl mehrmals vergeblich in dem Theater angerufen, und auch nach den beiden Wandertagen, als sie mit Margit in Salzburg gewesen war, hatte sie ihn nicht ans Telefon bekommen. Möglicherweise empfand er es als zudringlich, wenn sie so einfach bei ihm auftauchte? Unschlüssig blickte sie in Richtung der Telefonzellen am Rande des sonnigen von Nachkriegsbauten gesäumten Platzes, als sie jemanden »Eva!« rufen hörte. Die Männerstimme war ihr vertraut, und doch konnte sie sie nicht einordnen.

Irritiert drehte sie sich um. Ein ungewöhnlich großer Mann, in dessen dunkles, lockiges Haar sich die ersten grauen Strähnen mischten, kam auf sie zu. Sein Gesicht mit der ein bisschen schief stehenden Nase war zu markant, um gut aussehend zu sein. Aber seine braunen Augen waren warmherzig wie immer.

»Onkel Max ...« Eva strahlte ihn an. Max Aubner, ein Freund des Vaters, war ein Nenn-Onkel. Für Momente fühlte sie sich in den feuchten, eisig kalten Kellerraum versetzt, in dem sie zwei Jahre nach Kriegsende mit der Mutter und den beiden kleinen Schwestern gehaust hatte. Eines Tages Anfang 1947 war er, gerade eben aus der Kriegsgefangenschaft entlassen, in ihr Leben getreten. Irgendwie hatte er sie ausfindig gemacht.

Sonst war sie als Kind Fremden gegenüber oft misstrauisch, der Krieg und der Hunger hatten Spuren bei ihr hinterlassen. Aber der riesige, breitschultrige Max Aubner in der alten Wehrmachtsuniform, die um seinen abgemagerten Körper schlotterte, hatte auf sie wie ein sanfter Bär gewirkt, und sie hatte gleich Zutrauen zu ihm gefasst. Auf eine unaufdringliche Art war er für die Mutter, die kleinen Schwestern und sie da gewesen, hatte sie mit Lebensmitteln, Holz und Kohle unterstützt, bis das Leben nach der Währungsreform wieder leichter geworden war.

»Ich freu mich so, dass ich dich treffe! Wir haben dich schon ewig nicht mehr gesehen. Dabei wohnst du doch gar nicht weit weg, in Augsburg.« Sie bremste sich. »Tut mir leid, ich wollte nicht vorwurfsvoll klingen. Was bringt dich denn nach München?«

»Du hast schon recht.« Max Aubner lachte. »Irgendwie war in den letzten Jahren bei mir sehr viel los und dann die Stelle als Chef vom Dienst bei der Augsburger Zeitung ... Um deine Frage zu beantworten, ich war für ein Hintergrundgespräch bei unserem Landtagsabgeordneten. Aber sag, geht es euch allen gut?«

»Vater ist jetzt ja Politik-Chef beim *Münchner Abend* und war mit Adenauer in Moskau.«

»Ich habe gehört, dass er Politik-Chef ist, aber dass er mit dem Kanzler in Moskau war, wusste ich nicht. Damals war ich gerade im Urlaub in der Schweiz. Jedenfalls, alle Achtung.«

»Vater ist sehr froh darüber. Mutter geht es auch gut, und Lilly und Franzi sind ziemlich groß geworden, sie sind jetzt in der ersten Klasse auf dem Lyzeum.«

»Meine Güte, wie die Zeit verfliegt, das letzte Mal, als ich sie gesehen habe, waren sie sechs oder sieben. Und du bist sehr erwachsen geworden und ganz braun gebrannt. Kommst du etwa gerade aus den Ferien?« Er wies auf den Koffer, den sie vor sich abgestellt hatte.

»Ich war in Fuschl am See in Österreich, stell dir vor, dort wurde ein Film mit Romy Schneider gedreht. Und ...« Sie musste ihm einfach davon erzählen. »... ich habe die berühmte Kostümbildnerin Gerdago getroffen. Sie glaubt, dass ich für diesen Beruf Talent habe und hat mir ein Empfehlungsschreiben für ihren Kollegen am Deutschen Theater mitgegeben.« Eva konnte es immer noch kaum fassen.

Ein warmes Lächeln breitete sich auf Max Aubners Gesicht aus. »Du hast als Kind schon immer Kleider gezeichnet. Sogar auf winzige Papierfetzen und das stundenlang. Ich kann mir gut vorstellen, dass du für diesen Beruf begabt bist.«

»Wirklich?«

»Ja. Und ...« Max Aubner unterbrach sich und blickte auf seine Armbanduhr. »Tut mir leid, ich muss unbedingt den Zug nach Augsburg kriegen, er fährt in fünf Minuten. Aber ich wünsch dir viel Glück!«

»Danke, komm uns doch mal wieder besuchen.«

»Das mache ich, grüß deine Eltern und deine Schwestern von mir.« Er drückte ihr noch einmal die Hand und eilte dann mit langen Schritten zu der Bahnhofshalle. Voller Zuneigung blickte Eva ihm nach. Wie immer war seine Haltung ein bisschen gebeugt, als würde er fürchten, er könnte die Menschen einschüchtern, wenn er sich zu voller Größe aufrichtete. Dann verschwand er in der Menge. Ob er inzwischen geheiratet hatte? Es gab so vieles, was sie ihn gerne gefragt hätte.

Onkel Max hatte ihr vor der Währungsreform einmal einen Kasten Buntstifte geschenkt, der Himmel allein wusste, wo er die herbekommen hatte. Lange waren sie ihr größter Schatz gewesen. Und es war ermutigend, dass er an sie glaubte.

Ja, sie würde jetzt gleich zum Deutschen Theater fahren und versuchen, Heiner Palzer zu treffen. Energisch nahm sie ihren Koffer in die Hand und strebte auf die Straßenbahn in Richtung Altstadt zu.

Eva hatte mit der Mutter und auch mit Freundinnen einige Revuen im Deutschen Theater besucht, opulente Aufführungen mit wunderschönen Kostümen, die sie staunend bewundert hatte. Abends zu den Aufführungen war die Fassade stets hell erleuchtet gewesen, der Vorplatz, über den sie beschwingt und voller Vorfreude geschritten war, in ein einladendes goldenes Licht getaucht.

Nun, am späten Nachmittag, lag das Gebäude aus der Gründerzeit im Schatten, und der Eingangsbereich mit dem hohen Torbogen wirkte wenig willkommen heißend, ja regelrecht einschüchternd.

Eva überwand ihre plötzliche Ängstlichkeit. Rasch überquerte sie die Straße und sah sich in dem Eingangsbereich suchend um. Plakate von Revuen hingen in den Schaukästen. Sie erkannte Marika Rökk, Johannes Heesters und Zarah Leander. Dort, wo sonst die Eintrittskarten verkauft wurden, saß niemand. Natürlich, die Abendvorstellung begann ja erst in ein paar Stunden. Wie dumm von ihr, das nicht zu bedenken. Sie biss sich frustriert auf die Lippen, als ein Mann in einem grauen Kittel, eine Schildmütze auf dem Kopf, aus dem Theater trat und sich eine Zigarette anzündete. Was für ein glücklicher Zufall!

Eva ging zu ihm. »Entschuldigen Sie, aber könnte ich bitte …«

»Oh, Sie sind das Fräulein von dem Stoffgeschäft.« Der Mann, vielleicht der Hausmeister, oder wie auch immer das beim Theater hieß, blickte auf ihren Koffer. »Der Herr Palzer erwartet Sie schon sehnsüchtig. Gehen Sie durchs Foyer, in den Gang, über dem ›Nur für Personal‹ steht und dann immer geradeaus. Wahrscheinlich finden Sie ihn hinter der Bühne.«

Eva öffnete den Mund, um dem Herrn zu sagen, dass sie nicht die war, für die er sie hielt. Aber dann, aus einem Impuls heraus, sagte sie nur »Danke« und schlug den beschriebenen Weg ein. Wenigstens würde sie den Kostümbildner so endlich einmal zu Gesicht bekommen.

Musik scholl Eva schon im Foyer entgegen und begleitete sie auf ihrem Weg bis hinter die Bühne. Drei Männer standen dort in den Kulissen und verfolgten eine Tanzprobe. Die Kostüme der Tänzerinnen schienen aus goldenen Federn zu bestehen, auch im Haar trugen sie Federn. Mit jeder ihrer Bewegungen schwangen diese hin und her – die Kostüme strahlten Opulenz aus und trotzdem Leichtigkeit. Hingerissen betrachtete Eva sie und vergaß für einen Augenblick, weshalb sie eigentlich gekommen war.

Nach einigen Minuten verstummte die Musik aus dem Orchestergraben. Einer der drei Männer berührte einen großen, schlanken Kollegen am Arm, der ein attraktives, knochiges Gesicht hatte. Eva schätzte ihn auf Ende vierzig. Er trug eine Hose mit hohem Bund und eine kurze Weste über einem weißen Hemd.

»Heiner, da ist, glaub ich, jemand für dich.«

Eva schluckte und trat einen Schritt vor. »Herr Palzer?«

»Das Fräulein vom Stoffgeschäft, na endlich, kommen Sie mal mit.«

So ungeduldig, wie seine Miene wirkte, schien es keine gute Idee gewesen zu sein, ihn unter einem Vorwand aufzusuchen. Aber sich hier, in den Kulissen, zu erklären, wohin nun die Tänzerinnen strömten, machte die Sache wahrscheinlich auch nicht besser. Nervös folgte Eva ihm.

Er führte sie in einen großen Raum, dessen Wände voller Zeichnungen hingen – sie bedeckten jeden freien Fleck, manche waren sogar übereinander gepinnt. Es gab flüchtige Skizzen von Kostümen, andere waren ausgearbeitet. Viele Schubladen der großen alten Schränke standen offen. Sie quollen über von Knöpfen und Borten und Spitzen. Schneiderpuppen trugen Kostüme in jedem Stadium der Fertigung, vom Unterkleid bis zum vollendeten Gewand. Eines bestand ganz aus Goldlamée, wie würde es im Licht der Bühnenscheinwerfer verführerisch glitzern! Auf dem Tisch, der die Mitte des Raums dominierte, lagen Stoffe aus Seide, Samt und Brokat in allen erdenklichen Farben und Mustern.

»Würden Sie mir bitte endlich die Stoffproben übergeben«, riss Heiner Palzers halb amüsierte, halb ungeduldige Stimme Eva aus ihren Gedanken. Sie hatte gar nicht gemerkt, wie lange sie sich völlig fasziniert umgeschaut hatte.

»Oh, bitte entschuldigen Sie, mein Name ist Eva Vordemfelde. Ich ... ich bin nicht wegen der Stoffproben hier, der Herr am Theatereingang hat mich verwechselt. Ich möchte so gerne Kostümbildnerin werden und ...«

Die Belustigung verschwand aus Heiner Palzers Miene. »Herrgott, Mädchen, dafür hab ich jetzt wirklich keine Zeit. Machen Sie, dass Sie hier rauskommen!«, fuhr er sie an.

»Es tut mir leid, ich habe in den letzten Tagen einige Male im Theater angerufen, aber Sie waren nie zu sprechen. Sonst wäre ich auch nicht einfach hinter die Bühne gekommen ...«

»Raus mit Ihnen.« Er wies zur Tür.

»Gerdago hat mir ein Empfehlungsschreiben für Sie mitgegeben.«

Heiner Palzer hatte die Hände gehoben, als wollte er Eva an den Schultern fassen und nach draußen schieben, doch nun ließ er sie sinken. »Gerdago? Was erzählen Sie denn da? Woher wollen Sie sie überhaupt kennen?«

»Ich war im Schlosshotel in Fuschl am See in Österreich, wo der Film *Sissi* gedreht wird, eine Freundin von mir arbeitet dort ...« Eva brach ab, das interessierte ihn bestimmt nicht. Sie musste sich zusammenreißen. »Ich ... ich war Statistin in einer Szene, so habe ich Gerdago kennengelernt. Sie hat mich sehr inspiriert, und ich durfte ihr meine Entwürfe zeigen. Sie hat gesagt, dass Sie ein guter Bekannter von ihr sind.« Eva kniete sich rasch hin, nestelte nervös an ihrem Koffer und holte den Brief heraus, den sie dort, geschützt in einem Innenfach, aufbewahrt hatte. Schnell reichte sie ihn Herrn Palzer, ehe er sie hinauswerfen konnte.

Er wog ihn einen Moment in der Hand, dann griff er nach einer Schere, die auf dem Tisch lag, schlitzte ihn auf und nahm das Empfehlungsschreiben heraus. Eva brachte es nicht über sich, ihm dabei zuzusehen, wie er es las. Stattdessen richtete sie ihre Augen auf das Kleid aus Goldlamée dicht vor ihr.

Ein leises Knistern, als würde der Brief wieder in das Kuvert geschoben. Dann sie hörte Heiner Palzer sagen. »Gerdago bittet mich also, Ihnen eine Chance zu geben.«

Hoffnungsvoll blickte Eva ihn an. Heiner Palzer betrachtete sie abwägend.

»Ich bin leider keine ausgebildete Schneiderin, aber ich kann wirklich gut nähen, ganz gewiss so gut wie eine Gesellin, und ich entwerfe öfter Kleider für mich. Schauen Sie ...« Eva deutete auf das Kleid aus dem goldenen Stoff und nahm ihren ganzen Mut zusammen. »Diese Naht hier an der Taille, sie ist nicht sorgfältig genäht. Bestimmt geht sie bald auf. Ich hätte das besser gekonnt.« Erschrocken über ihren Vorstoß verstummte sie.

»Heiner!« Einer der Männer, die mit ihm in den Kulissen gestanden hatten, steckte den Kopf zur Tür herein. »Die Probe geht gleich weiter, kommst du?«

»Ja, sofort.«

Der Mann verschwand und Heiner Palzer wandte sich wieder zu Eva um. »Na ja, immerhin trauen Sie sich was.« Er blickte auf den Brief und überlegte einen Moment. Würde er ihr eine Chance geben? Vor Anspannung ballte Eva die Hände so fest zu Fäusten, dass sich ihre Nägel schmerzhaft in die Haut bohrten.

»Wie alt sind Sie eigentlich?«

»Neunzehn.«

»Also noch nicht volljährig. Ihr Vater ist damit einverstanden, dass Sie Kostümbildnerin werden wollen?«

»Das ist er«, behauptete Eva. Der Vater musste sie einfach in ihrem Wunsch unterstützen. Dieses Mal würde sie sich durchsetzen.

»Vordemfelde ist Ihr Name, sagten Sie?«

»Ja«, erwiderte Eva überrascht.

»Arbeitet Ihr Herr Vater etwa als Redakteur für den *Münchner Abend*?«

»Allerdings ...«

»Ich fand seine Artikel über Adenauers Staatsbesuch in Moskau pointiert geschrieben. Auch wenn Ihr Vater die Sowjetunion meiner Meinung nach zu negativ sieht. Nun, wie auch immer ...« Er schien zu überlegen. »Kennen Sie das Musical *Oklahoma!*?«

»Nein, leider nicht.« Worauf wollte er hinaus?

»Dann besorgen Sie sich die Schallplatte, das Libretto bekommen Sie in einer Musikalienhandlung. Dem Musical gehört meiner Ansicht nach die Zukunft, und bestimmt werden auch hier in absehbarer Zeit welche aufgeführt werden. Ich bin ab dem kommenden Montag eine Weile in Berlin und dann einen knappen Monat lang in London. Entwerfen Sie Kostüme für *Oklahoma!* und melden Sie sich in der ersten Novemberwoche wieder bei mir. Ich erwarte keine Perfektion, aber ich will sehen, ob Sie sich in ein Stück hineindenken können und eigene, originelle Ideen haben. Ich hasse uninspirierte Entwürfe. Wenn mir Ihre Zeichnungen gefallen, können Sie bei mir hospitieren.

Er gab ihr wirklich eine Chance. Jede freie Minute würde sie damit verbringen, Kostüme für das Musical zu entwerfen.

Glücklich, aufgeregt und mit dem Gefühl, die Welt sei eine große Verheißung, verließ Eva das Theater.

Dieses Glücksgefühl begleitete sie auch auf dem Nachhauseweg. Waren wirklich erst zwei Wochen vergangen, seit sie zu den Ferien mit Margit aufgebrochen war? Ihr kam es vor, als sei viel mehr Zeit verstrichen. Bestimmt lag es daran, dass sie endlich wusste, was sie in ihrem Leben erreichen wollte.

Fast seltsam war es, dass sich an ihrem Zuhause gar nichts verändert hatte. Die Garagentür hing wie immer ein wenig schief in den Angeln, und auf dem Rasen lag ein Ball, den die Schwestern mal wieder dort vergessen hatten.

Nur der wilde Wein neben der Eingangstür hatte sich seit dem Morgen, als sie weggefahren war, noch intensiver verfärbt, auf dem Gartenweg lagen ein paar welke Blätter. Als Eva in die Diele trat, hörte sie aus dem Wohnzimmer ein Rauschen, dann eine männliche Stimme, die gleich wieder abbrach, gefolgt von einem erneuten Rauschen. Anscheinend drehte jemand am Radio herum und suchte einen bestimmten Sender. Sie ließ den Rucksack von ihren Schultern gleiten, stellte den Koffer ab und hängte ihre Jacke an einen Haken.

»Papa!«, rief Lilly, »da war ein Bild!«

»Ja, gleich haben wir es wieder«, antwortete der Vater. Er war also schon aus der Redaktion zurück, dabei war es erst siebzehn Uhr. Normalerweise kam er später nach Hause. Aber je eher sie ihm und der Mutter von ihrem Gespräch mit Heiner Palzer und ihrem großen Wunsch, Kostümbildnerin zu werden, erzählen konnte, desto besser.

Eva öffnete die Tür zum Wohnzimmer. »Hallo, zusammen!« Abrupt blieb sie stehen. Das war ja gar kein Radiogerät, vor dem die Familie versammelt war, das war ...

»Eva!« Franzi und Lilly sprangen auf und umarmten sie. »Schau mal, wir haben einen Fernsehapparat bekommen, vorhin ist er geliefert worden.«

»Das ist ja eine tolle Überraschung!« Bisher hatte Eva von Fernsehsendungen immer nur in der Zeitung gelesen und sich öfter gewünscht, Revuen und Spielshows sehen zu können, oder diese Serie über eine Familie, der Titel fiel ihr gerade nicht ein ... Ach, *Familie Schölermann* hieß sie, jetzt erinnerte sie sich wieder.

»Eva, schön, dass du zurück bist.« Ihr Vater zog sie kurz an sich und wandte sich gleich darauf erneut dem Fernseher zu.

Ihre Mutter küsste sie auf die Wange und lächelte sie an. »Hattest du eine schöne Zeit? Wir haben große Neuigkeiten.«

»Ich auch.«

Ihr Vater wirkte zufrieden, während er wieder an dem Knopf unter dem Bildschirm herumdrehte. Das war wahrscheinlich keine schlechte Voraussetzung, ihn von ihrem Wunsch zu überzeugen.

»Eva!« Franzis Augen leuchteten aufgeregt. »Wir werden umziehen, in ein größeres Haus.«

»Oh, wirklich?« Eva setzte sich auf das Sofa. Auf dem Bildschirm flimmerte ein Nachrichtenbeitrag auf, es ging um die letzten britischen Besatzungstruppen, die Österreich verließen. »Da hat sich ja viel getan, während ich weg war. Wohin ziehen wir denn? Bleiben wir in Pasing?« Schon öfter hatte ihr Vater davon gesprochen, dass ihm das Haus zu klein war. Aber Eva mochte es eigentlich sehr gerne.

»Nein«, Lilly lehnte sich an sie und schüttelte den Kopf. »Wir ziehen ganz weit weg.«

»Vielleicht nach Starnberg?«, neckte Eva sie. Der Vater hatte schon häufig gesagt, dass er gern im Voralpenland wohnen würde.

»Ich weiß, dass Starnberg nicht so weit weg ist«, protestierte die kleine Schwester empört. »Wir werden in der *Hauptstadt* leben.« Sie betonte das Wort auffällig.

»In der Hauptstadt, was meinst du denn damit?« Eva verstand nicht.

»In Bonn, das ist doch die Hauptstadt.«

»Lilly, du machst doch nur Spaß!«

»Das tu ich nicht.«

»Es stimmt, was Lilly sagt.« Evas Vater setzte sich zu ihr, immer noch mit diesem zufriedenen Ausdruck im Gesicht. »Ich habe eine Stelle als leitender Redakteur beim NWDR angeboten bekommen. Nächste Woche fange ich im Bonner Studio des Senders, beim Fernsehen an, und ihr kommt dann alle Mitte Oktober nach. Stell dir vor, du wirst als Sekretärin im Kölner Funkhaus arbeiten. Das konnte ich für dich aushandeln. Ist das nicht wunderbar? Mit deinem derzeitigen Chef habe ich schon alles geregelt. Er hat volles Verständnis für diese besondere Situation.«

»Aber ... aber ...« Das war ganz und gar nicht wunderbar. Sie wollte doch etwas ganz anderes.

Ihre Mutter deutete ihren gestammelten Einwand falsch. »Liebes, ich weiß, das geht alles sehr schnell. Dein Vater hat über einen Makler tatsächlich schon ein Haus für uns gefunden. Auf den Fotos wirkt es sehr hübsch. Schau mal ...« Sie griff nach einigen Bildern, die auf dem Couchtisch lagen.

Völlig überrumpelt versuchte Eva, ihre Gedanken zu sortieren. Sie atmete tief durch. »Papa, Mama, bitte, ich muss sofort mit euch reden. Und zwar allein.« Sie sah ihre Schwestern an. »Danach bekommt ihr auch die Geschenke, die ich euch mitgebracht habe, versprochen!«

Die Eltern wechselten einen verwunderten Blick. Anscheinend hatte Evas Stimme sehr eindringlich geklungen, denn nach einem kurzen Zögern wandte sich ihr Vater an die Zwillinge. »Geht mal nach oben zum Spielen, ihr beide.« Die Schwestern zogen einen Flunsch, gehorchten aber und rannten aus dem Zimmer.

»Also, Eva, was ist denn so wichtig?« Er stellte den Ton des Fernsehers leise und zündete sich eine Zigarette an. Eine gewisse Ungeduld schwang in seiner Stimme mit. Das Gesicht der Mutter war besorgt, nervös strich sie über ihren Rock.

Eva ahnte plötzlich, was sie ängstigte. »Nein, ich bin nicht schwanger«, platzte sie heraus.

»Nun, das ist ja immerhin schon mal eine gute Nachricht.« Der Vater stieß den Rauch aus.

»Ich ...« Eva hatte sich genau überlegt, wie sie den Eltern ihren Wunsch nahebringen wollte. Aber nun war sie durcheinander und suchte nach Worten.

»Lass dir Zeit, Liebes.« Ihre Mutter drückte Eva aufmunternd die Hand.

»In dem Schlosshotel, in Fuschl am See, wo Margit arbeitet, wurde ein Film gedreht, *Sissi* heißt er ...«

»Ja, ich habe davon gehört, ein romantisches Melodram«, unterbrach ihr Vater sie.

Woher wusste er denn schon wieder davon? Immer schien er über alles informiert zu sein. Eva sammelte sich. »Also ... ich fand die Filmkostüme so wunderschön. Und ich habe Gerdago kennengelernt, die sie entworfen hat.«

»Gerda Gottstein oder auch Gerda Iro, eine Jüdin«, fügte ihr Vater nach einer kurzen Pause hinzu. Schwang da etwas Abfälliges in seiner Stimme mit? Aber nein, bestimmt täuschte sie sich.

»Gerdago ist Jüdin?« Davon hatte Eva keine Ahnung gehabt. Das Gespräch mit Margit auf der Terrasse des Schlosshotels fiel ihr wieder ein. Der Kameramann von *Sissi* – Bruno Mondi hieß er, das wusste sie inzwischen – Bruno Mondi, hatte doch früher mit Veit Harlan, dem Regisseur des üblen nationalsozialistischen Propagandafilms *Jud Süß* zusammengearbeitet. Und jetzt wirkte Gerdago in einem Film mit, bei dem er für die Aufnahmen verantwortlich war?

»Ja, allerdings, das ist sie. Aber weshalb beschäftigt dich das? Eva, würdest du bitte endlich auf den Punkt kommen.« Seine Ungeduld wuchs immer mehr.

»Ja, natürlich, entschuldige.« Eva versuchte sich noch einmal zu sammeln. »Gerdagos Kostüme haben mich so fasziniert, dass ich selbst stundenlang Entwürfe gezeichnet habe. An jedem Tag während des Drehs. Am Morgen, bevor die Filmleute abgereist sind, durfte ich sie Gerdago zeigen, und sie findet, dass ich Talent habe. Sie hat mir ein Empfehlungsschreiben für Heiner Palzer mitgegeben, er ist für die Kostüme der Revue verantwortlich, die demnächst hier am Deutschen Theater uraufgeführt wird. Ich war vorhin bei ihm. Papa, ihm hat der Stil deiner Artikel über Adenauers Staatsbesuch in Moskau gut gefallen ...« Das musste sie ihn unbedingt wissen lassen.

»Wie schön.« Die Stimme ihres Vaters klang sarkastisch. »Aber ich habe immer noch keine Ahnung, worum es dir geht.«

»Axel«, Evas Mutter sah ihn bittend an, »jetzt gib Eva doch Zeit. Du musst doch merken, wie aufgeregt sie ist.«

Eva warf ihr einen dankbaren Blick zu. »Herr Palzer hat mir die Aufgabe gestellt, Entwürfe für ein Musical zu zeichnen. Wenn er sie für gut befindet, darf ich bei ihm hospitieren.« Sie holte tief Luft. »Mit Gerdago über Kostüme zu sprechen, war so inspirierend. Sie hat mich richtig ernst genommen und ... Es hat mich glücklich gemacht. Papa, Mama, ihr wisst ja, dass ich schon als kleines Kind Puppenkleider gezeichnet habe. Damit fing alles an ... Ich entwerfe so gerne Kleider für mich. Und ... Gerdagos Filmkostüme sind einfach magisch, sie besitzen so einen Zauber. So etwas möchte ich auch erschaffen. Ich weiß jetzt, dass das etwas ist, das ganz tief zu mir gehört ... und das mich wirklich erfüllen kann.« Eva stockte kurz. Warum schaute der Vater sie schweigend an? Sonst hatte er doch zu allem immer gleich eine Meinung. »Und, stellt euch vor, der Film hat schon an Weihnachten Premiere. Ihr werdet mich mit Millionen von Menschen auf der Leinwand sehen.«

Entsetzt keuchte ihre Mutter auf. Eva war immer verwirrter. Weshalb reagierten ihre Eltern denn so? Aus dem oberen Stockwerk hörte sie, wie ihre beiden kleinen Schwestern, die über etwas in Streit geraten waren, sich anschrien.

»Millionen von Menschen werden dich anstarren?« Evas Mutter fasste sich an den Hals, als würde ihr etwas die Luft abschnüren, ihre Augen waren vor Schreck geweitet. »Eva, wie konntest du bei dem Film mitwirken, ohne uns um Erlaubnis zu fragen?«

»Mama, das ist doch etwas Schönes. Und man sieht mich nur von hinten, nicht mein Gesicht.«

Ihr Vater zog noch einmal an der Zigarette und drückte den Stummel im Aschenbecher aus. Dann wandte er sich ihrer Mutter zu. »Ich finde es nicht schlimm, dass Eva in diesem Melodram mitspielt.«

Gott sei Dank, er war auf ihrer Seite ... Doch Evas Erleichterung währte er nur kurz.

Er schüttelte entschieden den Kopf. »Aber was deinen Wunsch, Kostümbildnerin zu werden, betrifft, da steigerst du dich in etwas rein.«

»Aber Papa ... Hast du mir nicht zugehört? Ich bin glücklich, wenn ich Kostüme entwerfe.«

»Ich bin auch glücklich, wenn ich mein Motorrad repariere, das haben Freizeitbeschäftigungen nun mal so an sich.« Er winkte ab.

»Kostüme zu entwerfen ist kein Hobby für mich!« Ein eisiger Klumpen bildete sich in Evas Magen. Sie hatte sich so bemüht, dem Vater ihre Begeisterung ausführlich zu schildern. Es konnte doch nicht sein, dass er ihr wieder überhaupt nicht richtig zugehört hatte.

»Aber dein Beruf wird es auch nicht sein.«

»Und warum nicht?« So schnell gab sie jetzt nicht auf. Sie war neunzehn Jahre alt und keine Schulabgängerin mehr. »Eine Lehre als Schneiderin war dir zu kleinbürgerlich. Kostümbildnerin zu sein ist doch etwas Künstlerisches.«

»Du kannst ganz hübsch malen und zeichnen, das streite ich ja gar nicht ab. Aber dass du das Zeug zu einer Künstlerin hast, bezweifle ich doch.«

»Ich will ja auch noch lernen und mich weiterentwickeln.« Eva presste die Arme eng an die Brust, um den Vater nicht anzuschreien.

»Eva«, schaltete sich die Mutter ein. Ihre Stimme klang ungewohnt schrill. »Für eine Revue zu arbeiten, das ist doch nichts für dich.«

»Aber Mama, du siehst dir doch gerne Revuen an ...« Eva begriff gar nichts mehr. Gerade von der Mutter hatte sie sich Verständnis erhofft.

»Du könntest auch gar nicht alleine in München bleiben«, wehrte ihre Mutter ab.

»Ich könnte doch bestimmt bei einer Freundin wohnen. Margit ist sogar als Au-Pair nach London gegangen.«

»An der Stelle meiner Schwester, deiner Tante, hätte ich das ganz sicher nicht erlaubt«, warf ihr Vater ein.

»Aber warum denn nicht? Margit kommt sehr gut allein zurecht. Und ich würde es auch ...«

»Wir sollten unter diese Unterhaltung jetzt einen Schlussstrich ziehen«, schnitt er Eva das Wort ab. »Du schlägst dir das mit der Kostümbildnerei aus dem Kopf. Du kommst mit nach Bonn, in drei Wochen wirst du eine Stelle als Sekretärin beim NWDR antreten und diese Flausen vergessen. Später einmal wirst du mir dankbar dafür sein.«

»Das werde ich ganz bestimmt nicht!« Eva war aufgesprungen. Nun schrie sie den Vater doch an.

»Sprich nicht in diesem Ton mit mir.« Eine Zornesfalte erschien auf seiner Stirn.

»Eva, bitte ...« Ihre Mutter berührte sie begütigend am Arm, doch sie schüttelte ihre Hand ab und funkelte den Vater wütend an. »Kannst du nicht endlich begreifen, dass ich kein kleines Mädchen mehr bin? Und dass ich sehr wohl weiß, was ich will und was am besten für mich ist?«

»Im Moment benimmst du dich eher wie eine verzogene Göre.«

»Weil ich meine eigene Vorstellung von meinem Leben habe? Du willst immer nur, dass alles nach deinem Willen geht und sich deiner Karriere unterordnet. Wir sind dir doch völlig egal ...« Das war Eva einfach so herausgerutscht. Erschrocken hielt sie inne.

»Eva ...« Bestürzt sah die Mutter sie an. Stille senkte sich über den Raum. Auch aus dem oberen Stockwerk waren die Schwestern nicht mehr zu hören.

Als ihr Vater wieder das Wort ergriff, klang seine Stimme sehr kühl. »Ich hatte eigentlich vor, zur Feier des Tages mit euch allen essen zu gehen. Aber dich möchte ich nun nicht dabeihaben. Ich hätte nicht gedacht, dass ich das in deinem

Alter noch einmal zu dir sagen würde, aber: Geh auf dein Zimmer!«

»Das wollte ich sowieso.« Eva drehte sich um. Am liebsten hätte sie die Tür mit aller Kraft hinter sich zugeschlagen. Aber diese Genugtuung gönnte sie dem Vater nicht, also zog sie sie leise hinter sich zu.

In ihrem Zimmer schloss Eva schnell die Tür ab. So gern sie die kleinen Schwestern auch mochte, sie wollte sie jetzt nicht sehen. Dann legte sie sich aufs Bett und starrte in die Dämmerung, die den Raum immer mehr füllte. Sie hörte, wie ihr Vater nach Franzi und Lilly rief und wie die beiden nach unten rannten. Wenig später verließ ihre Familie das Haus. Eva lauschte, wie sich ihre Stimmen auf der Straße entfernten.

Sie fühlte sich völlig elend. War wirklich noch nicht einmal eine Stunde vergangen, seit sie so glücklich gewesen war? Beschwingt und voller Freude, und mit dem Gefühl, die ganze Welt umarmen zu können? Wie konnte der Vater glauben, dass ihr Wunsch, Kostümbildnerin zu werden, nur eine Flause war? Kannte er sie denn so wenig? Warum wollte er ihr nicht zugestehen, dass sie Talent hatte und sich weiterentwickeln würde?

Plötzlich hasste sie ihn. Immer ging alles nach seinem Willen, nie stand ihre Mutter für sie ein. Früher war es anders. Ihr Vater war einmal sanfter gewesen, geduldig und fürsorglich. Zumindest erschien es ihr so. Eva dachte daran, wie sie als kleines Kind auf seinem Schoß gesessen und auf die Tasten seiner Schreibmaschine hatte drücken dürfen. Es war ihr wie Zauberei vorgekommen, als sich die Buchstaben von den Tasten auf dem in die Maschine gespannten Blatt Papier abzeichneten. Sie hatte sich bei ihm so glücklich und geborgen gefühlt – das wusste sie noch genau. Da waren Erinnerungen, wie er sie hochhob und durch die Luft schwang. Seine zärtliche Stimme, wenn er »mein Mädchen« zu ihr sagte. Und wunderbare Überraschungen, wenn er sie spontan in den Zirkus oder auf den Jahrmarkt mitnahm. Der Teddybär, den er ihr einmal an einem Stand geschossen hatte, saß noch auf ihrer Kommode. Sie hatten sich gemeinsam Bücher angeschaut, und er hatte ihr die Welt erklärt. Wie wilde Tiere in Urwäldern lebten oder wie eine Burg gebaut wurde.

Als der Vater vor fünf Jahren aus der Kriegsgefangenschaft nach Hause gekommen war, war es ihr wie ein Wunder erschienen. Lachend und weinend hatte Eva sich dem hageren, blassen Mann in der zerlumpten Uniform in die Arme geworfen, während die kleinen Schwestern, die ihn ja gar nicht kannten, schüchtern danebengestanden hatten. Aber dann hatte sich alles gewandelt. Lilly und Franzi waren dem Vater immer nähergekommen, und sie beide waren sich zunehmend fremd geworden.

Eva grübelte noch eine Weile vor sich hin. Schließlich fielen ihr die Augen zu nach diesem langen und anstrengenden Tag, und sie döste ein.

Das Schlagen der Haustür weckte sie. Die Zeiger ihrer Armbanduhr standen auf halb zehn. Über drei Stunden war ihre Familie fort gewesen. Wahrscheinlich hatte es sich ihr Vater nicht nehmen lassen, ein ganzes Menü zu bestellen – mit Eis als Nachtisch für die Schwestern. Tatsächlich rannten sie jetzt aufgedreht kreischend durch den Flur, ehe sie in ihrem Zimmer verschwanden.

Eva beschloss, ihr Nachthemd anzuziehen und sich bettfertig zu machen. Als sie gerade ihre Nachttischlampe einschaltete, klopfte es an der Tür.

»Eva ...«, sagte ihre Mutter sanft. »Bitte, mach auf.«

Sie zögerte, drehte dann aber doch den Schlüssel im Schloss und öffnete die Tür.

»Ach, Eva ...« Ihre Mutter warf ihr einen bekümmerten Blick zu. »Es tut mir so leid, dass du und dein Vater euch gestritten habt. Schade, dass du nicht mit uns essen warst. Kann ich reinkommen?«

Eva gab stumm den Weg frei, und die Mutter zog sie neben sich auf das Bett. »Eva, ich weiß, wie gern du nähst und Kleider zeichnest, und ich finde das auch alles sehr schön. Aber Kostüme für eine Revue zu entwerfen, das ist doch wirklich nichts für dich.« Ihr Gesicht war angespannt, ihre Stimme klang plötzlich wieder hoch und schrill.

»Mama, ich versteh dich einfach nicht. Kostümbildnerei ist ein ernsthafter Beruf. Gerdago ist eine berühmte Frau.«

Bedrückt sah ihre Mutter sie an. Eva war ratlos. Warum wühlte dieses Thema sie so auf?

»Du bist nicht Gerdago, Eva. Es ist etwas anderes, wenn du mit solchen Leuten arbeitest ...«

»Aber warum denn? Für eine Revue zu arbeiten, könnte doch bloß ein Anfang für mich sein. Ich müsste nicht immer dabeibleiben. Es gibt ja auch noch das Theater und den Film.«

»Das mag dir jetzt alles so aufregend und glamourös erscheinen«, ihre Mutter stockte und strich mit gesenktem Kopf über die Bettdecke, »aber diese Branche ... sie ist hart. Sie ist nichts für dich.«

»Mama ...«

»Ich will nicht, dass du diesen Beruf ergreifst, das ist nicht gut für dich.«

Fassungslos blinzelte Eva ihre Mutter durch die Tränen hindurch an, die ihr in die Augen stiegen. Tränen der Wut und der Enttäuschung. Sie fühlte sich von ihr verraten. »Hat Papa dich vorgeschickt, damit du mir das sagst?«, fragte sie scharf.

»Nein, aber ich bin einer Meinung mit ihm.«

»Heute Nachmittag bin ich vor dem Hauptbahnhof zufällig Onkel Max begegnet. Ich habe ihm von meinem Wunsch, Kostümbildnerin zu werden, erzählt. Er hält mich für begabt, und er hat mir Glück für mein Gespräch mit Heiner Palzer gewünscht.«

»Du bist Max begegnet?«

»Ja, das hab ich doch gerade gesagt.«

Ihre Mutter schwieg, immer noch mit gesenktem Kopf. »Max ist nicht dein Vater, er hat leicht reden«, sagte sie schließlich.

Noch nicht einmal das Urteil von Onkel Max ließ die Mutter gelten. Dabei mochte sie ihn doch gerne. Eva erinnerte sich noch gut, wie freundschaftlich die beiden miteinander umgegangen waren. »Weißt du eigentlich, wie sehr du dich aufgegeben hast, seit Papa wieder aus der Kriegsgefangenschaft zurück ist?«, brauste sie auf. »Ich war so stolz auf dich während des Krieges. Du warst so stark und mutig. Und jetzt ... Du bist nur noch wie ... wie eine hübsche Puppe. Ich hoffe, ich werde niemals wie du!« Eva bereute ihre Worte schon, kaum dass sie ihr über die Lippen gekommen waren.

Ihre Mutter zuckte zusammen. Es war wie ein Schlag in ihr Gesicht.

»Mama, es tut mir leid ...«

Die Mutter stand auf und strich Eva über den Rücken. »Leg dich hin und schlaf dich aus, Liebes. Morgen sieht die Welt wieder ganz anders aus«, sagte sie leise und mit brüchiger Stimme, dann verließ sie das Zimmer. Ihre Schultern waren nach vorne gesunken.

Wie hatte sie das ihrer Mutter nur vorwerfen können? Voller Schuldgefühle vergrub Eva den Kopf in ihren Händen. Aber sie verstand einfach nicht, warum sie ihren Herzenswunsch so vehement ablehnte. Sie hatte doch selbst einmal einen Traum gehabt, den ihre Eltern sie nicht hatten verwirklichen lassen. Sie hatte Balletttänzerin werden wollen, und was war aus ihr geworden: eine gehorsame, biedere Ehefrau.

Nachdem sich auch ihre Eltern schlafen gelegt hatten und Eva sich sicher war, ihnen nicht auf dem Flur zu begegnen, ging sie ins Badezimmer und brachte eine schnelle Katzenwäsche hinter sich. Im Spiegel über dem Waschbecken sah sie ihr Gesicht. Trotz der Sonnenbräune aus den Ferien wirkte es bleich. Die Ähnlichkeit mit ihrem Vater war unverkennbar. Es war ebenmäßig wie seines, sie hatte den gleichen ausdrucksvollen Mund und seine dunklen geschwungenen Augenbrauen.

»Auch wenn du es mir verbietest, ich werde Kostümbildnerin werden«, sagte sie in Gedanken zu ihm. Oder hatte sie es gerade vor sich hin geflüstert?

»Hat sich Eva wieder beruhigt?«, hatte Axel gereizt gefragt, als Annemie wieder ins Wohnzimmer gekommen war.

»Ich fürchte, nein, sie ist immer noch sehr wütend. Und du weißt ja, sie hat einen eigenen Kopf.« Annemie versuchte, sich nicht anmerken zu lassen, wie sehr sie das Gespräch mit ihrer ältesten Tochter aufgewühlt hatte.

»Starrsinnig trifft es wohl besser. Mein Gott, jedes andere junge Mädchen hätte sich die Finger danach geleckt, eine Stelle als Sekretärin bei einem Fernsehsender zu bekommen. Ich versteh sie wirklich nicht. Sie sollte mir dankbar sein – anstatt mir Vorwürfe zu machen. Während ich im Krieg und in der Gefangenschaft war, hättest du strenger zu ihr sein sollen. Dann wäre sie jetzt vielleicht nicht so verzogen.«

»Axel, das ist wirklich ungerecht.« Annemie hob die Stimme und senkte sie sofort wieder. Eine gehorsame, verständnisvolle Ehefrau sprach so nicht mit ihrem Mann. »Eva musste schon sehr früh Verantwortung übernehmen. Ohne sie hätte ich es nicht geschafft, Lilly und Franzi großzuziehen.«

Axel schnaubte ungeduldig und blickte auf seine Armbanduhr. »Mir reicht es für heute. Es ist kurz vor zehn, ich möchte jetzt gerne die Zusammenfassung der Tagesnachrichten im Fernsehen schauen. Das habe ich mir ja wohl verdient. Dann ist sowieso Sendeschluss.«

»Ja, natürlich.« Annemie stand auf und legte einen kurzen Moment sanft ihre Hand auf seine Schulter. »Ich geh schon mal nach oben.«

Er beachtete sie nicht weiter und schaltete den Fernsehapparat ein.

In ihrem Schlafzimmer setzte sich Annemie vor die Schminkkommode und begann, eine Hautcreme in ihr Gesicht einzumassieren. Doch plötzlich hielt sie inne und starrte ihr Spiegelbild an. Evas Worte »du bist nur noch wie eine Puppe« taten so weh.

Ja, in der furchtbaren Zeit gegen Ende des Krieges und in den schwierigen Jahren danach war sie viel stärker und mutiger gewesen, als sie es sich jemals zugetraut hätte.

Für den Bruchteil einer Sekunde glaubte sie, diese Frau in dem Spiegel zu erblicken. Mager, ein Kopftuch über die Haare gebunden, Schmutz auf den Wangen und in eine alte Hose gekleidet.

Annemie blinzelte und da war wieder ihr gegenwärtiges Ich im Spiegel. Diese Frau damals war nicht sie selbst gewesen.

Ihr eigentliches Ich war die Annemie, die sich um Mann und Kinder sorgte, die ihre Familie zusammenhielt, und die keine eigenen Wünsche hatte.

Erschöpft und niedergeschlagen kam Eva am nächsten Morgen zum Frühstück. Nur ihre beiden Schwestern saßen am Küchentisch, die Eltern waren nirgends zu sehen. Ihr war es ganz recht, ihnen nicht begegnen zu müssen.

»Die Mama hat starke Kopfschmerzen, deshalb hat sie sich wieder hingelegt«, erklärte Lilly, »und der Papa ist im Arbeitszimmer.«

Schweigend goss Eva sich Kaffee in eine Tasse. Ob die Kopfschmerzen der Mutter mit ihren Vorwürfen zusammenhingen? Wieder fühlte sie sich deswegen schlecht.

»Es ist so schade, dass du gestern Abend so müde nach der Reise und nicht mit uns essen warst«, redete Lilly weiter. Anscheinend hatten die Eltern ihren Schwestern den Streit verschwiegen. »Franzi und ich durften unsere Lieblingsgerichte nehmen und zum Nachtisch gabs eine Eistorte, nur für den Papa, die Mama und uns. Und der Papa hat von Bonn und unserem neuen Haus erzählt.« Eifrig schob sie eine Haarsträhne unter ihr rosa Haarband zurück.

Franzi, die in einem Buch las – was sie in Gegenwart der Eltern beim Essen nicht durfte – blickte auf. »Lilly und ich werden ein eigenes Zimmer haben. Papa hat gesagt, wir dürfen die Tapeten selbst aussuchen. Und du wirst ein größeres Zimmer kriegen, stell dir vor, sogar mit einem Balkon.« Ihr und Lilly schien es nichts auszumachen, dass sich ihre Leben von Grund auf veränderten, im Gegenteil.

Als Eva nichts erwiderte, sanken ihre Mundwinkel und ihre Augen blickten irritiert: »Freust du dich denn nicht?«

Eva suchte nach einer ausweichenden Antwort. Wie immer wollte sie ihre kleinen Schwestern nicht in einen Streit mit dem Vater hineinziehen. Von ihr unbemerkt, hatte ihr Vater die Küche betreten und ließ sich an dem Tisch nieder. »Anders als ihr weiß eure große Schwester den Umzug noch nicht so richtig zu schätzen.« Seine Stimme klang verärgert.

Ihre Schwestern sahen sie verständnislos an. »Bestimmt haben wir es in Bonn sehr schön«, sagte Franzi. Lilly nickte bestätigend. »Und du wirst sogar beim Fernsehen arbeiten.« Ihr Tonfall war vorwurfsvoll. Die beiden rückten näher an den Vater heran, der liebevoll seine Arme um sie legte. Ihre Schwestern strahlten ihn an.

Eva hielt es in seiner Gegenwart nicht mehr aus. »Ich muss zur Arbeit.« Sie sprang so abrupt auf, dass ihr Stuhl fast umgefallen wäre.

Auf dem Weg zur nächsten Straßenbahnhaltestelle hielt sie den Blick gesenkt. Alles in ihr verkrampfte sich bei dem Gedanken, mit den Eltern ins Rheinland umzuziehen und als Sekretärin beim NWDR zu arbeiten. Es war, als würde sie in ein finsteres Verlies gesperrt, ohne Sonnenlicht und Luft zum Atmen. Weshalb nur wurde sie erst in anderthalb Jahren volljährig? Wenn sie schon einundzwanzig gewesen wäre, dann hätte sie irgendeinen Weg gefunden, in München zu bleiben und ihren Traum zu verfolgen und wenn sie dafür hätte hungern müssen.

Dabei hatte sie sich gestern im ersten Moment so sehr über den Fernsehapparat gefreut. Manchmal liefen Kinofilme im Fernsehen, und da gab es diese Serie *Die Familie Schölermann*. Eva runzelte nachdenklich die Stirn und blieb unvermittelt auf dem Gehsteig stehen. Hatte sie nicht irgendwo mal gelesen, dass sie vom NWDR produziert wurde? Ebenso wie diese Spielshow von Peter Frankenfeld, wo ein Fernsehballett auftrat? Vielleicht gab es im Kölner Sender eine Kostümbildwerkstatt. Ihr wurde leichter zumute.

Sie entdeckte eine Telefonzelle neben der Straßenbahnhaltestelle. Schon allein zu wissen, dass im NWDR solch eine Werkstatt existierte, würde ihr die Arbeit als Sekretärin viel erträglicher machen. Möglicherweise fand sie sogar eine Gelegenheit, hinter dem Rücken ihres Vaters dort tätig zu werden. Die Straßenbahn fuhr quietschend in die Haltestelle ein. Wenn Eva sie nicht nahm, würde sie zu spät in der Druckerei sein. Aber das war ihr egal. Sie musste Gewissheit haben.

Ungestüm riss sie die Tür der Telefonzelle auf, glücklicherweise hatte sie ausreichend Münzen in ihrem Portemonnaie, und wählte die Inlands-Auskunft. Sie kam gleich durch, kramte hastig in ihrer Handtasche nach einem Stift und notierte die Telefonnummer des NWDR auf ihrem Handrücken.

Während sie die Ziffern wählte und wartete, dass die Verbindung zustande kam, war ihr Mund vor Aufregung ganz trocken. Neue Fahrgäste fanden sich ein. Eine junge Frau trug an diesem bewölkten Morgen einen modischen Regenmantel aus knallrotem Lackleder.

»NWDR Köln, Sie sprechen mit dem Empfang«, meldete sich eine Männerstimme im singenden rheinländischen Tonfall.

Eva räusperte sich. »Mein Name ist Vordemfelde, ich ..., ich hätte gerne den Kostümbildner oder die Kostümbildnerin des Senders gesprochen.«

»Wen woll'n Se sprechen?«

»Den Kostümbildner oder ...«

»So jemanden ham wir hier nit.«

»Aber ...«

»Nä, irjendwas mit Kostümen wird hier im NWDR in Köln nit gemacht. Da müssen Sie's schon in Hamburg versuchen. Soll ich Ihnen die Nummer geben?«

»Nein, danke«, brachte Eva mühsam hervor und hängte den Hörer auf die Gabel. Frustriert hieb sie mit der flachen Hand gegen die gläserne Wand der Telefonzelle, was ihr die irritierten Blicke der Wartenden an der Haltestelle eintrug. Einige Momente sann sie vor sich hin. Aber ... sie atmete langsam aus. Trotz des Verbots des Vaters gab es ja noch Heiner Palzers Angebot einer Hospitanz. Sie würde Entwürfe für das Musical *Oklahoma!* zeichnen. So viele, bis sie überzeugt war, dass sie ihm gefielen. Notfalls Hunderte. Dann würde sie ihn heimlich aufsuchen.

Eva warf den Kopf in den Nacken, ihre Augen funkelten kämpferisch. Natürlich würde sie erst bei ihm hospitieren können, sobald sie volljährig war. Aber mit dieser Aussicht würde sie die Zeit bis dahin überstehen.

Teil 2

Kapitel 5

Eva blickte auf ihre Armbanduhr. Der Zug war pünktlich. In wenigen Minuten würden sie den Hauptbahnhof des verwünschten Bonns erreichen. Trotz ihrer Hoffnung, bei Heiner Palzer hospitieren zu dürfen, hasste sie das alles – den erzwungenen Umzug, die deprimierende Aussicht, weiter als Sekretärin arbeiten zu müssen, und vor allem die Tatsache, dass sie erst in anderthalb Jahren volljährig werden würde. Noch ein paarmal hatte sie versucht, den Vater umzustimmen, um doch noch in München bleiben und ihren großen Wunsch, Kostümbildnerin zu werden, möglichst bald verwirklichen zu können. Aber er hatte nicht nachgegeben und jedes dieser Gespräche war in einem heftigen Streit geendet.

»Zieht eure Mäntel an«, wandte sich Eva an die Schwestern und schlüpfte selbst in ihre Jacke, bemüht, sich ihre Wut Lilly und Franzi gegenüber nicht anmerken zu lassen.

Während sie die Bücher und Spiele einsammelte und in ihrem Rucksack verstaute, mit denen sie die Schwestern auf der Fahrt bei Laune gehalten hatte, glitten Gärten und die Rückfronten von Gründerzeithäusern mit Wintergärten und Balkonen am Zug vorbei. Dann sah Eva flüchtig ein kleines Barockschloss mit gelber Fassade am Ende einer Allee.

Franzi hatte die Nase an das Zugfenster gepresst: »Da steht Mama!«

Auch Eva entdeckte ihre Mutter nun auf dem Bahnsteig. Sie war drei Tage vorher mit den Möbelwagen nach Bonn gefahren, um das neue Heim einzurichten, während Eva mit den Schwestern bei einer früheren Nachbarin geblieben war: Frau Hütter, die sie sehr mochte und von der sie so gut nähen gelernt hatte. Ihr Vater war schon vor zwei Wochen in die Hauptstadt gezogen. Wobei *Hauptstadt* ... Nach Evas ersten Eindrücken wäre München viel geeigneter, der Sitz der deutschen Regierung zu sein, als diese Kleinstadt am Rhein.

»Kommt mit!« Ein letzter Blick, ob sie auch tatsächlich nichts vergessen hatten, dann schob Eva ihre Schwestern aus dem Abteil und verließ mit ihnen den Zug.

»Mama!« Die Schwestern rannten auf ihre Mutter zu und warfen sich in ihre Arme. »Wir haben Karten gespielt, ich hab dreimal gewonnen. Und wir haben im Zugrestaurant was gegessen. Das war komisch, weil das Geschirr so gewackelt hat. Wo ist Papa?« Die Stimmen der Schwestern schwirrten durcheinander.

»Er muss noch arbeiten. Aber in ein, zwei Stunden will er zu Hause sein.« Die Mutter erwehrte sich der Zwillinge und küsste Eva etwas verlegen auf die Wange. »Liebes, mit der Fahrt lief alles ohne Probleme?«

»Ja, es ist alles glattgegangen.« Eva räusperte sich. Wie gut, dass sie den Vater noch nicht sehen musste. Die Spannungen zwischen ihnen waren unverändert. Ehe sie etwas zu der Reise sagen konnte, warf Franzi ein: »Wir haben ganz viele Burgen am Rhein gesehen, das hat mir gefallen.«

Hinter Koblenz hatte die Fahrt durch das Rheintal geführt, vorbei an der Loreley. An diesem klaren Tag gegen Mitte Oktober hatten sich die zerklüfteten Felsen, die steilen Hügel und der grün schimmernde Fluss so romantisch präsentiert, wie

Eva es nur von Postkarten und Bildern kannte. Aber sie war zu zornig gewesen, um dem etwas abgewinnen zu können.

»Mit dem Umzug hat auch alles gut geklappt«, sagte ihre Mutter ein bisschen zu rasch. »Die Möbelpacker haben alles schnell an seinen Platz gestellt und vorgestern und gestern mit mir die Kisten ausgepackt. Das meiste ist schon verstaut, und das Haus ist wirklich sehr hübsch. Vor dem Umzug haben die Handwerker Wunder gewirkt.« Sie lächelte angestrengt.

»Oh, das ist ja gut«, rang Eva sich eine zustimmende Antwort ab.

»Mama, wir sind so gespannt auf das Haus und auf unsere Zimmer.« Ihre Schwestern fassten die Mutter an der Hand. Sie gingen alle zum Ausgang und zu einem der vor dem Bahnhof wartenden Taxis.

Nachdem der Fahrer den Rucksack und den kleinen Koffer verstaut hatte, nahm die Mutter vorne und Eva mit ihren Schwestern auf der Rückbank Platz. Sie fuhren an den Gleisen entlang in Richtung Süden, die Strecke, die sie auch mit dem Zug gekommen waren. Die Schwestern schwatzen ununterbrochen. In der Ferne war ein Mittelgebirge zu sehen, auf einem Gipfel stand eine Burgruine. Wieder dachte Eva, wie klein diese Welt hier war.

Nach einigen Minuten Fahrt hielt das Taxi vor einem Haus mit grünen Läden und Sprossenfenstern. Über einem halbrunden Vorbau thronte ein Balkon, einige flache Stufen führten zur Eingangstür hinauf. Ein Rosenstrauch, an dem noch ein paar späte Knospen hingen, wuchs in einem Rondell im Vorgarten.

Lilly und Franzi rannten zur Haustür, hinter der sich eine geräumige Diele erstreckte.

»Willkommen in eurem neuen Zuhause.« Mit weit ausgebreiteten Armen trat ihr Vater ihnen entgegen.

»Papa, du bist ja doch schon da!« Die Zwillinge flogen auf ihn zu, und er zog sie an sich.

»Na, ich hätte es mir doch nicht entgehen lassen, meine beiden Süßen gleich nach der Ankunft zu begrüßen.« Ihre Mutter wirkte überrascht, anscheinend hatte sie von seinem Entschluss nichts gewusst.

»Eva.« Sie reichten sich die Hände. »Papa.« Sie zwang sich zu einem neutralen Tonfall. Irgendwie musste sie es schaffen, bis zu ihrer Volljährigkeit mit ihm auszukommen.

»Jetzt gibt es erst mal einen Rundgang durchs Haus, dann zeige ich euch meinen Arbeitsplatz im NWDR, und danach gehen wir alle zusammen fein essen. Was haltet ihr davon?« Lachend blickte er in die Runde.

»Kriegen wir Eis zum Nachtisch? Wo sind denn unsere Zimmer?« Natürlich waren die kleinen Schwestern begeistert. Wie immer hatte ihr Vater es geschafft, sie um den Finger zu wickeln.

»Die sind oben. Aber zuerst mal sehen wir uns das Erdgeschoss an.« Er öffnete eine Tür. »Hier ist die Küche.« Sie war geräumig und modern eingerichtet, mit hellen Einbauschränken und einem Gasherd. Es gab eine Durchreiche ins Esszimmer, das größer war als in ihrem alten Zuhause, so wie alles hier.

Von der anderen Seite der Diele führte eine Tür ins Wohnzimmer, es hatte große Fenstertüren, die auf eine Terrasse hinausgingen. Dahinter erstreckte sich ein Garten mit Blumenbeeten und Obstbäumen. Der Fernsehapparat nahm einen prominenten Platz ein, die Couchgarnitur und der Schrank im skandinavischen Stil waren neu.

Die Besichtigungsrunde führte weiter ins Arbeitszimmer des Vaters mit den hohen Bücherregalen an den Wänden und dem ausladenden Schreibtisch, auf dem neben der modernen Schreibmaschine ein Stapel Zeitungen lag.

»Und hier ist das Reich eurer Mutter.« Der Vater öffnete eine weitere Tür. Der Raum ging zum Vorgarten hinaus, eine Nähmaschine stand darin, und auf dem Boden war eine Gymnastikmatte ausgebreitet.

»Papa, jetzt zeig uns endlich unsere Zimmer!«, verlangten die Schwestern.

Er blickte die Mutter an. »Wir gehen dann schon mal nach oben.«

»Natürlich.« Sie nickte und blieb bei Eva stehen.

»Es ist schön, dass du hier Platz für deine Gymnastik hast.« Eva meinte es ehrlich. Auch wenn der Mutter eine Karriere beim Ballett verwehrt geblieben war, bewegte sie sich leidenschaftlich gerne. Sie turnte und machte regelmäßig Gymnastik – Eva gab neidlos zu, dass sie viel gelenkiger war als sie selbst –, aber in ihrem alten Zuhause hatte sie ihre Matte immer im Schlaf- oder im Wohnzimmer ausbreiten müssen.

»Ja, ich freue mich sehr darüber.« Evas Mutter drückte ihren Arm. »Komm mit, ich zeig dir dein Zimmer.«

Von der Diele führte eine geschwungene Treppe nach oben. Im ersten Stock erhaschte Eva einen Blick in die Räume der Schwestern, wo Tapeten mit Märchenmotiven an den Wänden hingen, und das Schlafzimmer der Eltern, das einen Balkon zum Garten hinaus hatte.

»Hier ist dein neues Zuhause.« Die Mutter zog eine Tür auf. Der lichte Raum war großzügig geschnitten und hatte ebenfalls einen kleinen Balkon. Evas vertraute Möbel standen darin, auch ihre Nähmaschine. Ein Regal beherbergte ihre Modezeitschriften und Nähutensilien. In einem anderen stand ihr kleiner Plattenspieler. Und da gab es auch noch einen großen Karton – Eva hatte ihre Mutter gebeten, ihn nicht auszupacken und das Paketband und Einschlagpapier schienen unberührt zu sein. Offensichtlich hatte ihre Mutter Evas Bitte respektiert. Er enthielt die Schallplatte zu *Oklahoma!*, das Libretto, Literatur zum mittleren Westen der USA und Evas Kostümentwürfe, die sie bisher zu dem Musical angefertigt hatte. Ein ganzes Skizzenbuch war voll davon.

»Und, gefällt dir dein Zimmer?« Wieder berührte die Mutter ihren Arm und schaute sie besorgt an.

»Ja, sehr.« Eva fand den Raum wirklich schön. Wenn er nur in München und nicht in Bonn gelegen hätte ...

»So, los geht's.« Ihr Vater steckte den Kopf zur Tür herein. »Jetzt fahren wir zum Parlament und zu den Senderäumen des NWDR und zu meinem Büro.« Er lächelte breit und wirkte regelrecht aufgekratzt.

Eva wäre am liebsten zu Hause geblieben und hätte den Karton ausgepackt, doch das hätte zu neuem Streit geführt. So folgte sie, nach einem letzten sehnsüchtigen Blick darauf, den Eltern und den Schwestern nach unten und zur Garage.

Die Fahrt führte durch ein großbürgerliches Wohnviertel. Säulen, Erker und aufwändige Stuckarbeiten schmückten die Fassaden der Gründerzeithäuser. Da und dort wuchsen Bäume in den kleinen Vorgärten, ihre von der Sonne beschienenen Kronen glühten in roten und gelben Farben.

Wenig später bog ihr Vater in eine mehrspurige Ausfallstraße ein, die Bebauung stammte überwiegend aus den Jahren nach dem Krieg, die Hauswände waren trist und schmucklos. Dazwischen lagen Wiesen und Brachen. Als er die Geschwindigkeit verringerte, deutete er nach links.

»Das ist die Villa Hammerschmidt, der Dienstsitz des Bundespräsidenten.« Eva erhaschte einen Blick auf gepflegte Rasenflächen. Ein Stück von der Straße zurückgesetzt, umrahmten alte Bäume ein weißes klassizistisches Gebäude.

Etwa hundert Meter weiter lenkte der Vater den Wagen an den Straßenrand und ignorierte das wütende Hupen des Fahrers hinter ihm. Wieder deutete er nach links. »Und das dort ist das Palais Schaumburg, nun das Kanzleramt.« Auch dieses Gebäude war klassizistisch, mit einem kleinen Türmchen auf dem Dach. Damit kontrastierte der modern gestaltete Eingangsbereich.

»Im Park des Kanzleramtes gibt es ein Gartenhaus, dorthin lädt Konrad Adenauer regelmäßig Journalisten zum Tee ein. Und, nun ja, nächsten Monat werde ich unter den Gästen sein.« Ihr Vater versuchte seine Stimme gleichmütig klingen zu lassen, doch sie vibrierte vor Stolz.

»Mein Gott, Axel, das ist ja wunderbar!« Die Mutter drückte seine Hand, und die Zwillinge erstarrten mit offenen Mündern vor Ehrfurcht. Auch Eva war, gegen ihren Willen, beeindruckt.

Der Vater räusperte sich. »Nun, dann wollen wir mal weiter.« Er gab Gas und bog von der Ausfallstraße ab, nur um den Wagen gleich darauf vor einem lang gezogenen weißen Gebäude im schlichten Stil des Bauhauses zu parken. »Hier tagen der Bundesrat und das deutsche Parlament, und hier befinden sich auch die Aufnahmestudios des NWDR.« Wieder schwang Stolz in seiner Stimme mit.

»Da drin ist die Regierung?« Franzis Zweifel entsprachen Evas Eindruck, dass das Gebäude alles andere als imposant war.

»Bonn soll ja nur die vorläufige Hauptstadt sein, deshalb gibt es hier keine neuen großen Repräsentationsgebäude.« Ihr Vater winkte ab. »Wichtig ist vor allem die Arbeit, die in Parlament und Regierung geleistet wird.«

Mittlerweile waren sie alle aus dem Wagen gestiegen. Gleich darauf passierten sie die Pforte des Regierungsgebäudes, wo der Vater dem uniformierten Mann hinter der Glasscheibe grüßend zunickte, ohne einen Ausweis zeigen zu müssen – anscheinend kannte der Wachmann ihn. Sie befanden sich nun in einer weitläufigen Halle. Eine Gruppe von Männern kam ihnen über den hellen Steinboden entgegen, allen voran ein großer Herr mit kantigem Gesicht und akkuratem Scheitel im dunklen Haar. Eva kannte ihn vage.

»Guten Tag, Herr Minister.« Evas Vater lüpfte den Hut.

»Tag, Herr Dr. Vordemfelde.« Der Minister erwiderte nickend den Gruß.

»Das war der Innenminister, Gerhard Schröder«, flüsterte der Vater ihnen zu. »Ich habe ihn kürzlich interviewt.« Wieder versuchte er seiner Stimme einen unaufgeregten Tonfall zu verleihen und scheiterte kläglich.

Sie folgten ihm eine Treppe hinauf und in den Vorraum eines Aufnahmestudios. Durch ein Fenster konnte man hinunter in einen großen Saal blicken. Neugierig trat Eva näher heran. Ein paar hundert Menschen saßen auf bogenförmig angeordneten Stuhlreihen. An der Stirnseite prangte ein majestätischer Adler neben der schwarz-rot-goldenen Fahne. Darunter, hinter einer Art Balustrade aus Holz, gab es weitere Sitze, die über einige Stufen zu erreichen waren. Auf der anderen Seite des Saals, hinter großen Fenstern, strömte der Rhein vorbei.

Ein stämmiger, grauhaariger Mann trat jetzt an ein Mikrofon und ergriff das Wort. Ludwig Erhard, der Wirtschaftsminister, wie Eva auf den zweiten Blick erkannte. Natürlich, dieser Saal war das Parlament, und oben auf dem Podest, hinter der Balustrade, hatte die Regierung ihren Platz. Von diesem Ort aus wurden die Geschicke der Bundesrepublik gelenkt. Eva bekam Gänsehaut. Plötzlich konnte sie verstehen, warum ihr Vater so stolz darauf war, hier zu arbeiten.

»Zwei Räume möchte ich euch noch zeigen. Es ist schon von Vorteil, dass ich mich als Redakteur des NWDR hier frei bewegen kann.« Er grinste verschmitzt.

»Hast du hier denn auch dein Büro?«, wollte Lilly wissen.

»Nein, das liegt in einem anderen Gebäude, dorthin gehen wir anschließend.« Er dirigierte sie wieder nach draußen. Sie gingen an einem weiteren Aufnahmestudio vorbei, bis der Vater eine Tür öffnete. »Der Aufenthaltsraum des Bundeshauses«, verkündete er. Sie lugten hinein. Mit seinen Sofas und Sesseln und Tischchen wirkte dieser wie ein großes, biederes Wohnzimmer.

Ihre nächste Station, das Restaurant des Bundestags, war mehr nach Evas Geschmack. Es war weitläufig und licht, die Stühle modern aus Stahlrohr und Flechtwerk. Und an der Decke – sie legte entzückt den Kopf in den Nacken – hingen Hunderte von Glühbirnen in gelben Metallfassungen.

Auch die Schwestern betrachteten hingerissen die Decke. »Wenn die Lampen brennen, glitzern sie bestimmt wie ein ganzer Himmel voller Sterne«, flüsterte Lilly andächtig.

»Ja, genau.« Ihr Vater nickte und legte ihr zärtlich die Hand auf die Schulter. »Wenn man in der Dunkelheit an dem hell erleuchteten Restaurant vorbeigeht, ist das ein wunderschöner Anblick. Der Architekt hat das ganz bewusst so entworfen: der lichtdurchflutete Raum als Kontrast zu den dunklen Zeiten, die hinter uns liegen.«

Damit meinte er den Nationalsozialismus. Schweigend folgte Eva ihrer Familie aus dem Regierungsgebäude und eine schmale Straße entlang. Sie musste wieder daran denken, dass der Kameramann von *Sissi* auch den schrecklichen Film *Jud Süß* mitverantwortete. Ob die *dunklen Zeiten* tatsächlich schon vorbei waren? Noch vor Kurzem hätte sie sich das nicht gefragt. Und wie hatte Gerdago als Jüdin jene furchtbaren Jahre wohl überlebt?

»Das ist der Sitz der Deutschen Parlamentarischen Gesellschaft.« Ihr Vater wies auf eine hübsche Villa mit zwei Türmen, wie auch das Kanzleramt und der Sitz des Bundespräsidenten war sie im klassizistischen Stil erbaut. »Abgeordnete aller Parteien treffen sich dort und tauschen sich aus. Ich habe auch schon an Gesprächen teilgenommen. Und darin …« Er deutete auf ein quaderförmiges Gebäude, das wie eine Baracke wirkte, »sind die Büros des NWDR. Zugegeben, einen Schönheitspreis gewinnen sie nicht. Aber sie sollen ja auch in erster Linie zweckdienlich sein. Und ich habe immerhin einen schönen Ausblick.«

Was stimmte, denn das Fenster seines Büros zeigte zum Rhein. Fotografien von wichtigen Stationen seiner beruflichen Laufbahn hingen an der Wand, wie der Empfang des deutschen Botschafters bei König George VI. oder der Staatsbesuch von Konrad Adenauer in Moskau. Auf dem Schreibtisch standen aktuelle Bilder der Mutter, der Schwestern und auch eines von Eva selbst. Es rührte sie, dass er auch sie immer bei sich haben wollte. Trotz ihrer vielen Streitereien.

»Ah, Vordemfelde, ich sehe, Sie haben Ihre Familie mitgebracht.« Eine joviale Männerstimme ließ Eva den Kopf wenden. Ein Herr Ende vierzig blickte durch die offen stehende Tür ins Büro. Er war groß, hatte einen blonden

Bürstenhaarschnitt und eine selbstsichere Ausstrahlung. Sein Anzug war gut geschnitten, und die Hornbrille verlieh ihm ein intellektuelles Aussehen.

Hier im Regierungsviertel schien es fast nur Männer zu geben, auch im Parlament hatte sie kaum eine Frau erblicken können. Ein Vorgesetzter des Vaters?

Dessen nächste Worte bestätigten Evas Vermutung. »Was für eine Überraschung, Sie in Bonn anzutreffen, Herr Dr. Meinrad. Darf ich Ihnen meine Frau und meine Töchter vorstellen?« Er wies auf seine Familie. »Und dies ist Dr. Meinrad, der Chefredakteur Fernsehen des NWDR in Köln.«

»Sehr erfreut, Sie kennenzulernen.« Der Chefredakteur ergriff die Hand der Mutter und verbeugte sich leicht. Sein Blick war unverhohlen bewundernd. Die Mutter sah in dem azurblauen Kostüm mit dem Fellkragen, das ihre Augen und Haare zum Leuchten brachte, auch wirklich hinreißend hübsch aus.

»Ganz meinerseits.« Sie erwiderte lächelnd den Händedruck. »Mein Mann hat schon viel von Ihnen erzählt.«

»Ich hoffe, nur Gutes.« Der Chefredakteur zwinkerte Evas Vater zu. »Ich hatte in Bonn zu tun und wollte mich bei der Gelegenheit hier auch mal wieder sehen lassen.«

»Mein Mann hat mir berichtet, dass Sie zurzeit sehr oft in Hamburg sind, weil der NWDR ab dem kommenden Jahr aufgeteilt wird.« Eine leichte Frage schwang in ihrer Stimme mit.

»Ja, in einen norddeutschen und einen westdeutschen Rundfunk. Diese Umstrukturierung macht jede Menge Arbeit.« Der Chefredakteur riss sich sichtlich ungern von der Mutter los und wandte sich den Zwillingen zu. »Und ihr beide seid?«

»Gebt Dr. Meinrad die Hand.« Der Vater schob die Zwillinge nach vorn.

»Ich bin Franzi.«

»Und ich Lilly.« Die beiden knicksten schüchtern.

»Und das ist Eva, meine älteste Tochter.« Auffordernd schaute Evas Vater sie an.

Sie trat vor und reichte dem Chefredakteur ebenfalls die Hand. »Guten Tag, Dr. Meinrad.« Sie hoffte, dass die Höflichkeiten bald ein Ende hatten. Obwohl die Führung durch den neuen Arbeitsplatz auch sie beeindruckte, wollte sie endlich wieder ihre eigenen Wege gehen.

»Ah, Sie sind das Fräulein, das in den nächsten Tagen eine Stelle als Sekretärin bei uns im Sender in Köln antreten wird.« Der Chefredakteur drückte Evas Hand und bedachte sie mit einem jovialen Lächeln. »Sie freuen sich bestimmt schon auf Ihre neue Arbeit?«

»Ja, natürlich«, heuchelte sie, während sie den Blick des Vaters auf sich ruhen fühlte.

»Das ist gut, denn eigentlich war die Stelle für jemand anderen vorgesehen. Aber wir haben es möglich gemacht, dass Sie sie kriegen, denn wir wollten Ihren Herrn Vater nun mal unbedingt haben. Und ich kann nur sagen, wir haben uns nicht in ihm getäuscht.« Der Chefredakteur klopfte dem Vater auf die Schulter.

»Schön, dass Sie das so sehen«, nahm dieser selbstbewusst den leichten Plauderton auf.

Der Chefredakteur wandte sich wieder Eva zu. »Frau Naumann, Ihre Vorgesetzte, ist eine sehr fähige und erfahrene Sekretärin. Sie können bestimmt viel von ihr lernen.«

»Davon bin ich überzeugt.« Eva zwang sich zu einem Lächeln.

»Wir gehen später essen«, platzte Franzi unvermittelt heraus, die den Chefredakteur aus großen Augen angesehen hatte. »Und Papa will uns die Stadt zeigen.«

»Oh, die junge Dame will mir anscheinend zu verstehen geben, dass ich Sie aufhalte.« Der Chefredakteur lachte. »Wo werden Sie denn essen, wissen Sie das schon?«

»Im Dreesen in Bad Godesberg«, erwiderte der Vater.

»Das ist eine erstklassige Adresse. Dann wünsche ich Ihnen allen noch einen schönen Tag.« Der Chefredakteur verneigte sich wieder leicht vor der Mutter und verschwand in einem angrenzenden Büro.

»Franzi«, ihre Mutter beugte sich zu ihr und seufzte, »du kannst doch nicht einfach so Papas Chef ansprechen.«

Evas kleine Schwester ließ den Kopf hängen. Doch ehe Eva sie verteidigen konnte, sagte ihr Vater: »Ach, ich glaube, Dr. Meinrad hat das sogar gefallen.«

Die attraktive, elegante Ehefrau, die niedlichen Schwestern – hatte ihr Vater vielleicht doch gewusst, dass der Chefredakteur im Bonner Studio sein würde und war extra hierhergekommen, um mit ihnen Eindruck zu schinden? Dieser Gedanke streifte Eva unvermittelt.

»Das war doch ein schöner Tag, nicht wahr?« Am Abend sah Evas Mutter sie fragend an. Sie saßen in der Küche, tranken noch einen Saft. Die Schwestern, schon in ihren Schlafanzügen, rannten kichernd die Treppe hinauf. Im Wohnzimmer lief der Fernseher, die sonore Stimme eines Kommentators war durch die Wände zu hören. Ihr Vater hatte es sich mit einem Whisky in einem Sessel vor dem Apparat bequem gemacht.

Eva überlegte. Nach dem Besuch im Bonner Studio des NWDR waren sie durch die Innenstadt und durch den

Hofgarten spaziert. Später, im Restaurant des Hotel Dreesen, hatte man sie zu einem Tisch am Fenster geführt, mit Blick auf den im Mondlicht silbrig schimmernden Rhein.

Die Atmosphäre war sehr festlich und elegant gewesen – fast so wie im Schlosshotel am Fuschlsee – und das Essen sehr gut. Während ihre kleinen Schwestern sich mit Hähnchen und Pommes und Eis vollgestopft hatten, hatte Eva mit den Eltern ein wunderbares Menü genossen und auch Wein getrunken. Ihr Vater hatte sehr anschaulich und lebendig von seiner Arbeit und den Treffen mit Politikern erzählt. Und, obwohl sie immer noch zornig auf ihn war, hatte Eva wieder verstehen können, was ihn an der neuen Stelle so begeisterte. Seit Langem hatte sie sich ihm sogar wieder einmal ein bisschen nahe gefühlt.

»Ja, es war ein schöner Tag«, sagte sie zu ihrer Mutter, weil diese sich das zu hören wünschte. Und ein wenig empfand sie es auch so.

»Ach, das freut mich so sehr.« Die Erleichterung stand ihr ins Gesicht geschrieben, und sie drückte Eva an sich.

»Gute Nacht Mama, ich will noch ein bisschen lesen«, schwindelte sie und befreite sich sachte aus der Umarmung ihrer Mutter. Sie konnte es kaum abwarten, endlich in ihrem Zimmer zu sein.

Dort öffnete Eva mit klopfendem Herzen den Karton, der die Schallplatte von *Oklahoma!*, ihre Recherchen und die Skizzenbücher enthielt.

Ja, sie wollte Kostümbildnerin werden. Während der vergangenen Tage hatte sie keine Gelegenheit zum Zeichnen gehabt – und sie hatte das so vermisst. Sie nahm ein neues Skizzenbuch aus dem Karton, ihre Stifte und den Aquarellkasten und ging zu ihrem Schreibtisch.

Einige Minuten saß Eva still da, während die Farmen des mittleren Westens der USA und die Helden des Musicals *Oklahoma!* vor ihrem inneren Auge Gestalt annahmen. Dann ließ sie den Stift über das Papier gleiten. Und wie so oft, wenn sie Kostüme zeichnete, versank sie in einer anderen Welt.

Annemie klopfte an die Tür des Bads, wo die Zwillinge mal wieder herumtrödelten. »He, ihr beiden, beeilt euch«, rief sie. »Und dann ab ins Bett mit euch, sonst gibt es Ärger.«

Sie ignorierte das Stöhnen der Mädchen und ging hinunter ins Wohnzimmer, wo Axel sich nach dem Ende des sonntäglichen Fernsehprogramms eine Nachrichtensendung im Radio anhörte, den Blick immer noch auf den jetzt dunklen Bildschirm gerichtet. Sie wusste, wie sehr er sich danach sehnte, beim Fernsehen Karriere zu machen, und sie würde alles in ihrer Macht Stehende tun, um ihn dabei zu unterstützen. Das war sie ihm schuldig. Er bot ihr und den Töchtern Sicherheit. Selbst den Gymnastikraum hatte er ihr ermöglicht. Und außerdem liebte sie ihn.

»Da bist du ja.« Er lächelte sie an, stand auf und drehte den Ton leise. »Wie steht's mit Eva? Denkst du, sie hat sich mit dem Umzug und der neuen Stelle endlich arrangiert?«

»Ich glaube schon, sie hat gesagt, dass sie den Tag schön fand, und hat ganz zufrieden gewirkt.«

»Das ist erfreulich. Auch wenn sie mich für ein Ungeheuer hält, möchte ich, dass es ihr gutgeht.«

»Das weiß ich doch.« Annemie drückte seine Hand. »Und Eva wird es auch irgendwann verstehen.«

»Hoffentlich.« Sein Lächeln vertiefte sich, und für Momente sah Annemie in ihm den Mann, in den sie sich einmal Hals über Kopf verliebt hatte. Umwerfend attraktiv, hinreißend charmant und voll unerschütterlichem Selbstvertrauen.

»Ich hab übrigens noch eine Überraschung für dich.«

»Noch eine? Ach, Axel, wir hatten doch schon so einen schönen Tag.«

»Ja, aber das ist eine Überraschung nur für uns beide.« Er zauberte ein Kuvert unter einem Bücherstapel auf dem Couchtisch hervor und reichte es ihr. Das Papier des Umschlags war teuer. Neugierig geworden, öffnete sie ihn. Darin lagen zwei Karten aus einem ebenfalls kostspieligen Papier. Bundespresseball am zehnten Dezember in Bad Neuenahr stand darauf in Prägeschrift.

»Na, was sagst du dazu?« Axel blickte sie erwartungsvoll an.

»Der Bundespresseball, ach du meine Güte.« Annemie war nun doch überwältigt. Bei diesem gesellschaftlichen Großereignis traf sich die bundesdeutsche Prominenz. Die Wochenschauberichte und Fotos darüber waren immer glamourös.

»Tja, der Bundespräsident wird natürlich anwesend sein, der Kanzler ebenfalls, jede Menge Filmstars, mehr oder weniger bedeutende Politiker, Kollegen. Und wir beide mittendrin.« Axels Augen strahlten. »Du darfst dir natürlich ein neues Abendkleid kaufen.«

»Aber ich habe doch genügend. Ich finde bestimmt im Schrank ein passendes. Auch wenn dir der NWDR den Umzug bezahlt hat, hatten wir schließlich Auslagen. Für neue Möbel und ...«

»Nein, nein«, Axel unterbrach Annemie vehement, »ich möchte, dass du dir ein neues kaufst, egal, was es kostet. Schließlich möchte ich stolz auf meine wunderschöne Frau sein können.«

»Das ist sehr großzügig von dir.« Annemie küsste ihn zärtlich auf die Wange. Dann stutzte sie. Er wollte *stolz* auf sie sein. War sie etwa nur eine Art Schmuckstück für ihn, mit dem er prahlte? Ganz unvermittelt kam ihr dieser Zweifel. Aber nein, es war unrecht, Axel so etwas zu unterstellen.

Kapitel 6

Zwischen den anderen Fahrgästen schob sich Eva aus dem vollen Zug. Auch auf dem Bahnsteig herrschte jetzt, um halb acht am Morgen, im Kölner Hauptbahnhof ein dichtes Gedränge. In Bonn hatte sie Glück gehabt und einen Sitzplatz ergattert. Zäher Nebel hatte über der Bahnstrecke gehangen. Dann und wann waren kleine Orte an den Gleisen und Felder voller Kohl und Zuckerrüben aufgetaucht.

Das neue Heim, der Besuch im Parlament, die schönen Gründerzeitstraßen in der Bonner Südstadt und der Abend im Dreesen hatten Eva mit dem erzwungenen Umzug ein bisschen ausgesöhnt. Doch nun erschien ihr alles wieder sehr trist. Die anderthalb Jahre bis zu ihrer Volljährigkeit dehnten sich schier endlos. Wenn es doch wenigstens im NWDR eine Kostümbildner-Werkstatt gegeben hätte. Das hätte es ihr leichter gemacht.

Auch vor dem Kölner Hauptbahnhof war es neblig, und die feuchte Kälte drang durch Evas Mantel. Sie hatte sich den kurzen Weg zum NWDR am Wallrafplatz auf dem Stadtplan genau angesehen und eingeprägt. Da war der Dom auf einem kleinen, mit Gras bewachsenen Hügel, den sie passieren musste, die Turmspitzen verschwanden im grauen Dunst. Sie ließ das riesige, gotische Bauwerk hinter sich und bog in eine Straße in Richtung Innenstadt ein. Die Häuser waren fast alle neu und schmucklos, als seien sie in den Jahren nach dem Krieg hastig hochgezogen worden. Am Wallrafplatz reihte sich ein Geschäft an das andere. Bekleidung, Schuhe und Schmuck, wie Eva flüchtig wahrnahm.

Das Funkhaus des NWDR war ein moderner, mehrstöckiger Bau mit einer Fassade aus hellen Steinen. Er nahm eine ganze Seite des Platzes ein und erstreckte sich auch noch eine angrenzende Straße entlang. Der Eingang führte in ein lichtes Foyer. Eva nannte dem Pförtner am Empfang ihren Namen und sagte, dass Frau Naumann sie erwartete.

Lustlos und doch etwas neugierig sah sie sich um. In diesem Gebäude würde sie also, zumindest bis zu ihrem einundzwanzigsten Geburtstag, ihre Arbeitszeit verbringen. Wie auch die Fassade und das Foyer war die Eingangshalle schlicht und sachlich gehalten, Glas und Holz bildeten die vorherrschenden Materialien. Zwei steinerne Treppen schwangen sich in eleganten Bögen an beiden Seiten des Foyers nach oben, sowie einen Paternoster. Einige Sessel im skandinavischen Stil harmonierten gut mit dem modernen Ambiente. Hinter einer Reihe von Vorhängen verbarg sich eine Garderobe. Vielleicht führte die große Tür am Fuße einiger weniger Holzstufen zu einem der Öffentlichkeit zugänglichen Saal?

»Fräulein, de Frau Naumann hat niemand zur Verfüjung, der Se abholen kann«, der Pförtner wandte sich, den Telefonhörer noch in der Hand, an sie. »Nehmen Se bitte den Aufzug in den zweiten Stock, dort iss et das Zimmer zwölf.«

»Das mache ich, danke.« Eva nickte dem Pförtner zu. Sehr willkommen heißend klang das nicht gerade.

Ein knappes »Herein« empfing Eva, als sie an die Tür des Büros mit der Nummer zwölf klopfte. Sie straffte sich und trat ein. Die Frau, die hinter dem tadellos aufgeräumten Schreibtisch saß, bedachte sie mit einem distanzierten, etwas unfreundlichen Blick. Sie war Ende dreißig oder Anfang vierzig, hatte dezentes Make-up aufgelegt und die blonden Haare zu einem strengen Chignon zusammengefasst. Zu einem hellgrauen Kostüm mit modisch großen Knöpfen trug sie eine weiße Bluse mit einem Schalkragen. Auf eine kühle Weise war sie unbestreitbar attraktiv.

»Sie sind also das Fräulein Vordemfelde«, sagte sie ohne eine Begrüßung und bedeutete Eva, sich hinzusetzen.

»Ja, guten Morgen, die bin ich.« Was hatte die Chefsekretärin nur gegen sie? Es war unübersehbar, dass Frau Naumann sie nicht mochte, obwohl sie sich gerade zum ersten Mal begegneten.

»Sie stammen aus München?« Der süffisante Ton ihrer Stimme ließ vermuten, dass die Stadt für sie hinterwäldlerischstes Territorium war.

»Ja.« Eva nickte. Ihr lag es auf der Zunge zu sagen, dass Köln mit München, was Kultur und Architektur betraf, nun wirklich nicht mithalten konnte. München hatte so viele bedeutende Theater und Museen, Straßenzüge voller klassizistischer Gebäude, eines schöner als das andere, und das Nymphenburger Schloss. Und was hatte Köln? Den Dom. Aber sie versagte es sich. Anderthalb Jahre lang würde sie mit der Chefsekretärin auskommen müssen. Da wollte sie es sich mit ihr nicht schon am ersten Tag verderben.

»Sie beherrschen hoffentlich Schreibmaschineschreiben und Stenografie?«

»Natürlich, ich habe ungefähr drei Jahre lang als Sekretärin gearbeitet. Und bei meinem Abschluss auf dem Lyzeum hatte ich eine Eins im Schreibmaschineschreiben und eine Zwei in

Stenografie.« Das konnte Eva sich nicht verkneifen. Sie hatte sich für die Fächer nicht begeistert, aber irgendwie waren sie ihr leichtgefallen.

»Und wo haben Sie bislang gearbeitet?«

»In einer Druckerei mit fünfzig Angestellten.«

Auch dies schien die Chefsekretärin nicht milder zu stimmen. »Soso, und worin genau bestand dort Ihre Tätigkeit?«

»Ich war hauptsächlich für die Korrespondenz des Direktors und seines Stellvertreters zuständig.« Meist trockene Geschäftsbriefe, aber die Direktoren waren nett, und ihre Kollegen hatten Eva im Betrieb sehr herzlich verabschiedet.

»Der Komplex des Funkhauses umfasst etwa einhundertdreißig Büros, siebzig Räume mit technischer Ausstattung, dreißig Archiv-, Wirtschafts- und Lagerräume sowie acht Studios. Im Konzertsaal gibt es achthundert Sitzplätze, er gilt mit seiner einzigartigen Tonqualität als akustische Sensation. Allein beim Fernsehen des NWDR in Köln sind etwa einhundertzwanzig Mitarbeiter beschäftigt, beim Hörfunk sind es etwa neunhundert.« Frau Naumann hielt ergriffen inne, um Eva zu beeindrucken. »Das ist ein anderes Umfeld als das, in dem Sie bisher gearbeitet haben. Das können Sie mir wirklich glauben. Bedeutende Intellektuelle und Künstler gehen hier ein und aus. Schriftsteller, Schauspieler und Musiker. Da Ihr Herr Vater in leitender Position für das Bonner Studio arbeitet, sind Sie hoffentlich, was einen derartigen Umgang betrifft, nicht ganz unbeleckt.« Die Chefsekretärin schaute sie zweifelnd an.

»Bei uns zu Hause in München waren oft Künstler zu Besuch, zum Beispiel ...«, begann Eva. Doch ehe sie einige bekannte Namen nennen konnte, fiel ihr Frau Naumann ins Wort. »Dieses Sekretariat arbeitet für Fernseh- und Hörfunkredaktionen des NWDR. Die fest angestellten Redakteure diktieren in der Regel den Sekretärinnen ihre Wortbeiträge. Diese werden mitstenografiert und dann mit der Schreibmaschine ins Reine geschrieben. Die Verfasser erhalten die Texte zurück, woraufhin sie ihre Korrekturen und Ergänzungen handschriftlich einfügen. Daraufhin schreiben die Sekretärinnen alles noch einmal neu ab und geben dies den Redakteuren zurück. Dann gehen die Herren ihre Texte erneut durch und tragen gegebenenfalls Änderungen ein.«

»Und diese Texte müssen dann wieder abgeschrieben werden?«, erkundigte Eva sich.

»Richtig.«

»Entschuldigen Sie, aber weshalb ist das nötig? Also, dieses mehrmalige Abschreiben?« Auch eine Zeitung hatte zu den Druckerzeugnissen ihrer früheren Arbeitgeber gezählt. Deshalb wusste sie, dass die Setzer, die die Seiten aus dem Bleisatz zusammenstellten, üblicherweise mit handschriftlich korrigierten Fahnen arbeiteten.

Die Chefsekretärin hob die Augenbrauen. »Nun, natürlich damit ein Hörfunksprecher oder -kommentator bei einer Aufnahme nicht wegen einer Korrektur ins Stocken gerät.« Ihr Tonfall verriet, dass sie Evas Frage für dumm hielt.

»Oh, ich verstehe.«

»Das ist schön. Außerdem werden Sie nach einer gewissen Einarbeitungszeit die anfallende Korrespondenz für die Redakteure erledigen. Und, aber das sind Aufgaben, mit denen ich Sie erst betrauen werde, wenn Sie mit der Atmosphäre im NWDR und den besonderen Erfordernissen des Senders vertraut sind, Interview-Termine für die Redakteure vereinbaren, Bahnfahrten, Flüge und Hotelzimmer buchen oder die Herren auch einmal bei einer Recherche unterstützen. Und jetzt folgen Sie mir bitte zu Ihrem neuen Arbeitsplatz.«

»Gibt es gar keine Frauen unter den Redakteuren?«

»Nur einige wenige.« Frau Naumann erhob sich und machte klar, dass die Audienz – so hatte sich das für Eva angefühlt – beendet war.

In dem Büro, zu dem sie Eva führte, saßen drei junge Frauen hinter Schreibtischen. Das Klappern der Tasten verstummte, als sie den Raum betraten. Eine der Frauen war blond, sie hatte ein hübsches, rundes Gesicht mit einer Stupsnase und trug – ungewöhnlich für eine Sekretärin – eine leuchtend bunte Seidenbluse.

»Darf ich Ihnen Ihre neue Kollegin Fräulein Vordemfelde vorstellen?« Die Chefsekretärin wies auf Eva. »Sie stammt aus München und hat bisher in einer Druckerei gearbeitet.«

»Das ist Fräulein Hefner.« Sie wies auf die blonde Frau mit der Stupsnase. »Dies sind Fräulein Willmer und Fräulein Gotthold.« Eine schlanke Brünette in einem Schottenrock und eine etwas füllige etwa Zwanzigjährige in einem schlichten braunen Wollkleid nickten ihr zu.

»Hallo, guten Tag.« Eva bemühte sich um ein Lächeln. »Es freut mich, mit Ihnen zusammenzuarbeiten.«

Leise und etwas verhalten erwiderten die neuen Kolleginnen ihren Gruß. Eva fühlte sich plötzlich beklommen. Sie nahm hinter dem Schreibtisch Platz, den ihr Frau Naumann zuwies. Anderthalb Jahre, das würde sie schon irgendwie überstehen.

Am Abend stieg Eva vor ihrem neuen Zuhause im Bonner Süden von ihrem Fahrrad. Der Zug war sehr voll gewesen, dieses Mal hatte sie kein Glück mit einem Sitzplatz gehabt, und sie fühlte sich müde und ausgelaugt. Vor noch nicht einmal einem Monat hatte sie während des Drehs zu *Sissi* in prächtigen Kostümen geschwelgt und sich in ein anderes Leben geträumt. Eva schob das Fahrrad in die leere Garage – ihr Vater war also noch nicht von der Arbeit zurück. Dann ging sie ins Haus.

Im Esszimmer saßen ihre Mutter und ihre Schwestern beim Abendbrot.

»Liebes, schön, dass du zum Essen gekommen bist«, die Mutter lächelte sie an, »wie war dein erster Arbeitstag?« Sie goss ihr Tee in ein Glas und reichte ihr den Brotkorb.

Eva erkannte die Sorge in ihren Augen, und sie wollte ihre Mutter nicht enttäuschen. Sie war alt genug, um mit ihrer Enttäuschung alleine fertigzuwerden. »Gut, die Arbeit war interessant«, erwiderte sie, während sie ihr Brot mit Aufschnitt belegte und Zucker in den Tee gab. In Wahrheit hatte sie stundenlang das in ziemlich unleserlicher Stenografie verfasste Protokoll einer Sitzung abgetippt, bei der es um das Prozedere der Trennung des NWDR in den NDR und WDR gegangen war. Sie hatte Begriffe wie *Übertragungsnetze*, *Füllsender* oder *Richtfunkstrecke* nachfragen müssen sowie etliche Namen der Sitzungsteilnehmer – Frau Naumann hatte ihr alles sehr ungnädig erklärt.

»Sind deine Kolleginnen nett?«

»Ich hatte heute noch nicht so viel mit ihnen zu tun«, wich Eva aus. »Aber ich denke, schon.« Die Kolleginnen hatten sie nicht gefragt, ob sie mit ihnen in die Mittagspause gehen wollte. Sie hatte jedoch die Zeit genutzt, um die Kölner Innenstadt ein bisschen zu erkunden, und ein schönes Stoffgeschäft entdeckt. Die vielfältigen Stoffe zu betrachten, ihre Hände über den einen oder anderen Ballen aus Musselin,

Baumwolle oder Cord gleiten zu lassen und sich vorzustellen, was sie daraus nähen würde, hatte ihr wieder Auftrieb gegeben. »Und ihr beiden«, wandte sich Eva an ihre Schwestern, ehe ihre Mutter noch weitere Fragen stellen konnte, »wie war euer erster Schultag?«

»Auch ganz gut«, entgegnete Franzi. »Nur reden die anderen Mädchen so einen komischen Dialekt.«

»Wir sind in Mathematik und in Erdkunde schon viel weiter«, sagte Lilly und stellte ihr Glas ab. Anders als noch am Morgen hatte sie die Haare zu Zöpfen geflochten. Seit einiger Zeit saß sie ziemlich oft vor dem Spiegel. »Das, was wir heute durchgenommen haben, hatten wir schon letztes Jahr in der Schule. Bestimmt werden wir die Klassenbesten.«

Franzi rümpfte die Nase. »Ich wahrscheinlich schon, aber du nicht.« Sie war die Ehrgeizigere der beiden, und ihre Noten waren immer besser als die ihrer Schwester.

Lilly öffnete den Mund, wollte offensichtlich vehement protestieren, und Eva überlegte rasch, wie sich ein Streit zwischen den beiden verhindern ließe, als in der Einfahrt das Geräusch eines Wagens zu hören war.

»Papa kommt!« Lillys eben noch finsteres Gesicht hellte sich auf. Sie schob ihren Stuhl zurück und lief zur Haustür, um ihn zu begrüßen.

»Meine Lieben«, er blickte lächelnd in die Runde, als er eintrat und Annemie auf die Wange küsste, »ich habe eine Überraschung für euch.«

»Gehst du mit uns ins Kino?« Lilly blickte ihn erwartungsvoll an.

»Nein, etwas viel Besseres.«

»Wir fahren in den Urlaub?« Franzi beugte sich aufgeregt vor.

»Du bist schon näher dran.« Er setzte sich und ließ sich von der Mutter die Platte mit Aufschnitt reichen, dann sah er Eva an. »Holst du mir bitte ein Bier aus dem Kühlschrank?«

Warum konnte er das nicht selbst machen? Schließlich hatte sie den ganzen Tag gearbeitet wie er. Der Gedanke schoss Eva durch den Kopf. Aber sie sprach ihn nicht aus. Bei ihren Freundinnen war es nicht anders. Es war normal, dass Väter bevorzugt behandelt wurden. Als sie sich gerade erheben wollte, rief Franzi: »Ich geh schon!« und rannte in die Küche.

»Besuchen wir die Oma?«, wollte Lilly wissen.

»Du hast es fast erraten, aber noch nicht ganz.«

Die Mutter blickte ihn fragend an. »Was meinst du mit *fast,* Axel? Besuchen wir denn meine Mutter in Berlin, oder nicht?«

Der Vater öffnete die Flasche, die ihm Franzi mittlerweile gebracht hatte, und goss das Bier in ein Glas.

»Papa, jetzt sag schon!«, bettelten die Zwillinge.

»Wir werden *auch* die Oma besuchen, aber das ist noch nicht meine eigentliche Überraschung.« Er legte eine Kunstpause ein. »Ich werde nächste Woche, am neunzehnten Oktober, von der Sitzung des Bundestags in Berlin berichten. Genau genommen der *ersten* Sitzung des Parlaments in Berlin.«

»Das Parlament tritt in Berlin zusammen? Aber doch nicht im Reichstag, oder?«, fragte Eva gespannt.

»Nein, natürlich nicht, der ist ja in weiten Teilen noch eine Ruine, Tagungsort ist die Technische Universität. Und ihr alle werdet mich begleiten. Das bedeutet«, er breitete die Arme aus, »wir fliegen am kommenden Donnerstag zusammen nach Berlin.«

»Aber, Axel ...« Die Mutter legte die Hand auf die Brust. »... bis dahin ist es ja noch nicht einmal mehr eine Woche.«

»Und, war das jetzt eine Überraschung?« Er beachtete ihren Einwand nicht.

»Ja, Papa.« Die Schwestern strahlten um die Wette, und auch Eva war unwillkürlich aufgeregt. Sie war noch nie geflogen, sonst fuhren sie immer mit dem Zug nach Berlin. Wie es wohl sein würde, sich in einer Maschine in die Lüfte zu erheben und die Welt von oben zu erblicken? Ob das Ambiente in einem Flugzeug genauso elegant war, wie sie es aus Filmen kannte? Würde sie überhaupt Urlaub bekommen? Heute war ihr erster Arbeitstag gewesen.

»Was ist, Eva? Hast du daran etwas auszusetzen?«

»Nein, ich habe mich nur gerade gefragt, ob ich freinehmen kann.«

»Und wir? Müssen wir nicht in der Schule sein?« Das Strahlen war von Lillys Gesicht gewichen.

»Ich schreibe euch eine Entschuldigung für die paar Tage.« Ihr Vater machte eine wegwerfende Geste.

»Axel, denkst du wirklich, das ist richtig?« Die Mutter wirkte alles andere als glücklich. »Ich weiß ja nicht ...«

»Ach, Mama!«, protestierten die Schwestern.

»So viel verpassen die beiden schon nicht. Außerdem bildet Reisen bekanntlich. In gewisser Weise lernen sie da mehr als im Unterricht. Sie werden das Brandenburger Tor sehen und den Reichstag. Von dort wurde Deutschland früher regiert«, fügte er für die Zwillinge erklärend hinzu. »Wir werden in Museen gehen und die Nofretete betrachten, und ich werde euch viel über die ägyptische Kultur erzählen und ...«

»Schon gut, schon gut, Axel, du hast mich überzeugt.« Sie hob resigniert die Hände und begann, das Geschirr zusammenzuräumen. »Lass nur, ich mach das schon«, sagte sie, als Eva ihrer Mutter helfen wollte.

»Wegen deines Urlaubs musst du dir überhaupt keine Sorgen machen«, wandte sich der Vater wieder Eva zu. »Du fliegst ganz offiziell als Sekretärin des NWDR mit. Das habe ich durchgesetzt. Bestimmt haben ich oder die Kollegen mal einen Text zu diktieren oder am Telefon durchzugeben.«

»Großartig!« Damit hatte Eva nicht gerechnet. Sie freute sich wirklich. Auch ihre Schwestern waren nun in der Küche, für einen Moment war sie mit ihrem Vater allein. Er zündete sich eine Zigarette an. »Wie war eigentlich dein erster Arbeitstag? Schon interessanter als in der Druckerei, oder?«

»Es ging.« Dem Vater gegenüber fühlte Eva sich nicht verpflichtet, die Wahrheit zu beschönigen. »Die Chefsekretärin war nicht besonders freundlich. München ist für sie ein unzivilisierter Ort, und eine Druckerei, na ja ... kulturell minderwertig – verglichen mit einem Hörfunk- und Fernsehsender.«

»Nimm dir das nicht zu Herzen.« Ihr Vater zuckte mit den Schultern. »Wahrscheinlich verübelt sie es dir, dass du die Stelle bekommen hast und nicht ihre Nichte.«

»Ihre Nichte war für die Stelle vorgesehen?«

»Ja, aber ich hatte dem Chefredakteur nun mal gesagt, dass ich es gerne sähe, wenn meine Tochter eine Arbeit beim Sender fände. Und sie wollten mich unbedingt haben.«

»Vater, hättest du mich nicht vorwarnen können?« Eva war fassungslos. Jetzt verstand sie Frau Naumanns Verhalten viel besser.

»Ich hatte das, ehrlich gesagt, ganz vergessen. Außerdem wird sie sich bestimmt an dich gewöhnen.« Er drückte den Zigarettenstummel im Aschenbecher aus und griff nach der Zeitung, die auf dem Büfett lag. Für ihn war die Angelegenheit damit beendet.

Eva biss sich auf die Lippen und schluckte eine scharfe Bemerkung hinunter. Sie hatte eine Stelle bekommen, die sie nicht haben wollte und die noch dazu für jemand anderen vorgesehen gewesen war. Sie bezweifelte sehr, dass sich die Chefsekretärin an sie *gewöhnen* würde. Und dennoch, trotz des Ärgers auf ihren Vater war da auch die Freude auf die Tage in Berlin.

»Schließen Sie bitte die Sicherheitsgurte, in wenigen Minuten befinden wir uns im Anflug auf Berlin«, ertönte es aus dem Cockpit der Lufthansa-Maschine.

Die Eltern hatten Plätze eine Reihe weiter vorne. Eva half den Schwestern, die neben ihr saßen, und schloss dann ihren eigenen Gurt. Der Flug von Frankfurt aus war schöner gewesen, als erwartet. Als das Flugzeug auf der Startbahn beschleunigt und gleich darauf abgehoben hatte, war es ihr ein bisschen flau im Magen geworden. Aber die von der Sonne beschienenen Wolken von oben zu sehen, hatte alles wettgemacht. Außerdem flogen sie – wie auch die Kollegen des Vaters – in der ersten Klasse. Stewardessen in eleganten blauen und gelben Kostümen servierten ihnen, trotz des kurzen Fluges, ein Frühstück auf Porzellangeschirr. Sie hatten sie umsorgt und mit den kleinen Schwestern gescherzt.

Das Flugzeug beschrieb eine ausgedehnte Kurve. Die Wolkendecke war schon vor einer Weile aufgerissen, und Berlin erstreckte sich gut sichtbar unter ihnen. Die Spree schlängelte sich als ein silbernes Band durch die Stadt. Da und dort gab es ausgedehnte Brachen – wohl die Folgen von Bombardierungen, die noch nicht wieder bebaut worden waren. Aber da ... die ausgedehnte grüne Fläche. »Schaut mal«, Eva wandte sich den Schwestern zu, die die Hälse reckten, »das ist der Park Tiergarten mit dem Zoo.«

»Da waren wir mal mit der Oma«, sagte Lilly.

»Ja, und was so golden in der Sonne schimmert, ist die Siegessäule. Das große, viereckige Gebäude mit den Türmen, das ist der Reichstag. Und daneben liegt das Brandenburger Tor.«

Eva hatte ihre ersten Lebensjahre in Berlin verbracht, bevor die Familie wegen der Karriere des Vaters – nichts ahnend, dass sich dies als Sackgasse erweisen sollte – nach München umgezogen war. An ihre frühe Kindheit hatte sie nur noch verschwommene Erinnerungen. Aber Bootsfahrten auf der Spree oder auch Besuche im Zoo, bei denen sie auf den Schultern des Vaters gesessen hatte, eingeschüchtert und doch fasziniert von den Löwen, den Tigern und anderen wilden Tieren, waren ihr in Erinnerung geblieben.

Es war wieder ein nervenaufreibender Moment, als das Flugzeug auf der Landebahn aufsetzte und sie in die Sitze gepresst wurden. Lilly schrie leise auf, und Eva sah, wie die Mutter nach der Hand ihres Vaters griff. Die Maschine bremste immer stärker ab und kam schließlich ganz zum Stehen.

Unwillkürlich atmete Eva auf. Ihr Vater drehte sich zu ihr und den Schwestern um. »Und wie fandet ihr es, zu fliegen?«

»Schön, abgesehen vom Start und der Landung«, erwiderte Eva.

»Mir hat es auch gefallen.« Franzis Augen leuchteten, aber Lilly war ein bisschen blass.

»Mir ging es wie Eva«, warf ihre Mutter ein, »auf den Start und die Landung hätte ich verzichten können, aber sonst fand ich es sehr schön.«

»Ich bin froh, dass ich dir eine Freude machen konnte.« Der Vater drückte ihre Hand, und sein Gesicht war auf einmal ganz zärtlich, ja fast verliebt. So hatte er ihre Mutter schon lange nicht mehr angesehen. Zumindest hatte Eva es nicht mitbekommen. Die Mutter errötete unter seinem Blick. Sie sah glücklich aus.

Vor dem Flughafen Tempelhof stieg Eva mit ihrem Vater in ein Taxi. Die Fahrt führte durch den Stadtteil Schöneberg mit seinen hohen Gründerzeithäusern und kleinen Parks. Er hatte seiner Aktentasche einige Zeitungsartikel entnommen und sich darin vertieft. Plötzlich blickte er auf und wandte sich an den Taxifahrer. »Machen Sie doch bitte einen kurzen Umweg zum Kufsteiner Platz.«

»Janz, wie Se wünschen.« Der Taxifahrer nickte gleichmütig und bog an der nächsten Kreuzung ab.

Was ihr Vater wohl mit diesem Umweg bezweckte? Eva sah ihn fragend an.

Gleich darauf passierten sie ein mehrstöckiges Gebäude im schlichten Bauhaus-Stil dessen Fassade an einer Seite abgerundet war.

»Das ist der RIAS«, sagte er, »der Rundfunk im amerikanischen Sektor. Ich dachte, es interessiert dich vielleicht, ihn zu sehen. Der Sender hat das Motto ›Eine freie Stimme in der freien Welt‹, und jeden Sonntag um zwölf wird das Läuten der Freiheitsglocke im Schöneberger Rathaus übertragen. Na ja, der DDR-Führung passt die Arbeit des RIAS nicht, und das Hören der Sendungen steht unter Strafe. Es wird auch regelmäßig versucht, die Übertragungen zu stören. In den Augen der DDR-Regierung sind sie amerikanische Propaganda.«

»Wirklich?« Eva erinnerte sich, dass ihre Mutter gegen Kriegsende heimlich den *Feindsender* BBC gehört hatte und wie entsetzt sie gewesen war, als ihr klar wurde, dass Eva das bemerkt hatte. Sie hatte sie mit bebender Stimme beschworen, niemandem davon zu erzählen, denn darauf stand die Todesstrafe. »Müssen die Hörer des RIAS in der DDR ins Gefängnis?«

»Ja, allerdings, ich bin ja nach wie vor der Meinung, Adenauer hätte mit dem DDR-Regime keine diplomatischen Beziehungen aufnehmen sollen. Aber das lässt sich nicht mehr ändern.« Bitterkeit schwang in der Stimme ihres Vaters mit. Er schwieg einen Moment und fuhr dann in einer veränderten Tonlage fort: »Der RIAS produziert übrigens zwei Hörfunkprogramme, eines mit dem Schwerpunkt Musik und das andere mit dem Schwerpunkt Unterhaltung, also Hörspiele und Quizsendungen. Ein gewisser Hans Rosenthal hat die sehr erfolgreiche Quizsendung *Wer fragt, gewinnt* ins Leben gerufen. Ich habe sagen hören, dass auch andere Sender der ARD das Konzept übernehmen wollen.«

Wie so oft dozierte ihr Vater mal wieder gerne, aber Eva interessierte, was er sagte.

Als sie am Tiergarten vorbeigefahren waren, hielt das Taxi vor einem Gebäude im Stil der Neorenaissance, das musste die Technische Universität Berlin sein, wo im Physikalischen Institut die Sitzung des Bundestags stattfand. Männer in dunklen Mänteln, mit Aktentaschen in den Händen strebten auf das Portal zu. Der Vater bezahlte den Fahrer und ließ sich eine Quittung geben. Dann gingen auch er und Eva zum Eingang der Technischen Universität.

Etwa ein halbes Dutzend Übertragungswagen standen vor dem Gebäude, zahllose elektrische Kabel verliefen von ihnen nach drinnen. Die »Ü-Wagen« wurden unter anderem benötigt, um längere Tonaufnahmen machen zu können.

»Werden deine Hörfunkbeiträge von dir eigentlich direkt ins Gebiet des NWDR gesendet?« Interessiert sah Eva ihren Vater an. Fürs Fernsehen waren seine Berliner Kollegen zuständig.

»Nein, ich gebe sie telefonisch durch oder schicke die Aufnahmebänder mit der Post.« Er schüttelte den Kopf. »Die DDR versucht garantiert, den Funkverkehr nach Westdeutschland zu stören.«

»Das ist ja schlimm.« Während Eva noch darüber nachdachte, entdeckte sie ein Schild »Abgeordnete links einreihen«. Auch ihr Vater hatte es wahrgenommen. »Na, das wird den Herren von der CDU und CSU nicht gefallen, dass sie sich *links* einreihen sollen.« Er lachte.

Sie nahmen einen anderen Eingang, Evas Vater zeigte einem uniformierten Wachmann seinen Presseausweis und erklärte, dass sie zu ihm gehöre. Zusammen mit einer Gruppe von Journalisten wurden sie von einem Ordner im Frack zu dem Presseraum geleitet, wo es Telefonkabinen gab und einige Dutzend Tische, bestückt mit Schreibmaschinen und Papier. Anschließend führte man sie zu einem großen Hörsaal, wo der Bundesadler an der Frontseite über den improvisierten Bänken der Regierung prangte. Sie nahmen bei der Presse Platz, es gab auch einige Hörfunk- und Kamerateams mit aufwendiger technischer Ausrüstung. Hier verliefen ebenfalls viele elektrische Kabel.

Eva konnte unter all den männlichen Journalisten auf den Pressebänken nur ein paar wenige Frauen entdecken. Während ihr Vater sich wieder in seine Zeitungsartikel vertiefte und sich dann und wann eine Notiz machte, verfolgte sie, wie sich die Reihen der Abgeordneten füllten. Eva war aufgeregt und ihrem Vater dankbar, dass er es ihr ermöglicht hatte, dabei zu sein. Auch wenn diese Dankbarkeit vielleicht genau das war, was er bezweckte. Sie traute seinen Motiven nicht ganz.

Ein mittelgroßer Mann mit etwas schütterem Haar und der beinahe obligatorischen Hornbrille trat an das Rednerpult. Eugen Gerstenmaier, der Bundestagspräsident, Eva kannte sein Bild aus der Zeitung.

Nach ein paar Begrüßungsworten machte er eine kurze Pause und hob zu seiner eigentlichen Rede an: »Der Deutsche Bundestag beginnt seine Arbeit in dem Bewusstsein, dass seit dem Jahre 1933 in dieser Stunde zum ersten Male wieder eine frei gewählte, legitime, oberste gesetzgebende Körperschaft des deutschen Volkes ihre Arbeit hier aufnimmt.«

Hier, das bedeutete in Berlin, im Westteil der Stadt ... Unwillkürlich überkam Eva eine Gänsehaut. Ob Berlin wohl jemals wieder die Hauptstadt der Bundesrepublik werden würde? Es war auf jeden Fall ein historischer Moment, dass der Bundestag zum ersten Mal in der immer noch geteilten Stadt zusammenkam.

Nach der Eröffnungsrede des Bundestagspräsidenten nahm das Parlament seine Arbeit auf. Es folgte eine Debatte über wirtschaftliche Probleme, die anhaltende Phase der Hochkonjunktur und die Gefahr einer Inflation.

Obwohl die Materie Eva fremd war, nahm sie die Leidenschaftlichkeit, mit der die Themen von den Abgeordneten der unterschiedlichen politischen Lager erörtert wurden, gefangen.

Nach einigen Stunden beendete der Bundestagspräsident die Debatte, und Eva reckte ihren steifen Rücken. Ihr schwirrte der Kopf, und sie bewunderte es, dass der Vater noch ganz frisch und ausgeruht zu sein schien. Er war ganz in seinem Element.

»Geh schon einmal in den Presseraum«, er legte ihr die Hand auf den Arm, »vielleicht benötigt einer der Kollegen deine Hilfe. Ich muss noch ein paar Gespräche führen.«

»Ja, ist gut.«

Im Presseraum waren die meisten Tische inzwischen besetzt, das Hämmern der Schreibmaschinentasten füllte die Luft, und Journalisten eilten mit ihren Texten zu den Telefonkabinen. Keiner der Journalisten vom NWDR schien ihre Hilfe zu brauchen.

Eva war froh, einen freien Tisch in der hintersten Reihe zu finden. Inmitten der hektischen Betriebsamkeit fühlte sie sich fehl am Platz, sie kam sich plötzlich sehr jung und provinziell vor. Unter all den männlichen Kollegen gab es zwei Journalistinnen. Sie agierten beneidenswert selbstsicher. Eine der beiden rauchte, während sie ihren Text in die Maschine tippte, eine andere scherzte mit einem Reporter.

Eine Weile sann Eva noch über die Debatte und ihre Eindrücke nach. Dann wanderten ihre Gedanken zu dem Musical *Oklahoma!* und ihren Kostümentwürfen. Auch wenn sie in diesem Moment gut verstehen konnte, warum ihr Vater seinen Beruf liebte, die Arbeit als Kostümbildnerin war das, was *sie* wirklich wollte.

Die Stimmen und das Hämmern der Tasten um sie herum wurden immer leiser, als sie ein Blatt Papier von dem Stapel neben der Schreibmaschine und einen Kugelschreiber in die Hand nahm und begann, ein Kostüm für die weibliche Hauptperson, die Farmerstochter Laurey Williams, zu entwerfen. Es sollte ihren eigenwilligen Charakter widerspiegeln. Etwas Schlichtes, aber nicht Langweiliges, auf jeden

Fall ohne Spitzen und Schnörkel. Vielleicht angelehnt an ein Reitkleid? Eva ließ den Stift über das Papier gleiten.

»Entschuldigen Sie, aber brauchen Sie diesen Tisch?« Die ungeduldige Stimme ließ sie den Kopf heben. Ein junger Mann Mitte zwanzig stand vor ihr. Sein Haar war zerzaust, als wäre er sich eben mit der Hand hindurchgefahren. Es war dunkelbraun wie auch seine Augen. Er war groß und schlank, und Eva hätte sein schmales Gesicht mit den geraden Brauen und den hohen Wangenknochen attraktiv gefunden, wenn er sie nicht so gereizt angesehen hätte.

»Ich ... Weshalb fragen Sie?«, erwiderte sie, in Gedanken immer noch bei ihrer Skizze.

Der Blick des jungen Mannes fiel auf das Blatt Papier. »Da Sie hier herumkritzeln, benötigen Sie den Tisch wohl nicht. Würden Sie bitte den Platz für mich räumen? *Ich* muss nämlich *arbeiten*.«

Ihre Skizze war keine Kritzelei. Was für ein überheblicher Kerl, dachte Eva und beschloss, nicht klein beizugeben. »Mein Vater arbeitet für den NWDR, und er hat mich gebeten, ihm diesen Tisch freizuhalten. Könnten Sie sich also bitte einen anderen suchen?«

»Das würde ich gerne – aber alle Tische sind besetzt.«

Es stimmte, doch als sie schon im Begriff war aufzustehen, sagte er: »Hab ich mir doch gleich gedacht, dass Sie keine Journalistin sind.«

»Ach, ja, und warum nicht?« Fand er sie etwa im Vergleich zu den beiden Frauen in ihren schicken Kostümen bieder?

»Da Ihr Herr Vater noch nicht hier ist, spricht aus meiner Sicht nichts dagegen, dass Sie mich schnell meinen Kommentar schreiben lassen. Also, würden Sie bitte ...?« Er vollführte eine Handbewegung, als sei sie ein lästiges Insekt, das er wegscheuchen wollte.

Aufgebracht blieb Eva sitzen. »Es tut mir leid, aber nein, das mache ich nicht.«

»Sagen Sie mal, was fällt Ihnen eigentlich ein?«

»Wenn Sie mich nett bitten, wäre ich vielleicht bereit, mir Ihren Kommentar diktieren zu lassen.«

Ärgerlich ließ er seinen Blick über den Presseraum schweifen, doch zu Evas Genugtuung waren alle seine Kollegen in ihre Arbeit vertieft, keiner schien seinen Text bald zu beenden. »Sie können Schreibmaschine schreiben?«

Eva verschränkte die Arme vor der Brust. »Sonst hätte ich Ihnen das kaum angeboten. Ich kann es wahrscheinlich viel besser als Sie, ich bin nämlich Sekretärin.« Ihr Vater tippte immer mit zwei Fingern und, wie sie wusste, war das bei den meisten seiner Kollegen nicht anders.

Der junge Journalist zögerte immer noch, blickte dann auf seine Armbanduhr und zuckte mit den Schultern. »Na gut, versuchen wir es.«

Eva spannte einen Papierbogen in die Maschine und sah ihn herausfordernd an. »Schießen Sie los!« Er lehnte sich an den Tisch und zog einen Notizblock aus seinem Jackett.

»Bundestagspräsident ...« Er stockte und blätterte in seinen Notizen.

»Eugen Gerstenmaier«, half Eva nach.

»Den Namen des Bundestagspräsidenten habe ich sicher nicht vergessen.« Sein Tonfall war bissig. »Also ... Bundestagspräsident Eugen Gerstenmaier eröffnete die heutige historische Sitzung mit den Worten ...« Er zitierte jenen Satz, der bei Eva eine Gänsehaut verursacht hatte.

»Haben Sie das?« Er sah sie fragend an.

»Ja, natürlich.«

»Gut, dann weiter ... Doch jener bewegende Moment darf nicht darüber hinwegtäuschen, dass die andauernde Phase der Hochkonjunktur dieses Land vor große Herausforderungen stellt, was auch die Redebeiträge der Abgeordneten spiegelten.« Er fasste die unterschiedlichen Positionen der politischen Parteien knapp und treffend zusammen und erläuterte, warum er die Maßnahmen der Bundesregierung zur Bekämpfung der mit der Hochkonjunktur einhergehenden Inflation für unzureichend hielt – einen Gedankengang, den Eva für durchaus nachvollziehbar hielt.

»Die Hochkonjunktur der späten Zwanzigerjahre und die damit verbundene Inflation führten zur Weltwirtschaftskrise und zum Erstarken des Nationalsozialismus«, der Journalist machte eine Pause und sah Eva an. »Gedankenstrich ...«

Sie nickte und betätigte die Taste.

»Die erste Sitzung eines demokratisch gewählten Bundestags in Berlin seit über zweiundzwanzig Jahren wird hoffentlich nicht die Fehler der Vergangenheit wiederholen, sondern die Weichen für die Zukunft richtig stellen.«

Eva betätigte den Hebel an der Seite der Schreibmaschine, und der Wagen sprang eine Zeile weiter. »... richtig stellen«, wiederholte sie, während sie die Worte tippte. »Das war jetzt wahrscheinlich der Schlusssatz?« Sie hob den Blick und wandte sich dem jungen Journalisten zu.

»Das haben Sie richtig erkannt.« Seine Stimme klang wieder unüberhörbar spöttisch.

»Ich mag ja keine Journalistin sein, aber ich lese regelmäßig Zeitung und bin durchaus in der Lage, einen Text zu verstehen.« Eva löste das Blatt Papier aus der Schreibmaschine und reichte es ihm.

»Da habe ich ja Glück gehabt.« Er riss ihr seinen Kommentar aus der Hand.

»Ja, allerdings, da hatten Sie Glück, Sie könnten sich ruhig bei mir bedanken.«

Er deutete eine ironische Verbeugung an und eilte davon. Empört schaute Eva ihm nach. Was für ein eingebildeter Widerling. Wie gut, dass sie ihm sicher niemals wiederbegegnen würde. Plötzlich bemerkte sie, dass ihr Kostümentwurf verschwunden war. Hektisch suchte sie zwischen dem Papier herum, konnte ihn aber nirgends finden. Sie musste ihn versehentlich mit in die Schreibmaschine gespannt haben, und der Journalist hatte ihn mit seinem Kommentar aus ihrer Hand gerissen.

Eva sprang auf und rannte durch den Presseraum, blickte hastig den breiten Flur entlang. Der junge Journalist war nicht mehr zu sehen.

»Eva ...« Der Vater kam auf sie zu. »Was machst du denn hier?« Er schaute sie erstaunt an.

Von dem Missgeschick mit der Kostümskizze konnte sie ihm natürlich nicht erzählen. »Ich hab nur nach dir Ausschau gehalten«, schwindelte sie.

»Ich schreibe jetzt meinen Text über die Sitzung des Parlaments, und du gibst ihn dann telefonisch ins Bonner Studio durch, ja? Es gibt Gerüchte, dass Franz-Joseph Strauß neuer Minister für Atomfragen werden soll, dem muss ich nachgehen.«

Deshalb wirkte ihr Vater so elektrisiert. Sie verstand genug von seinem Beruf, um zu wissen, wie wichtig diese Information war und dass er dazu unbedingt Stimmen einholen musste. Glücklicherweise war der Tisch in der hintersten Reihe noch frei. »Du kannst mir den Text auch diktieren«, erwiderte sie. »Und natürlich gebe ich ihn dann telefonisch durch.«

»Danke«, ihr Vater lächelte sie an. »Danach nimmst du dir ein Taxi und fährst zur Großmutter. Ich komme später nach.«

Es war gar nicht so einfach, vor dem Physikalischen Institut ein Taxi zu ergattern, denn es herrschte ein dichtes Gedränge. Abgeordnete und Reporter traten den Weg zu ihren Hotels oder anderen Zielen in der Stadt an. Direkt vor sich beobachtete Eva, wie ein Mann einem Taxifahrer ein Päckchen reichte und ihn beauftragte, es am Flughafen Tempelhof aufzugeben. Der Mann hatte einen starken englischen Akzent, vermutlich enthielt das Päckchen eine Filmrolle und war für das Fernsehen der BBC bestimmt.

Wieder überkam Eva Freude und Dankbarkeit, diesen historischen Tag miterlebt und ihren Teil dazu beigetragen zu haben, dass die Menschen davon erfuhren. Endlich war da ein leeres Taxi! Entschlossen schob sie sich an einem dicklichen Mann vorbei, der sich vorgedrängt hatte. Sie riss die hintere Tür des Wagens auf und ließ sich auf die gepolsterte Bank fallen. Der Fahrer zwinkerte ihr zu und gab sofort Gas. »Na, wohin wollen Se denn Frollein?«

Rasch nannte Eva ihm die Adresse der Großmutter. Sie war noch nie alleine Taxi gefahren und kam sich plötzlich sehr erwachsen vor. Die Stadtteile Schöneberg und Charlottenburg glitten im Abendlicht an ihr vorbei – da waren das barocke Schloss und der Park, dunkel und geheimnisvoll hinter den hohen schmiedeeisernen Gittern, und die Spree, in der sich die brennenden Straßenlaternen wie Perlen spiegelten.

Vielleicht hatte sie am nächsten Tag ein wenig Zeit und konnte in die Sammlung im Schloss gehen und sich die historischen

Gewänder auf den in Öl gemalten Bildern ansehen, Details abzeichnen, Stoffmuster oder Kragen und Verzierungen. Einige Momente schwelgte Eva in dieser Vorstellung.

Ihr kam der Text des Vaters wieder in den Sinn, den sie einer Sekretärin des Bonner Studios durch das Telefon diktiert hatte. Er hatte vor allem Redebeiträge der Abgeordneten von CDU und CSU hervorgehoben und sich vehement gegen Maßnahmen des Staates ausgesprochen, die die Inflation senken sollten. Er war nun einmal konservativ. Eva teilte seine Meinung nicht in allem, aber sie musste zugeben, dass der Text sehr gelungen formuliert gewesen war.

Der Großmutter würde sein Beitrag wahrscheinlich trotzdem noch zu liberal sein. Sie trauerte dem Kaiserreich und der streng hierarchisch gegliederten Gesellschaft noch immer hinterher.

Das Taxi hielt an einer roten Ampel. Eva schreckte aus ihren Gedanken. Sie hatten Wilmersdorf mit seinen repräsentativen Bauten vom Anfang des zwanzigsten Jahrhunderts erreicht. Nun würde sie bald bei der Großmutter sein.

Die Großmutter Ottilie von Mühlenberg residierte – wohnen konnte man das schon nicht mehr nennen – in einer mit Türmchen und Erkern verzierten Villa in Grunewald. Eva bezahlte den Taxifahrer mit dem Geldschein ihres Vaters und zeigte sich großzügig mit dem Trinkgeld. Als Kind war ihr das cremefarbene Gebäude hinter den hohen, alten Bäumen immer wie ein Schloss erschienen, ihr Großvater war ein erfolgreicher Fabrikant gewesen und hatte ein Vermögen mit chemischen Farben gemacht.

Eineinhalb Jahre war es her, dass sie das letzte Mal hier gewesen war. Die Großmutter, die ihr in der Halle mit den

Holzpaneelen an den Wänden und dem schwarz-weiß gefliesten Marmorboden entgegenkam, wirkte auf sie immer noch ein bisschen einschüchternd. Mit ihren fast achtzig Jahren war sie eine stattliche Dame, die zwar einen Gehstock benutzte, aber dennoch erstaunlich aufrecht ging. Manchmal fragte sich Eva, ob sie den Stock mit dem Knauf aus Silber nicht in erster Linie benutzte, um ihre Würde zu betonen.

Seit Eva sich erinnern konnte, trug sie schwarz. Und auch Evas Mutter hatte sie seit dem Tod des Großvaters vor sechsundzwanzig Jahren in keiner anderen Farbe mehr gesehen. Ihr knöchellanges Kleid hätte der wilhelminischen Epoche entstammen können.

»Eva, da bist du ja endlich.« Die Großmutter umarmte sie, schob sie dann ein Stück von sich weg und betrachtete sie prüfend. »Du bist richtig erwachsen geworden, seit wir uns das letzte Mal gesehen haben, eine junge Dame. Na, ich hoffe, du benimmst dich auch so.«

Eva unterdrückte ein Seufzen. »Ich bemühe mich, Großmutter.«

»Dein Vater hat vorhin angerufen, dass er später kommen wird und wir nicht mit dem Abendessen auf ihn warten sollen. Da wenigstens du hier bist, werden wir anfangen.« Es war typisch, dass sich Evas Vater seiner Schwiegermutter gegenüber besonders höflich verhielt.

Schnell wusch Eva sich die Hände und bürstete ihre Haare in dem mit Marmor ausgekleideten Bad. Als sie das Speisezimmer betrat, saßen ihre Mutter und ihre Schwestern schon um den mit feinem Porzellan und Silber gedeckten Tisch. Der riesige Kristallleuchter an der mit Stuck verzierten, farbig gefassten Decke verbreitete ein goldgelbes Licht. Kurz ging es Eva durch den Sinn, dass die zartgliedrige, zierliche Mutter so gar keine Ähnlichkeit mit der Großmutter hatte. Deren Gesicht war auf eine herbe Weise immer noch attraktiv, doch auch auf Fotografien aus jüngeren Jahren besaß es so gar nichts von der lieblichen Schönheit der Mutter.

»Na, wie war dein Tag im Parlament?«, erkundigte sich ihre Mutter interessiert, während das Dienstmädchen den ersten Gang, eine klare Suppe, auftrug.

»Ich fand das alles sehr spannend. Und bewegend, als der Bundestagspräsident daran erinnert hat, dass heute das erste Mal seit 1933 ein demokratisch gewähltes Parlament in Berlin zusammengetreten ist.« Eva tauchte ihren Löffel in die Suppe.

»Ich kann mich noch gut an die erste Rede dieses österreichischen Emporkömmlings erinnern, die er als Reichskanzler gehalten hat. Sie wurde im Radio übertragen. Furchtbar, sein Geschrei und die übertrieben gerollten R's.« Die Großmutter verzog den Mund, und ihr Blick wanderte zum Porträt Kaiser Wilhelms an der Wand, als wollte sie zum Ausdruck bringen, dass die Monarchie doch die beste aller Regierungsformen sei.

Eva wollte einwenden, dass es an Hitler nun wahrhaftig Schlimmeres auszusetzen gab als seine kleinbürgerliche Herkunft und seine Sprechweise. Doch Lilly lenkte sie ab. »Können wir Papa im Fernsehen sehen?«

»Soviel ich weiß, hat er heute nur für den Hörfunk gearbeitet und keine Filminterviews mit den Abgeordneten geführt. Das haben seine Kollegen vom Berliner Fernsehen übernommen«, sagte Eva und schüttelte den Kopf.

»Und auch wenn euer Vater im Fernsehen zu sehen wäre, es gibt hier keinen derartigen Apparat«, bemerkte die Großmutter mit Nachdruck.

Franzi sah sie fragend an. »Aber warum denn nicht? Du bist doch reich und könntest dir einen kaufen.«

»Franzi«, ermahnte Annemie ihre Tochter, »so etwas sagt man doch nicht!«

Die kleine Schwester senkte den Kopf und rührte beschämt in ihrer Suppe.

»Kindchen«, die Großmutter tupfte sich den Mund mit der Serviette ab, »ein Radiogerät ist völlig ausreichend, um mein Bedürfnis nach Informationen zu stillen.«

»Aber ...« Franzi hatte ihre Verlegenheit überwunden und ließ nicht locker, anders als Lilly, die wegen des Tadels wohl verstummt wäre. »... es kommen doch auch andere Sendungen im Fernsehen, nicht nur Nachrichten. Die Mama und Lilly und ich haben letzte Woche eine gesehen, da mussten Berufe geraten werden. Ich hab noch vor den Leuten, die den Beruf herausfinden mussten, gewusst, dass einer der Kandidaten«, sie sprach das Wort sehr sorgfältig aus, »ein Schornsteinfeger war. Und es gibt auch Sendungen für Kinder, und wir haben uns auch mit der Mama eine Revue angeschaut und ...«

»Um Himmels willen«, die Großmutter fiel Franzi ins Wort und blickte die Mutter tadelnd an, »was für einen Schund siehst du dir denn mit den Kindern an?«

Die Mutter sank in sich zusammen. Warum ließ sie sich nur so abkanzeln? Eva wollte ihr zur Seite springen, doch Franzi war schneller. »Die Revue war schön«, protestierte sie. »Und überhaupt ... Eva will doch auch für so was arbeiten.«

Anscheinend hatten die Schwestern doch etwas von ihrem Streit mit den Eltern mitbekommen.

Schweigen senkte sich über den Tisch, und die Großmutter starrte Eva entgeistert an. »Du willst *was*?«, fragte sie scharf.

Eva würde ihren Herzenswunsch nicht verleugnen. »Ich möchte Kostümbildnerin werden«, sagte sie mit fester Stimme.

Wieder herrschte Schweigen. Franzis Mundwinkel sanken, sie hatte begriffen, dass sie etwas Falsches gesagt hatte.

Die Großmutter umklammerte ihre Perlenkette – beinahe so, als wollte sie sich daran festhalten. »Du heißt, du beabsichtigst, für Revuen und dergleichen zu arbeiten?« Ihre Stimme bebte. Ob vor Ärger oder Erschütterung konnte Eva nicht unterscheiden. Vielleicht war es auch beides. Eva hielt ihre Reaktionen für übertrieben.

»Ja, Großmutter, das würde bedeuten, dass ich auch für Revuen arbeiten würde, aber ich könnte auch für Filme oder das Theater tätig sein.«

»Das darf doch nicht wahr sein! Wie kommst du denn auf eine derartig abwegige Idee?« Die Großmutter wandte sich der Mutter zu. »Annemie, ich hoffe, du und Axel erlaubt das nicht.«

»Großmutter, Kostümbildnerin ist ein ehrbarer Beruf. Ich habe nicht vor, Prostituierte in einem Bordell zu werden«, rutschte es Eva heraus.

Die Schwestern starrten sie mit offenen Mündern in einer Mischung aus Faszination und Entsetzen an.

»Eva!« Ihre Mutter war ganz blass geworden, und ihr Gesicht hatte wieder diesen merkwürdig starren Ausdruck wie bei ihrem letzten Streit. Zitterte sie etwa? Wieder fragte sich Eva, ob es gar nicht nur um ihren Traum ging, sondern darum, dass ihre Großmutter ihrer Mutter Annemie verboten hatte, Balletttänzerin zu werden.

»Junge Dame ...« Die Großmutter wandte sich zornig an Eva. Sie rechnete damit, des Zimmers verwiesen zu werden, und sie legte die gestärkte Leinenserviette, die auf ihrem Schoß ausgebreitet war, auf den Tisch, bereit, aufzustehen.

Doch in diesem Moment erklang die Türglocke, und die Stimmen des Dienstmädchens und des Vaters waren in der Halle zu hören.

»Guten Abend, alle zusammen.« Gut gelaunt breitete er die Arme aus. »Ottilie ...« Er verbeugte sich vor der Großmutter und küsste Annemie auf die Wange, dann legte er die Hand auf Evas Schulter. »Ich habe euch viel zu erzählen. Ich habe aus sicherer Quelle erfahren, dass Franz-Joseph Strauß der neue Minister für Atomfragen werden wird.« Er blickte auf seine Armbanduhr. »In dieser Minute müsste mein Kommentar dazu im NWDR gesendet werden.« Niemand antwortete ihm, und er bemerkte erst jetzt die Spannung im Raum. »Was ist denn los, ihr seid alle so still?«

»Dieses Fräulein«, die Großmutter zeigte auf Eva, »hat, wie ich soeben erfahre habe, vor, Kostümbildnerin zu werden. Was du ihr hoffentlich nicht erlaubst. Und dieser völlig unpassende Berufswunsch hat sie auch noch dazu verleitet, mir freche Antworten zu geben.«

Evas Vater zog seine Hand von ihrer Schulter. »Eva, ich weiß nicht, was du deiner Großmutter geantwortet hast«, sagte er scharf. »Aber du entschuldigst dich dafür.«

»Großmutter, es tut mir leid.« Eva bedauerte die Bemerkung mit dem Bordell, noch dazu in der Gegenwart ihrer Schwestern, wirklich.

»Gut.« Ihr Vater setzte sich an den Tisch und wandte sich der Großmutter zu. »Natürlich erlaube ich es Eva nicht, Kostümbildnerin zu werden. Und ich dachte, dieses Thema sei ein für alle Mal beendet.«

Eva biss sich auf die Lippen, um eine weitere Auseinandersetzung mit ihrem Vater zu vermeiden. Für sie war das Thema ganz und gar nicht vorbei.

Ihre Großmutter erkundigte sich nach dem Tag des Vaters im Parlament, ganz offensichtlich im Bestreben, das Gespräch in ungefährliche Bahnen zu lenken. Auch die Schwestern stellten Fragen.

Das Dienstmädchen trug nun das Hauptgericht auf. Eva widmete sich stumm ihrem Essen. Ihre Mutter war einsilbig. Sie schien mit ihren Gedanken meilenweit entfernt zu sein. Sie mochte ihrem Wunsch, Balletttänzerin zu werden, entsagt haben. Aber Eva schwor sich, ihren Traum niemals aufzugeben.

Annemie steht in der Halle der Villa. Sie ist wieder ein kleines Mädchen, vielleicht drei oder vier Jahre alt. Der riesige dunkel getäfelte Raum macht ihr Angst. Sie würde am liebsten weglaufen. Aber das darf sie nicht, das weiß sie ganz genau. Um sich zu beruhigen, schiebt sie den Daumen in ihren Mund, obwohl sie dazu eigentlich schon zu groß ist, und saugt unaufhörlich daran.

Eine Flügeltür öffnet sich auf der anderen Seite der Halle, und ein Mann und eine Frau kommen auf sie zu. Ihre Gesichter sind merkwürdig verschwommen, bis auf ihre lächelnden Münder. Sie sprechen zu ihr, aber da ist so ein Rauschen in ihren Ohren, das die Worte übertönt. Die Frau beugt sich zu ihr herab. Annemie will wieder weglaufen, die Frau von sich stoßen, aber sie ist wie erstarrt. Ein Schluchzen regt sich in ihrer Kehle, als die Frau sie hochhebt und, gefolgt von dem Mann, aus der Halle trägt. Plötzlich erkennt Annemie, dass die beiden ihre Eltern sind.

Mit wild klopfenden Herzen wachte Annemie mitten in der Nacht auf. Da war immer noch ein Gefühl von Panik in ihr und eine entsetzliche Traurigkeit und Leere. Erst allmählich begriff sie, dass sie im Bett in ihrem Zimmer in der elterlichen Villa lag. Neben sich hörte sie Axel im Schlaf atmen.

Früher hatte sie diesen Albtraum öfter gehabt, dann lange nur noch selten. Erst seit Eva den Wunsch geäußert hatte, Kostümbildnerin zu werden, wurde sie wieder häufiger von ihm heimgesucht.

Annemies Herzschlag beruhigte sich allmählich, sie verspürte Durst. Vorsichtig glitt sie aus dem Bett und ging ins angrenzende Badezimmer, wo sie den Hahn am Waschbecken aufdrehte und Wasser in ein Glas laufen ließ. Sie trank es in kleinen Schlucken. Ihr Körper unter dem dünnen Nachthemd war in Schweiß gebadet. Sie verstand das alles nicht. Vor allem nicht, warum ihre Eltern im Traum diese Panik in ihr auslösten. Sicher, ihre Mutter konnte sehr streng sein, sie war eine kühle Frau. Noch heute schüchterte sie Annemie manchmal ein. Aber ihren früh verstorbenen Vater hatte sie in liebevoller Erinnerung.

Als sie wieder ins Schlafzimmer zurückkehrte, schaltete Axel die Nachttischlampe ein und richtete sich auf. »Ist alles in Ordnung?«

»Tut mir leid, ich wollte dich nicht wecken. Ich hatte einen Albtraum und habe ein Glas Wasser getrunken.«

»Hast du wieder vom Krieg geträumt?«

»Ja«, log sie.

»Komm her.« Er nahm sie in seine Arme, und sie schmiegte sich an ihn. Sie hatte ihm nie den wahren Inhalt ihrer wiederkehrenden Alpträume verraten. Sie fürchtete, er würde sie auslachen. Wer empfand schon Panik vor den eigenen Eltern?

So geborgen sie in seinen Armen auch war, da waren immer noch diese Leere und Traurigkeit in ihr.

Kapitel 7

Eva tippte den handschriftlich von dem zuständigen Redakteur verfassten Sendeplan in ihre Schreibmaschine – etwas, das ihr die Chefsekretärin inzwischen tatsächlich zutraute. Auch wenn es sie in Wirklichkeit langweilte.

Eine gute Woche war jetzt vergangen, seit sie den Vater zur Sitzung des Parlaments nach Berlin begleitet und seine journalistische Arbeit beim NWDR kennengelernt hatte. Der Oktober neigte sich dem Ende zu, doch ihr Alltag als Sekretärin gestaltete sich meistens grau und zäh. Frau Naumann machte keinen Hehl daraus, dass sie sie nicht mochte. Die Kolleginnen verhielten sich ihr gegenüber weiterhin sehr distanziert. Und seit der Auseinandersetzung bei der Großmutter war auch ihr Verhältnis zum Vater wieder sehr angespannt – als hätte es die vertrauten Momente beim Besuch der Parlamentssitzung nie zwischen ihnen gegeben.

Aber sie hatte die Sammlung des Charlottenburger Schlosses besuchen können. Von den Kostümskizzen, die sie dort angefertigt hatte, zehrte sie immer noch. Und mit ihren Entwürfen für *Oklahoma!* kam sie auch voran. In zwei Wochen wollte sie heimlich von Samstag auf Sonntag nach München fahren und Heiner Palzer aufsuchen. Für ihren Plan benötigte sie allerdings Margits Hilfe. Sie hatte ihr kürzlich geschrieben. Hoffentlich meldete sich die Cousine bald zurück.

Eva bemerkte plötzlich, dass bei einigen getippten Buchstaben der untere Teil nur noch blass auf dem Papierbogen zu sehen war. Das Farbband musste gewechselt werden. Als sie feststellte, dass die obere Hälfte noch gut von Farbe getränkt und verwendbar war, setzte sie die Spulen umgedreht in die Maschine ein. Doch sie hatte nicht aufgepasst und ihre Finger waren ganz schwarz. Rasch stand sie auf und ging zur Toilette. Als sie ihre Hände gerade vom »schwarzen Pech« befreit hatte, kam eine Kollegin herein, Jutta Hefner. Eva nickte ihr zu und wollte an ihr vorbeigehen, als sie die Tränen in den Augen der blonden jungen Frau sah.

»Kann ich Ihnen helfen?«, erkundigte sie sich. Sie rechnete mit einer abweisenden Reaktion, denn wie die anderen hatte auch sie bisher nur das Nötigste mit Eva gesprochen. Doch nach einem kurzen Zögern schluchzte sie: »Meine Bluse, sie ist noch ganz neu und war ziemlich teuer. Und ich war so ungeschickt und bin an einer Türklinke hängen geblieben und hab mir den Ärmel zerrissen.«

Jetzt bemerkte auch Eva den großen Riss am Unterarm. »Kann ich mir das mal genauer ansehen?«

Die Kollegin hielt ihr den Arm hin. Der Stoff bestand aus einer zart gemusterten, apricotfarbenen Seide. »Meine Mutter hat heute Morgen noch zu mir gesagt, die Bluse wäre zu fein für die Arbeit. Aber ich finde sie so hübsch und wollte sie unbedingt anziehen.« Sie seufzte.

Jutta Hefner trug öfter Sachen, die eigentlich fürs Büro zu elegant waren, was Eva sympathisch fand. »Das kann ich gut nachfühlen, der Büroalltag kann ruhig ein bisschen Pepp vertragen. Außerdem steht Ihnen die Bluse sehr gut«, erwiderte sie herzlich. Tatsächlich brachte das Apricot den rosigen Teint der Kollegin und ihre hellblauen Augen zum Leuchten.

»Dank des Musters müsste sich der Riss so nähen lassen, dass er kaum noch auffällt.«

»Glauben Sie wirklich?«

»Ja, ich hole schnell meine Handtasche, ich habe Nähzeug dabei. Es ist ja immer mal eine Laufmasche zu stopfen oder ein Knopf geht ab.«

»Sie können nähen?«

»Ich kann gut nähen, keine Sorge.«

Eva eilte zurück ins Büro. Frau Naumann war glücklicherweise nirgends zu sehen.

Als sie zurück zur Toilette kam, hatte Jutta Hefner die Seidenbluse schon ausgezogen und wartete im Unterhemd auf sie. Eva ließ sich auf dem heruntergeklappten Deckel einer Toilette nieder und fädelte geschickt einen hellen Faden in eine Nadel.

Die Kollegin sah ihr dabei zu. »Es ist sehr nett, dass Sie das für mich machen«, sagte sie unvermittelt. »Ich und die Kolleginnen haben Sie ja nicht gerade mit offenen Armen empfangen, das tut mir leid.«

»Schon gut«, wehrte Eva ab. »Sie müssen sich nicht entschuldigen.«

Eine Frau in einem Kostüm kam in den Vorraum, sah sie irritiert an und begann, ihr Make-up vor dem Spiegel über dem Waschbecken aufzufrischen.

»So, das war es schon.« Eva riss den Faden ab und reichte der Kollegin die Bluse.

Verblüfft betrachtete diese den Ärmel. »Der Riss ist ja wirklich kaum noch zu sehen. Vielen Dank!«

»Gern geschehen«, erwiderte Eva freundlich. Allein diese wenigen Minuten, in denen sie eine Nadel in der Hand halten konnte, erfüllten sie mit Glück.

Gemeinsam kehrten sie ins Büro zurück. Eva setzte sich wieder hinter ihren Schreibtisch und widmete sich erneut dem langweiligen Sendeplan.

Zu Beginn der Mittagspause standen die Kolleginnen auf und zogen ihre Mäntel an, auch Jutta Hefner. Dann verließen sie plaudernd das Büro, mal wieder ohne zu fragen, ob Eva mitkommen wollte. Es hatte sie ein bisschen verletzt, doch Eva wollte das schöne Novemberwetter nach den grauen Tagen genießen und zum Rhein gehen. Als sie die geschwungene Treppe, die ins Erdgeschoss führte, fast erreicht hatte, kam ihr Jutta Hefner entgegen.

»Ich wollte Sie fragen ...« Die Kollegin stockte und zupfte verlegen an ihrem Mantel herum. »... ob Sie vielleicht mit mir in die Teestube kommen möchten?«

»Ja, natürlich gerne.« Der Sinneswandel ihrer Kollegin überraschte sie, aber sie nahm gerne an.

Die »Teestube« genannte Kantine des NWDR war schlicht und funktional gehalten. Doch Grünpflanzen und Wandgemälde in pastelligen Tönen und abstrakten Formen machten den Raum behaglich. Eva und ihre Kollegin holten sich Speisen und Getränke an der Essensausgabe und gingen zu einem Tisch an der Fensterfront zum Wallrafplatz.

Jutta Hefner tauchte den Löffel in ihre Suppe. »Die Kolleginnen sind Schuhe kaufen gegangen. Ich ...« Sie stockte. »Ach, es tut mir wirklich leid, dass ich die letzten Wochen über so abweisend zu Ihnen war. Ich habe nichts gegen Sie. Und Gerda und Corinna, ich meine Fräulein Willmer und Fräulein Gotthold, auch nicht. Es ist nur ... Frau Naumann war sehr ärgerlich, dass Sie die Stelle bekommen haben und nicht ihre Nichte. Und ... na ja ... Deshalb haben wir uns nicht getraut, freundlich zu Ihnen zu sein.« Zerknirscht blickte sie Eva an.

»Ich kann verstehen, dass Sie es sich mit Frau Naumann nicht verscherzen wollten. Aber ich habe nicht darum gebeten, ihrer Nichte die Stelle wegzunehmen, davon wusste ich nichts. Und ich denke, es ist nicht fair, dafür von allen Kolleginnen die kalte Schulte gezeigt zu bekommen.« Eva musste ihren Ärger endlich einmal loswerden. Doch sie bremste sich, immerhin hatte die Kollegin sich entschuldigt. »Lassen wir es doch auf sich beruhen. Ich fände es schön, wenn wir Freundinnen werden könnten.«

»Gerne.« Jutta Hefner lächelte sie an. »Gefällt es Ihnen denn beim NWDR?«

Eva zögerte kurz, beschloss dann aber, der Kollegin zu vertrauen. Sie war ihr gegenüber ehrlich gewesen. »Nein, überhaupt nicht«, gab sie zu.

»Weshalb denn nicht?«

»Abgesehen davon, dass Frau Naumann mir ständig besonders öde Arbeiten zuteilt, will ich überhaupt nicht als Sekretärin arbeiten.«

Jutta Hefner sah sie mit großen Augen an. »Ich will nicht überheblich sein«, sagte Eva rasch. »Aber ich möchte einfach etwas ganz anderes mit meinem Leben anfangen.«

»Was denn?«

»Ich möchte Kostümbildnerin werden.« Schon allein das Wort auszusprechen, beschwor all den Zauber und die Freude in ihr wieder herauf. Eva musste sich ihre Enttäuschung von der Seele reden. Bisher hatte sie nur Margit in einem Brief davon erzählt. »Mein Vater erlaubt es mir nicht. Aber spätestens, wenn ich volljährig bin, werde ich diesen Beruf ergreifen. Das weiß ich sicher.«

»Das finde ich sehr mutig.« Jutta Hefner sah sie staunend an. War ihr Plan wirklich so ungewöhnlich? Aber Margit und ihre Mutter Klara, Evas Tante, folgten ja auch ihren Träumen. »Sind Sie denn gerne Sekretärin?«, fragte Eva nach einer kurzen Pause.

» Ja, das heißt ...« Die Kollegin legte den Löffel neben ihren Teller und gab sich sichtlich einen Ruck. »... eigentlich hätte ich mich gerne zur Fremdsprachenkorrespondentin weitergebildet und wäre ins Ausland gegangen, nach Frankreich oder England und hätte dort in einem Büro gearbeitet. Aber meine Eltern haben mir das nicht erlaubt.« Ihr sehnsüchtiger Tonfall berührte Eva.

»Meine Cousine war als Au-Pair in London und wenn sie ihre Ausbildung zur Hauswirtschafterin in Österreich abgeschlossen hat, möchte sie nach Paris gehen. Ihr Vater ist im Krieg gefallen. Aber ihre Mutter hat sie immer unterstützt.«

»Da hat Ihre Cousine großes Glück.«

»Wann sind Sie denn einundzwanzig?«

»In einem Jahr.«

Jutta Hefner wirkte so resigniert, dass Eva sie aufmuntern wollte. »Dann können Sie doch ohne die Erlaubnis Ihrer Eltern ins Ausland gehen.«

»Das ist nur so ein Traum. Und aus Träumen wird meistens nichts.«

Eva schüttelte den Kopf. »Ich werde meinen Traum nicht aufgeben. Und ... Sagen Sie, da wir uns schon über unsere Träume unterhalten ... Meinen Sie nicht, dass wir mal zum Du übergehen könnten?

»Ja, das ist ein guter Vorschlag.« Sie erhob ihr Glas. »Ich bin Jutta.«

»Ich bin Eva, freut mich.«

Sie stießen übermütig lachend miteinander an. Die Freude über die neu gewonnene Freundschaft war groß. Am Nebentisch drehte sich eine ältere Kollegin mit hochtoupiertem Haar zu ihnen um.

»Erzähl«, Jutta beugte sich gespannt vor, »wie bist du darauf gekommen, Kostümbildnerin zu werden?«

»Ich war im September während eines Drehs mit Romy und Magda Schneider zufällig in Fuschl am See in Österreich und durfte Statistin in dem Film sein.«

»Du warst Statistin in einem Film mit Romy Schneider?« Jutta schrie vor Erstaunen auf. Die Frau vom Nachbartisch drehte sich noch einmal zu ihnen um.

»Damit fing mehr oder weniger alles an.« Eva begann zu erzählen, ganz hingerissen von ihren Erinnerungen.

Die Zeit verging wie im Flug, bis Jutta sich erschrocken umsah. »Du meine Güte, die Kantine ist ja ganz leer.«

Sie waren die letzten Gäste, Eva blickte auf ihre Armbanduhr. Ihre Mittagspause war schon seit fünf Minuten vorbei. Eilig brachten sie ihr Geschirr zur Rückgabe, dann rannten sie durch die Halle und die Treppe hinauf. Beschwingt nahm Eva zwei Stufen auf einmal. In Jutta hatte sie eine gute Freundin gefunden.

In ihrem Büro führte Gabriela Naumann die Kaffeetasse an den Mund und setzte sie rasch wieder ab, als ihre Hand zu zittern begann. Was fiel dieser Eva Vordemfelde ein?

Der Flurfunk in Gestalt einer älteren Kollegin hatte ihr zugetragen, dass das junge Ding gar nicht Sekretärin sein wollte. Sie träumte davon, Kostümbildnerin zu werden. Kostümbildnerin! Und wegen dieses Fräuleins hatte ihre Nichte die Stelle als Sekretärin nicht bekommen. Die Kollegin mit der aufgedonnerten Frisur und dem billigen Parfüm, Sieglinde Meissner, hatte die Unterhaltung zwischen Eva Vordemfelde und dieser Jutta Hefner – ein Flittchen, das so herausgeputzt im Büro erschien, als ginge sie zu einer Cocktailparty und immer noch nicht fehlerfrei stenografieren konnte – zufällig in der Teestube mitangehört.

Gabriela Naumann zündete sich eine Zigarette an und inhalierte den Rauch tief. Mit verkniffenem Gesicht blickte sie dem Zigarettenrauch nach, der sich in Richtung Fenster kräuselte. Und dieser verwünschte Dr. Meinrad ...

Klaus-Jürgen Meinrad, für den sie nach dem Krieg, als er noch ein einfacher Journalist gewesen war, manchen Abend bis nach Mitternacht im Büro gesessen hatte, um seine Artikel abzutippen, und mit dem sie damals eine kurze Affäre gehabt hatte.

Vor ein paar Wochen war er mit einer Schachtel teurer Pralinen und einem üppigen Strauß Blumen bei ihr im Büro erschienen – Meinrad legte stets großen Wert auf stilvolles Betragen – und hatte ihr erklärt, dass ihre Nichte, *leider, leider*, zurückstehen müsse. Dabei hatte Meinrad sie mit seinem in die Jahre gekommenen Charme angelächelt und ihr einen tiefen Blick aus seinen braunen Augen geschenkt. Für Momente waren seine Tränensäcke verschwunden und sie hatte sein jüngeres Ich vor sich gesehen, in das sie einmal so verliebt gewesen war. Sie hatte kurz geschluckt und dann zugestimmt. Sie ärgerte sich noch immer darüber.

Wieder sog Gabriela Naumann den Rauch tief ein. Sollte sie die ganze Sache auf sich beruhen lassen? Nein, so einfach würde Meinrad nicht davonkommen. Sie drückte den Zigarettenstummel im Aschenbecher aus, griff nach dem Telefon und wählte seine Nummer.

Auf dem Herd köchelte ein Stück Fleisch in einer Brühe, die Küchenfenster waren vom Dampf ganz beschlagen. Eva schälte Kartoffeln, vor ihr lagen schon die klein geschnittenen Zutaten für den Salat, und ihre Mutter schlug Eiweiß für den Nachtisch, eingeweckte Stachelbeeren mit einer Baiserhaube. Stimmen aus dem Wohnzimmer waren bis hier in der Küche zu hören. Evas Vater sah gerade den *Internationalen Frühschoppen*, moderiert von einem Journalisten namens Werner Höfer. Auf der Arbeit hatte Eva gehört, dass Werner Höfer großes Ansehen bei den Zuschauern genoss und auch im Sender sehr geschätzt wurde. Sie verdrehte die Augen. Seit sie nach Bonn gezogen waren, hatte ihr Vater sich diese Sendung jeden Sonntag angeschaut. Er verfolgte den Wortwechsel zwischen Werner Höfer und seinen Gästen mit nahezu andächtiger Miene. Evas Meinung nach sprach vor allem Werner Höfer. Seine Gäste dienten ihm lediglich als Stichwortgeber.

Ein schmerzhaftes Ziehen machte sich in Evas Bauch bemerkbar, der Geruch der Brühe bereitete ihr Übelkeit. An diesem Morgen hatte sie mal wieder ihre Tage bekommen. Am liebsten hätte sie sich mit einer Wärmflasche ins Bett verkrochen. Aber dann hätte ihre Mutter das Mittagessen alleine zubereiten müssen, denn Franzi und Lilly waren mit ein paar Mädchen aus ihrer Klasse in der Kirche.

Und der Vater, für den es am Sonntag ein dreigängiges Essen geben musste, saß vor dem Fernseher – und rührte keinen Finger. Eva versuchte, ihren Ärger hinunterzuschlucken. In vielen Familien war es genauso, ihr Vater war leider keine Ausnahme. Sie hatte die letzte Kartoffel in Schnitze geschnitten und in einen Topf gelegt, als im Wohnzimmer das Telefon klingelte.

Gleich darauf steckte ihr Vater den Kopf in die Küche. »Eva, das ist für dich, Margit will dich sprechen.« Seine Stimme klang gereizt, weil er deshalb gestört worden war. »Ich hab das Gespräch ins Arbeitszimmer umgestellt.«

»Danke.« Eva wischte sich die feuchten Hände an der Schürze ab.

»Grüß Margit von mir.« Ihre Mutter lächelte sie an.

»Das mache ich.«

Im Arbeitszimmer ließ Eva sich am Schreibtisch des Vaters nieder. »Margit, wie schön, dass du dich meldest!«

»Ich freu mich auch.« Es tat so gut, die unbeschwerte Stimme ihrer Cousine zu hören.

»Also, ich habe mit meiner Mutter gesprochen und sie ist mit unserem Plan einverstanden, dass du dich angeblich mit mir in Frankfurt triffst.«

»Das heißt, ich kann am Samstag nach der Arbeit nach Frankfurt fahren und bei ihr übernachten und dann am Sonntag in aller Frühe nach München weiterreisen?«, vergewisserte Eva sich.

»Ja, das klappt.«

»Das ist super!« Eva fiel ein Stein vom Herzen. »Gestern hab ich Heiner Palzer endlich im Deutschen Theater ans Telefon bekommen. Er ist nächsten Sonntag im Haus und hat Zeit, mich zu treffen. Ich hab eine solche Angst gehabt, dass deine Mutter da doch nicht mitspielt.«

»Meiner Mutter ist nicht ganz wohl dabei, deine Eltern zu hintergehen. Aber sie versteht einfach nicht, dass Onkel Axel es dir verbietet, Kostümbildnerin zu werden.«

»Ich bin so froh, Tante Klara ist die Beste.« Eva fiel ein Stein vom Herzen. »Es ist nur schade, dass wir uns an dem Samstag nicht sehen werden.«

»Finde ich auch, aber ich bekomme nun mal leider keinen Urlaub. Nächstes Jahr klappt es bestimmt mit einem Treffen!«

»Wie steht es denn zwischen dir und Peter?« Eva war neugierig, das musste sie unbedingt wissen.

»Er hat tatsächlich eine Stelle als Barpianist in Salzburg bekommen. Anfang Dezember wird er dort in einem großen Hotel anfangen.« Margit klang aufgeregt und gleichzeitig ganz weich und sehnsüchtig. »Ich freu mich so!«

»Ich wünsche euch viel Glück!«

»Danke, und du musst mir alles von deinem Treffen mit dem Kostümbildner schreiben.«

»Unbedingt.« Eva richtete noch den Gruß der Mutter aus. Dann beendeten sie das Gespräch. Telefonate aus dem Ausland waren sündhaft teuer.

Während der Unterhaltung mit Margit hatte Eva ihre Bauchschmerzen gar nicht wahrgenommen, aber in der Küche machten sie sich wieder bemerkbar.

»Und, geht es Margit gut?« Die Mutter ließ den Spritzbeutel mit der Baisermasse für die Stachelbeeren sinken.

»Ja, und sie kann tatsächlich Urlaub nehmen und für ein paar Tage nach Frankfurt kommen. Ich hab euch ja erzählt, dass ich sie nächstes Wochenende gerne treffen möchte.« Eva trug den Topf mit den Kartoffeln zur Spüle und vermied es, ihre Mutter anzusehen. Sie war keine gute Lügnerin.

»Natürlich fährst du nach Frankfurt«, erwiderte die Mutter herzlich. »Und, Eva, wenn du die Kartoffeln aufgesetzt hast, würdest du bitte den Tisch im Esszimmer decken? Dann kann ich die Bratensoße machen.«

In Gedanken bei ihren Skizzen für *Oklahoma!* ließ Eva erleichtert Wasser in den Topf laufen und stellte ihn auf den

Herd. Sie hatte die Skizzen wieder und wieder überarbeitet, sie mussten Heiner Palzer einfach gefallen.

Im Esszimmer standen die verglasten Türen zum Wohnzimmer offen. Werner Höfer und seine fünf männlichen Gäste saßen rauchend um einen Tisch und debattierten über die Kämpfe zwischen Israel und Ägypten auf der Sinaihalbinsel. Einige junge Frauen in adretten Schürzen füllten ihnen den Wein in den bauchigen Gläsern nach.

Nachdem Eva die Sendung für einen Moment mitverfolgt hatte, ging sie zu der Anrichte und holte das Sonntagsgeschirr heraus – Teller, Schüsseln und Platten aus feinem weißen Meissner Porzellan, Kristallschälchen für den Salat sowie das Dessert, geschliffene Gläser und das Silberbesteck. Eine Decke aus gestärktem Leinen lag schon auf dem Tisch.

Sollte sie jemals eine Familie haben, würde sie sonntags niemals so einen Aufwand betreiben, das schwor sie sich. Sie wollte die schweren Teller auf dem Tisch absetzen, als ein krampfartiger Bauchschmerz sie zusammenzucken ließ. Die Teller rutschten klirrend auf die Leinentischdecke. Zum Glück waren sie alle heile geblieben, noch nicht einmal einen Sprung im Porzellan gab es.

»Kannst du nicht gefälligst leise sein!« Ihr Vater schlug verärgert die Glastür zwischen Ess- und Wohnzimmer zu.

Eva starrte ihm hinterher. Eine heiße Welle aus Zorn stieg in ihr auf. Plötzlich fand sie sich im Wohnzimmer wieder. »Wenn es dir nicht passt, wie ich den Tisch decke, mach es doch selbst!«, schrie sie ihn an.

Der Vater fuhr zu ihr herum. »Wie bitte?« Seine Augen funkelten gefährlich.

Kurz wollte Eva sich bremsen, aber es hatte sich zu viel Ärger in ihr aufgestaut. »Mama und ich rackern uns den ganzen Vormittag für dein Sonntagsessen ab, und du hockst vor dem Fernseher und schaust dir diese blöde Sendung an und lässt dich bedienen, anstatt auch nur einen Finger zu rühren.«

Da hob ihr Vater die Rechte, als wollte er sie schlagen. Sollte er ihr doch eine Ohrfeige verpassen. Eva würde nicht klein beigeben. Sie schob das Kinn vor und blickte ihn herausfordernd an. Auf dem Bildschirm im Hintergrund machte Werner Höfer einen Scherz, und die Männerrunde brach in Gelächter aus.

Langsam ließ Evas Vater die Hand wieder sinken und trat einen Schritt zurück. »Da ich der Ernährer dieser Familie bin und euch allen ein gutes Leben ermögliche, kann ich ja wohl ein vernünftiges Sonntagsessen erwarten«, antwortete er kalt.

»Und was ist mit Mama? Sie arbeitet für die Familie, macht den ganzen Haushalt und hätte einen ruhigen Sonntag verdient. Und ich arbeite im Büro und komme für mein Essen auf und ...«

»Was ist denn?« Annemie war ins Wohnzimmer geeilt und blickte erschrocken zwischen den beiden hin und her.

»Dieses Fräulein benimmt sich wieder einmal unmöglich.«

Eva setzte zu seiner wütenden Erwiderung an, doch ihre Mutter kam ihr zuvor. »Axel, es geht ihr nicht so gut, sie hat, du weißt schon ...« Sie vollführte eine vielsagende Handbewegung.

»So, wirklich? Na, dann hat sie *das* in der letzten Zeit aber öfter als einmal im Monat.« Er ließ sich wieder in seinen Sessel sinken. »Und jetzt möchte ich den *Internationalen Frühschoppen* in Ruhe zu Ende sehen. Manchmal frage ich mich wirklich, warum ich mich in der Kriegsgefangenschaft eigentlich nach meiner Familie gesehnt habe.«

Auf die Kriegsgefangenschaft hatte er nicht zum ersten Mal verwiesen. Schon öffnete Eva wütend den Mund, um zu protestieren. Doch ihre Mutter fasste sie am Arm und zog sie aus dem Zimmer. »Eva, kannst du dich nicht einmal beherrschen?«, seufzte sie bekümmert. »Wie kannst du nur so aufbrausen?«

»Stört es dich denn gar nicht, dass Papa fernsieht, während wir kochen?«

»Nein, natürlich nicht. Weshalb sollte es auch?«

Eva ertrug ihre Mutter nicht länger. Sie machte sich von ihr los, schlüpfte in ihren Mantel und die Schuhe, schnappte sich den Haustürschlüssel vom Haken neben der Eingangstür und stürmte in den Garten hinaus.

»Eva!«

Sie ignorierte den Ruf ihrer Mutter, lief immer weiter, durch die Straßen des Gründerzeitviertels und genoss den kalten Wind auf ihren Wangen. Erst, als ihre Füße gegen stachelige Schalen stießen und sie sich umblickte, bemerkte sie, dass sie sich in der von alten Kastanien gesäumten Poppelsdorfer Allee befand, an deren Ende das kleine barocke Schloss lag. Der Hauptbahnhof war nicht mehr weit.

Vor ein paar Tagen hatte sie sich den Nachmittag freigenommen, war auf der Bank gewesen und hatte, mit Erlaubnis des Vaters, Geld von ihrem Sparbuch abgehoben. Angeblich für einen neuen Wintermantel und Schuhe, doch es war für die Fahrkarten nach Frankfurt und München gewesen. All diese Lügen, sie hasste das.

Das Geld lag zu Hause in ihrem Zimmer. Gleich morgen früh würde sie sich die Fahrkarten kaufen. Bei diesem Gedanken wurde es ihr leichter ums Herz. Diese Billets waren ihr Fahrschein in eine strahlende Zukunft.

In der Teestube des NWDR nippte Eva an ihrem Kaffee. Sie war sehr zeitig aufgestanden und ohne Frühstück zum Bahnhof geradelt, da sie dem Vater nicht hatte begegnen wollen. Am Vortag war sie, nachdem sie lange noch durch Bonn gelaufen war, auf ihr Zimmer gegangen und erst am Abend wieder nach unten gekommen, als die Eltern das Haus zu einem Theaterbesuch verlassen hatten. Ihr Blick wanderte zu ihrer Handtasche auf dem Stuhl neben ihr. Darin lagen die Fahrkarten für das Wochenende. Sie war so froh.

Aufgeregt und voller Vorfreude malte Eva sich ihre Begegnung mit Heiner Palzer aus, als jemand ihr vor der Fensterfront zuwinkte – Jutta. Sie kam in die Kantine und setzte sich ihr gegenüber.

»Du bist heute ja schon früh im Sender. Konntest du etwa nicht erwarten, Frau Naumann zu sehen?«, fragte die Freundin lachend.

»Nein, das ist es nicht.« Sie wollte ihr von dem Streit mit dem Vater erzählen. Aber der junge Mann im grauen Anzug, der sich gerade einen Kaffee an der Theke kaufte, lenkte sie ab. Sie blinzelte. Täuschte sie sich vielleicht? Nein, ohne Zweifel war es der arrogante Journalist, der Eva in Berlin seinen Kommentar zur Sitzung des Parlaments diktiert hatte. Was machte der denn hier?

Jutta war ihrem Blick gefolgt. »Hat etwa Paul Voss deine Aufmerksamkeit erregt?«

»Du kennst den? Woher denn das?«

»Er ist Redakteur beim Hörfunk und gilt als aufstrebendes Talent.«

»Du meinst, Redakteur, hier, beim NWDR?«

»Ja.« Jutta nickte. »Weshalb wundert dich das so?«

»Ich bin ihm in Berlin im Presseraum der Technischen Universität begegnet, er hat mir einen Kommentar diktiert und gesagt, dass er für den RIAS arbeitet.«

Paul Voss hatte sich an einem Tisch hinter einem der mit Grünpflanzen bewachsenen Raumtrenner niedergelassen und in eine Zeitung vertieft. Glücklicherweise hatte er Eva nicht bemerkt.

»Er war nur ein paar Monate dort. Um Erfahrungen zu sammeln, vielleicht hat er auch einen Kollegen vertreten. So genau weiß ich das nicht.« Juttas Augen leuchteten. »Jedenfalls ist er der Schwarm aller jungen Kolleginnen, er sieht nun mal sehr gut aus. Und charmant ist er auch. Wenn ich nicht mit Walter von der Technik ausgehen würde, könnte ich direkt bei ihm schwach werden.«

»Paul Voss soll charmant sein? Ich habe ihn aber ganz anders erlebt, ich fand ihn einfach nur eingebildet.«

»Er gilt als sehr ehrgeizig.« Jutta hatte immer noch diesen verträumten Blick.

»Den Eindruck hatte ich auch.«

»Angeblich sind er und die Tochter des stellvertretenden Intendanten ein Paar.«

»Tatsächlich?« Na, das würde seiner Karriere bestimmt förderlich sein. Anscheinend war er der gleiche Typ Mann wie Evas Vater. Ehe sie eine bissige Bemerkung machen konnte, begann die Uhr des Kölner Doms die volle Stunde zu schlagen.

Eva und Jutta blickten sich an und sprangen hastig auf. Acht Uhr! Sie würden wieder zu spät im Büro sein.

Sie hatten Glück, Frau Naumann traf eine Minute nach ihnen ein. »Guten Morgen, die Damen.« Ihre Stimme klang wie immer sehr von oben herab. »Sie, Fräulein Gotthold, und Sie, Fräulein Willmer«, sie deutete auf Corinna und Gerda, »werden zu einem Diktat erwartet.« Sie nannte den Kolleginnen die Namen der Redakteure und wandte sich dann Jutta zu. »Sie, Fräulein Hefner, werden Reisekostenabrechnungen für den vergangenen Monat bearbeiten und sie dann an die Buchhaltung weitergeben. Und Sie, Fräulein Vordemfelde, werden fürs Erste Kaffee für eine Besprechung kochen, für vier Personen, im Sitzungsraum acht.«

»Jetzt gleich?«, fragte Eva nach.

»Ja, ich dachte, ich hätte mich klar ausgedrückt«, entgegnete Frau Naumann und stöckelte davon.

Eva tauschte einen Blick mit Jutta und verdrehte die Augen. Kaffeekochen war eine Aufgabe, mit der die Chefsekretärin sie häufig betraute, wahrscheinlich weil sie besonders anspruchslos war.

In der kleinen Teeküche brühte Eva den Bohnenkaffee auf, richtete ein Tablett mit Geschirr, Milchkännchen und Zuckerdose und gab Kekse auf einen Teller. Dann ging sie zum Sitzungsraum Nummer acht. Sie hatte eben den runden Tisch eingedeckt, als sich die Tür öffnete. Paul Voss stand auf der Schwelle und sah sie verdutzt an. »Sie sind doch die Sekretärin aus Berlin, arbeiten Sie etwa hier?« Seine Stimme klang alles andere als erfreut. Anscheinend war er ebenso wenig begeistert sie wiederzusehen wie sie ihn.

»Ja, stellen Sie sich vor.«

»Ach du meine Güte.«

Eva griff nach der Kaffeekanne, doch sie fasste den Henkel nicht richtig an und sie glitt ihr aus den Händen und kippte um. Ein Teil des Inhalts schwappte über den Tisch, ehe Eva sie wieder aufrichten konnte.

»Na, Sie scheinen ja überall für Chaos zu sorgen.« Er grinste sie überheblich an und reichte ihr ein Stofftaschentuch. »Vielleicht hilft das ja, den Schaden zu beseitigen.«

Eva ignorierte sein Hilfsangebot. »Was wollen Sie damit sagen – ich würde überall für Chaos sorgen?«

»Na, zum Beispiel in Berlin.«

»Wenn ich mich richtig erinnere, habe ich Ihren Kommentar in die Schreibmaschine getippt. Ich wüsste nicht, was das mit Chaos zu tun hätte.«

Er setzte sich lässig auf die Tischkante, in sicherem Abstand zu der Lache aus Kaffee. »Ja, aber zwischen den Seiten war Ihre Zeichnung. Das hat mich, als ich mit meinem Kommentar auf Sendung war, ziemlich aus dem Konzept gebracht. Ein paar hunderttausend Berliner haben mitbekommen, wie ich ins Stottern geraten bin.«

Seine lässige Haltung regte sie auf und hinderte sie daran, ihm davon zu erzählen, dass sie ihm noch nachgelaufen war. »Sind Sie sich sicher, dass Ihnen Hunderttausende zugehört haben?«, sagte sie stattdessen spöttisch.

»Mindestens ...«

»Ich glaube, Sie überschätzen sich und ...«

»Fräulein Vordemfelde!« Frau Naumanns empörte Stimme ertönte von der geöffneten Tür. »Sind Sie etwa noch nicht einmal imstande, Kaffee für eine Besprechung zu kochen und einen Tisch zu decken?« Anklagend wies sie auf die Lache.

»Guten Morgen, Frau Naumann, schön, Sie wiederzusehen.« Paul Voss erhob sich und reichte ihr galant die Hand. »Für dieses Malheur bin leider ich verantwortlich, Fräulein Vordemfelde ist unschuldig.« Sein Tonfall war schrecklich gönnerhaft. Und jetzt zwinkerte er ihr auch noch hinter dem Rücken von Frau Naumann zu.

»Nun, wenn das so ist …« Sein Charme besänftigte sie schlagartig. »Fräulein Vordemfelde, dann kochen Sie doch bitte noch einmal Kaffee und beseitigen dieses Missgeschick.«

»Ja, natürlich.« Eva beherrschte sich, am liebsten hätte sie den beiden eine Tasse an den Kopf geworfen. Wie gut, dass sie am Samstag endlich nach München fahren und sich mit Heiner Palzer treffen würde.

Imposant erhob sich die Villa oberhalb des Rheinufers. Der Lichtschein aus dem Innern ließ die historisierenden Elemente an der Fassade plastisch hervortreten. Axel war schon ein paarmal hier gewesen. Doch als er an diesem Abend den Vorgarten durchquerte, weitete ihm ein Hochgefühl die Brust. Der Deutsche Presseclub residierte hier, und er zählte zu den auserwählten Journalisten, die Mitglied sein durften. Es war immer schön, zu einem auserlesenen Kreis zu gehören. Doch neben diesem ideellen Vorteil besaß die Mitgliedschaft auch praktische. Adenauer und auch die Minister seines Kabinetts trafen sich gerne mit den Journalisten des Presseclubs zu informellen Gesprächen. Das bedeutete den Zugang zu ganz besonderen Informationen.

Es war sechs Uhr abends. Die Bar war noch recht leer, und das Gemälde an einer Wand des Wintergartens mit der Glasfront zum Rhein war gut zu erkennen, die ziemlich freizügige Darstellung einer Europa, die sich lasziv einem Stier entgegenreckte. Axel nahm am Tresen Platz und bestellte ein Bier. Ein paar Kollegen saßen in den Sesseln und lasen Zeitung. Und weiter hinten entdeckte er Werner Höfer, einen untersetzten Mann mit Glatze und dunkler Brille. Er unterhielt sich mit einem Korrespondenten von Reuters. Seine dröhnende Stimme füllte den Raum.

Axel fühlte dasselbe Ziehen in der Magengrube, wie wenn er sich sonntags den *Internationalen Frühschoppen* ansah, teils war es Neid, teils Verlangen. Es war einfach unglaublich, wie Werner Höfer es schaffte, sich vor Hunderttausenden von Zuschauern als glühender Demokrat zu präsentieren. Dabei hatte er noch bis kurz vor Kriegsende das Nazi-Regime glorifiziert. Doch das kümmerte mittlerweile niemanden mehr.

Axel trank hastig von seinem Bier. Er wollte das, was Werner Höfer hatte – eine Sendung, mit der er ein riesiges Publikum erreichte, eine gigantische Zahl von Zuschauern, die an seinen Lippen hingen, während er ihnen die Welt erklärte.

»Guten Abend, Vordemfelde, schön, dass ich Sie hier antreffe.« Klaus-Jürgen Meinrad hatte sich auf dem Hocker neben ihm niedergelassen und bedeutete dem Barkeeper, ihm ein Pils zu zapfen.

»Guten Abend, Dr. Meinrad.« Axel reichte ihm die Hand. Na, wenn das kein glücklicher Zufall war. Meinrad würde es im Sender bestimmt ganz nach oben bringen. Da wollte er die Gelegenheit nicht ungenutzt lassen, dezent für sich zu werben. Er lenkte das Gespräch auf die Bundeswehr, in wenigen Tagen würden die ersten Soldaten der neuen Streitkräfte in Bonn vereidigt werden. Aber Dr. Meinrad war nicht recht bei der Sache, obwohl er, wie Axel wusste, sehr engagiert über dieses Thema berichtet hatte.

»Sagen Sie mal, Vordemfelde«, bemerkte Dr. Meinrad unvermittelt und unterbrach damit Axels Diskurs über die Notwendigkeit eines Heeres in der BRD, »Ihre Tochter, die wollte die Stelle als Sekretärin im Kölner Funkhaus doch haben, oder?«

»Ja, natürlich.« Axel war perplex. »Weshalb fragen Sie?«

»Nun, mir ist zu Ohren gekommen, dass sie eigentlich Kostümbildnerin werden möchte.«

»Wie bitte? Nein, da täuschen Sie sich.«

»Wirklich?«

»Meine Tochter liebt das Kino, sie hat ein großes Faible für Kleider, sie näht gerne. Aber es stand nie für sie zur Debatte, dass sie Kostümbildnerin wird. Da muss jemand etwas gründlich missverstanden haben.« Axel versuchte, seine Stimme leichthin klingen zu lassen. Hatte sich Eva etwa diesen Unsinn immer noch nicht aus dem Kopf geschlagen?

»Nun, dann bin ich ja beruhigt und werde das so weitergeben.« Dr. Meinrad räusperte sich ein wenig verlegen. »Es hat nämlich durchaus für Unmut gesorgt, dass Ihre Tochter die Stelle bekam.«

»Dessen bin ich mir bewusst. Und ich – und auch Eva – sind Ihnen für die Stelle sehr dankbar«, erwiderte Axel mit Nachdruck.

»Gut, es wäre sonst auch wirklich eine Enttäuschung.« Der Chefredakteur hob das Glas, und er und Axel stießen miteinander an.

Am nächsten Nachmittag machte Axel Überstunden geltend und kehrte gegen vier nach Hause zurück. Die Zwillinge waren beim Turnunterricht, und Eva war bei der Arbeit. Annemie hatte sich mit der Frau eines Kollegen in einem Café in der Bonner Innenstadt zu einem Plausch verabredet. Es war gut, dass sie ganz selbstverständlich und ohne, dass er sie eigens darum hätte bitten müssen, ihren gesellschaftlichen Verpflichtungen nachkam.

»Annemie?«, rief er sicherheitshalber. Es kam keine Antwort, und ihr Mantel hing auch nicht in der Garderobe.

Rasch lief er die Treppe in den ersten Stock und zu Evas Zimmer hinauf. Ein paar LPs mit Swing-Musik lagen neben ihrem Schallplattenspieler. Wenigstens nichts von diesem furchtbaren Elvis Presley, der gerade in Mode kam.

Seine Älteste ... Ein so hübsches, reizendes und aufgewecktes Kind war sie gewesen. Hübsch und klug war sie unbestreitbar immer noch. Aber *reizend* wirklich nicht mehr. Natürlich wusste er auch von Freunden und Kollegen, dass es mit den Halbwüchsigen heutzutage nicht einfach war. Sie waren viel schwerer im Zaum zu halten als die Jugendlichen vor dem Krieg. Damals reichte ein Machtwort des Vaters, und sie fügten sich. Eva aber hatte sich zu einem besonders schwierigen jungen Mädchen entwickelt. Wie sie sich erdreistet hatte ihm vorzuwerfen, dass er sich den *Internationalen Frühschoppen* ansah, statt das Mittagessen mit vorzubereiten. Einfach unglaublich.

Wieder stieg jäher Zorn in Axel auf. Einem Sohn hätte er in jenem Moment ganz sicher eine schallende Ohrfeige verpasst.

Auf keinen Fall konnte er es riskieren, Dr. Meinrad gegen sich aufzubringen. Schon viel weniger hatte ganze Karrieren ruiniert. Axel blickte sich gründlicher in Evas Zimmer um. Dann öffnete er ihren Schreibtisch und sah die Fächer und Schubladen schnell durch. Briefpapier, Schreibzeug, Malutensilien, auf Zeitungspapier übertragene Schnitte aus Modezeitschriften. Ein dickes Heft mit Skizzen für Kleider. Sie entwarf Eva schon jahrelang.

Axel wollte das Zimmer schon wieder verlassen, als er sich noch einmal umdrehte und den Kleiderschrank aufschloss. Dort, unter einer Wolldecke verborgen, stand ein Karton. Er nahm ihn heraus, klappte ihn auf. Eine Schallplatte des

Musicals *Oklahoma!* lag oben auf, darunter fand er das Libretto des Musicals, Bücher zum Mittleren Westen der USA und etliche Skizzenbücher voller Kostümentwürfe. Dem Stil nach für das Musical. Der Karton war jetzt leer bis auf einen unverschlossenen Briefumschlag.

Rasch öffnete Axel das Kuvert. Drei Fahrkarten befanden sich darin. Eine für den kommenden Samstag von Bonn nach Frankfurt, eine für den Sonntag von Frankfurt nach München und eine weitere für den gleichen Tag von München zurück nach Bonn.

Angeblich wollte Eva sich am nächsten Wochenende mit ihrer Cousine Margit, seiner exaltierten Nichte, in Frankfurt treffen. Das Fahrziel München ließ jedoch etwas ganz anderes vermuten. Vor allem in Verbindung mit den Skizzen für das Musical.

Axel runzelte nachdenklich die Stirn. Hatte Eva an jenem Abend, als sie aus den Ferien zurückgekommen war und ihm und Annemie von dieser hirnrissigen Idee erzählte, nicht auch erwähnt, dass ein Kostümbildner am Münchner Theater ihr die Aufgabe gestellt hatte, Entwürfe für ein Musical zu zeichnen? Und wenn er sie für gut befand, durfte sie eine Probezeit bei ihm absolvieren? Bestimmt wollte sie sich mit diesem Kerl treffen. Aber das würde er zu verhindern wissen. Er würde den Namen dieses Kerls herausfinden und ihm unmissverständlich klarmachen, dass Eva nicht seine Erlaubnis hatte, diesen Beruf zu ergreifen.

In seinem Arbeitszimmer hatte Axel schon die Telefonnummer des Deutschen Theaters aus seinem Adressbuch herausgesucht – er hatte mal einen früheren Intendanten interviewt –, als er innehielt und sich versonnen in seinem Schreibtischstuhl zurücklehnte.

So, wie Eva sich in der letzten Zeit verhielt, würde ein Verbot sie wahrscheinlich in ihrem Wunsch bestärken. Nein, er musste es anders angehen. Gab es eine Möglichkeit, sie glauben zu lassen, dass sie kein Talent besaß? Das wäre seinen Absichten am nützlichsten: Wenn es ihm gelänge, diesen Kostümbildner unter Druck zu setzen, sie anzulügen.

Ein Mann, der seine Zeit damit verbrachte, Kleider zu entwerfen ... Axel verzog den Mund. Mit ziemlich großer Sicherheit war der Kerl schwul und damit erpressbar. Es kostete ihn nur einen Anruf im Deutschen Theater, den Namen des fraglichen Kostümbildners herauszufinden – Heiner Palzer.

Axel konsultierte wieder seine Adressbücher. Es gab da einen Kommissar, Gernot Gruber, bei der Münchner Sitte, der ihm einen Gefallen schuldig war. Er wählte dessen Nummer, hatte ihn glücklicherweise auch gleich am Apparat. Nach dem üblichen kurzen Geplauder über das allgemeine Befinden kam Axel zur Sache. Er könne jetzt nicht näher erklären, warum. Aber sei dem Kommissar vielleicht etwas über Verbindungen eines Kostümbildners am Deutschen Theater, Heiner Palzer, zur homosexuellen Szene bekannt?

Dem Kommissar sagte der Name nichts, aber er versprach, sich unter den Kollegen umzuhören und Axel im Laufe der nächsten Stunden zurückzurufen.

Axel vertiefte sich in die Tageszeitungen, die er aus dem Büro mit nach Hause genommen hatte. Es war kaum zu glauben, dass ein paar von den sogenannten liberalen Blättern immer noch die Notwendigkeit eines westdeutschen Heeres anzweifelten. Dachten diese Schreiberlinge etwa ernsthaft, mit Pazifismus ließe sich der Ostblock im Zaum halten? Wie hirnverbrannt naiv konnte man sein.

Er hatte sich Artikeln über die Außenpolitik und dem immer noch offenen Konflikt zwischen Israel und Ägypten zugewandt, als sein Telefon klingelte. Gernot Gruber war am Apparat.

»Tja, Herr Doktor, tut mir leid, aber von Herrn Palzer sind keine Verstöße gegen den Paragrafen hundertfünfundsiebzig aktenkundig.«

Das war der Paragraf, der Homosexualität unter Strafe stellte. »Gibt es vielleicht Gerüchte, dass er homosexuell ist?«

»Den Kollegen ist da nichts bekannt. Außerdem hat Palzer zwei uneheliche Kinder. Das spricht meines Erachtens auch gegen eine homosexuelle Veranlagung.«

Verdammt ... damit war sein Plan, den Kerl unter Druck zu setzen, gescheitert.

Axel bedankte sich bei Kommissar Gruber und wollte sich verabschieden, als dieser sagte: »Ich weiß ja nicht, ob Ihnen das irgendwie weiterhilft, Herr Doktor. Aber ich habe eine Akte über Herrn Palzer gefunden. Er war während des Nationalsozialismus als junger Mann ein paar Monate wegen kommunistischer Umtriebe im Zuchthaus. Nicht wenige von diesen Burschen sind weiterhin in der KPD aktiv.«

Ja, das stimmte. Auch wenn die KPD noch nicht verboten war, lohnte es sich auf jeden Fall, in diese Richtung weiter zu recherchieren. Vielleicht fand sich doch etwas, mit dem Heiner Palzer erpressbar war. Geistesabwesend zündete Axel sich eine Zigarette an, während er in Gedanken eine Liste weiterer Gesprächspartner zusammenstellte.

Ein Klopfen an der Tür seines Arbeitszimmers schreckte ihn auf. Annemie lugte herein. »Axel, ich hab deinen Mantel in der Garderobe gesehen. Tut mir leid, bei mir ist es später geworden. Die Frau deines Kollegen und ich haben uns verplaudert. Ich mache gleich einen Salat und richte eine Platte mit Aufschnitt. Reicht dir das zum Abendessen?«

»Ja, natürlich, ich habe in der Kantine des Bundestags zu Mittag gegessen.« Die Journalisten des Bonner Studios hatten dort auch Zutritt.

»Ich habe für deine Schwester Klara übrigens ein kleines Geschenk besorgt, ein Parfüm. Eva übernachtet ja im Samstag bei ihr, wenn sie sich mit Margit trifft.«

Wahrscheinlich war seine verfluchte Schwester mit ihren linken Ideen auch in den Plan eingeweiht, dass Eva insgeheim nach München fuhr, und bestärkte sie noch in ihren verrückten Träumereien. Ja, es würde das Beste sein, Eva glauben zu lassen, kein Talent für die Kostümbildnerei zu haben.

»Lass dir ruhig Zeit mit dem Abendessen, Annemie«, sagte Axel und lächelte sie an, »ich muss noch ein paar dringende Telefonate führen.«

Kapitel 8

Schneeflocken schwebten vom Himmel, legten sich wie ein weißer Teppich auf die Straßen und Gehwege und versahen die Dächer und Kirchtürme rund um den Stachus mit dicken Hauben. Was für ein schöner Anblick. Eva schaute sich vor dem Café, in dem sie nach der langen Zugfahrt von Frankfurt nach München eine Kleinigkeit gegessen hatte, entzückt um. Ein paar warm vermummte Kinder zogen ihre Rodel auf dem Gehweg hinter sich her. Auch ihre Schwestern hatten immer schon beim ersten Schneefall die Schlitten aus dem Keller geholt. Fröhliche Rodelfahrten mit ihnen am Monopterus im Englischen Garten kamen ihr in den Sinn. Der plötzliche Schneefall musste ein gutes Omen für ihr Treffen mit Heiner Palzer sein.

Die Nacht hatte sie bei Margits Mutter, ihrer Tante Klara, verbracht, und ihr ihre Kostümskizzen gezeigt. Sie hatten ihr richtig gut gefallen. Es war so schön gewesen, mit ihr offen über ihre Träume und Sehnsüchte sprechen zu können und ihr *undamenhaft* lautes Lachen zu hören, bei dem ihr Vater gereizt die Augen verdreht hätte. Bei der Erinnerung lächelte Eva vor sich hin und war doch auch traurig. So sehr sie ihre Mutter liebte, wollte sie viel lieber so werden wie ihre Tante. Selbstbewusst, unkonventionell, eigenständig. Tante Klara genoss das Leben ohne Ehemann in vollen Zügen.

Eva registrierte plötzlich, dass sie schon am Deutschen Theater angekommen war. Wegen des wolkenverhangenen Himmels und der schlechten Lichtverhältnisse waren die Schaukästen mit den Aufführungsplakaten neben dem Eingang beleuchtet. Eva warf einen sehnsüchtigen Blick auf sie, dann steuerte sie, anders als bei ihrem letzten Besuch, den Bühneneingang auf der Rückseite an. Im Flur dahinter begegneten ihr zwei Männer in Arbeitskleidung, die ein Holzschiff – offensichtlich eine Requisite – trugen. Während Eva sie nach Heiner Palzer fragte, sog sie die besondere Atmosphäre tief in sich ein. Die Bühnenarbeiter sagten ihr, dass sie ihn in der Werkstatt finden würden, jenem Raum, wo sie ihm damals Gerdagos Empfehlungsschreiben überreicht hatte.

Die Tür zur Werkstatt war weit geöffnet, Heiner Palzer stand an dem großen Tisch in der Mitte des Raums. Er trug einen Wollpullover über seinem Hemd und begutachtete seidig glänzende Stoffe mit bunten, exotischen Mustern. Wahrscheinlich waren sie für eine neue Revue gedacht. Eine Gänsehaut überlief Eva. Hoffentlich würde sie auch einmal in einer Kostümwerkstatt stehen und Stoffe für eine Revue, ein Musical oder einen Film aussuchen.

Sie schluckte, fühlte sich auf einmal ganz schüchtern. »Herr Palzer …«

Er wandte sich zu ihr um. »Fräulein Vordemfelde, da sind Sie ja. Also haben Sie es von Bonn nach München geschafft.« Er reichte ihr die Hand.

»Natürlich, ich konnte es kaum erwarten.« Heiner Palzer erwiderte ihr Lächeln nicht. Er hatte sich angehört, als sei es ihm lieber gewesen, wenn sie nicht gekommen wäre.

»Schneit es etwa?« Er wies auf die Flocken, die noch an ihrem Mantel hingen. »Ich war seit ein paar Stunden nicht mehr draußen.« Erleichtert nickte Eva. »Ja, es schneit und alles sieht so schön aus.«

Er räusperte sich. »Dann zeigen Sie mir mal, was Sie so haben«, sagte er nach einem kurzen Zögern.

Rasch öffnete Eva ihren kleinen Koffer und nahm die Mappe mit den Entwürfen heraus. Sie war so angespannt, dass ihr eine der Zeichnungen aus den Händen glitt und auf den Boden fiel. Beschämt hob sie das Blatt Papier auf und legte es neben die anderen auf den großen Tisch.

Heiner Palzer beugte sich darüber und begutachtete die Entwürfe. Wie schon damals, als er Gerdagos Brief gelesen hatte, konnte Eva ihn nicht ansehen. Sie ließ ihren Blick nervös durch die Werkstatt schweifen, wieder war sie ganz überwältigt von all den Skizzen, die an den Wänden hingen, und den Kostümen in den unterschiedlichen Stadien ihrer Vollendung. Da war eines mit einem bodenlangen Rock aus schwarzer Spitze in einem Blütenmuster. Pailletten waren mit winzigen Stichen auf die filigranen Blüten genäht und betonten ihre gerundeten Formen. Dort hing ein anderes aus silberner Seide …

»Fräulein Vordemfelde …«

Eva zuckte zusammen, als Heiner Palzer sie ansprach. »Ja, bitte …« Ängstlich und zugleich voller Erwartung drehte sie sich zu ihm um.

Er blickte noch einige Sekunden auf ihre Entwürfe, die Brauen kritisch gerunzelt. Dann sah er sie an. Er wirkte gereizt und angespannt. Evas Magen zog sich schmerzhaft zusammen.

»Fräulein Vordemfelde…« Wieder zögerte er, dann gab er sich einen Ruck. »… es tut mir leid, ich weiß, Sie haben den ganzen Weg nach München auf sich genommen, um mich zu treffen. Aber ich will offen zu Ihnen sein. Ihre Entwürfe taugen nichts. Sie sind so, wie ein Mädel, das ganz nett zeichnen kann, Kostüme zu Papier bringen würde. Ein Abklatsch von Filmen und Operetten, die sie mal gesehen hat. Sie haben nichts Eigenes. Ihr *Oklahoma!* könnte ein x-beliebiges Lustspiel aus den bayerischen Alpen sein, kein amerikanisches Musical mit Witz und Elan.« Heiner Palzer atmete tief und schwer.

Die Worte trafen Eva wie Schläge in die Magengrube. Es dauerte einige Augenblicke, bis sie sich wieder gefasst hatte. »Aber ... aber ich habe doch mit Hilfe von Büchern die Kleidung der Farmer studiert. Und ich habe mir wirklich Mühe gegeben, mich in die Figuren einzudenken.«

»Davon merkt man leider nichts. Ihre Kostüme sehen trotzdem aus wie Dirndl und Lodenjanker. Und selbst für ein alpenländisches Stück wären sie auf der Bühne viel zu langweilig und unscheinbar.« Sein Tonfall war unnachgiebig. Ein scharfer Geruch lag in der Luft, wie Alkohol.

Gleich darauf vergaß Eva das wieder. Sie starrte Heiner Palzer verwirrt an. Ihr Blick fiel auf eine der Skizzen, die er sich eben angesehen hatte. Eva konzentrierte sich. Das Kleid hatte Rüschen auf der Brust, das war das einzige Stilelement, das an ein Dirndl erinnern konnte. »Entschuldigen Sie, aber das ist ein Kleid im Stil des neunzehnten Jahrhunderts, wie man es damals in den USA in ländlichen Gegenden getragen hat«, protestierte sie. Zigmal hatte sie ihre Entwürfe überarbeitet, immer in dem Bestreben, sie noch besser zu machen. Sie konnte sich das nicht mit ein paar Worten zunichtemachen lassen.

»Ich werde mich nicht mit Ihnen streiten.« Heiner Palzer winkte ab. »Wenn Sie meine Einschätzung nicht akzeptieren wollen, ist das Ihre Sache.« Sein Blick wich ihrem aus. Irgendetwas war seltsam mit ihm.

»Gerdago hat mir ein Empfehlungsschreiben für Sie gegeben. Das hätte sie nicht gemacht, wenn Sie mich nicht für talentiert gehalten hätte.«

»Es war kein Empfehlungsschreiben.«

»Wie meinen Sie das?«

Heiner Palzer seufzte und atmete erneut tief durch. »Gerdago hat mir geschrieben, dass sie Ihre Entwürfe ziemlich mittelmäßig fand. Aber Sie hätten so nach Anerkennung gegiert, dass sie es einfach nicht übers Herz brachte, Ihnen zu sagen, dass Sie, ihrer Meinung nach, kein wirkliches Talent hätten. Sie meinte, vielleicht hätte sie sich ja getäuscht. Deshalb bat sie mich, Ihnen eine Chance zu geben. Das habe ich getan. Leider kann ich Gerdagos Urteil nur bestätigen. Sie mögen für vieles begabt sein, aber nicht für den Beruf einer Kostümbildnerin.«

Eva hatte das Gefühl, keine Luft mehr zu bekommen. »Das … das glaube ich nicht …«, stammelte sie.

»Sehen Sie selbst, hier ist der Brief.« Heiner Palzer kramte in einer Schublade und warf ihn dann vor ihr auf den Tisch. Eva nahm ihn in die Hand. Und da standen die Worte, genauso, wie er es gesagt hatte. Ihr wurde speiübel.

»Hören Sie«, Heiner Palzers abweisende Miene war sanfter geworden, »ich weiß, das war sehr hart. Aber es ist besser, Sie erfahren es jetzt, als dass Sie sich in etwas verrennen. Nehmen Sie es nicht zu schwer.« Er schwieg, suchte nach Worten. »Bestimmt besitzen Sie viele andere Fähigkeiten und Talente. Sie werden Ihren Weg schon gehen. Davon bin ich fest überzeugt.« Er brach ab, stützte sich mit den Händen auf den Tisch und biss sich auf die Lippen.

Eva starrte ihn an, unfähig, ihm zu antworten. Als er aufschaute, trafen sich ihre Blicke. Dann verfinsterte sich sein Gesicht.

»Mein Gott, was sehen Sie mich denn an wie ein waidwundes Reh?«, herrschte er sie an. »Tun Sie mir den Gefallen und verschwinden Sie!«

Seine Worte rissen Eva endgültig aus ihrer Erstarrung. »Keine Sorge, ich werde Sie nicht länger belästigen«, brachte sie mit bebender Stimme hervor. Dann griff sie nach ihrem Koffer und stürzte aus der Werkstatt.

Heiner Palzer fuhr sich mit den Händen über sein Gesicht. Ihm hatte vor dem Gespräch mit Eva Vordemfelde gegraut, aber er hätte nicht gedacht, dass es so schlimm werden würde. Und dass er ihre Kostümentwürfe für wirklich gelungen hielt, hatte es nicht leichter gemacht.

Ja, er hätte ihr gerne angeboten, eine Probezeit bei ihm zu absolvieren. Und höchstwahrscheinlich hätte er sie danach auch weiterbeschäftigt. Denn sie besaß wirklich Talent. Aber der Anruf ihres Vaters vor ein paar Tagen hatte es unmöglich gemacht. Er war in Gedanken bei den Kostümen für die Revue gewesen, die Kostüme kamen im Scheinwerferlicht einfach nicht richtig zur Geltung, als das Telefon klingelte. Geistesabwesend nahm er den Hörer ab.

»Hier Vordemfelde«, eine kühle Männerstimme drang an sein Ohr, »ich bin der Vater von Eva Vordemfelde, die Ihnen unbedingt Ihre Kostümskizzen präsentieren möchte. Sie erinnern sich gewiss an sie.«

Die junge Frau mit Gerdagos Empfehlungsschreiben, jetzt wusste er, von wem die Rede war. »Ja, und? Worum geht es?«

»Ich will nicht, dass Sie meine Tochter ermutigen, diesem Unsinn weiter nachzuhängen.«

Er benötigte einige Sekunden, um sich zu sammeln. »Wenn Sie als Vater Ihrer Tochter diesen Beruf verbieten, werde ich Ihnen natürlich nicht im Wege stehen.« Mehr gab es dazu von seiner Seite nicht zu sagen.

»Und ich möchte auch, dass Sie meiner Tochter unmissverständlich klar machen, dass sie keinerlei Talent für diesen Beruf besitzt.«

Das ging ihm nun doch zu weit. »Sagen Sie, was soll das denn?«, fuhr er auf. »Ich werde Ihre Tochter nicht belügen. Und überhaupt, wenn Sie nicht möchten, dass sie sich mit mir trifft, dann untersagen Sie ihr gefälligst, nach München zu reisen.«

»Nein, Sie werden das Treffen mit ihr wahrnehmen und sich genauso verhalten, wie ich es von Ihnen erwarte. Denn sonst ...«

»Ich lasse mir von Ihnen doch nicht drohen.« Er wollte den Hörer auf die Gabel knallen. Aber dann hatte Vordemfelde gesagt: » ... unterrichte ich die Polizei davon, dass Sie kommunistisches Propagandamaterial aus der DDR nach Westdeutschland schmuggeln.«

Der Schweiß brach ihm aus. »Was Sie da behaupten, ist Verleumdung!«, versuchte sich Heiner Palzer zu wehren.

Die Stimme am anderen Ende der Leitung klang amüsiert und eiskalt zugleich. »Reden von Walter Ulbricht auf Vinyl gepresst und in Schallplattenhüllen mit dem Konterfei von diesem Sänger, Heino. Gedrucktes Gedankengut von Chruschtschow als Roman getarnt, mit dem Einband von *Wie weit die Füße tragen*. Das gefällt mir besonders gut. Ein Roman, der von der Flucht eines deutschen Soldaten aus einem sowjetischen Kriegsgefangenenlager handelt. Mein Gott, es ist mir unbegreiflich, wie jemand, der einigermaßen bei Verstand ist, die Sowjetunion unterstützen kann.« Vordemfelde schwieg, wie um seine Worte auf ihn wirken zu lassen. »Wenn meine Tochter aus München nach Hause kommt und ihren unsäglich idiotischen Wunsch immer noch nicht aufgibt, zeige ich Sie an«, sprach er dann weiter. »Und Sie können sicher sein, dass ich genug belastendes Beweismaterial über Sie zusammengetragen habe, dass es für eine Anklage und eine Verurteilung reicht.« Ein Knacken in der Leitung, dann tönte das Freizeichen an Heiner Palzers Ohr.

Auf das Schmuggeln von kommunistischem Propagandamaterial stand Gefängnis. Seit er als junger Mann einige Monate wegen seiner politischen Gesinnung in nationalsozialistischen Zuchthäusern eingesperrt gewesen und gefoltert worden war, hielt er es in engen, geschlossenen Räumen nicht mehr aus. Schon allein der Gedanke daran, ließ sein Herz rasen und sein Hemd schweißnass werden.

In den Kulissen schlug jemand einen Gong – das Zeichen, dass die Kostümprobe weiterging. Er musste auf die Bühne. Bestimmt würde Eva Vordemfelde über seine grausamen Worte hinwegkommen. Sie war noch jung. Da nahm man Dinge nicht so schwer.

Dennoch verfolgte ihn ihr totenbleiches Gesicht mit den entsetzt aufgerissenen Augen. Was hatte diese junge Frau nur für einen schrecklichen Vater?

Die kreischenden Bremsen eines Zuges ließen Eva aufblicken. Ihr Gesicht war nass vom Schnee. Auf dem Bahnsteig lag schmutziger Matsch. Irgendwie hatte sie es geschafft, zum Münchner Hauptbahnhof zu gelangen, auch wenn sie sich an keine Einzelheit des Weges erinnern konnte. Alles war wie hinter einem grauen Schleier verborgen.

Die Durchsage, dass dies der D-Zug über Nürnberg und Frankfurt ins Rheinland war, dröhnte über den Bahnsteig. Eva konnte sich auch nicht daran erinnern, dass sie den Weg hierher eingeschlagen hatte. Unbewusst hatte sie das richtige Gleis angesteuert, und inmitten eines Pulks von Fahrgästen schleppte sie sich zu einem der Wagen.

Der Zug war voll, viele Menschen fuhren an diesem späten Sonntagnachmittag nach Hause. Doch Eva hatte Glück, ein Platz am Gang in einem Sechser-Abteil war frei. Sie hängte ihren nassen Mantel auf und verstaute den kleinen Koffer rasch auf der Gepäckablage.

Kurz nach Abfahrt des Zuges kam der Schaffner, und sie reichte ihm wortlos ihre Fahrkarte. Dann starrte sie aus dem Gangfenster und verfolgte, wie die flache Landschaft an ihr vorbeizog. Der Schnee hatte sich in Regen verwandelt und die Tropfen rannen in Schlieren an der Schreibe hinunter.

Sie fühlte nichts. Es war so wie damals, als sie mit zwölf Jahren beim Spielen auf einem Trümmergrundstück von einem Schuttberg abgerutscht war. Ihr Unterschenkel hatte in einem seltsamen Winkel abgestanden, und obwohl sie wusste, dass es sehr weh tun müsste, hatte sie keinen Schmerz empfunden.

Die Dämmerung senkte sich herab. Lichter von Dörfern und Städten schienen durch die Dunkelheit. Der Zug hielt im Hauptbahnhof von Nürnberg, dann in Würzburg. *Gerdago fand Ihre Entwürfe mittelmäßig … Sie haben so nach Anerkennung gegiert …* Die Worte kreisten in Evas Kopf, wiederholten sich wie eine hängende Schallplatte.

Fahrgäste verließen das Abteil, andere kamen herein. Irgendwann döste sie ein. Als der Zug das Rheintal entlangfuhr, schreckte sie auf. Schwarz breitete sich der Fluss vor dem Fenster aus. Jetzt, allmählich, empfand Eva einen dumpfen Schmerz. War das vielleicht doch nur ein Albtraum, aus dem sie bald erwachen würde? Es war schlimm, dass Heiner Palzer ihre Entwürfe für eine langweilige Kopie hielt. Das hätte sie jedoch irgendwie verwinden können. Aber dass Gerdago, diese begnadete Künstlerin, ihr großes Vorbild, sie in Wahrheit für untalentiert hielt, war vernichtend.

Erneut döste Eva ein. Die Durchsage, dass der Zug gleich in den Bonner Hauptbahnhof einfahren würde, weckte sie. Es war jetzt kurz vor zehn. Hoffentlich waren die Eltern nicht mehr auf. Sie bezweifelte, ob sie ihnen – niedergeschlagen und verzweifelt, wie sie war – glaubhaft vorspielen konnte, dass sie sich mit Margit getroffen hatte.

Als Eva eine halbe Stunde später nach Hause kam, brannte hinter den Läden im Erdgeschoss Licht, die Eltern waren noch wach. Evas Plan, sich die Treppe hinaufzuschleppen und sich in ihrem Zimmer zu verkriechen, misslang. Ihre Mutter hörte den Schlüssel in der Haustür und kam sofort aus dem Esszimmer. »Hallo, Eva, erzähl, wie war es in Frankfurt, hattest du eine schöne Zeit mit Margit und Tante Klara?«, fragte sie herzlich.

»Ja, das hatte ich«, schwindelte Eva.

Die Mutter betrachtete sie forschend. »So siehst du aber nicht aus«, erwiderte sie prompt.

Eva schüttelte den Kopf. »Ich bin einfach nur müde. Und ich glaube, ich habe mir eine Erkältung einfangen. Da ist so ein Kratzen in meinem Hals.«

Ihr Vater trat in die Diele und stellte sich neben die Mutter. Er hatte Evas letzte Worte gehört. »Bei Begegnungen mit meiner Schwester kommt selten etwas Gutes heraus«, bemerkte er trocken. Ausnahmsweise war Eva ihm für seinen Einwand dankbar.

»Magst du noch etwas essen oder soll ich dir einen Tee machen?«, erkundigte sich ihre Mutter besorgt.

»Danke, ich möchte einfach nur ins Bett.« Eva rang sich ein Lächeln ab. Sie wünschte den Eltern gute Nacht, dann floh sie die Treppe in ihr Zimmer hinauf.

Axel kehrte ins Wohnzimmer zurück und nahm *Das Brot der frühen Jahre* von Heinrich Böll in die Hand. Eine Erzählung, die viele Kollegen im NWDR in den höchsten Tönen lobten. In seinen Augen war sie, nach der ersten Hälfte, die er bisher gelesen hatte, sozialistisch gefärbter Kitsch.

Annemie setzte sich neben ihm auf das Sofa. »Findest du nicht, dass Eva eben ziemlich niedergeschlagen gewirkt hat?«, fragte sie. »Hoffentlich haben sie und Margit sich nicht gestritten.«

Axel, der sich ausnahmsweise gern von seiner Lektüre ablenken ließ, zuckte mit den Schultern. »Das kann ich mir eigentlich nicht vorstellen. Sie sind ziemlich verschieden, aber sie mögen sich doch sehr gerne.« *Leider*, fügte er in Gedanken hinzu.

»Könnte Eva vielleicht Liebeskummer haben?«

»Annemie«, Axel seufzte, »du bist die Mutter, nicht ich. Ich habe keine Ahnung, wie junge Mädchen sich bei so etwas verhalten.«

»Eva hat nie eine Andeutung gemacht, dass sie sich verliebt hat. Aber ich habe es meinen Eltern damals auch erstmal verschwiegen, dass ich völlig hingerissen von dir war.« Annemie lächelte und drückte liebevoll seine Hand.

»Ich werde den Moment, als ich dich das erste Mal gesehen habe, auch nie vergessen.« Axel beugte sich vor und küsste sie zärtlich, Annemie gab sich der Liebkosung hin, ganz weich lag sie in seinen Armen.

Ja, es war ein magischer Augenblick gewesen, als er zu dem Ball eines Freundes gekommen war und er Annemie plötzlich unter den Tanzenden erblickt hatte, schön und zauberhaft wie eine Elfe. Ihr ärmelloses, knöchellanges Seidenkleid mit dem weiten, schwingenden Rock hatte ihren schlanken Körper umspielt und der zartblaue Stoff ihre strahlenden Augen betont. Und die Grazie mit der sie sich bewegte ... Diese Frau hatte er für sich gewinnen müssen. Das war ihm sofort klar gewesen. Und auch jetzt war sie wunderschön. Unwillkürlich zog er sie enger an sich heran, und sein Kuss wurde leidenschaftlich.

»Axel, nicht ...« Annemie löste sich verlegen von ihm, strich sich die Haare aus dem Gesicht. »Vielleicht kommt Eva noch mal nach unten ...« Sie küsste ihn auf die Wange und nahm ihr Strickzeug in die Hand.

Es war lange her, dass sie sich das letzte Mal geliebt hatten. Die neue Arbeit forderte ihren Tribut. Aber in dieser Nacht würden sie *es* endlich wieder tun, das schwor er sich. Es war Verschwendung, mit einer solch schönen Frau wie Annemie nicht zu schlafen. In der Kriegsgefangenschaft, auf den harten Brettern in der eiskalten Baracke liegend, hatte er sich so oft nach ihr verzehrt.

Oben schlug eine Tür zu. Eva war anscheinend im Bad gewesen. Annemie hatte recht – sie hatte ziemlich niedergeschlagen gewirkt. Heiner Palzer hatte also bei der Intrige mitgespielt, und Eva schien ihre Lektion diesmal wirklich gelernt zu haben.

Axel verspürte einen Anflug von schlechtem Gewissen, beruhigte sich jedoch schnell. Ihr unsinniger Traum, Kostümbildnerin zu werden, hätte Eva nur unglücklich gemacht.

Dieser Herbst schien im Rheinland nur grau zu sein. In Bonn herrschte nass-kaltes Wetter. Aber über Köln lag mal wieder dichter Nebel. Eva spürte die feuchte Kälte auf ihren Wangen, als sie vom Hauptbahnhof zum Funkhaus des NWDR lief.

Sie fühlte sich wie zerschlagen. In der Nacht hatte sie kaum ein Auge zugetan. Stundenlang hatte sie wach gelegen und über ihr Gespräch mit Heiner Palzer und Gerdago nachgegrübelt. Eva schluckte hart. Eine unendliche Abfolge von weiteren Tagen mit der ungeliebten Arbeit lag vor ihr. Wie hatte sie nur jemals hoffen können, zu etwas anderem berufen zu sein?

Jutta war schon im Büro, vor sich eine Tasse Kaffee, und blätterte in einer Illustrierten. Wieder einmal trug sie eine Bluse, die für die Arbeit eigentlich zu fein war. Nun blickte sie hoch und strahlte Eva an. »Eva, ach, du bist ein Lichtblick an diesem tristen Morgen. Wie war dein Sonntag?«

»Das Übliche«, log Eva, »Mittagessen mit der Familie, später hab ich mit den kleinen Schwestern Fernsehen geschaut.« Sie hatte Jutta ihr Treffen mit Heiner Palzer verschwiegen. Nicht, dass ihre Freundin unabsichtlich etwas ausplauderte und Vater auf verschlungenen Kanälen davon erfuhr. Im Sender wurde ziemlich viel getratscht, wie Eva inzwischen wusste.

»Bei mir war's nicht viel anders.« Jutta verzog den Mund. »Am Nachmittag kamen noch ein paar alte Tanten zum Kaffee. Da hätte ich wirklich lieber ferngesehen. Du kannst froh sein, dass ihr ein Gerät habt. Aber Samstagabend hab ich immerhin die ersten Weihnachtsplätzchen gebacken. Magst du mal probieren?« Sie reichte Eva die bunte Keksdose.

Eva nahm eines der Plätzchen und schob es sich in den Mund. Der Teig war knusprig und schmeckte nach Nüssen, Schokolade, einem Hauch von Zimt.

»Sie sind sehr lecker.«

»Findest du?« Jutta strahlte. »Da ist etwas, das ich dir unbedingt zeigen muss. Schau mal …« Sie deutete auf die aufgeschlagene Illustrierte.

Eva beugte sich vor. Die Doppelseite war übertitelt mit »Romy Schneider – vom Backfisch zur jungen Kaiserin, neue Traumrolle für die aufstrebende Schauspielerin« und darunter … Ihr Atem stockte. Darunter waren Fotos von den Dreharbeiten zu sehen. Romy Schneider im roten Reitkostüm auf dem Pferderücken in Fuschl am See und im Trachtenkostüm in Bad Ischl im Gespräch mit dem Regisseur. Das Plätzchen in ihrem Mund verwandelte sich in Sand, sie presste die Hand gegen den Mund.

»Am dreiundzwanzigsten Dezember läuft der Film in den Kinos an. Ich bin schon so gespannt darauf, dich darin zu sehen«, redete Jutta weiter. »Wie aufregend, dass ich mit einer Frau zusammenarbeite, die mit Romy Schneider gedreht hat. Das wird mir niemand glauben. Du musst mir unbedingt ein Autogramm geben. Die anderen Kolleginnen wollen bestimmt auch eines von dir haben.«

Während ihre Freundin weiter schwärmte, fiel Evas Blick auf eine Fotografie von Romy Schneider in einem weißen, silbrig bestickten Ballkleid. In ihrem kunstvoll geflochtenen Haar, das ihr weit den Rücken hinunterfiel, funkelte ein Schmuck aus Sternen. Der von dem berühmten Gemälde Franz Xaver Winterhalters inspirierte Entwurf auf dem

Boden von Gerdagos Hotelzimmer und ihre immer ein wenig kühle Stimme, die sagte: *Sie haben Talent.*

Ja, sie hatte Gerdago so gerne glauben wollen. Sonst hätte sie vielleicht bemerkt, dass die berühmte Kostümbildnerin ihre Worte nicht ernst gemeint hatte.

»Eva«, Jutta berührte sie am Arm, »du gibst mir ein Autogramm, nicht wahr?«

»Das ... das ist doch Unsinn, ich war nur Statistin«, brach es aus Eva heraus. »Und überhaupt, ich will über diesen Film nicht reden.«

»Aber, du hast doch so begeistert davon erzählt und dass du Kostümbildnerin werden willst ...« Jutta sah sie verwundert und verletzt an, streute dann unabsichtlich noch mehr Salz in Evas Wunde: »Ich kann das gut verstehen, ich finde die Kostüme ja auch wunderschön.«

Eva hielt das nicht mehr aus. »Ich habe doch gerade gesagt, ich will darüber nicht sprechen«, fuhr sie die Freundin an.

»Hör mal«, Jutta war verärgert, »in dem Ton muss ich nicht mit mir reden lassen. Was ist denn mit dir los?«

Hämmernde Kopfschmerzen regten sich hinter Evas Stirn. »Lass mich einfach in Ruhe, ja?«

Frau Naumann betrat das Büro und unterbrach ihren Streit. »Wie schön, dass zwei meiner Damen schon vor Arbeitsbeginn anwesend sind«, sagte sie mit ihrer üblichen Süffisanz. »Darauf habe ich gar nicht zu hoffen gewagt. Fräulein Hefner«, sie wandte sich Jutta zu, »Sie sollen einen Redakteur, Herrn Klassmann, zu einem Außentermin begleiten. Und zwar sofort.«

»Ja, natürlich.« Jutta stand auf, griff nach Hut und Mantel, und verließ, ohne Eva noch eines Blickes zu würdigen, das Büro.

Der Vormittag schleppte sich dahin. Mal war Eva ganz kalt, dann wieder heiß. Das Klappern der Schreibmaschinentasten hallte schmerzhaft in ihrem Kopf wider. Sie hatte sich tatsächlich eine heftige Erkältung eingefangen. Irgendwie schaffte sie es, bis zum Feierabend durchzuhalten. Die Rückfahrt in dem wie fast immer überfüllten Zug war eine Qual.

Als Eva zu Hause ankam, hatte sie hohes Fieber, und ihre erschrockene Mutter schickte sie sofort ins Bett. Eva rollte sich wie ein Embryo zusammen. Seit ihrer Rückkehr aus München hatte sie einen dumpfen Schmerz gefühlt. Krank und erschöpft in ihrem Bett, überfiel sie nun mit aller Macht ihre Enttäuschung. Sie presste die Hand gegen den Mund, um nicht laut aufzuweinen. Irgendwann fiel sie in einen unruhigen Schlaf.

Kapitel 9

In eine Wolldecke eingemummelt, lag Eva auf dem Sofa im Wohnzimmer. Laut dem Fernsehprogramm in einer Illustrierten lief jetzt nur ein Marionettenspiel. Die Sendung für Kinder interessierte sie nicht besonders. Dennoch schaltete sie den Apparat ein, um sich abzulenken. Fast zwei Wochen war sie schon mit Grippe zu Hause geblieben, vor vier Tagen hatte sie das erste Mal das Bett verlassen können. Zwischendurch hatte sie so hohes Fieber gehabt, dass ihre Eltern einen Arzt rufen mussten.

Ganz gesund fühlte sie sich immer noch nicht. Aber am nächsten Tag würde sie zur Arbeit gehen. Sie hielt es zu Hause nicht mehr aus. Sonst hätte sie Schnittmusterhefte durchgeblättert, Entwürfe gezeichnet und sich vielleicht auch an die Nähmaschine gesetzt. Seit dem Treffen mit Heiner Palzer war ihr jedoch jede Lust zu schneidern vergangen. Geschweige denn, dass sie sich hätte überwinden können, einen Stift in die Hand zu nehmen und einen Entwurf zu skizzieren.

Bei der Arbeit würde sie Jutta wiedersehen. Ob sie sich mit ihr versöhnen konnte? Es war so schön gewesen, im Sender wenigstens eine Freundin zu haben.

Eva hörte das Gartentor zuschlagen, wahrscheinlich kam ihre Mutter gerade vom Einkaufen wieder zurück. Tatsächlich blickte sie gleich darauf, noch in Hut und Mantel, ins

Wohnzimmer. Ihre Wangen waren von der Kälte gerötet. In der Hand hielt sie eine große Tasche und die Post aus dem Briefkasten, darunter eine Wochenzeitschrift für den Vater.

»Liebes, ist alles in Ordnung, geht es dir gut?«, fragte sie besorgt.

»Ja, natürlich«, wehrte Eva ab.

»Ich habe übrigens mein Kleid für den Bundespresseball im Laden abgeholt, die Änderungen sind fertig. Es ist so schade, dass du nicht mit dabei sein konntest, als ich es ausgesucht habe. Soll ich es dir später zeigen?«

»Unbedingt«, heuchelte Eva. »Ich bin schon so gespannt darauf.« Nichts wollte sie weniger, als schöne Kleider betrachten.

»Ich bin dann mal in der Küche.«

Eva verfolgte noch eine Weile geistesabwesend das Spiel der Marionetten. Als sie Durst verspürte, ging sie in die Küche, um sich ein Glas Wasser zu holen. Am besten, sie brachte das mit dem Kleid schnell hinter sich. Die Mutter saß am Tisch. Sie nahm sich ein Glas aus dem Küchenschrank und drehte den Wasserhahn auf. Doch der Gesichtsausdruck der Mutter ließ sie innehalten.

So hatte Eva ihre Mutter noch nie gesehen. Weich und wehmütig, völlig selbstvergessen blickte sie auf einen Brief in ihrer Hand. Schimmerten in ihren Augen etwa Tränen?

»Mama, was hast du denn?«, fragte sie erschrocken.

Die Mutter zuckte zusammen und schob den Brief hastig in ihre Rocktasche. »Eva, Liebes, ich habe dich gar nicht kommen hören.«

»Hast du schlechte Nachrichten erhalten?« Sie setzte sich zu ihr.

Der Blick ihrer Mutter wanderte zu dem Fenster, hinter dem der dunkle Garten zu erahnen war. »Das war ein Brief von einer alten Freundin aus Berlin«, sagte sie, immer noch ohne Eva anzusehen. »Sie hat mir geschrieben, dass ihr Mann gestorben ist. Ich habe mich an die schönen Zeiten erinnert, als wir jung waren. Das ist alles.«

»Eine Freundin aus Berlin?«

»Ja, du kennst sie nicht. Wir hatten lange keinen Kontakt mehr.«

Ihre Mutter gab sich einen Ruck. »Es ist so ein kalter, ungemütlicher Abend, soll ich uns nicht eine heiße Schokolade machen?«

»Gerne.«

Eva sah ihr zu, wie sie eine Flasche Milch aus dem neuen Kühlschrank aus glänzendem Chrom nahm – auch er war ein Zeichen für den beruflichen Erfolg des Vaters. In München hatten sie einen der ersten Generation aus den Dreißigerjahren besessen. Die Mutter mischte Kakao und Zucker in einem Schüsselchen. Seltsam, dass sie diese gute Freundin nie erwähnt hatte. Aber im Krieg und den harten Jahren danach war es schwierig gewesen, über eine große räumliche Distanz in Kontakt zu bleiben. Es gab kaum Telefone, viele Zugstrecken waren zerstört, und es hatte sogar an Briefpapier gemangelt.

Eva registrierte plötzlich, dass ihre Schwestern nirgends zu hören waren. »Sind Franzi und Lilly denn nicht da?«, fragte sie. »Im Haus ist es so still.«

»Dein Vater hat sie mit ins Parlament genommen. Dort wird eine Sendung für Kinder geprobt. In ein paar Tagen wird sie dann gefilmt und ausgestrahlt.« Die Mutter stellte den Topf mit der Milch und dem Kakao auf den Herd und schaltete die

Platte ein. »Lilly und Franzi dürfen zusammen mit anderen Kindern den Politikern Fragen stellen.«

»Bestimmt waren die beiden ganz aus dem Häuschen.«

»Ja, allerdings, das waren sie«, erwiderte ihre Mutter lächelnd. Sie hatte sich wieder gefasst, nichts mehr deutete auf ihre Traurigkeit hin. Ein angenehmer Duft entstieg dem Topf, als sich die Milch und der Kakao erwärmten. Die Mutter rührte alles noch einmal um, schaltete dann die Herdplatte wieder aus und goss die heiße Schokolade in zwei dickwandige Porzellantassen. Sie reichte Eva eine und setzte sich mit der anderen zu ihr an den Tisch. Einige Momente nippten sie beide schweigend an dem heißen, süßen Getränk.

»Ich weiß wirklich nicht, ob es klug ist, dass du morgen schon wieder arbeiten gehst«, sagte ihre Mutter unvermittelt. »Du bist immer noch ziemlich blass.«

»Mama, mir geht es gut.«

»Dir gefällt es mittlerweile im Sender, nicht wahr?«

»Ja, ich bin gern dort«, log Eva. Es hatte keinen Sinn, mit ihrer Mutter über ihre zerbrochenen Träume zu sprechen. Sie verstand sie ja doch nicht und würde alles dem Vater weitererzählen.

Wieder sah ihre Mutter sie forschend an. Zu ihrer Erleichterung erklangen Franzis und Lillys helle Stimmen vor dem Haus. Wenig später stürmten die beiden in die Küche. »Mama, Eva, wir beide dürfen den Wirtschaftsminister, Herrn Erhard, was vor der Kamera fragen!«, jubelten sie. Ihre Wangen glühten vor Aufregung.

»Ich will wissen, ob er auch mal Kanzler werden will«, erklärte Franzi und knuffte die Schwester in die Seite. »Ich hab Lilly gesagt, was sie fragen soll, nämlich, was er macht, wenn er frei hat. Sonst wäre sie bestimmt nicht ausgewählt worden.«

»Das ist nicht wahr!« Lilly schubste sie empört.

»He, ihr beiden«, ihre Mutter legte die Arme um die Schwestern, »es ist wundervoll, dass ihr ausgewählt wurdet. Streitet euch nicht!«

»Ich freue mich auch für euch«, erwiderte Eva herzlich, froh über die Ablenkung von dem Gespräch mit ihrer Mutter.

»Du und Mama müsst euch die Sendung unbedingt anschauen«, verlangte Franzi.

»Natürlich werden wir das«, versicherte Eva ihr.

»Die zwei haben sich wirklich gut geschlagen«, bemerkte ihr Vater, der inzwischen auch in der Küche angekommen war, sichtlich stolz auf seine beiden kleinen Töchter. »Und zur Feier des Tages gibt es Torte zum Nachtisch.« Er zauberte eine Schachtel mit dem Schriftzug einer Konditorei hinter seinem Rücken hervor.

»Axel, du verwöhnst die Kinder zu sehr.« Resigniert schüttelte die Mutter den Kopf. »Eva will übrigens morgen wieder zur Arbeit. Ich halte das für keine gute Idee.«

»Sie ist alt genug, um das beurteilen zu können.« Ihr Vater zuckte mit den Schultern. »Es ist schön, wenn sie sich auf die Arbeit freut. Ich wusste, dass es ihr als Sekretärin bei dem Sender gefallen würde.«

Eva sah ihren Schwestern zu, wie sie die Schachtel öffneten und die kleine Schwarzwälder Kirschtorte bestaunten. Ein bleischweres Gewicht legte sich auf ihre Brust. Sie würde ihr ganzes Leben lang als Sekretärin arbeiten ... sie war in eine Falle geraten, aus der es kein Entrinnen gab.

Dieses Gefühl verfolgte Eva auch am nächsten Morgen, auf ihrem Weg vom Kölner Hauptbahnhof zum NWDR. Am Vorabend hatte ihre Mutter noch das Kleid für den

Bundespresseball vorgeführt. Schulterfrei, aus hellroter Seide und raffiniert einfach mit seinem schmalen Rock und der dazu passenden Stola aus Taft. Früher hätte es sie begeistert. Aber nun hatte es sie nur traurig gemacht.

Als Eva im Büro ankam, war sie von dem kurzen Weg ganz außer Atem. Sie zitterte. Die Krankheit forderte ihren Tribut. Sie hatte gehofft, Jutta allein anzutreffen, denn sie wollte sich bei ihr entschuldigen. Aber auch Greta und Corinna waren schon da. Die beiden erwiderten ihr »Guten Morgen« freundlich. Jutta dagegen murmelte eine Antwort vor sich hin und wandte sich ab.

Eva nahm die Schutzhülle von der Schreibmaschine, überlegte, wie sie sich verhalten sollte. Vielleicht war Jutta bereit, sich mit ihr für die Mittagspause zu verabreden. Bevor sie ihre Freundin fragen konnte, erschien Frau Naumann zur morgendlichen Aufgabenverteilung in dem Büro und baute sich vor ihr auf.

»Guten Morgen, Fräulein Vordemfelde, wie schön, dass Sie wieder gesund sind.« Ihr sarkastischer Tonfall verriet ihr Missfallen. »Ihr Arbeitseifer hat uns wirklich gefehlt. Wenn Sie so freundlich wären, dieses Schreiben ins Reine zu tippen? Es handelt sich um die Bewilligung einer neuen Hörspielreihe.« Mit diesen Worten legte sie die stenografierten Seiten vor Eva auf den Schreibtisch.

Eva starrte auf die verschnörkelten kursiven Zeichen. Dumpf vernahm sie, wie Frau Naumann ihren Kolleginnen andere Aufgaben zuwies. In Evas Ohren rauschte es laut.

»Fräulein Vordemfelde«, die Chefsekretärin wandte sich ihr wieder zu, »haben Sie etwa Probleme mit meiner Schrift?«

»Nein, das habe ich nicht.«

»Nun, dann machen Sie sich bitte an die Arbeit.«

Wortlos spannte Eva die üblichen drei Papierbögen samt Kohlepapier für die Durchschläge in die Schreibmaschine, und Frau Naumann verließ das Büro. Sie begann die ersten Worte zu tippen, hielt dann einen Moment inne. Sie sah das Abendkleid der Mutter vor sich, es vermischte sich mit den prächtigen Roben aus *Sissi*. Wenn sie schon ihr weiteres Berufsleben als Sekretärin verbringen musste, dann wollte sie wenigstens interessante und verantwortungsvolle Arbeiten haben. Sie sprang abrupt auf, sodass der Schreibtischstuhl gegen einen Schrank prallte.

»Eva!« Sie nahm noch Juttas erschrockenen Ausruf war, dann stürmte sie zu Frau Naumanns Büro.

»Was fällt Ihnen ein, hier so hereinzuplatzen!« Die Chefsekretärin empfing Eva mit ihrem üblichen abschätzigen Blick und rückte ihre Brille zurecht. »Sind Sie etwa schon fertig mit Ihrer Aufgabe?«

»Nein, noch nicht. Ich möchte Sie bitten, mir verantwortungsvollere Arbeiten zu übertragen. Ich kann viel mehr, als stenografierte Texte abzutippen.«

»Soso, finden Sie? Der Meinung bin ich aber nicht.«

Eva ignorierte die abfälligen Worte. Sie würde sich von der Chefsekretärin nicht länger wie ein Lehrmädchen behandeln lassen. »Bei meiner alten Stelle in der Druckerei in München war ich regelmäßig für Diktate der Geschäftsführung zuständig, und die wenigen, die Sie mich hier im Sender haben aufnehmen lassen, waren fehlerfrei. Ich bin sehr wohl in der Lage, Flüge und Züge und Hotelzimmer für Künstler oder Interview-Gäste zu buchen. Und ich sehe mich ebenfalls imstande, Recherche-Aufgaben für Redakteure durchzuführen.«

»Auf keinen Fall, dazu fehlt Ihnen jede Erfahrung.«

»Mein Vater ist, wie Sie wissen, leitender Redakteur im Bonner Studio des NWDR, ein paar Grundregeln des journalistischen Arbeitens habe ich durch ihn schon kennengelernt«, beharrte Eva. »Außerdem bin ich bereit, dazuzulernen. Sie müssen mir nur eine Chance geben.«

Frau Naumann blickte auf ihre schmale goldene Armbanduhr. »Das Gespräch ist beendet. In genau fünfzehn Minuten möchte ich den Brief fehlerfrei und mit den üblichen Durchschlägen hier auf meinem Schreibtisch liegen haben.«

Eva stellte sich sehr aufrecht hin und hob kämpferisch den Kopf. »Wenn Sie mich weiterhin mit diesen Hilfstätigkeiten abspeisen, werde ich mich an den Betriebsrat wenden.« Vor ein paar Wochen hatte eine Versammlung stattgefunden, die Eva jedoch, mit der Hoffnung, bei Heiner Palzer hospitieren zu dürfen, nicht weiter interessiert hatte. Nun aber erinnerte sie sich wieder daran.

»Was fällt Ihnen ein!« Frau Naumann sah sie empört an.

Eva hielt ihrem Blick stand. »Ich weiß, dass eigentlich Ihre Nichte die Stelle hätte bekommen sollen und nicht ich. Das tut mir sehr leid, ich wollte das nicht. Aber ich werde so nicht mehr weiterarbeiten.«

»Das ist völliger Unsinn und eine unverschämte Unterstellung«, wehrte Frau Naumann entrüstet ab, aber eine leichte Röte auf ihren Wangen verriet ihr schlechtes Gewissen. Eva hatte sie getroffen. »Ich werde mich bei Ihrem Vater über Sie beschweren.«

»Von mir aus, tun Sie das!« Eine Auseinandersetzung mit dem Vater nahm sie in Kauf. Schließlich hatte er darauf bestanden, dass sie den ungeliebten Beruf ergriff, und sie in diese missliche Lage gebracht.

Ein Klopfen an der Tür ließ Eva zusammenzucken. Doch sie blieb weiter mit vorgerecktem Kinn stehen. Sie würde jetzt nicht einfach das Feld räumen, sie hatte es endgültig satt, sich von Frau Naumann herumschubsen zu lassen.

»Herein«, sagte Frau Naumann übertrieben laut.

Paul Voss trat ein. Er schien die Spannung zwischen ihnen zu spüren und schaute verwundert von Eva zu Frau Naumann. »Entschuldigen Sie, störe ich etwa?«

»Nein, ganz und gar nicht, Fräulein Vordemfelde wollte gerade gehen.«

»Ich möchte nur fragen, ob ich mir eine Ihrer Damen für ein Diktat ausleihen könnte. Unser Sekretariat ist gerade unterbesetzt.«

Eva fiel auf, wie Frau Naumann zögerte.

»Fräulein Vordemfelde sehnt sich nach höheren Aufgaben. Versuchen meinetwegen Sie Ihr Glück mit ihr.«

Eva stöhnte innerlich auf. Das hatte ihr gerade noch gefehlt.

Sie holte einen Block und einen Stift von ihrem Schreibtisch. Dann lief sie mit zusammengebissenen Zähnen durch das Funkhaus, in den dritten Stock, wo Paul Voss' Büro lag. Warum hatte er nur ausgerechnet jetzt bei Frau Naumann auftauchen müssen?

Aufgebracht trat sie ein. »Wie komme ich denn zu der Ehre, dass Sie mich als Sekretärin akzeptieren? Sonst sind Sie ja der Ansicht, dass ich nur Durcheinander verbreite.«

Er wies lässig auf den Stuhl vor seinem Schreibtisch. »Wollen Sie sich nicht setzen? Sie haben meinen Kommentar in Berlin fehlerfrei abgetippt. Allerdings wäre es schön, wenn Ihnen nicht wieder eine Zeichnung zwischen meine Seiten geriete.« Er grinste Eva amüsiert an.

»Ganz bestimmt wird es das nicht«, erwiderte sie knapp.

»Schön, da das geklärt ist, können wir ja anfangen.«

»Ich bin bereit.«

Paul Voss suchte seine Notizen zusammen, besann sich einige Momente und begann ihr den Text seines Hörfunkbeitrags über die Wiederbewaffnung der Bundesrepublik zu diktieren. Widerwillig musste Eva zugeben, dass der Beitrag klug und durchdacht war. Paul Voss musste nur ein paarmal kurz stocken, um seinen Gedanken zu Ende zu formulieren. Er sah die Schaffung eines Heeres kritisch, erinnerte warnend daran, dass die Soldaten und Offiziere der Wehrmacht dem nationalsozialistischen Regime wegen ihres Eids auf den »Führer« größtenteils blind gefolgt waren.

Wenn sie seine Stimme im Radio gehört hätte – ohne ihn zu kennen – hätte sie sie als angenehm empfunden. Sie war tief und erstaunlich warm. Und obwohl er beim Diktieren ein paar Mal unwillkürlich in den Modus eines Kommentators wechselte, besaß sein Tonfall nicht die scharfen Konsonanten und rollenden »Rs«, die Eva sonst von Radiosprechern gewohnt war.

Während sie stenografierte, blickte sie ab und zu kurz von ihrem Schreibblock hoch. Paul Voss sah konzentriert aus, manchmal runzelte er die Stirn oder gestikulierte, um einem Satz Nachdruck zu verleihen.

Sein Beitrag schloss mit den Worten, dass Soldaten der neuen Bundeswehr mündige Bürger in Uniform sein müssten und keine blind gehorsamen Befehlsempfänger. Eine Meinung, die sie teilte. Beinahe war es schade, dass sie ihn nicht auch wegen seiner Ansichten ablehnen konnte.

»Das wars.« Er lehnte sich auf seinem Schreibtischstuhl zurück und entspannte. »Vielen Dank.«

»Gern geschehen«, erwiderte Eva knapp und stand auf. »Ich bringe Ihnen später den abgetippten Text, und Sie können Ihre Korrekturen eintragen.«

Sie hielt schon die Türklinke in der Hand, als sie ihn sagen hörte: »Hätten Sie vielleicht Lust, demnächst mit mir nach der Arbeit was trinken zu gehen?«

»Wie bitte?« Überrascht drehte sie sich zu ihm um. Wieder lag ein überhebliches Lächeln auf seinem Gesicht.

Sie würde ihm nicht zeigen, dass er sie aus dem Konzept gebracht hatte. »Ich bin nicht im Geringsten daran interessiert, mit Ihnen auszugehen«, entgegnete sie äußerlich kühl, aber mit plötzlich klopfendem Herzen.

Auf dem Weg zurück in den zweiten Stock fühlte Eva sich ganz schwindelig. Schon wieder die Nachwirkungen dieser verwünschten Grippe. In der Nähe befand sich die Damentoilette. Sie schaffte es bis zu den Waschbecken, wo sie den Hahn aufdrehte und sich kaltes Wasser ins Gesicht spritzte und über die Handgelenke laufen ließ. Allmählich stabilisierte sich ihr Kreislauf und der Schwindel ließ nach.

»Eva, hier bist du!« Jutta stand plötzlich hinter ihr und berührte sie besorgt an der Schulter. »Ist alles in Ordnung?«

»Ja, es geht mir gut.«

»Was ist denn los mit dir? Erst stürzt du wütend aus dem Büro und jetzt bist du ganz bleich. Eben war Frau Naumann bei uns und hat förmlich vor Zorn geraucht. Bist du etwa mit ihr aneinandergeraten?«

Eva lehnte sich gegen die gekachelte Wand. Sie war immer noch ein bisschen wackelig auf den Beinen. »Ich hab ihr gesagt, dass ich anspruchsvollere Aufgaben haben möchte, als immer nur von anderen stenografierte Texte ins Reine zu tippen.«

»Ach, du meine Güte ... Kein Wunder, dass sie außer sich war. So was hat sich noch niemand getraut. Und, hast du etwas erreichen können?«

»Ich durfte zum Diktat zu Paul Voss.«

»Wirklich? Wie aufregend.«

»Das nicht gerade. Er kam gerade in Frau Naumanns Büro, als ich mich mit ihr gestritten habe, und hat um eine Sekretärin gebeten. Keine Ahnung, ob sie sonst nachgegeben hätte.« Eva hielt kurz inne. »Jutta, ich möchte mich bei dir dafür entschuldigen, dass ich an dem Tag vor meiner Krankschreibung so unfreundlich zu dir war. Das hast du wirklich nicht verdient. Mir ging es an dem Tag nicht gut und ...«

»Ich muss mich entschuldigen, dass ich vorhin so abweisend zu dir war. Ich war nur so traurig über unseren Streit.« Jutta sah sie reuevoll an. »Aber ich hätte mir denken können, dass du an dem Morgen schon krank warst.«

Eva rang mit sich. Sollte sie der Freundin die Wahrheit anvertrauen? Aber sie hatte in letzter Zeit schon so oft gelogen. Jutta hatte Ehrlichkeit verdient. »Ich hatte an dem Morgen Kopfschmerzen. Aber deshalb hab ich mich nicht so hässlich benommen. Bitte, du musst mir versprechen, dass du das, was ich dir jetzt erzähle, niemandem weitersagst, auch nicht Greta und Corinna.«

»Du machst mir Angst.« Jutta legte die Hand auf ihre Brust. »Aber, ja, ich verspreche es.«

»Ich bin an dem Wochenende vorher heimlich, ohne das Wissen meiner Eltern, nach München gefahren und hab mich mit dem Kostümbildner des Deutschen Theaters getroffen und ihm meine Entwürfe gezeigt. Er hatte mir eine Aufgabe gestellt. Wenn ihm die Entwürfe gefielen, würde ich bei ihm hospitieren dürfen. Das hatte er mir zugesichert. Aber ...« Eva schluckte, es war so schwer, es auszusprechen.

Jutta schien zu ahnen, was in ihr vorging, und griff nach ihrer Hand. »Ja ...?«, fragte sie sanft.

»Er ... Er fand meine Entwürfe schlecht, und Gerdago, die Kostümbildnerin von *Sissi*, hatte mir vorgegaukelt, ich hätte Talent. Das hat mich am meisten getroffen. Deshalb habe ich es nicht ertragen, als du mir von dem Interview mit Romy Schneider erzählt und mich um ein Autogramm gebeten hast.«

»Eva, das tut mir so leid.« Jutta umarmte sie fest. Tränen schossen Eva in die Augen, hastig fuhr sie sich übers Gesicht.

Jutta reichte ihr ein Taschentuch. »Obwohl ich wirklich böse auf dich war, hab ich mich übrigens vor ein paar Tagen zu einem Sprachkurs angemeldet.«

»Das freut mich ...« Eva verstand nicht, worauf sie hinauswollte.

»Du hast doch gesagt, dass es wichtig sei, seine Träume nicht aufzugeben.«

»Da habe ich wohl den Mund ziemlich voll genommen.«

»Aber es gibt doch bestimmt noch andere Kostümbildner als den am Deutschen Theater in München oder Gerdago, denen du deine Entwürfe zeigen kannst.«

»Ja, schon.« Doch die bloße Vorstellung, erneut einen Entwurf zu zeichnen, tat Eva weh. Würde sie sich jemals wieder überwinden können, ihre Zeichnungen jemandem vom Fach zu zeigen? »Ich brauche einfach Zeit«, wich Eva aus. Dennoch fühlte sie sich getröstet, als sie zusammen mit Jutta zurück zum Büro ging.

Eine fröhliche Melodie, in der sich die Klänge eines Cembalos und eines Schlagzeugs mischten, ertönte. Dann erschien der Titel der Ratesendung *Was bin ich?* auf dem Bildschirm. Lilly und Franzi kuschelten sich an Eva auf dem Sofa. Ihre Mutter hatte sich in einem Sessel niedergelassen und strickte. Auch wenn Eva ihre Arbeit beim NWDR wirklich nicht liebte, war es ein vertrautes Ritual geworden, sich abends mit der Mutter und den Schwestern Unterhaltungssendungen anzusehen, das sie nicht missen wollte.

Immerhin war der Arbeitstag ganz gut verlaufen. Sie hatte sich mit Jutta ausgesöhnt, einen ersten Sieg über Frau Naumann errungen und Paul Voss in seine Schranken verwiesen. Als sie ihm den abgetippten Kommentar brachte, hatte er sich höflich und professionell verhalten. Eigentlich hätte sie zufrieden sein können. Aber Jutta, die sie an ihre eigenen Worte erinnert hatte, ließ sie grübeln. Man darf seine Träume nicht aufgeben. Das hatte sie, gerade sie, ihrer Freundin und Kollegin geraten.

Eva versuchte, sich auf die Sendung zu konzentrieren. Unter dem Gast, der zu erraten war, wurde, nur für die Zuschauer sichtbar, sein Beruf eingeblendet, er war ein Bademeister. Aus dem vierköpfigen Rateteam fragte jetzt Hans Sachs, ein Oberstaatsanwalt aus Nürnberg, ob der Gast seine Tätigkeit auch bei ihm zu Hause ausüben könnte.

»Nein, natürlich nicht!« Lilly und Franzi kicherten.

»Nein«, antwortete nun auch der Bademeister, und der Moderator Robert Lembke warf ein Fünfmarkstück in ein Sparschwein.

»Üben Sie einen künstlerischen Beruf aus?«, lautete die nächste Frage. Auch ihre Mutter lächelte jetzt. Das Prinzip der Sendung war einfach. Aber dadurch, dass die Zuschauer einen Vorsprung vor den Ratenden hatten, zog sie das Publikum in ihren Bann.

Acht Fünfmarkstücke waren in das Sparschwein gewandert, als die Haustür zuschlug. Wenig später betrat der Vater das Wohnzimmer. »Hallo zusammen«, sagte er knapp. Dann wandte er sich Eva zu: »Komm mal mit in mein Arbeitszimmer.« Die Zornesfalte auf seiner Stirn verhieß nichts Gutes. Eva wappnete sich gegen die Auseinandersetzung.

»Setz dich«, fuhr er Eva an, kaum dass sie sein Arbeitszimmer betreten hatte.

»Falls es um Frau Naumann geht ...«

»Ja, allerdings, sie hat sich bitter über dich beschwert. Wie kannst du es wagen, dich ihr gegenüber frech und aufsässig zu benehmen? Sie ist deine Vorgesetzte. Ich dachte, deine Mutter und ich hätten dir Respekt beigebracht.«

»Du kannst mir gar keine Vorwürfe machen!«

»Achte auf deinen Ton, Fräulein!« Wütend hieb ihr Vater mit der Hand auf die Schreibtischplatte.

Wie schon so oft fachte sein Zorn Evas erst recht an. »Du hast mich in diesen Beruf gedrängt, den ich nie erlernen wollte, und mir die Stelle bei NWDR aufgezwungen, die noch dazu Frau Naumanns Nichte hätte haben sollen. Ich kann nichts dafür, dass sie mich deswegen nicht ausstehen kann. Aber ich habe es satt, mich von ihr herumschubsen zu lassen. Alles, was ich von ihr wollte, war, Aufgaben zu bekommen, die meinen Fähigkeiten entsprechen, anstatt nur Kaffee zu kochen oder die stenografierten Texte anderer abschreiben zu dürfen. Damit werde ich mich nicht mehr zufriedengeben. Das garantiere ich dir!«

Einen langen Augenblick starrten sie sich wütend an.

»Gut«, der Vater atmete tief durch, »du warst also nicht frech zu Frau Naumann, weil du dir die Sache mit der

Kostümbildnerei immer noch nicht aus dem Kopf geschlagen hast?«

Wie kam er denn darauf? »Nein«, Eva schüttelte den Kopf, »ich möchte einfach Aufgaben bekommen, die mich interessieren und mich fordern.« Natürlich dachte sie bei diesen Worten auch an ihren großen Traum, aber das verriet sie ihrem Vater nicht.

Axel schwieg eine Weile. »Also«, sagte er schließlich, »ich werde mit Frau Naumann sprechen, dass Sie dir anspruchsvollere Arbeiten überträgt, und du entschuldigst dich morgen bei ihr.«

»Da gibt es nichts, wofür ich mich entschuldigen müsste.«

»Eva!«

Vielleicht war es klüger, Frau Naumann gegenüber Reue zu heucheln und sie das Gesicht wahren zu lassen, als ständig ihre schlechte Laune zu ertragen. »Gut, ich entschuldige mich«, lenkte Eva ein.

»Schön, dass du ausnahmsweise mal einsichtig bist.«

»War's das?«

»Da ist noch eine Sache. Frau Naumann hat gesagt, dass Paul Voss dir einen Kommentar diktiert hat?«

»Ja, das stimmt.«

»Er steht politisch ziemlich links.«

»Das ist mir nicht entgangen.«

»Ich hoffe, dass du dich nicht von ihm beeinflussen lässt. Außerdem eilt ihm ein gewisser Ruf voraus ...«

»Da musst du dir wirklich keine Sorgen machen, Papa. Ich kann ihn nicht leiden.« Das jedenfalls konnte sie aus tiefstem Herzen sagen.

Ihr Vater bedachte sie noch mit einem prüfenden Blick. Dann nickte er. »Schön, das war's. Du kannst gehen.«

In ihrem Zimmer blieb Eva vor ihrem Regal stehen. Sie zögerte, nahm dann jedoch die Skizzenbücher mit den Entwürfen für *Oklahoma!* heraus und schlug sie zum ersten Mal seit ihrem Treffen mit Heiner Palzer auf.

Langsam blätterte sie die Seiten um. Rüschenblusen mit Keulenärmeln, blau-weiß gestreifte Schürzen über braunen Röcken, das helle, duftige Kleid der weiblichen Hauptperson Laurey, kontrastierend zur derben Hose und dem leuchtend roten Halstuch ihres männlichen Widerparts Curly. Plötzlich erinnerte sie sich an Gerdagos Worte: »Was auch immer man Ihnen über Ihr Talent sagen wird, ob etwas Positives oder Negatives: Sie müssen an sich selbst glauben. Das ist das Wichtigste.«

Eva biss sich auf die Lippen. Früher mal hatte sie ihre Entwürfe gut gefunden. Aber jetzt waren sie ihr ganz fremd geworden. Sie wusste einfach nicht mehr, ob sie gelungen oder missraten waren – und ob sie an ihr Talent glauben konnte.

Annemie blickte auf, als Axel ins Wohnzimmer kam, die Ratesendung *Was bin ich?* war schon seit einer Weile zu Ende. Im Bad oben rauschte das Wasser, die Zwillinge trödelten wie so oft beim Zähneputzen. »Hast du dich mit Eva gestritten?«

»Ich musste sie leider schon wieder zurechtweisen.« Axel setzte sich in den Sessel neben sie. »Sie war frech zu ihrer Vorgesetzten. Angeblich fühlt sie sich von ihr schlecht behandelt.«

»Aber Eva wollte doch unbedingt heute schon zur Arbeit, und als ich sie beim Essen gefragt habe, wie ihr Tag war, hat sie gesagt, dass alles gut war.«

»Wenn du nicht weißt, was in ihr vorgeht, weiß ich es erst recht nicht.« Axel schnaubte ungeduldig. »Manche Kollegen beklagen sich über ihre halbwüchsigen Söhne, ich muss wirklich sagen, Töchter machen es einem auch nicht leichter.«

Annemie zögerte, aber dann brachte sie doch zur Sprache, was sie beschäftigte. »Axel«, begann sie, »ich wollte auch nicht, dass Eva ihren Wunsch, Kostümbildnerin zu werden weiterverfolgt.«

»Ja, natürlich nicht.«

Wie selbstverständlich Axel das sagte. Als müsse sie immer einer Meinung mit ihm sein. Er hatte keine Ahnung, dass sie Evas Vorhaben nicht etwa ablehnte, weil sie es unschicklich fand. Sie war dagegen, weil es ihr Angst machte – Angst um Eva. Wenn Eva diesen Traum weiterverfolgte, dann würde auch sie von dieser entsetzlichen Leere und Traurigkeit heimgesucht, die Annemie aus ihren eigenen Alpträumen nur zu gut kannte. Dessen war sie sich ganz sicher. Sie wollte ihrer Tochter dieses Leid, das sie erlebt hatte, unbedingt ersparen.

»Axel«, tastete sie sich weiter vor, »manchmal frage ich mich wirklich, ob es gut war, Eva zu dieser Stelle als Sekretärin zu zwingen.«

»Jede andere junge Frau wäre dankbar, bei einem Fernsehsender arbeiten zu dürfen.«

»Eva ist nicht wie andere junge Frauen, sie hat ihren eigenen Kopf. Und vielleicht wäre es klug gewesen, sie eine Lehre als Schneiderin machen zu lassen, wie sie es sich gewünscht hatte.«

Axel war zum Fernsehapparat gegangen, um ihn wieder einzuschalten. Unwillig drehte er sich zu ihr um. »Eva kann in ihrer Freizeit nähen, soviel sie will. Das ist ein Hobby, genau wie deine Gymnastik.«

Wie verächtlich er das sagte. Dabei würde sie ohne ihre Gymnastik, ohne die Möglichkeit sich zu *fühlen*, in diesem Haus ersticken.

Axel schien zu merken, dass er sie verletzt hatte. »Ich will ja auch, dass Eva glücklich ist«, sagte er, »ich habe ihr versprochen, bei der Chefsekretärin Frau Naumann darauf hinzuwirken, dass sie ihr anspruchsvollere Aufgaben gibt.«

»Das ist gut.«

Auf dem Bildschirm erschien ein Rauschen, und, nachdem Axel das Programm gefunden hatte, tauchten die Bilder eines Eisschnelllaufs auf. Manchmal, wenn das Wetter oder die Windrichtung sich änderten, empfing die Antenne auf dem Dach die Funkwellen nicht gleich und der Sender musste neu eingestellt werden.

Axel hätte laut aufgelacht, wenn sie ihm von ihren Ängsten erzählt hätte und ihr dringend geraten, einen Psychiater aufzusuchen. Manchmal fragte sie sich selbst, ob sie eigentlich ganz normal war. Unwillkürlich schlang sie die Arme eng um sich.

»Ist dir kalt? Dann nimm doch eine Decke.« Axel sah kurz zu ihr und dann wieder zum Bildschirm.

»Nein, mir ist nicht kalt«, murmelte sie und widmete sich wieder ihrem Strickzeug. Für Momente spürte sie die Annemie in sich, die sie gegen Ende des Krieges und den harten Jahren danach gewesen war – eine starke, freie und glückliche Frau.

Rasch sperrte sie diese Annemie tief in sich ein. Wenn sie die Oberhand gewann, würde sie ihr sicheres und geordnetes Leben zerstören. Das wusste sie genau.

Kapitel 10

Es war nicht zu übersehen: Heute war der erste Dezember. Tannenzweige und rote Schleifen schmückten den Eingang des luxuriösen Hotels in der Nähe des Kölner Hauptbahnhofs. Auch die Schaufenster auf dem kurzen Weg zum Wallrafplatz waren weihnachtlich dekoriert und barsten schier vor Waren. Spielzeug, von der Ritterburg bis hin zu riesigen Teddybären, exquisite Weine und Pyramiden von Konserven mit Kaviar und Lachs in einem Feinkostladen, teure Handtaschen, Schals aus leuchtender Seide ...

Eva schien es kaum vorstellbar, dass seit der Währungsreform erst sieben Jahre vergangen waren, vorher hatte in den Geschäften eine gähnende Leere geherrscht. Sie beschloss, in den nächsten Tagen Geschenke für ihre Familie zu kaufen, vielleicht hatte Jutta ja Lust mitzukommen. Das würde bestimmt Spaß machen.

Schlagartig verdunkelte sich Evas Stimmung. Von dem Werbeplakat an einer Litfaßsäule blickten ihr Romy Schneider und Karl-Heinz Böhm als Sissi und Franz, Kaiserin und Kaiser von Österreich, in Gerdagos Kostümen entgegen. Die Filmpremiere war für den dreiundzwanzigsten Dezember angekündigt. Würde es ihr irgendwann nichts mehr ausmachen, an diesen Film erinnert zu werden? Eva bezweifelte es.

Jutta war schon da, als sie wenig später im Büro ankam.

»Die Weihnachtsdekoration wirkt seltsam«, sagte sie. »Es ist so mild für Dezember.«

»Ja, und das Wetter soll erst mal so bleiben. In den letzten Jahren war es ein-, zweimal so kalt, dass der Rhein zugefroren ist. Wir konnten ihn zu Fuß überqueren. Da sind mir die milden Temperaturen lieber.«

»An die Eiseskälte kann ich mich auch noch gut erinnern.« Eva hängte ihren Mantel auf. »Ich glaube, ich habe damals wochenlang nur gefroren.« In dem Kellerraum, in dem sie mit ihrer Mutter, Lilly und Franzi gehaust hatte, waren die Wände mit einer Eisschicht überzogen gewesen. Onkel Max hatte ihnen, wann immer es ihm möglich gewesen war, Kohlen gebracht. Das sonst so ernste Gesichtchen der zweijährigen Lilly hatte sich zu einem Lächeln verzogen, wenn die Wärme aus dem Kanonenofen allmählich in ihre starren Glieder gedrungen war. Wie schade, dass sie Onkel Max vor dem Wegzug aus München nicht mehr gesehen hatten.

»Eva ...«

Jutta wedelte mit der Hand vor ihrem Gesicht herum.

»Tut mir leid, ich war gerade in Gedanken ...«

»Paul Voss hat, kurz bevor du gekommen bist, im Büro angerufen. Er braucht deine Unterstützung und hat das mit Frau Naumann abgesprochen.«

Eva hätte Paul Voss am liebsten verwünscht.

Paul Voss saß mit einer Zeitung hinter seinem Schreibtisch. Vor ihm lagen einige aufgeschlagene Bücher und Magazine. Anscheinend war er schon eine ganze Weile im Büro. Was zu dem ehrgeizigen Eindruck passte, den Eva von ihm hatte.

»Sagt Ihnen der Name Hedwig Heuss was?«, fragte er und faltete die Zeitung zusammen.

»Die Schwägerin des Bundespräsidenten, die mit ihm seit dem Tod seiner Frau in der Villa Hammerschmidt lebt.«

»Genau, suchen Sie mir doch bitte im Archiv zusammen, was Sie über sie finden können. Und über das Müttergenesungswerk, seit dem Tod von Theodor Heuss' Frau hat sie die Schirmherrschaft inne.«

»Sie wollen etwas über das Müttergenesungswerk schreiben?« Eva war verblüfft.

»Weshalb wundert Sie das?«

Jetzt erschien wieder dieser süffisant-arrogante Ausdruck auf seinem Gesicht, den sie schon kannte und verabscheute. »Weil das kein politisches Thema ist.«

»Sie halten Fragen, die Frauen betreffen, für nicht politisch?« Er hob die Augenbrauen. »Ich muss mich über Sie wundern.« Das war leider eins zu null für ihn.

»Doch, aber Journalisten, also männliche Journalisten, halten solche Themen für nicht politisch relevant.« Ihren Vater hätte es sicher nicht interessiert.

»Vielleicht bin ich ja anders, als Sie denken.«

»Entschuldigen Sie, aber da habe ich meine Zweifel.« Nur gut, dass Frau Naumann dieses Gespräch nicht mit anhörte. Eva schaffte es einfach nicht, ihm gelassen zu begegnen. Sie zwang sich, freundlicher zu sein. »Wenn das alles war, gehe ich gleich ins Archiv.«

»Ja, ja, das war alles.« Paul Voss wandte sich wieder den Unterlagen auf seinem Schreibtisch zu.

Der junge Archivar mit der üblichen Hornbrille eines Intellektuellen trug einen Wollpullover über seinem Hemd und der Krawatte. Auf seinem Schreibtisch stand ein Adventskranz. Eva nannte ihm ihren Suchauftrag. Wenig später kehrte er mit zwei Aktenordnern und einer Pappschachtel zurück, und sie setzte sich an einen der Lesetische.

Viel hatte sie bisher nicht über Hedwig Heuss gewusst, eigentlich nur, dass sie die Erste Dame im Staat war und ihren Schwager, den Bundespräsidenten, zu repräsentativen Anlässen begleitete. Gelegentlich hatte sie sie auf Fotos in Zeitungen gesehen und auch mal in den Fernsehnachrichten. Eva war überrascht, was sich hinter der zierlichen, immer schwarz gekleideten Frau, die ihre grauen, zu einem Zopf geflochtenen Haare wie einen Reif um den Kopf gesteckt trug, alles verbarg.

Im Jahr 1883 geboren, stammte sie aus der kinderreichen Ehe eines Gastwirtpaars. Als junge Frau absolvierte sie eine Ausbildung zur Krankenschwester, um ihren Mann, Ludwig Heuss, den jüngeren Bruder des Bundespräsidenten, in seiner Arbeit als Landarzt zu unterstützen. Außerdem gebar sie vier Kinder und engagierte sich, neben ihren familiären Aufgaben, mit ihrem Mann in Heilbronn bei der Bekämpfung der hohen Kindersterblichkeit. Doch damit nicht genug, sie leitete sogar die Kochschule des dortigen Frauenvereins und war als Schöffin tätig.

Neben ihrem ehrenamtlichen Engagement offenbarten die Artikel auch einiges über ihr Privatleben. Harte Schicksalsschläge musste Hedwig Heuss verwinden: Ihr Mann starb 1932, im Alter von einundfünfzig Jahren, an einem Herzinfarkt. Vier Jahre später erlag einer ihrer Söhne einer Infektion, und 1945 fiel ihr anderer Sohn vor Danzig. Ihr Lebensmut und ihre Energie schienen davon ungebrochen, denn sie war in der Spruchkammer tätig, einer von den Amerikanern und Briten ins Leben gerufenen Kommission, die die Entnazifizierung in den westlichen Besatzungszonen vorantreiben sollte.

Seit 1952 unterstützte sie Theodor Heuss als Erste Dame des Staates und war zudem Schirmherrin des von seiner verstorbenen Gattin gegründeten Müttergenesungswerks, das sich zur Aufgabe gestellt hatte, die Gesundheit von Müttern zu fördern.

Eva hielt kurz beim Lesen inne. Sicher, ihr Vater verdiente gut, und die Familie hatte keine finanziellen Sorgen. Dennoch hatte ihre Mutter mit der Familie alle Hände voll zu tun. Wie viel schwieriger musste das für Frauen sein, die Not litten oder durch Krankheiten von Familienmitgliedern belastet wurden. Sie hatte sich nie Gedanken darüber gemacht.

Als Eva mit den Artikeln Paul Voss' Büro betrat, telefonierte er. Auf seinen Wink hin, ließ sie sich wieder vor seinem Schreibtisch nieder. Zum ersten Mal sah sie sich in dem Raum genauer um. Ein abstrakter Druck hing an der Wand, und in einem Regal stand der Wimpel eines Fußballvereins. Das waren die einzigen persönlichen Gegenstände. Fotografien von seinen Recherchen gab es, anders als im Büro des Vaters, nicht. Aber Paul Voss war jung. Vielleicht hatte er noch nicht so viel vorzuweisen.

»Na, Fräulein Vordemfelde, was haben Sie denn für mich im Archiv gefunden?« Paul Voss hatte sein Telefongespräch beendet und lehnte sich auf seinem Schreibtischstuhl zurück.

»Das hier.« Eva reichte ihm die Artikel.

Rasch blätterte er sie durch. »Eine gute Ausbeute, danke. Und Sie haben die Artikel, wie ich sehe, nach Wichtigkeit geordnet.«

»Selbstverständlich.«

»Ich möchte einen halbstündigen Hörfunkbeitrag über das Müttergenesungswerk machen. Darin will ich unter anderem

Mütter zu Wort kommen lassen, die an einer Kur des Müttergenesungswerks teilgenommen haben, und andere, die eine Kur bräuchten, aber auf der Warteliste stehen, da nicht genug Gelder vorhanden sind. Das Müttergenesungswerk finanziert sich ja überwiegend durch Spenden. Der Beitrag ist nicht tagesaktuell und deshalb nicht eilig. Ab morgen bin ich ohnehin erst mal für eine Woche weg. Falls es Sie interessiert, können Sie mich bei den Recherchen unterstützen und Interviewpartnerinnen für mich ausfindig machen.«

»Das würde ich gerne«, erwiderte Eva überrascht.

»Wie würden Sie dabei vorgehen?«

»In den Artikeln habe ich gelesen, dass es in Köln und Bonn ein Müttergenesungswerk gibt. Ich würde dort anrufen und nach Frauen fragen, die bereit wären, sich von Ihnen interviewen zu lassen. Und wenn Sie das möchten, würde ich auch schon Vorgespräche mit den Müttern führen, um eine erste Auswahl zu treffen. Hören, was sie zu sagen haben und ob sie sich in den O-Tönen gut ausdrücken können.«

»Ich muss schon sagen, Ihr Vorgehen ist erstaunlich professionell.« Wie immer behielten auch seine anerkennenden Worte den für ihn typischen arroganten Ton. Und dennoch, Eva hatte Paul Voss unterschätzt. Er meinte es ernst mit seinem Beitrag über die Leistungen der Mütter.

»Es freut mich, dass Sie das so sehen. Mein Vater ist Journalist, das ein oder andere über Recherchen habe ich bei ihm mitbekommen.« Ausnahmsweise war Eva einmal dankbar, dass ihr Vater immer ausführlich von seiner Arbeit zu erzählen pflegte.

»Schön, von mir aus können Sie gerne Vorgespräche führen. Dann sehen wir uns nächste Woche wieder, und ich bin gespannt, was Sie mir berichten können.«

Eva stand auf. »Mich würde es immer noch interessieren, weshalb Sie sich eigentlich mit dem Müttergenesungswerk beschäftigen«, platzte es aus ihr heraus. Sie konnte nicht ganz verstehen, warum dieser eitle Schnösel sich auf einmal so ehrlich für die Sorgen und Nöte von Frauen interessierte.

Er schaute an ihr vorbei, für einen Moment schien er mit den Gedanken ganz weit weg, ja traurig zu sein. Aber vielleicht hatte sie sich auch getäuscht. Denn jetzt lächelte Paul Voss breit. »Wenn Sie mit mir ein Glas trinken gehen, beantworte ich Ihre Frage gern.«

Wie hatte sie nur so dumm sein können, ihm diese Steilvorlage zu bieten. Wortlos schloss Eva die Tür hinter sich. Ihre Finger glitten ungeschickt an der Türklinge ab. Gott sei Dank konnte Paul Voss nicht mehr sehen, wie ihre Wangen erröteten. Hübsch war er ja, und auch klug.

Abends, wenn Eva nach Hause kam, hörte sie für gewöhnlich ihre Mutter in der Küche rumoren und das Radio laufen. Als sie heute ihren Mantel an die Garderobe hängte und die von Schneematsch nassen Stiefel auszog, war alles still. Eva schlüpfte in ihre Pantoffeln und blickte in die Küche.

»Mama?« Auf dem Herd köchelte Eintopf vor sich hin, das Deckenlicht brannte, und es duftete nach frisch gebackenen Plätzchen, doch die Mutter war nirgends zu sehen.

»Mama?« Eva schaute ins Wohn- und ins Esszimmer doch auch dort fand sie ihre Mutter nicht. Ob es ihr nicht gut ging und sie sich etwas hingelegt hatte? Besorgt wollte sie die Treppe hinauf ins Schlafzimmer eilen, als sie unter der Tür des Haushaltsraums einen Lichtstreifen entdeckte und leise Musik hörte.

»Mama?« Eva machte die Tür einen Spalt weit auf und blieb wie angewurzelt auf der Schwelle stehen. Ihre Mutter trug ihr

Turntrikot und machte gerade einen Spagat, um im nächsten Moment in einer fließenden, anmutigen Bewegung im Takt der Musik wieder aufzuspringen und kerzengerade und ohne das geringste Schwanken in den Stand zu kommen.

Eva hatte das letzte Mal vor Jahren einen Spagat geschafft, jetzt würde sie das ganz bestimmt nicht mehr schaffen. Und ihre Mutter war fast vierzig. Sie tanzte weiter und machte dann, ohne die geringste Mühe, anmutig einen Handstand. Sie sah wunderschön aus mit dem im Nacken zurückgebundenen Haar, zierlich wie eine Elfe. Eva wusste, dass ihre Mutter jeden Tag Gymnastik machte, aber sie hatte keine Ahnung gehabt, wie hinreißend sie dabei aussah.

Die Musik verklang. Annemie erwachte wie aus einem Traum aus ihrem Tanz und bemerkte Eva im Türspalt. »Liebes, ich habe dich gar nicht kommen hören.« Verlegen strich sich sie eine Haarsträhne aus dem zart geröteten Gesicht. »Heute Morgen hatte ich keine Zeit für meine Gymnastik, deshalb habe ich sie noch schnell vor dem Essen nachgeholt«, sagte sie entschuldigend, fast so, als hätte sie etwas Verbotenes getan.

»Du hast so schön ausgesehen«, erwiderte Eva. »Ich wünschte, ich wäre nur annähernd so gelenkig und anmutig wie du.«

»Du machst ja auch nicht regelmäßig Gymnastik.« Annemie warf sich ihren Morgenmantel, der auf einem Stuhl lag, über. »Ich muss dringend nach dem Eintopf schauen.«

Eva folgte ihrer Mutter in die Küche. Immer noch schien sie dieser Abglanz eines Strahlens zu umgeben.

»Eva, du machst mich nervös, wenn du mich so anschaust«, sagte sie leicht vorwurfsvoll. »Und überhaupt, ich muss mit dir reden.«

»Hat dir Papa von unserem Streit erzählt?«

»Natürlich hat er das. Und ich frage mich, warum du mir gegenüber behauptet hast, dein Tag gestern im Sender sei gut verlaufen, wenn du dich doch mit der Chefsekretärin gestritten hast.«

»Na ja, deshalb ist er ja gut verlaufen. Ich durfte endlich mal eine interessantere Arbeit übernehmen. Und heute hat mich ein Redakteur beauftragt, ihm bei einer Recherche zu helfen. Das macht mir viel Spaß.«

»Stimmt das? Du machst mir nichts vor?«

»Nein, Ehrenwort.« Eva hob die Hand zum Schwur. Im Großen und Ganzen hatte sie die Wahrheit gesagt. »Ich habe mit dem Müttergenesungswerk telefoniert, der Redakteur will einen Hörfunkbeitrag darüber machen. Und als ich deswegen im Archiv des NWDR war und Artikel zusammengesucht habe, habe ich mich gefragt, ob du dich nicht manchmal als Ehefrau und Mutter überfordert fühlst.« Jetzt hatte sie den Ball ins Feld der Mutter zurückgespielt.

»Du und deine Schwestern, ihr fordert mich manchmal schon ziemlich.« Die Mutter lächelte.

Schweigen breitete sich zwischen ihnen aus. Die Strohsterne am Fenster bewegten sich leicht im Luftzug.

»Aber ... bist du denn glücklich als Ehefrau und Mutter?« Das hatte Eva ihre Mutter noch nie gefragt.

Annemie fasste sich an die Brust, ihre Augen weiteten sich. »Natürlich bin ich das. Wie kommst du darauf, ich könnte es nicht sein?«

Eva überzeugte das nicht. Wenn ihre Mutter so glücklich war, warum wirkte sie dann selten so strahlend wie eben, als sie zu der Musik getanzt und ihre Gymnastik gemacht hatte? »Mama ...«, setzte sie noch einmal an, wurde aber von ihren

Schwestern, die voller Energie in die Küche kamen, unterbrochen.

»Wann gibt's denn was zu essen, Mama? Wir sind am Verhungern.«

Der Moment, mit der Mutter über ihre Sehnsüchte und Wünsche zu sprechen – falls es sie überhaupt gab –, war verflogen.

Annemie zauste Franzi und Lilly durchs Haar. »He, ihr beide könntet euch mal nützlich machen und den Tisch decken.«

Eva half ihren Schwestern. Doch immer wieder blickte sie zur Mutter, die sich graziös wie eine Tänzerin in der Küche hin und her bewegte. Plötzlich war sie sich sicher, dass es auch in ihrem Leben unerfüllte Träume gab.

Frau Ziemiak ist eine verwitwete Mutter von vier Kindern im Alter von fünf bis zehn Jahren, eines davon leidet an den Folgen von Kinderlähmung und ist auf regelmäßige Therapien angewiesen. Am Ende der nächsten Woche tippte Eva ihre Notizen mit der Schreibmaschine ab. Mit Frau Ziemiak hatte sie sich erst am heutigen Morgen im Bonner Müttergenesungswerk getroffen. Sie stand auf der Warteliste für eine Kur.

Eva hoffte sehr, dass sie bald eine antreten konnte. Denn die schmale Frau Mitte dreißig hatte auf sie einen tief erschöpften Eindruck gemacht. Anfangs schüchtern und zurückhaltend, war sie durchaus beredt und würde eine gute Interviewpartnerin abgeben.

Außer mit Frau Ziemiak hatte Eva bisher noch mit sechs weiteren Frauen gesprochen. Vier davon fand sie ebenfalls vielversprechend. Sie war – natürlich aus rein professioneller Neugierde – gespannt, ob Paul Voss das genauso wie sie einschätzte, wenn er ab Montag wieder im Sender war.

»Meine Damen!« Frau Naumann, die ins Büro gekommen war, ließ sie aufschrecken. Eva wechselte einen Blick mit Jutta.

»Meine Damen, wie Sie vielleicht wissen, findet morgen der Bundespresseball in Bad Nauenahr statt.«

»Ja, das ist mir bekannt«, konnte Eva sich nicht verkneifen zu bemerken. »Meine Eltern gehen dorthin.«

Die Chefsekretärin ignorierte sie. »Etliche wichtige Redakteure des NWDR werden an dem Ball teilnehmen. Deshalb erachtet es die Intendanz als ihre Pflicht, den Veranstaltern in einer Notlage beizuspringen. Wegen der gerade kursierenden Grippewelle sind viele Servicekräfte des Kurhauses erkrankt. Seitens der Intendanz ergeht darum die dringende Bitte, dass Sie als Helferinnen einspringen. Eine Bitte, der Sie hoffentlich entsprechen werden.«

»Wir gehen zum Bundespresseball!« Jutta jauchzte laut auf. »Natürlich, ich springe sehr gern ein.«

»Ich auch.«

»Ich ebenfalls.« Auch Greta und Corinna waren ganz aus dem Häuschen.

Der Bundespresseball ... Eva hatte schon viel davon gehört, und es hätte Spaß gemacht, mit Jutta und den beiden anderen Kolleginnen dort zu sein.

»Eva, was ist mit dir?« Jutta sah sie fragend an. »Hast du etwa keine Lust?«

»Doch schon, aber da meine Eltern an dem Ball teilnehmen, werde ich auf meine Schwestern aufpassen, das ist schon lange so ausgemacht.«

Frau Naumann wandte sich ihr zu. »Nun, Fräulein Vordemfelde, ich hatte vermutet, dass Ihr Vater als leitender Redakteur des Bonner Studios an dem Ball teilnehmen würde und habe ihn deshalb angerufen. Er hat nichts dagegen, dass Sie als Hilfe einspringen, und er hat mir mitgeteilt, falls Sie sich wegen Ihrer Schwestern Gedanken machen sollten, für deren Betreuung werde gesorgt.«

»Wie schön, dann kann ich auch dabei sein.« In ihrer Freude war es Eva egal, dass die Chefsekretärin und der Vater mal wieder über sie gesprochen hatten.

»Ja, das ist toll.« Jutta und die Kolleginnen jubelten laut.

»Meine Damen, ich muss doch sehr bitten!« Frau Naumann klatschte energisch in die Hände und hob die Stimme. »Während des Balls erwarte ich tadelloses Betragen von Ihnen, höflich und zurückhaltend. Und was die Kleidung anbelangt, eine schlichte Eleganz. Ein schwarzes, hoch geschlossenes Kleid ist angemessen und allenfalls dezenter Schmuck. Denken Sie daran: Sie repräsentieren den NWDR und sind nicht zum Vergnügen dort. Ich möchte keine Klagen hören. Und noch eines: Da Sie beim Bundespresseball für den NWDR tätig sind, haben Sie morgen, am Samstag, ausnahmsweise frei. Ich hoffe, Sie wissen das zu schätzen.« Damit rauschte sie aus dem Büro.

»Sie muss einem aber auch jeden Spaß verderben«, murmelte Jutta.

»Keine Sorge, wir werden schon Spaß haben.«

»Ich hab nur ein schwarzes Cocktailkleid. Keine Ahnung, ob es mir noch passt.« Jutta verzog zweifelnd den Mund.

»Falls nicht, komm morgen Nachmittag zu mir nach Hause. Vielleicht lässt sich daran etwas ändern. Oder du kannst ein Kleid von mir haben. Wir haben ungefähr die gleiche Kleidergröße. Da ich in München öfter mal mit meinen Eltern im Theater und in der Oper war, hab ich ein paar feine schwarze Kleider.«

»Danke für das Angebot. Das ist lieb.« Jutta seufzte erleichtert.

Eva widmete sich wieder ihren Notizen. Paul Voss hatte gesagt, dass er die ganze Woche weg sei. Und er war bestimmt nicht wichtig genug, um eine Einladung zu erhalten. Also würde sie ihm bei dem Presseball sicher nicht begegnen.

Mit der Aussicht auf den Bundespresseball ging der Vormittag schnell vorbei. In der Mittagspause beschlossen Eva und Jutta, Weihnachtsgeschenke zu kaufen, und schlenderten durch die Kölner Innenstadt. Die weihnachtlichen Dekorationen verliehen selbst den tristen Gebäuden aus der Nachkriegszeit einen gewissen Charme. Da und dort duftete es nach Glühwein und gerösteten Maronen. Eva hatte für die Schwestern schon in Bonn Bücher gekauft und für den Vater einen Briefbeschwerer. Jutta würde von ihr ein Schmink-Etui bekommen und Margit Modeschmuck. Etwas Schickes und Auffälliges, das gut zum fröhlichen Wesen der Cousine passte.

In einem Spielwarenladen in der Ehrenstraße erstand sie für Lilly und Franzi noch Töpfe und Pfannen für deren kleinen Elektroherd. Bald würden die Schwestern für derartige Geschenke zu groß sein, dachte sie mit einer gewissen Wehmut. Nachdem Jutta Puzzles für ihren kleinen Bruder und ihre Schwester bezahlt hatte, traten sie wieder auf die Straße hinaus. Gegenüber lag ein Modegeschäft, im Schaufenster hingen schöne Schals aus Seide, darunter ein türkisfarbener, der der Mutter sehr gut stehen würde. Doch jetzt entdeckte Eva in einer schmalen Seitenstraße ein Geschäft mit der Aufschrift *Army Surplus Shop* und zupfte aufgeregt an Juttas Mantel.

»Schau mal!« Sie hakte die Freundin unter und lief mit ihr über die Straße. Modepuppen waren mit allen möglichen Arten von Jeans sowie Army-Parkas bekleidet.

»Elvis Presley und Bill Haley haben die doch immer an.« Jutta betrachtete die Hosen aus blauem, groben Stoff entzückt.

»Ich finde sie so toll«, erwiderte Eva sehnsüchtig.

»Hast du schon mal eine getragen?«

»Nein«, Eva schüttelte den Kopf, »mein Vater wäre außer sich. Für ihn sind Jeans ein verruchtes Kleidungsstück, das für Krawall, Rebellion und Unzucht steht. Und du?«

»Nee, meiner würde garantiert genauso reagieren. Er mag es ja noch nicht mal, wenn ich überhaupt eine Hose trage.«

Sie blieben noch ein paar Minuten vor dem Schaufenster stehen, sprachen beglückt über die neue Rock-Musik, die so aufrührerisch und begeisternd war und die sie so gerne auf den britischen und amerikanischen Soldatensendern hörten – Musik, die für den NWDR undenkbar war –, bis sie bemerkten, dass ihre Mittagspause sich dem Ende zuneigte. Eva kaufte im Modegeschäft noch den türkisfarbenen Schal für ihre Mutter. Den ganzen Rückweg zum Sender über fragte sie sich, wie es wohl wäre, eine *verruchte* Jeans zu tragen.

Jutta kam den schmalen Gartenweg direkt auf das Haus der Vordemfeldes zu. Sie trug eine Hose und Stiefel aus Fell und hatte eine Wollmütze bis weit über die Ohren gezogen. In der Hand hielt sie einen kleinen Koffer. Am Morgen hatte sie angerufen und erzählt, dass ihr das Cocktailkleid tatsächlich zu eng geworden war. Sie würde später mit Eva und den Eltern nach Bad Neuenahr fahren. Falls es nicht allzu lange dauerte, das Kleid zu ändern, konnten sie bis dahin vielleicht noch Musik zusammen hören.

»Mein Gott, ist das auf einmal kalt!« Jutta stampfte mit den Füßen vor der Haustür auf, als Eva ihr öffnete. »Ich fühl mich wie ein Eiszapfen.«

»Trink erst mal was Warmes.« Eva half ihr aus dem Mantel und nahm sie mit in die Küche. »Mama, das ist meine Freundin Jutta.«

»Es freut mich sehr, Sie kennenzulernen.« Evas Mutter reichte ihr freundlich die Hand. »Setzen Sie sich doch.«

»Möchtest du lieber einen Kaffee oder einen Tee?«, fragte Eva. »Die beiden Nervensägen hier sind übrigens meine Schwestern Lilly und Franzi.«

»Du bist gemein, Eva.« Lilly zog einen Flunsch, und Franzi ignorierte die Bemerkung.

»Gerne einen Tee.«

»Hier sind Kekse, bedienen Sie sich ruhig.« Die Mutter deutete auf den Teller mit Weihnachtsgebäck. »Haben Sie auch Geschwister?«

Während Jutta von ihrer jüngeren Schwester und dem Bruder erzählte, brühte Eva den Tee auf. Wie immer, wenn zum ersten Mal eine Freundin von ihr zu Hause war, fühlte sie sich ein bisschen unbehaglich. Das war auch in München nicht anders gewesen. Aber, wie ihre Freundinnen dort, schien auch Jutta ihre Mutter zu mögen, denn sie plauderten ganz entspannt miteinander.

»Guten Tag, Sie sind die Freundin von Eva, nicht wahr?« Ihr Vater war gerade nach Hause gekommen und reichte Jutta die Hand. »Wie gut, dass Sie es bei diesem Wetter schon mal von Köln nach Bonn geschafft haben. Für den Abend ist Schnee vorhergesagt. Da fast die ganze Bundesregierung an dem Ball teilnimmt, werden die Straßen nach Bad Neuenahr hoffentlich frei sein.« Er war charmant und liebenswürdig, und auch ihm gegenüber taute die oft schüchterne Jutta auf.

»Vielen Dank, dass Sie mich mitnehmen. Ist das Ihr erster Bundespresseball?«

»Ja, es ist unser erster.« Evas Vater legte seiner Frau den Arm um ihre Schultern. »Wir sind auch schon sehr gespannt.«

»Wissen Sie, ob irgendwelche bekannten Schauspieler und Sängerinnen an dem Ball teilnehmen werden? Letztes Jahr ist sogar Josephine Baker dort aufgetreten.«

»Ich hab gehört, dass Liselotte Pulver unter den Gästen sein wird.«

»Wirklich?« Jutta strahlte. »Ich fand sie in *Ich denke oft an Piroschka* so toll.«

Eva hatte der Film, mit dem die temperamentvolle Schweizer Schauspielerin ihren Durchbruch erlebt hatte, auch gut gefallen. Würden etwa auch Romy und Magda Schneider zu dem Ball kommen? Daran hatte sie gar nicht gedacht. Es würde alles wieder aufwühlen, was sie langsam versuchte zu überwinden: ihren Traum, Kostümbildnerin zu werden. Traurigkeit stieg in ihr auf.

»Jutta«, sagte sie schnell, »ich denke, ich sollte mir mal dein Kleid ansehen. Ich brauche bestimmt etwas Zeit, um es ändern.«

»Natürlich.« Jutta stand rasch auf.

»Dann sehen wir uns später.« Evas Vater nickte ihnen zu. »Ich will gegen sieben Uhr aufbrechen. Auch wenn die Straßen bestimmt geräumt sein werden, möchte ich lieber langsam fahren. Man weiß nie, ob es nicht doch noch glatte Stellen gibt.«

»Ja, in Ordnung«, sagte Eva.

»Gegen halb sechs können wir noch eine Kleinigkeit essen. Danach sollten wir uns dann alle umziehen«, schob Annemie nach.

»Wir sind gespannt auf eure Kleider!«, rief Lilly. »So schön wie die Mama seid ihr bestimmt nicht.«

»Nein, ganz sicher nicht.« Eva knuffte sie liebevoll in die Seite.

»Deine Eltern sind sehr nett«, raunte Jutta ihr zu, als sie die Treppe hinaufgingen.

»Ja, schon«, erwiderte Eva ausweichend. Auf ihre Mutter traf das gewiss zu. Und ihr Vater hatte seinen Charme mal wieder gezielt eingesetzt, um ihre Freundin für sich einzunehmen.

»Du hast es wirklich hübsch hier«, sagte Jutta, als sie in Evas Zimmer angekommen waren. »Du hast so viel Platz. Und es gibt sogar einen Balkon.«

Dahinter erstreckte sich der Garten mit seinen Obstbäumen, der alten Eibe und dem Teich. In einem Vogelhäuschen pickten dick aufgeplusterte Vögel nach Körnern. Eva ließ Juttas Beobachtungen bewusst unkommentiert.

»Dann zeig mir mal dein Kleid«, sagte sie stattdessen.

Jutta holte es aus dem Koffer und schlug es auseinander. Der Stoff bestand aus schwarzer Seide und hatte ein Blumenmuster in der gleichen Farbe. An der Brust und in der Taille gab es großzügige Abnäher.

»Ziehst du es bitte mal an?«, bat sie die Freundin.

Jutta hatte sich schon bis auf die Unterwäsche ausgezogen und musste nur noch hineinschlüpfen.

Eva betrachtete sie prüfend und nahm an ihrer Brust und in der Taille Maß. Dann nickte sie. »Ja, ich kann es weiter machen. Es wird zwar eine Weile dauern, da ich den Rock vom Oberteil abtrennen muss. Aber bis zum Essen müsste ich es schaffen.«

»Das ist super!« Jutta strahlte. »Vielen, vielen Dank! Darf ich mir mal das Kleid ansehen, das du tragen wirst?«

»Natürlich, es hängt ganz rechts im Schrank. Wenn du willst, kannst du einen Bademantel von mir haben. Vielleicht muss ich zwischendurch noch mal Maß nehmen.« Eva begann mit dem Auftrennen.

Jutta zog den Bademantel aus buntem Frottee an. Dann holte sie Evas kleines Schwarzes aus dem Schrank und hielt es ein Stück von sich weg, um es zu begutachten. Es hatte ein Oberteil aus schwarzem Samt, Ärmel, die bis unter die Ellbogen reichten, und einen Rock aus zartem Musselin mit darin eingewebten schmalen Bändern aus Seide. »Das ist ja schön!«

»Findest du?«

»Ja, unbedingt. Es ist schlicht, aber nicht *dezent*.« Sie grinste. »Hast du es etwa selbst entworfen?«

Eva, mit Stecknadeln zwischen ihren Lippen, nickte stumm.

»Du bist da so begabt. Und ...« Jutta brach ab. »Wo hab ich nur meinen Kopf? Ich hab ja noch was für dich.« Sie begann, hektisch in ihrer Handtasche zu kramen und förderte dann eine aus einer Illustrierten herausgerissene Seite zutage. »Hier, schau mal. Sozusagen als Einstimmung auf den Ball hab ich heute Morgen in Hochglanzmagazinen geblättert und dabei bin ich auf diese Anzeige gestoßen. Du musst unbedingt mitmachen.«

Eva beugte sich neugierig vor. Bei der Anzeige handelte es sich um den Wettbewerb, den ein großes Düsseldorfer

Modeunternehmen ausgeschrieben hatte. Dabei waren die Entwürfe für eine Sommergarderobe einzureichen: Ein Tages- und ein Nachmittagskleid, ein Kostüm, ein leichter Mantel sowie ein Abendkleid. Der Gewinnerin winkte ein zweiwöchiges Praktikum bei einem bekannten Couturier.

»Jutta, das ist lieb von dir, aber das ist nichts für mich«, wehrte Eva ab. Schon allein der Gedanke, ein Kleid zu entwerfen, versetzte ihr einen schmerzhaften Stich. Entwürfe bei einem Wettbewerb einzureichen, konnte sie sich gar nicht vorstellen.

»Bitte, Eva, versuch es doch. Ich finde deine Kleider so toll.«

»Nein, magst du nicht vielleicht eine Schallplatte auflegen, dann können wir Musik hören, während ich nähe. Such dir was aus.«

»Darf ich mir noch ein paar deiner Kleider ansehen?«

»Von mir aus gerne.«

Jutta wählte eine Platte von Bill Haley. Während die rockigen Klänge das Zimmer füllten, arbeitete Eva weiter an den Änderungen. Jutta holte Kleider aus dem Schrank, hielt sie vor sich und bewegte sich im Takt der Musik vor dem großen Spiegel hin und her. Allmählich wurde es dämmrig, und Eva schaltete das Licht ein. Draußen hatte es zu schneien begonnen, und der Wind wehte die Flocken gegen die Scheiben.

Eva hatte das Oberteil wieder mit Reihfäden am Rock befestigt, als Jutta rief: »Oh, was ist das denn?«

Eva blickte auf. Jutta hielt das Kleid im Biedermaierstil vor sich, das sie für den Kostümball in Frankfurt genäht hatte, und den sie, wegen ihres Vaters, dann doch nicht mit Margit hatte besuchen können. Seither hatte sie es nie getragen, auch nicht zu Fasching. Die Enttäuschung damals war zu groß gewesen.

»Ich hab es vor ein paar Jahren mal für einen Kostümball entworfen«, antwortete sie, sehr froh, dass die Entwürfe für *Oklahoma!* sicher in einer Kiste ruhten und die Freundin sie nicht ebenfalls aufstöbern würde.

»Auch das hast du selbst entworfen? Eva, der Wettbewerb ...« Jutta sah sie auffordernd an.

»Nein.« Sie schüttelte energisch den Kopf. »Auf keinen Fall.«

Zwei Stunden später war Eva mit den Änderungen fertig und hatte Juttas Kleid gebügelt.

»Probier es mal an.« Sie half ihr hinein und schloss die Knöpfe am Rücken, selbst gespannt, ob es passte.

»Es ist perfekt, vielen, vielen Dank!« Jutta drehte sich vor dem Spiegel. Zu Evas Freude saß das Kleid wie angegossen und die verbreiterten Abnäher waren trotz des empfindlichen Seidenstoffs kaum zu sehen. Jutta warf ihr wieder einen vielsagenden Blick zu. Eva hatte keine Lust, mit ihr noch einmal über den Wettbewerb zu diskutieren.

»Schnell, raus mit dir aus dem Kleid«, sagte sie. »Es ist gleich halb sechs.«

Nach einem kleinen Abendessen machten sie sich für den Ball fertig. Es war schön, das Cocktailkleid anzuziehen, einen von Juttas Lippenstiften zu benutzen und mit ihr über das »dezente« Make-up zu kichern. Dann gingen sie ins Erdgeschoss hinunter.

Die Schwestern und ihr Kindermädchen für diesen Abend – die Tochter eines Arbeitskollegen ihres Vaters – standen schon erwartungsvoll in der Diele, und Eva musste unwillkürlich an historische Filme denken, wenn die Heldin, gewandet für einen Ball, in der Halle eines englischen Landsitzes oder amerikanischen Herrenhauses ihren großen Auftritt hatte. Sie gesellten sich zu Evas Schwestern.

Gleich darauf kamen die Eltern die Treppe herunter.

»Oh …« Jutta seufzte bewundernd auf. Auch Eva war hingerissen. Ihr Vater im schwarzen Frack und weißer Hemdbrust, ihre Mutter in dem schulterfreien hellroten Abendkleid, die Haare so frisiert, dass sie sich im Nacken und über den Wangen lockten, goldene Clips mit Perlen an den Ohren und eine Perlenkette um den Hals, sahen sie aus wie Filmstars.

»Ich will auch mal auf diesen Ball!«, platzte Lilly heraus.

»Das darfst du aber nur, wenn du Journalistin bist«, fuhr Franzi sie an. »Ich werde mal Journalistin und gehe dorthin.«

»Meine Süßen«, der Vater beugte sich zu ihnen und küsste sie auf die Wange, »kein Streit. Und was Franzis Berufswunsch betrifft, warten wir mal ab.«

Ob er es der kleinen Schwester erlauben würde, Journalistin zu werden? Eva konnte es sich nicht vorstellen. Aber im Moment freute sie sich auf den Ball und wollte einmal nicht mit dem Vater hadern.

Kapitel 11

Auf der anderen Seite der Ahr rückte das verschneite Kurhaus in Evas Blickfeld. Die großen rundbogigen, zu dem Flüsschen hin gelegenen Fenster waren hell erleuchtet und verliehen dem klassizistischen Gebäude in der Winternacht einen märchenhaften Zauber. Während der Fahrt waren unterbrochen Flocken vom Himmel gefallen. Glücklicherweise waren sie gut durchgekommen und hatten nur eine knappe Stunde für die Strecke von Bonn bis hierher benötigt.

Als sie die Brücke über die Ahr überquert hatten, bogen sie auf den Parkplatz vor dem Kurhaus ein. Zwei Türme, die Hauben von Schnee überzuckert, ragten an der Frontseite neben dem Portal auf. Der Parkplatz stand schon voller Limousinen. Chauffeure in dunklen Anzügen rissen für Minister und Staatssekretäre die Türen der Wagen auf. Männer im Frack unter den Wintermänteln und Frauen in Abendkleidern, Pelzstolen oder kurze Jäckchen über den Schultern, strebten auf den Eingang zu.

Evas Vater hatte mal wieder Glück und fand einen freien Stellplatz ganz in der Nähe des Portals.

»Dann wollen wir mal.« Er warf einen prüfenden Blick in den Rückspiegel und brachte seinen etwas verrutschten Schlips in die richtige Position. Aufgeregt drückte Eva Juttas Hand. Die Mutter drehte sich lächelnd zu ihnen um.

Der Kontrolleur am Eingang trug ebenfalls einen Frack. Der Vater präsentierte ihm die Karten für den Ball und erklärte, dass Eva und Jutta zu den Aushilfen des NWDR gehörten. Auf einen Wink des Kontrolleurs hin näherte sich ihnen ein Saaldiener. »Wenn mir die jungen Damen bitte folgen würden.« Er wies mit seiner behandschuhten Rechten in einen Korridor.

»Amüsiert euch gut, ihr beiden.« Ihre Mutter drückte erst Eva, dann Jutta an sich. »Wir sehen uns später.«

Dann hakte sie sich bei ihrem Mann unter, und die beiden gingen zu den Garderoben.

Eva und Jutta wurden in einen Raum geführt, wo schon die beiden Kolleginnen Corinna und Greta und weibliches Personal des Kurhauses warteten. Sie legten ihre Mäntel ab. Anschließend erklärte ihnen ein älterer Herr mit strengem Scheitel und Schnurrbart – wie anscheinend alle Männer an diesem Abend trug auch er einen Frack – ihre Aufgabe. Sie waren eingeteilt, Lose für die Tombola an die Gäste zu verkaufen. Wie immer diente der Erlös einem guten Zweck. In diesem Jahr ausgerechnet dem Müttergenesungswerk. Sie alle bekamen Sammelbüchsen und Körbchen mit den Losen ausgehändigt, die, mit einem breiten Band versehen, umzuhängen waren. Außerdem erhielten sie Gutscheine für drei alkoholfreie Getränke. Dann geleitete man sie in den Ballsaal.

Fasziniert blickte Eva sich um. Auf einem Podium an der Frontseite stand schon ein großes Orchester, die Musiker trugen weiße Smokings. Die Blasinstrumente spiegelten das Licht der Kronleuchter. Vor dem Podium erstreckte sich die noch leere Tanzfläche. Üppiger Blumenschmuck aus Rosen und Orchideen zierte die Emporen über dem Saal sowie die mit Damast und feinem Porzellan eingedeckten Tische.

»Schau mal«, flüsterte sie Jutta zu und deutete unauffällig auf einen Tisch. Dort saß Liselotte Pulver mit einem Begleiter. Sie erkannte auch andere Prominenz: Ruth Leuwerik und Paul Hubschmidt, Caterina Valente, Joachim Fuchsberger und viele weitere. Zu ihrer Erleichterung konnte sie Romy und Magda Schneider nicht entdecken.

Jemand winkte ihr zu – ihre Mutter, die mit dem Vater an einem Tisch platziert war, wo auch der Chefredakteur Klaus-Jürgen Meinrad saß. Die anderen Gäste mussten Kollegen und deren Gattinnen sein. An einem anderen Tisch entdeckte Eva Werner Höfer mit seiner auffälligen, dicken Hornbrille.

Die Gewinne der Tombola nahmen unter einer Empore einen beträchtlichen Raum ein. Der Hauptpreis war ein funkelnagelneuer Ford. Doch es gab auch Fernseh- und Radioapparate zu gewinnen, Plattenspieler, teures Porzellan, Weine und Champagner und viele andere exquisite Dinge. Kein Wunder, dass die Lose nicht gerade billig waren.

Der Geräuschpegel wurde leiser, als Theodor Heuss in Begleitung seiner Schwägerin Hedwig sowie Konrad Adenauer, eine seiner Töchter am Arm, durch den Saal schritten und ganz vorne Platz nahmen.

Gleich darauf trat der Vorsitzende der Bundespressekonferenz an ein Mikrofon, die Unterhaltungen im Saal verstummten. Eva lauschte seiner Begrüßungsrede nur mit halber Aufmerksamkeit, viel lieber sog sie die festliche Atmosphäre in sich ein. Unwillkürlich dachte sie, wie sehr Margit all das genossen hätte. Ganz zu schweigen davon, dass Scharen von jungen Männern sie gewiss bald umschwärmt hätten. Aber da war auch Wehmut in Eva. Denn die wunderschönen Ballkleider und der glitzernde Schmuck der Damen erinnerten sie an die Dreharbeiten zu *Sissi*.

Nun erhob sich der Bundespräsident und bat, wie es Tradition war, die Gattin des Vorsitzenden der Bundespressekonferenz zum Tanz – auf der Fahrt hatte Evas Vater Jutta und ihr das genau erklärt –, und der Vorsitzende geleitete Hedwig Heuss, die ein schlichtes schwarzes Abendkleid trug, auf das Parkett. Eva summte den Walzer leise mit. Die Melodie verklang. Das Orchester stimmte eine andere an, und die Gäste strömten jetzt, da der Ball offiziell eröffnet war, auf die Tanzfläche.

»Das war auch unser Startschuss.« Eva lachte Jutta an, und sie und die anderen Losverkäuferinnen mischten sich unter die Gäste.

»Mein Herr und die Dame, wie wäre es mit einem Los für das Müttergenesungswerk? Eines oder doch nicht lieber gleich zwei?« Mit den Müttern wie Frau Ziemiak im Sinn, die davon profitierten, fiel es Eva leicht, charmant für die Lose zu werben. »Denken Sie an den Ford als Hauptgewinn.«

Während der nächsten Stunde lief sie zwischen den Tischen hin und her und trat Paaren, die von der Tanzfläche kamen, höflich, aber nachdrücklich in den Weg. Ihr Vater ließ es sich nicht nehmen, gleich vier Lose zu kaufen. Nachdem sie wieder einmal ihre Runde absolviert hatte, blieb Eva für eine kurze Verschnaufpause in einer Nische vorne im Saal stehen. Die Kapelle spielte wie schon oft einen Walzer. Es war schön, den Tanzenden zuzusehen. Die Abendkleider der Frauen schwangen im Takt der Musik. Sie entdeckte ihre Eltern. Völlig harmonisch glitten sie über das Parkett, ihre Bewegungen wirkten ganz leicht und schwerelos. Ein glückliches Lächeln lag auf dem Gesicht ihrer Mutter. Wieder umgab sie dieses Strahlen, das im Alltag so selten bei ihr aufleuchtete. Es wäre wunderbar, sie öfter so zu erleben.

»Das ist ja eine Überraschung, Sie hier zu sehen!«

Eine nur zu vertraute Stimme ließ Eva den Kopf wenden. Paul Voss stand vor ihr, ein Glas Champagner in der Hand.

»Mit Ihnen hätte ich nicht gerechnet«, entgegnete sie kühl. »Ich dachte Sie wären die ganze Woche weg.« Widerwillig musste sie zugeben, dass er in dem Frack eine wirklich gute Figur machte. Er sah aus wie ein Filmschauspieler.

»Das hatte sich nur auf die Arbeitswoche bezogen.«

Als junger, ehrgeiziger Journalist empfahl es sich natürlich, an dem Bundespresseball teilzunehmen. Vor allem, da es ein Privileg war, die teuren Eintrittskarten erwerben zu dürfen, auch das hatte ihr Vater nicht unerwähnt gelassen. Auf der Gästeliste standen nur Auserwählte.

»Mit diesem Körbchen mit den Losen und der Sammelbüchse sehen Sie übrigens ganz reizend aus.«

Eva ärgerte diese Bemerkung, die sie trotz des Kompliments klein und unbedeutend erscheinen ließ. »Da Sie die Lose erwähnen ... Entweder Sie kaufen mindestens eines oder Sie entschuldigen mich.«

Paul Voss zückte einen Geldschein und Eva händigte ihm ein Los aus.

»Ich hoffe, dass Sie mir Glück bringen und ich wenigstens eine Kiste Champagner dafür kriege.«

»Denken Sie immer daran, auch bei einer Niete ist es für einen guten Zweck.«

Und sie wünschte ihm eine Niete ... Eva ließ ihn stehen und ging weiter. Da sie durstig war, holte sie sich für einen ihrer Getränkegutscheine einen Orangensaft. Paul Voss steuerte jetzt mit einer hübschen jungen Frau auf die Tanzfläche zu. Ob er mit ihr als Begleitung gekommen oder ob sie nur eine zufällige Tanzpartnerin war?

Es konnte Eva eigentlich egal sein. Sie hatte das leere Glas auf das Tablett eines vorbeikommenden Kellners gestellt, als ein älterer, dicklicher Mann im Frack sie ansprach. »Hallo, Fräuleinchen, zehn Lose hätt ich gerne.«

»Wie schön, dass Sie so großzügig sind.« Eva händigte ihm die Lose aus und wollte weitergehen, als sie plötzlich seine Hand auf ihrem Po spürte. Ehe sie reagieren konnte, kniff er sie, zwinkerte ihr zu und verschwand dann in der Menge. Was für ein widerlicher Kerl, dachte Eva. Sie starrte ihm empört und verletzt hinterher.

»Eva, ist etwas?« Ihr Vater berührte sie am Arm. Auf dem Weg von der Tanzfläche zurück zu ihrem Tisch waren die Eltern neben ihr stehengeblieben.

Eva zögerte, der Vorfall mit dem älteren Herrn war ihr peinlich. Wahrscheinlich würde ihr Vater es ohnehin nicht glauben. »Nein, es ist nichts.«

»Dann zieh nicht so ein finsteres Gesicht.« Er tätschelte ihre Schulter, ihre Mutter lächelte sie an, dann gingen sie weiter.

In der Nähe der Tombola sah Eva Jutta stehen. Bei der Freundin musste sie es einfach loswerden. Rasch ging sie zu ihr. »Stell dir vor, mich hat eben so ein Widerling begrapscht.«

»So ein dicklicher Kerl mit Schnurrbart und Glatze?«

»Ja, woher weißt du …?«

»Mir hat er an den Busen gefasst. Männer können sich wirklich alles erlauben.« Jutta verzog den Mund. »Ich hab mal gekellnert, um mir ein bisschen Geld dazuzuverdienen. Du glaubst nicht, wie oft ich da begrabscht wurde. Und ich habe bestimmt keinen dazu ermutigt.«

»Und wir werden von Frau Naumann ermahnt, uns dezent anzuziehen und uns zurückhaltend und höflich zu benehmen.« Zorn flammte in Eva auf. »Weshalb gelten für Männer und Frauen nur immer unterschiedliche Maßstäbe?«

»Tja, so ist das nun mal. Es ist sinnlos, sich darüber aufzuregen. Komm«, Jutta nickte Eva zu, »verkaufen wir weiter unsere Lose und gehen wir dem Kerl aus dem Weg.«

Eva mischte sich mit ihr unter die Ballgäste. Aber sie war unzufrieden. Sie beobachtete, wie die Männer an einem Tisch miteinander redeten und große Worte schwangen und die Frauen ihnen zustimmend zulächelten. An anderen Tischen verhielt es sich genauso. Schaute der ältere Herr mit der ordengeschmückten Brust, dem sie jetzt Lose verkaufte, einer vorbeigehenden jungen Frau nicht viel zu tief ins Dekolleté? Vorhin noch hatte sie so was gar nicht wahrgenommen. Jetzt aber sah sie es überall.

Gegen elf hatte Eva all ihre Lose verkauft und sehnte sich in den dichten Schwaden aus Zigaretten- und Zigarrenrauch und teurem Parfüm, die durch den Ballsaal waberten, nach frischer Luft. Sie winkte Jutta zu und lief zum Vordereingang des Kurhauses. Es schneite wieder, Flocken rieselten sanft vom Himmel. Wie schön und friedlich das war. Sie hatte gerade ihren Ärger über die Ungerechtigkeiten vergessen, als sie Paul Voss bemerkte, der neben dem Eingang stand und rauchte. Auch er schaute den fallenden Flocken zu. Sein Gesicht hatte einen ganz versonnenen Ausdruck, den sie so nicht von ihm kannte. Eva wollte sich wieder zurückziehen, aber da hatte er sie schon entdeckt. Sein Lächeln war erstaunlich offen und herzlich.

»Ich mag frischen Schnee sehr gerne, das hat so etwas Friedvolles.«

»Das habe ich auch gerade gedacht.«

Still sahen sie den fallenden Flocken zu.

»Ist Ihnen nicht kalt, nur in dem Kleid und ohne Mantel?«, fragte Paul Voss unvermittelt.

»Ich wollte nur kurz mal Luft schnappen.« Sie hätte wieder nach drinnen gehen können, ohne unhöflich zu erscheinen. Zu ihrer eigenen Verwunderung blieb Eva stehen.

»Gefällt Ihnen der Ball?«, erkundigte sich Paul Voss nach einer kurzen Pause. Er presste den linken Arm merkwürdig gegen seinen Körper. Oder täuschte sie sich?

»Ja, schon.« Abgesehen von diesem Widerling. Aber über ihn würde sie mit Paul Voss ganz sicher nicht sprechen. Wahrscheinlich hatte er Verständnis für den Kerl. »Wie sind Sie eigentlich an eine Eintrittskarte gekommen?«, konnte sie ihre Neugier nicht bezähmen.

»Finden Sie, ich bin nicht bedeutend und wichtig genug, um auf der Gästeliste zu stehen?«

»Ehrlich gesagt, nein. Sie sind ja noch ziemlich jung und unerfahren.«

»Ich hab die Karte von einem Freund bekommen, der verhindert war. Da dachte ich mir, ich seh mir die Sause mal an.«

»Und ich hatte schon vermutet, es hängt damit zusammen, dass Sie mit der Tochter des stellvertretenden Intendanten liiert sind.« Erschrocken hielt Eva inne. Wie hatte sie das nur sagen können?

Paul Voss sah sie erstaunt an, dann lächelte er breit. »Sie haben sich also den Tratsch über mich gemerkt.«

»Gemerkt ist übertrieben.« Eva wurde rot. Hoffentlich fiel ihm das nicht auf. »Irgendwie ist das bei mir haften geblieben.«

»Geben Sie zu, Sie haben es sich gemerkt. Es war übrigens die Tochter des Verwaltungsleiters. Wir haben uns vor einem halben Jahr getrennt. Genau genommen, sie sich von mir.«

»Oh …«

Ihr fiel wieder auf, dass er den linken Arm seltsam gegen den Körper drückte. Um ihn von ihrer Verlegenheit abzulenken, sagte Eva rasch: »Haben Sie Schmerzen? Sie halten Ihren Arm so eigenartig.«

»Äh, nein. Das Armloch des Fracks ist eingerissen.« Er bewegte sich ein wenig, und jetzt erst nahm Eva das Weiß seines Hemdes in dem Riss unter seiner Achsel wahr. »Der Frack ist geliehen und anscheinend nicht die beste Qualität.«

»Sie tragen einen geliehenen Frack?«

»Sie klingen ja ziemlich snobistisch. Ich brauche nur selten einen. Weshalb sollte ich also Geld für einen eigenen ausgeben?«

Solange Eva sich erinnern konnte, hatte ihr Vater einen Frack besessen. Für große Bälle vor dem Krieg etwa war er obligatorisch gewesen.

»Außerdem kränkt ein Frack meine proletarische Seele.«

»Wie meinen Sie das?«

»Ich stamme aus einer Arbeiterfamilie.«

»Tatsächlich?«

»Sie klingen erstaunt.«

»Die meisten Kollegen meines Vaters kommen aus dem Bürgertum.«

»Tja, das ist schon so, aber ich hoffe, dass sich das bald ändert und die unteren Schichten zahlreich in den Redaktionen Einzug halten werden«, erwiderte er ironisch. »Das dürfte dann auch Einfluss auf die Berichterstattung haben. Aber wie auch immer … Ich werde mich jetzt mal auf den Heimweg machen.«

»Sie wollen schon fahren? Sie werden die Tombola verpassen.«

»Ach, Sie haben mir doch bestimmt eine Niete gewünscht. Außerdem halte ich mich nicht für einen Spießer, aber mit diesem Loch unter dem Arm werde ich keinesfalls zurück auf den Ball gehen.«

»Ich könnte es flicken«, hörte Eva sich zu ihrer eigenen Verwunderung sagen.

»Wenn Sie es versuchen wollen, sage ich natürlich nicht Nein.«

Was war nur in sie gefahren? Jetzt konnte sie nicht mehr zurück.

Eva bat Paul Voss, in einem Flur neben dem Ballsaal zu warten. Dann holte sie ihre kleine Handtasche aus der Garderobe für das Personal. Wegen ihrer dunklen Seidenstrümpfe hatte sie schwarzes Nähgarn mit dabei. Als sie zu Paul Voss zurückkam, hatte er den Frack schon ausgezogen und reichte ihn ihr.

»So, lassen Sie mich mal sehen ...« Rasch untersuchte Eva den Riss. »Es ist nur die Naht aufgegangen, der Stoff ist nicht beschädigt.«

»Ist das gut?«

»Ja, das macht viel weniger Arbeit. Handarbeitet Ihre Mutter nicht oder haben Sie keine Schwestern?«

»Schon, aber so was hat mich nie interessiert.«

»Das ist mal wieder typisch.« Eva fädelte den schwarzen Faden in die Nadel und begann, die Naht mit kleinen Stichen zu schließen.

»Ach, kommen Sie, als ob Sie sich für Laubsägearbeiten oder Ähnliches interessieren würden.«

»Ich kann zum Beispiel Löcher bohren und Nägel ins Holz schlagen.«

»Wirklich?« Der Zweifel in seiner Stimme war unüberhörbar.

Eva bedachte ihn mit einem spöttischen Blick. »In den Jahren nach dem Krieg habe ich mit meiner Mutter und den Schwestern in einem Keller in München gehaust. Da habe ich meiner Mutter mal geholfen, Regale zu bauen.« Onkel Max, erinnerte sie sich, war ziemlich überrascht gewesen, dass sie das ohne seine Hilfe geschafft hatten. »Wie gefällt Ihnen eigentlich der Ball? Das haben Sie mir noch nicht verraten.«

»Viel Glitter, viel Pomp, und ich finde es nicht gerade ideal, dass große Wirtschaftsverbände Sponsoren sind. Aber die Musik und das Essen sind immerhin gut.« Er grinste und zuckte mit den Schultern.

»Also werden Sie den Ball nicht noch mal besuchen?«

»Falls ich eines Tages selbst mal auf der Gästeliste stehen sollte, werde ich natürlich nicht Nein sagen. Der Ball ist eine gute Gelegenheit, informell Kontakte zu knüpfen.«

Natürlich, seine Karriere war ihm sehr wichtig, das kannte sie ja von ihrem Vater zur Genüge. Eva nähte schweigend weiter.

»Weshalb runzeln Sie denn auf einmal so kritisch die Stirn?«, hörte sie Paul Voss plötzlich fragen. »Eben haben Sie noch so zufrieden ausgesehen. Ich dachte schon, dass Ihnen das Nähen viel mehr Spaß macht, als Diktate mitzustenografieren. Da schauen Sie immer sehr böse drein. Und behaupten Sie nicht, dass das bloß an mir liegt.« Seine Augen lachten sie an, wieder war sein Blick ganz offen. Schmetterlinge regten sich in Evas Bauch. Ein ganzer Schwarm, der sie verlegen machte, mit einem aufregenden Kribbeln erfüllte und ihr das Blut in die Wangen schießen ließ. Rasch schaute sie zur Seite.

»Ich bin fertig«, erwiderte sie barsch. »Ziehen Sie den Frack bitte mal an.«

Er schlüpfte hinein. Unwillkürlich strich sie die beiden mit Seide besetzten Revers glatt – und wich rasch zurück. Was tat sie denn da? Ihr Herz klopfte sehr schnell. Paul Voss trat vor einen großen Spiegel, hob den Arm und betrachtete sich prüfend. »Perfekt, vielen Dank!«

»Gern geschehen, dann können wir jetzt wieder in den Saal gehen.«

Doch Paul Voss rührte sich nicht von der Stelle. »Eva ... Fräulein Vordemfelde, würden Sie mit mir tanzen?« Seine Stimme klang ganz ernst, ohne jede Spur von Ironie.

Eva starrte ihn verblüfft an. Sie wollte das auf keinen Fall und doch auch wieder sehr. »Nur, wenn Sie mir endlich sagen, warum Sie sich für das Müttergenesungswerk interessieren«, antwortete sie schließlich.

»Meine Liebe, jeder Mann hat so seine Geheimnisse, und ich bin nicht erpressbar.« Er schüttelte den Kopf, seine Augen funkelten spitzbübisch.

»Dann eben nicht.« Eva ging in Richtung des Ballsaals.

»Fräulein Vordemfelde, ich würde wirklich sehr gerne mit Ihnen tanzen«, rief er ihr nach.

Eva drehte sich um. Er sah sie unverwandt an, so gut aussehend in dem schwarzen Frack. Ja, sie wollte es auch, außerdem würde es ihrem Vater gar nicht gefallen. »Gut, einen Tanz. Unter der Bedingung, dass Sie mich nicht mehr fragen, ob ich mit Ihnen ausgehe.«

»Das wird mir schwerfallen, aber wenn Sie es unbedingt so möchten ...« Er hob die Hände.

»Ja, ich möchte es so.«

Als sie die Tanzfläche erreichten, begann die Band Swing zu spielen, eine Musik, die Eva sehr mochte. Sie fassten sich an den Händen.

»Keine Sorge, ich trete Ihnen bestimmt nicht auf die Füße.« Wieder lachten seine Augen sie an.

Um die Schmetterlinge in ihrem Bauch daran zu hindern, wieder aufzuflattern, murmelte Eva: »Das hoffe ich sehr.«

Schon nach den ersten Schritten harmonierten sie wunderbar miteinander. Sie bewegten sich im Takt der Musik aufeinander zu und wieder voneinander weg. Intuitiv begriff Eva es, wenn er sie zu einer Drehung einlud. Dann wieder tanzten sie eine Schrittfolge lang eng aneinandergeschmiegt. Noch mit keinem einzigen der bisherigen Tanzpartner ihres Lebens hatte sie so gut übereingestimmt. Es ging viel zu schnell vorbei. Etwas außer Atem blieben sie stehen.

Paul Voss legte die Hand auf seine Brust und deutete eine Verbeugung an. »Vielen Dank für den Tanz.« Trotz der ironischen Geste klang seine Stimme sehr respektvoll.

»Mir hat es auch Spaß gemacht«, gab Eva zu.

»Ich wünsche Ihnen noch viel Vergnügen, und halten Sie mir bei der Tombola die Daumen.«

»Das tue ich«, erwiderte Eva lachend.

»Eva«, Jutta winkte ihr vom Rand der Tanzfläche aus zu, und Eva lief zu ihr.

»Meine Güte, du hast mit Paul Voss getanzt.« Jutta zwinkerte ihr zu und hakte sie unter. »Und überhaupt, wo warst du eigentlich so lange?« Sie hatte ihr Körbchen mit den Losen nicht mehr umhängen, anscheinend hatte auch sie alle verkauft.

»Luftschnappen, und der Tanz mit Paul Voss hat sich einfach so ergeben«, behauptete Eva. Wenn sie der Freundin erzählte, dass sie ihm den Frackärmel geflickt hatte, würde die bestimmt eine große Sache daraus machen. Und das war es ja nicht. Oder etwa doch? Sie versuchte das Kribbeln in ihrem Körper tapfer zu ignorieren.

Zwei junge Männer strebten nun auf die Freundinnen zu und baten sie um einen Tanz, und sie willigten ein. Während Eva sich mit ihrem Partner zu den Klängen eines Walzers drehte, wünschte sie sich, Paul Voss wäre an seiner Stelle. Da war nicht diese Harmonie, die sie mit ihm erlebt hatte. Als sie Paul Voss mit einer hübschen jungen Frau an ihr vorbeigleiten sah, versetzte es ihr einen Stich. Die beiden schienen sich gut miteinander zu amüsieren.

Eva und Jutta tanzten noch mit einigen anderen jungen Männern. Dann, kurz vor zwölf, trat der Vorsitzende der Bundespressekonferenz ans Mikrofon und eröffnete feierlich die Tombola. Er habe die Ehre, zu verkünden, dass der Vizepräsident des Deutschen Bundestags, Carlo Schmid, die Gewinner bekanntgeben werde.

Gespannt verfolgte Eva, wie der SPD-Politiker mit der bulligen Statur und der gutmütigen Ausstrahlung die Nummern der Lose und die Namen der Gewinner verlas. Evas Vater hatte mal wieder Glück, eine der Champagnerkisten trug seine Losnummer. Der Bundespräsident gewann, unter dem Gelächter der Ballgäste, einen Elektroherd und seine Schwägerin Hedwig Heuss eine Kinderbadewanne. Paul Voss ging nicht nach vorne, um einen Preis entgegenzunehmen. Anscheinend hatte er tatsächlich eine Niete von ihr erworben. Wahrscheinlich würde er ihr das bei der nächsten Begegnung vorhalten, da war Eva sich ziemlich sicher.

Nach der Tombola, es war inzwischen schon gegen halb zwei, wurden den Ballgästen Pommes und Currywurst serviert, auch das war, so ihr Vater, eine Tradition des Presseballs. Evas Mutter machte ihr ein Zeichen, dass sie zu dem Tisch kommen solle, an dem diese und der Vater mit seinen Kollegen und deren Frauen saßen.

»Ich geh schnell mal zu meinen Eltern«, wandte sich Eva an Jutta.

»Nur zu, ich amüsiere mich auch ohne dich.« Sie lachte. Tatsächlich schritt ein junger Mann zielstrebig auf sie zu, offensichtlich begierig, sie zum Tanzen aufzufordern.

»Guten Abend«, grüßte Eva am Tisch ihrer Eltern höflich in die Runde.

»Setz dich ein bisschen zu uns.« Ihre Mutter zog sie auf einen freien Stuhl neben sich. »Magst du meine Currywurst und Pommes? Ich bin immer noch satt von dem Diner.«

»Wie reizend, Sie kennenzulernen, Fräulein Vordemfelde«, eine füllige dunkelhaarige Dame um die vierzig, die ein flaschengrünes Abendkleid aus Taft und Ohrringe mit dazu passenden Steinen trug, beugte sich lächelnd zu ihr. »Ich bin übrigens Frau Meinrad, die Gattin des Chefredakteurs«, fügte sie bedeutungsvoll hinzu. »Und wie nett, dass Sie und Ihre Kolleginnen als Hilfen eingesprungen sind. Sie haben sich hoffentlich auch ein bisschen amüsiert?«

»Nachdem wir alle Lose verkauft hatten, haben wir getanzt.« Eva nickte.

»Das ist doch schön.« Frau Meinrad strahlte sie an, um sich gleich darauf einer anderen Dame am Tisch zuzuwenden. Eva hatte plötzlich einen Bärenhunger und aß von der Currywurst. Ihr Vater, der Chefredakteur und die Kollegen saßen an einem Ende des Tisches zusammen und sprachen rauchend über politische Themen. Es ging mal wieder um die Bundeswehr. Und darum, dass der Atomminister Franz-Joseph Strauß den Ausbau der Atomenergie in Deutschland gefordert habe.

Paul Voss konnte Eva nirgends mehr entdecken, obwohl die Tische immer noch gut besetzt und die Tanzfläche gut gefüllt waren. Ob er inzwischen nach Hause gefahren war? Vielleicht in Begleitung einer jungen Dame? Es sollte ihr egal sein!

»... ich habe von meinem Mann erfahren, dass der NWDR für das nächste Jahr viele neue Sendeformate plant«, hörte Eva jetzt Frau Meinrad sagen. »Darunter auch eine Kochshow und eine Gymnastiksendung. Vielleicht werde ich dann zu Hause vor dem Fernseher auch wieder mal ein bisschen turnen. Nötig hätte ich es ja.« Sie blickte in die Damenrunde, alle Frauen versicherten ihr pflichtschuldig, dass davon keine Rede sein könne, sie habe doch eine wunderbare Figur.

Eva spießte eine Pommes mit der Gabel auf und tunkte sie in die Currysoße. Sie musste daran denken, wie wunderschön und grazil ihre Mutter die Turnübungen absolviert und wie glücklich sie dabei gewirkt hatte.

»Für die Kochshow ist Clemens Wilmenrod als Moderator im Gespräch, er ist eigentlich Schauspieler. Daher kennen Sie ihn vielleicht«, sprach Frau Meinrad weiter. »Für die Gymnastiksendung wird es laut meinem Mann im neuen Jahr ein Auswahlverfahren geben. Damen, die Erfahrungen in diesem Bereich haben, etwa Sportlehrerinnen oder Tänzerinnen, können sich bewerben und an Probeaufnahmen teilnehmen.«

»Meine Mutter ist eine ganz wunderbare Tänzerin, und gut turnen kann sie auch«, platzte Eva heraus.

Alle Aufmerksamkeit der Damen richtete sich auf Annemie. »Tatsächlich?«, staunte Frau Meinrad. »Davon müssen Sie mehr erzählen, meine Liebe.«

»Meine Tochter übertreibt.« Ihre Mutter war rot geworden.

»Meine Mutter hat als junge Frau regelmäßig Ballettstunden genommen, sie war so begabt, dass sie wahrscheinlich sogar professionelle Tänzerin hätte werden können«, sagte Eva rasch an ihrer Stelle. »Jeden Tag absolviert sie ihre Gymnastikübungen. Dabei strahlt sie so eine Anmut aus, bestimmt würde sie ein großes Publikum in ihren Bann ziehen …«

»Eva, jetzt sei aber still!« Ihre Mutter legte ihr energisch die Hand auf den Arm, um sie zum Schweigen zu bringen. »Entschuldigen Sie«, wandte sie sich an die Damen, »das ist mir entsetzlich peinlich.«

»Aber ganz im Gegenteil«, Frau Meinrad lächelte sie an, »ich finde das sehr interessant. Klaus-Jürgen«, rief sie ihrem Gatten zu, und die Männerrunde verstummte irritiert. »Ich habe eben erfahren, dass Frau Vordemfelde, was das Turnen und Tanzen betrifft, sehr begabt ist. Da wäre es doch eine gute Idee, wenn Sie an den Probeaufnahmen teilnimmt, findest du nicht auch?«

»Aber ich möchte das wirklich nicht«, wehrte die Mutter verschämt ab.

»Meine Liebe«, Frau Meinrad tätschelte ihr die Hand, »keine falsche Bescheidenheit, einen Versuch ist es wert.«

»Wäre das denn in Ihrem Sinne?« Der Chefredakteur wandte sich ihrem Vater zu.

»Natürlich, warum nicht, wenn Annemie das möchte und wenn sie begabt dafür ist?«, fügte er nach einer winzigen Pause hinzu.

»Liebe Frau Vordemfelde, dann ist das abgemacht.« Frau Meinrad schmetterte jeden weiteren Einwand ihrer Mutter ab. »Sie nehmen an den Probeaufnahmen teil. Ich möchte keine weiteren Ausflüchte von Ihnen hören.«

Der Chefredakteur und die Männerrunde nahmen ihr Gespräch wieder auf, und auch ihre Frauen setzten ihre

Unterhaltung fort. Evas Mutter starrte stumm vor sich hin, sie sah unglücklich, fast verstört aus. Eva verspürte einen Anflug von schlechtem Gewissen. Hätte sie ihre Mutter doch lieber nicht in diese Situation bringen sollen? Aber nein, beruhigte sie sich gleich darauf. Es war gewiss gut für sie, ihr Talent endlich einmal öffentlich zu zeigen.

»Wir sehen uns am Montag im Büro.« Gegen fünf Uhr am Morgen umarmte Eva Jutta vor dem Kurhaus. Ihre Freundin würde mit den Kolleginnen nach Köln zurückfahren.

Eva lief zum Wagen des Vaters, wo die Eltern schon auf sie warteten, und schlüpfte auf den Rücksitz. Sie war aufgedreht von all dem Erlebten und doch auch müde. Nach dem Intermezzo mit der Currywurst hatte sie noch drei Stunden lang getanzt.

»Du hast dich anscheinend gut amüsiert.« Ihr Vater warf ihr einen Blick über die Schulter zu, ehe er den Wagen startete und sich einer Reihe weiterer Autos anschloss, die vom Parkplatz zur Brücke über die Ahr fuhren. Das Kurhaus war immer noch hell erleuchtet und ließ den Schnee funkeln. Eva hatte gehört, dass die letzten Gäste den Ballsaal oft erst gegen sechs oder gar sieben Uhr verließen.

»Ja, das habe ich.«

»Du hast auch mit Paul Voss getanzt.«

Dann hatte ihr Vater das also bemerkt. »Ja, er hat mich aufgefordert, da konnte ich schlecht Nein sagen.« Sie ließ ihre Stimme beiläufig klingen.

»Eva«, ihre Mutter drehte sich zu ihr um, »du hättest gegenüber Frau Meinrad nicht erwähnen sollen, dass ich regelmäßig Gymnastik mache. Das war völlig unnötig und ...« Ihr Tonfall war verärgert, fast schrill.

Evas Vater fiel ihr ins Wort. »Annemie, es ist doch kein Drama, wenn du an der Probeaufnahme teilnimmst. Ich versteh nicht, weshalb du dich so aufregst.«

Dann war er also ausnahmsweise mal auf ihrer Seite. Die verschneiten Straßen der kleinen Stadt glitten an ihr vorbei. Als sie den Ort hinter sich gelassen hatten, fuhren sie an der Ahr entlang. Auch die Wiesen an dem Flüsschen und die Weinberge lagen unter einer weißen Decke.

Eva hörte das Brummen des Automotors nur noch wie von ferne. Bilder des Abends blitzten in ihr auf. Der festlich geschmückte Ballsaal. Frauen in ihren Abendkleidern aus schimmernder Seide, die im Takt der Musik schwangen. Sie selbst mit Paul Voss vor dem Kurhaus, während die Flocken fielen. Seine Stimme: *Ich mag frischen Schnee sehr gerne, das hat so etwas Friedvolles.* Dann schlief sie ein.

Eva blinzelte und gähnte. Sonnenlicht fiel durch die Ritzen der Fensterläden. Die Zeiger ihres Weckers standen auf halb zwölf. Den größten Teil der Heimfahrt von Bad Neuenahr nach Bonn hatte sie verschlafen. Erst als ihr Vater den Wagen gegen sechs Uhr am Morgen in die Garage gelenkt hatte, war sie aufgewacht.

Noch müde tappte sie ins Bad und stellte sich unter die Dusche. Während sie sich abtrocknete, hörte sie ihre Familie im Erdgeschoss. Wahrscheinlich hatten die Schwestern ihr Kindermädchen beschwatzt und waren erst gegen zehn oder elf ins Bett gegangen. Noch nie war es bei ihr selbst so spät geworden.

Eva zog eine weite Hose und einen Pullover an, sie hatte an diesem Morgen keine Lust, sich wie sonst sonntäglich zurechtzumachen, und ging hinunter. Der Tisch war noch nicht abgeräumt, die anderen hatten anscheinend gerade erst gefrühstückt. Eva goss sich Kaffee in eine saubere Tasse, schmierte sich ein Brötchen und ging ins Wohnzimmer, wo sich ihre Familie versammelt hatte.

Franzi lag auf dem Teppich und las wie so oft selbstvergessen ein Buch, Lilly spielte mit Papierpuppen, ihre Mutter strickte, und der Vater war mal wieder in eine Zeitung vertieft. »Eva, erzähl uns von dem Ball«, bat Lilly. »Mama hat gesagt, dass du Lose verkauft hast und ...«

»Sch...« Der Vater blickte auf seine Armbanduhr, dann stand er hastig auf und schaltete den Fernsehapparat ein. Die Standuhr schlug zwölf Mal – natürlich, der *Internationale Frühschoppen* begann. Eva ließ sie sich auf dem Sofa nieder und nippte an ihrem Kaffee.

Das Logo der Sendung erschien auf dem Bildschirm, gleich darauf eine Gruppe von Männern vor einem schlichten grauen Vorhang. »Guten Tag, sehr verehrte Damen und Herren, hier ist wieder der *Internationale Frühschoppen* mit sechs Journalisten aus fünf Ländern«, begrüßte Werner Höfer mit seiner sonoren Stimme das Publikum. Man sah ihm nicht an, dass auch er den Presseball erst früh am Morgen verlassen hatte. Er wirkte völlig wach und ausgeruht. »Angeschlossen sind ...« Er zählte die Rundfunkanstalten auf, bei denen die Sendung übertragen wurde, sogar das Schweizer Fernsehen war darunter. »Thema der heutigen Diskussion ist, dass die Bundesregierung vor zwei Tagen offiziell bekannt gegeben hat, dass sie ihre diplomatischen Verbindungen zu allen Staaten abbrechen wird, die die DDR offiziell als Staat anerkennen«, erläuterte Werner Höfer dem Publikum. »Man könnte dies als einen klugen Schachzug bezeichnen, da die BRD aus einer Position der wirtschaftlichen Stärke heraus handelt, eine wirtschaftliche Stärke, die vor allem die von der BRD abhängigen Entwicklungsländer von einer diplomatischen Anerkennung der DDR abhalten wird. Man könnte es aber auch als eine trotzige Reaktion der Regierung betrachten, die in die bundesdeutsche Selbstisolation führen wird. Und nun erteile ich meinen Gästen das Wort.«

Aufgeregt beugte ihr Vater sich vor und deutete auf den Fernseher. »Die Bundesrepublik ist der einzige rechtmäßige deutsche Staat, daran gibt es nichts zu rütteln«, stieß er hervor, als sei er Teil der Journalistenrunde. »Die DDR anzuerkennen, bedeutet, der Ausbreitung des Kommunismus Vorschub zu leisten.«

Zigaretten- und Pfeifenrauch waberte über die Runde, während sich die Korrespondenten internationaler Zeitungen aus Frankreich, Großbritannien, den USA und Schweden ins Wort fielen. Auch ein Redakteur der FAZ war vertreten. Werner Höfer und seine Gäste sprachen dem Weißwein reichlich zu. Damen in weißen Schürzen schenkten den Journalisten nach. Werner Höfer maßregelte seine Gäste immer strenger und ließ sich in der chaotischen Diskussion selbst zu einer Erklärung verleiten.

Eva stand auf. Männer diskutierten und Frauen bedienten. Frauen sollten *dezent* und *zurückhaltend* sein, die Worte von Frau Naumann gingen ihr durch den Kopf. Aber Männer durften Frauen begrapschen, ohne dass dies für die *Herren der Schöpfung* Konsequenzen nach sich zog. Sie hatte keine Lust mehr, sich den *Internationalen Frühschoppen* noch länger mit anzusehen.

»Herr Höfer, nein, nein ...« Ihr Vater schüttelte den Kopf und gestikulierte wild. »Das stimmt doch überhaupt nicht, was Sie da sagen.« Er verstummte und blickte gebannt auf den Bildschirm. Während seine Hände die Armlehnen des Sessels umklammerten, beugte er sich wieder vor. Er wirkte wie eine bis auf Äußerste gespannte Feder, als wollte er sich in den Fernseher hineinkatapultieren.

Die Mutter strickte weiter, Franzi las und Lilly wechselte die Kleider einer ihrer Papierpuppen, doch Eva starrte ihren Vater unverwandt an. Sein Gesichtsausdruck wechselte von Ärger zu brennendem Verlangen. Sein Mund öffnete sich leicht. Er sehnte sich danach, Werner Höfer zu sein und einem riesigen Publikum die Welt erklären zu können, einem Publikum, das an seinen Lippen hing und ihn verehrte. Davon war Eva plötzlich fest überzeugt. Diese schmerzliche Sehnsucht nach etwas, das man mit jeder Faser seiner Seele erreichen wollte, war ihr nur zu vertraut.

Jetzt antwortete einer der ausländischen Korrespondenten Werner Höfer, Evas Vater lehnte sich in den Sessel zurück und entspannte sich wieder. Eva schlich aus dem Wohnzimmer. Leise schloss sie die Tür hinter sich und ging die Treppe zu ihrem Zimmer hinauf. Es war nicht unwahrscheinlich, dass ihr Vater sein Ziel irgendwann erreichen würde. Er war ein guter Journalist, und er war hartnäckig. Wollte sie wirklich ihre eigenen Träume aufgeben? Sollte sie nicht doch versuchen, sie zu verwirklichen? Eva kämpfte gegen die in ihr aufsteigende nervöse Übelkeit an.

In ihrem Zimmer nahm sie die Anzeige des Düsseldorfer Modehauses in die Hand, die ihr Jutta gestern mitgebracht hatte. Und wenn sie sich doch an dem Wettbewerb beteiligte? Ein Abendkleid ... Etwas im New Look von Christian Dior, mit einem weiten Rock und doch originell ... Eva sann vor sich hin und begann zu zeichnen. Nach wenigen Minuten hielt sie deprimiert inne. Das, was sie zu Papier gebracht hatte, war langweilig und bieder. Sie riss das Blatt Papier aus dem Skizzenbuch, zerknüllte es und warf es in den Papierkorb.

Kapitel 12

Eva tippte das Wort *Programmsparten* in die Schreibmaschine und hielt inne. Vor dem Bürofenster erstreckte sich ein bleigrauer Himmel, es war so dunkel, dass jetzt, am späten Vormittag, die Lampen eingeschaltet sein mussten. Der Schnee hatte sich längst in Matsch verwandelt. Selbst den Tauben schien es zu ungemütlich zu sein, denn sie flatterten nicht vor dem Gebäude herum. Dabei waren erst zwei Tage seit der funkelnden Pracht des Bundespresseballs vergangen.

Zu ihrem Bedauern hatte Jutta sich krankgemeldet, die Freundin fehlte ihr. Auch Frau Naumann war erkältet, vorhin, bei der morgendlichen Aufgabenverteilung, hatte sie sich verschnupft angehört, und trotz des Make-ups war ihre Nase unverkennbar gerötet.

Vor allem drückte es auf Evas Stimmung, dass sie mit keiner einzigen Skizze für den Wettbewerb zufrieden gewesen war. Nach und nach hatte sie jede in den Papierkorb geworfen. Schließlich war er übervoll mit zusammengeknüllten Entwürfen gewesen.

»Fräulein Vordemfelde, Sie sehen mal wieder ziemlich finster aus.« Paul Voss war ins Büro gekommen. Sie hatte sein Klopfen nicht gehört, die beiden Kolleginnen waren im Funkhaus unterwegs. »Kann ich Sie irgendwie aufmuntern?«

»Sie täuschen sich, ich sehe nicht finster aus«, wehrte sie ab.

Er schien nicht überzeugt, hakte aber zu Evas Erleichterung nicht weiter nach. »Hätten Sie Zeit, mir über die Interviewpartnerinnen für meinen Beitrag zu berichten?«

»Wenn Sie Frau Naumann sagen, dass Sie mich davon abgehalten haben, dieses Protokoll weiter abzutippen. Wenn ich es nicht pünktlich abgebe, reißt sie mich in Stücke.«

»Keine Sorge, ich werde mich für Sie in die Bresche werfen.« Er grinste. »Können wir das hier besprechen?«

Eva nickte, und Paul Voss setzte sich auf Juttas Schreibtischstuhl. In seinem Wollpullover und mit seinen zerzausten Haaren sah er mal wieder sehr gut aus. Ob er auch an ihren Tanz auf dem Bundespresseball dachte, und wie perfekt sie miteinander harmoniert hatten? Eva wandte hastig den Blick ab und suchte ihre Notizen zusammen.

»Sie sind noch lange auf dem Ball geblieben?«

Eva räusperte sich verlegen. »Ich bin mit meinen Eltern gegen fünf nach Hause gefahren. Sie sind schon recht früh aufgebrochen, oder? Ich habe Sie nach der Tombola nirgends mehr gesehen.«

»Tanzen Sie öfter die Nächte durch? Halb zwei würde ich nicht gerade als früh bezeichnen. Ich möchte schon auch erwähnen, dass Sie mir nicht mal einen Trostpreis, ein Paar Socken oder eine Schachtel Herrentaschentücher, gegönnt haben.«

»Beschweren Sie sich darüber bei der Glücksgöttin und nicht bei mir. Und wenn ich Ihnen jetzt berichten dürfte ...« Eva fasste zusammen, was sie über die Mütter, die sie als Interviewpartnerinnen für geeignet hielt, notiert hatte. Sie beschrieb ihre jeweilige Lebenssituation, nannte die Zahl ihrer Kinder, ob die Mütter schon eine Kur hatten machen dürfen oder ob sie auf der Warteliste standen und was sie für einen Eindruck von ihrer Redegewandtheit hatte.

»Das war sehr anschaulich, danke. Eine gute Auswahl.« Paul Voss nickte, als sie geendet hatte. »Mit den Bonner Frauen möchte ich auf jeden Fall gerne reden. Könnten Sie bitte versuchen, einen Termin für Donnerstag oder Freitag zu vereinbaren? An den beiden Tagen bin ich ohnehin dort. Wegen Hintergrundrecherchen zu Otto John.«

Der ehemalige Präsident des Verfassungsschutzes hatte 1954 in der DDR politisches Asyl gesucht. In der vergangenen Woche war er wieder in die BRD zurückgekehrt und behauptete nun, in die DDR verschleppt und gegen seinen Willen dort festgehalten worden zu sein. Der Fall hatte für riesiges Aufsehen gesorgt. Evas Vater hatte deshalb im Bonner Studio rund um die Uhr gearbeitet.

»Natürlich«, Eva nickte, »ich versuche gerne, für die beiden Tage Termine auszumachen. Wann möchten Sie denn mit den Müttern in Köln sprechen?«

»Erst im Januar, nach meinem Urlaub. Wie gesagt, der Beitrag ist nicht tagesaktuell. Wie steht es mit Ihnen? Hätten Sie vielleicht Lust, bei den Interviews dabei zu sein?«

»Sie wollen mich dabeihaben?«

»Es kann nicht schaden, außer der Tonbandaufnahme der Gespräche auch noch eine Mitschrift zu haben.« Er zuckte mit den Schultern.

»Das müssen Sie mit Frau Naumann abklären«, erwiderte Eva gleichmütig. Sie wollte ihre Freude über seinen Vorschlag unbedingt vor ihm verbergen.

»Aber Sie würden mitkommen?« Seine Augen funkelten. Eva hatte es genau gesehen.

»Wie ich schon sagte, das muss Frau Naumann entscheiden. Außerdem ist alles besser, als schon wieder ein Protokoll über eine Sitzung zur Trennung des NWDR in WDR und NDR abzutippen.«

»Wie schön, dass Sie mich dem vorziehen. Und ja, ich bespreche das mit Frau Naumann.«

Eva lauschte den Schritten Paul Voss' auf dem Flur nach. Als sei in ihrer Brust eine Sonne aufgegangen, breitete sich von dort eine kribbelnde Wärme in ihrem ganzen Körper aus und zauberte ein Lächeln auf ihr Gesicht. Beschwingt wandte sie sich wieder der Schreibmaschine zu. Sogar das Wort *Programmstruktur* erschien ihr auf einmal verheißungsvoll.

Ungeduldig ging Eva vor dem Bonner Hauptbahnhof auf und ab. Ihr Atem bildete eine weiße Wolke vor ihrem Gesicht. Es war inzwischen viertel nach zwei. Um zwei Uhr hatte Paul Voss sie für die Interviews mit den Müttern abholen wollen.

Eigentlich hatte sie sich sehr darauf gefreut, ihn zu begleiten und, nach kurzem Zögern, sogar ihren rostroten Sonntagsmantel angezogen, der ihr besonders gut stand. Aber überall in der Stadt wurde für die Premiere von *Sissi* am dreiundzwanzigsten Dezember geworben, in einer guten Woche war es so weit. Vor dem Hauptbahnhof hingen große Plakate, ebenso am Anfang der Poststraße, die in die Innenstadt führte, und vorhin, als Eva die Bahnhofshalle durchquerte, hatten die Konterfeis von Romy Schneider und Karl-Heinz Böhm die Titelseiten der meisten Illustrierten geziert.

Jemand hupte plötzlich neben ihr, Paul Voss beugte sich aus einem zerbeulten VW-Käfer. Rasch lief Eva um den Wagen herum und ließ sich auf den Beifahrersitz sinken.

»Hallo, tut mir leid, dass ich mich verspätet habe, auf der Koblenzer Straße sind ein paar Autos ineinander gefahren, es gab einen großen Stau.«

»Schon gut, das macht nichts«, erwiderte Eva einsilbig.

»Wir fahren übrigens zuerst zu Frau Ziemiak.«

Eva nickte. Das war die Mutter, deren älteste Tochter an Kinderlähmung litt, und die ihr besonders am Herzen lag.

Paul Voss startete den Käfer, lenkte ihn unter den Bahngleisen hindurch und fuhr durch den Westen von Bonn. Viele Gründerzeithäuser hatten, wie im Süden der Stadt, wo Eva mit ihrer Familie lebte, verschwenderisch mit Stuck verzierte Fassaden und kleine schmiedeeiserne Balkone. Fast überall hingen Strohsterne oder bunte Weihnachtskugeln hinter den Fenstern.

Und da, an einer Litfaßsäule, schon wieder ein Plakat von *Sissi. Gerdago fand ihre Entwürfe mittelmäßig … Sie haben so nach Anerkennung gegiert …* Würde sie sich jemals davon befreien können?

Eva bemerkte plötzlich, dass Paul Voss etwas gesagt hatte und sie fragend ansah.

»Entschuldigen Sie, ich war mit den Gedanken ganz woanders«, sagte sie rasch.

»Ich habe Sie gefragt, wie Sie Weihnachten so verbringen.«

»Mit meiner Familie. Das Übliche, üppiges Essen und Geschenke unter dem Baum.« Die Zeiten, als sie sich auf Weihnachten gefreut hatte, waren schon eine Weile vorbei. Die Feiertage mit dem Vater unter einem Dach würden anstrengend werden. Er war noch anspruchsvoller als sonst, das wusste sie aus Erfahrung. »Und was haben Sie geplant?«

»Arbeiten, ich habe den Dienst für die Kollegen übernommen, die Kinder haben. Aber nach den Weihnachtsfeiertagen fahre ich zwei Wochen zum Skilaufen in die Schweiz.«

»Toll! In einen der bekannten Skiorte?« Eva sah Fotos von Filmstars in eleganten Hotels beim Aprés-Ski vor sich.

»Nein, ich bin mit ein paar Freunden auf einer Hütte. Ganz davon abgesehen, dass ich es mir nicht leisten könnte, sind Zermatt und St. Moritz nicht so mein Ding. Wir schlafen in Schlafsäcken und kochen zusammen, alles einfache Gerichte. In der Nähe der Hütte ist ein kleiner Skilift, der fast nur von Einheimischen benutzt wird. Und wenn die Nächte klar sind, ist der Sternenhimmel ganz nah.«

»Das hört sich schön an.«

»Ja, das ist es.« Seine Stimme klang weich und träumerisch und ließ wieder die Sonne in Evas Brust aufgehen.

»Wir müssten gleich da sein.« Paul Voss warf einen Blick auf den Stadtplan, der hinter dem Lenkrad klemmte. Kurz darauf passierten sie eine große, aus Backsteinen erbaute Kirche. Dahinter bog er in eine schmale Gasse ab und parkte den Wagen auf dem Bürgersteig, vor einem großen Holztor.

»Da wären wir.« Nachdem Paul Voss ein Maihak Aufnahmegerät in einem Lederkoffer vom Rücksitz gehievt hatte, gingen sie zum Tor. Eva war gespannt, wie sich das Interview entwickeln würde.

Eine Außentreppe führte zur Eingangstür im ersten Stock. Aus dem ebenerdigen Keller darunter roch es nach Schimmel. Paul Voss klopfte, da es keine Klingel gab. Ein schmächtiges Mädchen in einem zu großen Kleid, dessen Stoff vom vielen Waschen ganz ausgebleicht war, und einer viel zu großen Strickjacke öffnete ihnen und bedachte sie mit einem scheuen Blick. Ihr rechtes Bein war verkürzt, und sie stützte sich schwer auf eine Krücke, sie mochte acht oder zehn Jahre alt sein. »Die Mama ist in der Küche.« Sie wies auf eine Tür, deren Farbe abblätterte. Dahinter war ein lautes Geräusch zu hören, das Eva nicht einordnen konnte.

»Frau Ziemiak?« Da sie auf Paul Voss' Rufen nicht reagierte, gingen sie zur Küche. Eine Frau, die die aschblonden Haare zu einem Knoten gebunden hatte und eine vielfach geflickte Schürze trug, saß an einem Tisch. Sie hatte eine Emaille-Schüssel zwischen ihre Knie geklemmt und schlug mit der Linken einen Teig mit einem großen Holzlöffel. Ihre Rechte war mit einem Verband umwickelt. Sie starrte sie erschrocken an.

»Frau Ziemiak«, er streckte ihr die Hand entgegen, »mein Name ist Paul Voss, Fräulein Vordemfelde hat Ihnen von mir erzählt, ich freue mich auf unser Interview.«

»Marlies«, sie ignorierte seine Hand und fuhr das schmächtige Mädchen an, »du sollst doch nicht einfach die Tür aufmachen!«

Es schien kein vielversprechender Anfang zu sein.

»Es tut mir leid, dass Sie sich die Mühe gemacht haben zu kommen«, sie knetete ihre Schürze, »aber ich kann Ihnen doch kein Interview geben.«

»Das ist schade, aber weshalb denn nicht, wenn ich fragen darf?«, erkundigte sich Paul Voss ruhig und ohne einen Vorwurf.

Frau Ziemiak wandte sich ihrer Tochter zu. »Zieh dir und deinen Geschwistern was Warmes an und geht nach draußen.«

Marlies nahm einen kleinen Jungen mit einer dicken Windel am Po an die Hand, und sie und ihre jüngere Schwester und ein weiterer Bruder verließen stumm die Küche. Eva sah sich um. In den engen Raum waren auch noch ein Bett und ein Kleiderschrank gequetscht. Vor einem Fenster hing ein einzelner Strohstern. Wie wenig das war, verglichen mit den üppig geschmückten Fenstern, die sie auf der Fahrt gesehen hatte.

»Ich hab mit einer Nachbarin gesprochen.« Frau Ziemiak nestelte wieder an ihrer Schürze herum. »Und sie hat gemeint, wenn ich Ihnen erzähle, wie es mir so geht, dass ich manchmal kaum noch weiter weiß und immer so müde bin, mit dem wenigen Geld und den vier Kindern und der Krankheit von der Marlies ...«

»... den Folgen ihrer Kinderlähmung«, warf Paul Voss sanft ein.

»... ja, mit dem verkrüppelten Bein braucht sie spezielle Behandlungen, die die Kasse nicht zahlen will ... Und wenn das im Radio gesendet wird, nimmt mir die Fürsorge die Kinder weg.«

»Ich verstehe Ihre Angst, aber ich muss Ihren richtigen Namen nicht nennen. Dadurch sind Sie geschützt. Außerdem würde ich Ihnen auch bei Problemen mit den Behörden beistehen, das verspreche ich Ihnen.« Paul Voss sprach eindringlich auf sie ein.

»Nein«, Frau Ziemiak schüttelte vehement den Kopf.

Eva verwünschte die Nachbarin, sie wollte sich einschalten, aber etwas in Paul Voss' Miene hielt sie davon ab. Er war ganz auf die Mutter konzentriert. »Sie und auch Ihre Kinder leiden doch unter der Überlastung«, sagte er wieder sehr sanft.

»Ja, natürlich.« In Frau Ziemiaks Augen schimmerten Tränen.

»Mein Vater ist im Krieg gefallen, ich bin in Hamburg aufgewachsen. Meine Mutter hat sich abgerackert, um mich und meine drei Geschwister durchzubringen. Sie hat in einer Fabrik geschuftet und nach Feierabend noch alle möglichen zusätzlichen Arbeiten angenommen. Und dann waren da auch noch die furchtbaren Bombardierungen. Wir hatten Glück, unsere Wohnung wurde nicht zerstört. Aber nach dem Ende des Krieges hat meine Mutter alle paar Monate einige Tage lang im Bett gelegen, ganz reglos, wie tot, und hat die Decke angestarrt. Das hat meinen Geschwistern und mir immer eine Heidenangst eingejagt. Erst viel später haben wir begriffen, dass das eine seelische Reaktion auf ihre Überforderung war. Ihr hätte eine Kur so gutgetan. Diese Erschöpfung möchte ich anderen Müttern und deren Kindern gerne ersparen. Bitte erzählen Sie mir doch von sich.« Wieder sah er Frau Ziemiak eindringlich an.

Deshalb also war Paul Voss so interessiert daran, den Beitrag über das Müttergenesungswerk zu machen. Mit diesem Grund hätte Eva niemals gerechnet. Sie war erstaunt und berührt. Hinter seiner überheblichen Fassade verbarg sich ein warmherziger Mann, der noch nicht einmal Angst hatte, eine Schwäche einzugestehen.

Von draußen waren die hellen Stimmen der Kinder zu hören. Gespannt wartete Eva, wie Frau Ziemiak reagieren würde. Diese schien mit sich zu ringen. Dann schüttelte sie den Kopf. »Es tut mir leid, nein«, flüsterte sie.

Es musste doch einen Weg geben, sie umzustimmen. *Ein guter Journalist muss im Gespräch mit den Menschen bleiben*, hatte ihr Vater einmal gesagt. Eva blickte sich in der Küche um. Gab es nicht irgendetwas, mit dem sich die Mutter in eine Unterhaltung verwickeln ließ? Je länger sie blieben, desto besser standen ihre Chancen, dass sie es sich doch anders überlegte.

Auf einem Bord stand angeschlagenes Geschirr. In einer Ecke lag ein Teddy, dem ein Ohr und ein Auge fehlten. Und dort – eingequetscht zwischen dem Bett und dem Kleiderschrank – gab es eine alte gusseiserne Nähmaschine. Ein cremefarbener Seidenstoff lag auf dem Gestell aus Holz.

»Frau Ziemiak, Sie nähen?«, fragte Eva.

»Ja, hin und wieder, wenn ich mir nicht gerade die Hand verbrüht hab.« Sie hob ihre Hand mit dem Verband. Ihre Stimme klang bitter.

Eva stand auf und ging zu der Nähmaschine. »Das ist Fallschirmseide, nicht wahr?«

Frau Ziemiak zuckte zusammen. »Ich hab den Stoff nicht gestohlen.«

»An so etwas habe ich überhaupt nicht gedacht«, erwiderte Eva erschrocken.

»Ich hab den Stoff von der Frau des Wirts, bei dem ich als Bedienung arbeite, geschenkt bekommen. Für ein Gewand für die Marlies. Sie ist ein Engel bei einem Krippenspiel. Aber aus dem Gewand wird leider nichts.«

»Weil Sie Ihre Rechte nicht gebrauchen können?«

Frau Ziemiak nickte mit abgewandtem Gesicht.

»Ich könnte Ihnen helfen.«

»Danke, aber ich lass mich nicht ködern.«

Alles, was sie sagte, schien bei der traurigen und erschöpften Frau falsch anzukommen. »Heißt das, Marlies kann kein Engel bei dem Krippenspiel sein?«

»Es gibt da noch ein altes Gewand aus den Vorjahren, hat man mir gesagt. Das kann sie haben.«

»Aber ...«, Eva versuchte noch einmal, Frau Ziemiak davon zu überzeugen, sich von ihr helfen zu lassen. Doch Paul Voss berührte ihren Arm. »Gehen wir«, sagte er leise. In Frau Ziemiaks Augen schimmerten immer noch Tränen. Eva begriff, dass es besser war, sie in Ruhe zu lassen, sie regten sie zu sehr auf. Sie verabschiedeten sich und verließen die Küche. Schweigend gingen sie die steile Treppe in den Hof hinunter.

Dort spielte Marlies, die Krücke unter den Arm geklemmt, mit ihren Geschwistern Murmeln. Sie trug einen Mantel, der ganz offensichtlich aus einer alten Uniform geschneidert war und ihr, wie alle ihre Sachen, zu groß war. Sie wirkte zart und zerbrechlich darin.

Eva trat zu ihr. »Deine Mutter hat erzählt, dass du ein Engel in einem Krippenspiel sein wirst«, sagte sie freundlich.

»Ja, hier in der Pfarrei. Ich bringe den Hirten die frohe Botschaft.« Sie nickte eifrig und ihre Augen leuchteten.

»Ich wünsche dir viel Freude dabei.«

»Es wird schön, auch wenn ich nur ein altes Kleid und keines aus Seide haben kann. Aber die Mama sagt, man bekommt im Leben meistens nicht das, was man sich wünscht, und muss trotzdem zufrieden sein.« Ihre Tapferkeit rührte Eva und machte sie traurig. Sie lächelte Marlies und ihren Geschwistern zu und ging dann zu Paul Voss, der vor dem Hof an dem VW-Käfer lehnte und rauchte.

»Es tut mir sehr leid, dass Frau Ziemiak doch nicht bereit war, mit Ihnen zu sprechen«, sagte sie bedrückt. »Bei dem Vorgespräch hat sie so offen für das Interview gewirkt.«

»Sie müssen sich da keine Vorwürfe machen.« Er schüttelte den Kopf. »Es kommt immer mal wieder vor, dass die Leute es sich im letzten Moment doch noch anders überlegen.«

»Es tut mir auch wegen Frau Ziemiak leid. Ihr geht es wirklich schlecht. Es ist schade, dass sie so eine große Angst hat, über ihre Situation zu sprechen.«

»Das geht mir genauso. Also, dass es mir wegen ihr leid tut.« Paul Voss zog an seiner Zigarette und blickte die dörfliche

Straße entlang, wo ein Mann einen Weihnachtsbaum auf einem Karren hinter sich herzog.

Eva zögerte. Wenn sie ihm sagte, dass es sie berührt hatte, dass er Frau Ziemiak gegenüber so offen über die seelische Erschöpfung seiner Mutter gesprochen hatte, wäre ihm das bestimmt peinlich. »Ich war sehr verwundert, dass Sie zu Frau Ziemiak so offen waren«, erklärte sie nur stattdessen. »Positiv verwundert …«

»Ich hätte ja nicht gedacht, dass ich Sie mal angenehm überraschen würde.« Er grinste schwach. Eva registrierte die Grübchen in seinen von der Kälte geröteten Wangen. Da waren sie wieder, die Schmetterlinge in ihrem Bauch. Ein ganzer Schwarm, der sie wie auf Wolken schweben ließ.

Ihre Stimme zitterte ein bisschen, als sie schnell fragte: »Geht es Ihrer Mutter denn wieder besser?«

»Ja, schon seit einer ganzen Weile, ich habe sie übrigens in der Woche vor dem Presseball besucht. Wir Kinder sind alle erwachsen und können für uns selbst sorgen. Sie hat ein kleines Häuschen mit einem Garten im Alten Land und liebt es, darin herumzuwerkeln.« Sein Gesicht wurde wieder ganz weich. »Ich verdanke ihr so viel. Sie hat darauf bestanden, dass ich das Gymnasium mit meinem Stipendium bis zum Abitur besuche, anstatt arbeiten zu gehen, wie ich es eigentlich wollte. Und sie hat mich auch ermutigt, Journalist zu werden. Was immer mein Traum war.«

»Das klingt nach einer starken Frau.«

»Ja, das ist sie. Auch wenn es nicht immer ganz einfach ist, mit ihr auszukommen.« Paul Voss warf die Zigarettenkippe auf die Straße und trat sie aus. »Wir müssen los. Bestimmt haben wir mit den anderen Interviewpartnerinnen mehr Glück.«

Eva stieg neben ihm in den VW-Käfer. Es war schön und fühlte sich irgendwie vertraut an, mit ihm unterwegs zu sein.

Am Anfang der darauffolgenden Woche leuchtete Eva noch immer der Schriftzug *NWDR* weiß auf blauem Hintergrund durch die winterliche Morgendämmerung entgegen. Noch etwa zehn Tage, dann würde nur noch *WDR* über dem Eingang des Funkhauses am Wallrafplatz stehen. Der Name sollte Silvester direkt nach Mitternacht ausgetauscht werden. Hoffentlich waren im neuen Jahr die Sitzungen zur Trennung der beiden Sender vorbei und es blieb ihr dann erspart, endlos lange Protokolle abzuschreiben.

Aber ihre Arbeit als Sekretärin hatte auch ihre positiven Seiten. Eva lächelte vor sich hin, als sie die lichte Eingangshalle durchquerte. Es war schön gewesen, Paul Voss zu den Interviews mit den Müttern zu begleiten. Nach dem Misserfolg mit Frau Ziemiak waren alle Gespräche gut verlaufen. Wobei sie es immer noch schade fand, dass ausgerechnet sie es abgelehnt hatte, über ihre belastende Lebenssituation zu sprechen.

Im Büro saß Jutta hinter ihrem Schreibtisch und zog ihren Lippenstift nach, ein intensives Rot. Sie begutachtete sich im Spiegel und lächelte Eva neugierig an. »Und, wie war es mit Paul Voss? Greta und Corinna haben mir gesagt, dass du ihn bei Interviews begleitet hast.«

»Da bist du ja wieder. Geht es dir wieder gut? Es war spannend, Paul Voss führt erstaunlich einfühlsame Interviews und bringt die Menschen dazu, sich zu öffnen.«

Jutta seufzte. »Du weißt genau, dass das nicht meine eigentliche Frage war.«

»Na ja, ich finde ihn nicht mehr ganz so unsympathisch.«

»Du lächelst über das ganze Gesicht.«

»Tue ich das?«

»Ja.«

»Vielleicht …«, da war wieder die wärmende Sonne in ihr »… habe ich mich ein kleines bisschen in ihn verliebt.«

»Hab ich's doch geahnt!« Jutta jauchzte und klopfte triumphierend auf ihren Schreibtisch. »Und Paul Voss? Ist er auch in dich verliebt? Geht ihr zusammen aus?«

»Er flirtet ganz oft mit mir. Und, nein, wir gehen nicht miteinander aus. Ich hab ihm verboten, mich danach zu fragen.«

»Eva!« Jutta stöhnte auf.

»Falls ihm wirklich was an mir liegt, wird er das schon aushalten und warten.« So wunderschön ihre Gefühle für Paul Voss waren, sie machten ihr auch Angst. Sie konnte sie überhaupt nicht kontrollieren. Mal wünschte sie sich sehnlich, ihn häufig zu sehen. Dann wieder war es ihr lieb, wenn sie ihn nicht traf.

»Ich freu mich, dass du dich verliebt hast, und ich wünsch dir Glück …« Jutta zögerte einen Moment. »Willst du es nicht doch noch mal mit dem Wettbewerb versuchen?«, fragte sie schließlich leise.

»Nein, ich bringe einfach nichts Überzeugendes zustande.«

»Ich habe erfahren, dass ich beim letzten Test meines Französischkurses eine Eins hatte.«

»Das ist toll, herzlichen Glückwunsch, aber …«

»Meine Damen …« Frau Naumann schaffte es mal wieder, sich wie ein Geist urplötzlich im Büro zu materialisieren. Ausnahmsweise war Eva froh über ihr Erscheinen. Sie wollte mit Jutta nicht mehr über den Wettbewerb sprechen. »… es ist zehn nach acht. Dürfte ich Sie daran erinnern, dass Ihr Urlaub erst am vierundzwanzigsten Dezember um zwei Uhr beginnt? Fräulein Hefner, Sie dürften mit den

Reisekostenabrechnungen noch länger beschäftigt sein. Fräulein Vordemfelde, Sie werden in der Fernsehredaktion benötigt.« Sie nannte Eva den Namen des Redakteurs, der sie zum Diktat benötigte, und verschwand wieder.

Eva stand auf und griff nach ihrem Block und einem Stift. »Wird es eigentlich erwartet, dass wir Frau Naumann etwas zu Weihnachten schenken?«, erkundigte sie sich mit gedämpfter Stimme.

»Nein, aber sie schenkt uns etwas.«

»Wirklich?«

»Es ist jedes Jahr dasselbe, ein Kästchen mit Kölnisch Wasser und einem Stück Seife.«

»Sehr zurückhaltend und dezent.« Eva und Jutta mussten lachen.

Der Arbeitstag nahm seinen üblichen Gang. Nach Feierabend begleitete Eva Jutta zur Straßenbahnhaltestelle und schlug dann den Weg zum Hauptbahnhof ein. Jetzt, am frühen Abend des neunzehnten Dezembers, herrschte hier auf den Gehsteigen der Innenstadt ein dichtes Gedränge. Passanten schleppten große Tüten und Pakete, und auf der Straße fuhren immer wieder Autos oder Fahrräder vorbei, die mit Weihnachtsbäumen beladen waren. Darüber funkelten Lichterketten.

Das hell erleuchtete Schaufenster eines Stoffgeschäfts geriet in Evas Sichtfeld. Schon oft hatte sie es betrachtet. Stoffe in warmen roten, grünen und goldenen Tönen, viele mit weihnachtlichen Mustern waren in der Auslage dekoriert. Es gab Ballen aus weichem Samt und welche aus schimmerndem Taft. Evas Blick blieb an dem Weihnachtsengel in seinem leuchtend weißen Seidengewand und den schön geschwungenen goldenen Flügeln hängen.

Die Mama sagt, man bekommt im Leben meistens nicht das, was man sich wünscht, und muss trotzdem zufrieden sein. Marlies' Worte kamen ihr wieder in den Sinn.

Zorn und Traurigkeit stiegen in Eva auf. Es war einfach nicht richtig, dass die Kleine schon so früh lernte, ihre Träume zu begraben. Gerade dieses Kind, das es durch die Folgen der Kinderlähmung so schwer hatte, sollte doch hoffen dürfen.

Sie sann einige Momente vor sich hin, dann betrat sie den Laden. Der Traum, ein Engel in einem seidenen Gewand zu sein, würde sich für Marlies erfüllen.

Zu Hause duftete es wieder nach frisch gebackenen Plätzchen, Eva hatte den Eindruck, dass ständig große Mengen in den Mägen der kleinen Schwestern verschwanden, und am Adventskranz in der Küche brannte die vierte Kerze. Ihre Mutter hatte sich mit einer Tasse Tee am Tisch niedergelassen. Sie blickte von der Zeitung auf, als Eva hereinkam. Ihr Lächeln wirkte angestrengt. »Du bist spät dran, Liebes, gab es mal wieder Probleme mit der Bahn?«

»Nein, ich war nach Feierabend in einem Stoffgeschäft in der Hohe Straße, und dort war sehr viel los. Ich habe weiße Seide für ein Engelsgewand gekauft. Ich habe dir doch erzählt, dass ich gestern den Redakteur Paul Voss zu Interviews begleitet habe und …«

»Mir gefällt es nicht, dass er dich so oft in Anspruch nimmt.« Von Eva unbemerkt, war ihr Vater in die Küche gekommen und holte sich ein Bier aus dem Kühlschrank. »Und dann noch der Tanz mit dir auf dem Bundespresseball. Ich hoffe nicht, dass er ein Auge auf dich geworfen hat. Oder schlimmer noch, du auf ihn.«

»Axel, jetzt übertreibst du aber …«, schlug sich die Mutter unerwartet auf ihre Seite. »Das war ein Tanz …«

»Ich habe für Paul Voss Interviewpartnerinnen für einen Beitrag ausgewählt.« Eva bemühte sich, ihre Stimme gleichmütig klingen zu lassen. Ihrem Vater war zuzutrauen, dass er Frau Naumann bat, sie Paul Voss möglichst wenig zuzuteilen. Und das wollte sie auf keinen Fall. »Das machen Sekretärinnen doch auch gelegentlich für dich, Papa. Da ich mit den Frauen nun schon mal gesprochen hatte, war es einfach naheliegend, dass ich ihn begleite, zumal er jemanden brauchte, der die Gespräche zusätzlich zur Tonaufnahme auch noch mitschrieb. Mir hat das viel Spaß gemacht. Ich hätte nicht gedacht, dass es so interessant sein könnte, Sekretärin zu sein«, fügte sie unschuldig hinzu.

Der Vater schnaubte und ging mit der Bierflasche ins Wohnzimmer, wo eine Nachrichtensendung im Fernsehen lief. Eva atmete auf.

»Eine der Mütter, die Paul Voss und ich gestern besucht haben, hat eine zehn Jahre alte Tochter, die an den Folgen von Kinderlähmung leidet. Sie darf der Engel in einem Krippenspiel sein. Ihre Mutter kann ihr kein Kleid nähen, denn sie hat sich die Hand verbrüht«, kürzte Eva die Geschichte ab. »Mir hat das alles sehr leidgetan. Deshalb habe ich beschlossen, Marlies, so heißt das Mädchen, ein Engelsgewand zu nähen. Dafür habe ich vorhin in Köln den Stoff gekauft.«

»Da freut sich das Kind bestimmt. Und ich bin froh, dass du wieder nähst. Das hast du viel zu lange nicht mehr gemacht, abgesehen von den Änderungen an Juttas Kleid. Sonst hast du doch ständig an der Nähmaschine gesessen.«

»Ich war nach der Arbeit einfach oft müde«, behauptete Eva. Sie konnte ihrer Mutter nicht die Wahrheit anvertrauen.

Sie stand, was ihren Wunsch Kostümbildnerin zu werden betraf, leider auf der Seite des Vaters.

»Ja, natürlich, verzeih.« Ihre Mutter nickte. Sie schaute in die Kerzenflammen des Adventskranzes, schien mit sich zu ringen. »Ich hab vorhin einen Anruf des NWDR bekommen«, sagte sie dann. »Die Probeaufnahmen für die Gymnastiksendung finden in der ersten Januarwoche statt.«

»Das ist doch wunderbar!«

»Ich weiß immer noch nicht, ob ich daran teilnehmen soll.«

»Auf jeden Fall machst du das, du wirst bestimmt alle überzeugen.« Eva rüttelte ihre Mutter aufmunternd an der Schulter.

»Im Backofen steht noch ein Auflauf, falls du etwas essen möchtest«, wich diese aus.

»Danke, aber ich schmiere mir nur schnell ein Brot, ich will gleich mit dem Engelsgewand anfangen. Bis zu dem Krippenspiel ist nicht mehr viel Zeit.«

Mit dem belegten Brot und ein paar Keksen eilte Eva in ihr Zimmer hinauf. Schon während der Zugfahrt hatte sie über das Engelsgewand nachgedacht und sich vergegenwärtigt, wie groß Marlies ungefähr war. Jetzt sah sie das Gewand klar vor sich. Sie ließ das Brot auf dem Teller liegen, griff nach ihren Stiften und einem Zeichenblock und begann das Gewand und die Flügel zu skizzieren.

Die Ärmel sollten erst schmal und dann zu den Händen hin weit geschnitten sein – wie bei mittelalterlicher, festlicher Kleidung. Über der Brust würde sie es plissieren, und es sollte einen schönen Faltenwurf haben. Und die Flügel …, Eva hielt kurz mit dem Zeichnen inne, … die mussten viel größer werden. Sie sollten alle Aufmerksamkeit auf der Bühne auf Marlies lenken. Wieder einmal versank Eva in einer anderen Welt.

Vier Tage später öffnete Annemie den Kühlschrank, um sich zu vergewissern, dass sie nichts vergessen hatte. Die Gans lag eingepackt in Papier auf einer Platte, das Gericht für den ersten Weihnachtsfeiertag. Am zweiten würde es den Rinderbraten geben. Auf dem Herd köchelte das Huhn für die Königinnen Pastetchen vor sich hin, ein Gericht, das kürzlich für den Weihnachtsabend in Mode gekommen war. Wurst, Käse, Eier, Beilagen, Gemüse, Brot, Stollen und Plätzchen – alles war mehr als ausreichend vorhanden.

Die Geschenke für Axel und die Töchter hatte sie auch schon alle besorgt und eingepackt. Auf der Terrasse lehnte der Weihnachtsbaum in einem Eimer an der Hauswand. Das erste Weihnachten im neuen Heim, eigentlich hätte sie sehr glücklich sein müssen. Stattdessen war sie unruhig und traurig. Wieder einmal fragte sie sich, was eigentlich mit ihr los war.

Annemie schloss den Kühlschrank wieder, in dem Haushaltsraum hing trockene Wäsche auf einem Ständer. Die musste noch gebügelt und gefaltet werden. Die Gymnastikmatte auf dem Boden erschien ihr wie eine Versuchung. Aber ihre tägliche halbe Stunde hatte sie ja schon am Morgen geturnt. Rasch wandte sie ihr den Rücken zu. Während sie die Wäsche abnahm und bügelte, musste sie daran denken, dass Eva an den beiden vergangenen Tagen bis spät in die Nacht an dem Engelskostüm gearbeitet hatte. Manchmal, wenn sie neben Axel aufgewacht war, hatte sie das leise Sirren der Nähmaschine durch die Wand gehört. Obwohl sie völlig übermüdet sein musste, hatte Eva so glücklich gewirkt wie schon lange nicht mehr.

Annemie packte die gebügelte Wäsche in einen Korb und trug sie die Treppe hinauf. Oben legte sie Lillys und Franzis

Stapel auf deren Betten und ging dann zu Evas Zimmer. Sie hatte auch hier die Wäsche auf dem Bett abgelegt, als sie abrupt innehielt. Das Licht aus dem Flur fiel durch die offen stehende Tür auf das Engelsgewand aus weißer Seide. Es hing auf einem Bügel am Schrank. Ein Luftzug bewegte es, und es schien förmlich mit seinen großen goldenen Flügeln durch den Raum zu schweben.

Weiß und Gold … Weiß und Gold, schimmernd im Licht. Freude … Schwerelosigkeit …

Da war eine Erinnerung ... Annemie presste die Hände gegen die Schläfen. Aber die unscharfen Bilder verblassten wie ein Traum kurz nach dem Aufwachen.

»Mama, Lilly und Franzi, wollt ihr euch das Engelsgewand einmal ansehen?« Eva beugte sich über das Treppengeländer und rief nach unten. »Aber beeilt euch, ich muss gleich los.«

Die Mutter und die Schwestern kamen die Treppen herauf und Eva ließ sie in ihr Zimmer eintreten. Sie war zufrieden mit ihrem Werk und sehr gespannt, wie es an Marlies aussehen würde. Die großen Flügel, aus einem Drahtgestell gefertigt, das sie mit Baumwollnessel bezogen und mit goldener Farbe bemalt hatte, waren eine echte Herausforderung gewesen.

»Das Kleid ist schön.« Franzi lächelte sie an.

»Nähst du mir auch so eines?«, fragte Lilly.

»Nur, wenn du dich auch zur Abwechslung mal wie ein Engel benimmst.« Eva rüttelte sie zärtlich an der Schulter. »Das heißt, das wird wohl nie der Fall sein.«

Lilly setzte zu einem Protest an. Aber Franzi fiel ihr ins Wort: »Mama, gefällt dir das Engelsgewand nicht? Du sagst ja gar nichts?«

»Doch, schon, es ist sehr schön.«

Eva war irritiert. Schwang da ein gepresster Unterton in der Stimme ihrer Mutter mit? Nein, das bildete sie sich bestimmt nur ein.

»Eva«, Franzi lehnte sich an sie, »du bist doch zum Weihnachtsbaumschmücken wieder zu Hause, oder?«

»Ja, natürlich.« Ihr Vater war dabei immer sehr pedantisch, aber Eva wollte ihre Schwestern nicht enttäuschen. »So, und jetzt muss ich los.«

Eva zog sich einen Anorak an. Dann schlüpfte sie mit den Armen in die improvisierten Tragegurte, die sie an dem Karton befestigt hatte, hängte ihre Handtasche um und verließ das Haus.

Der Himmel war bewölkt, aber glücklicherweise regnete es nicht. Paul Voss hatte sie während der letzten Tage nicht gesehen, er war wegen Recherchen außer Haus gewesen. Sie vermisste ihn sehr. Ob er an diesem unwirtlichen Winterabend die hellerleuchteten, weihnachtlich geschmückten Fenster auch besonders anheimelnd gefunden hätte? Bestimmt, denn er sah ja auch gerne zu, wie Schneeflocken vom Himmel schwebten. Zärtlich stellte Eva sich vor, wie auch er eine winterliche Straße entlangging. Vielleicht dachte er gerade an sie.

Massig hob sich die dunkle Kirche vor dem Nachthimmel ab. Ein Schaukasten neben der Treppe war beleuchtet. Darin hing ein Plakat mit der Ankündigung des Krippenspiels, um drei Uhr am nächsten Tag würde es stattfinden.

Kurz darauf hatte Eva das kleine Haus erreicht, in dem Frau Ziemiak mit ihren Kindern lebte. Das Tor war noch nicht abgeschlossen. Licht fiel aus dem Küchenfenster in den Hof. Die Abdrücke von Marlies Krücke zeichneten sich in dem matschigen Untergrund ab. Der Anblick ergriff Eva. Da die Stiege zu schmal war, um mit dem breiten Pappkarton auf dem Rücken hinaufzugehen, ließ sie ihn von den Schultern gleiten und trug ihn hinauf. Oben angekommen, klopfte sie an die Tür. Schritte. Frau Ziemiak öffnete ihr. Der Geruch von Kohlsuppe umwehte sie.

»Sie ...?«, verdutzt und abweisend starrte sie Eva an. »Ich hab doch gesagt, dass ich mich nicht interviewen lasse. Es hat sich nichts geändert.«

»Guten Abend, ich bin nicht wegen des Interviews hier, das verspreche ich Ihnen. Dürfte ich vielleicht kurz hereinkommen?«

Frau Ziemiak zögerte, gab Eva schließlich den Weg frei. In der Küche saßen die Kinder am Tisch. Marlies, das Kleinkind auf dem Schoß, ihre Schwester und der Bruder hockten auf dem Bett, da es nicht genug Stühle gab. Der Strohstern am Fenster war immer noch die einzige Weihnachtsdekoration.

»Wegen Ihrer verletzten Hand konnten Sie ja Marlies das Engelsgewand aus Fallschirmseide nicht nähen.« Eva fühlte sich plötzlich befangen. »Ich schneidere gerne. Deshalb habe ich eines für Marlies genäht. Ich hoffe, das ist Ihnen recht.« Plötzlich kam Eva in den Sinn, dass Frau Ziemiak ihr Geschenk vielleicht als zudringlich empfand.

Evas Befürchtung bewahrheitete sich, als Frau Ziemiak die Arme vor dem Körper verschränkte und hervorstieß: »Wir brauchen Ihre Almosen nicht.«

»Es ist kein Almosen, es ist ein Geschenk. Ich wollte Marlies eine Freude zu Weihnachten machen, das ist alles. Und mir selbst hat es viel Freude bereitet, das Engelsgewand zu entwerfen und zu nähen.«

»Nein, nehmen Sie es wieder mit und gehen Sie.«

»Mama ...«, sagte Marlies plötzlich. »Bitte, darf ich das Kleid mal sehen ...« Ihre Augen waren groß und flehend.

»Ja, lassen Sie es die Kleine doch wenigstens einmal anschauen«, sagte Eva sanft.

Frau Ziemiak rang mit sich. »Na gut«, sagte sie schroff.

Eva holte das Seidenkleid aus dem Karton und hielt es in die Höhe. Zwischen der Pappe schimmerten die Flügel geheimnisvoll.

Marlies blasse Wangen röteten sich. Andächtig betrachtete sie das Kleid. »Es ist so schön«, flüsterte sie dann und wandte sich zu ihrer Mutter um. »Mama, ich möchte so gerne ein richtig schöner Engel sein. Und keiner in einem alten Gewand.« Ihre Lippen zitterten flehend.

Stille füllte die Küche. Schließlich nickte Frau Ziemiak mit abgewandtem Gesicht. »Na gut, von mir aus, probier es mal an.«

Rasch half Eva Marlies, in das Engelsgewand zu schlüpfen. Dann befestigte sie die Flügel mit goldenen Bändern auf ihrem Rücken. Sie überragten das Kind weit und wirkten riesig in der kleinen Küche. Das Seidenkleid umfloss Marlies in weiten Falten. Die Glühbirne an der Decke brachte das Gold der Engelsflügel zum Leuchten, die Farbe reflektierte auf dem schimmernden Stoff, er schien wie von goldenem Puder überhaucht, ebenso das Fenster, der gusseiserne Herd und die Nähmaschine.

»So, fertig«, sagte Eva nun. »Magst du dich mal anschauen?« Sie reichte Marlies einen kleinen Spiegel aus ihrer Handtasche.

Marlies zupfte an dem Gewand herum. Dann blickte sie in den Spiegel. » Das bin ich?«, flüsterte sie ungläubig.

»Ja, das bist du.« Eva hatte plötzlich einen Kloß im Hals.

Ein strahlendes Lächeln breitete sich auf Marlies' Gesicht aus.

»Du bist so hübsch«, sagte ihre kleine Schwester feierlich. »Du siehst wie ein richtiger Engel aus.«

Frau Ziemiak hatte schweigend verfolgt, wie Eva Marlies in das Engelsgewand geholfen hatte, nun presste sie die Hand gegen den Mund und ihre Augen füllten sich mit Tränen.

»Mama«, Marlies fasste sie an der Hand, »ich darf das Kleid doch morgen beim Krippenspiel tragen, oder?«, fragte sie ängstlich.

Frau Ziemiak nickte stumm.

Eva spürte, wie Tränen auch ihre Augen füllten. Sie fasste nach ihrer Handtasche. »Frohe Weihnachten«, murmelte sie mit belegter Stimme, dann eilte sie aus der Küche. Marlies strahlendes Lächeln begleitete sie auf dem Nachhauseweg.

Die Kölner Domglocke schlug zwei Uhr, der Klang hallte im Büro des NWDR wider. Hinter ihrem Schreibtisch riss Jutta die Arme hoch. »Urlaub!«

»Freiheit, eine gute Woche lang!«, stimmte Eva lachend in ihren Jubel ein. Erst im neuen Jahr würden sie wieder im Sender, dann dem *WDR* sein.

Die Schritte der Chefsekretärin erklangen auf dem Flur. »Meine Damen«, in den Händen trug sie zwei Geschenke in Goldfolie, die mit roten Bändern versehen waren, »ich wünsche Ihnen beiden ein frohes Fest mit Ihren Familien und ein glückliches neues Jahr. Und ich hoffe, dass Sie wieder voller Elan an Ihren Arbeitsplatz zurückkehren.«

Um Juttas Mund zuckte es. »Ganz bestimmt werden wir das, Frau Naumann. Voller Schwung. Ihnen ebenfalls frohe Weihnachten und alles Gute.«

»Ja, von mir auch. Sie feiern bestimmt mit Ihrer Familie?« Eva dachte noch, dass das wahrscheinlich eine zu persönliche Frage gewesen war, als Frau Naumann sie mit einem eisigen Blick bedachte. »Mit meiner Nichte.«

Eva unterdrückte einen Seufzer, wieder war sie bei ihr in ein Fettnäpfchen getreten. Frau Naumann überreichte ihnen die Geschenke, ein letztes Nicken mit dem Kopf, dann stöckelte sie aus dem Büro.

Auf dem roten Band klebte das Firmenzeichen von *4711*. »Sagte ich es doch, Kölnisch Wasser.« Jutta grinste. »Meine Großmutter freut sich immer drüber. Ich hab übrigens noch ein Geschenk für dich.«

»Und ich eins für dich«, erwiderte Eva lächelnd. Sie tauschten ihre Geschenke aus.

»Ich wäre so gerne mit dir in ein Café gegangen, um den Urlaub zu feiern.« Jutta verzog bedauernd den Mund. »Aber meine Mutter braucht mich zu Hause. Meine Großmutter und zwei Großtanten kommen heute Nachmittag bei uns an.« Sie blickte auf ihre Armbanduhr. »Oh, Mist, ich muss los.«

»Das macht doch nichts, wir sehen uns zwischen den Jahren.« Sie umarmten sich. Jutta zog ihren Mantel an und rannte davon. Eva nahm ihre Handtasche vom Schreibtisch. Es war schade, dass sie Paul Voss heute nicht gesehen hatte. Ob sie zu seinem Büro gehen und ihm Frohe Weihnachten wünschen sollte? Es würde sich seltsam anfühlen, dass das Jahr zu Ende gehen würde, ohne dass sie sich von ihm verabschiedet hatte. Auf dem Weg zu seinem Büro wechselte Eva immer wieder gute Wünsche mit Journalisten und anderen Angestellten des Senders.

Nun stand sie vor Paul Voss' Tür und klopfte. Ihr Herz schlug mal wieder Purzelbäume. Keine Reaktion. Sie klopfte noch einmal, wieder antwortete er ihr nicht. Anscheinend war er nicht anwesend. Eva schluckte ihre Enttäuschung hinunter und ging ins Erdgeschoss. Vor dem Sender drehte sie sich noch einmal um. Ein letztes Mal sah sie das *NWDR* über dem Eingang. Dann machte sie sich auf den Weg zum Bahnhof.

Die Hügel des Vorgebirges glitten an dem Zugfenster vorbei, dann die Vororte von Bonn. In der Ferne entdeckte Eva einen hohen Kirchturm aus dunklen Backsteinen. Das war die Kirche, in deren Pfarrsaal das Krippenspiel stattfand. Sie blickte auf ihre Armbanduhr. Es war kurz vor halb drei. Bis nach Endenich benötigte sie vom Bonner Hauptbahnhof etwa zwanzig Minuten. Sie würde gerade rechtzeitig zum Beginn des Krippenspiels dort eintreffen. Länger als eine Stunde würde es bestimmt nicht dauern. Dann wäre sie spätestens gegen fünf zu Hause. Eva überlegte einen Augenblick und entschied, sich die Aufführung anzusehen.

Auf dem Areal der etwas erhöht gelegenen Kirche strebten Erwachsene und Kinder zu einem ebenfalls aus dunklem Backstein errichteten Gebäude, es musste der Pfarrsaal sein. Eva schloss sich ihnen an. Drinnen waren die Stuhlreihen schon gut besetzt, und sie suchte sich einen Platz weiter hinten. Ein Vorhang hing vor der Bühne. Eine Frau teilte Gesangbücher aus. In einem angrenzenden Raum standen einige Tische mit weihnachtlichen Gestecken und Tellern voller Gebäck. Anscheinend gab es hier nach dem Krippenspiel noch einen Umtrunk. Hinter dem Vorhang leuchteten nun Lichter auf.

Ein älterer Pfarrer in einer Soutane und eine Ordensfrau begrüßten die Gäste. Jemand stimmte auf dem Klavier *Ihr Kinderlein kommet* an. Dann ging der Vorhang auf. Die gemalte Kulisse einer winterlichen Stadt erschien und Maria und Joseph, ein älteres Mädchen und ein älterer Junge, begaben sich auf die Herbergssuche. Während einer kurzen Pause wurden die Kulissen ausgetauscht. Als sich der Vorhang wieder öffnete, war da ein Stall vor dunklen Bergen. Hirten lagen schlafend auf dem Boden zwischen den Schafen, mit Wolle umwickelte Holzgestelle, soweit Eva das in dem gedämpften Licht erkennen konnte.

Nun richtete sich ein Lichtstrahl auf einen mit einem schwarzen Tuch behängten Tisch, ein Felsen. Goldene Flügel erschienen dahinter, wie das Vorzeichen einer frohen Verheißung. Das Klavier grollte in einem donnernden Ton. Die Hirten sprangen erschrocken auf. Und da stand Marlies auf dem Felsen. Das weiße, seidene Kleid hell leuchtend, die großen Flügel überragten sie, sie schien über der Bühne zu schweben und breitete die Arme weit aus. »Fürchtet euch nicht, denn ich verkünde euch eine große Freude. Heute ist euch in der Stadt Davids der Retter geboren.« Ihre sonst so zarte Stimme hatte eine erstaunliche Kraft, ihr kleines Gesicht strahlte, und Eva spürte wieder einen Kloß in ihrem Hals. Sie musste blinzeln, um wieder klar sehen zu können, als die Hirten zur Krippe pilgerten und dem Jesuskind huldigten. Marlies stand weiterhin strahlend, wie ein Inbegriff der Weihnachtsfreude, auf dem Felsen.

Die Töne von *Stille Nacht* erklangen auf dem Klavier. Die Zuschauer und die Kinder auf der Bühne sangen mit. Eva war zu aufgewühlt, um einzustimmen. Sie applaudierte begeistert, als die kleinen Darsteller an den Rand der Bühne traten und sich verneigten.

Als die anderen Menschen im Saal sich erhoben, blieb Eva sitzen. Sie konnte es immer noch nicht recht fassen, aber sie hatte Marlies dieses Leuchten aufs Gesicht gezaubert. Sie hatte das Mädchen mit dem von ihr entworfenen Engelsgewand so glücklich gemacht.

»Fräulein Vordemfelde ...« Frau Ziemiak war zu ihr getreten und blickte sie unsicher an. »Ich möchte Ihnen danken, Marlies sah so ... so wunderschön aus. Wie verwandelt und so glücklich. Und ich möchte mich entschuldigen, dass ich gestern so abweisend war.«

»Sie müssen sich nicht entschuldigen, und Sie müssen mir nicht danken. Es hat mir selbst sehr viel gegeben, das Engelsgewand zu nähen«, entgegnete Eva.

»Und ...« Frau Ziemiak stockte. Sie schien noch etwas auf dem Herzen zu haben.

»Ja?«

»Ich ... Ich möchte doch mit Herrn Voss sprechen, wenn er das noch will.«

»Das will er bestimmt«, erwiderte Eva herzlich. »Er wird den Beitrag erst im neuen Jahr fertigstellen. Ach, ich bin so froh, dass Sie doch bereit sind, sich von ihm interviewen zu lassen.«

»Vielleicht ändert sich doch etwas, wenn wir Frauen über uns sprechen. Ich möchte nicht mehr ständig so erschöpft sein. Ich möchte, dass Marlies und meine anderen Kinder glücklich sind.« Frau Ziemiak kamen wieder die Tränen, und sie suchte in ihrem Mantel nach einem Taschentuch. »Herr Voss hat mir seine Karte dagelassen. Ich ruf ihn nach den Feiertagen an.«

Das mit der Karte hatte Eva gar nicht bemerkt. »Das ist schön, Ihnen und Ihren Kindern frohe Weihnachten. Vielleicht bin ich bei dem Interview dabei, es würde mich freuen.« Eva gab ihr die Hand und sah Frau Ziemiak nach, die in den Nebenraum ging, wo Marlies und ihre Geschwister an einem der weihnachtlich geschmückten Tische saßen. Obwohl Marlies wieder ein Kleidchen und eine dicke Strickjacke trug, leuchteten ihre Augen immer noch.

Eine tiefe Freude stieg in Eva auf. Erst jetzt begriff sie richtig, was da gerade geschehen war. Manchmal gab es anscheinend doch Wunder. Frau Ziemiak war zu dem Interview bereit, und sie selbst glaubte wieder an ihr Talent, seit sie Marlies so strahlend in ihrem Engelsgewand gesehen hatte.

Kapitel 13

Prüfend betrachtete Eva die Entwürfe für den Wettbewerb des Düsseldorfer Modehauses, die vor ihr auf dem Schreibtisch lagen. Schon am Weihnachtsabend, nach dem Essen und der Bescherung, hatte sie zu zeichnen begonnen und in den beiden Tagen seither war sie gut vorangekommen. Der Kragen an dem Nachmittagskleid war ein bisschen langweilig und vielleicht sollte das Kostüm besser die angesagte A-Linie haben statt der üblichen, eher kastigen Form mit dem gerade geschnittenen Rock. Aber sonst war sie ganz zufrieden damit.

Das Engelsgewand für Marlies hatte sie entworfen, um dem Kind eine Freude zu bereiten. An etwas anderes hatte sie dabei gar nicht gedacht. Bei dem Wettbewerb ging es jedoch darum, ihre Skizzen kritischen Blicken zu präsentieren. Noch immer erschien es ihr wie ein Wunder, dass sie wieder an ihr Talent glaubte.

Und ein Wunder war es auch gewesen, dass die Weihnachtstage seither sehr friedlich verlaufen waren, ohne Streit zwischen ihr und dem Vater, und ihre Schwestern hatten sich ebenfalls kaum gezankt.

»Eva, kannst du mal bitte kommen?«, rief Lilly aus dem Wohnzimmer.

»Ja, gleich.« Eva korrigierte noch schnell den Kragen des Nachmittagskleides und lief dann nach unten.

Der vertraute Geruch nach Tannennadeln und Honigwachs hing im Wohnzimmer. Die Geschenke lagen unter dem Weihnachtsbaum, und ihr neues Fahrrad, ein rotes Gestell und weißwandige Reifen, ein Geschenk der Eltern, lehnte an der Wand.

Die Schwestern saßen vor dem Fernseher auf dem Boden, der Bildschirm flimmerte.

»Eva«, Lilly sah sie bittend an, » kannst du uns das Programm einstellen? Wir kriegen das nicht hin, und der Papa ist ja nicht da.«

Eva hatte ganz vergessen, dass die Eltern bei Kollegen des Vaters zum Kaffee eingeladen waren. »Was wollt ihr euch denn ansehen?«

»Das ideale Brautpaar.«

»Das kommt heute? Sonst läuft die Sendung doch immer an einem Freitagabend.«

»Das steht so in der Zeitung«, erklärte Franzi. »Vielleicht ist das extra wegen Weihnachten so.«

Eva fand die Sendung, in der Brautpaare Fragen beantworten mussten und verschiedene Aufgaben zu bewältigen hatten, um zu beweisen, dass sie *ideal* miteinander harmonierten, nur dumm. »Ich weiß nicht, ob ich euch dieses alberne Zeug wirklich suchen soll«, entgegnete sie.

»Eva, bitte!«, riefen ihre Schwestern wie aus einem Munde.

»Na gut ...« Eva gab nach und drehte an dem Knopf. Gleich darauf wurde das Bild klar. Eine junge Frau in einem züchtigen Kostüm, die Haare in Locken gelegt, wurde sichtbar. Sie saß mit dem korpulenten, kahlköpfigen Moderator Jacques Königstein in einer Art Laube aus weißen Papierblumen. Ein langer Brautschleier hing neben einem stilisierten Apfelbaum voller praller Früchte, um den sich eine Schlange wand. Von der Decke des Studios baumelten glitzernde Geigen.

»Was lieben Sie denn besonders an Ihrem Bräutigam?«, fragte der Moderator.

»Dass er so stark ist und ich zu ihm aufsehen kann«, wisperte die junge Frau.

»Und wie stellen Sie sich Ihr gemeinsames Leben vor, was ist Ihr vorrangigstes Ziel?«

»Nun, ich werde mich selbstverständlich nach seinen Wünschen richten.«

»Himmel, nein ...« Eva war entsetzt. Wie konnte die junge Frau das nur sagen?

»Eva, sei still!«

Das Telefon klingelte. Rasch nahm Eva den Hörer ab. »Vordemfelde ...?«

»Super, dass ich dich gleich am Apparat habe.« Margits fröhliche Stimme drang an ihr Ohr. »Frohe Weihnachten.«

»Dir auch, schön, dass du dich meldest.«

»Eva, geh doch bitte ins Arbeitszimmer.« Franzi stöhnte ungeduldig, während ein Mann mit pomadisiertem, exakt gescheiteltem Haar erklärte, dass er sich von seiner Braut vor allem wünsche, dass sie »eine gute Hausfrau« sei.

Eva erklärte Margit, dass sie das Gespräch umstellen würde und ging ins Arbeitszimmer.

»Was sehen sich deine Schwestern denn an?«, erkundigte sich Margit lachend, als Eva sie wieder in der Leitung hatte.

»Ach, furchtbar spießigen Kram. Lass uns die Zeit nicht damit verschwenden. Danke für die Elvis-Presley-Single, ich hab mich sehr darüber gefreut und sie auch schon ein paarmal gehört. Die Lieder sind toll. Ich wusste gar nicht, dass seine Platten schon in Deutschland zu kriegen sind.« Die

Single hatte fast zu einem Streit zwischen ihrem Vater und Eva geführt, aber nur *fast*.

»Peter ist ja Amerikaner und hat Beziehungen zu GIs, danke dir für die wunderschöne Kette. Ich schick dir bald ein Foto, auf dem ich sie trage. Sag mal, was du mir über dein Treffen mit Heiner Palzer geschrieben hast ... Du lässt dich doch hoffentlich nicht von ihm entmutigen?«

»Jetzt nicht mehr.«

»Das ist gut, warst du schon in *Sissi*? Am Tag vor Heiligabend war Filmpremiere.«

»Nein, noch nicht ...« Eva umklammerte den Hörer fester. Die Erinnerung an Gerdago tat immer noch weh.

»Ich sehe ihn mir in den nächsten Tagen an, ich bin schon so gespannt darauf, dich zu sehen.« Margit plauderte weiter. »Ich muss dir unbedingt etwas erzählen.«

»Was denn, hast du dich etwa mit Peter verlobt?«

»Nein, so bieder bin ich nicht. Ich habe eine Stelle als stellvertretende Hauswirtschafterin im Hotel Carlton in Hamburg bekommen. Im November habe ich mich dort auf eine Zeitungsannonce beworben. Die Reise und das Gespräch mit der Direktion waren so aufregend. Am Tag vor Weihnachten habe ich die Zusage erhalten.«

»Oh, wirklich, das ist ja wunderbar! Herzlichen Glückwunsch.« Das Carlton war ein Luxushotel an der Binnenalster, in dem Filmstars und andere Berühmtheiten logierten. Eva kannte die vornehme Fassade von Fotografien. »Aber, du hast doch deine Ausbildung in Fuschl am See noch gar nicht abgeschlossen?«

»Ende März ist es so weit, und dann fange ich gleich in Hamburg an.«

»Ich freue mich sehr für dich.«

»Peter wird mit nach Hamburg kommen. Er hat eine Stelle als Barpianist auf einem Ozeandampfer in Aussicht. Und nach zwei oder drei Jahren wollen wir dann nach Paris gehen, das haben wir natürlich immer noch vor. Aber erstmal steht Hamburg an. Du musst mich unbedingt im Sommer besuchen.«

»Das mache ich ganz bestimmt!«

»Bevor ich auflegen muss – Gibt es denn inzwischen einen Mann in deinem Leben?«

»O Margit ...«

»Jetzt sag schon, höre ich da einen gewissen Unterton in deiner Stimme?«

»Nein, das heißt ...«

»Mein Gott, Eva, geht das auch klarer?«

»Ja, ich habe mich verliebt. Sehr sogar. Er ist Journalist beim NWDR und arbeitet für den Hörfunk, ich arbeite manchmal mit ihm zusammen.«

»Weshalb sind Telefonate nur so sündhaft teuer? Ich möchte einen ausführlichen Brief darüber haben. Du schreibst mir bald, ja?«

»Versprochen! Und ein gutes neues Jahr.«

»Dir auch!« Ein Klacken und das Freizeichen ertönte.

Eva starrte auf das Telefon. Das hatte sie noch niemandem verraten, auch nicht sich selbst hatte sie eingestanden, wie tief sie für Paul Voss empfand. Und sie konnte es kaum abwarten, ihn wiederzusehen.

Auf dem Weg zurück in ihr Zimmer und zu den Entwürfen, schaute sie noch schnell ins Wohnzimmer, ob alles in Ordnung war.

Franzi wandte den Blick kurz vom Bildschirm ab, wo ein neues Brautpaar seine Gemeinsamkeiten unter Beweis stellte. »Eva, du lächelst ja über das ganze Gesicht.«

»So, tue ich das?« schwindelte Eva, während die Schmetterlinge in ihrem Bauch verrückt spielten. »Na ja, es macht immer Spaß, mit Margit zu telefonieren.«

Auf dem Bonner Hauptpostamt reichte Eva dem älteren Beamten hinter dem Schalter das Porto für ihren Brief mit ihren Entwürfen und sonstigen Wettbewerbsunterlagen. An Silvester war der Einsendeschluss, sie war drei Tage früher damit fertig geworden. Sie sah dem Beamten dabei zu, wie er den Brief in einen Korb legte. So richtig wagte sie nicht daran zu glauben, dass sie eine Chance hatte. Dann ging sie in den sonnigen Nachmittag hinaus. Auf der Beethoven-Statue vor dem Postamt hockte eine Taube.

Mit Jutta würde sie sich erst morgen treffen. Zu Hause wartete niemand auf sie. Die Schwestern waren bei einer Freundin und die Eltern unterwegs. Sie beschloss, am Rhein einen Spaziergang zur Südstadt zu machen.

Eva überquerte den Münsterplatz und schlug den Weg in Richtung Markt und Rhein ein. Nur noch drei Tage bis Silvester, dann war das Jahr um. Wie schade, dass sie den Jahreswechsel nicht mit Jutta feiern konnte. Aber da es das erste Silvester in Bonn war, hatte der Vater darauf bestanden, dass die Familie es zusammen verbrachte. Noch ein weiterer Jahreswechsel – dann, im April 1957 würde sie endlich volljährig werden und musste sich nicht mehr nach seinen Wünschen richten.

Das Bonner Rathaus am Marktplatz sah mit seiner mit Stuck verzierten Rokoko-Fassade in hellen Pastelltönen mal wieder aus, wie von einem Zuckerbäcker fabriziert. Eva wollte weitergehen, als sie die lange Schlange vor einem Kino sah. Die Menschen warteten auf den Einlass in *Sissi*, über den

Türen prangte ein Plakat mit Romy Schneider. Ob sie sich den Film nicht doch ansehen sollte? Sie zögerte, ging ein paar Schritte in die entgegengesetzte Richtung und blieb stehen.

Es gefällt mir, wie Sie die Kleider entsprechend der Szenen im Drehbuch interpretiert haben. Dass Sie Sissi in der Szene, in der sie als Verlobte des Kaisers auf einem Dampfschiff die Donau entlangfährt und die Menschen am Ufer ihr zuwinken, einen Samtmantel tragen lassen, wie ihn eine Kaiserin bei ihrer Krönung tragen würde. Denn sie wird ja bald die Kaiserin sein.

In ihrer Erinnerung hörte Eva Gerdagos Stimme so deutlich, als würde sie neben ihr stehen. Aber ihre Worte waren gelogen. Gerdago hielt sie in Wahrheit für untalentiert. Sie hatte diese Frau so sehr bewundert und so viel auf ihr Urteil gegeben. Sie wollte sich nicht länger von ihr bestimmen lassen. Sie würde in diesen Film gehen und sich Gerdagos Kostüme ansehen. Auch wenn es sie noch immer schmerzte. Danach würde sie hoffentlich frei von ihr sein. Entschlossen überquerte Eva den Platz und reihte sich in die Schlange der Wartenden ein.

Sie bekam nur noch einen Sitz in einer der vorderen Reihen am Rand. Als sie sich niederließ, lief schon die Werbung. Fridolin, der Maggi-Koch, testete mit einem Apparat namens *Gourmometer* die Geschmacksintensität der Speisen und empfahl die Würze *Fondor*. Und gleich darauf hielt eine junge Frau in einem sittsamen, hoch geschlossenen Jäckchen vor der Kulisse des Kölner Doms ein Parfüm-Fläschchen an ihre Wange und verkündete, »4711 und die Jugend gehören zusammen«.

Das sahen Jutta und sie aber anders. Evas Anflug von Amüsement verschwand, als der Filmtitel *Sissi* in verschnörkelter Schrift auf der Leinwand erschien und die dramatische Musik erklang.

Dann waren da die Bilder des Jagdschlosses Possenhofen am Starnberger See, die eigentlich im Schlosshotel von Fuschl gedreht worden waren. Sissi galoppierte in dem Eva so vertrauten roten Jagdkleid am Seeufer entlang. Weitere Szenen im Schloss Possenhofen folgten, der Ausflug von Sissi mit ihrem Vater in den Wald, wie die Familie für die geplante Verlobung von Sissis Schwester Néné nach Bad Ischl umsiedelte. Evas Herz hämmerte schier zum Zerspringen in ihrer Brust. Und dann war da sie selbst in dem rosa Kleid von hinten an dem Flüsschen in Bad Ischl zu sehen, wie sie langsam von der Kamera wegging.

Die Szenen wechselten einander ab. Bei denen, die auf dem Balkon der Kaiser-Villa in Bad Ischl gedreht worden waren, hatte sie zugesehen. Bei all ihrer Traurigkeit entfalteten Gerdagos Kostüme wieder ihren Zauber und nahmen Eva gefangen. Es tat weh, das von Franz Xaver Winterhalters berühmtem Gemälde inspirierte weiße Seidenkleid mit den silbernen Sternen zu erblicken, das Sissi bei einem festlichen Diner kurz vor ihrer Hochzeit mit dem Kaiser in der Wiener Hofburg trug. Eva erinnerte den Entwurf auf dem Boden von Gerdagos Hotelzimmer noch genau. Schließlich war Eva hingerissen von Sissis opulentem Hochzeitskleid und dem meterlangen, von sechs weiß gewandten Jungen und Mädchen getragenen, Schleier bei ihrer Trauung mit Franz-Joseph. Gebannt betrachtete sie jede Einzelheit des Filmkostüms. Wie üppig die Spitze am Ausschnitt und wie duftig der Schleier waren!

Als der Abspann lief, blieb Eva sitzen und ließ andere Zuschauer, die schon nach draußen strebten, vorbei. *Filmkostüme – Gerdago* erschien auf der Leinwand. Was auch immer Gerdago von ihr hielt – sie würde ihren Weg gehen und ihren Traum verwirklichen.

In Gedanken noch ganz bei den Filmkostümen kam Eva am frühen Abend zu Hause an. Sie hatte sich aus ihrem Mantel geschält, als Franzi den Kopf in die Diele steckte.

»Es hat wer für dich angerufen, Eva.«

»Ach, ja?« Wahrscheinlich Jutta, die noch etwas mit ihr absprechen wollte.

»Es war ein Mann, er heißt Paul Voss, ich hab seinen Namen aufgeschrieben, er hat gesagt, du kannst ihn bis um sechs im Sender erreichen.«

Es war kurz vor sechs. Wie gut, dass ihr Vater noch nicht da war und sie in seinem Arbeitszimmer ungestört telefonieren konnte.

»Voss, Hörfunkredaktion NWDR«, meldete er sich schon nach dem ersten Klingeln mit seiner warmen, angenehmen Stimme. Sofort war wieder dieses prickelnde Gefühl in ihrem Bauch, als hätte sie Champagner getrunken, und sie fühlte sich so leicht, als könnte sie schweben.

»Eva Vordemfelde«, Eva bemühte sich, gleichmütig zu klingen, »meine Schwester hat gesagt, Sie haben vorhin angerufen.«

»Ich hoffe, es macht Ihnen nichts aus, dass ich mich während Ihres Urlaubs bei Ihnen melde. Aber da war dieser völlig unerwartete Anruf von Frau Ziemiak ...«

»Sie hat Sie also kontaktiert.«

»Ja, sie sagte, Sie waren da, mit einem Engelskostüm, das Sie für Marlies genäht haben, es hätte ihren Sinneswandel bewirkt und sie sei nun doch zu einem Interview bereit. Ich muss schon sagen, Sie verblüffen mich immer wieder.«

Eva umklammerte den Hörer fester. »Wollen Sie Frau Ziemiak denn noch vor Ihrem Urlaub interviewen?« Vielleicht wollte er sie dabei haben. Es wäre wundervoll, wenn sie ihn sehen könnte.

»Nein, Frau Ziemiak hat in den nächsten Tagen keine Zeit. Aber ...«

»Ja ...?«, platzte Eva heraus, noch bevor Paul Voss ausgesprochen hatte.

»Ich darf Sie ja nicht fragen, ob Sie mit mir ausgehen würden. Aber gilt das auch für einen Kaffee?«

»Nein. Ich treffe Sie gern.«

»Ich bin an Silvester für den NWDR in Bonn. Passt es Ihnen nachmittags?«

»Ja, das passt mir gut.«

Sie verabredeten sich vor dem Bonner Münster. Evas Vater würde davon nichts mitbekommen. So gereizt, wie er auf Paul Voss reagierte, war es besser, dass er nichts von ihrem Treffen erfuhr. Er hätte es ihr sonst noch verboten. Behutsam legte Eva den Hörer auf die Gabel. Wie gut, dass die Schwestern sie jetzt nicht sahen. Sie lächelte nicht nur, sie strahlte.

Eva war die Treppe vom Rheinufer zum Alten Zoll hochgelaufen, eine Aussichtsterrasse mit Blick auf das Siebengebirge. Gerade eben hatte sie die Straße erreicht, als es neben ihr hupte. Ein VW-Käfer bremste, Paul Voss beugte sich über den Beifahrersitz und öffnete ihr die Tür. »Hallo, wo kommen Sie denn her?«

»Ich habe einen Spaziergang am Rhein gemacht und wollte jetzt zur Innenstadt und zum Bonner Münster gehen.« Eva glitt neben ihn auf den Sitz, ein bisschen atemlos, was nicht nur am Treppensteigen lag. Sie hatte damit gerechnet, vor dem Eingang der Kirche auf Paul Voss zu warten, dann hätte sie ein wenig Zeit gehabt, sich auf die Begegnung einzustellen und ein freundliches, aber nicht zu breites Lächeln auf ihr Gesicht zu zaubern. Sie holte tief Luft, um ihren

Herzschlag zu beruhigen. »Und Sie ... Waren Sie im Bonner Studio?«

»Nein, ich habe mich in Bad Godesberg mit jemandem wegen dieser Otto-John-Geschichte getroffen. Vielleicht mache ich nach meinem Urlaub nochmal einen Beitrag dazu.«

»Glauben Sie, dass er von der DDR entführt wurde?«

»Ich würde es zumindest nicht ausschließen.«

Evas Vater war da ganz anderer Ansicht, und *Verräter* noch einer der mildesten Ausdrücke, mit denen er den ehemaligen Präsidenten des Bundesamtes für Verfassungsschutz bedachte. »Aber Otto John hat doch im DDR-Fernsehen öffentlich gesagt, er sei freiwillig dorthin umgesiedelt, weil er so am besten für die Einheit Deutschlands tätig sein könne. Und er hat außerdem angeprangert, dass frühere Nationalsozialisten in hohen politischen Ämtern in der BRD tätig seien.«

»Damit hat er ja leider recht. Und da er in die Planungen des Attentats auf Hitler involviert war, sind ihm diese alten Nazis bestimmt alles andere als wohlgesonnen. Außerdem argumentiert John, dass er sich scheinbar mit dem DDR-Regime arrangiert hat, um so weniger streng bewacht zu werden und seine Flucht nach Westdeutschland vorbereiten zu können. Für unplausibel halte ich das zum jetzigen Zeitpunkt nicht.«

Eva wurde wieder einmal klar, dass Paul Voss dezidiert andere politische Auffassungen vertrat als ihr Vater. Ob das an seiner Herkunft aus einer Arbeiterfamilie lag? Doch ehe sie das Thema weiterverfolgen konnte, waren sie auf den Parkplatz des Hotels Königshof eingebogen.

»Wollen Sie den Käfer hier abstellen?«, fragte sie überrascht.

»Ja, ich möchte Sie zu einem Kaffee im Hotelrestaurant einladen.«

»Aber ... Der Königshof ist doch neben dem Hotel auf dem Petersberg und dem Dreesen das erste Haus am Platz. Konrad Adenauer hat hier sogar ein Zimmer ....« Evas Vater hatte zu Hause davon erzählt.

»... und der amerikanische Außenminister hat hier auch gegessen. Aber weshalb sollte sich das einfache Volk nicht unter die Herrschenden mischen?«

»Ich weiß nicht ...« Eva verkniff es sich anzumerken, dass selbst ein Kaffee in diesem Hotel sehr teuer sein musste, sie wollte Paul Voss nicht kränken.

»Ich finde den Blick auf den Rhein und das Siebengebirge vom Restaurant aus einfach sehr schön. Bitte, tun Sie mir den Gefallen.«

»Wenn Sie das unbedingt möchten ...«, gab sie nach. Trotzdem fühlte sie sich befangen, als sie gleich darauf die weitläufige Eingangshalle betraten, schick und teuer gekleidete Herren und Damen saßen dort in tiefen Sesseln. Sie trug eine Hose, was für Frauen immer noch nicht gesellschaftsfähig war, und dazu, wie auch Paul Voss, einen Anorak.

Das Restaurant hatte große, zum Rhein hin gelegene Fenster. Die Stühle waren mit hellem Samt bezogen, der Raum verströmte eine unaufdringliche Eleganz.

Ein hagerer Kellner steuerte auf sie zu und beäugte sie misstrauisch. »Der Herr wünschen?«, wandte er sich, wie es üblich war, an den männlichen Begleiter.

»Einen Tisch am Fenster.«

»Die sind leider alle reserviert.«

»Auf drei Tischen stehen aber keine Schilder«, protestierte Paul Voss.

Plötzlich hatte Eva Lust, gerade hier, in dieser feinen Umgebung, mit ihm Kaffee zu trinken. Sie kam dem Kellner zuvor.

»Ach, das ist aber schade«, sagte sie, »dann wird der Königshof eben nicht in unserer Reportage über erstklassige Hotels im Rheinland aufgenommen werden.«

»Vor allem auch, da man auf dem Petersberg und im Hotel Dreesen in Bad Godesberg so zuvorkommend zu uns war«, nahm Paul Voss ihren Ball auf. »Gehen wir.« Sie wandten sich zum Eingang.

»Verzeihen Sie, die Herrschaften sind von der Presse?« Der Kellner lief ihnen verunsichert nach.

»Vom NWDR.« Eva hätte nicht gedacht, dass sie dies einmal so gerne aussprechen würde.

»Entschuldigen Sie, das war ein Missverständnis, wenn Sie mir bitte folgen würden. Der Chefredakteur Herr Dr. Meinrad ist übrigens auch gerade unser Gast.« Er wies auf einen der Tische weiter vorne an den Fenstern.

Dr. Meinrad saß dort mit seiner Frau und einem jungen Mann, der ihm ziemlich ähnlich sah, wahrscheinlich sein Sohn. Frau Meinrad entdeckte Eva und hob grüßend die Hand, sie beugte sich zu ihrem Gatten, sagte etwas zu ihm, er drehte sich zu ihnen um und nickte ihnen freundlich zu. Offensichtlich kannte er Paul Voss, auch wenn er für den Hörfunk und nicht für das Fernsehen arbeitete. Hoffentlich würde Dr. Meinrad ihrem Vater nicht erzählen, dass er sie mit Paul Voss hier gesehen hatte.

Der Blick auf das Siebengebirge war spektakulär. Zum Greifen nah erhoben sich die Berggipfel auf dem anderen Rheinufer. Die Konturen der Burgruine auf dem Drachenfels waren klar umrissen, und die Mauern des Hotels auf dem Petersberg schimmerten rosa im Licht der schon tief stehenden Sonne. Vor dem Hotel stand eine große Tanne, die elektrischen Kerzen brannten bereits.

Der Kellner reichte ihnen die Speisekarten. Evas war eine sogenannte Damenkarte, in der keine Preise verzeichnet waren.

»Was runzeln Sie denn die Stirn?«, hörte sie Paul Voss fragen. »Ihr Einfall gerade war übrigens großartig!«

»Gern geschehen, ich wollte auch gern am Fenster sitzen. Diese Speisekarten für Damen, das ist doch albern, weshalb soll ich nicht wissen, wie viel etwas kostet, wenn ich eingeladen bin? Wie eine Ehefrau, die ihren Mann um Geld bitten muss.«

»Dieser Vergleich ist, mit Verlaub, etwas weit hergeholt und ...« Der Kellner erschien, um ihre Bestellung aufzunehmen. Sie entschieden sich beide für einen Kaffee, Eva für Baumkuchen und Paul Voss für ein Stück Schokoladentorte.

»Sie möchten also in einer Ehe Ihr eigenes Geld haben?« In seinen Wangen erschienen Grübchen. Für einen Moment blickten sie sich tief in die Augen, nur um beide gleich zur Seite zu schauen.

Eva räusperte sich. »Unbedingt, ich möchte arbeiten gehen, auch wenn ich Kinder habe. Und ich möchte mein eigenes Konto besitzen und über meine Ausgaben selbst bestimmen können, ohne die Einwilligung meines Ehemannes.«

»Da haben Sie ja eine ganze Liste von Forderungen.«

»Anders möchte ich eine Ehe nicht führen«, entgegnete Eva vehement. Das waren Dinge, wurde ihr plötzlich bewusst, die ihr erst in den letzten Wochen richtig klar geworden waren. Sie hatte sich so oft über ihren selbstherrlichen Vater geärgert. Sie konnte nicht mehr mit ansehen, wie sich ihre Mutter ihm unterordnete.

»Da wir gerade beim Thema arbeiten und Geld verdienen sind ...« Paul Voss lehnte sich auf seinem Stuhl zurück. »... bei unserer ersten Begegnung in Berlin zeichnen Sie eine

Frau in einem historischen Kostüm. Als Sie mir – dankenswerterweise – den Frackärmel auf dem Bundespresseball geflickt haben, wirkten Sie sehr entspannt. Und dann nähen Sie für Marlies Ziemiak ein Engelsgewand für ein Krippenspiel. Irgendwie bringt mich das zur Vermutung, dass Sekretärin beim NWDR nicht gerade Ihr Traumberuf ist?«

»Ich möchte gerne Kostümbildnerin werden«, gab Eva zu. »Aber mein Vater erlaubt es mir nicht.«

»Sie akzeptieren das?«

»Was soll ich tun.«

»Na ja, bisher habe ich Sie als ziemlich streitlustig und eigenwillig erlebt.«

»Aus Ihrem Mund nehme ich das mal als Kompliment.« Wie schon so oft lieferten sie sich ein charmantes Wortgefecht. Aber sie mochte das. Ebenso wie das Lächeln, mit dem er sie ansah. Ein bisschen ironisch, aber auch sehr herzlich. Er hatte so offen von den seelischen Schwierigkeiten seiner Mutter erzählt, sie wollte ihm gegenüber auch offen sein. »Ich war im September zufällig in Fuschl am See, als der Film *Sissi* mit Romy Schneider gedreht wurde. Die Kostüme von Gerdago sind fantastisch, und ich habe selbst Entwürfe zu dem Drehbuch gezeichnet und sie ihr gezeigt. Sie hat mir ein Empfehlungsschreiben für den Kostümbildner am Deutschen Theater in München mitgegeben. Er hat mir eine Aufgabe gestellt. Aber als ich ihm ein paar Wochen später meine Entwürfe gezeigt habe, fand er sie bestenfalls mittelmäßig. Und es hat sich herausgestellt, dass Gerdago das Empfehlungsschreiben nur aus Mitleid geschrieben hat. Denn eigentlich hält auch sie mich für untalentiert.«

»Das klingt ziemlich hart.«

»Ja, das ist es.«

»Ich habe so was mal mit einem Redakteur erlebt, als ich mit sechzehn, siebzehn meine ersten Artikel geschrieben hatte. Er meinte, ich sollte bloß niemals einen Beruf ergreifen, der irgendetwas mit Sprache zu tun hätte. Mein Geschreibsel wäre dümmlich und verquast und eine einzige Zumutung. Das Beste, was man mit meinen Artikeln machen könnte, wäre, sie zusammenzuknüllen und zum Feueranzünden zu verwenden.«

»O Gott, wie furchtbar ...«

»Ich habe mich eine ganze Weile kaum noch getraut, einen Satz zu Papier zu bringen. Aber dann habe ich mich überwunden und doch wieder Artikel verfasst. Einem anderen Redakteur haben sie gefallen, und er hat mir gezeigt, wie ich mich verbessern kann.«

Der Kellner servierte ihnen den Kaffee in Kännchen aus Silber und den Kuchen auf Tellern aus feinem weißen Porzellan.

»Aber um noch einmal auf Ihren Wunsch, Kostümbildnerin zu werden, zurückzukommen ...« Paul Voss griff nach der Kuchengabel und hielt dann inne. »Sie lassen sich davon doch nicht abbringen, oder? Trotz dieser vernichtenden Kritik?« Sein Tonfall war sehr eindringlich.

»Ich habe mich am Wettbewerb eines Düsseldorfer Modehauses beteiligt, kurz nach Weihnachten habe ich die Entwürfe weggeschickt. Und ich werde ich mich auch für Hospitanzen bei Theatern und Filmstudios bewerben, bei Union Film und Gamma Film in München etwa, die haben *Lola Montez* von Max Ophüls produziert, der demnächst in die Kinos kommt, und bei CCC-Film in Berlin-Spandau, das Studio gehört Artur Brauner.« Eva war sehr gespannt auf *Lola Montez*, der in Farbe gedreht war. Denn sie hatte gelesen, dass Ophüls für jede Jahreszeit, in der der Film spielte, ein eigenes Farbkonzept gewählt hatte.

»Das ist gut.« Paul Voss lächelte sie an und schien sich wirklich über ihren Entschluss zu freuen. »Ich halte Ihnen die Daumen.«

»Danke.«

Für einen Moment versanken beide in den Genuss ihrer Kuchen. Sie schmeckten himmlisch.

»Sie sind wirklich gerne Journalist, oder?«, fragte sie dann.

»Wie kommen Sie darauf?«

»Ich fand den Kommentar zur Bundeswehr, den Sie mir diktiert haben wirklich gut.«

»Tatsächlich?« Da war wieder dieses Funkeln in seinen Augen.

»Und bei Frau Ziemiak und den anderen Müttern waren Sie so engagiert, so ganz bei der Sache.«

»Bevor ich mich weiter dazu auslasse, da ist etwas.«

»Was denn?«

»Könnten Sie sich dazu durchringen, dass wir uns duzen?«

»Ja, das könnte ich«, sagte Eva fröhlich. Ihr Gespräch war so persönlich, sie hatte sich das auch gerade überlegt. Frau Naumann würde wahrscheinlich außer sich sein, wenn sie mitbekam, dass eine ihrer Sekretärinnen und ein Redakteur per Du waren, aber das nahm sie in Kauf.

»Eva ...«

»Paul ...«

Sie reichten sich die Hände. Es war schön, ihn zu berühren, elektrisierend und doch irgendwie vertraut. Eva wurde es ganz warm ums Herz, und sie zog ihre Hand nur ungern wieder weg. Wie es wohl wäre, Hand in Hand mit ihm zu gehen?

»Du wolltest von dir erzählen.« Das *Du* klang süß, wie ein Wort aus einem Gedicht. »Warum wolltest du Journalist werden?«

Aus den Augenwinkeln beobachtete Eva, dass die Meinrads aufstanden und das Restaurant verließen, ohne noch einmal zu ihnen zu blicken. Sie atmete auf.

»Kurz nach dem Krieg, ich war fünfzehn, hatte ich so einen Lesehunger. Ich wollte unbedingt was anderes kennenlernen als diese Nazi-Schwarten. Die Briten hatten in ihrer Besatzungszone, also auch in Hamburg, Informationszentren eröffnet, wo man Bücher ausleihen konnte. Sie sollten die Demokratie fördern. Es gab da auch Bücher, die von den Nazis verbrannt worden waren und Exil-Literatur. In dem Hamburger Zentrum bin ich auf ein Buch mit Reportagen von Egon Erwin Kisch gestoßen. Der Name sagt dir wahrscheinlich was?«

»Ja.« Evas Vater hielt nicht viel von ihm, er fand Kischs Artikel reißerisch und seine politische Gesinnung gefährlich.

»Kischs Reportagen haben mich völlig in ihren Bann geschlagen. Er setzte sich für Benachteiligte ein, ob das jetzt Obdachlose in Prag oder ausgebeutete Arbeiter in Amerika waren. Er deckte Skandale und Justizirrtümer auf. Und dabei schrieb er so mitreißend und lebendig. Ich habe seine Bücher förmlich verschlungen und die Welt um mich vergessen.«

So ging es Eva, wenn sie Entwürfe für Filmkostüme zeichnete. Pauls Augen leuchteten. Jetzt errötete er ein bisschen, als ob ihm seine Begeisterung peinlich sei, und er brach ab.

»Da hast du erkannt, dass du Journalist werden willst?«

Er nickte. »Damit fing es an.«

»Und du willst die Welt verändern, wie Kisch ...«

»Ja, und ...« Das Eva inzwischen vertraute selbstironische Lächeln legte sich um seinen Mund. »Außerdem reise ich gerne erster Klasse, ein Luxus, den der NWDR seinen Redakteuren gestattet. Und ich möchte in fernen Ländern arbeiten, den USA oder Japan oder Indien. Auch wenn ich bislang über eine Hospitanz im Stockholmer Studio der ARD noch nicht hinausgekommen bin, hoffe ich auf die Zukunft.«

Das Restaurant hatte sich inzwischen geleert. Über dem Siebengebirge war es dämmrig geworden, und die Kellner begannen, die Tische für das festliche Silvester-Dinner einzudecken.

Paul blickte sich um. »Wir sollten, glaube ich, aufbrechen.«

»Ja, wir sollten los.« Eva hätte gerne noch stundenlang mit ihm geplaudert. Sie fühlte sich in seiner Gegenwart so wohl.

»Kann ich dich irgendwohin bringen?«, fragte er, nachdem er die Rechnung bezahlt hatte und sie durch die Eingangshalle nach draußen schlenderten. Eva schlug sein Angebot wegen ihres Vaters aus. »Das ist nett, aber nicht nötig. Ich habe es nicht weit.«

Über einem Baum auf dem Parkplatz hing eine schmale Mondsichel. Wie schön die Farbe des Himmels in der Dämmerung war und wie geheimnisvoll die Sterne leuchteten.

»Vielen Dank für die Einladung«, sagte Eva. »Und für den schönen Nachmittag.«

»Es war mir ein Vergnügen.«

Sie reichten sich die Hände, standen stumm da und blickten sich unverwandt an. Pauls Gesicht wurde weich, er beugte sich vor. Wollte er sie etwa küssen? Eva war wie erstarrt. Sie wünschte sich das plötzlich so sehr, aber da war auch Panik in ihr. Gäste, die auf den Parkplatz kamen, ließen ihn zurücktreten.

»Bis nächstes Jahr, nach deinem Urlaub.«

»Ja, bis nächstes Jahr. Ich freu mich, dich zu sehen«, erwiderte sie rasch. »Und einen guten Rutsch.«

»Dir ebenfalls und ich freu mich auch auf dich.«

Paul stieg in den Käfer und startete den Motor. Dieser stotterte ein bisschen, dann fuhr er los.

Eva winkte ihm nach, bis er aus ihrem Blickfeld verschwand. Zwei Wochen würde es dauern, bis Paul wieder zurück war. Am Straßenrand warfen Kinder mit Knallfröschen, und im Süden explodierte eine verfrühte Rakete am Himmel und entfaltete sich in einer Blume aus grünen und weißen Funken.

Versonnen schlenderte Eva die Straße entlang. Was ihr das nächste Jahr wohl bringen würde? Ob sie ihrem Traum, Kostümbildnerin zu werden, näherkam? Ihr Herz pochte ganz schnell vor Glück. Was auch immer geschah, es wäre wunderschön, es mit Paul zu teilen.

Kapitel 14

»Vielen Dank, dass Sie mir die Reservierung des Hotelzimmers bestätigt haben«, sagte Eva und legte auf. Seit vier Tagen arbeitete sie nun wieder im *WDR*, der neue Name des Senders prangte über dem Haupteingang. Die erste Woche des Jahres 1956 war fast vorbei. Der Weihnachtsurlaub schien Frau Naumann milder gestimmt zu haben, denn sie ließ Eva nun tatsächlich Hotelzimmer und Flüge für prominente Gäste buchen.

»Ich bin so neidisch, dass du die Buchungen für Peter Frankenfeld durchführen durftest«, sagte Jutta prompt. »Ich hatte bisher nur Peter Alexander, und der ist nicht so mein Fall. Aber *1:0 für Sie* finde ich toll und Peter Frankenfeld ist so witzig und unterhaltsam. Eine Tante von mir wohnt in Hamburg, ich würde so gerne mal in die Show gehen. Aber die Karten sind immer gleich ausverkauft.«

»Das hab ich auch schon gehört. Tja, da müssen wir leider mit dem Fernsehen vorliebnehmen«, witzelte Eva. Sie hatte die Show, die meistens einmal im Monat übertragen wurde, bisher immer mit ihrer Mutter und den Schwestern gesehen. Sie mochte Peter Frankenfelds Moderationen ebenfalls. Aber sie schaute sich die Show auch wegen der Kostüme des Fernsehballetts gerne an. Selbst in schwarz-weiß entfalteten sie ihren Zauber.

»Hans Herbert Blatzheim, Romy Schneiders Stiefvater, hat ein großes Revuetheater am Hohenzollernring. Wir könnten uns dort mal eine Vorstellung ansehen. Das macht dir doch nichts mehr aus, oder?« Jutta sah sie unsicher an.

»Nein, seitdem ich in *Sissi* war, nicht mehr. Ja, lass uns mal in eine Vorstellung gehen. Es wird bestimmt schön.« Eva hatte Jutta von dem Kinobesuch erzählt und auch, dass sie sich doch an dem Wettbewerb des Düsseldorfer Modehauses beteiligt hatte. Worauf Jutta ihr, zu Evas Rührung, begeistert um den Hals gefallen war.

»Wie wär's mit nächstem Sonntag?«

»Ja, gerne ...«

Das Klingeln von Evas Telefon schreckte Jutta und sie auf.

»Sekretariat NWDR, Vordemfelde ...?« Manchmal sagte sie noch den alten Namen, den Kolleginnen ging es genauso.

»WDR, nicht NWDR. Fräulein Vordemfelde, Ihre Frau Mutter ist da«, meldete sich der Mann vom Empfang.

»Ich komme runter ...«

»Deine Mutter?«, erkundigte sich Jutta.

»Ja.« Eva nickte. »Ich hole sie schnell ab. Sie möchte gerne sehen, wo ich arbeite.«

»Bestimmt macht sie das bei den Probeaufnahmen ganz wunderbar. Beim Presseball ist sie förmlich über das Parkett geschwebt.«

Evas Mutter hatte sich zu den Probeaufnahmen nur noch sehr verhalten geäußert, und Eva hatte schon befürchtet, sie würde hinwerfen. In ihrem hellblauen Wintermantel und dem schicken kleinen Hut wirkte ihre Mutter zehn Jahre jünger. Ein Redakteur drehte sich in der Eingangshalle bewundernd nach ihr um.

»Mama, schön, dass du da bist.« Eva lächelte sie an. Im Treppenhaus des Senders blieb ihre Mutter vor dem von Georg Meistermann in bunten, abstrakten Formen gestalteten Fenster stehen und sah es sich genau an. »Wie licht und modern hier alles ist. Und das Fenster wirkt so fröhlich. Es muss schön sein, hier zu arbeiten.«

»Ja, schon.« Eva nickte. Seit sie wieder daran glaubte, eines Tages doch Kostümbildnerin zu werden, ertrug sie die Arbeit als Sekretärin leichter. Und in einer Woche würde auch Paul wieder aus dem Urlaub zurück sein.

»Frau Vordemfelde, wie schön, Sie wiederzusehen.« Im Büro stand Jutta auf und reichte Evas Mutter die Hand.

»Ganz meinerseits«, erwiderte die Mutter herzlich.

»Eva hat erzählt, dass Sie an den Probeaufnahmen für die Gymnastiksendung teilnehmen.«

Ein Schatten fiel auf das Gesicht der Mutter. »Ich weiß immer noch nicht, ob das eine gute Idee ist. Ich bin ja kein Profi und ...«

»Mama, bitte, versuch es doch einfach«, flehte Eva.

»Bestimmt sind Sie wundervoll«, kam ihr Jutta zu Hilfe.

»Haben die Damen denn nichts zu arbeiten?« Frau Naumann stand im Türrahmen und bedachte Eva und Jutta mit ihrem missbilligenden Blick.

»Frau Naumann, ich habe mir den Nachmittag freigenommen.« Eva bemühte sich um einen höflichen Tonfall. »Ich wollte nur meiner Mutter schnell meinen Arbeitsplatz zeigen, wir gehen gleich.«

»Oh, Sie sind die Gattin von Herrn Dr. Vordemfelde.« Frau Naumann reichte der Mutter huldvoll die Hand.

»Schön, Sie kennenzulernen. Ich bin sehr beeindruckt von dem Sender.«

»Ja, es ist ein wundervoller Arbeitsplatz. Jeder kann sich glücklich schätzen, hier tätig zu sein.«

»Frau Vordemfelde wird übrigens am Probeturnen für die geplante Gymnastiksendung teilnehmen«, erklärte Jutta. »Wir sind beide überzeugt, dass sie hinreißend sein wird.«

Frau Naumann musterte die Mutter kritisch von oben bis unten. »Derlei Sendungen sind meiner Ansicht nach nicht essenziell für ein gehaltvolles Programm«, bemerkte sie dann von oben herab. »Nun, Frau Vordemfelde, ich wünsche Ihnen und Ihrer Tochter einen schönen Nachmittag. Und, Fräulein Vordemfelde, ehe ich es vergesse«, sie drehte sich auf der Türschwelle noch einmal um, »Sie könnten beim Schreibmaschineschreiben die Tasten etwas stärker anschlagen. Die Buchstaben Ihres dritten Durchschlags sind immer sehr schwach.« Damit rauschte sie davon.

»Meine Güte, das ist ja ein Drache!« Evas Mutter schaute ihr konsterniert nach, ehe sie die Hand vor den Mund presste und zu kichern begann. »*... nicht essenziell für ein gehaltvolles Programm*. Was für ein Schwulst.«

Eva und Jutta stimmten in das Kichern mit ein. Es tat gut, einmal über Frau Naumann zu lachen. Unvermittelt wandte sich die Mutter Eva zu. »Ach, weißt du was? Ich glaube, ich habe doch wirklich Lust auf diese Probeaufnahme.«

Eva begleitete ihre Mutter zu dem Studio, in dem die Probeaufnahmen stattfinden würden. Diese hatte ihre Gymnastikkleidung mitgebracht und verschwand in einer improvisierten Umkleidekabine. Danach erklärte ihr der zuständige Redakteur, ein Herr Holthaus, welche Übungen sie ausführen sollte. Sie hörte aufmerksam zu und nickte. »Ja, ich habe es verstanden.«

»Dann wollen wir mal ... Wenn Sie sich bitte vor die Turnmatte stellen«, sagte er schließlich und machte dem Kameramann und den Beleuchtern ein Zeichen.

Ihre Mutter trat vor die Turnmatte. Die Scheinwerfer flammten auf, die Kamera surrte. Und ... Sie schien in sich zusammenzusinken. Ihr eben noch lebendiges Gesicht erstarrte, und in ihre blauen Augen trat ein gehetzter Ausdruck. Wie ein vom Scheinwerferlicht eines Wagens geblendetes Reh stand sie da, voller Angst und doch unfähig, sich aus dem Lichtkreis zu lösen.

»Das wird wohl nichts«, hörte Eva den Kameramann murmeln.

Eva wollte schon zu ihr eilen und sie wegführen, da ging auf einmal ein Ruck durch ihre Mutter. Der gehetzte Ausdruck schwand von ihrem Gesicht, sie blickte konzentriert, schien von innen zu glühen.

Dann führte sie die Übungen aus, als hätte sie niemals etwas anderes getan, als vor einer Kamera zu stehen, als sei sie ganz in ihrem Element. Die Übungen waren einfach – ein Vorbeugen des Rumpfs und mit gestreckten Armen den Boden berühren. Den Oberkörper kreisen lassen. Einen Katzenbuckel und anschließend Ausfallschritte machen. Und doch wirkten sie bei Annemie tänzerisch und wunderschön. Unwillkürlich verspürte Eva den Wunsch, mit ihrem Körper mitzuschwingen, es war, als ob eine geheime Energie von ihrer Mutter auf sie überspränge.

Schließlich blieb Annemie stehen, und dann vollführte sie lachend, aus purer Freude an der Bewegung einen Purzelbaum.

Einen Moment herrschte Stille im Studio. Eva war völlig verzaubert.

Der Redakteur seufzte bewundernd auf und klatschte laut, der Kameramann und die beiden Beleuchter fielen in den Applaus ein. »Gnädige Frau, Sie waren wundervoll.«

»Mama ...« Eva umarmte ihre Mutter stürmisch. »Du ... du warst atemberaubend. Ich weiß überhaupt nicht, was ich sagen soll.«

»Danke, dass du mir das ermöglicht hast«, flüsterte diese ihr ins Ohr.

Axel eilte durch die Eingangshalle des Funkhauses am Wallrafplatz. Der Flurfunk in Bonn hatte ihm zugetragen, dass Annemies Darbietung bei den Probeaufnahmen ein voller Erfolg gewesen war, und sie in die engste Auswahl kam. Er wollte sich die Aufnahmen umgehend ansehen.

Der Redakteur Herr Holthaus, ein Mann in Axels Alter, mit einem kleinen Bauch und schütterem Haar, erwartete ihn in seinem Büro.

»Herr Vordemfelde, schön, Sie zu treffen, das ist die Filmrolle, die Stelle mit der Aufnahme Ihrer Gattin habe ich mit einem Stück Papier gekennzeichnet. Sie war einfach umwerfend, aber das wissen Sie ja schon. Sie kommen mit dem Filmprojektor zurecht, oder?« Der Redakteur wies auf den Apparat, der auf einem kleinen Tisch stand. »Dann lasse ich Sie mal allein. Ich habe was mit einem Kollegen zu besprechen.«

Axel nahm die Filmrolle aus der Dose, legte sie in den Apparat ein, schloss die Jalousien und schaltete den Projektor ein. Das übliche Flimmern erschien auf der weißen Wand des Büros.

Und dann war da Annemie. Mein Gott, war das wirklich seine Frau auf dem Film? Fassungslos starrte Axel sie an. Natürlich hatte er immer gewusst, dass sie sehr schön war, er hatte sie auch deshalb geheiratet. Aber so strahlend wie jetzt, als sie diese albernen Gymnastikübungen ausführte, hatte er sie noch nie erlebt. Und gleichzeitig wirkte sie so voller Energie und in dem eng anliegenden Trikot so erotisch, dass es ihm vor Eifersucht die Kehle zuschnürte. Wäre ihm das klar gewesen, hätte er niemals seine Einwilligung zu den Probeaufnahmen gegeben.

Er musste das gegenüber dem WDR so deichseln, dass ihm kein Schaden entstand. Aber auf gar keinen Fall würde Annemie in dieser Sendung auftreten.

Annemie starrte auf ihre Hände. Eine ganze Weile saß sie so schon in ihrer Küche. Vorhin hatte der verantwortliche Redakteur bei ihr angerufen und ihr mitgeteilt, dass sie in die »engere Auswahl der Damen, die wir uns für die Sendung vorstellen können« gekommen sei. Genau genommen fünf von insgesamt um die achtzig, die für das Vorturnen ausgewählt worden waren.

»Ich kann das ja leider nicht alleine entscheiden«, hatte er enthusiastisch gesagt. »Aber ich kann Ihnen verraten, dass Sie meine Favoritin sind.«

Sie hatte sich vor der Probeaufnahme gefürchtet und sich doch danach gesehnt. Dann, nach einem Anflug von Panik, als das Scheinwerferlicht aufflammte, und sie am liebsten weggerannt wäre, war es, als hätte das gleißende Licht etwas ganz tief in ihr geweckt. Die Erinnerung an ein kleines Mädchen, in einem weißen und goldenen Kleid, das im Scheinwerferlicht einen Salto ausführte und dann einem applaudierenden Publikum zuwinkte. Dieses Mädchen war glücklich. Genauso wie sie, als sie die Übungen auf der Turnmatte ausgeführt hatte.

Annemie hatte keine Ahnung, was dieses Mädchen mit ihr zu tun hatte. Vielleicht hatte sie es einmal bei einem Varieté-Besuch gesehen. Aber ganz tief in ihrem Innern wusste sie wieder, dass das Glück und die Freude, wenn sie sie in ihr Leben ließ, in diese entsetzliche Leere und Traurigkeit münden würden. Dennoch war die Verlockung, das Schicksal herauszufordern, so groß. Sollte sie es nicht doch wagen?

Sie schreckte auf, als Axel die Küche betrat, sie hatte gar nicht gehört, wie er den Wagen in die Garage fuhr.

»Liebling, weshalb sitzt du denn hier im Dunkeln? Ich habe gedacht, du wärst gar nicht da«, sagte er vorwurfsvoll.

»Ich habe nachgedacht.«

Er setzte sich neben sie und legte den Arm um sie. »Worüber denn?«

»Ach, alles Mögliche«, wich sie aus, »meine Mutter möchte gerne, dass wir sie wieder einmal besuchen, und die Zwillinge würden gerne reiten lernen.«

»Wir müssen etwas besprechen. Ich habe vorhin die Probeaufnahmen mit dir gesehen. Ich weiß, ich habe eingewilligt, dass du daran teilnimmst. Aber ich möchte nicht, dass andere Menschen, andere Männer, dich so sehen. In diesem engen Trikot. Das verstehst du doch sicher?«

Annemie schwieg, was Axel als Zustimmung deutete. »Ich habe erfahren, dass du im Sender mit deiner Darbietung sehr gut angekommen bist, das bringt mich in eine ungünstige Lage. Es könnte auf Unverständnis stoßen, wenn ich sage, ich will nicht, dass du in der Sendung auftrittst. Deshalb wäre es am besten, wenn du erklärst, es sei dir leider nicht möglich, dabei mitzuwirken. Du könntest sagen, dass du keine Zeit dafür hast. Oder, vielleicht wäre noch besser, dass es gesundheitliche Gründe dafür gibt. Ein entzündetes Gelenk, so etwas in der Art, was meinst du?« Er blickte sie erwartungsvoll an.

Ja, das war am besten so. Einmal, ein einziges Mal in ihrem Leben, hatte sie es gewagt, mit dem Feuer zu spielen, hatte es sich erlaubt, sie selbst und glücklich zu sein. Noch einmal würde sie damit nicht davonkommen. Sie verschloss die Annemie in der alten Hose, den derben Stiefeln und dem Kopftuch über dem unfrisierten Haar, die mutige, starke Annemie, wieder tief in sich.

»Natürlich, Axel, mache ich das gerne, wenn du das möchtest«, flüsterte sie.

Ein kalter Wind blies Eva entgegen, als sie an den Bahngleisen entlang nach Hause radelte, aber sie nahm ihn kaum wahr. Jutta war mit einem der Beleuchter befreundet, die bei der Probeaufnahme dabei gewesen waren. Und er wusste aus sicherer Quelle, dass Annemie Vordemfelde in die engere Auswahl für die Sendung gekommen war. Ganz bestimmt würde ihre Mutter die anderen Bewerberinnen aus dem Feld schlagen. Davon war Eva fest überzeugt. Keine konnte ihre Ausstrahlung und Anmut übertreffen.

Eva schob ihr Fahrrad in die Garage, wo schon der Wagen stand, und stürmte zur Haustür. In der Diele begegnete sie ihrem Vater. »Papa, ich hab gehört, dass Mama in die Auswahl für die Gymnastiksendung gekommen ist. Ist das nicht toll? Ich muss es ihr auch gleich erzählen.«

»Das kannst du dir sparen. Deine Mutter wird nicht an dieser Sendung teilnehmen«, entgegnete der Vater knapp.

»Was meinst du damit?« Eva verstand nicht. »Sie war wundervoll, als sie vorgeturnt hat. Du musst dir die Aufnahme einmal ansehen.«

»Das habe ich schon getan.«

»Soll das etwa heißen, du erlaubst Mama nicht, an der Sendung teilzunehmen? Aber warum denn? Du warst doch mit der Probeaufnahme einverstanden?«

»Ja, aber deine Mutter und ich haben das nun gemeinsam anders entschieden.«

»Sie will das bestimmt nicht. Du hast es ihr verboten, gib es doch zu. Du ... du erträgst es einfach nicht, wenn jemand anderes außer dir strahlt.«

»Was fällt dir eigentlich ein?«, fuhr ihr Vater sie an. »Wag es nicht, so mit mir zu reden!«

»Axel«, ihre Mutter war aus der Küche gekommen, sie sah blass und mitgenommen aus, »lass mich mit Eva reden.«

»Ich fechte das selbst mit ihr aus.«

»Nein, das mache ich.« Die Stimme der Mutter klang ungewöhnlich scharf.

»Wenn du unbedingt willst.« Er zuckte mit den Schultern, während ihre Mutter Eva in die Küche zog. »Komm, setz dich.« Sie wies auf einen Stuhl.

Widerstrebend gehorchte Eva. »Mama, du darfst dich nicht nach Papa richten«, beschwor sie sie. »Du musst bei dieser Sendung mitmachen. Du warst dabei so glücklich, und jetzt siehst du traurig aus.«

»Eva, dein Vater hat mir eine Teilnahme nicht verboten. Falls sie mich denn überhaupt als Vorturnerin hätten haben wollen, ›enge Auswahl‹ heißt ja nicht, dass die Verantwortlichen sich letztlich für mich entschieden hätten.«

»Bestimmt hätten sie das. Und ich glaube dir nicht, dass du freiwillig darauf verzichtest.«

»Eva ...« Ihre Mutter schien mit sich zu ringen. »Ich weiß, dass es nicht gut für mich gewesen wäre.«

»Was denn? Zu zeigen, wie wundervoll du dich bewegst und wie strahlend du bist?«

»Ja ...«

»Das ist doch Unsinn!«

»Ich kann dir das nicht erklären«, die Stimme ihrer Mutter war jetzt leise, und sie wich Evas zornigem Blick aus, »aber da ist so eine Angst in mir. Ich weiß einfach, dass ... dass ich es zu büßen habe, wenn ich glücklich bin.«

»Mama, was redest du denn da? Wie kommst du denn auf so etwas?«

Evas Mutter schwieg, wich ihrem Blick weiter aus.

»Weißt du was?« Evas Traurigkeit schlug in hilflosen Zorn um. »Ich glaube, du bist nur zu feige, dich Papa zu widersetzen. Deshalb tischst du mir dieses Märchen auf.« Dann stürzte sie aus der Küche und schlug die Tür krachend hinter sich zu.

Oben in ihrem Zimmer warf sie sich auf ihr Bett. Ihr war ganz übel vor Enttäuschung und Frustration. Warum nur versuchte ihre Mutter nicht wenigstens, gegen den Vater aufzubegehren? Wie konnte sie es nur klaglos hinnehmen, dass er ihr verbot, an der Sendung teilzunehmen, und beschönigte das dann auch noch mit irgendwelchen erfundenen Ängsten?

Nach einer Weile stand Eva auf und legte die Single von Elvis Presley, Margits Weihnachtsgeschenk, auf den Plattenteller. Sie drehte die Musik von »Come on rocking tonight« so laut auf, dass sie alle anderen Geräusche im Haus übertönte. Sollte sich ihr Vater doch beschweren, wenn es ihn störte.

Für den kommenden Sonntag hatten Jutta und sie Karten für die Revue im Kaiserhof in Köln. Sie würde sich die Aufführung genau ansehen und sich davon zu eigenen Entwürfen inspirieren lassen. Vielleicht war der Kostümbildner des

Kaiserhofs bereit, sie bei sich hospitieren zu lassen, sobald sie volljährig war. Falls nicht, würde sie es überall versuchen, bei anderen Revuen, Theatern oder beim Film. Anders als ihre Mutter, würde sie ihren Traum leben. Niemand würde sie davon abhalten, erst recht kein Ehemann.

Der Zug am späten Sonntagabend von Köln nach Bonn war recht voll, aber Eva nahm den Lärm um sie herum fast nicht wahr. Auf ihrem Schoß lag das Programmheft mit dem Namen des Kostümbildners. Die dunklen Felder entlang der Bahngleise, die sich mit hell erleuchteten Ortschaften abwechselten, erinnerten sie an seine Kreationen für die Revuetänzerinnen. Schwarze Kostüme mit einem Besatz aus goldenen Spitzen.

Wie es wohl wirken würde, wenn man die Stoffe tauschte? Das Untergewand aus einem golden schimmernden Material und das Oberkleid aus schwarzer Spitze? Oder wenn der Stoff silbrig wäre? Der Rock ließe sich so nähen, dass er bis zum Knie einen verdeckten Schlitz hätte und darunter in weiten Falten aufspränge. Eva holte einen kleinen Block aus ihrer Handtasche und fertigte erste Skizzen mit dem Bleistift an.

Sie konnte es kaum abwarten, endlich zu Hause zu sein und zu ihren Buntstiften und den Aquarellfarben zu greifen. Das Wohnzimmer war hell erleuchtet. Stimmengewirr und Zigarettenrauch schlugen Eva entgegen, als sie die Haustür öffnete. Anscheinend hatten die Eltern Gäste. Sie wollte in ihr Zimmer gehen. Doch der Vater hatte sie kommen hören und trat in die Diele. »Wir haben überraschend Besuch bekommen, sag guten Tag.«

Eva verdrehte die Augen. Sie fühlte sich mal wieder wie eine Trophäe, die vorgezeigt wurde: die adrette, artige Tochter.

Wahrscheinlich hatten die Schwestern die Gäste früher am Abend auch schon begrüßen müssen.

Vier Ehepaare saßen mit im Wohnzimmer. Eva atmete auf, die Meinrads waren nicht darunter. Sie schüttelte Hände, hörte sich an, was für eine hübsche älteste Tochter die Eltern doch hätten. Und wie gut, dass sie beim WDR arbeiten könne. Das mache ihr bestimmt viel Spaß. Die Männer waren Kollegen des Vaters. Er reichte ihr ein Glas Wein, und sie trank einen Schluck.

Widerwillig ließ sie sich auf der Kante eines Sessels nieder. Hoffentlich konnte sie bald aufstehen, ohne unhöflich zu sein. »Wie war dein Abend?«, erkundigte sich Evas Mutter. »Eva war bei einer Revue im Kaiserhof in Köln«, fügte sie erklärend hinzu. Unter ihrem Lächeln wirkte sie, wie auch schon während der vergangenen Tage, blass und angestrengt. Eva verschloss ihr Herz gegen sie. Sie hatte der Mutter noch nicht verziehen.

»Schön, Caterina Valente und Vico Torriani sind unter anderem aufgetreten. Und das Ballett war toll.«

Eine der Damen, eine elegante, etwas beschwipste Frau, die teuren Goldschmuck trug, erzählte nun Klatsch über Magda Schneider und Hans Herbert Blatzheim, die sie wohl aus Köln persönlich kannte. Eva hörte nicht genau hin. In Gedanken war sie wieder bei ihren Kostümentwürfen.

»Eva«, die Mutter berührte sie am Arm, »Frau Kallmann hat dich etwas gefragt.«

»Entschuldigen Sie bitte ...« Erst jetzt registrierte Eva, dass eine andere Dame um die fünfzig in einem schokoladenbraunen Twinset sich zu ihr beugte. »Ihre Mutter hat erwähnt, dass Sie einen jungen Journalisten des WDR bei einem Beitrag über das Müttergenesungswerk unterstützen. Ich finde das sehr interessant, denn ich bin dort selbst aktiv.«

»Wirklich?« Evas Aufmerksamkeit war geweckt. »Die Schicksale der Frauen haben mich wirklich berührt, besonders das einer Mutter, deren eine Tochter an den Folgen von Kinderlähmung leidet und …«

»War das etwa Paul Voss, den Sie dabei unterstützt haben?«, wollte jetzt ein Mann mit grauem Haar und Brille mit Goldrand wissen.

»Ja«, entgegnete Eva überrascht.

»Ich teile ja die politischen Ansichten dieses jungen Kollegen nicht. Er ist einer von diesen jungen Linken.« Der Mann drückte seine Zigarette in einem Aschenbecher aus. »Aber eines muss ich ihm lassen – seine Karriere hat er gut im Blick.«

»Ich habe gehört, er hat Ambitionen, für den Hörfunk beim Bonner Studio zu arbeiten«, ließ der Vater vernehmen. »Er recherchiert wohl recht rege im Umfeld von Otto John und hofft, dort etwas Aufsehenerregendes auszugraben. Hörfunk und Fernsehen sind im Bonner Studio eng verbunden. Meine Unterstützung hat Voss nicht. Auf so einen Linken kann ich gut verzichten.«

Eva öffnete unwillkürlich den Mund, um Paul gegen die abschätzige Bemerkung des Vaters zu verteidigen. Doch der Kollege mit der Brille kam ihr zuvor. Er stieß ein leises Lachen aus. »Der junge Mann hat ein paar Eisen im Feuer, um ganz oben in der Sender-Hierarchie auf sich aufmerksam zu machen. Würde einer der anwesenden Herren ein Thema wie das Müttergenesungswerk für vielversprechend halten?«

»Erst einmal nicht …« Der Vater runzelte nachdenklich die Stirn. »Außer es ist ein Türöffner für ein anderes, größeres Thema.«

»So sieht das auch unser junger Kollege.« Der Journalist lachte wieder. »Zwischen den Jahren war ich im Presseclub. Voss war auch dort, ein Kollege, der Mitglied ist, hatte ihn eingeladen. Wir saßen an einem Tisch. Irgendwie kam die Rede auf Themen, die jeder gerade beackert. Und Voss erwähnte das Müttergenesungswerk. Jedenfalls ... Seine Intention dahinter ist, über den Beitrag an ein Gespräch mit Hedwig Heuss zu kommen, die ja die Schirmherrin ist, und über sie wiederum an ein Interview mit Theodor Heuss. Er und seine Schwägerin verstehen sich ja bekanntlich gut. Nun, wenn das kein taktisch kluges Vorgehen ist?« Er blickte amüsiert in die Runde.

»Ja, allerdings.« Evas Vater und die Kollegen stimmten ihm bei und klopften sich auf die Schenkel.

Mit einer hastig gemurmelten Entschuldigung erhob Eva sich. Der Wein brannte in ihrem Magen wie Essig. Es konnte nicht sein, dass sie sich so in Paul getäuscht hatte und er den Beitrag nur wegen seiner Karriere machte. Aber genau das hatte der Kollege ihres Vaters behauptet.

In der Teestube des WDR kaufte Eva sich einen Kaffee und ein belegtes Brötchen. Sie frühstückte in letzter Zeit öfter hier. Im Moment war es ihr lieber, ihre Mutter möglichst wenig zu sehen. Mit ihrem Tablett ging sie zu einem der Tische an der Glasfront. Der heiße Kaffee tat ihr gut. Aber nach ein paar Bissen legte sie das Brötchen beiseite, sie hatte keinen Appetit. Heute würde Paul aus dem Urlaub zurückkommen. Die ganze Woche hatte sie über ihn nachgegrübelt. Auch die Premiere von *Lola Montez* und die eindrucksvolle Farbgebung des Regisseurs Max Ophüls hatten sie nicht wirklich abgelenkt.

Sie hoffte immer noch, dass der Kollege ihres Vaters Paul vielleicht missverstanden oder seine Worte falsch wiedergegeben hatte. Er hatte die Mütter so einfühlsam befragt. Wobei ... Ihr Vater hatte bei einem seiner zahlreichen Vorträge über sein Lieblingsthema einmal gesagt, was einen guten Journalisten ausmache, sei Zugewandtheit. Der Interviewer müsse dem Gesprächspartner Vertrauen einflößen, damit dieser sich wirklich öffne. War das von Paul vielleicht doch nur Kalkül gewesen?

Eva setzte die Tasse so heftig auf den Unterteller, dass ein Teil des Kaffees herausschwappte. Dieses Grübeln brachte sie nicht weiter, sie musste mit Paul sprechen, seine Version der Dinge erfahren. Ob er vielleicht schon in seinem Büro war?

»Morgen, Eva.« Jutta, die wusste, dass sie nun öfter mal in der Kantine frühstückte, setzte sich zu ihr. »Wie war dein Sonntag? Hast du weiter an den Entwürfen für den Kostümbildner im Kaiserhof gezeichnet?«

»Ja, schon ...« Eva nickte.

»Darf ich mal was sehen? Ich bin so neugierig.«

»Ja, das heißt ...« Eva unterbrach sich. »Ich würde gerne mal zu Pauls Büro gehen.«

»Natürlich, tu das.« Jutta, der Eva alles erzählt hatte, legte ihr die Hand auf den Arm. »Und sei nicht zu streng zu ihm, ja? Bestimmt klärt sich das alles auf.«

»Hoffentlich.« Es wäre schrecklich, wenn es Paul wirklich nur um seine Karriere ginge.

Sie hatte die Eingangshalle betreten, als sie Paul am Empfang stehen und etwas zu dem Pförtner sagen sah. Offensichtlich war er gerade erst in den Sender gekommen, denn er trug noch seinen Mantel und hielt eine Aktentasche in der Hand.

Trotz allem machte ihr Herz einen Sprung. Nun nickte er dem Pförtner noch einmal zu und ging zum Aufzug.

»Paul …« Ihre Stimme zitterte ein bisschen.

Sein Gesicht war von der Wintersonne gebräunt. Was seine blauen Augen sehr hell wirken ließ. Vielleicht lag das aber auch an dem Lächeln, das nun in ihnen aufleuchtete. »Eva, war das etwa Gedankenübertragung? Ich wollte gerade zu dir ins Büro gehen. Gib zu, du hast mich auch vermisst.«

»Paul …«

Er deutete ihren abwehrenden Unterton als ihr übliches Geplänkel. »Jetzt sei doch nicht so und gesteh dir ein, dass du mich manchmal eigentlich ganz nett findest. Ich hab dich übrigens wirklich vermisst.« Obwohl er sie anlachte, war seine Stimme ernst geworden.

Verdammt, warum tat das nur so weh …? Eva räusperte sich. »Paul, können wir bitte in dein Büro gehen? Ich würde gerne ungestört mit dir über etwas reden.«

Er sah sie verwundert an. »Ja, natürlich.«

Sie fuhren mit dem Paternoster nach oben, glücklicherweise zwängte sich ein Kollege mit hinein, der Paul zu seinem Urlaub befragte. Das ersparte Eva eine unangenehme Unterhaltung.

Im dritten Stock gingen sie schweigend den Korridor bis zu Pauls Büro entlang.

»Also, was hast du auf dem Herzen?«, fragte er, als er die Tür hinter ihnen geschlossen hatte. »Hast du etwa vor durchzubrennen, um irgendwo als Kostümbildnerin zu arbeiten? Das fände ich sehr schade, aber ich könnte es verstehen. Oder hast du Frau Naumann eine Schreibmaschine hinterhergeworfen und man hat dich gefeuert?«

Wie schön wäre es, jetzt mit ihm darüber lachen zu können. Sie musste das abkürzen. »Paul, stimmt es, dass du im

Presseclub gesagt hast, dass du den Beitrag über das Müttergenesungswerk machst, um an ein Interview mit Theodor Heuss zu kommen?«, fragte sie scharf.

»Weshalb willst du das wissen?« Er setzte sich auf die Schreibtischkante und verschränkte die Arme vor dem Körper, eine irgendwie abwehrende Geste, so kam es Eva vor.

Ihr Mund war ganz trocken. »Das ist keine Antwort, hast du es gesagt oder nicht?«

Er zögerte kurz. »Ja, ich habe es gesagt«, erwiderte er schließlich. »Aber ich kann es dir erklären.«

Und sie hatte so sehr gehofft, dass er sagen würde, es sei nicht wahr. Sie hatte das Gefühl, den Boden unter den Füßen zu verlieren.

»Das ist nicht nötig.« Mühsam unterdrückte sie das Zittern in ihrer Stimme. »Und mir erzählst du, wie sehr dich Egon Erwin Kischs sozialkritische Reportagen beeindruckt haben. Und dass du die Welt verändern willst.«

»Lass es mich dir bitte erklären.«

»Hat deine Mutter wirklich unter Überlastung gelitten oder hast du das nur erfunden, um Frau Ziemiak zu einem Interview zu bewegen?«

Ein lastendes Schweigen senkte sich über das Büro. Vom Wallrafplatz drang Straßenlärm herein. »Du unterstellst mir, ich würde lügen und meine Mutter benutzen, um meine Ziele zu erreichen?« Pauls Tonfall war jetzt ganz kalt.

»Du weichst mir wieder aus!«

Er schüttelte den Kopf. »Auf so eine absurde und bösartige Frage antworte ich nicht.«

»Na gut, dann erklär mir doch, warum du das mit dem Interview mit Theodor Heuss im Presseclub gesagt hast«, schrie Eva ihn an.

»Dazu habe ich keine Lust mehr. Du hast dir doch deine Meinung schon gebildet.«

»Ach, jetzt schiebst du mir den schwarzen Peter zu? Weißt du was, ich glaube, du hast überhaupt keine Erklärung dafür. Außer deiner Karriere!«

»Ich würde vorschlagen, dass du jetzt gehst.« Wieder klang seine Stimme sehr kalt.

»Das hatte ich ohnehin vor.« Eva schlug die Tür hinter sich zu. Dann kamen ihr unwillkürlich die Tränen. Zornig fuhr sie sich über die Augen. Wäre sie nur seinem verwünschten Charme nicht doch erlegen und hätte sie ihr anfängliches Misstrauen ihm gegenüber beibehalten – anstatt sich tief in ihn zu verlieben.

Ihr Liebeskummer begleitete Eva auch während der nächsten Wochen. Am Tag vor Weiberfastnacht führte sie die letzten Stiche am Saum ihres Karnevalskostüms aus, dann riss sie den Faden ab. Weiberfastnacht war ein wichtiges Ereignis im Rheinland, wie sie inzwischen wusste, und sie würde mit Jutta feiern gehen. Einige Karnevalsveranstaltungen hatte sie inzwischen schon mit der Freundin besucht, trotz ihrer Traurigkeit. Laute, bunte und chaotische Ereignisse, die so gar nichts mit den eleganten Maskenbällen in München gemeinsam hatten. Sie konnte sich über die Zahl ihrer Verehrer wirklich nicht beklagen und sie hatte sich bemüht, das Tanzen zu genießen. Aber immer wieder hatte sie sich bei dem Wunsch ertappt, Paul wäre ihr Begleiter und sie würde ausgelassen mit ihm über die Tanzfläche fegen oder sich eng an ihn schmiegen.

Eva blickte zum Fenster. Draußen schneite es heftig, Anfang Februar waren die bisher oft milden Temperaturen in eine eisige Kälte übergegangen, der Garten lag, wie alles, unter einer dicken Schneedecke. Die wirbelnden Flocken erinnerten sie schmerzlich an Paul. Vor ein paar Tagen, als sie abends in ihrem Zimmer das Radio angestellt hatte, war sein Beitrag über das Müttergenesungswerk gesendet worden. Sie hatte seiner Stimme gelauscht, dann den Apparat ausgestellt, weil sie es einfach nicht mehr ertragen konnte.

Aber, so sehr sie es auch bedauerte, sie hatte sich in ihrem Urteil über ihn nicht getäuscht. Paul war nicht anders als ihr Vater, seine Karriere stand für ihn an erster Stelle. Laut dem Flurfunk im Sender würde er bald ein Interview mit Hedwig Heuss machen. Und eines mit dem Bundespräsidenten würde er wahrscheinlich auch bald erhalten. Wenigstens bekam sie ihn im WDR nicht oft zu Gesicht. Anscheinend war er häufig wegen Recherchen unterwegs.

Im Erdgeschoss fiel die Haustür krachend ins Schloss, und die Stimmen der Schwestern schallten zu ihr hoch. Gleich darauf kamen die beiden die Treppe heraufgerannt und stürmten in ihr Zimmer.

»Eva, sind unsere Faschingskostüme fertig?«, wollte Lilly, die Wangen noch ganz gerötet vor Kälte, wissen.

»Es heißt hier Karneval.« Franzi versetzte ihr einen ungeduldigen Rippenstoß.

»Ja, sie sind fertig.« Eva reichte Lilly ihr ein Kostüm aus weißem Voile und das Krönchen, sie wollte natürlich eine Prinzessin darstellen, und Franzi ein Gewand aus braunem Stoff mit einem weiten Rock sowie eine rote Perücke und eine Augenklappe. Franzi hatte vor einiger Zeit Piratengeschichten gelesen und die historisch belegte Piratin Anne Bonny faszinierte sie seitdem völlig.

»Sollen wir uns nicht der Mama in unseren Kostümen zeigen?«, schlug Lilly vor. »Zieh du doch deines auch an, Eva.«

Eva hatte sich für Weiberfastnacht etwas Besonderes überlegt. Sie ging als Gärtnerin, ihr grünes Kleid war über und über mit Stoffblumen benäht. Sie schlüpfte wie die Zwillinge in ihr Kostüm und setzte ihren großen Strohhut auf, dann liefen sie alle zusammen hinunter in die Küche.

»Seht ihr alle hübsch aus.« Annemie klatschte bewundernd in die Hände. »Und wie schön deine Kostüme sind, Eva.« Sie schien es ehrlich zu meinen, und für einen Augenblick war da wieder ihre alte Nähe.

»Danke, Mama.«

»Können wir eine heiße Schokolade trinken?«, erkundigte sich Franzi.

»Ja, natürlich.« Die Mutter holte Milch aus dem Kühlschrank, während Eva, Lilly und Franzi sich an den Tisch setzten. Eva schob eine Zeitung beiseite, die dort lag, und entdeckte einen Brief mit einem Augsburger Poststempel. Dort wohnte doch Onkel Max.

»Hat Onkel Max geschrieben?«, erkundigte sie sich.

»Ja, er will im Laufe des Frühjahrs nach Bonn kommen und einen bayrischen Bundestagsabgeordneten interviewen. Ein genauer Termin steht aber noch nicht fest.« Ihre Mutter stellte den Topf mit der Milch auf den Herd und rührte Kakao und Zucker hinein.

»Ich freu mich drauf, ihn wiederzusehen«, sagte Eva impulsiv. »Er wird uns dann hoffentlich besuchen.« Die letzte Begegnung mit ihm vor dem Münchner Hauptbahnhof, als er sie zu ihrem Traum, Kostümbildnerin zu werden, ermutigt hatte, war ihr wieder sehr präsent.

»Wer wird uns besuchen?« Ihr Vater war in die Küche gekommen.

»Onkel Max.«

»Tatsächlich?« Er klang nicht besonders interessiert. Dabei war Onkel Max doch sein Freund. Und er hatte auch schon lange keinen Kontakt mehr zu ihm gehabt, fiel Eva plötzlich auf. Aber vielleicht war Onkel Max dem Vater auch einfach zu wenig karrierebewusst und war ihm beruflich nicht nützlich. Der Gedanke versetzte ihr einen schmerzhaften Stich.

»Axel, sieh dir doch mal deine hübschen Töchter an. Und sind Evas Kostüme nicht schön?« Die Mutter war mit den Kakaotassen an den Tisch getreten.

»Lilly ist in ihrem Kleidchen wirklich sehr hübsch. Aber Franzi, muss das mit der Augenklappe sein?« Er verzog den Mund. »Und, Eva, ich hoffe, du schlägst morgen an Weiberfastnacht nicht zu sehr über die Stränge.«

»Axel, Eva ist wirklich verantwortungsbewusst, ich vertraue ihr da völlig«, mischte sich ihre Mutter ein.

»Ist sie das? Ich möchte, dass du morgen zu Hause und nicht bei deiner Freundin Jutta übernachtest.«

»Aber, Papa, im Zug ist nachts bestimmt die Hölle los.«

»Ich finde auch, das ist keine gute Idee, bestimmt sind viele Betrunkene unterwegs«, schlug sich die Mutter auf ihre Seite.

»Na und? Dann soll Eva eben schon um zehn zurück sein.« Er verließ die Küche wieder, gleich darauf waren aus dem Wohnzimmer die Fernsehnachrichten zu hören.

Wütend starrte Eva ihm nach. Nach Karneval würde sie den Kostümbildner des Kaiserhofs aufsuchen. Mit ihren Kostümskizzen war sie fertig. Nur die Aussicht auf eine Hospitanz würde sie über ein weiteres Jahr mit dem Vater hinwegtrösten.

Kapitel 15

Eva vergrub die Hände in den Taschen ihres Mantels. Ein eiskalter Wind blies ihr auf dem Kölner Hohenzollernring entgegen. Da und dort sprenkelten noch Konfetti und Bonbons den Schnee. Überreste des Rosenmontagszugs und jetzt, am Tag nach Aschermittwoch, ein verblichener Abglanz auf die Karnevalstage. Sie war immer noch zornig, dass sie an Weiberfastnacht die Karnevalsfeier schon früh hatte verlassen müssen, um rechtzeitig um zehn zu Hause zu sein. Ihr Vater entwickelte sich immer mehr zu einem Tyrannen, sie ertrug ihn kaum noch. Aber die Kostümskizzen in ihrer Handtasche schenkten ihr Hoffnung.

Die Leuchtreklame »Kaiserhof« warf ihren roten und goldenen Schein auf den Schnee. Ein Vorgeschmack auf die schillernden Farben der Revue, in zwei Stunden würde die Vorstellung beginnen. Das Kassenhäuschen war noch nicht besetzt. Aber nach kurzem Suchen entdeckte Eva den Bühneneingang, glücklicherweise war die Tür nicht versperrt. Ein schlaksiger Mann in einem Arbeitskittel kreuzte ihren Weg.

»Könnten Sie mir bitte sagen, wo ich den Kostümbildner, Herrn Vogler, finde?«, erkundigte sie sich. Sie setzte zu einer weiteren Erklärung an, doch der Arbeiter gab bereits Auskunft: »Der müsste in der Werkstatt sein. Jehn Se den Gang bis zum Ende und dann rechts.«

Mit klopfendem Herzen ging Eva den Flur entlang. Es roch nach Schminke, Parfüm, Talkumpuder und Farbe. Aus der Richtung der Bühne hörte sie Musik und Gesang und das Geräusch von vielen Füßen, die sich im Takt der Musik rhythmisch bewegten. Anscheinend hatte das Ballett eine Probe. Durch eine offen stehende Tür erhaschte sie einen Blick auf die Bühne. Tänzerinnen wirbelten dort umher, ihre mit glitzernden Steinen besetzten Kostüme versprühten Lichtfunken. Nur schwer konnte Eva sich von dem Anblick losreißen.

Die Werkstatt des Kaiserhofs war kleiner als die des Deutschen Theaters in München. Aber auch hier hingen überall Skizzen von Kostümen an den Wänden und Schneiderpuppen trugen Revuegewänder in allen Stadien der Fertigung. Eine hatte nur eine Korsage aus schwarzem Samt an, eine andere einen weiten Rock aus mit Goldfäden durchwirktem silbrigem Tüll. Im Scheinwerferlicht würde er bestimmt wunderschön aussehen. Und dieses Gebilde aus Federn auf dem Kopf einer weiteren Schneiderpuppe ... Unwillkürlich machte Eva einen Schritt darauf zu, wollte es sich genau ansehen.

»Kann ich Ihnen irgendwie helfen, Fräulein?« Eine Männerstimme ließ Eva sich umwenden. Ein großer Mann in einem Pullover und einer Cordhose beobachtete sie. Er hatte eine Hornbrille in die Haare geschoben, sein Gesicht war kantig, schätzungsweise war er Mitte vierzig.

Eva schluckte. »Sind Sie Herr Vogler?«

»Ja, und warum wollen Sie das wissen, Fräuleinchen?«

»Mein Name ist Eva Vordemfelde, ich möchte Kostümbildnerin werden. Die Revue und vor allem Ihre Kostüme haben mir sehr gut gefallen. Deshalb ...« Sie stockte kurz, sie war nun doch sehr nervös. »... deshalb habe ich mich davon zu eigenen Skizzen inspirieren lassen. Ich habe sie mitgebracht.

Wenn ich darf, möchte ich sie Ihnen gerne zeigen. Wenn sie Ihnen zusagen, wäre es mein Traum, bei Ihnen hospitieren zu dürfen.«

»Ziehn Sie doch mal Ihren Mantel aus.« Er steckte die Hände in die Hosentaschen, schien sich Zeit für ein Gespräch nehmen zu wollen. Das war doch ein gutes Zeichen. Eva kam der Aufforderung nach.

»Sie wollen also Kostümbildnerin werden. Wie kommen Sie denn darauf?«

»Ich war zufällig beim Dreh von *Sissi* in Fuschl am See, Gerdagos Kostüme haben mich begeistert.«

»Gerdago, soso ...«

»Ja ...« Obwohl diese Frau sie hintergangen hatte, würde sie ihre Kostüme immer lieben.

»Und dann haben Sie angefangen, Kostüme zu entwerfen, oder wie muss ich mir das vorstellen?«

»So war es.« Eva nickte. »Ich liebe es, Kostüme zu zeichnen, und ich kann auch wirklich gut nähen und Schnitte anfertigen.«

»Tatsächlich?« Nun musterte Vogler sie von oben bis unten. Was sollte das? Ihr wurde unbehaglich unter seinen Augen.

»Das sind meine Entwürfe.« Hastig holte sie den Umschlag mit ihren Skizzen aus ihrer Handtasche und streckte ihn Vogler entgegen. »Vielleicht möchten Sie sich die Zeichnungen in Ruhe ansehen, und ich komme ein anderes Mal wieder.«

Er ignorierte den Umschlag. »Fräuleinchen, um das mal klarzustellen, Frauen haben nicht genug künstlerisches Talent für diesen Beruf. Gerdago ist allenfalls die Ausnahme, die die Regel bestätigt. Denn so toll finde ich ihre Kostüme ohnehin nicht.« Er trat einen Schritt näher an Eva heran und musterte sie wieder. »Aber, wenn ich mir Sie so ansehe, Sie haben eine super Figur, als Revuetänzerin würden Sie sich bestimmt gut machen. Ich könnte Sie im Ballett unterbringen, wenn Sie das möchten ...«

»Das ... möchte ich nicht.« Eva war völlig verdattert.

Nun stand er dicht vor ihr. Ehe sie noch reagieren konnte, fasste er sie an die Brust. »Sie sollten sich das wirklich überlegen, kleines Fräulein«, murmelte er.

Von der Bühne her klang Musik in die Werkstatt, der Refrain eines populären Schlagers. Voglers After Shave drang Eva in die Nase. Eine Mischung aus Sandelholz und Tabak. Sie nahm das breite Grinsen auf seinem Gesicht wahr, ein einzelnes Barthaar auf seiner Wange. Nun legte er ihr den Arm um die Schultern und zog sie an sich.

Jetzt erst erwachte Eva aus ihrer Lähmung, mit aller Kraft stieß sie ihn zurück, griff nach ihrem Mantel und ihrer Handtasche.

»Jetzt seien Sie doch nicht so prüde!«

Begleitet von seinem Lachen rannte sie blindlings aus der Werkstatt.

»Ich hab diesen ekelhaften Kerl wirklich nicht ermutigt«, erzählte Eva am nächsten Morgen Jutta in der Teestube des WDR. Sie war immer noch wütend und verstört über den Übergriff, immer wieder hatte sie ihn seitdem durchlebt. »Und ich ärgere mich so über mich, dass ich ein paar Momente lang wie erstarrt war. Ich hätte ihm eine Ohrfeige verpassen sollen, statt ihn nur wegzustoßen und davonzulaufen.«

»Ich kann das gut verstehen«, Jutta drückte mitfühlend ihre Hand, »und natürlich glaube ich dir, dass du ihn kein bisschen ermutigt hast. Du wirst doch aber trotzdem weiter

Entwürfe für Kostüme zeichnen und dich für Hospitanzen bewerben, oder?«, fügte sie besorgt hinzu.

»Ja, davon lasse ich mich nicht abhalten«, erwiderte Eva mit fester Stimme. Dieses Ekel würde sie nicht daran hindern, ihren Traum zu verwirklichen.

»Das ist gut.« Jutta lächelte sie an. »Und dein Kleid ist mal wieder sehr schick.«

»Danke.« Nach dem Erlebnis mit Vogler hatte Eva es gebraucht, sich besonders hübsch anzuziehen. Das Kleid war neu, aus einem dunkelgrünen tweedähnlichen Stoff genäht und hatte einen schmalen Besatz aus Pelz am Kragen und den dreiviertellangen Ärmeln.

Jutta schaute zur Uhr über der Theke und stöhnte. »Fünf vor acht, wir müssen mal wieder auf unsere Galeere.«

Während sie die Treppe hinaufliefen, sah Eva Paul am Ende eines Korridors. Er blickte in ihre Richtung, zögerte und nickte ihr dann zu. Rasch wandte sie den Kopf ab. Dennoch fühlte sie ein schmerzliches Ziehen in der Brust. Wie gut, dass sie sich in der letzten Zeit im Sender kaum begegnet waren.

In ihrem Büro ließen Eva und Jutta sich hinter ihren Schreibtischen nieder, gleich darauf erschien Frau Naumann, einen Stapel Papier in den Händen.

»Die Spesenabrechnungen sind für Sie, Fräulein Hefner. Und die stenografierten Diktate, für Sie, Fräulein Vordemfelde. Ich hoffe, Sie erachten es nicht unter Ihrer Würde, sie mal wieder ins Reine zu schreiben. Ihre Hilfen bei Recherchen werden in letzter Zeit offenbar nicht mehr benötigt. Anscheinend waren Sie dafür doch nicht so geeignet, wie Sie dachten.« Frau Naumann ging zur Tür.

Mit einem Kloß im Hals spannte Eva Papierbogen samt Kohlepapier in die Schreibmaschine. So sehr sie sich dagegen wehrte, sie vermisste die Recherchen mit Paul, sie vermisste *ihn*.

»Und, Fräulein Vordemfelde«, Frau Naumann war stehen geblieben, »es wäre schön, wenn Sie sich angemessen fürs Büro kleiden und nicht aufgetakelt wie zu einer Abendeinladung hier auftauchen würden.« Die Tür fiel hinter ihr zu.

Sprachlos starrte Eva ihr nach, dann flammte Zorn in ihr auf. Sie schnappte sich das Telefonbuch und warf es ihr hinterher. Mit einem dumpfen Knall prallte es gegen das Holz.

»Eva, um Gottes willen.« Jutta sprang entsetzt auf und steckte den Kopf in den Flur. »Frau Naumann, es ist nur etwas umgefallen.« Rasch schloss sie die Tür wieder. »Eva, was ist nur in dich gefahren?«

»Dieser alte Drache, was fällt ihr eigentlich ein? Jetzt kritisiert sie auch noch an meiner Kleidung herum.« Eva war außer sich. »Morgen ziehe ich eine Hose an. Oder ...« Sie sann einen Moment vor sich hin. »... ich hab noch Geld, das ich von meiner Großmutter zu Weihnachten bekommen habe. Davon kaufe ich mir eine Jeans und komme damit zur Arbeit. Mal sehen, was sie dazu sagt.«

Einen Tag später betrachtete Eva sich in einem Spiegel des *Army Surplus Shops* nahe der Ehrenstraße. Zu einer dunkelblauen Levis Jeans trug sie einen enganliegenden leuchtend roten Pullover. Nun holte sie einen Lippenstift der gleichen Farbe aus ihrer Handtasche und malte ihren Mund an. Zufrieden lächelte sie ihrem Spiegelbild zu.

»Du siehst wirklich toll aus, Eva. Aber willst du wirklich mit der Jeans in den Sender kommen?« Jutta musterte sie besorgt. »Ich wag mir gar nicht vorzustellen, wie aufgebracht Frau Naumann reagieren wird.«

»Soll sie doch.« Eine grimmige Entschlossenheit erfüllte Eva. »Ich habe es satt, mich *dezent* und *zurückhaltend* zu benehmen und auf mir herumtrampeln zu lassen.« Nach einem letzten Blick in den Spiegel ging sie zur Kasse und bezahlte die Jeans. Es war wirklich ein Glück, dass sie das Geld der Großmutter hatte und den Vater nicht unter irgendeinem Vorwand hatte bitten müssen, Geld von ihrem Sparbuch abheben zu dürfen. Auch wenn die Großmutter bestimmt entsetzt über die Verwendung ihres Geschenks gewesen wäre.

Die eisigen Temperaturen hatten Köln immer noch im Griff, aber es war sonnig. Während sie zurück zum Sender liefen, durchpulste pure Lebensfreude Eva. Sie trug öfter Hosen. Aber sich in der Jeans zu bewegen, war noch einmal etwas anderes. So frei und beschwingt hatte sie sich selten gefühlt.

Im WDR schaute ihr der Pförtner erstaunt nach, auch zwei Redakteure, die ihren Weg auf der Treppe kreuzten, musterten sie irritiert. Dann hatten Jutta und sie wieder das Büro erreicht. Eva nahm hinter ihrem Schreibtisch Platz.

»Ich bewundere ja deinen Mut.« Jutta seufzte. »Aber wenn das nur ein gutes Ende nimmt.«

»Fräulein Hefner, Fräulein Vordemfelde ...« Eine gute Stunde später kam Frau Naumann zu ihnen. »Wenn Sie bitte ...« Sie brach ab, starrte Eva an, die sich nun auf ihrem Bürostuhl zu ihr herumdrehte.

Für einen Moment verschlug es ihr, wie Eva befriedigt feststellte, die Sprache. »Fräulein Vordemfelde, wie ... wie können Sie es wagen, in einem derartigen Aufzug hier zu erscheinen.«

»Nun, Sie mögen es doch nicht, wenn ich zu fein gekleidet ins Büro komme. Deshalb dachte ich, vielleicht sind Ihnen ja Jeans lieber.« Es tat so gut, das zu sagen.

»Sie wissen ganz genau, dass ich das nicht meinte. Sofort ziehen Sie sich um!«

»Nein, das werde ich nicht. Wenn Sie ständig etwas an meiner Arbeit auszusetzen haben, gut, damit kann ich leben. Aber ich werde mir von Ihnen nicht auch noch vorschreiben lassen, wie sich mich zu kleiden habe.« Aus den Augenwinkeln nahm Eva wahr, wie Jutta die Hände vor das Gesicht schlug. Sollte Frau Naumann doch auf ihre Entlassung drängen, es war ihr egal.

»Sie impertinentes Wesen!«

»Ich bestehe nur darauf, anständig behandelt zu werden.« Aufgebracht funkelte Eva die Chefsekretärin an.

»Entschuldigen Sie …« Jemand räusperte sich im Hintergrund.

»Ja, bitte?« Frau Naumann fuhr herum, und auch Eva wandte den Kopf. Ein junger, sommersprossiger Mann stand sichtlich eingeschüchtert von ihrem Streit in der offenen Tür. »Frau Naumann, wir benötigen dringend eine von ihren Damen in Studio zwei.«

»Nehmen Sie sie mit«, Frau Naumann wies auf Eva, »Hauptsache, ich muss mich nicht mehr mit ihr herumplagen.« Mit diesen Worten rauschte sie in den Flur.

»Würden Sie denn …?« Unsicher blickte der junge Mann Eva an.

»Ja, natürlich.« Eva erhob sich, in gewisser Weise hatte sie Frau Naumann in die Flucht geschlagen. Studio zwei, das war Fernsehen. Wahrscheinlich wollte irgendein Redakteur seinen Text, den er in die Kamera sprechen würde, noch mal umgeschrieben haben.

Im Flur vor Studio zwei ging ein korpulenter Mann Ende fünfzig mit schütterem Haar ungeduldig auf und ab. Jacques Königstein, der Moderator von *Das ideale Brautpaar.* Die Sendung wurde am späten Freitagnachmittag ausgestrahlt.

»Wie gut, dass du eine junge Dame gefunden hast.« Er strahlte den sommersprossigen jungen Mann an, nur um Eva gleich darauf entsetzt durch seine Hornbrille zu mustern. »In diesem Aufzug können Sie unmöglich in der Sendung auftreten.«

»Was meinen Sie mit *auftreten*?« Eva verstand nicht.

»Hat man Ihnen denn nicht gesagt, dass Sie eine abgesprungene Braut ersetzen werden? Sie hat sich von ihrem Verlobten getrennt und uns das erst vor einer knappen Stunde wissen lassen. Wenigstens für die Sendung hätte sie sich noch zusammenreißen können.« Seine Stimme klang erbittert.

Darum ging es also, um Himmels willen, nein. »Auf keinen Fall werde ich bei dieser Sendung mitmachen«, protestierte Eva. »Ich finde sie albern und ...«

Jacques Königstein blickte auf seine Armbanduhr. »Schnell, schnell, Sie müssen sich umziehen und dann ab in die Maske.« Er hatte ihr nicht zugehört.

Diese spießige Sendung mit den Bräuten, die ihre Verlobten anhimmelten. »Ich werde nicht ...«, wiederholte Eva – und verstummte nachdenklich. Eine Idee formte sich in ihr. Wie wäre es, wenn sie ihre Ansichten über die Ehe dort vertrat? Plötzlich empfand sie wieder diese Freiheit und Unbekümmertheit wie auf dem Weg vorhin zum WDR. »Gut, ich trete in der Sendung auf, aber nur in Jeans«, erklärte sie entschieden.

»Jacques, jetzt lass Fräulein Vordemfelde doch«, mischte sich der junge sommersprossige Mann ein. Wahrscheinlich war er ein Regieassistent oder ein Aufnahmeleiter. »Wir finden in der kurzen Zeit keinen Ersatz mehr.«

»Würden Sie wirklich nicht ...?« Jacques Königstein hob flehend die Hände.

»Nein«, blieb Eva fest.

Er überlegte einige Sekunden. »Gut, schnell in die Maske mit Ihnen«, stöhnte er dann resigniert.

Eine Frau in einem weißen Kittel und Hochsteckfrisur puderte ihr Gesicht, legte ihr Rouge auf und zog ihren Lippenstift nach, während ihr der sommersprossige junge Mann rasch den Ablauf der Sendung erläuterte. Erst würde Jacques Königstein ihr und ihrem angeblichen Bräutigam ein paar Fragen stellen, wie sie sich kennengelernt hatten. Dann mussten sie getrennt weitere Fragen beantworten, anhand derer überprüft werden sollte, wie »ideal« sie zusammenpassten. Und schließlich waren jeweils noch zwei »geschlechtsuntypische« Aufgaben zu bewältigen.

Die Maskenbildnerin nahm Eva den Schminkumhang ab, der junge sommersprossige Mann geleitete sie in die Kulissen hinter dem Studio, wo schon drei Paare saßen. Eines war Mitte vierzig, die Frau trug ein teures Kostüm und eine Perlenkette und der Mann eine Fliege zu seinem Anzug. Die beiden anderen Paare waren in Evas Alter. Die eine Braut hatte eine sehr schlanke Figur und rote Haare, ihr Verlobter war kleiner als sie. Das dritte Paar sah extravagant aus. Der Modeschmuck der hübschen, dunkelhaarigen Braut war auffallend, ebenso wie ihre Brille mit den schmetterlingsförmigen Gläsern. Ihr Verlobter hatte eine Cordhose und einen dunklen Rollkragenpullover an, keinen Anzug mit Hemd.

Aber wo war ihr angeblicher Bräutigam? Suchend blickte Eva sich um. Hoffentlich hatte sie Glück und er glich mehr dem jungen Mann mit der existenzialistisch angehauchten Kleidung und nicht den beiden ziemlich biederen Herren.

Am Rand des Studios nahm sie eine Bewegung wahr und wandte den Kopf. Der Mann, der jetzt von dem Aufnahmeleiter oder Regieassistenten zu dem freien Stuhl neben ihr geleitet wurde, war, sie schluckte entsetzt, Paul. Auch seine Miene spiegelte ungläubige Überraschung. Evas Herz hämmerte wild in ihrer Brust. Sollte sie nicht aus dem Studio stürmen?

Aber auf dem Bildschirm in den Kulissen flammte nun Scheinwerferlicht auf und das Publikum im Studio klatschte begeistert, als Jacques Königstein an ein Mikrofon trat. »Meine sehr verehrten Damen und Herren, es ist mir eine Freude, Sie zur zweiten Ausstrahlung des *Idealen Brautpaars* im Jahr 1956 begrüßen zu dürfen«, gurrte er. »Die Temperaturen sind im Moment ja eisig, selbst der Rhein ist zugefroren. Umso schöner ist es doch, dass Liebe die Herzen dieser Menschen hier erwärmt. Bestimmt werden während unserer einstündigen Sendung wieder gehörig die Funken fliegen. Und wir hoffen – bis in Ihre Wohnzimmer. Wenn ich nun unser erstes Brautpaar zu mir bitten dürfte ... Fräulein Eva Vordemfelde und Herrn Paul Voss.«

»Kommen Sie.« Der sommersprossige junge Mann wies auf eine Drehbühne, die Eva bisher noch gar nicht bemerkt hatte. Zwei zierliche weiße Metallstühle standen vor einer Wand, darauf war eine von vier Schimmeln gezogene Hochzeitskutsche gemalt.

Neben Paul nahm Eva auf einem der Metallstühlchen Platz. Die Bühne drehte sich, kam im Studio zum Halten.

Zum ersten Mal wurde Eva sich richtig bewusst, dass hunderttausende Zuschauer und Zuschauerinnen sie sehen würden, wahrscheinlich auch ihre Schwestern und ihre Mutter.

Kurz fühlte sie sich wie gelähmt. Aber dann straffte sie sich. Sie würde das durchstehen und vor Paul keine Schwäche zeigen. Zusammen mit ihm trat sie zu Jacques Königstein, der in der Laube aus weißen Papierblumen saß. Darüber hingen vier etwa anderthalb Meter große Thermometer aus Holz, die jeweilige »Quecksilber-Säule« bestand aus Glas oder durchsichtigem Kunststoff. Das waren die »Ehe-Thermometer«, auf denen die Punktzahlen der Paare angezeigt wurden.

»Fräulein Vordemfelde, Herr Voss«, Jacques Königstein lächelte sie breit an, »in gewisser Weise sind Sie ja ein ganz besonderes Brautpaar. Denn Sie arbeiten beide für den WDR. Sie, Fräulein Vordemfelde, als Sekretärin und Sie, Herr Voss, als Redakteur für den Hörfunk. Haben Sie sich denn bei der Arbeit kennengelernt?«

»Ähm, ja.« Paul räusperte sich. »Bei der Sitzung des Deutschen Bundestags in Berlin.«

»Wie spannend! Und hat es gleich gefunkt zwischen Ihnen?«

»Nein, das hat es nicht«, erklärte Eva spröde.

Jacques Königsteins Lächeln wurde etwas gezwungen. »Nicht? Wie lief denn Ihre erste Begegnung ab?«

»Ich habe Eva einen Kommentar diktiert. Und, na ja, bei mir hat es gleich gefunkt. Ich habe Sie auf einen Kaffee eingeladen. Und sie hat zugesagt. So fing es an, zumindest bei mir.«

Was redete Paul denn da? Eva starrte ihn ärgerlich an. Er wirkte ganz locker, bedachte sie mit einem liebevollen Blick und lächelte in die Kamera.

»Ich fand Paul sehr arrogant und überheblich«, das musste sie einfach loswerden, »und sehr auf seine Karriere bedacht.«

Jacques Königstein zuckte zusammen. »Aber dann haben Sie doch zueinander gefunden, und zwar offensichtlich sehr schnell. Denn diese Sitzung des Bundestags in Berlin war ja im Oktober. Wann haben Sie sich denn verlobt?«

Eva erinnerte sich wieder schmerzlich daran, wie sehr sie in Paul verliebt gewesen war. Ihr fiel keine Antwort ein.

»Das war am Heiligen Abend«, sagte Paul prompt.

»Wie romantisch.« Jacques Königstein seufzte und legte seine Hände auf die Brust.

»Ja, die Kerzen am Weihnachtsbaum haben gebrannt.«

Schon wieder so ein Unsinn! Eva ertappte sich bei dem Wunsch, ihn gegen das Schienbein zu treten.

»Nun, dann machen wir mit unserer ersten Fragerunde weiter«, ergriff Jacques Königstein das Wort. »Herr Voss, wenn Sie bitte solange das Studio verlassen und in unsere schalldichte Kabine gehen würden? Sie dürfen ja nicht hören, was Ihre Braut sagt.«

Ganz kurz wandte sich Paul noch einmal zu Eva um. Da war wieder dieses vertraute, zärtliche Lachen in seinem Blick. Nein, sie würde sich nicht davon berühren lassen.

»Fräulein Vordemfelde, wie sieht der ideale Urlaub mit Ihrem Verlobten aus?«

Eva zögerte.

»Hotel oder eher Campingplatz?«, half Jacques Königstein ihr weiter.

»Kleine Hotels oder Pensionen, wir bleiben ein paar Tage an jedem Ort, der uns gefällt.« Eva wusste das plötzlich ganz genau. »Wir haben keinen festen Plan, lassen uns treiben, lernen Land und Leute kennen.«

»Was ist Ihr idealer Sonntagvormittag?«

Da musste sie nicht lange überlegen. »Mein Mann und ich bereiten zusammen das Essen vor und zwar etwas, das schnell geht. Nichts Aufwendiges.«

»Nun, da bin ich gespannt, was Ihr Bräutigam dazu sagt, vor allem zur gemeinsamen Essensvorbereitung.«

Das Publikum lachte. Jemand rief: »Da kann man ja nur hoffen, dass der Mann trotzdem in dieser Ehe die Hosen anhat.«

Jacques Königsteins Lächeln war wieder etwas angestrengt. »Und was ist Ihre Idealvorstellung der idealen Ehe?«

»Mein Mann und ich lassen uns Raum, jeder kann sich entfalten und seine Träume leben.«

»Schön, schön ... Dann bitten wir jetzt Herrn Voss wieder herein, und Sie, Fräulein Vordemfelde, verlassen das Studio.«

Dahinter nahm der junge sommersprossige Mann Eva in Empfang und geleitete sie erst zu der schalldichten Kabine und nach wenigen Minuten in einen kleinen Raum. Auch hier gab es einen Bildschirm, die extravagante dunkelhaarige Braut beantwortete nun Jacques Königsteins Fragen. Sie bevorzugte im Urlaub schicke Hotels.

»Eva ...« Paul war hereingekommen, er hatte die Fragen mittlerweile auch hinter sich. »Tut mir leid, ich hatte keine Ahnung, dass du meine Braut sein würdest. Sonst hätte ich nicht mitgemacht.«

»Das ging mir genauso.« Sie zuckte betont gleichmütig mit den Schultern. »Na ja, wir werden bestimmt kein ›ideales Brautpaar‹ sein.« Sie zögerte kurz. »Wie bist du eigentlich auf diesen Unsinn mit der Verlobung an Heiligabend vor den brennenden Kerzen des Weihnachtsbaums gekommen? Kitschiger ging es wohl nicht.«

»Ich war nervös. Und wenn ich nervös und auf Sendung bin, dann quassele ich drauf los. Hauptsache, es entsteht keine peinliche Pause.« Da war wieder sein selbstironisches Lächeln, in das sie sich verliebt hatte. Hastig blickte sie zur

Seite. Zu ihrer Erleichterung betrat jetzt die dunkelhaarige junge Frau den Raum, nach und nach hatten alle Brautpaare die Interviews hinter sich, und sie wurden wieder ins Studio gerufen.

Jacques Königstein deutete voller Begeisterung auf die Ehe-Thermometer, in denen nun das farbige »Quecksilber« nach oben gewandert war. »Nach der ersten Runde liegen vorne …«, er machte eine dramatische Kunstpause, »Fräulein Vordemfelde und Herr Voss.« Das Publikum applaudierte laut.

Dann musste Paul alle Fragen ähnlich beantwortet haben, auch die, wie er sich eine ›ideale Ehe‹ vorstellte. Aber es spielte keine Rolle. Sie wollte nicht mehr in ihn verliebt sein, geschweige denn, dass sie sich eine Beziehung mit ihm wünschte.

»Und nun zu unseren Aufgaben.« Jacques Königstein wies auf eine Seite des Studios, wo nun je vier Fernsehapparate, Holzbretter auf Böcken, Betten so wie elektrische Nähmaschinen platziert waren. »Unsere Damen werden den WDR am Fernsehgerät einstellen und Löcher in Bretter bohren müssen. Und den Herren bleibt es überlassen, eine lange Naht zu nähen und ein Bett zu beziehen. Nun, dann wollen wir mal sehen, welches der Geschlechter sich besser schlägt.«

Paul beugte sich zu Eva. »Kannst du mir verraten, man eine Nähmaschine bedient?«

»Vielleicht hättest du dir doch von deiner Mutter und deinen Schwestern das Handarbeiten beibringen lassen sollen«, gab Eva barsch zurück und musste unwillkürlich an den Moment denken, als sie ihm beim Bundespresseball in den geflickten Frack geholfen und über seine Brust gestrichen hatte.

»Jetzt sei nicht so, ich würde gerne mit dir zusammen gewinnen.«

»Stell dir vor, du trittst auf das Gaspedal bei einem Auto«, erwiderte Eva brüsk. Aber da waren schon wieder die Schmetterlinge in ihrem Bauch.

»Meine Damen«, Jacques Königstein machte ihnen ein Zeichen und sie mussten sich an einer Linie anstellen. »Auf die Plätze, fertig – los!«

Eva hatte die Löcher in dem Brett sehr schnell gebohrt, ihre Erfahrungen, als sie in einem der Nachkriegswinter in München mit der Mutter Regale gebaut hatte, kamen ihr zugute. Beim Einstellen des WDR-Senders am Fernsehgerät überholte die Frau in dem Kostüm sie. Dennoch lag Eva am Ende bei den Frauen vorne.

Nun gingen die Männer an den Start. Paul schlug sich beim Bettenmachen nicht schlecht. Aber als es ums Nähen ging, wurde er Vorletzter.

Damit wurden sie auf keinen Fall Gesamtsieger. Eva ertappte sich, dass sie die Hände zu Fäusten geballt und ihn angefeuert hatte. Schnell bemühte sie sich wieder, gleichmütig zu wirken.

Jacques Königstein raschelte mit Zetteln, verglich Zahlen. Die »Quecksilbersäulen« in den Ehe-Thermometern wanderten nach oben. Nun trat er breit lächelnd an das Mikrofon. »Meine sehr verehrten Damen und Herren, darf ich Ihnen nun unser heutiges *Ideales Brautpaar* vorstellen, Sieger mit fünfundfünfzig Punkten: Herr und Frau Leitner.« Mit großer Geste bat er die Dame in dem Kostüm und den Herrn mit Anzug und Fliege zu sich. »Unser erster Preis für Sie ist eine Wochenendreise an den Lago Maggiore.« Eine Kamera richtete sich auf eine großformatige Fotografie mit einem See vor Alpengipfeln. Das Publikum klatschte begeistert.

»Und wenn ich jetzt unsere zweiten Sieger zu uns bitten dürfte, mit zweiundfünfzig Punkten ...«, Jacques Königstein wandte sich Eva und Paul zu, »... Herrn Voss und Fräulein Vordemfelde. Unser WDR-Brautpaar hat sich auch sehr gut geschlagen, das muss ich schon sagen. Der zweite Preis ist ein zwölfteiliges Essservice.« Nun wurde ein großes Foto vor die Kamera geschoben, auf dem ein Geschirr mit einem ziemlich hässlichen Muster zu sehen war, eine Schäferidylle in einem Pseudo-Rokoko-Stil. »Vielleicht noch ein Küsschen unserer beiden Siegerpaare? Das haben sie sich redlich verdient.« Er strahlte in die Runde.

Das auch noch ... Eva stöhnte innerlich auf. Paul beugte sich zu ihr, legte den Arm um sie.

Sie presste die Lippen zusammen. Sein Mund berührte ihren, sein Blick war sehr innig. Unwillkürlich öffnete sie die Lippen. Warm durchströmte es sie. In weiter Ferne hörte sie den Applaus der Studiogäste. Er verklang, als sie sich Pauls Kuss hingab. Für Momente waren da nur er, seine Augen, sein Mund.

Dann ertönte wieder die Stimme Jacques Königsteins, die »unseren Brautpaaren eine ›ideale Ehe‹« wünschte, und sie machte sich hastig von Paul los.

Gleich darauf erlosch das rote Licht an der Wand, und die Scheinwerfer gingen aus.

Einige Herzschläge lang sahen sie sich stumm an. »Wir haben uns doch ganz gut geschlagen, oder?« Ein Lächeln erschien auf Pauls Gesicht. »Von mir aus kannst du das Essservice gerne für deine Aussteuer haben.«

»Ich habe keine Aussteuer.«

Er wurde ernst. »Eva, bitte, lass uns noch mal miteinander sprechen.«

Sie zögerte. Sollte sie ihn nicht doch anhören? Vielleicht gab es eine plausible Erklärung für sein Verhalten im Presseclub. Auch wenn sie sich noch so sehr einzureden versuchte, sie sei nicht mehr in ihn verliebt, sie war es immer noch. Sehr sogar.

Jetzt trat Jacques Königstein zu Paul und schlug ihm auf die Schulter. »Gut gemacht, Voss. Unser junger, attraktiver Vorzeige-Redakteur. Der Auftritt eben wird deiner Karriere im Sender bestimmt nicht schaden.«

Eva wandte sich wortlos ab und verließ das Studio. Vielleicht hatte Paul sich sogar extra darum bemüht, bei der Sendung mitzuwirken, um seinen Namen bei der Leitung des WDR ins Gespräch zu bringen.

Auf der Single sang Elvis *That's all right*. Immer noch aufgewühlt und durcheinander von der Sendung und dem unverhofften Zusammentreffen mit Paul, lauschte Eva der Platte.

Ihre große Schwester bei das *Ideale Brautpaar*. Im Fernsehen. In Jeans! Völlig aus dem Häuschen hatten Franzi und Lilly sie vorhin begrüßt und wissen wollen, ob sie denn tatsächlich »verlobt« sei. Genüsslich hatten sie ihr geschildert, wie »süß« es ausgesehen habe, als sie und Paul sich geküsst hatten. Eva seufzte gereizt. Dieser verwünschte Kuss. Warum nur konnte sie ihn nicht aus ihrem Gedächtnis verbannen? Gott sei Dank hatte ihre Mutter amüsiert reagiert und keine große Sache daraus gemacht.

Draußen erklang das Geräusch eines Automotors, Räder knirschten auf dem Schnee. Evas Vater fuhr den Wagen in die Garage. Wahrscheinlich würde er nicht so gelassen reagieren wie die Mutter. Tatsächlich kam er gleich darauf die Treppe hoch und klopfte an ihre Tür, öffnete, ohne ihre Antwort abzuwarten.

»Eva.« Auf seiner Stirn stand die ihr wohlbekannte Zornesfalte. »Verdammt, musst du dir immer diesen grauenhaften Schund anhören?« Er trat an den Plattenspieler und drehte ihn leise. »Ich habe im Büro ein paar Anrufe erhalten. Dr. Meinrad und der Programmdirektor fanden ›Fräulein Vordemfelde‹ in Jeans in *Das ideale Brautpaar* ja ganz amüsant. Ich nicht. Und Frau Naumann hat sich mal wieder bei mir über dich beschwert. Wie kommst du dazu, in einem derartigen Aufzug bei der Arbeit zu erscheinen?«

»Du klingst ja fast, als wäre ich in Unterwäsche dort aufgetaucht. Das Kleid, das ich gestern anhatte, war Frau Naumann zu fein, da dachte ich, ich versuch's mal mit Jeans.« Eva zuckte mit den Schultern, während sie innerlich kochte.

»Mein Gott, Eva, hör auf, dich wie eine freche Göre zu benehmen, und werd endlich erwachsen.«

»Dann fang du doch an, mich wie eine Erwachsene zu behandeln und sprich nicht hinter meinem Rücken mit Frau Naumann.«

»Dein Ton gefällt mir mal wieder nicht. Und was diesen Paul Voss betrifft ... Du wirst dich nicht mehr mit ihm privat treffen.«

»Ich treffe mich nicht mit ihm privat.«

»Ach ja?« Ihr Vater schnaubte. »Vorhin sagte Dr. Meinrad am Telefon auch, dass er dich mit ihm an Silvester im Restaurant des Königshofs gesehen habe. Seine Frau habe damals schon gemeint, was für ein hübsches Paar ihr doch wäret.«

»Wir haben uns dort wegen Paul Voss' Interviews für seinen Beitrag übers Müttergenesungswerk getroffen, das war alles.« Eva war klar, wie wenig glaubhaft sich das anhörte.

Der Vater lachte spöttisch auf. »Du triffst dich während deines Urlaubs beruflich? Es ist interessant, was für einen Arbeitseifer du auf einmal an den Tag legst. Nochmal, ich will nicht mehr, dass du diesen Kerl siehst, und ich werde auch dafür sorgen, dass Frau Naumann dich ihm nicht mehr als Sekretärin zuteilt.«

»Papa!« Eva sprang auf, doch er hatte schon die Tür hinter sich zugeschlagen und stapfte ins Erdgeschoss hinunter. Da hatte sie geglaubt, einen Sieg über Frau Naumann errungen zu haben. Und nun diese Demütigung.

Kapitel 16

Inzwischen war es Mitte März, vier Wochen waren seit dem Abend, als Eva ihre Entwürfe dem Kostümbildner des Kaiserhofs präsentiert hatte, und ihrem Auftritt in *Das ideale Brautpaar* vergangen. Die eisige Kälte war vorbei, nur noch vereinzelt gab es Schneereste in den Gärten. Vögel zwitscherten in den Zweigen, und da und dort sprossen schon die ersten Schneeglöckchen aus dem Boden. Sonst hätte Eva sich an dem Anblick erfreut. Aber als sie an diesem Abend an den Bahngleisen entlang nach Hause radelte, nahm sie das gar nicht wahr.

Vorhin war sie in Köln in der Hauptpost gewesen und hatte nach postlagernden Briefen gefragt. Tatsächlich waren zwei für sie eingetroffen. Eine Antwort des Düsseldorfer Modehauses, an dessen Wettbewerb sie sich beteiligt hatte, und eine des Wuppertaler Stadttheaters. Dort hatte sie sich, neben anderen Theatern, um eine Hospitanz als Kostümbildnerin beworben. Das Düsseldorfer Modehaus fand ihre Entwürfe »zu exaltiert«, was auch immer das bedeuten mochte. Das Stadttheater wiederum war der Ansicht, dass sie erst einmal eine Lehre als Schneiderin machen sollte, bevor sie sich wieder bewarb. Von anderen Theatern hatte sie bereits ähnliche Antworten erhalten, ebenso von den Filmstudios in Berlin und München.

Bedrückt schob Eva ihr Fahrrad in die Garage, wo bereits der Wagen des Vaters stand. Er war also schon zu Hause. Nach dem Abendessen würde sie sofort in ihr Zimmer gehen und ihn hoffentlich dann nicht mehr sehen müssen. Doch als sie die Diele betrat, kam er aus seinem Arbeitszimmer. »Eva ...«

»Ja ...?« Was hatte er denn jetzt schon wieder an ihr auszusetzen?

»In ein paar Tagen kommt das griechische Königspaar zum Staatsbesuch nach Bonn.«

»Ich habe davon gehört, es wird hier ja überall darüber berichtet«, entgegnete Eva kurz angebunden.

»Du wirst mich begleiten, vielleicht können ich oder die Kollegen deine Hilfe gebrauchen, so wie in Berlin. Texte die geschrieben oder telefonisch durchgegeben werden müssen ...« Ihr Vater nickte ihr zu und verschwand wieder in seinem Arbeitszimmer. Eva schaute ihm mit gerunzelten Brauen nach.

Gut möglich, dass das mal wieder ein Versuch von ihm war, sie auf Linie zu bringen und mit ihrem Beruf als Sekretärin beim WDR auszusöhnen, damit sie keinen Ärger mehr machte. Den Gefallen würde sie ihm nicht tun. Aber spannender als der Büroalltag war ein Staatsbesuch allemal.

Dieser Meinung war Eva ein paar Tage später erst recht: Aufgeregt stellte sie sich auf die Zehenspitzen und versuchte, einen Blick auf den sogenannten Regierungsbahnsteig des Bonner Hauptbahnhofs zu erhaschen, wo die Staatsgäste empfangen wurden. In wenigen Minuten würde hier das griechische Königspaar eintreffen.

Ein festlicher Baldachin in Weiß und Blau – den Nationalfarben des Landes – verziert mit grünem Lorbeer, verlieh der nach Süden hin gelegenen Verlängerung von Bahnsteig 1 einen ungewohnten Glanz. Die gesamte Bundesregierung war anwesend, allen voran natürlich Bundespräsident Theodor Heuss, gebeugt und ehrwürdig, und Bundeskanzler Konrad Adenauer. Den Zeigefinger hoch erhoben, dozierte er einem Kabinettsmitglied. Sämtliche Herren der Regierung trugen Cut und glänzende Zylinder. Weiß-blaue Fahnen wehten im Wind. Die ganze Innenstadt und die Rheinbrücken waren damit geschmückt und Girlanden hingen über den Straßen. Es hatte so schön ausgesehen, als sie vor über einer Stunde mit dem Vater zum Bahnhof gefahren war – richtig hauptstädtisch.

Dies war erst der dritte Staatsbesuch eines Monarchen in Bonn, hatte ihr Vater mal wieder ausführlich erläutert. Bisher waren nur der Schah von Persien und der König von Abessinien hier gewesen. Entsprechend groß war der Aufwand. So war das undichte Dach über dem Bahnsteig mit zweitausend Metern aus Baumwoll- und Nesselstoff bespannt worden. Für den Fall, dass das Wetter regnerisch werden sollte, wollte man wohl von Seiten des Protokollamtes kein Risiko eingehen.

Eva hatte Paul unter den Journalisten noch nicht gesehen. Aber bestimmt war auch er anwesend. Gewiss hatte er Himmel und Hölle in Bewegung gesetzt, um über den Staatsbesuch berichten zu dürfen.

»Zurücktreten, alle zurücktreten«, schallte es nun aus den Lautsprechern. Ein Minister in Cut und Zylinder hatte sich ziemlich weit an die Bahnsteigkante vorgewagt und wich nun hastig zurück. Ein anderer Minister sagte etwas zu ihm und etliche Mitglieder der Regierung, die in der Nähe standen, lachten auf.

»Derjenige, der eben so eilig von der Bahnsteigkante zurückgewichen ist, war der Verteidigungsminister Theodor Blank«, raunte Evas Vater ihr zu. »Bestimmt hat der Kabinettskollege gefrotzelt, ob die Aufforderung *zurückzutreten* seinem Amt gilt. Ein nettes Bonmot, das muss ich später nachprüfen.« Er wirkte sehr zufrieden und ganz in seinem Element.

Gleich darauf schallte noch einmal »Zurücktreten!« aus den Lautsprechern. Dann rollte eine schwarz-rote Diesellokomotive in den Hauptbahnhof ein und dahinter die Wagen des Sonderzugs aus Basel. Erwartungsvolle Stille senkte sich über die Menschenmenge auf der Plattform. Genau vor dem weiß-blauen Baldachin kam der Zug zum Halten. Der Bundespräsident und der Bundeskanzler traten vor. Der Bundestagspräsident Eugen Gerstenmaier folgte ihnen.

»Laut Protokoll würde es dem Bundestagspräsidenten, als Vertreter des Volkes, und nicht dem Kanzler zustehen, das Königspaar nach Theodor Heuss als Zweiter zu begrüßen«, flüsterte der Vater Eva zu. »Aber es sieht dem Alten mal wieder ähnlich, das Protokoll zu ignorieren und für sich einen besonderen Platz zu beanspruchen.« Mit dem Kameramann und dem Tontechniker an seiner Seite eilte er auf den Baldachin zu, auf eine gute Position für die Filmaufnahmen bedacht.

Eva blieb zurück, sie wollte den Journalisten nicht im Weg stehen. Und da war tatsächlich Paul, auch er strebte mit einem Tontechniker in Richtung des Baldachins. Hatte sie es doch gedacht.

Nun stieg ein großer, schlanker Mann Mitte fünfzig aus dem Sonderzug – der griechische König, Paul I. Eine hübsche dunkelhaarige Frau folgte ihm, Königin Friederike. Ihr eleganter, hellblauer Mantel harmonierte gut mit dem Marineblau der Uniform ihres Gatten.

Das Begrüßungszeremoniell spulte sich ab, das Königspaar schüttelte Hände mit dem Bundespräsidenten, dem Kanzler und dem Bundestagspräsidenten. Dann gingen Paul I., Friederike und die Regierung über den roten Teppich durch die Halle des Hauptbahnhofs zum Vordereingang und nahmen auf den Stufen Aufstellung, während ihnen die Menschen hinter den Absperrungen begeistert zujubelten, einige Tausend waren es bestimmt.

Ein Musikzug intonierte mit Schellenbaum den preußischen Präsentiermarsch, und der König schritt zusammen mit dem Bundespräsidenten langsam das Ehrenbataillon des Heeres ab.

Eva konnte dem prächtigen Schauspiel durchaus etwas abgewinnen. Aber für ihren Geschmack war zu viel Militär bei dem Staatsbesuch vertreten. Unwillkürlich fragte sie sich, wie Paul das wohl empfand? Er hatte sich sehr kritisch zur Wiederbewaffnung geäußert.

Nachdem der König und der Bundespräsident die Ehrenformation abgeschritten hatten, fuhren glänzende schwarze Limousinen vor dem Hauptbahnhof vor, an ihrer Spitze zwei Mercedes-Cabriolets. König Paul I. und der Bundespräsident nahmen in dem ersten der beiden offenen Wagen Platz, Königin Friederike und Konrad Adenauer in dem zweiten. Begleitet von einer Motorradstaffel der Polizei setzte sich der Tross aus Limousinen in Bewegung.

»Der Bund hatte nicht genug eigene Wagen«, hörte Eva ihren Vater sagen. »Das eine Cabriolet musste man sich von der Polizei leihen, das andere gehört der Firma Klosterfrau Melissengeist.«

»Was? Klosterfrau Melissengeist?« Eva musste lachen. »Du erwähnst das doch bestimmt irgendwo?«

»So wichtig ist das auch wieder nicht.« Er schüttelte den Kopf. »Und es ist der Würde des Staatsbesuchs nicht angemessen.«

»Aber solltest du als Journalist nicht objektiv berichten?«, beharrte Eva.

»Objektivität ist ein sehr dehnbarer Begriff. Komm jetzt, wir müssen ins Bonner Studio fahren.« Er bedeutete ihr ungeduldig, ihm zu folgen.

Während der nächsten Stunden nahm Eva, wie auch andere Sekretärinnen, Diktate auf. Dann, nach einer Tasse Kaffee und einem hastig hinuntergeschlungenen Brötchen, stand die Pressekonferenz auf dem Programm.

Der Eingang zur Villa Hammerschmidt, dem Amts- und Wohnsitz des Bundespräsidenten, befand sich in einer schmalen Straße in Richtung Rhein und nicht auf der Vorderseite des parkartigen Anwesens. Die weiße Fassade der klassizistischen Villa leuchtete hell im Sonnenlicht, mit dem blauen Himmel im Hintergrund entsprach dies den griechischen Nationalfarben, schoss es Eva durch den Kopf, als sie mit dem Vater und anderen Journalisten durch den Park ging.

Da und dort unter den alten Bäumen blühten schon die ersten Schneeglöckchen und Krokusse, ein Hauch von Frühling lag in der Luft. Vor dem Gebäude standen einige Übertragungswagen, und die übliche Vielzahl von Kabeln verlief von ihnen nach drinnen. Eva und ihr Vater wurden zu einem Raum mit hohen Decken und großen Fenstern auf der Rückseite des Gebäudes geleitet. Viele Pressevertreter waren schon da, darunter Paul mit seinem Tontechniker. Eva wollte nicht zu ihm blicken und tat es doch. Paul wirkte konzentriert. Ganz sicher würde er eine Frage stellen.

Der Kameramann, den Eva schon vom Bonner Hauptbahnhof kannte, trat jetzt, seinen Tontechniker im Schlepptau, zu ihrem Vater, und die beiden besprachen, was gefilmt werden sollte. Eva vertrieb sich die Zeit, indem sie hinaus in den Park schaute. Unterhalb der ausgedehnten Rasenflächen und einer Balustrade strömte der Rhein vorbei, sein Wasser war so blau wie der Himmel. Ein Eichhörnchen huschte über den Rasen.

Nach einer Weile öffnete sich eine hohe, weiße Flügeltür und der Bundespräsident betrat den Raum, an seiner Seite eine schwarz gekleidete ältere Dame, die einen dicken grauen Zopf wie ein Haarband um den Kopf geschlungen hatte, seine Schwägerin Hedwig Heuss. Das griechische Königspaar folgte ihnen. Die Fotografen sprangen vor, Kameras klickten und Blitzlichter leuchteten auf.

Dann eröffnete der Sprecher des Bundespräsidenten nach einer kurzen Begrüßung die Pressekonferenz.

Fragen zur Anreise mit dem Zug wurden gestellt und wie dem Königspaar Bonn bis jetzt gefiel. Evas Vater erkundigte sich, ob die Königin, eine Enkelin Kaiser Wilhelms und gebürtige Deutsche, sich freue, wieder einmal in ihrem Heimatland zu weilen. Die Königin und der König antworteten gut gelaunt.

Dann trat Paul vor, er räusperte sich. Ob er nervös war? Gut möglich, dass dies seine erste Pressekonferenz bei einem Staatsbesuch war. Wahrscheinlich würde auch er eine weitere höfliche und irrelevante Frage stellen. Er wandte sich dem König zu. »Majestät, im letzten Sommer habe ich einige Wochen Urlaub in Griechenland verbracht.«

»Wie schön, ich hoffe, unser schönes Land hat Ihnen gefallen«, erwiderte der König liebenswürdig, auch die Königin lächelte freundlich.

»Ja, sehr ...« Paul stockte kurz, sein Gesicht hatte nun einen sehr entschlossenen Ausdruck, und Eva ahnte plötzlich, dass seine Frage nicht belanglos sein würde. »... während meiner Reise bin ich immer wieder durch Dörfer gekommen, die von der deutschen Wehrmacht zerstört wurden. Meines Wissens ersuchen Bürgermeister dieser zerstörten Dörfer die Bundesregierung um eine finanzielle Wiedergutmachung. Werden Sie, Majestät, dieser Forderung gegenüber der Bundesregierung Nachdruck verleihen?«

Das Lächeln wich vom Gesicht des Königs, die Miene des Pressesprechers versteinerte. Die anwesenden Journalisten begannen zu tuscheln.

Der König zögerte kurz. »Nun, auf der Schuldnerkonferenz in London 1948 wurde vereinbart, die Fragen nach einer finanziellen Wiedergutmachung bis nach einem Friedensschluss Deutschlands mit den Westmächten zu vertagen.«

»Dieser Friedensschluss erfolgte letztes Jahr«, hakte Paul Voss nach. »Werden Sie Ihre Bürgermeister unterstützen, oder nicht, Majestät?«

»Sie werden gewiss verstehen, dass ich derartige Sachverhalte nicht in der Öffentlichkeit verhandeln möchte«, wich der König aus.

»Der Herr dort hinten hat noch eine Frage«, griff der Pressesprecher des Bundespräsidenten rasch ein und deutete auf einen großen, grauhaarigen Journalisten neben einem der Fenster, der die Hand gehoben hatte. »Mit dieser Frage dürfte sich der junge Mann bei der Regierung ziemlich unbeliebt gemacht haben«, raunte Evas Vater dem Kameramann zu.

»Im Sender wird man darüber auch nicht unbedingt erfreut sein.« Ob die Einschätzung des Vaters zutraf? Eva schaute zu Paul, der nun mit blassem Gesicht, sein Mund ein schmaler Strich, dastand. Sie hoffte, nicht.

Eva ließ diese Frage während ihres arbeitsreichen Nachmittags in den Büros des Bonner Studios in der Dahlmannstraße nicht mehr los. Wieder musste sie Diktate aufnehmen und von den Redakteuren überarbeitete Texte neu abtippen. Berichte darüber, wie das Königspaar sich in das Goldene Buch der Stadt eingetragen hatte, oder über ihre Ankunft auf dem Petersberg gingen in die Welt. Am Abend fuhr sie mit dem Vater kurz nach Hause, um sich für das Staatsbankett in Schloss Augustusburg in Brühl umzuziehen. Auch von der Presse wurde ein gewisser Standard erwartet. Der Vater wählte einen dunklen Anzug und Mantel, Eva kleidete sich ebenfalls fein.

Als die beiden in der Kleinstadt vor den Toren Bonns ankamen, strahlten Scheinwerfer das barocke Schloss an. Der Vater zeigte einem Ordner seinen Presseausweis, und sie reihten sich unter den gespannt wartenden Journalisten ein, auch der Kameramann sowie der Tontechniker des Vaters waren schon da, ebenso die Übertragungswagen. Suchend schaute sich Eva nach Paul um, aber sie konnte ihn nirgends erblicken.

Eine schwarze Limousine rollte vor den Eingang, Ordner im Frack öffneten die Türen. Ein Herr im Smoking und eine zierliche Dame in einem seidig schimmernden Abendkleid stiegen aus. Fotografen richteten die Kameras auf das Paar, Blitzlichter leuchteten auf, und auf die Handbewegung des Vaters hin begann sein Kameramann zu filmen.

»Das waren der griechische Botschafter und seine Gattin«, erklärte er Eva, während er seine Aufmerksamkeit auf den nächsten schweren Wagen richtete, der gleich darauf vor dem Portal anhielt. Die Limousine eines deutschen Ministers und dessen Ehefrau, wie Eva erkannte, als die beiden sich winkend den Presseleuten und den Schaulustigen hinter den Absperrungen zuwandten.

Dann entdeckte sie Paul. Er stand ein Stück entfernt mit seinem Tontechniker in dem Pulk aus Journalisten, Fotografen und Kameraleuten. Seine braunen Haare glänzten im Scheinwerferlicht, wieder einmal sah er umwerfend attraktiv aus. Und das, obwohl seine Miene sehr ernst und angespannt war. Hoffentlich würden ihm aus seiner Frage während der Pressekonferenz keine Nachteile erwachsen. Eva war beschämt. Wie hatte sie ihn nur für einen Karrieristen halten können. Wie seinem großen Vorbild Egon Erwin Kisch ging es ihm um echte Gerechtigkeit.

Weitere Staatskarossen mit Mitgliedern der Regierung nebst Ehefrauen fuhren vor. Schließlich trafen auch der Kanzler und der Bundespräsident ein. Bei jedem Wagen ging das Blitzlichtgewitter von vorne los. Dann ein schwarzes Cabriolet mit geschlossenem Verdeck. Ordner rissen die Türen auf, verbeugten sich tief. Die Journalisten, Fotografen und Kameraleute drängten noch näher an die Absperrung heran. Ein Ellbogen bohrte sich unsanft in Evas Seite. Ein Diadem funkelte auf, als Königin Friederike, zusammen mit ihrem Gatten, aus dem Wagen stieg. Nun drehte sich das Königspaar zu den jubelnden Menschen um und winkte ihnen zu.

Die Gedanken um Paul hatten Eva den Abend nicht richtig genießen lassen. Sie wollte, dass es ihm gutging. Und sie wollte in seiner Nähe sein. Doch für Momente zog Königin

Friederike sie in ihren Bann: Wie prächtig ihr Abendkleid war, aus weißem Atlas mit einem eingewebten Blumenmuster, schimmerte es im Licht hell wie Schnee. Die grüne, mit einer Rose aus Stoff besetzte Schärpe bildete dazu einen aufregenden Kontrast, ebenso die grünen Edelsteine von Diadem und Halskette.

Nachdem der König und die Königin das Schloss betreten hatten, wurde auch der Presse Einlass gewährt. Eva lief neben ihrem Vater her, ein Treppenhaus voller Marmorsäulen, Gold und Stuck tat sich vor ihr auf. Ein riesiger Kronleuchter versprühte Lichtfunken. Dann hatten sie den Bankettsaal erreicht und durften an der Wand Aufstellung nehmen, neben den Journalisten der großen Tageszeitungen und Auslandskorrespondenten. Bis zur Tischrede des Bundespräsidenten waren sie zugelassen, dann würden die hohen Herrschaften unter sich sein. Die Journalisten der weniger bedeutenden Blätter mussten mit dem Vorraum vorliebnehmen.

Die Tafel war verschwenderisch mit Silber, dünnwandigem Porzellan und Kristallgläsern gedeckt. Kerzen brannten auf hohen Leuchtern, dazwischen prangten üppige Buketts aus Treibhausrosen und Nelken. Auch vor den Wänden standen riesige Buketts aus Blumen. Täuschte sie sich oder leuchtete es rot dahinter hervor? Eva reckte den Kopf. Sie entdeckte Infrarotstrahler, die dahinter verborgen waren, und nun nahm sie auch den Hauch von Wärme wahr, der zu ihr durchdrang. Sicher war dies die einzige Möglichkeit, den Saal zu beheizen.

Ein Lächeln stahl sich auf Evas Gesicht. Paul würde sich darüber wahrscheinlich auch amüsieren. Schließlich hatte er den Bundespresseball als »Sause« bezeichnet. Wo war er nur? Unter den Journalisten des WDR im Bankettsaal jedenfalls nicht. Hatte man ihn etwa nicht eingelassen, weil er sich bei der Pressekonferenz unbeliebt gemacht hatte?

Ihr Vater zückte seinen Notizblock und schrieb etwas nieder. Gewiss hielt er seine Eindrücke fest. Er wirkte wieder ganz in seinem Element. »Rheinwein wird zum Essen serviert und ein solides Drei-Gänge-Menü, kein Schnickschnack, Rehrücken ist der Hauptgang«, flüsterte er ihr zu. »Das habe ich vorhin erfahren. Das sind nette Details, die die Zuschauer lieben.«

Sie musste Paul unbedingt finden und mit ihm sprechen. Eva berührte den Arm ihres Vaters. »Papa, es tut mir leid, aber ich muss dringend auf die Toilette«, schwindelte sie.

»Jetzt? Bist du verrückt? Der Bundespräsident wird gleich mit seiner Rede beginnen, dann kommst du nicht mehr in den Saal.«

»Ich weiß, aber es geht wirklich nicht anders.«

»Herr im Himmel, hättest du dich da nicht rechtzeitig drum kümmern können?«, fuhr er sie ungeduldig an. »Man sollte meinen, dass du alt genug dazu bist. Dann wartest du eben vor dem Eingang auf mich.«

»Ist gut«, murmelte Eva und schlüpfte aus dem Saal.

In dem ausgedehnten Vorraum konnte sie nur Pauls Mitarbeiter für den Ton unter den Journalisten entdecken.

»Bitte, entschuldigen Sie«, wandte Eva sich an den bärtigen Mann, »können Sie mir sagen, wo ich Paul Voss finde?«

»Der raucht draußen noch schnell eine.« Er wies auf den Eingang.

Tatsächlich stand Paul auf dem hell erleuchteten Platz vor dem Schloss und zog an einer Zigarette. Trotz der frischen Märznacht trug er nur einen Anzug und keinen Mantel. Seine Krawatte hing locker um seinen Hemdkragen. Er wirkte in sich gekehrt, sein Mund bildete wieder eine schmale Linie, als ob ihn etwas bedrückte oder ärgerte.

»Paul …«, sagte Eva leise.

Er blickte auf. »Oh, hallo …« Sein Tonfall war distanziert. »Du bist also wieder beim Staatsereignis dabei.«

»Ja, ich begleite meinen Vater. Paul …« Eva stockte. »Weshalb bist du denn nicht drinnen im Saal, bei den anderen Journalisten des WDR?«

»Mir wurde von den Ordnern mitgeteilt, dass da leider kein Platz mehr für mich wäre.«

»Wegen deiner Frage bei der Pressekonferenz?«

»Das ist gut möglich.« Er zuckte mit den Schultern.

»Ich fand das sehr mutig von dir.«

»Na ja, mir droht deshalb ja kein Erschießungskommando.«

»Paul …« Eva suchte nach Worten. »Es tut mir so leid, dass ich dir vorgeworfen habe, nur an deiner Karriere interessiert zu sein. Bitte, kannst du mir verzeihen?«

Er zog noch einmal an seiner Zigarette, warf die Kippe dann auf den Boden und trat sie aus. Auf der anderen Seite des Platzes warteten die Chauffeure bei den Limousinen, sie standen in Grüppchen zusammen. Einer erzählte offensichtlich einen Witz, denn die anderen lachten laut. Hatte sie zu lange gewartet, auf Paul zuzugehen, und ihn zu sehr verletzt? Schließlich hatte sie ihm ja auch unterstellt, seine Mutter nur benutzt zu haben.

»Nein, das kann ich nicht …«

»Oh …« Warum war sie nur so starrsinnig gewesen und hatte ihn noch nicht einmal angehört? Es geschah ihr recht, dass Paul nichts mehr von ihr wissen wollte.

»Das heißt …« Paul machte eine Pause, »… vielleicht würde ich es mir noch mal anders überlegen.«

»Ja?« Zuckte da ein Lächeln um seinen Mund?

»Wenn du endlich mal bereit wärst, mit mir einen trinken zu gehen.«

»Das tue ich gerne.« Eva fühlte sich leicht vor Glück.

»Morgen Abend? Soll ich dich im Büro abholen?« Jetzt lächelte er sie tatsächlich an, sein Blick war voller Wärme.

Eva zögerte. Gut möglich, dass Frau Naumann das dem Vater weitererzählen würde. »Das passt mir nicht so gut. Können wir uns vielleicht irgendwo in der Innenstadt treffen?«

»In der Nähe des WDR, in Richtung Heumarkt, gibt es ein kleines Brauhaus, da ist unter der Woche meistens nicht so viel los. Wie wäre es damit?«

»Gern.« Eva nickte.

Paul nannte ihr die Adresse und blickte dann zum Eingang. »Unter den Kollegen ist es so still geworden, wahrscheinlich hat Theodor Heuss mit seiner Rede angefangen. Ich muss los, zu meinem Katzentisch im Vorraum.« Er richtete hastig seine Krawatte und eilte zurück ins Schloss.

Das Licht, das sich in den von Stuck umrandeten Fenstern spiegelte, der dunkle Park mit seinen uralten Bäumen vor dem Nachthimmel. Wie märchenhaft verwunschen all das plötzlich war. Eva breitete die Arme weit aus. Am liebsten wäre sie über den Platz vor dem Schloss getanzt.

Die Aussicht, Paul zu treffen, ließ Eva den nächsten Tag gut gelaunt überstehen, obwohl Frau Naumann wieder einmal besonders unausstehlich war. Wahrscheinlich verübelte sie es ihr, dass sie den Staatsbesuch des griechischen Königspaars aus nächster Nähe erlebt hatte – während sie selbst den ganzen Tag im Büro in Köln hatte verbringen müssen.

Direkt nach Arbeitsschluss machte Eva sich auf den Weg zu dem Brauhaus. Es lag, wie Paul gesagt hatte, gar nicht weit vom WDR entfernt und doch wie in einer anderen Welt. Die Gassen hier in Richtung Heumarkt waren eng und verwinkelt und die Häuser ein Abglanz des mittelalterlichen Kölns. Licht brannte hinter Butzenscheiben. Die Nachkriegsbauten in der Hohe Straße und in der Schildergasse schienen sehr weit weg zu sein. Über den Dächern ragten die Domtürme vor dem im Abendlicht türkisen Himmel auf.

Da es nicht schicklich war, dass eine junge Frau alleine einen Gasthof betrat, wartete Eva vor dem Eingang. Es würde schön sein, sich mit Paul auszusprechen und sich mit ihm zu versöhnen. Und vielleicht ... vielleicht ... hielt der Abend ja noch mehr bereit. Jutta hatte jedenfalls ziemlich unverblümt vorgeschlagen, dass sie sich doch mal *richtig* und nicht nur züchtig wie in *Das ideale Brautpaar* küssen sollten. Schritte auf dem Pflaster ließen Eva den Kopf wenden. Paul kam auf sie zu. Unwillkürlich errötete sie.

»Wartest du schon lange?«, erkundigte er sich nach einigen Sekunden des verlegenen Schweigens.

»Nein, ich bin gerade erst gekommen.« Eva schüttelte den Kopf.

»Das ist gut.«

Wenn das so befangen zwischen ihnen weiterging, würde das nichts mit dem Küssen. Trotzdem war sie einfach glücklich, als sie nun mit ihm nach drinnen ging. Der Gastraum war dunkel getäfelt. Etliche Tische standen in kleinen Nischen.

»Sollen wir den nehmen?« Paul deutete auf einen in einer Nische vor einem Fenster.

»Ja, gerne.« Eva nickte. Eine Kerze stand in einer Flasche auf dem Tisch, und ein Kellner mit Hängebacken und einem melancholischen Blick zündete sie an. Sie bestellten zweimal »Halve Hahn« – Roggenbrötchen mit Gouda –, Paul ein Bier und Eva einen Weißwein. Eine Limonade erschien ihr zu wenig erwachsen.

»Eva ...«, begann Paul dann.

»Nein, bitte ich zuerst«, bat sie. »Es tut mir so leid, dass ich dir unterstellt habe, dass es dir nur um deine Karriere geht und du die Frauen und auch deine eigene Mutter für deinen Beitrag nur benutzt hast. Es ist nur so ...«, sie suchte nach Worten, »... für meinen Vater steht die Karriere immer an erster Stelle. Und ich war so maßlos enttäuscht, als es so schien, dass es bei dir auch so ist. Aber ich hätte dich wenigstens anhören müssen. Es war dumm und überheblich von mir, das nicht zu tun.«

»Also habe ich dich schon wieder positiv überrascht?«

»Ja, das hast du.«

In seinen Wangen erschienen die Grübchen, die Eva so mochte. »Das hätte ich nach unseren ersten Begegnungen ja nicht zu hoffen gewagt.«

Sie lächelten sich an, dann wurde Paul wieder ernst. »Ich habe mich an jenem Abend im Presseclub auch dumm verhalten. Ich wollte nichts von dem Beitrag erzählen. Aber irgendwie hat es sich dann doch so ergeben. Ich hatte Angst, dass mich die Kollegen deswegen nicht für voll nehmen würden. Manchmal, wenn Journalisten zusammen sind, ist da auch so ein Konkurrenzdruck ... Wer hat die besten Ideen, die tollsten Gesprächspartner ... Deshalb habe ich es so dargestellt, dass es mir nur darum ging, an ein Interview mit Theodor Heuss zu kommen. Was wirklich nicht der Fall war. Aber ich hätte zu dem Beitrag stehen sollen, statt mich aufzuplustern.«

»Ich kann das wirklich verstehen. Und auch, dass du den Kollegen nichts von den Problemen deiner Mutter erzählt hast.« Eva wollte sich lieber nicht vorstellen, wie etwa ihr Vater auf so ein Eingeständnis reagieren würde. *Heulsuse* wäre wahrscheinlich noch einer der milderen Ausdrücke.

Der betrübt wirkende Kellner kam wieder an ihren Tisch und brachte die beiden »Halve Hahn« und die Getränke. Eva hatte großen Hunger und biss in das Brötchen und den Käse. »Wie hast du denn den Staatsbesuch des Königspaars gefunden?«, fragte sie mit vollem Mund.

»Sehr pompös.«

»Ich dachte mir schon, dass du das so siehst. Hast du eigentlich gewusst, dass eines der Cabriolets von Klosterfrau Melissengeist geliehen war?«

»Ja, das hatte ich recherchiert.« Paul grinste. »Ich konnte mir auch nicht verkneifen, das in meinem Kommentar zu erwähnen. Nach dem Motto: Da gab's in der Regierung wieder mal mehr Schein als Sein. Vielleicht hat Adenauer ja auch im Gegenzug eine Großbestellung bei der Firma getätigt, um renitente Kabinettsmitglieder ruhigzustellen. Den letzten Satz hat mir aber mein Redaktionsleiter leider gestrichen.«

Eva lachte und trank einen Schluck Wein. Es war schön, sich mit ihm zu unterhalten und sich über dieselben Dinge zu amüsieren. »Hast du Ärger im Sender wegen deiner Frage bei der Pressekonferenz bekommen?«

»Manche in den oberen Etagen fanden sie ganz gut. Andere überhaupt nicht.« Er zuckte mit den Schultern. »Gefeuert werde ich deswegen jedenfalls nicht.«

Der Schein der Kerzen spiegelte sich in den Butzenscheiben, die Welt draußen schien ganz weit weg. Ein Teil von

Eva wünschte sich, dass dies den ganzen Abend so bleiben würde. Aber da gab es etwas, das sie wissen musste.

»Wie hast du denn von den griechischen Dörfern erfahren, die deutsche Soldaten zerstört haben?«, fragte sie leise.

»Ich habe die Ruinen gesehen«, sagte er nach einer Pause. Eva wartete, dass er weitersprach.

»Ich war auf einem humanistischen Gymnasium. Von meinem ersten Verdienst beim WDR bin ich nach Griechenland gereist, um, wie man so schön sagt, das Land der Griechen mit der Seele zu suchen. So ganz wird man diese Klassiker wohl nie los.« Er schwieg wieder, sann vor sich hin. »Es war auch erst alles so, wie ich es mir erträumt hatte. Ich war in Athen, habe natürlich die Akropolis besichtigt. Dann bin ich weiter in den Süden gefahren. Es war am vierten oder fünften Tag meiner Reise, das Wetter war wunderschön, das Meer strahlend blau, und in dem Olivenhain vor dem alten Eichenwäldchen hätte Gott Pan umherstreifen können.« Ein Trupp lärmender Gäste kam in das Lokal, Paul wartete, bis sie sich gesetzt hatten und es wieder ruhiger wurde. Irgendwie hatte Eva den Eindruck, dass es ihm ganz lieb war, nicht weitersprechen zu müssen. Als er wieder das Wort ergriff, war seine Stimme bedrückt. »Dann ... dann habe ich jenseits des Olivenhains die vom Feuer geschwärzten Ruinen eines kleinen Dorfes entdeckt. Ich war neugierig und bin dorthin gegangen. Und ... ich habe einen alten Mann getroffen, der dort an den Überresten eines Brunnens saß. Altgriechisch taugt nicht gerade für eine moderne Konversation. Deshalb habe ich es mit Französisch versucht. Der alte Mann konnte die Sprache, er war früher einmal Lehrer.« Paul stockte, zündete sich eine Zigarette an und blickte dem Rauch nach. »Er ..., der alte Lehrer, hat mir erzählt, dass es in der Gegend 1944 einen Überfall von Partisanen auf einen deutschen Nachschubtransport gab. Daraufhin hat die Wehrmacht das Dorf niedergebrannt.«

»Einfach so?«

»Ja«, Pauls Miene war bitter und traurig, »und das war noch nicht das Schlimmste. Die Wehrmacht hat alle zwanzig Männer des Dorfes ohne jede Untersuchung und ohne jedes Gerichtsverfahren exekutiert.«

Eva verschlug es die Sprache, stumm vor Entsetzen starrte sie Paul an.

»Mir ... mir hat das keine Ruhe gelassen. Ich habe Kontakt zu griechischen Kollegen aufgenommen. Von ihnen habe ich erfahren, dass wohl in mindestens hundert griechischen Dörfern Menschen wahllos hingerichtet und die Gebäude niedergebrannt wurden. Wahrscheinlich sind es noch mehr.«

»Und es war die Wehrmacht? Ich dachte, die SS sei für solche Gräuel verantwortlich gewesen?« So hatte Eva es immer in den Zeitungen gelesen, und so hatte es auch ihr Vater erzählt.

Paul schüttelte den Kopf. »In den meisten Fällen war in Griechenland die angeblich so anständige Wehrmacht dafür verantwortlich und nicht die SS.«

Eva schwieg schockiert. Sie kannte natürlich die furchtbaren Bilder aus den Konzentrationslagern, wusste von den millionenfachen Morden an unschuldigen Menschen. Aber es hatte ja die Nürnberger Prozesse und andere Gerichtsverfahren gegen führende Nationalsozialisten gegeben. Deshalb hatte sie gedacht, die meisten Täter seien zur Rechenschaft gezogen worden. Jetzt begriff sie, wie naiv sie gewesen war. Veit Harlan, der Regisseur von Jud Süß, war ja freigesprochen worden, und sein Kameraassistent drehte auch weiter

Filme. Das hätte ihr zu denken geben können. Sie war so froh gewesen, als das Leben nach den harten Nachkriegsjahren wieder leichter und angenehmer wurde, hatte es genossen, sich schöne Kleider zu nähen, Musik zu hören und zu tanzen. Es war eine beängstigende und bestürzende Erkenntnis, dass unter der heilen Oberfläche Abgründe lauerten.

Eva schreckte auf, als der Kellner am Tisch erschien und fragte, ob er noch etwas bringen dürfe. »Für mich nicht, danke.« Sie schüttelte den Kopf.

»Für mich ebenfalls nicht. Ich würde dann gerne zahlen.« Paul zückte seine Geldbörse und reichte dem Kellner, nachdem dieser das Bestellte zusammengezählt hatte, einen Geldschein. »Stimmt so.«

Der Kellner bedankte sich und verschwand.

Paul verstaute seine Zigaretten in seiner Anzugjacke. »Tut mir leid, das war jetzt kein sehr heiterer Abend.«

»Du musst dich nicht entschuldigen, ich hab dich ja gefragt, und ich bin froh, dass du mir alles erzählt hast. Auch wenn mich das noch eine Weile beschäftigen wird.« Da war Traurigkeit in Eva, gleichzeitig aber auch Erleichterung, da Paul und sie sich ausgesprochen hatten.

»Kann ich dich noch zum Bahnhof begleiten?«

»Ja, gerne.« Es war schön, noch ein bisschen Zeit mit Paul zu verbringen.

Sie schlenderten durch die verwinkelten Gassen, erreichten dann die breiten Straßen mit der modernen Bebauung, wo ein Geschäft neben dem anderen lag. Es war wohltuend, mit Paul auch schweigen zu können. Die hell erleuchtete Fassade des Hauptbahnhofs tauchte neben der riesigen Gebäudemasse des Doms auf. Die Uhr über dem Bahnhofseingang stand auf kurz vor acht.

»Ich habe den ganzen Abend lang fast nur von mir geredet«, sagte Paul unvermittelt. »Ich hab dich gar nicht gefragt, ob du denn inzwischen etwas von dem Wettbewerb gehört hast oder ob etwas aus deinen Bewerbungen für Praktika geworden ist.«

»Das Düsseldorfer Modehaus fand meine Entwürfe für eine Sommerkollektion zu exaltiert.«

»Das tut mir leid.«

»Und mit meinen Bewerbungen für Hospitanzen war ich bislang auch erfolglos, sowohl bei Theatern als auch bei Filmstudios. Zehn Briefe habe ich inzwischen bestimmt zurückbekommen.«

»Ach, wie schade!« Er schien es ehrlich zu bedauern.

»Ja, schon ...« Die ganze Zeit hatte Eva versucht, damit tapfer umzugehen. Ihre Niedergeschlagenheit überwältigte sie plötzlich, Tränen schossen ihr in die Augen. Sie hatten inzwischen den Hauptbahnhof durchquert und waren zum Bahnsteig hochgegangen.

»Ich bin am Samstagabend zu einem Maskenball eingeladen«, sagte Paul plötzlich. »In Köln-Marienburg.«

Eva wandte das Gesicht ab und versuchte, die Tränen unauffällig abzuwischen. »Ein Maskenball, jetzt Ende März?«

»Ja, Gottfried, ein Freund von mir, feiert seinen Geburtstag jedes Jahr mit einem Maskenball. Er fand es als Kind so schade, dass er nie während der Karnevalszeit Geburtstag hatte, und deshalb haben ihm seine Eltern erlaubt, dass er und seine Freunde kostümiert feierten. Das hat er als Erwachsener beibehalten.« Paul grinste. »So ganz werde ich die Rheinländer wohl nie verstehen. Er ist auch Journalist, von ihm habe ich die Karte für den Bundespresseball bekommen, und bei seinen Festen sind immer viele Leute von der Presse, Künstler und auch Leute vom Theater. Gut möglich, dass jemand darunter ist, der sich gerne ein Kostüm von dir entwerfen lassen würde.«

»Meinst du wirklich?« Evas Traurigkeit wich schlagartig Freude, die ihre Stimme ganz brüchig werden und ihr Herz höherschlagen ließ. Wie wundervoll wäre es, mit Paul auf einen Ball zu gehen und wieder mit ihm zu tanzen. Und dort vielleicht auch noch Begegnungen zu haben, die sie ihrem Traum näherbrachten, wäre der Gipfel des Glücks.

»Ja, ein Versuch ist es auf jeden Fall wert. Abgesehen davon ...«, Paul räusperte sich, während er seine Hand auf Evas Arm legte, eine Berührung wie ein Stromstoß, die ihr das Blut in die Wangen trieb, »... fände ich es einfach schön, wenn du mich begleiten würdest.«

»Natürlich, ich komme gerne mit.«

Sie sahen sich an, unfähig, die Blicke voneinander zu lösen. Aus dem Lautsprecher schallte die Durchsage, dass der Regionalzug nach Koblenz, über Bonn, gleich eintreffen würde. Warum musste die Bahn ausgerechnet pünktlich sein? Das war sie selten. Der Zug fuhr, eine große Dampfwolke um sich verbreitend, auf dem Bahnsteig ein. Die Türen öffneten sich, und Fahrgäste strömten heraus. Ihre Körper berührten sich, als Eva einem Mann mit einem Koffer auswich. Dann beugte Paul sich vor und küsste sie zart auf die Wange.

»Bis morgen.«

»Ja, bis morgen«, flüsterte Eva. Noch immer schauten sie sich an.

»Einsteigen, alle einsteigen ...«, schallte es über die Plattform.

»Du musst rein.« Paul lächelte sie an.

»Ja ...« Nur widerstrebend riss sie sich von ihm los.

Während der Zug sich in Bewegung setzte, spürte Eva noch immer die Berührung seiner Lippen auf ihrer Wange und strahlte. Erst als der Zug Köln schon weit hinter sich gelassen hatte, fiel ihr ein, dass sie noch gar nicht wusste, wo der Ball stattfinden sollte. Aber das würde sie schon noch von Paul erfahren. Wieder wurde ihr ganz heiß vor Freude, den morgigen Abend mit ihm zu verbringen.

Kapitel 17

Eine Gruppe Fahrgäste, die in die Straßenbahn zustiegen, bedachte Eva mit erstaunten Blicken. Außerhalb des Karnevals ein Kostüm zu tragen, war wohl auch im Rheinland ungewöhnlich. In der Fensterscheibe sah sie ihr Spiegelbild. Den kleinen runden Hut aus altrosa Samt, der ein bisschen an die derzeit modernen *Pillbox*-Hüte erinnerte, das bestickte Mieder und die breite Schärpe aus Seide in einem dazu passenden dunkelroten Farbton, den Rock aus zartem rot und weiß getupften Musselin. Ihre Haare hatte sie im Nacken zu einem Knoten zusammengefasst, so wie ihr Vorbild von dem Gemälde aus dem neunzehnten Jahrhundert, das sie zu dem Kleid inspiriert hatte. Es war so schön, dass sie ihr Kostüm, das sie vor bald drei Jahren für den Maskenball in Frankfurt entworfen und genäht hatte, nun doch tragen konnte. Noch dazu für einen Maskenball mit Paul.

Da sie an diesem Samstag wegen der Überstunden anlässlich des Staatsempfangs frei gehabt hatte, hatte sie Paul in seinem Büro im WDR angerufen und sich von ihm die Adresse des Balls geben lassen. Nur seine Stimme zu hören, hatte den regnerischen Vormittag in einen hellen, betörenden Ort verwandelt, der ihr wieder ein glückliches Lächeln aufs Gesicht gezaubert hatte. Nur gut, dass niemand von ihrer Familie zu

Hause gewesen war. Denn das hätte gewiss wieder neugierige Fragen nach sich gezogen.

Die Straßenbahn fuhr in die Haltestelle ein, die Paul ihr genannt hatte. Eva zog ihren Mantel über. Und da sah sie ihn. Ein Cowboy-Hut hing um seine Schultern, und er trug eine Lederjacke mit Fransen zu Jeans. Wie verrückt das alles war – und wie schön.

»Eva ...« Paul brach ab, als sie ihm an der Haltestelle entgegenkam. »Mein Gott, siehst du toll aus!«

»Findest du?« Sie raffte ihren Rock und vollführte einen übermütigen Knicks.

»Ja ...« Er lächelte sie an.

Ganz selbstverständlich hakte sie sich bei ihm unter, als sie eine von Villen gesäumte Straße entlanggingen, an deren Ende der Rhein vorbeiströmte. Im Laufe des Tages war das Wetter wärmer geworden, vor einer Weile hatte es wieder geregnet, und die Luft war weich und voller Düfte.

»Du bist also ein Cowboy.« Sie warf Paul einen Blick von der Seite zu.

»Ja, ich gebe zu, ich bin ein Western Fan.«

»Ich hab *Ringo* und *Rio Grande* gesehen.«

»Wirklich? Jetzt überraschst du mich.« Er grinste. »Du bist die erste Frau, die ich kenne, die sich freiwillig Western ansieht.«

»Ich gehe einfach gern ins Kino. Außerdem finde ich Maureen O'Hara toll, die die weibliche Hauptrolle in *Rio Grande* spielt. Sie ist so temperamentvoll. Und mir hat ihre Südstaaten-Kleidung mit den weiten Krinolinen gut gefallen.« Eva bremste sich gerade noch zu sagen, dass es ihr ein Seidenkleid mit einem Paisley-Muster besonders angetan hatte. Das hätte Paul bestimmt nicht interessiert.

»Schade, und ich hatte schon gehofft, in dir in Bezug auf Western eine gleichgesinnte Seele gefunden zu haben.« Der liebevolle Spott in seiner Stimme ließ mal wieder die Schmetterlinge in Evas Bauch auffliegen, und sie schmiegte sich enger an ihn.

In einer Straße, die parallel zum Rheinufer verlief, steuerte Paul auf eine Villa zu, die mit ihren Türmchen und Erkern ein wenig wie eine kleinere Ausgabe der Villa von Evas Großmutter wirkte. Die großen Sprossenfenster waren hell erleuchtet. Schlagzeug- und Gitarrenklänge drangen bis vor das Haus.

»Mein Freund Gottfried hat die Villa kürzlich von einer ziemlich reichen Großtante geerbt. Keine Sorge, er ist, trotz dieses Kastens, sehr nett«, versicherte Paul.

Sie schlenderten durch den verwilderten Vorgarten und lachten, als ein Windstoß Tropfen von den nassen Bäumen auf sie herabregnen ließ. In der holzgetäfelten Eingangshalle nahm ein junger Mann im Piratenkostüm Eva ihren Mantel ab.

»Dorthin, werte Herrschaften«, sagte er und wies auf eine offen stehende Flügeltür. In dem großen Raum auf der Rückseite der Villa hatte man die Teppiche aufgerollt und Sofas und Sessel aus dem Biedermeier an die Wände gerückt. Aus vergoldeten Rahmen blickten Ahnenporträts missbilligend auf die Feiernden herab. Auf einer langen Tafel stand ein Sammelsurium aus Geschirr. Es gab Salate, hart gekochte Eier, kalten Braten und Kuchen auf versilberten Platten und in Schüsseln aus angeschlagenem Porzellan. Auch die Gläser hätten unterschiedlicher nicht sein können. Solche aus geschliffenem Kristall mischten sich mit ehemaligen Senf- und Joghurtgläsern. Dazwischen standen üppige Sträuße aus Treibhausblumen, Rosen, Hortensien und Ranunkeln, und

Kerzen brannten auf silbernen Leuchtern. Entzückt schaute Eva sich um. Wie anders das war als alle Feiern, die sie bisher besucht hatte.

Die Gäste waren unterschiedlich gekleidet. Manche trugen wunderschöne, aufwendige Kostüme, Herren in altertümlichen Fracks und Zylindern, Frauen in Rokoko-Gewändern oder solchen im Stil der Zwanzigerjahre tanzten zu Swing-Musik oder bedienten sich vom Büfett. Auch römische Soldaten und ägyptische Prinzessinnen hatten sich hierher verirrt. Andere waren, wie Paul, eher sparsam kostümiert.

Ein Mann Mitte zwanzig, eine weiße Zopf-Perücke auf dem Kopf, in eine blaue Uniform im Stil des achtzehnten Jahrhunderts gekleidet, einen Degen in einer Scheide an seiner Seite, trat auf sie zu. »Sei willkommen, alter Freund.« Er verneigte sich vor ihnen. »Ich sehe, du hast eine Gefährtin mitgebracht.« Interessiert beäugte er Eva.

»Darf ich vorstellen – Gottfried Arnheim, dem dieser Kasten gehört. Eva Vordemfelde, wir beide kennen uns vom WDR.«

»Sehr erfreut.« Pauls Freund ergriff galant Evas Hand und deutete einen Kuss an. »Bedient euch, meine Lieben, von Speis und Trank und lasst den Champagner fließen.« Er deutete auf ein paar Flaschen in Eiskübeln. Dann drehte er sich einmal um die eigene Achse, ließ ein imaginäres Cape um sich wehen und winkte ihnen, im Begriff, sich wieder unter die anderen Gäste zu mischen, zu.

Doch Paul hielt ihn zurück. »Sag mal, Gottfried, ist Viola schon hier?«, versuchte er die Musik zu übertönen.

»Ja, die holde Viola ist kürzlich hier erschienen.« Sein Freund wies auf eine Ecke des großen Raums, wo einige Polstermöbel neben Blumentöpfen standen, dann entfernte er sich endgültig, nur um gleich darauf mit einer jungen Frau schwungvoll Rock 'n Roll zu tanzen.

»Er ist nett, aber ein bisschen verrückt, oder?« Eva fühlte sich von der Begegnung etwas außer Atem.

»Ja, man sollte nicht meinen, dass er im realen Leben stellvertretender Chefredakteur bei einer großen Kölner Tageszeitung ist.« Paul lachte.

»Habt ihr euch beruflich kennengelernt?«

»Bei einem Journalisten-Treffen.« Paul nickte. »Dabei haben wir festgestellt, dass wir amerikanische Filme und Comics lieben und Gottfried, obwohl Kölner, Fan des HSV ist.« Paul füllte Champagner in zwei Gläser.

»Auf uns und auf diesen Abend!«

»Ja, auf uns und diesen Abend.« Würden sie sich irgendwann endlich küssen? Eva trank einen großen Schluck und senkte ihren Blick auf den perlenden Alkohol.

»Komm mal mit.« Paul fasste sie an der Hand und zog sie durch die Tanzenden zu der Ecke des Raums, wo die Polstermöbel standen.

Eine Frau Mitte zwanzig saß dort mit übergeschlagenen Beinen lässig auf einem mit rotem Samt bezogenen Sessel. Sie rauchte eine Zigarette, die in einer silbernen Spitze steckte, eine große Feder wippte bei jeder Bewegung in ihrem schwarzen Haar, dazu passend trug sie ein mit Pailletten besetztes Abendkleid im Stil der Zwanzigerjahre. Ihr Gesicht mit den großen Augen und dem breiten Mund war nicht direkt hübsch, aber interessant und ausdrucksstark.

Eine Gruppe von Gästen ganz in ihrer Nähe brach in Gelächter aus.

»Hallo, Viola«, Paul beugte sich zu der jungen Frau und kämpfte gegen den Geräuschpegel an, »das ist Eva Vordemfelde, von der ich dir am Telefon erzählt habe. Viola ist Sängerin in einem Kabarett in der Nähe des Neumarkts«, wandte er sich an Eva. »Dem *Klavier.*«

»Sie sind also die angehende Kostümbildnerin.« Viola blies einen Rauchkringel in die Luft und betrachtete sie eingehend aus ihren dunklen Augen. »Unsere bisherige Kostümbildnerin geht in den Ruhestand, ich könnte ein neues Abendkleid für meinen Gesangsauftritt brauchen, und dann stehe ich auch noch als Tänzerin auf der Bühne, zusammen mit drei Kolleginnen. Dafür wäre auch mal wieder was Neues nett. Wenn Sie sich das zutrauen, können wir es gerne miteinander versuchen. Viel bezahlen kann ich Ihnen allerdings nicht. Ich bin gerade erst dabei, mir einen Namen zu machen. Brotlose Kunst, Sie wissen ja ...« Sie stieß wieder einen Rauchkringel aus, wie ein Star aus einem Stummfilm. Irgendwie kam Eva das alles unwirklich vor.

»Mir geht es nicht ums Geld. Ich würde das auch umsonst machen. Ich möchte einfach Kostüme von mir auf einer Bühne sehen, denn dann könnte ich auch etwas bei Bewerbungen vorweisen.« Das war sehr viel besser als nur ihre Skizzen und ihren spärlichen Lebenslauf an Theater und Film-Studios zu schicken und würde ihre Chancen auf eine Hospitanz sehr erhöhen.

»Liebelein, eijne Lebensrejel, arbeiten Se niemals umsonst.« Viola grinste und unter ihrem Hochdeutsch kam ihr Kölner Akzent durch. »Schön, dann schauen Sie sich doch mal demnächst die Aufführung mit Paul an.« Sie tätschelte vertraulich seine Hand. »Morgen stehe ich wieder auf der Bühne.«

»Gerne, da ist nur eine Sache«, sagte Eva zögernd.

»Ja, Liebelein?«

»Ich traue mir die Entwürfe zu, aber nicht unbedingt, auch die Schnitte für die Kostüme zu machen und sie zu nähen.

Das sind sicher sehr aufwendige Schnitte mit komplizierten Nähten und Abnähern, dazu braucht es wahrscheinlich eine Schneidermeisterin.«

»Unsere bisherige Kostümbildnerin hat immer mit derselben Schneiderin zusammengearbeitet. Vielleicht ist sie bereit, auch Ihre Entwürfe auszuführen.«

»Das wäre wunderbar.«

»Kommen Sie einfach mal mit Paul im *Klavier* vorbei.« Viola wedelte lässig mit der Hand.

»Dann ist das abgemacht?«, fragte Paul. »Wir sehen uns morgen zusammen Violas Auftritt an?«

»Ja, gerne …« Eva machte die Aussicht, Kostüme für die Bühne zu entwerfen, ganz schwindelig.

»Dann auf bald.« Viola stand graziös auf. »Ich verhungere, wollt ihr auch was zu essen? Nein?« Sie verschwand in Richtung Büfett.

»Meine Güte, ich kann das alles kaum glauben.« Eva presste die Hand gegen die Brust. »Danke, dass du mich Viola vorgestellt hast.«

»Es war mir ein Vergnügen.« Paul strich sanft über ihre Wange. Die Musik hatte von Rock 'n Roll zu Swing gewechselt, *Moonlight Serenade*, erkannte Eva. Sie blickten sich tief in die Augen, traten, ohne es recht zu wissen, aufeinander zu. Dann hatte Paul seinen Arm um Eva gelegt, ihr Kopf ruhte an seiner Brust, und sie tanzten eng umschlungen zur Musik. Ihre Schritte und Bewegungen harmonierten wieder wie selbstverständlich, als hätten sie schon ganz oft miteinander getanzt.

Noch als der Song bereits verklungen war, hielten sie sich in den Armen, lächelten verwundert und beglückt. Das Fest, die anderen Gäste waren auf einmal ganz weit weg. Sie fassten sich an der Hand, liefen auf die von Lampions erhellte Terrasse hinaus und in den nächtlichen Garten hinunter. Noch immer war die Luft sehr mild. Pauls Augen leuchteten in der Dunkelheit, behutsam strich er über Evas Wange, eine Liebkosung, die ihren Atem schneller gehen ließ. Sie schloss die Augen, als Pauls Lippen ihre berührten. Dann waren da wieder nur noch er und sein Kuss.

Ihr erster *richtiger* Kuss war wunderschön und berauschend, weckte ganz ungeahnte Empfindungen in ihr. Sie versank darin, wünschte sich, er würde nie enden. Mein Gott, ja, sie hatte sich hoffnungslos in Paul verliebt.

Irgendwann kehrten sie in die Villa zurück. Sie bedienten sich am Büfett, Eva hatte plötzlich einen Bärenhunger, tranken Champagner, unterhielten sich mit den anderen Gästen, tanzten und küssten sich wieder. Alles war wie ein Traum. Die Musik, das Licht, das sich in den geschliffenen Gläsern und den vergoldeten Rahmen der Gemälde spiegelte, all die Feiernden in ihren Kostümen. Paul, an den sie sich schmiegte, seine Hände beim Tanz auf ihrem Rücken. Das Lächeln, mit dem er sie ansah.

Wieder war ein Song verklungen, als Eva plötzlich bemerkte, dass der Saal sich merklich geleert hatte.

»Hast du eine Ahnung, wie spät es ist?«, fragte sie erschrocken.

»Wenn die richtig geht«, Paul wies auf eine alte Wanduhr, »dann ist es kurz vor drei.«

»Oh Gott, ich muss nach Hause.« Eva hatte den Eltern gegenüber behauptet, mit Jutta auszugehen und auch ihre Freundin für alle Fälle eingeweiht. Aber so spät war es mit ihr noch nie geworden.

»Natürlich, wir fahren gleich los.«

Sie verabschiedeten sich von Gottfried, der ihnen, inzwischen ziemlich angetrunken, in seiner üblichen verschwurbelten Sprache für ihren Besuch dankte, und liefen dann Hand in Hand zu Pauls Käfer, der in der Nähe der Straßenbahnhaltestelle geparkt war.

Eva kuschelte sich in den Sitz. Die Straßen waren so spät in der Nacht leer, ganz selten nur begegnete ihnen ein anderer Wagen. Dann und wann berührten sich ihre Hände. Es war schön, so mit Paul durch die Nacht zu fahren, begleitet vom Brummen des Motors. Ob sie so vielleicht auch einmal früh am Morgen zu einer Reise aufbrechen würden, immer weiter, bis das Dunkel der Nacht in die Morgendämmerung überging. Und später am Tag würden sie in einem anderen Land sein, vielleicht im Süden ...

»Eva ...«, hörte sie Paul leise sagen. Sie blinzelte. Sie hatten die Landstraße zwischen Köln und Bonn und die Ausläufer des Vorgebirges mit den Kirchen auf den Bergrücken hinter sich gelassen und näherten sich Bonn.

»Tut mir leid, ich muss eingeschlafen sein«, murmelte sie.

»Das macht doch nichts. Du hast sehr hübsch ausgesehen, während du geschlafen hast.« Seine Stimme klang zärtlich.

Wie es wohl sein würde, eines Morgens neben ihm im Bett aufzuwachen?

»Du wohnst doch im Süden von Bonn, oder?« Pauls Frage brachte sie in die Realität zurück. »Wo denn genau?«

Eva schluckte. »Paul, ich muss dir was sagen ...«

»Doch nicht, dass du in Wahrheit verheiratet bist und vier Kinder hast?«

»Natürlich nicht ...« Sie boxte ihn in die Seite.

»Also, was ist es dann?« Er steuerte den Wagen an den Straßenrand.

»Paul, meine Eltern wissen nicht, dass ich mit dir ausgegangen bin.« Eva errötete unwillkürlich. »Mein Vater möchte nicht, dass ich dich beruflich oder gar privat treffe. Du bist für ihn ein rotes Tuch, wahrscheinlich hält er dich für einen verkappten Kommunisten. Er hat auch Frau Naumann gebeten, mich dir nicht mehr als Sekretärin zuzuteilen. Na ja, das war ja in den letzten Wochen nicht von Belang. Leider werde ich erst in einem guten Jahr endlich volljährig.«

»Würde es denn helfen, wenn ich mit deinem Vater spreche und ihm versichere, dass meine Absichten völlig ehrbar sind?« Paul streichelte ihre Hand.

»Nein, bloß nicht.«

»Du möchtest mich aber weiterhin treffen?«

»Natürlich, sonst wäre ich kaum mit dir ausgegangen, aber ich möchte nicht, dass du wegen mir Ärger bekommst. Wenn mein Vater das herausfindet, beschwert er sich bestimmt bei deinen Vorgesetzten über dich.«

»Das ist mir egal. Solange ich dich nicht in Schwierigkeiten bringe.«

»Ich will dich sehen und Zeit mit dir verbringen.« Ein Leben ohne Paul schien Eva unvorstellbar. »Aber wir sollten es geheim halten, bis ich einundzwanzig bin, auch auf der Arbeit.«

»Ehrlich gesagt, das gefällt mir nicht.«

»Paul, bitte ...« Die albtraumhafte Fantasie stieg in Eva auf, dass ihr Vater es fertigbringen würde, ihre Stelle zu kündigen und sie irgendwohin ins Ausland zu schicken, wie in einem Roman aus dem neunzehnten Jahrhundert. Aber es reichte ja schon, wenn er Paul bei dessen Vorgesetzten anschwärzte.

»Na gut, wenn du es unbedingt so möchtest«, gab Paul zu Evas Erleichterung nach. »Wann wirst du denn einundzwanzig?«

»Nächstes Jahr im April.«

»Gut, dann erscheine ich an diesem Tag bei denen Eltern und stelle mich als dein Freund vor.«

»Du denkst also, wir sind dann noch zusammen?«, neckte sie ihn.

»Ich habe keine Zweifel daran, du etwa?« Paul startete den Wagen wieder und lenkte ihn auf die Straße.

Eva legte den Kopf auf seine Schulter. »Nein, ich ebenfalls nicht ...«, flüsterte sie verliebt.

Eva hätte ewig mit ihm so durch die Nacht fahren können. Viel zu schnell hatten sie die Südstadt erreicht, und Paul parkte, wie Eva ihn gebeten hatte, eine Straße von ihrem Zuhause entfernt.

»So, jetzt schnell raus mit dir«, sagte er, »und keine Küsse mehr. Sonst kommst du nie an.«

»Na gut ...« Eva öffnete widerstrebend die Autotür, stieg jedoch noch nicht aus.

»Ich hab übrigens ein Geschenk für dich.« Er fasste auf den Rücksitz und reichte ihr ein kleines Päckchen.

»Ein Geschenk?«

»Ja, du darfst es aber erst bei dir zu Hause aufmachen, noch nicht jetzt.«

Sie küssten sich doch noch einmal innig, dann riss Eva sich von ihm los.

Die Gartentür quietschte wie immer ein bisschen, sie schloss die Haustür leise hinter sich und schlich die Treppe hinauf. Gott sei Dank, anscheinend schliefen die Eltern tief und fest.

In ihrem Zimmer packte Eva das Geschenk aus, ein Bilderrahmen. Neugierig drehte sie ihn um. Darin war die Skizze für *Oklahoma!*, die sie im Presseraum während der Parlamentsdebatte in Berlin angefertigt hatte und die versehentlich zwischen Pauls Manuskript geraten war. Tiefe Freude ließ ihr Gesicht aufleuchten. Damit hatte sie nicht gerechnet.

Dem Bilderrahmen lag noch eine Karte bei. *Eine Erinnerung an unsere erste Begegnung. Vor ein paar Wochen ist mir die Skizze zwischen meinen Papieren zufällig in die Hände gefallen. Ich hätte dich bei unserer Begegnung ja am liebsten dorthin gewünscht, wo der Pfeffer wächst, aber ich glaube, ich habe mich damals schon in dich verliebt.*

Wann hatte sie sich in Paul verliebt? Beim Tanz auf dem Bundespresseball oder als er bei Frau Ziemiak so offen von den Problemen seiner Mutter und seinen Ängsten als Jugendlicher erzählt hatte? Vielleicht war aber auch schon in Berlin ein Funke bei ihr übergesprungen. So erbost, wie sie über ihn gewesen war.

Verträumt zog Eva das Kostüm aus und hängte es über einen Bügel. Dann schob sie Pauls Karte unter ihr Kopfkissen und legte sich ins Bett. Nach wenigen Sekunden war sie eingeschlafen.

Eva gab dem Abendkleid mit einem schwarzen Strich noch mehr Konturen, arbeitete einen Faltenwurf deutlicher heraus und fügte noch eine große Schleife seitlich an der Hüfte hinzu. Dann betrachtete sie den Entwurf in ihrem Skizzenbuch prüfend. Ja, dieses Kleid könnte Viola gut stehen. Es war elegant, hatte aber auch etwas Freches. Sie hatte nicht bis zum Abend warten können, bis Paul und sie das *Klavier* besuchten und sie Viola auftreten sah. Den ganzen Nachmittag lang hatte sie schon Entwürfe gezeichnet. Wie würde die Sängerin wohl im Scheinwerferlicht wirken? Auch das war für das Kleid, das sie auf der Bühne trug, wichtig. Und dann waren da ja auch noch die Kostüme für den Tanzauftritt.

Ein Anflug von Panik stieg in Eva auf. Hoffentlich würde sie dem gewachsen sein. Aber sie wollte es unbedingt versuchen. Und freute sich so darauf, gemeinsam mit Paul Viola und die anderen Sängerinnen endlich auf der Bühne zu sehen.

Eva hatte gerade begonnen, einen weiteren Entwurf zu skizzieren, als sie den Vater ihren Namen rufen hörte. Sie verdrehte die Augen. Meistens bedeutete es nichts Gutes, wenn er nach ihr rief. Aber dass sie mit Paul auf der Feier gewesen war, konnte er nicht wissen. Rasch schlug sie ihr Skizzenbuch zu und verstaute es in ihrem Schreibtisch. Nicht, dass Franzi oder Lilly in ihr Zimmer kamen, den Entwurf sahen und arglos den Eltern davon erzählten.

Sie fand den Vater im Wohnzimmer. »Ja, Papa?«

Er hatte einen sehr zufriedenen Gesichtsausdruck. »Du wirst heute Abend auf deine Schwestern aufpassen.«

»Was ...? Aber, das geht nicht, ich habe doch schon beim Mittagessen gesagt, dass ich heute Abend mit Jutta verabredet bin.« Eva hatte wieder ihre Freundin vorgeschoben.

»Ich habe gerade einen Anruf von Dr. Meinrad erhalten. Er hat gefragt, ob deine Mutter und ich nicht mit ihm und seiner Frau essen gehen und uns vorher noch auf einen Cocktail im Königshof treffen möchten. Natürlich habe ich zugesagt.«

»Ich passe gerne auf Lilly und Franzi auf, aber für heute Abend habe ich andere Pläne.« Auf gar keinen Fall würde sie auf den Besuch im *Klavier* verzichten.

»Du warst gestern schon mit Jutta unterwegs, da wirst du ja heute darauf verzichten können«, erwiderte ihr Vater knapp.

»Darum geht es nicht, du kannst nicht einfach so über mich und meine Zeit bestimmen!«

»Solange du unter meinem Dach lebst, kann ich das sehr wohl. Außerdem solltest du dir mal vor Augen halten, wie wichtig ein guter Kontakt zu den Meinrads für mich ist. Dr. Meinrad wird es im Sender noch sehr weit bringen, davon bin ich fest überzeugt. Ich sehe ganz bestimmt nicht von einem privaten Treffen mit ihm ab, weil es meiner verzogenen ältesten Tochter nicht in den Kram passt.«

»Du und deine verdammte Karriere. Ich bleibe heute Abend nicht zu Hause!«

»O doch, das wirst du. Und wenn ich dich einsperren muss.«

»Dann klettere ich aus dem Fenster.« Eva war bewusst, wie absurd das war. Aber sie würde auf keinen Fall klein beigeben, das schwor sie sich. Wütend starrten sie sich an.

»Was ist denn jetzt schon wieder los?« Ihre Mutter war ins Wohnzimmer gekommen und blickte erschrocken von Eva zu dem Vater.

»Die Meinrads möchten sich mit uns auf einen Cocktail und dann zum Abendessen treffen.« Der Vater lachte böse auf. »Aber dieses Fräulein sieht es nicht ein, dass sie auf ihre Schwestern aufpassen soll. Sie will unbedingt schon wieder ausgehen.«

»Darum geht es überhaupt nicht, ich ...«

Annemie unterbrach Eva. »Ich kann doch auch zu Hause bleiben, dann triffst du dich eben alleine mit den Meinrads. Ich habe heute sowieso Kopfschmerzen.«

»Wie bitte?« Axel blickte sie entgeistert an. »Auf gar keinen Fall, wie würde das denn aussehen.«

»Dann versuchen wir halt, ein Kindermädchen für Lilly und Franzi zu bekommen.« Die Stimme der Mutter klang ungeduldig.

»Das ist nicht nötig.«

Annemie beachtete ihn nicht. Sie war schon zum Telefon gegangen, hatte das kleine Adressbuch, das dort immer lag, aufgeschlagen und wählte eine Nummer. »Hier Annemie Vordemfelde ... Hätte Susanne vielleicht Zeit, heute Abend wieder auf meine Töchter aufzupassen? So von fünf Uhr bis gegen elf? Danke, dass Sie sie fragen ...« Eine angespannte Stille breitete sich im Wohnzimmer aus. Evas Mutter lauschte, dann wandte sie sich ihr zu. »Susanne hat erst ab sechs Zeit. Wäre das für dich in Ordnung?«

So würde sie es noch rechtzeitig zum Beginn der Vorstellung im *Klavier* schaffen. Eva nickte erleichtert. »Ja, das passt mir.« Ihre Mutter hatte sich auf ihre Seite gestellt. Wie lange hatte sie sich schon danach gesehnt.

»Schön, dann wäre das geklärt. Und wenn du Susanne nicht bezahlen willst, dann mache ich das von meinem Haushaltsgeld.« Annemie schaute ihren Mann unnachgiebig an. Einen Moment lang maßen sie sich mit Blicken. Dann schaute Axel weg und rang gereizt die Hände. »Gut, dann zahlst du das von deinem Haushaltsgeld. Und ich erwarte, dass du kurz vor fünf fertig zum Ausgehen bist.« Mit einem lauten Knall flog die Tür hinter ihm zu.

»Danke, Mama!« Eva lächelte ihre Mutter an, immer noch völlig perplex, dass sie sich gegen den Vater aufgelehnt hatte. Trotz des heftigen Streits mit ihm, war ihr auf einmal leicht ums Herz.

»Eva«, die Miene der Mutter war ungeduldig und doch auch bekümmert, »du triffst dich nicht mit Jutta. Du triffst dich mit einem jungen Mann. Und das war gestern auch schon so, oder?«

Eva wurde rot. »Woher weißt du ...?«

»Du kannst schlecht lügen. Und du hast heute den ganzen Tag verliebt vor dich hin gestrahlt. Ist es etwa der junge Mann, der ein rotes Tuch für deinen Vater ist?«

Sollte sie der Mutter die Wahrheit gestehen? Doch diese sagte schon: »Du hast beim Mittagessen behauptet, einer von Juttas Freunden hätte dich heute Nacht nach Hause gefahren. Ich war noch wach, als du kamst, ich habe das Gartentor quietschen und die Haustür zuklappen hören, aber da war kein Geräusch eines Wagens. Warum hätte dich einer von Juttas Freunden nicht bis vor das Haus fahren sollen, hm?«

»Ja, ich habe mich in Paul Voss verliebt«, gab Eva zu. »Aber, bitte, bitte sag es Papa nicht.«

»Sonst hätte ich dir eben kaum geholfen«, erwiderte ihre Mutter trocken. »Der junge Mann ist hoffentlich vertrauenswürdig?«

»Ja, das ist er, er wollte sogar mit Papa reden und ihm sagen, dass wir ein Paar sind, aber ich habe ihn gebeten, es nicht zu tun.«

»Ja, das hätte wohl wirklich nichts genutzt, im Gegenteil.« Annemie seufzte und berührte sanft ihren Arm. »Ach, Eva, auch wenn du das manchmal nicht glaubst, ich wünsche dir wirklich, dass du glücklich wirst.«

In ihrem Schlafzimmer zog Annemie ein Cocktailkleid an, der weite Rock aus duftigem Chiffon hatte die türkise Farbe, die sie so sehr liebte, das Oberteil bestand aus silbrigem Taft. Dann setzte sie sich vor ihre Kommode und hängte ein

Frisiertuch um ihre Schultern. Der Streit zwischen Eva und Axel ging ihr immer noch nach. Mit fahrigen Bewegungen bürstete sie ihr Haar und brachte es mit Spray in Form. Sie hatte eben Make-up aufgetragen und zum Kleid passende Ohrringe angelegt, als Axel in das Zimmer kam.

»Kannst du mir verraten, was vorhin in dich gefahren ist?«, fuhr er sie an. »Ich möchte es nicht noch mal erleben, dass du dich mit Eva gegen mich stellst.«

Annemie wollte sich entschuldigen. Es war ihr selbst nicht ganz klar, was sie dazu verleitet hatte. Aber dann regte sich die starke Frau aus den Nachkriegsjahren wieder in ihr, die sich seit dem Probeturnen im Scheinwerferlicht nicht mehr kleinhalten ließ. »Axel, wir müssen Eva ihren Willen lassen, sonst werden wir sie verlieren«, sagte sie bestimmt. Ihre Familie war ihr Schutz, ihre Burg. Auf gar keinen Fall konnte sie es zulassen, dass sie auseinanderbrach. Schon der bloße Gedanke daran ließ sie schwindelig werden.

»Es ging, verdammt noch mal, nur darum, dass Eva auf ihre kleinen Schwestern aufpasst. Außerdem hat Strenge noch nie jemandem geschadet.« Axel trat an den Schrank und nahm einen dunklen Anzug und ein frisches Hemd heraus.

Wie wenig Axel ihre älteste Tochter kannte. Strenge brachte sie nur auf. Mit Liebe und Zuwendung erreichte man dagegen so viel bei ihr. Und wie viel wusste er wohl von ihr, seiner Frau? So selbstverständlich hatte er vorausgesetzt, dass sie dem Probeturnen entsagen würde. Am darauffolgenden Tag hatte er ihr dann eine kostbare Halskette geschenkt, wie einem Kind, das man mit Süßigkeiten bestach. Als ob ihr an teurem Schmuck viel liegen würde.

Axel hatte inzwischen die Hose und das frische Hemd angezogen und legte eine Krawatte um seinen Hals. Während er sie vor dem Spiegel der Kommode band, warf er ihr einen prüfenden Blick zu.

»Das Kleid ist aber zu fein für diesen Anlass. Ich möchte nicht, dass Frau Meinrad sich dadurch brüskiert fühlt. Wir haben noch Zeit. Zieh dir bitte schnell was anderes an.«

Annemie schnappte nach Luft. Jetzt sollte sie sich sogar so kleiden, dass es seiner Karriere förderlich war. Dennoch stand sie gehorsam auf und trat an den Kleiderschrank. Sie hatte schon ein elegantes, wenn auch dezentes Kostüm herausgenommen, als sie sich plötzlich brüsk zu Axel umwandte und sich sagen hörte: »Nein, Axel, ich werde genau dieses Kleid tragen.«

Völlig außer Atem lief Eva auf das *Klavier* zu. Diese Seitenstraße des Neumarkt war offensichtlich auch nach dem Krieg schnell wieder aufgebaut worden, und die zwei- und dreistöckigen Häuser hatten schmucklose Fassaden. Einzig die erleuchteten Schaukästen des Kabaretts brachten ein bisschen Glamour hierher. Paul stand neben dem Eingang und rauchte. Obwohl Eva abgehetzt war, nahm sie jede Einzelheit in sich auf. Die nachdenkliche und zugleich lässige Weise, wie er an der Zigarette zog und sein Haar aus der Stirn zurückstrich. Sein attraktives Gesicht mit den hohen Wangenknochen und dem ausdrucksvollen Mund. Er trug eine Lederjacke, und seine Krawatte hing mal wieder locker um seinen Hals.

Als er sie bemerkte, erweckte sein Lächeln eine Vielzahl von Empfindungen in Eva, Freude, Glück und auch die Angst, dass das alles einfach zu schön war, um andauern zu können. Sie küssten sich schnell, damit es niemand sah. Sofort war ihre Sorge verflogen, und sie fühlte sich frei und beschwingt.

»Ich hab schon befürchtet, du hättest mich versetzt.« Pauls Stimme klang sehr liebevoll.

Auf einer Wolke schweben ... Eva hatte diese Redensart immer völlig übertrieben gefunden. Doch nun fühlte sie genau das. »Ich hab versucht, dich zu Hause anzurufen, aber ich habe dich leider nicht erreicht. Ich musste auf meine Schwestern aufpassen. Das Kindermädchen hat sich verspätet und dann habe ich den Zug verpasst, der nächste ging erst wieder nach zwanzig Minuten.«

»Aber jetzt bist du ja da.«

»Ja.« Eva erschien es irreal, dass sie hier mit einem Mann, in den sie sich bis über beide Ohren hoffnungslos verliebt hatte, vor einem Kabarett stand und vielleicht bald für eine Sängerin Kostüme entwerfen würde. Aber wenn es nur ein Traum sein sollte, dann war es der schönste ihres Lebens.

Paul fasste sie an der Hand. »Ich hab die Eintrittskarten schon besorgt, die Vorstellung fängt gleich an. Wir sollten reingehen.«

Es war auch wunderschön, Hand in Hand mit ihm zu gehen. Drinnen war eine intime Atmosphäre. Etwa fünfzig kleine Tische standen vor einer Bühne. Fast alle waren schon besetzt. Paul führte Eva zu einem ganz vorne, auf dem ein Schild mit der Aufschrift *Reserviert* stand.

»Ich hab das mit Viola verabredet, schließlich sollst du sie gut sehen können«, raunte er Eva zu.

Nachdem sie Platz genommen hatten, blickte sie sich neugierig um. An manchen Tischen saßen zwei Männer oder zwei Frauen. Und diese brünette und die blonde Frau dort hatten tatsächlich die Arme umeinander gelegt. Ob sie ein Paar waren? Bisher kannte Eva so etwas nur vom Hörensagen.

»Das *Klavier* ist ziemlich unbürgerlich.« Paul war ihrem Blick gefolgt. »Das macht dir hoffentlich nichts aus?«

»Nein«, Eva schüttelte den Kopf. Sie fand es aufregend, eine Welt kennenzulernen, die offensichtlich ganz anders war als das, was sie von ihrem Elternhaus gewohnt war.

Ein Kellner erschien an ihrem Tisch – Eva blinzelte, erst jetzt, auf den zweiten Blick, erkannte sie, dass es eine junge Frau in einem dunklen Anzug und kein Mann war. Eva entschied sich für einen Cocktail und Paul für ein Bier.

Sie beugte sich zu Paul. »Du hast schon für die Eintrittskarten bezahlt, die Getränke übernehme ich.«

»Auf keinen Fall, der Herr lädt nun mal die Dame ein.«

»Wenn das hier schon unbürgerlich ist, dann tauschen wir auch die Rollen.« Sie fühlte sich wieder ganz frei und übermütig.

Der rote Samtvorhang vor der Bühne schwang zur Seite. Ein Mann in einem Frack und Zylinder begrüßte die Gäste. Sein ironisches und bissiges Lied persiflierte ein Interview Konrad Adenauers, in dem dieser seinen Kanzleramtsminister Hans Globke gegen den Vorwurf in Schutz nahm, ein überzeugter Nationalsozialist gewesen zu sein. *Na, Gott sei Dank, wir sind alle froh, wenn der Kommentator der Rassegesetze kein Nazi war, dann wars wohl keiner,* lautete der Refrain.

Danach trat ein a-capella-Chor im Stil der Comedian Harmonists auf, mit einem amüsanten Schlager über die Sehnsucht der Deutschen nach Italien. So ging es weiter, politische und unterhaltende Lieder wechselten sich ab. Eva verblüffte diese Mischung, und sie genoss es. So viel respektlosen Spott über die Regierenden hatte sie noch nie erlebt.

Dann trat Viola auf die Bühne. Das Scheinwerferlicht erfasste die Sängerin, und wieder war Eva ganz gebannt.

Es war Viola, die in einem schwarzen, Pailletten besetzten Kleid und langen Handschuhen dort stand, und sie war es auch wieder nicht. Die Frau, die ein französisches Chanson anstimmte, war viel erotischer und geheimnisvoller als die Viola, die Eva auf dem Fest kennengelernt hatte. Bei jeder Bewegung glitzerten die Pailletten und sprühten Lichtfunken in den dunklen Zuschauerraum und an die Decke. Eva schmiegte sich an Paul und gab sich ganz der rauchigen Stimme und dem sehnsüchtig-melancholischen Text hin.

Nach einer kurzen Pause setzte sich das Programm mit der bisherigen Mischung aus politischen und mehr unterhaltenden Darbietungen fort. Als Viola zusammen mit drei anderen Sängerinnen noch einmal auf die Bühne kam und sie im Stil der Folies-Bergère-Tänzerinnen mit wirbelnden Röcken und Unterröcken, hochhackigen Schuhen und Netzstrümpfen dort tanzten und ein anzügliches Lied über die Doppelmoral konservativer Politiker sangen, war dies der Höhepunkt und Abschluss des Abends.

Nachdem der begeisterte Applaus verebbt war, kam Viola, noch in ihrem Tanzkleid, geschminkt und mit der Perücke auf dem Kopf an ihren Tisch. Sie drückte Paul einen Kuss auf die Wange, der einen leuchtend roten Abdruck aus Lippenstift dort hinterließ und Eva einen Stich der Eifersucht versetzte.

»Paul kennt das Programm ja schon«, sie wandte sich Eva lachend zu, »aber wie hat's Ihnen denn gefallen?«

»Ich fand's toll, die frechen Texte der politischen Lieder und auch Ihr Chanson.«

»Sie könnten sich also vorstellen, Kostüme für mich zu entwerfen?«

»Ja, unbedingt, ich hab Ihnen auch einen Entwurf mitgebracht, natürlich werde ich noch ganz viele anfertigen. Aber so können Sie schon einmal sehen, wie ich arbeite.« *Wie ich arbeite* ... Das klang so professionell. Eva schluckte, sie war nervös.

»Ich schlage vor, wir beide gehen in meine Garderobe, dort können wir uns in Ruhe unterhalten. Bis später, Liebelein.« Sie umarmte Paul vertraulich und schritt dann mit schwingendem Rock Eva voraus. Im Flur hinter der Bühne, drehte sie sich zu ihr um. »Nicht, dass Sie sich sorgen, meine Liebe, Paul und ich sind Freunde, mehr nicht. Ich stehe auf Frauen.«

»Oh ...« So ein offenherziges Geständnis hatte Eva nicht erwartet. Sie war erleichtert.

In der engen Garderobe ließ Viola sich in einen Sessel mit einem abgewetzten Samtbezug sinken. »So, nun zeigen Sie mir mal, was Sie haben.«

Eva holte die Zeichnung aus ihrer Handtasche.

»Nicht schlecht, nicht schlecht ...« Viola klopfte mit den Füßen einen imaginären Takt auf den Boden. »Vor allem der weite Ausschnitt und der große Kragen gefallen mir, die Kombination von Freizügigkeit und Strenge.«

»Wirklich?«

»Ja, ich habe übrigens mit Frau Heinze, der Schneiderin, gesprochen, sie ist bereit, es mit Ihnen zu versuchen.«

»Wie schön ...« Eva atmete tief durch. »Ich würde gerne Ihre Maße und die der anderen Sängerinnen nehmen. Das macht es mir leichter, Entwürfe anzufertigen, die zu Ihnen passen. Und könnte ich vielleicht Fotos von Ihnen allen bekommen? Es wäre schön und inspirierend, Sie vor Augen zu haben, wenn ich zeichne.« Während der Zugfahrt hatte Eva sich das überlegt. Sie hatte keine Ahnung, ob *richtige* Kostümbildner auch so arbeiteten. Aber es schien ihr hilfreich.

»Aber, natürlich.« Viola nahm ein Foto von einem Stapel, der auf einem Tischchen lag, und unterschrieb es schwungvoll. »Wenn ich mal richtig berühmt sein werde, können Sie das Autogramm versteigern.« Sie grinste, löste die Verschlüsse ihres Kostüms und stand in Unterwäsche vor Eva. »Dann mal los, Liebchen.«

Eva hatte schon ihr Maßband aus der Handtasche geholt und legte es um Violas Hüfte. Sie zitterte vor Glück. Zum ersten Mal in ihrem Leben nahm sie für ein Bühnenkostüm Maß.

Kapitel 18

Zu Beginn der Mittagspause zwinkerte Jutta Eva verschwörerisch zu. »Viel Spaß mit, du weißt schon wem ...« Ihre Freundin war die Einzige im WDR, die wusste, dass Eva und Paul ein Paar waren. In den zwei Monaten, die sie zusammen waren, hatten sie das glücklicherweise geheim halten können.

»Danke ...« Eva umarmte ihre Freundin spontan. Es war so nett, dass Jutta sich aufrichtig für sie freuen konnte und es ihr auch nicht übel nahm, dass sie nun viel Zeit mit Paul verbrachte und weniger mit ihr. Eva solle ihr Verliebtsein in vollen Zügen genießen, hatte sie geantwortet, als Eva ihr schlechtes Gewissen offenbarte. Und überhaupt, da gebe es einen gewissen Werner von der Technik, mit dem sie häufig ausgehe, hatte sie hinzugefügt und verschmitzt gelächelt. »Es bleibt dabei, dass wir uns am Sonntag *Denn sie wissen nicht, was sie tun* mit James Dean ansehen?«, fragte Eva, während sie ihren Sommermantel überwarf.

»Um nichts in der Welt würde ich mir das entgehen lassen«, erwiderte Jutta schwärmerisch. Durch seinen viel zu frühen Tod bei einem Autounfall im vergangenen Herbst war der junge attraktive Schauspieler zu einem Idol geworden. »Hast du eigentlich gewusst, dass James Dean ursprünglich in seiner Rolle als Jim Stark eine Brille und eine braune

Jacke tragen sollte? Ich hab das kürzlich in einem Interview gelesen.«

»Was, nein, um Himmels willen!« Eva hatte mit Paul eine Vorschau des Films gesehen. Der rote Blouson, die Jeans und das weiße T-Shirt unterstrichen überzeugend den rebellischen Charakter des Helden. Eva hatte mal wieder gedacht, wie wichtig Kostüme waren. Einen Moment lang träumte sie davon, für einen Hollywood-Film zu arbeiten.

»Bis später!« Sie winkte Jutta zu und eilte beschwingt den Flur entlang und die Treppe in die Eingangshalle hinunter. Draußen empfing sie ein strahlender Mai-Tag. Der Blumenstand auf dem Wallrafplatz quoll schier über von Hortensien, Rosen, Ranunkeln und Akeleien in allen erdenklichen Farben und Formen, und Eva nahm sich vor, auf dem Rückweg einen großen Frühlingsstrauß für das Büro zu kaufen.

So viel war in den letzten beiden Monaten geschehen. Da waren ihre Kostüme, die sie für Viola und die anderen Sängerinnen entworfen hatte. Die Zusammenarbeit mit der Schneiderin, Frau Heinze, war so bereichernd gewesen. Sie hatte ihr wertvolle Kniffe bei Falten und Abnähern und unsichtbaren Stütznähten beigebracht. Und, was mindestens ebenso schön gewesen war, sie hatte Eva von Anfang an ernst genommen und ihre Ideen geduldig in Kostüme umgesetzt. Vor zwei Wochen hatte Eva sie dann zusammen mit Paul zum ersten Mal auf der Bühne des *Klaviers* erblickt.

Ihr war ganz schlecht vor der Vorstellung gewesen. Aber in dem Augenblick als Viola, in ihrem, Evas, Kostüm aus schwarzem Samt mit dem hohen seitlichen Schlitz, aus dem rotes Futter hervorblitzte, die ersten Worte ihres Chansons gesungen hatte, war das alles vergessen. Sie hatte ihre Bestimmung gefunden, sie spürte es tief in sich. Und Pauls bewundernder Blick, sein Mund an ihrem Ohr, seine geflüsterten Worte »Ich bin hingerissen« hatten ihr dies bestätigt.

Eva lächelte. Manchmal kam es ihr vor, als sei sie schon ganz lange mit Paul zusammen. So vertraut war sie mit ihm. Und doch entdeckte sie immer wieder etwas Neues, Überraschendes an ihm. Oft war es etwas ganz Banales, etwa, dass er Ketchup liebte und Mayonnaise hasste. Oder auch, dass er ein Faible für Lyrik hatte und ihr manchmal leise Liebesgedichte vortrug, wenn sie in seinen Armen lag.

Sie mochte, dass er fotografierte und einen ausgeprägten Sinn für Schönheit hatte. Manchmal half sie ihm in seiner Dunkelkammer beim Entwickeln der Bilder. Eva lächelte mit immer mehr Gewissheit. Der Moment, als Pauls Bilder von Viola und den anderen Sängerinnen in ihren Kostümen im Entwicklungsbad sichtbar wurden, war magisch gewesen. Danach hatten sie sich unter dem roten Licht leidenschaftlich geküsst.

Am Rheinufer ging Eva nach Süden. Das Wasser des Stroms hatte eine fast azurblaue Farbe, an den Bäumen am Ufer entfalteten sich zartgrüne Blätter, manche blühten bereits. Vor den Restaurants und Gaststätten der Altstadt saßen viele Menschen, die das sonnige Wetter und den Blick auf den Fluss genossen, wo Binnen- und Ausflugsschiffe gemächlich dahinfuhren. An Tagen wie diesem war Eva mit dem Rheinland ausgesöhnt.

Sie erblickte Paul auf einer Bank, so wie sie es verabredet hatten. Er war in eine Zeitung vertieft. Würde sie jemals keine Schmetterlinge im Bauch haben, wenn sie ihn sah? Hoffentlich nicht.

»Entschuldigen Sie, der Herr, würde es Sie stören, wenn ich mich zu Ihnen auf die Bank setze?«, fragte Eva gespielt ernsthaft.

»Nein, mein Fräulein, nehmen Sie doch Platz.« Grübchen erschienen auf seinen Wangen, und er rückte zur Seite. Ein ganz schneller Kuss, man konnte nie wissen, ob nicht doch ein Kollege hier in der Mittagspause entlangspazierte, dann setzte sich Eva in gesittetem Abstand neben Paul und packte ihr Butterbrot aus.

»Und wie war dein Vormittag?«, erkundigte er sich.

»Ich habe einen Flug und ein Hotelzimmer für einen Schauspieler namens Horst Buchholz gebucht. Er spielt in einem Kinofilm mit, in dem es um kriminelle Jugendbanden in Berlin geht, und kommt für ein Interview nach Köln. Auf den Fotos sieht er übrigens sehr gut aus.«

»Sollte mich das eifersüchtig machen?«

»Eher nicht«, Eva lachte, »wie war dein Vormittag?«

»Ich habe für einen Beitrag über die Wohnungsnot in Nordrhein-Westfalen recherchiert, Anfang Mai hat der Bundestag dem neuen Wohnungsbaugesetz zugestimmt. Die nächsten Tage werde ich deshalb außer Haus sein. Du fehlst mir wirklich, als meine Rechercheurin und als Begleiterin bei den Interviews.«

»Mir tut es auch leid, dass wir nicht mehr zusammenarbeiten können.«

»Und dieses ganze Versteckspiel habe ich allmählich auch satt.«

»Paul, bitte …«

»Tut mir leid, ich verstehe ja, dass wegen deinem Vater alles sehr schwierig ist. Aber ich zähle die Wochen und Monate, bis du endlich volljährig bist.«

»Das geht mir genauso. Und ich finde es so schade, dass du nicht mit nach Hamburg kommen kannst. Ich freue mich auf Margit, aber ich werde dich sehr vermissen.« Übermorgen, am Samstag, würde Eva die Cousine endlich für ein paar Tage besuchen.

»Hast du schon die Fahrkarten gekauft?«

»Ja, gestern.«

»Sobald du einundzwanzig bist, reisen wir zusammen nach Hamburg, dann zeige ich dir all die Orte, die ich sehr mag.«

»Den Strand von Blankenese, wo du oft mit deinen Eltern und Geschwistern warst?« Sie drückte seine Hand.

»Ja, zum Beispiel.« Eva wusste, dass Paul seinen früh gefallenen Vater sehr geliebt hatte. Er war ein Werftarbeiter, aber an Bildung sehr interessiert gewesen, und Paul hatte seine Begeisterung für Bücher von ihm geerbt. Nach seinen Schilderungen war er sehr liebevoll gewesen und hatte alles für seine Kinder und seine Frau getan. Manchmal beneidete Eva ihn um diesen Vater.

Sie plauderten noch über alles Mögliche. Über Filme, seine Recherche und die »Kieler Woche«, Eva wusste noch gar nicht, dass er sich für die Segelregatta begeisterte, dann neigte sich die Mittagspause auch schon ihrem Ende zu.

Nach einem raschen Kuss, den Eva gerne ausgedehnt hätte, da Paul ein paar Tage lang wegen seiner Recherche nicht im Sender sein würde, spazierte sie zurück zum WDR. Paul folgte ihr ein paar Minuten später. Als der Verkäufer Eva am Blumenstand vor dem Sender den bunten Strauß überreichte, überquerte Paul den Wallrafplatz, und sie lächelte ihn über die Ranunkeln und Akeleien hinweg an. Paul erwiderte ebenso verstohlen ihr Lächeln. Es würde so schön sein, wenn sie ihre Liebe endlich nicht mehr verstecken mussten.

Am Abend durchquerte Eva voller Vorfreude auf die Tage mit Margit den Vorgarten ihres Zuhauses. Auch hier grünte und blühte schon alles frühlingshaft. Im Abendsonnenschein summten Bienen und Hummeln umher. Sollte das Wetter so schön bleiben, konnten sie und die Cousine bestimmt einen Ausflug ans Meer unternehmen. Vielleicht konnten sie sich sogar einmal ins Wasser wagen. Sie würden durch die Straßen Hamburgs und an der Alster entlang flanieren, hübsche Cafés und exquisite Stoffläden besuchen und …

Eva hatte die Haustür aufgeschlossen und betrat die Diele. Noch ganz in Gedanken verloren, hängte sie ihren Sommermantel auf.

»Eva …« Ihre Mutter war die Treppe heruntergekommen.

»Hallo, Mama, ich …« Eva wollte ihr erzählen, wie sehr sie der Zeit mit Margit entgegenfieberte, doch sie hielt erschrocken inne, denn ihre Mutter war ganz bleich.

»Mama, was ist denn?« Sie eilte zu ihr und nahm sie in den Arm.

»Ich habe vorhin einen Anruf aus Berlin bekommen. Deine Großmutter … Sie hat eine schwere Lungenentzündung. Ich nehme heute noch den Zug und fahre zu ihr.«

»O Gott, Mama … wie furchtbar.«

»Sie … sie …, es ist nicht klar, ob sie …« Die Stimme ihrer Mutter brach.

Eva zog die Mutter enger an sich und hielt sie fest. Ihre Gedanken rasten. »Mama, dann bleibe ich natürlich hier und passe auf Lilly und Franzi auf.«

»Liebes, das ist nicht nötig. Ich hab vorhin schon mit der Mutter einer Freundin der beiden gesprochen. Sie ist gerne bereit, deine Schwestern für die paar Tage bei sich aufzunehmen. Du kommst ja am Montagabend wieder zurück und dein Vater auch.« Eva hatte ganz vergessen, dass ihr Vater übers Wochenende ebenfalls beruflich verreisen würde. »Und, nein, es ist nicht nötig, dass du mich nach Berlin begleitest«, kam ihre Mutter ihr zuvor. »Deine Großmutter ist bestens versorgt, zwei Krankenschwestern kümmern sich um sie, und ihr Arzt besucht sie zweimal am Tag.«

Die Großmutter hasste Krankenhäuser und hatte einige Jahre zuvor sogar darauf bestanden, sich den Blinddarm zu Hause entfernen zu lassen.

»Bist du dir sicher? Es macht mir nichts aus, die Reise nach Hamburg abzusagen«, sagte Eva besorgt. Ihr war es ein wenig unheimlich, wie gefasst die Mutter, abgesehen von ihrer Blässe, wirkte.

»Ich bin schon erwachsen.« Annemie lächelte schwach und berührte liebevoll ihre Wange. »Genieß du nur deine Zeit mit Margit.«

»Wenn du wirklich meinst ...«, gab Eva zögernd nach. »Kann ich dir noch bei irgendetwas helfen? Wann geht denn dein Zug?«

»In einer guten Stunde. Ich habe bereits ein Taxi bestellt. Dein Vater ist vor seiner Reise noch sehr eingespannt und hat keine Zeit, mich zum Bahnhof zu fahren.«

Noch nicht einmal jetzt konnte er sich aus dem verwünschten Büro losreißen. Eva schluckte die bittere Bemerkung hinunter. Damit war ihrer Mutter jetzt nicht geholfen. »Kann ich noch irgendwas bügeln oder deine Schuhe putzen oder ...?«

»Danke, ich habe meinen Koffer schon fast fertig gepackt.« Ihre Mutter schüttelte den Kopf.

»Dann mache ich dir ein paar belegte Brote und eine Thermoskanne mit Kaffee für die Reise. Und später fahre ich mit dir zum Bahnhof.«

»An Proviant hatte ich noch gar nicht gedacht.«

Eva drückte die Mutter noch einmal an sich und eilte dann in die Küche, wo sie Wasser in den Kessel füllte und hastig ein paar Scheiben vom Brotlaib schnitt.

Sicher, sie fand die Großmutter oft schwierig, aber sie liebte sie dennoch. Es war einfach undenkbar, dass sie sterben könnte.

Wie es ihrer Großmutter wohl ging? Eva starrte auf ihre Schreibmaschine. Mittlerweile war es später Vormittag, ihre Mutter musste vor ein paar Stunden in Berlin eingetroffen sein. Gut möglich, dass sie schon mit dem Vater telefoniert hatte.

»Bestimmt erholt sich deine Großmutter wieder.« Jutta legte ihr tröstend die Hand auf die Schulter. Anscheinend hatte sie Evas leeren Blick bemerkt. »Ja, hoffentlich. So herrschsüchtig und konservativ sie auch ist, jetzt fallen mir ständig schöne Dinge über sie ein. Sie konnte es oft nicht richtig zeigen, aber sie liebt meine Schwestern und mich wirklich. In der Rede zu ihrem fünfundsiebzigsten Geburtstag vor vier Jahren hat sie gesagt, meine Mutter und ihre drei Enkelinnen seien das Wichtigste in ihrem Leben. Dabei sind ihre Augen ganz feucht geworden. Sie hat sich flüchtig die Tränen aus dem Gesicht gewischt, aber es war nicht zu übersehen. Als ich einmal während eines Besuchs bei ihr starkes Fieber bekommen habe, hat sie nächtelang an meinem Bett gewacht. Sie ist immer großzügig und ...« Evas Stimme zitterte.

»Meine Damen«, Frau Naumann war ins Büro getreten, »... dürfte ich Sie daran erinnern, dass dies Ihre Arbeitszeit und keine Plauderstunde ist? Schnittblumen, wie reizend.« Sie hob die Augenbrauen, anscheinend hatte sie erst jetzt den Strauß bemerkt, den Eva schon am Vortag gekauft hatte.

»Ja, Fräulein Vordemfelde hat ihn mitgebracht«, erwiderte Jutta, der Frau Naumanns Sarkasmus entgangen war. »Ist er nicht schön, so frühlingshaft bunt?«

»Nun, ich weiß, dass Fräulein Vordemfelde die Arbeit hier oft zu farblos und langweilig ist. Hoffentlich motiviert sie der Strauß.« Die Chefsekretärin wandte sich Eva zu. »Da wir gerade darüber sprechen, in Ihrem Diktat, das eben auf meinem Schreibtisch anlangte, waren drei Rechtschreibfehler.«

»Das tut mir leid.«

»Es wäre besser, wenn es Ihnen nicht nur leidtun, sondern Sie auch zu einer besseren Arbeit anspornen würde.«

Jutta blickte besorgt zu Eva. »Fräulein Vordemfelde ...«, begann sie, offensichtlich bestrebt, sie zu verteidigen.

Doch Eva hatte es satt. »Das waren die ersten Fehler seit Wochen«, erwiderte sie aufgebracht.

»Fehler ist Fehler, und Ihr Ton ...«

»Ach, rutschen Sie mir doch den Buckel runter!«

Frau Naumann starrte sie fassungslos an.

Ehe sie etwas antworten konnte, schaltete Jutta sich rasch ein. »Die Großmutter von Fräulein Vordemfelde liegt im Sterben.«

»Oh ...« Eine verlegene Röte kroch Frau Naumann ins Gesicht. Sie schien etwas sagen zu wollen und hob etwas hilflos die Hand. Dann verließ sie wortlos das Büro.

Jutta seufzte erleichtert. »Willst du nicht lieber nach Hause gehen?«

»Danke, dass du mir beigesprungen bist. Nein, da würde ich auch nur vor mich hin grübeln.«

Der Vormittag schleppte sich dahin. Wenn doch nur Paul im Sender gewesen wäre und sie ihm in der Mittagspause alles hätte erzählen können. Es wäre so tröstlich gewesen, von ihm umarmt und festgehalten zu werden. Aber er war ja wegen seiner Recherche unterwegs.

Gegen sechzehn Uhr rief der Pförtner an. »Fräulein Vordemfelde, Ihr Vater ist hier und möchte, dass Sie nach unten kommen.«

Das konnte nur eines bedeuten ... Eva griff nach ihrer Handtasche und dem Mantel.

»Eva, du bist ja ganz blass«, bemerkte Jutta erschrocken.

»Mein Vater wartet unten auf mich ...« Evas Stimme versagte.

Jutta begriff und umarmte sie. »Es tut mir so leid«, flüsterte sie. »Falls es dein Vater nicht schon getan hat, sage ich Frau Naumann Bescheid.«

Stumm erwiderte Eva die Umarmung, dann eilte sie die Treppe hinunter.

Der Vater saß in einem der Sessel im skandinavischen Design und rauchte. Aber ... Er sah gar nicht traurig oder mitgenommen aus. Im Gegenteil, sein Mund war verkniffen, und seine Brauen waren ärgerlich zusammengezogen.

»Papa«, verwirrt ging Eva auf ihn zu, »was ist mit Großmutter, ist sie ...?«

Er stand auf. »Ich bin nicht wegen deiner Großmutter hier.« Seine Stimme klang scharf.

»Aber, warum dann?«

»Sagt dir dieses Foto etwas?« Er hielt ihr ein Bild hin. Es war die Fotografie von Viola mit ihrem Autogramm. Eva hatte sie sorgsam in ihrem Schreibtisch versteckt.

»Wie ... wie kommst du dazu?«

»Das spielt keine Rolle. Ich möchte hier im Sender keine Szene mit dir erleben. Du kommst jetzt mit.« Der Vater fasste sie unsanft am Oberarm. »Wir sprechen zu Hause.«

»Papa, wie geht es Großmutter?«

»Sie ist über den Berg.« Ihr Vater führte Eva aus dem Gebäude wie ein Polizist eine Festgenommene und brachte sie zu seinem Wagen.

Am Blumenstand verstaute der Händler die Sträuße und Vasen in einem Lieferauto. Eva stolperte neben dem Vater her und trat in einige Blüten, die auf dem Platz lagen. Fast wäre sie ausgerutscht, doch er zog sie weiter. Erst die Angst um die Großmutter, dann seine Wut – sie war ganz benommen und unfähig, sich gegen ihn zu wehren. Schließlich schubste er sie auf den Beifahrersitz und schlug die Tür zu.

Die Straßen Kölns zogen an ihnen vorbei, ein schöner Frühlingsabend, an dem noch viele Menschen auf den Gehsteigen flanierten. Da und dort standen Fenster in den Gebäuden offen, Gardinen blähten sich im Wind. Hinter der Stadtgrenze tauchte das Siebengebirge am Horizont auf, in der tief stehenden Sonne wirkten die Berge wie ein Scherenschnitt in Grau- und Blautönen.

Evas Vater wusste also, dass sie die Kostüme für das *Klavier* entworfen hatte. Daran gab es nichts zu leugnen. Sie musste es schaffen, Paul aus all dem herauszuhalten. Sie war überzeugt, dass ihr Vater nicht antworten würde, deshalb versuchte sie erst gar nicht, mit ihm zu sprechen. Dann und wann zündete er sich eine Zigarette an und stieß den Rauch in großen Wolken aus, zerdrückte die Kippen wütend im Aschenbecher.

Auf der schnurgeraden Landstraße zwischen Köln und Bonn fuhr er so schnell, dass Eva Angst bekam. In der Bonner Südstadt spielten Kinder auf den Gehsteigen, hier und da wurde der Rasen gemäht, auf den Balkonen mit den schmiedeeisernen Geländern vor mit Efeu überwucherten Fassaden genossen die Menschen den milden Abend.

Beklommen stieg Eva aus, als sie nach dieser gefühlt endlosen Fahrt vorm Haus hielten. Er ging dicht hinter ihr, als wollte er ihr einen Fluchtweg abschneiden. Sie konnte seinen Zorn fast körperlich spüren.

Drinnen öffnete er die Tür seines Arbeitszimmers. »Da rein.« Es waren die ersten Worte, die er seit ihrem Aufbruch im Sender sagte.

Eva schluckte hart. So außer sich hatte sie ihren Vater noch nie erlebt. Aber sie würde ihm ihre Angst nicht zeigen. »Woher weißt du, dass ich für Viola gearbeitet habe?« Es gelang ihr, das Zittern in ihrer Stimme zu unterdrücken.

»Ich war heute Mittag bei einem Treffen mit Kölner Kollegen. Eine Journalistin vom Feuilleton erzählte mir, dass sie kürzlich einen Artikel über ein neues Kabarett geschrieben habe. Das Kostüm der Chansonnière habe ihr sehr gut gefallen, und sie habe die Dame gefragt, wer es entworfen habe. Ein Fräulein Vordemfelde, lautete die Antwort. Die Kollegin fragte mich, ob ich mit diesem Fräulein verwandt sei, der Name sei ja nicht so häufig. Ich konnte es zuerst nicht glauben, aber als ich dann deinen Schreibtisch durchsucht habe, stellte es sich leider als wahr heraus.«

»Du hast in meinem Schreibtisch herumgewühlt?« Erst jetzt begriff Eva, was er getan hatte.

»Natürlich habe ich das.« Die Selbstverständlichkeit, mit der ihr Vater das erwiderte, weckte ihren Zorn.

»Wie kannst du es wagen!«

»Rede nicht in diesem Ton mit mir. Als dein Vater habe ich jedes Recht dazu. Wie kannst *du* es wagen, dich nicht nur über mein ausdrückliches Verbot, dich mit diesem Kostümfirlefanz zu beschäftigen, hinwegzusetzen, sondern dich auch noch in diesem verkommenen Milieu von verkappten Kommunisten und Perversen herumzutreiben?«

»Das sind keine Perversen, wovon redest du überhaupt?«

»Du weißt ganz genau, was ich meine. Ich hatte genug Zeit, Erkundigungen über dieses sogenannte Kabarett einzuholen. Ich schäme mich für dich.«

»Du solltest dich dafür schämen, meine Sachen zu durchsuchen.«

»Halte deinen Mund! Garantiert steckt dieser linke Vogel Paul Voss hinter all dem. Das wird ihn seine Stelle beim WDR kosten, dafür werde ich sorgen.«

»Paul Voss hat damit überhaupt nichts zu tun. Wir sind noch nicht einmal befreundet. Ein Bekannter von Jutta hat den Kontakt zu Viola und zum *Klavier* hergestellt.« Eva bemühte sich, überzeugend zu klingen. Auf die Schnelle fiel ihr keine andere Ausrede ein. An Jutta würde ihr Vater seinen Groll gewiss nicht auslassen.

»Noch nicht einmal befreundet ...« Er lachte höhnisch auf. »Und was ist das?« Er hielt ihr die Karte hin, die Paul ihrem gerahmten Kostümentwurf aus dem Berliner Presseraum beigelegt hatte. Eva hatte die Karte in ihrem Schmuckkästchen aufbewahrt. »Ich hoffe, du warst wenigstens vorsichtig und bist von dem Kerl nicht auch noch schwanger geworden.«

Heiße Wut stieg in Eva auf. »Du widerst mich an!«

»Warst du mit ihm im Bett oder nicht?«

Eva war mit Paul zärtlich gewesen, aber sie hatten noch nicht miteinander geschlafen. Das war ein sehr großer Schritt, der allen Moralvorstellungen widersprach, nach denen sie erzogen worden war. Aber das würde sie dem Vater nicht sagen. Stumm blickte sie ihn an. Er wertete ihr Schweigen als ein Ja und versetzte ihr eine schallende Ohrfeige. »Meine Tochter, eine Hure.«

Der Vater lehnte sich gegen den Schreibtisch und zündete sich eine weitere Zigarette an. Mit finsterer Miene rauchte er einige Züge. Draußen im Garten sang eine Amsel ein süßes Lied, und auf dem Gehsteig fuhren ein paar Kinder lachend mit ihren Rollern entlang.

»Ich bin ja leider übers Wochenende verreist«, sagte er dann. »Also kann ich dich schlecht in deinem Zimmer einsperren. Aber du wirst auf keinen Fall nach Hamburg reisen. Du und deine verrückte Cousine, das hat mir gerade noch gefehlt. Du fährst zu deiner Mutter nach Berlin. Wenn du zurück bist, wirst du das Haus, außer zur Arbeit, nicht mehr allein verlassen.«

»Papa, wir leben nicht im neunzehnten Jahrhundert, das kann doch nicht dein Ernst sein.«

»Sei still! Seit dem vergangenen Herbst geht das schon so, ständig machst du Ärger. Erst fährst du heimlich nach München, dann bist du frech zu Frau Naumann, du entblödest dich nicht, in Jeans in einer Sendung aufzutreten, und gehst zu guter Letzt auch noch mit diesem linken Tunichtgut ins Bett.« So heftig drückte ihr Vater seine Zigarette aus, dass der Aschenbecher fast über den Schreibtischrand gerutscht wäre. »Künftig wirst du mir über jede deiner Ausgaben genau Rechenschaft ablegen, und deine verdammte Nähmaschine werde ich endlich weggeben. Das wird dich hoffentlich ein für alle Mal von diesem Schwachsinn mit der Kostümbildnerei heilen.«

Etwas in Eva zerbrach. »Weißt du was, ich wünschte, du wärst nie aus der russischen Kriegsgefangenschaft nach Hause gekommen«, schrie sie ihn an.

Er versetzte ihr eine zweite schallende Ohrfeige. Evas Wange brannte. Sie ballte die Hände zu Fäusten, auf gar keinen Fall würde sie vor ihm in Tränen ausbrechen.

»Deine Fahrkarte nach Hamburg habe ich an mich genommen. Und auch die fünfzig Mark, die du in deinem Schreibtisch aufbewahrt hast. Morgen früh bringe ich dich zum Bahnhof. Du nimmst den Zug um acht nach Berlin. Pack deine Sachen, um halb acht fahren wir hier los. Und jetzt möchte ich dich nicht mehr sehen, ich habe wirklich genug von dir.«

»Und ich von dir!« Eva drehte sich um und rannte die Treppe in ihr Zimmer hinauf. Erst dort begann sie zu zittern und die Tränen schossen ihr in die Augen.

Die Schatten im Zimmer wurden länger, Dunkelheit senkte sich herab. Eva hörte den Fernsehapparat und den Vater im Wohnzimmer hin- und hergehen. Sie hatte ihre brennende Wange im Bad gekühlt, aber sie tat immer noch weh. Normalerweise schlug ihr Vater sie und ihre Schwestern nicht. Er griff zu anderen Mitteln, um seinen Willen durchzusetzen, mal zur Überredung, mal zu Geschenken, mal manipulierte er sie. Aber so außer sich hatte Eva ihn noch nie erlebt.

Das bedeutete für Paul nichts Gutes. Weil sie noch nicht volljährig war, konnte ihr Vater ihn wegen Unzucht mit einer Minderjährigen anzeigen – was er wahrscheinlich wegen des damit verbundenen Skandals nicht tun würde. Aber es war schlimm genug, wenn er ihm beruflich schadete.

Eva wurde eisig kalt bei der Vorstellung, wie ihr Vater vielleicht Pauls Karte Dr. Meinrad oder einem anderen Vorgesetzten im Sender als Beweis präsentieren würde. Wie ekelhaft, dass er ihre Sachen durchwühlt hatte. Er musste das im Herbst schon mal gemacht und ihre Fahrkarten nach

München gefunden haben. Denn wie sonst hätte er wissen können, dass sie heimlich dort gewesen war? Weshalb hatte ihr Vater sie nur damals nicht damit konfrontiert? Dann wanderten ihre Gedanken wieder zu Paul. Sie musste ihn unbedingt warnen.

Es war schon nach elf, als der Vater ins Bett ging. Eva wartete noch eine Weile, dann schlich sie in den Flur und lauschte. Aus dem Schlafzimmer erklang das leise Schnarchen des Vaters. Auf Strümpfen lief sie ins Erdgeschoss hinunter und von dort ins Arbeitszimmer. Rasch schaltete sie die Schreibtischlampe ein, nur um sich gleich darauf deprimiert auf die Lippen zu beißen. Ihre Handtasche stand nicht mehr dort, wo sie sie vorhin abgestellt hatte. Ihr Vater musste sie an sich genommen haben. Sie hatte keinen Schlüssel mehr und kein Geld, ihr Plan, sich aus dem Haus zu stehlen und Paul aus einer Telefonzelle anzurufen, war gescheitert.

Also musste sie es von hier aus versuchen. Eva wählte Pauls Nummer. Das Freizeichen dröhnte laut in ihren Ohren, fast fürchtete sie, man könne es bis oben ins Elternschlafzimmer hören. Als am anderen Ende abgenommen wurde, atmete sie auf.

»Paul, Gott sei Dank ...«, seufzte sie.

»Guten Abend, Sie sind mit dem Anrufdienst von Herrn Voss verbunden, mein Name ist Meyer«, meldete sich eine weibliche Stimme. »Kann ich Herrn Voss etwas ausrichten?«

»Nein, nein, danke ...« Eva legte auf. Auf keinen Fall konnte sie einer fremden Person von dem Drama berichten, das sich zwischen ihr und ihrem Vater ereignet hatte. Sie musste es vor der Abreise noch einmal versuchen.

Wieder oben in ihrem Zimmer begann Eva, wahllos Kleidungsstücke in ihren kleinen Koffer zu legen. Erneut zitterte sie. Es war unvorstellbar, mit dem Vater noch fast ein Jahr lang wie unter Hausarrest zusammenzuleben, sich nicht mehr mit Paul treffen und auch nicht nähen zu dürfen. Aber sie wusste nicht, wie sie dem entkommen konnte.

»Es ist Viertel nach sieben, wenn du noch was frühstücken möchtest, solltest du runterkommen.« Am nächsten Morgen klopfte Axel an ihre Tür.

Eva, die sich schon vor einer Weile angezogen hatte, öffnete ihm. »Ich will nichts essen.« Auf keinen Fall würde sie sich mit ihm an einen Tisch setzen.

»Wenn du in den Hungerstreik treten willst, ist das deine Entscheidung«, antwortete er gleichmütig.

»Ich brauche meine Handtasche, in deinem Arbeitszimmer ist sie nicht mehr.«

»Du bekommst sie schon noch.« Evas Vater machte auf dem Absatz kehrt und ging wieder nach unten.

Eva setzte einen kleinen Hut auf und zog ihren Lippenstift nach. Dann legte sie ihre Ohrringe an und eine schmale goldene Kette um ihren Hals. Prüfend betrachtete sie sich im Spiegel ihrer Kommode. Ja, in ihrem hellen Sommerkleid sah sie hübsch und erwachsen aus. Er sollte ihr nicht anmerken, wie sehr sie das alles mitnahm, wie ohnmächtig sie sich fühlte.

Um Punkt halb acht, und keine Minute früher, nahm sie ihren kleinen Koffer in die Hand und ging ins Erdgeschoss. Ihr Vater wartete schon in der Diele. Er reichte ihr die Handtasche und betrachtete sie prüfend. »Etwas flachere Schuhe und etwas weniger Lippenstift hätten es auch getan.«

»Ich kann gerne weniger Make-up auftragen und andere Schuhe anziehen, aber wahrscheinlich bekomme ich dann den Zug nicht mehr«, gab Eva kühl zurück. Diesen kleinen Triumph hatte sie errungen.

Doch sofort bildete sich ein Knoten in ihrem Magen, als er schroff erwiderte: »Ich habe dir zehn Mark in dein Portemonnaie getan. Das dürfte für etwas zu essen während der Fahrt reichen. Deine Mutter holt dich dann in Berlin vom Bahnhof ab.«

»Und wovon, bitteschön, soll ich die Fahrkarte nach Berlin bezahlen?«

»Die kaufe ich dir. Und jetzt komm.«

Den kurzen Weg zum Bahnhof sah sie stumm aus dem Fenster. Der Himmel war frühlingshaft blau, Sonnenschein flutete die Straßen. Das ideale Wetter für eine Ferienreise. Stattdessen wurde sie wie eine Sünderin weggeschickt. Verdammt, sie wollte das nicht.

Auch die Bahnhofshalle war lichtdurchflutet. Ihr Vater kaufte am Schalter eine Rückfahrkarte zweiter Klasse Bonn–Berlin.

»Lass uns zum Bahnsteig gehen«, sagte er anschließend barsch.

»Du kommst mit zum Zug?«

»Was hast du denn gedacht? Ich möchte nicht, dass du in letzter Minute noch irgendwelchen Unsinn anstellst.«

Bis zur Abfahrt waren es noch zehn Minuten. Er rauchte mal wieder, während Eva schweigend neben ihm stand. Auf dem Bahnsteig gab es eine Telefonzelle. Wenn sie doch nur Paul anrufen könnte ... Fünf Minuten später fuhr der Zug ein. Der Vater trug Evas Koffer in ein Abteil und verstaute ihn auf der Gepäckablage.

»Ich hoffe, du bist wieder bei Vernunft, wenn du zurückkommst«, sagte er knapp zum Abschied, ehe er wieder nach draußen ging und sich eine neue Zigarette ansteckte. Offensichtlich würde er dort warten, bis der verwünschte Zug auch tatsächlich mit ihr losfuhr.

Die Türen schlugen zu, ein schriller Pfiff, dann setzte sich der Zug in Bewegung. Eva schaute geradeaus, sah vor ihrem inneren Auge, wie der Bahnsteig mit dem Vater aus ihrem Blickfeld verschwand. Die ihr inzwischen so vertraute Rheinebene mit den Feldern, den Dörfern und den Hügeln des Vorgebirges zog am Fenster vorbei.

Sie hatte es so satt, sich dem Willen des Vaters zu beugen. Sie wollte frei sein, ihr eigenes Leben leben, mit Paul zusammen sein und ihn lieben, ihren Traum, Kostümbildnerin zu werden, weiterverfolgen. Margit endlich wiedersehen. Wenn sie dem Vater doch nur entfliehen könnte. Und wenn sie einfach von Köln aus den Zug nach Hamburg nehmen würde? Dann hätte sie wenigstens für den Moment dem Willen des Vaters getrotzt. Aber sie hatte nicht genug Geld für eine Fahrkarte, die fünfzig Mark hatte ihr der Vater abgenommen.

Paul war nicht im Sender, und sie wollte ihn sowieso nicht noch mehr in den Streit mit ihrem Vater hineinziehen. Jutta würde ihr sicher Geld leihen, aber die Freundin hatte bestimmt nicht so viel bei sich, dass es für eine Fahrkarte reichte.

Der Zug fuhr bereits durch den Süden Kölns und an stattlichen Gebäuden aus dem späten neunzehnten Jahrhundert vorbei. Nun tauchte der Grüngürtel mit den hohen Bäumen und den ausgedehnten Rasenflächen vor dem Fenster auf. Plötzlich sah Eva ihr Gesicht in der Fensterscheibe. Die Ohrringe und die Halskette, sie trug auch noch die kleine goldene Armbanduhr, die ihr die Großmutter einmal geschenkt hatte. Wenn sie das alles versetzte? Das sollte für eine Fahrkarte nach Hamburg genügen. Hinter dem Hauptbahnhof gab es ein Pfandhaus, sie war dort einmal mit Jutta vorbeigelaufen.

Der Dom war jetzt ganz nah, der Zug bewegte sich in einem weiten Bogen auf den Hauptbahnhof zu. Gleich darauf verlangsamte er die Geschwindigkeit immer mehr und kam mit quietschenden Bremsen am Bahnsteig zum Halt. Eva hob ihren Koffer aus der Gepäckablage und eilte aus dem Zug.

Auch auf diesem Bahnsteig gab es eine Telefonzelle. Dem Himmel sei Dank, sie hatte ein paar Münzen in ihrem Portemonnaie. Wieder wählte Eva Pauls Privatnummer. Dieses Mal war sie darauf vorbereitet, zu dem Anrufdienst weitergeleitet zu werden. »Bitte richten Sie Herrn Voss aus, dass mein Vater über alles informiert ist«, sagte sie zu der Dame am anderen Ende der Leitung. Paul würde sich gewiss zusammenreimen, was das bedeutete. »Und ich fahre trotzdem nach Hamburg.«

Nun musste sie noch ihrer Mutter Bescheid geben, dass sie nicht nach Berlin kam. Daran hatte sie in all der Aufregung gar nicht gedacht. Wieder warf Eva Münzen in den Schlitz. Während sie darauf wartete, dass das Hausmädchen ihre Mutter ans Telefon holte, fuhr der Zug nach Berlin ab.

»Eva, um Himmels willen«, drang deren Stimme an ihr Ohr, sie klang müde und erschöpft, »stimmt es, was dein Vater sagt, dass du Kostüme für ein zwielichtiges Kabarett entworfen hast? Und dass Paul Voss darin involviert ist? Von wo aus rufst du denn an?«

»Mama, geht es Großmutter wirklich besser?« Wenn nicht, würde sie doch von ihrem Plan ablassen. Nach Hamburg zu flüchten, während die Großmutter dem Tode nahe war, das wollte sie der Mutter auf keinen Fall antun.

»Ja, sie ist noch sehr schwach, doch der Arzt ist überzeugt, dass sie auf dem Weg der Besserung ist. Aber, Eva, ...«

Eva unterbrach sie hastig. Sie hatte nicht mehr viele Münzen übrig. »Mama, ja, ich habe Kostüme entworfen, wie ich es mir immer gewünscht habe, aber das ist kein zwielichtiges Kabarett, es ist politisch und frech und witzig. Ich habe die Kostüme für eine wundervolle Sängerin kreiert. Und jetzt, da es Großmutter besser geht, werde ich nach Hamburg zu Margit fahren, wie ich es geplant hatte.«

»O Eva …«

»Ich werde meinen Schmuck und meine Armbanduhr in einem Pfandhaus für die Fahrkarte versetzen, Papa hat mir mein Geld weggenommen. Während ich weg bin, will er meine Nähmaschine weggeben. Ich habe es satt, so lasse ich nicht mehr mit mir umspringen. Und egal, was er mir noch androht, ich lasse mir meinen Traum nicht von ihm verbieten. Ich werde Kostümbildnerin!« Jetzt zitterte ihre Stimme doch. »Ich wollte es dir nur sagen, damit du dir keine Sorgen machst. Aber ich werde mich nicht von dir umstimmen lassen.« Hektisch warf sie noch eine Münze in den Schlitz. »Mama, ich habe kaum noch Münzen, wahrscheinlich ist die Verbindung gleich weg.«

»Eva, dein Schmuck …«

»Ich will es so.«

Schweigen am anderen Ende der Leitung. Eva umklammerte den Hörer fester, sie wappnete sich für die Ermahnungen ihrer Mutter.

Ein tiefes Seufzen erklang. »Eva, komm gut nach Hamburg.«

Eva glaubte, sich verhört zu haben. »Wirklich, Mama, du versucht nicht, es mir auszureden?«

»Das mit deinem Vater regle ich. Er wird sich wieder beruhigen, das verspreche ich dir.«

»O Mama …« Ihr versagte die Stimme. »Mama, danke.« Dann war die Verbindung unterbrochen.

Mit dem erleichternden und beängstigenden Gefühl, dass es nun kein Zurück mehr für sie gab, lief Eva hinunter in die Bahnhofshalle und von dort zum Pfandhaus.

Annemie legte den Telefonhörer auf und starrte vor sich hin. Jede andere Mutter hätte ihre Tochter dringend ermahnt, dem Vater zu gehorchen. Aber schon als Axel am Vortag tobend und völlig außer sich in Berlin angerufen und ihr von Evas Verfehlungen berichtet hatte, hatte sich jene andere Annemie aus den Nachkriegsjahren in ihr geregt und ihr zugeflüstert, dass Eva ein Recht habe, ihren Weg zu gehen und glücklich zu sein. Ein Glück, von dem sie während des Vorturnens wie von einer köstlichen verbotenen Frucht gekostet hatte, und das sie nicht mehr vergessen konnte. Diese Stimme ließ sich nicht mehr zum Schweigen bringen. Sie sagte ihr auch, dass Eva stark sei: Anders als Annemie würde sie ihr Glück nicht mit dieser entsetzlichen Traurigkeit bezahlen müssen, die ihr Leben begleitete.

Müde stand Annemie auf, der Anruf hatte sie vom Bett ihrer Mutter weggeholt. Im Moment hatte sie noch keine Ahnung, wie es ihr gelingen sollte, ihren Mann zu besänftigen. Aber in ihrem Herzen wusste sie, dass es richtig gewesen war, Eva zu unterstützen.

Rasch durchquerte sie die Bibliothek mit den deckenhohen Regalen und den Totenmasken preußischer Generäle an den Wänden. In der Eingangshalle hallte das Geräusch ihrer Schritte auf den schwarz-weiß gekachelten Fliesen laut wider. Zwei Porträts aus der Ahnengalerie über dem Kamin schauten streng auf sie herab. Wie riesig und einschüchternd dieses

Gebäude doch war. Sie hatte es nie besonders gemocht, aber noch nie hatte sie das so stark wahrgenommen wie jetzt. Und da war auch wieder die Erinnerung an das verängstigte kleine Mädchen aus ihren Albträumen, das sich hier so fremd fühlte. Als sei es aus einem hellen, Geborgenheit schenkenden Ort voller Liebe in eine beklemmende Düsternis verbannt worden.

Im oberen Stockwerk schlich Annemie in das Schlafzimmer ihrer Mutter, das ebenfalls im Stil des neunzehnten Jahrhunderts mit schweren Eichenmöbeln eingerichtet war. Das Bett mit den gedrechselten Säulen trug einen Baldachin aus dunkelrotem Samt.

»Mutter …?«, fragte sie leise und setzte sich in einen Sessel daneben.

»Da bist du ja wieder.« Die Mutter öffnete die Lider und schaute sie an. Ihr Atem ging mühsam, in dem riesigen Himmelbett wirkte sie sehr zerbrechlich und gar nicht mehr wie die herrische Frau, die Annemie sonst kannte. »Ist alles in Ordnung mit Eva?«

»Ja.« Natürlich würde Annemie ihr nicht von Evas Auseinandersetzung mit dem Vater erzählen. »Sie wollte nur wissen, wie es dir geht.«

»Im Grunde ihres Herzens ist sie doch ein liebes Mädchen.« Das Gesicht ihrer Mutter wurde weich. Für einige Momente schloss sie erneut die Lider. Als sie sich Annemie wieder zuwandte, war ihr Blick plötzlich sehr klar und forschend, und ihre Stimme hatte einen drängenden Klang. »Diesen Plan mit der Kostümbildnerei … Den hat Eva doch endgültig aufgegeben, oder?«

»Ja, das hat sie«, log Annemie.

»Das ist gut.« Die Mutter seufzte erleichtert auf, und ihr eben noch ganz besorgtes Gesicht entspannte sich.

Warum war ihr das nur so wichtig? Plötzlich kamen Annemie noch mehr Traumfetzen in den Sinn, die sie sich einfach nicht erklären konnte. Das war eine Musik wie eine Fanfare ... Und gleißendes Scheinwerferlicht ... Und jetzt ... Sie fuhr sich über die Augen. Jetzt stand das kleine Mädchen in einer Gruppe von Menschen auf einer Bühne, alle trugen sie weiße, mit Gold bestickte Kostüme. Eine schöne, blonde Frau war darunter, die anderen waren Knaben und junge Männer. Vor der Bühne befand sich ein weitläufiger Raum. Dort saßen Leute an kleinen Tischen, Getränke vor sich, die erwartungsvoll applaudierten.

Das Bild verschwamm vor Annemies Augen, nur um gleich darauf wieder deutlich zu werden. Nun bildeten die schöne Frau und die Knaben und jungen Männer eine menschliche Pyramide. Das kleine Mädchen stand davor. Es sollte die Spitze der Pyramide bilden. Dazu musste es einen Salto machen. Aber es hatte solche Angst zu versagen. Da sah die schöne Frau es liebevoll an. »Du kannst das«, sagten ihre warmen Augen. Das kleine Mädchen sprang hoch und wirbelte durch die Luft – und kam auf ihren Schultern zu stehen, während donnernder Applaus losbrach und etwas in seiner Brust heiß explodierte und es glücklich in die Menge lachte.

»Annemie ...« Ihre Mutter berührte ihre Hand. »Was ist denn? Du siehst aus, als hättest du ein Gespenst gesehen.«

»Mutter, war ich als Kind vielleicht einmal mit dir und dem Vater in einem Zirkus oder Varieté? Da ist so eine Erinnerung, bei der ich mich als kleines Mädchen wie auf einer Bühne sehe. Und da ist ganz viel Licht, als käme es von einem Scheinwerfer. Ich verstehe das nicht. Aber dieses Kind, das ich bin, ist sehr glücklich. Und wenig später ist da eine unendlich große Traurigkeit in mir ...« Annemie brach verlegen ab.

Wäre ihre Mutter durch die Krankheit nicht so verletzlich und nahbar gewesen, hätte sie sie das gar nicht erst gefragt.

»Dein Vater und ich waren ganz sicher niemals mit dir in solch einem Etablissement. Du weißt doch, dass wir von derlei Vergnügungen nichts gehalten haben.« Die Stimme der Mutter hatte wieder einen strengen Klang angenommen.

Plötzlich wurde sie von einem heftigen Hustenanfall geschüttelt. Rasch half Annemie ihr, sich aufzusetzen und flößte ihr die Medizin ein. Dann bettete sie die Mutter wieder in die Kissen. Gleich darauf ging deren Atem ruhig und gleichmäßig, sie schien wieder eingeschlafen zu sein.

Annemie streichelte ihre Hand, die auf der Bettdecke ruhte. Zärtlichkeit stieg in ihr auf. Noch nie war ihr aufgefallen, wie dünn die Hände ihrer Mutter geworden waren, ganz von Altersflecken gesprenkelt. Ja, ihre Eltern hatten seichte Vergnügungen wie Zirkus, Varieté und Kino nicht geschätzt. Dennoch wurde sie das nagende Gefühl nicht los, dass ihre Mutter irgendetwas verschwieg. Aber warum sollte sie das tun?

Kapitel 19

Der Schaffner verkündete, dass der Zug in wenigen Minuten in Hamburg-Altona einfahren würde. Rasch hob Eva ihren kleinen Koffer von der Gepäckablage. Wie schön die Stadt an diesem Nachmittag im Mai war! Alles grünte und blühte, durch das geöffnete Fenster wehte ein salziger Duft wie vom Meer herein.

Der Pfandleiher in Köln, ein hohlwangiger, hagerer Mann, hatte sie für ihren Schmuck und die Armbanduhr mit einem lächerlich niedrigen Betrag abspeisen wollen. Aber Eva war von einer kalten Entschlossenheit erfüllt gewesen, und sie hatte ihn auf eine Summe hochhandeln können, die auch für eine Rückfahrkarte gereicht hatte.

Ihr war beklommen zumute, wenn sie an die Rückkehr nach Bonn und den Zorn ihres Vaters dachte. Dennoch war sie froh, dass sie sich ihm widersetzt hatte. Dieses Gefühl von Rebellion hätte sie um nichts in der Welt missen mögen.

Eva spähte aus dem Fenster, während der Zug im Bahnhof einfuhr. Da, die rotblonde Frau auf dem Bahnsteig in dem eleganten hellgrauen Kostüm, das war Margit. Sie winkte, ihre Cousine bemerkte sie und eilte dem Wagen hinterher. Von Köln aus hatte sie Margit angerufen, um ihr zu sagen, dass sie später kommen würde und ihr in groben Zügen geschildert, was zwischen ihr und dem Vater vorgefallen war.

Als Eva ausstieg, empfing Margit sie schon an der Tür und zog sie fest an sich. »Schön, dass du gekommen bist!«

»Das finde ich auch.« Eva lachte sie an.

Margit nahm ihren Koffer in die Hand und hakte sich bei ihr unter. »Wir reden gleich über alles«, sagte sie sanft. Resolut bahnte sie sich mit Eva einen Weg über den vollen Bahnsteig, wo sich Städter mit Urlaubern in legerer Kleidung mischten. Einige waren mit Badetaschen bepackt, Kinder hielten Sandeimerchen und Schaufeln in den Händen. Anscheinend waren sie gerade vom Strand gekommen.

Vor dem Bahnhof steuerte Margit auf einen kleinen roten Sportwagen mit offenem Verdeck zu. Er besaß Sitze aus weißem Leder und weiße Felgen, alles sehr schick.

»Ach, Eva, das tut mir so furchtbar leid. Aber ich finde es toll und mutig, dass du trotz Onkel Axels Verbot gekommen bist«, sagte Margit, als sie losfuhr. »Das war bestimmt nicht leicht.«

»Na ja, ich hab nicht lange darüber nachgedacht. Es war mehr wie ein Sprung ins kalte Wasser. Aber ich bereue es nicht.«

»Denkst du, es würde etwas nutzen, wenn meine Mutter mit Onkel Axel redet? Sie ist schließlich seine Schwester und deine Patin.«

»Lieber nicht.« Eva schüttelte den Kopf. »Sie nimmt ja kein Blatt vor den Mund. Bestimmt macht das alles nur noch schlimmer. Vielleicht schafft es meine Mutter, ihn zu beruhigen. Und wenn nicht ...« Sie verzog den Mund. »Dann werde ich eben die Zeit bis zu meiner Volljährigkeit bei Wasser und Brot in meinem Zimmer verbringen müssen. Aber gerade deshalb möchte ich die Tage mit dir wirklich genießen. Also lass uns über etwas anderes reden. Wie zum Bespiel

Peter, ich finde es sehr schade, dass ich ihn nicht kennenlerne.«

»Er auch. Aber er war fest als Barpianist auf dem Ozeandampfer nach New York eingeplant und konnte leider nicht tauschen. Ich vermisse ihn sehr, in zwei Monaten wird er endlich in einem großen Hotel in Hamburg anfangen, dem Vierjahreszeiten.«

»Ich kann gut verstehen, dass du ihn vermisst.« Evas Gedanken wanderten zu Paul. Ob er inzwischen ihre Nachricht bekommen hatte?

Sie fuhren ziemlich schnell eine breite Straße, gesäumt von hohen Backsteinhäusern, entlang. Das Sonnenlicht verlieh den Fassaden einen warmen Rotton. Möwen segelten kreischend am Himmel.

»Gehört das schicke Auto eigentlich dir?«

»Ja, ich habe es gebraucht gekauft. Wenn ich mich schon während meiner Arbeitszeit gesittet benehmen muss, brauche ich in meiner Freizeit einen Ausgleich.« Margit lachte.

Gleich darauf steuerte sie den Sportwagen vor ein fünfstöckiges Gebäude, das Carlton. Mit seiner hellen von Säulen gegliederten Fassade und dem großen Portikus über dem Eingang machte es einen sehr vornehmen Eindruck. Ein junger Mann in einer grünen Uniform eilte heran und hob grüßend die Hand an die Mütze.

»Jochen, sei so nett und fahr das Auto auf den Parkplatz«, wandte sich Margit an ihn und reichte ihm den Schlüssel.

»Selbstverständlich.« Er deutete eine Verbeugung an. Ein junger Hotelpage in Uniform, Eva schätzte ihn auf fünfzehn Jahre, ergriff ihren Koffer. Sie folgten ihm zum Eingang.

»Das ist ja fast so, als wärst du ein Gast und keine Angestellte«, raunte Eva Margit zu.

»Es hat seine Vorteile, in der Hierarchie weiter oben zu stehen.« Margit zuckte nonchalant mit den Schultern. »Außerdem mögen mich die Jungs.«

Wahrscheinlich waren die beiden in die Cousine verliebt, wie jener Kellner in Fuschl am See.

Das Ambiente der Eingangshalle war sehr britisch: Tiefe Sofas und Sessel aus Leder standen dort, die Wandtäfelung schimmerte in einem seidigen Braun. Es gab einen riesigen Kamin und Bilder mit Landschaftsgemälden in vergoldeten Rahmen. Eine große gelbe Markise sorgte für angenehm gedämpftes Licht.

Begleitet von dem Hotelpagen fuhren sie im Aufzug nach oben, bis unters Dach und gingen dann einen Flur mit Gauben entlang.

»Bitte sehr ...« Der Page öffnete eine Tür und stellte den Koffer auf einem Ständer ab.

Eva gab ihm ein Trinkgeld, was sich ungewohnt für sie anfühlte, und sie wünschte sich mal wieder, so weltgewandt und erwachsen zu sein wie ihre Cousine. Dann fiel ihr siedend heiß ein, dass die paar Markstücke alles Geld war, was sie noch besaß.

»Margit, ich kann das Zimmer nicht bezahlen. Und auch sonst habe ich kaum noch Geld ...«

»Du bist natürlich eingeladen.«

»Margit, nein, auf keinen Fall. Aber es wäre nett, wenn du mir was leihen könntest. Ich zahle es dir zurück.«

»Schätzchen«, Margit legte ihr die Hände auf die Schultern und seufzte gutmütig. »Wenn du darauf bestehst, kannst du mir das Geld irgendwann zurückgeben. Aber das Zimmer ist mein Geschenk an dich.«

»Nein ...«

»Keine Widerrede. Du bist meine Freundin und Cousine ... und die Schwester, die ich nie hatte«, fügte sie leise hinzu. »Ich schenke dir das wirklich gerne.«

Eva war gerührt. »Ach, Margit, danke ...« Sie umarmte sie liebevoll.

Die Cousine räusperte sich energisch. »Sollen wir bummeln gehen oder willst du dich lieber erstmal ausruhen?«

Eva war hin- und hergerissen. Einerseits wollte sie keine Minute mit Margit verpassen, andererseits hatte sie in der vergangenen Nacht kaum ein Auge zugetan. »Ich glaube, ich lege mich lieber eine Weile hin.«

»Gut, dann treffen wir uns um sechs in der Halle, ich kenne ein gemütliches Lokal in der Nähe, das gefällt dir bestimmt.« Margit lächelte sie an, dann huschte sie aus dem Zimmer.

Eva streifte die Schuhe von den Füßen und legte sich aufs Bett. Gleich darauf war sie eingeschlafen.

Lautes Glockenläuten weckte Eva. Einen Moment brauchte sie, um sich zu orientieren. Wie spät es wohl war? Aus Gewohnheit wollte sie auf ihre Armbanduhr schauen, doch die hatte sie ja zu Geld gemacht. Sie ging zum Fenster. Die Zeiger einer nahen Kirchturmuhr standen auf halb sechs. Dahinter eröffnete sich der Blick auf die Alster und über die Stadt mit weiteren Kirchtürmen und Hochhäusern. In der Ferne erspähte sie Schiffsmasten, dort musste der Hafen liegen.

Die Wände des Zimmers verliefen schräg, was es für Eva umso gemütlicher machte. Am Himmelbett, das sie vorhin gar nicht richtig wahrgenommen hatte, hingen Vorhänge aus einem zart geblümten Stoff. Die beiden zierlichen Sessel waren farblich passend gepolstert, dicke Kissen lagen darauf.

Sie riss sich von dem Anblick los, höchste Zeit, dass sie sich frisch machte und umzog. Außer der Tür zum Flur gab es noch eine schmalere. Dahinter lag ein kleines Duschbad. Eva wusch sich schnell, dann klappte sie ihren kleinen Koffer auf. Am Vorabend hatte sie alles wahllos hineingelegt, nun fiel ihr auf, dass darunter nicht genug Unterwäsche war. Immerhin hatte sie neben einem Rock und einer Bluse auch ein zartgrünes, ärmelloses Sommerkleid und eine weiße kurze Jacke eingepackt. Rasch schlüpfte Eva hinein.

Unwillkürlich musste Eva an Fuschl am See denken. Hier würde sie sich auf dem Weg nach unten bestimmt nicht verlaufen und keinen Raum mit märchenhaft schönen Kleidern entdecken. Eva hatte gelesen, dass es eine Fortsetzung von *Sissi* geben sollte. Ob Gerdago schon die Kostüme entwarf? Rasch schob sie den Gedanken beiseite. Ihr Verrat tat immer noch weh.

Margit wartete schon in der Halle, als Eva die Treppe herunterkam. Sie hatte ihr elegantes Kostüm gegen eine weite Marlene-Dietrich-Hose und eine braun-weiß gepunktete Bluse mit Schalkragen getauscht.

»Danke für das schöne Zimmer, es hat ja sogar ein Bad.« Wieder hatte Eva ein schlechtes Gewissen. Auch wenn Margit einen ermäßigten Preis dafür bekam, war es sicher nicht billig. »Und mit dem Himmelbett ist es so hübsch.«

»Alle Zimmer im Hotel haben ein Bad.« Margit hakte sie wieder unter. Sie schlenderten nach draußen und dann an der Alster entlang, wo Ruderboote zwischen Schwänen durchs Wasser schnitten. Die Kommandos der Steuermänner schallten zu ihnen herüber. »Und es ist schön, dass es dir gefällt.«

»So durcheinander wie ich gestern war, habe ich ganz vergessen, ausreichend Unterwäsche einzupacken.« Eva seufzte.

»Na, das spricht doch für einen Einkaufsbummel morgen«, erwiderte Margit lachend.

Das Restaurant, das sie ausgesucht hatte, war nur fünf Minuten vom Hotel entfernt. Überall standen Segelschiffe in Flaschen zwischen Muschelschalen. Auch der Stoff der Vorhänge und Kissen war mit Muscheln oder Fischen verziert. Draußen befanden sich Tische und Stühle auf einer Art hölzernem Steg. Viele waren schon besetzt. Auf der Alster, fast in Reichweite, paddelten gemächlich einige Enten vorbei.

Bei einem Kellner in Seemannshemd und einer weiten Hose bestellten sie Fisch und leichten Weißwein. Zwei erwachsene junge Frauen. Sie war nicht mehr die Eva, die gestern von ihrem Vater geohrfeigt worden war. Das wusste sie tief in ihrem Innern: Noch einmal würde sie sich so etwas nicht gefallen lassen.

»Eva«, Margit beugte sich vor, »es ist so schade, dass du keins deiner Skizzenbücher dabeihast. Aber kannst du nicht mal schnell das Kleid zeichnen, das du für diese Sängerin entworfen hast?«

Sie baten den Kellner um ein Blatt Papier und einen Stift. Während Eva das Kostüm aus dem Gedächtnis zeichnete, sah ihr Margit gespannt zu.

»Ich kann mir gut vorstellen, wie der Schlitz an ihren Beinen aufspringt, wenn sie auf der Bühne hin und her läuft, und das rote Futter unter dem schwarzen Samt zum Vorschein kommt. Das Kostüm ist wirklich toll.« Margit lächelte sie an. »Ach, Eva, egal, was Onkel Axel sagt, du musst einfach Kostümbildnerin werden.«

»Ich hoffe sehr, dass ich dank der Kostüme für Viola doch noch eine Hospitanz finde.«

»Ganz bestimmt wirst du das! Und dann solltest du das Gerdago schreiben, damit sie erfährt, wie begabt du bist.« Margit runzelte nachdenklich die Stirn. »Irgendwie finde ich es immer noch seltsam, dass sie dir gesagt hat, du hättest Talent, und diesem Palzer dann etwas ganz anderes geschrieben hat. Ich hab in Fuschl die Schauspieler über sie reden hören. Nach allem, was sie so sagten, scheint sie ziemlich streng und distanziert zu sein ...«

»Ja, das ist sie ...« Eva nickte.

»Aber in ihren Aussagen auch sehr klar. Für mich passt das alles nicht zusammen.«

»Nur, warum hätte Heiner Palzer mich belügen sollen?« Kurz streifte Eva die Erinnerung, dass er sich irgendwie seltsam verhalten hatte. Sie wollte sich jedoch den schönen Abend nicht von dieser niederschmetternden Begegnung verderben lassen und schüttelte abwehrend den Kopf. »Es bringt nichts, darüber nachzugrübeln. Erzähl mir lieber von deiner Arbeit im Hotel, und vor allem von Peter!«

Während des Essens gab Margit Anekdoten zum Besten und berichtete von den Reiseplänen nach Südfrankreich, die sie mit Peter für den Sommer schmiedete.

Beim Nachtisch, einem traumhaften Schokoladenparfait, lehnte sich Margit auf ihrem Stuhl zurück und blickte Eva durchdringend an. »So, und jetzt bist du an der Reihe. Ich will alles von dir und Paul wissen. In deinen Briefen hast du dich da ziemlich bedeckt gehalten.«

»Es ist noch so ungewohnt und wunderschön. Ich glaube, ich habe manchmal Angst, dass alles verfliegt, wenn ich zu viel davon erzähle.«

»Also bist du sehr verliebt?«

»Ja, das bin ich.« Schon bei dem bloßen Gedanken an Paul waren da wieder die Schmetterlinge in ihrem Bauch, und sie hatte das Gefühl, die ganze Welt umarmen zu können. »Ich vermisse ihn, wenn er nicht da ist, und ich bin überglücklich, wenn wir zusammen sind. Wenn wir uns küssen, verschwindet alles um mich herum, wie es immer in Gedichten und Liebesliedern beschrieben wird.«

Margit seufzte verträumt. Der Kellner kam zu ihnen und zündete die Kerze in ihrem Windlicht an. Die vielen kleinen Flammen auf den Tischen spiegelten sich in der Alster, als würden dort brennende Kerzen schwimmen. Margit wartete, bis der Kellner sich wieder entfernt hatte. »Und, du und dein Paul, belasst ihr es noch beim Küssen?«

»Was meinst du? Oh ...« Eva begriff und errötete unwillkürlich. »Na ja, nicht so ganz.« An dem Nachmittag, als sie die Fotos von Evas Kostümen in Pauls Dunkelkammer entwickelt hatten, hatten sie danach noch auf dem Sofa gelegen. Eva hatte ihre Bluse und ihren Büstenhalter ausgezogen, und Paul hatte ihre nackten Brüste liebkost. Schon bei der bloßen Erinnerung wurde ihr wieder ganz heiß.

»Was heißt, denn ›nicht so ganz‹? Tut ihr es, oder tut ihr es nicht?« Margit klang amüsiert.

»Nein, noch nicht.«

»Aber du würdest gerne?«

»Ja, schon ...« An jenem Nachmittag hatte sie sich mehr gewünscht. Es war ihnen sehr schwergefallen, sich wieder voneinander zu lösen. »Aber ich habe auch ein bisschen Angst davor. Ich möchte auf keinen Fall schwanger werden.«

»Glaub mir, mit dem richtigen Mann ist es wunderschön.« Margits Stimme war leise und zärtlich geworden. »Und es gibt Möglichkeiten, sich zu schützen.«

»Das weiß ich schon ...« Eine Freundin von ihr in München hatte mal ein Päckchen mit einem Präservativ von ihrem älteren Bruder entwendet. Eva und die anderen Mädchen hatten das Ding aus Gummi fasziniert und auch etwas angeekelt betrachtet. »Mal sehen, was die Zukunft uns so bringt.«

»Aber Paul ist für dich der Richtige?«

Eva senkte den Kopf. »Ja, das ist er, da bin ich mir sicher ...«, flüsterte sie.

Später, in ihrem Hotelzimmer, betrachtete sie ihren nackten Körper im Spiegel, ihre warm schimmernde Haut, die runden Brüste mit den dunklen Warzen, ihr Schamhaar, das sich zwischen ihren Beinen kringelte, ihre schmale Taille und die langen Beine. Sie stellte sich vor, wie Paul sie zärtlich streichelte und sie sich aneinanderdrängten. Wieder wurde ihr ganz heiß, ihr Atem ging schneller.

Mit dem Wunsch, in Pauls Armen zu liegen, schlief sie schließlich ein.

Evas Großmutter Ottilie hörte, wie Annemie ihr Schlafzimmer verließ. Nun öffnete sie die Augen. Abendliches Dämmerlicht füllte das Zimmer, die Schatten der hohen Bäume im Garten warfen ein filigranes Muster auf die Wände. Sie hatte sich schlafend gestellt, da sie allein sein wollte. Was sie immer befürchtet hatte, war nun eingetreten. Nach all den Jahren hatte Annemie sich doch wieder an etwas aus ihrer Kindheit erinnert.

Mutter, war ich als Kind vielleicht einmal mit dir und dem Vater in einem Zirkus oder Varieté? Da ist so eine Erinnerung, bei der ich mich als kleines Mädchen wie auf einer Bühne sehe. Und da ist ganz viel Licht, als käme es von einem Scheinwerfer. Ich verstehe das nicht. Aber dieses Kind, das ich bin, ist sehr glücklich. Und wenig später ist da eine unendlich große Traurigkeit in mir … Annemies Worte gestern hatten sich in ihr Gedächtnis eingebrannt.

Genau genommen hatte sie nicht gelogen. Sie und Albert, ihr geliebter, früh verstorbener Mann, hatten niemals mit Annemie eine derartige Veranstaltung besucht. Ihre Angst, dass ihre Tochter sich an ihre Herkunft erinnern könnte, war viel zu groß gewesen. Denn Annemie stammte aus einer Familie von Varietékünstlern und hatte schon als kleines Kind auf der Bühne gestanden.

Ottilie richtete sich mühsam auf, die schwere Lungenentzündung hatte ihr nur zu deutlich vor Augen geführt, wie endlich ihr Leben war. Es gelang ihr, den Gehstock zu fassen zu bekommen, der neben dem Bett lehnte. Sie fühlte sich lächerlich schwach, ihre Beine waren wie Watte, jeder Atemzug schmerzte, aber langsam, Schritt um Schritt, schaffte sie es, zu ihrer Kommode zu gelangen.

Dort nahm sie eine Schatulle heraus und öffnete sie mit einem Schlüssel. Darin lagen Briefe, Urkunden und ein sepiabraunes Foto, das ein sehr hübsches Mädchen im Alter von vier Jahren zeigte. Mit weißblonden Haaren und schüchternem Blick stand es vor einem Wohnwagen.

Damals, mit Anfang vierzig, hatte Ottilie schon lange die Hoffnung aufgegeben, Mutter zu werden. Dann hatte sich ihre große Sehnsucht doch noch erfüllt. Niemals würde sie den Tag vergessen, an dem sie von einer guten Freundin, die ehrenamtlich bei der Fürsorge arbeitete, erfuhr, dass eine junge Witwe und Akrobatin beim Varieté ihr jüngstes Kind, ein kleines Mädchen, zur Adoption freigeben wollte, da sie es nicht mehr ernähren konnte.

Erst waren sie und ihr Mann skeptisch gewesen, das fahrende Volk hatte einen schlechten Ruf. Schließlich aber hatten sie noch am selben Tag eine Aufführung des Varietés besucht und sich beide sofort in den kleinen blonden Engel auf der Bühne verliebt. Mit der Mutter, die ihr Mädchen in guten Händen wünschte, waren sie schnell einig geworden. Sie hatten ihr geschworen, alles zu tun, um Annemie ein gutes Leben zu bieten.

Dennoch war der Abschied herzzerreißend gewesen. Ottilie hatte ihn vom Fenster aus beobachtet und schon gefürchtet, dass die junge Frau sich niemals von ihrer Tochter würde losreißen können. Dann hatte Annemies Mutter die Kleine aber doch ins Haus gebracht und war tränenüberströmt weggerannt.

Eine Weile betrachtete Ottilie versonnen das Foto, erinnerte sich an Momente des gemeinsamen Lebens. Die ersten Wochen war Annemie so ängstlich gewesen. Wie zu einem scheuen Tier hatte man Vertrauen zu ihr aufbauen müssen. Glücklicherweise hatte sie ihre wahre Herkunft bald völlig vergessen, nur dieser durch nichts auszurottende Drang, sich zu bewegen, war ihr geblieben. Doch er hatte sich durch den jahrelangen Ballettunterricht in geordnete Bahnen lenken lassen. Die Jahre, als sie zu einer schönen jungen Frau herangewachsen war, anmutig und charmant, der Stolz ihrer Eltern. Die Heirat mit dem vielversprechenden, gut aussehenden Axel Vordemfelde. Die Geburt ihrer drei Töchter. Niemals durfte Annemie erfahren, dass sie nicht ihre leibliche Mutter war. Sie und die Enkelinnen waren das, was in ihrem Leben noch zählte. Die Vorstellung, dass sie sich von ihr abwenden könnten, war unerträglich.

Ottilie gelang es, den Klingelzug zu fassen zu bekommen und nach dem Dienstmädchen zu läuten. Käthe, die gleich darauf das Schlafzimmer betrat, blickte sie erschrocken an. »Gnädige Frau, Sie sind aufgestanden? Soll ich nach Frau Vordemfelde rufen?«

Ottilie schüttelte den Kopf. »Nein, das ist nicht nötig, schüren Sie bitte den Kachelofen an.«

»Ist Ihnen kalt?«

Ottilie konnte Käthe die Frage nicht verdenken, selbst innerhalb der dicken Wände der Villa war noch die Wärme des Tages zu spüren. »Ja, mir ist kalt«, erwiderte sie knapp.

Das Dienstmädchen machte sich an dem Kaminofen mit den blauen und weißen Delfter Kacheln zu schaffen, schichtete geschickt Holz und Kohlen auf, die dort immer bereitstanden. Gleich darauf züngelten Flammen hoch und sie schloss die Tür des Kachelofens sacht.

»Soll ich wirklich nicht Frau Vordemfelde rufen, gnädige Frau?«

»Nein.«

»Oder Ihnen ins Bett helfen?«

»Nein.«

Nur die Tatsache, dass Käthe eine altgediente, treue Seele war, hielt Ottilie davon ab, sie anzuherrschen. Endlich fiel die Tür hinter ihr zu. Sie war wieder allein.

Ottilie stemmte sich aus dem Stuhl hoch, warf das Foto, die Briefe und Annemies Geburtsurkunde in die Flammen. Sofort erfasste das Feuer alles. Sie sah zu, wie sich das Papier in der Hitze kräuselte, schwarz wurde und dann zu Asche verbrannte.

Erleichterung stieg in Ottilie auf. Sie und ihr Mann Albert hatten Annemie ihre Herkunft stets verschwiegen, weil eine

Familie vom Varieté nun einmal schlecht beleumdet war. Außerdem hatten sie befürchtet, dass das unstete Künstlerblut in ihr doch die Oberhand gewinnen könnte, wenn sie Bescheid wüsste.

Ottilie schloss die Tür des Kachelofens und griff nach ihrem Gehstock, als eine eiserne Faust sich um ihr Herz legte und es unerbittlich zusammenpresste. Der furchtbare Schmerz ließ sie aufstöhnen, sie verlor das Gleichgewicht und sank zu Boden.

»Annemie ...«, dachte sie noch. Dann wurde alles um sie herum schwarz.

Unten in der Bibliothek hörte Annemie einen dumpfen Aufprall. Erschrocken eilte sie die Treppe hinauf.

»Mutter?« Sie öffnete die Tür ihres Schlafzimmers. Seltsamerweise roch es nach Rauch. Sie entdeckte ihre Mutter vor dem Kachelofen auf dem Boden liegend.

»Mutter!« Sie kniete sich neben sie. Ottilie atmete noch, war jedoch ohne Bewusstsein.

Annemie rief um Hilfe, die beiden Krankenschwestern und Käthe, das Dienstmädchen, kamen herbeigestürzt. Gemeinsam schafften sie es, ihre Mutter zum Bett zu tragen. Dann verständigte eine der Schwestern den alten Hausarzt.

Dr. Bernard, ein weißbärtiger vornehmer Herr, den Annemie noch aus ihrer Kindheit kannte, untersuchte die Mutter in ihrem Beisein. Benommen nahm sie wahr, wie er danach ihre Hand ergriff und erklärte, ihre Mutter habe leider einen Herzinfarkt erlitten. So geschwächt, wie sie durch die Lungenentzündung sei und bei ihrem hohen Alter, müsse man mit dem Schlimmsten rechnen. Außer strikter Bettruhe könne man leider nichts tun, als abzuwarten. Er werde in ein paar Stunden wieder kommen. Dr. Bernard drückte noch einmal aufmunternd Annemies Hand, dann verließ er leise das Zimmer.

Die Krankenschwestern boten an, abwechselnd bei der Mutter zu wachen, doch Annemie lehnte ab. Sie wollte bei ihr sein.

Manchmal döste Annemie ein, dann wieder wachte sie auf. Immer lag ihre Mutter reglos da. Manchmal verzerrte sich ihr Gesicht, als ob sie in ihrer Bewusstlosigkeit Schmerzen litte.

Gegen Morgen schreckte Annemie hoch. Ihre Mutter hatte die Augen geöffnet, ihre Lippen bewegten sich.

»Ja, Mama?« Sie beugte sich zu ihr. Sehr lange hatte sie ihre Mutter nicht mehr so genannt.

Ottilie hob die Hand, als wollte sie ihr über die Wange streichen, und Annemie hielt sie zärtlich fest. »Du hast mich ... und deinen Vater ...« Mühsam formte sie die Worte. »... sehr stolz und ... glücklich gemacht.«

»Ich habe dich sehr lieb, Mama.«

»Eva, Lilly und Franzi ... liebe sie sehr.«

»Das weiß ich doch.«

»Versprich mir, du wirst immer für sie da sein ... und für Axel.«

»Natürlich werde ich das.«

»Gut ...« Die Mutter atmete seufzend aus.

Annemie wandte den Blick ab, während sie weiter ihre Hand streichelte. Ihr Herz pochte schmerzhaft in ihrer Brust. Warum hatte sie ihr dieses Versprechen abgenommen? Aus einer ganz normalen Sorge um die Menschen, die ihr am Herzen lagen? Oder ahnte sie etwa, dass Annemie einmal einen anderen Mann geliebt hatte?

Am nächsten Abend drehte Eva sich vor dem Spiegel im Hotelzimmer hin und her. Margit hatte ihr ein Cocktailkleid geliehen, denn heute wollten sie richtig ausgehen. Da sie eine sehr ähnliche Figur hatten, passte es ihr wie angegossen. Es war dunkelrot, das Oberteil aus Seide, der Rock aus Samt mit einem großen Muster aus schwarzen Blüten. Ihr Haar hatte sie zu einem Knoten im Nacken frisiert, und in dem großen Ausschnitt kam die ebenfalls von Margit geliehene goldene Kette gut zur Geltung. Beim Einkaufsbummel mit der Cousine hatte sie nicht widerstehen können und sich zum ersten Mal in ihrem Leben Unterwäsche aus Seide gekauft. Angenehm kühl lag sie auf ihrer Haut.

Eva zog noch einmal Lippenstift nach, dann eilte sie beschwingt die breite Treppe in die Halle hinunter, die Petticoats wippten um ihre Beine. Nach dem Einkaufsbummel waren Margit und sie durch die Speicherstadt am Hafen geschlendert. Die großen alten, an Kanälen gelegenen Häuser aus Backstein hatten sie von fernen Ländern träumen lassen, wo exotische Gewürze wuchsen.

Hoffentlich würde sie all das auch einmal mit Paul erkunden können. Durch die Markise über dem Eingang fiel wieder gedämpftes Licht in die Hotelhalle. Sie war jetzt gegen sechzehn Uhr gut besucht. Männer rauchten, lasen Zeitung, tranken Whisky oder Brandy. Elegant gekleidete Damen nippten an Cocktailgläsern.

Wo war nur Margit? Suchend blickte Eva sich nach der Cousine um. Da machte ihr Herz einen Sprung. Der schlanke junge Mann dort in dem dunklen Anzug neben dem Empfang – war das wirklich Paul oder bildete sie sich das nur ein? Doch, er war es! Das Lächeln, das sein Gesicht erhellte und seine Augen strahlen ließ, war unverwechselbar.

Eva rannte ihm entgegen. »Paul ...« Sie umarmte ihn stürmisch, die anderen Menschen in der Halle waren ihr in diesem Moment egal. Er zog sie an sich und sie küssten sich innig.

»Du hast hoffentlich nichts dagegen, den Abend mit mir zu verbringen?«

»Nein, aber, wie kommst du hierher? Ich hab dir doch nur ausrichten lassen, dass ich nach Hamburg reise. Wohnst du etwa auch im Hotel? Und ...« Eva war außer sich vor Freude und konnte kaum einen klaren Gedanken fassen.

»Um deine zweite Frage zuerst zu beantworten: Ich bin bei einem Freund untergekommen.« Paul grinste, nur um sofort ernst zu werden. »Und was deine erste betrifft: Als ich deine Nachricht bekommen habe, war mir klar, dass etwas Schlimmes mit deinem Vater vorgefallen sein musste, da konnte ich dich doch nicht alleine lassen.«

»Ist das eine gelungene Überraschung?« Margit war verschmitzt lächelnd neben ihnen aufgetaucht.

»Ja, das ist es! Also habt ihr beide das zusammen ausgeheckt? Aber ihr kennt euch doch gar nicht?« Eva war immer noch völlig verblüfft.

»Du hast mir ja von Margit erzählt und auch das Hotel erwähnt, in dem sie arbeitet. Sie zu kontaktieren war keine Kunst.« Er grinste spitzbübisch.

»Paul, ich bin so froh, dass du hier bist.« So ganz hatte Eva den Streit mit ihrem Vater doch nicht wegschieben können. Unterschwellig war er die ganze Zeit präsent gewesen. Trotz der Sorge um Paul war es einfach wunderschön und ermutigend, ihn an ihrer Seite zu haben.

»Ich habe übrigens noch eine Überraschung für dich.«

»Noch eine?«

Mit einer Geste wie ein Zauberkünstler holte Paul zwei Karten aus seinem Jackett.

»Aber ... Das sind ja Karten für die Peter-Frankenfeld-Show *1:0 für Sie ...*« Eva konnte es kaum glauben. »Die Show ist doch immer gleich ausverkauft. Wie bist du denn da rangekommen?«

»Ich würde ja gerne behaupten, dass ich das meinen besonderen journalistischen Fähigkeiten verdanke. Aber Margit war so nett, sie für uns zu besorgen.«

Margit, die sich taktvoll im Hintergrund gehalten hatte, trat nun wieder zu ihnen. »Das Hotel hat immer ein paar Karten für Gäste vorrätig. Und als Paul mir sagte, dass er sich vergeblich um Eintrittskarten bemüht hat, habe ich den Empfangschef bezirzt.« Sie zwinkerte Eva zu und übergab dann Paul ihren Autoschlüssel. »Pass gut auf meinen kleinen Flitzer auf, ja? Geh schon mal voraus. Eva kommt gleich nach.«

»Du kommst nicht mit?«

»Schätzchen!« Margit bedachte sie mit einem liebevollen Kopfschütteln. »Es sind zwei Karten. Und das hier ist für dich.« Sie drückte ihr ein kleines, in buntes Seidenpapier eingeschlagenes Päckchen in die Hand.

»Ein Geschenk?«

»Mach es später auf. Ich wünsche euch beiden einen wunderschönen, unvergesslichen Abend.«

»Den werden wir bestimmt haben!«

Eva umarmte Margit, dann eilte sie Paul nach.

Er saß schon hinter dem Steuer von Margits Sportwagen, der vor dem Eingang geparkt war. Eva setzte sich auf den Beifahrersitz neben ihn.

»Paul, kannst du mich bitte mal fest kneifen? Ich hab Angst, dass das alles nur ein Traum ist.«

»Wenn du darauf bestehst …« Er zwickte sie in den Unterarm.

»Au …« Eva lachte ihn glücklich an.

Paul fuhr Richtung Innenstadt. Eva nahm alles sehr intensiv wahr. Er neben ihr, seine Hand, die kurz die ihre streifte, was ein Feuerwerk von Empfindungen in ihr auslöste. Die blühenden Bäume am Straßenrand. Die milde Wärme des Maiabends auf ihrer Haut.

»Margit hat übrigens Karten besorgt, die ein Stück auseinander liegen.« Er warf ihr einen Blick von der Seite zu, ehe er sich wieder auf den Verkehr konzentrierte, der trotz des Sonntagabends recht dicht war. »Die Kameras nehmen ja auch die Zuschauer auf. Deshalb ist es wahrscheinlich besser, wenn wir nicht zusammen auf dem Bildschirm zu sehen sind.«

»Ja, das ist gut.« Sie und Paul gemeinsam im Fernsehen, das würde den Vater erst recht zur Raserei bringen. »Paul, ich mache mir wirklich Sorgen. Mein Vater wird es dich mit Sicherheit büßen lassen, dass wir zusammen sind, und sich bei deinen Vorgesetzten beschweren.« Wieder wurde Eva das Herz schwer.

»Mir ist es egal, falls ich wegen dir entlassen werde, das nehme ich gerne in Kauf.« Paul drückte ihre Hand.

Ihr Vater hätte so etwas niemals gesagt. Für ihn stand die Karriere immer an erster Stelle. Eva fühlte sich ganz leicht vor Glück.

Die Show fand in der Hamburger Musikhalle statt. Paul parkte in der Nähe, und da noch Zeit bis zum Einlass war, kauften sie sich an einem Kiosk zwei Hot-Dogs. Sie mit Paul am Straßenrand unter Bäumen zu essen und sich den Senf und den Ketchup von den Fingern zu lecken, war schöner als jedes festliche Diner.

Danach gingen sie Hand in Hand zur Musikhalle, einem imposanten neobarocken Bau mit ochsenblutroten Mauern, gewölbtem Dach und weißem Stuck an Fenstern und Türen. Über dem Eingang prangte ein großes Plakat der Show, darauf Peter Frankenfeld in dem für ihn so typischen groß karierten Jackett. Sie reihten sich in die Schlange der Wartenden ein. Zwanzig Minuten dauerte es bestimmt, bis sie die Kartenkontrolle erreichten, aber für Eva verging die Zeit wie im Flug.

In dem Vorraum bat sie Paul, auf sie zu warten, denn sie wollte sicherheitshalber noch mal auf die Toilette. Vor dem Spiegel über dem Waschbecken zog sie ihre Lippen nach, als ihr Margits Geschenk in ihrer Handtasche einfiel. Rasch packte sie es aus – es war ein Päckchen Kondome. Die Röte schoss Eva ins Gesicht, und sie ließ es schnell wieder in den Tiefen ihrer Tasche verschwinden. Plötzlich war sie sich ihrer seidenen Unterwäsche sehr bewusst.

Paul bemerkte ihre Verlegenheit glücklicherweise nicht, als sie in die Eingangshalle zurückkehrte. Sie tauschten noch einen verstohlenen Kuss, ehe sie sich trennten, denn ihre Plätze lagen in unterschiedlichen Blöcken. Doch als Eva ihren Sitz auf einer Empore erreichte, stellte sie zu ihrer Freude fest, dass Paul gar nicht so weit entfernt saß.

Der Saal war riesig, die Empore, auf der Eva und Paul ihre Plätze hatten, war nur eine von dreien. Unter ihnen fasste der Zuschauerraum bestimmt mehrere Hundert Menschen. Das neobarocke Äußere des Gebäudes setzte sich in dem verschnörkelten Stuck an den Wänden fort. Doch über den

Saal spannte sich eine Decke aus Glas und Eisen. Dahinter war der blaue Abendhimmel zu sehen. Wieder hatte Eva das Gefühl, das alles nur zu träumen. Nun begann das Rundfunkorchester des NDR seine Instrumente zu stimmen. Eva tauschte noch einen Blick und ein Lächeln mit Paul. Dann erlosch das Licht, die Melodie der Show erklang, und Peter Frankenfeld, ein mittelgroßer Mann mit einem zerknautschten Charme und einer rauchigen Stimme, trat in seinem groß karierten Jackett auf die Bühne. Auf dem Bildschirm wirkte es schwarz, grau und weiß, doch in der Realität war es grau, weiß und auberginefarben. Eva hatte irgendwo gelesen, dass diese Farbtöne ausgewählt worden waren, da sie in Schwarzweiß besonders angenehm anzuschauen waren.

Der Ablauf der Show war Eva zwar aus dem Fernsehen vertraut. Aber sie direkt mitzuerleben, die tatsächlichen Farben zu sehen, die Männer mit den Kameras und Tonangeln zu beobachten, die Atmosphäre im Raum zu spüren – das war etwas völlig anderes.

Peter Frankenfeld begrüßte die Gäste im Saal und die Zuschauer zu Hause auf seine übliche launige Weise. Er las wie immer aus der Zuschauerpost vor, die er körbeweise bekam, und präsentierte neue Bierdeckel, die ihm sein begeistertes Publikum geschickt hatte, weil er sie leidenschaftlich sammelte.

Fasziniert verfolgte Eva den Auftritt des Fernsehballetts. Die Tänzerinnen trugen schwarze Federn auf den Köpfen, ihre Kostüme waren ein Traum aus Seide und Spitze. Jetzt betrat wieder Peter Frankenfeld die Bühne und ließ den ersten von drei Kunststoffpropellern in den Zuschauerraum fliegen, der Auftakt des Publikumsspiels. Menschen sprangen auf, riefen und lachten, versuchten das Kinderspielzeug zu erhaschen. Schließlich hatte es eine attraktive Brünette Mitte vierzig ergattert und durfte auf die Bühne kommen. Peter Frankenfeld erkundigte sich nach ihrem Namen und dem Beruf. Sie war Gärtnerin, was ihn unter dem Gelächter der Zuschauer zu der Frage veranlasste, was er denn am besten gegen das Unkraut in seinem Garten unternehmen könne.

Der nächste Zuschauer, der den kleinen Propeller zu fassen bekam, war ein Busfahrer Mitte zwanzig, der ziemlich schüchtern wirkte, doch auch ihm konnte der Showmaster die Befangenheit nehmen, und so erzählte er von der Route, die er jeden Tag durch Hamburg fuhr.

Ein drittes Mal ließ Peter Frankenfeld nun den Kunstpropeller starten. Er beschrieb einen weiten Bogen, tauchte dann plötzlich vor der Reihe auf, in der Eva saß. Die Menschen um sie herum erhoben sich von ihren Sitzen, ein Mann drängte seinen Nachbarn zur Seite. Jetzt schwirrte er direkt vor Eva durch die Luft. Eine rundliche Frau mit toupierten Haaren neben ihr streckte den Arm aus, doch er glitt durch ihre Finger. Eva beugte sich vor, und erst, als es um sie herum still wurde und jemand rief »Das Fräulein dort hat den Propeller!« begriff sie, dass sie ihn tatsächlich gefangen hatte.

»Jetzt gehn Sie schon.« Die Frau neben ihr versetzte ihr einen Rippenstoß. »Oder wollen Sie ewig warten?«

Wie in Trance erhob sie sich und ging durch die Zuschauerränge hinunter zur Bühne. Jetzt stand sie im Scheinwerferlicht vor Peter Frankenfeld. Irgendwo im Dunkeln, wo sie ihn nicht sehen konnte, war Paul.

»Oh, eine junge Dame, wenn Sie mir und den Zuschauern bitte Ihren Namen verraten würden?«, hörte sie Peter Frankenfeld sagen.

»Eva, Eva Vordemfelde ...«

»Fräulein Vordemfelde?«

»Ja.«

»Möchten Sie uns etwas zu Ihrem Beruf erzählen?«

»Ich ... ich arbeite als Sekretärin beim WDR in Köln.«

»Da habe ich es ja gewissermaßen mit einer Kollegin zu tun. Wollten Sie schon immer Sekretärin sein?«

»Nein«, platzte Eva heraus.

»Nein? Was ist denn Ihr Traumberuf, wenn ich fragen darf?«

»Kostümbildnerin.« Es auszusprechen machte sie stolz.

»Wie interessant, haben Sie denn schon etwas in der Richtung gemacht?«

Stille breitete sich im Zuschauerraum aus. Peter Frankenfeld blickte sie erwartungsvoll an. Eva atmete tief ein und nahm all ihren Mut zusammen. »Ja, ich habe einmal Kostüme für Sängerinnen des *Klaviers* in Köln entworfen«, erwiderte sie fest. »Und in einem Jahr will ich unbedingt eine Hospitanz beim Film oder beim Theater machen.«

»Haben Sie es schon mal beim NDR versucht?«

»Nein, noch nicht ...«

»Na, da sollte sich doch was für Sie finden. Kostümbildner des Senders mal hergehört, hier ist eine junge Dame, die mit Ihnen arbeiten möchte!«, rief Peter Frankenfeld ins Mikrofon, während das Publikum laut applaudierte.

»Jetzt wollen wir doch mal sehen, ob die Gärtnerin, der Busfahrer oder die angehende Kostümbildnerin unsere Aufgabe für die Zuschauer am schnellsten lösen«, sagte Peter Frankenfeld, als sich der Applaus wieder gelegt hatte.

Eva fand sich mit den anderen beiden vor einem Regal wieder, das zusammengeschraubt werden musste. Da war das Scheinwerferlicht, das etwas tief in ihr berührte. Die

Aussicht, vielleicht bei einem Fernsehsender hospitieren zu dürfen. Paul, der irgendwo in den dunklen Zuschauerrängen saß und ihr ermutigend zusah. Mechanisch ergriff sie das Werkzeug, zog Schrauben fest, legte Bretter in Halterungen. Erneut war sie eine Fernsehsendung hineingeraten. Wie würden sie später darüber lachen …

Donnernder Applaus ließ Eva aufblicken. Peter Frankenfeld war zu ihr getreten. »Die angehende Kostümbildnerin erweist sich auch bei der Möbelmontage als sehr geschickt.« Er führte sie an den Rand der Bühne. »Noch mal Applaus für unsere Siegerin!«

Eva konnte all dem nicht mehr folgen. »Ich … ich habe gewonnen …?«

»Ja, allerdings, das haben Sie.« Lächelnd präsentierte ihr Peter Frankenfeld zwei Umschläge, einen hellen und einen dunklen. »Jetzt wagen Sie Ihr Glück.«

Einer der Umschläge enthielt einen großen Gewinn, der andere einen Trostpreis. Eva war das völlig egal, aufs Geratewohl entschied sie sich für das schwarze Kuvert.

Peter Frankenfeld öffnete ihn. »Na, da haben Sie auch noch richtig zugegriffen und eine Reise für zwei Personen an den Gardasee gewonnen!«

»Ich kenne Sie doch«, rief plötzlich jemand aus dem Zuschauerraum. »Sie sind das Fräulein, das in Jeanshosen bei das *Ideale Brautpaar* mitgemacht hat.«

»Ja, ich erkenne Sie auch …«

»Ich auch …«, schallte es aus verschiedenen Ecken des Saals.

»Stimmt das?«, erkundigte sich Peter Frankenfeld.

»Ja.« Eva nickte.

»Besucht denn Ihr Bräutigam mit Ihnen die Show?«

Eva blickte überrumpelt ins Publikum. Hunderttausende verfolgten an den Fernsehapparaten diese Sendung. Vielleicht auch ihr Vater. Sie zögerte, dann nahm sie wieder einen tiefen Atemzug. Sie würde ihre Liebe zu Paul nicht länger verleugnen. Eine übermütige Freude stieg in ihr auf und ein strahlendes Lächeln erhellte ihr Gesicht, als sie sagte: »Ja, er hat mir die Karte für die Sendung geschenkt, und er ist mit mir hier.«

»Dann wollen wir ihn doch mal auf die Bühne bitten«, sagte Peter Frankenfeld, wieder unter dem Applaus des Publikums. »Herr Bräutigam, wenn Sie so nett wären ...«

Paul kam nun durch die Zuschauerränge nach unten gelaufen. Er erklomm die Bühne und stand neben ihr. Lachend und atemlos von diesem verrückten Abend schaute er sie an. Sie fassten sich an den Händen. Plötzlich waren das Publikum und der Gedanke an die Zuschauer vor den Fernsehapparaten nicht mehr wichtig.

»Mein Bräutigam ... «, durchfuhr es Eva.

Unter tosendem Applaus kehrten die beiden wieder auf ihre Plätze zurück. Den Rest der Show – weitere Auftritte des Fernsehballetts, Peter Frankenfeld, der den prominenten Schauspieler Hans-Jörg Felmy einen gemalten Begriff raten ließ – nahm Eva nur wie von ferne wahr. Sie war viel zu aufgewühlt, um sich auf etwas konzentrieren zu können. »Mein Bräutigam« ... Wie süß und verlockend das klang. Sie bekam die Worte einfach nicht aus dem Sinn.

Peter Frankenfeld und das Fernsehballett traten wieder auf die Bühne. Lauter Applaus brandete auf und verebbte. Ob sie wirklich beim NDR hospitieren und vielleicht sogar Kostüme für *1:0 für Sie* entwerfen durfte? Es wäre fantastisch.

»Fräulein«, ihre rundliche Sitznachbarin mit den toupierten Haaren machte sich energisch bemerkbar. »Sie waren wirklich toll. Aber die Show ist nun mal leider zu Ende, und ich möchte nach Hause.«

»Entschuldigen Sie ...« Erst jetzt bemerkte Eva, dass die Zuschauer überall aufgestanden waren. Hastig erhob auch sie sich. Paul wartete vor dem Eingang zu ihrem Rang auf sie. Sie fassten sich an den Händen, liefen in die Eingangshalle hinunter und von dort ins Freie.

Der Platz vor der Musikhalle war noch voller Menschen. Zuschauer winkten und lächelten ihnen zu.

Paul schüttelte den Kopf. »Allmählich frage ich mich auch, ob das nicht alles nur ein Traum ist.«

Ein Mann mit Block und Stift steuerte auf sie zu. Ein Journalist? Oder etwa jemand, der ein Autogramm von ihnen haben wollte? Eva und Paul wechselten einen Blick, dann hakten sie sich unter und spurteten lachend los. Erst bei Margits Wagen blieben sie wieder stehen.

»Hast du Lust, noch einen Ausflug an den Strand mit mir zu machen?« Paul küsste sie sanft auf die Wange. »Es gibt da einen Ort, den ich dir gerne zeigen möchte.«

»Natürlich möchte ich das.« Jede Minute dieser verrückten, wundervollen Nacht wollte sie mit ihm auskosten.

Mit offenem Verdeck fuhren sie durch die milde Nacht. Eva kam sich vor wie in einem Film. Einmal war die dunkle Elbe am Rande eines Straßenzuges zu sehen, dann blitzte ein Leuchtfeuer in der Ferne auf. Als Paul den kleinen Flitzer am Rande einer Wiese abstellte, ahnte sie, wohin der Ausflug führen würde.

»Das ist Blankenese, nicht wahr?« Paul hatte ihr erzählt, dass er und seine Familie, als sein Vater noch lebte, oft hier am Strand die Sonntagnachmittage verbracht hatten.

»Ja.« Er nickte.

Arm in Arm folgten sie engen, verwunschenen Gassen. Dann führte ihr Weg schmale Treppen hinunter. Hausmauern leuchteten hinter Hecken und schmiedeeisernen Toren weiß durch die Dunkelheit, hohe Bäume breiteten ihre Zweige über ihnen aus. Da war wieder die Elbe, geheimnisvoll schimmernd im Mondlicht, ehe sie hinter einer Wegbiegung verschwand. Von irgendwoher duftete es intensiv nach Blumen.

Nun, am Ende einer Treppe, hatten sie den Strand erreicht, eine weite, hellere Fläche vor der dunklen Elbe.

»O nein.« Paul blieb abrupt stehen und blickte auf Evas hochhackige Schuhe. »Tut mir leid, ich habe nicht bedacht, dass du damit im Sand nicht laufen kannst.« Er klang so zerknirscht, Eva musste lachen.

»Das macht doch nichts. Dreh dich mal kurz um.« Sie fasste unter den weiten Rock ihres Kleides, machte die Seidenstrümpfe von den Strapsen los und steckte sie in ihre kleine Handtasche. Eine prickelnde Fröhlichkeit erfüllte sie, als hätte sie ein Glas Champagner getrunken. Paul fasste sie an der Hand, mit der anderen trug sie ihre Schuhe, so liefen sie über den weichen, warmen Sand bis zu einer Gruppe von Felsen.

Dort breitete Paul seine Anzugjacke auf dem Sand aus, auf die sie sich aneinandergeschmiegt setzten. Die Strahlen eines Leuchtturms huschten über den Strand und wanderten weiter, weit draußen auf dem Meer fuhr ein hell erleuchtetes Schiff, und in der entgegengesetzten Richtung waren die Lichter des Hamburger Hafens zu sehen. Es war still, bis auf das glucksende Geräusch der Wellen, mit denen die Elbe an den Strand schlug.

»An einen Nachmittag werde ich mich immer erinnern«, sagte Paul nach einer Weile leise. »Es war im Oktober 42, ein wunderschöner Herbsttag, die Sonne war ganz golden und das Laub ganz bunt. Es hat nach reifen Äpfeln geduftet und nach Holzfeuern. Mein Vater hat mir und meinen Geschwistern Drachen gebaut, mit einem richtigen Gestell aus Holz. Er war in so etwas sehr geschickt. Es war der letzte Tag seines Fronturlaubs.«

Eva kuschelte sich enger an ihn.

»Anfangs wollten unsere Drachen nicht fliegen«, fuhr Paul fort. »Aber dann wurden sie von einem Windstoß erfasst und hoch in die Luft gehoben. Wir rannten lachend den Strand entlang, und meine Eltern liefen Hand in Hand hinter uns her. Irgendwann haben wir uns alle umarmt und zu den Drachen hochgeschaut. Mein Vater hat mir und meinen Geschwistern zugenickt. Obwohl er es nicht aussprach, wussten wir, was er uns sagen wollte. Wir haben die Schnüre losgelassen, und die Drachen sind aufs Meer hinausgeflogen. Wir haben ihnen nachgesehen, bis sie kleiner und kleiner wurden und schließlich ganz in der Ferne verschwunden sind. Es war, als würden wir mit ihnen fliegen. Dann haben wir ein Picknick hier an den Felsen gemacht. Ich kann jetzt noch die Süße der Pflaumen schmecken.« Paul brach ab und blickte auf die nächtliche Elbe hinaus.

Eva streichelte seine Hand. Sie ahnte, was jetzt folgen würde. »Wir sind mit der Bahn nach Hause gefahren.« Pauls Stimme klang nun rau, als hätte er einen Kloß im Hals. »Mein Vater hat seine Sachen gepackt, wir haben ihn zum Bahnhof in Barmbek begleitet, wo wir wohnten. Als er in den Zug stieg, habe ich ihn zum letzten Mal gesehen, er ist ein paar Wochen später in Russland gefallen.«

Eva spürte Pauls Worten nach. Wieder fühlte sie sich ihm eng verbunden. »Danke, dass du mich hierhergeführt hast«, sagte sie nach einer Weile leise. »Das bedeutet mir viel.«

Sie streichelten sich, küssten sich, erst zärtlich und innig, dann immer leidenschaftlicher. Es war wunderschön, aber auch schmerzlich, denn sie wollte mehr. Wollte, dass diese Leidenschaft andauerte und sich steigerte und diesen Schmerz, nicht eins mit Paul zu sein, endlich, endlich auslöschte.

»Paul …« Behutsam machte sie sich von ihm los. »Ich würde gerne, *ganz* mit dir zusammen sein.« Warum war es nur so schwierig, es auszusprechen?

»Das heißt, du möchtest …?«

»Ja. Ich … ich habe noch nie. Aber Margit, sie hat mir da was mitgegeben, das verhindert, dass …« Eva verstummte verlegen. Wieder schoss die Röte ihr ins Gesicht.

»Ich verstehe.« Ein Lächeln schwang in Pauls Stimme mit. »Wenn du es möchtest, dass wir miteinander schlafen, ich möchte es auch.«

»Ja?«

»Sehr sogar. Und …« Seine Stimme wurde sehr sanft. »… da trifft es sich doch gut, dass ich *das* mitgebracht habe.« Paul griff in seine Hosentasche und zog ein Kästchen hervor. Als er es öffnete, schimmerte etwas darin. Ein Ring, wie Eva erkannte, als die Strahlen des Leuchtturms auf den Strand fielen.

»Paul …?« Evas Herz schlug ihr bis zum Hals.

Er kniete sich vor ihr in den Sand. »Eva, ich möchte dich bitten meine Frau zu werden.«

»Paul … Ich …« Sie stockte. Das jähe, glühende Glück, das sie eben noch ganz erfüllt hatte, wich einem bedrückenden Gefühl.

»Ja, mein Schatz?«

»Du machst mir doch nicht etwa einen Heiratsantrag, weil du mich vor meinem Vater beschützen willst?«

»Schon, auch …«

»Das will ich nicht!«

»Eva, ja, ich habe gedacht, dass es ihn vielleicht besänftigt, wenn er erkennt, wie ernst es mir mit meiner Liebe zu dir ist. Aber das ist nicht der eigentliche Grund, weshalb ich dich bitte, meine Frau zu werden.« Sein Ton war entschieden und innig. »Ich bin mir bewusst, dass wir uns noch nicht lange kennen, aber ich liebe dich, das spüre ich mit jeder Faser meines Körpers und tief in meinem Herzen, und ich weiß es mit meinem Verstand, und ich liebe dich auch, wenn ich böse auf dich bin.« Ein Lächeln schwang jetzt in seiner Stimme mit. »Wie damals, als wir uns zerstritten hatten. Obwohl ich dich nicht mehr lieben wollte, hat das an meinen Gefühlen für dich nichts geändert, im Gegenteil. Du bist die Frau, mit der ich mein Leben verbringen möchte. Deshalb bitte ich dich, mich zu heiraten.«

Erneut huschten die Lichtstrahlen über den Strand. Pauls Gesicht war sehr weich, sein Blick zärtlich. Evas Ängste verschwanden. Da war nur reines Glück.

»Ich liebe dich auch«, flüsterte sie. »Schon, als wir vorhin als Brautpaar auf der Bühne gestanden haben, habe ich mir gewünscht, dass wir es wirklich wären. Ja. Ich möchte dich heiraten und mit dir mein Leben verbringen.«

»Meine geliebte Braut.« Paul streifte ihr den Ring über. Sie küssten sich wieder, dann rannten sie Hand in Hand über den dunklen Strand.

Die Wohnung von Pauls Freund war nur ein paar Autominuten entfernt. Ein schmiedeeiserner Zaun begrenzte den Vorgarten des großen Backsteinhauses. Im Treppenhaus knarrten die hölzernen Stufen unter ihren Schritten. Ein langer Flur tat sich vor ihnen auf. Sie umarmten und küssten sich, traten in ein Schlafzimmer, dessen Möbel in der Dunkelheit nur schemenhaft zu erkennen waren. Sich Zärtlichkeiten zuflüsternd, zogen sie sich aus und sanken aufs Bett.

Eva schloss für einen Moment ängstlich die Augen. *Ihr erstes Mal …* Ein Rascheln wie von Papier. Nun glitt Paul auf sie, sanft drang er in sie ein. Eva spürte einen leichten Schmerz. Liebevoll küsste Paul sie wieder, sodass sie sich langsam entspannte. Ihre Körper bewegten sich im Gleichklang. Da war wieder dieses lustvolle schmerzliche Begehren, das wuchs und wuchs, bis Eva glaubte, es kaum noch ertragen zu können und sie aufschrie, als die schmerzliche Lust sich in einer Woge aus leidenschaftlicher Ekstase löste.

Später lag sie schläfrig und glücklich in Pauls Armen, während er ihr zuflüsterte: »Ich liebe dich so sehr.«

Axel bedachte seine Sekretärin in der Bonner Dahlmannstraße mit einem ungewohnt kurzen und knurrigen »Guten Morgen«, dann knallte er die Tür seines Büros hinter sich zu. Auch nachdem eine ganze Nacht vergangen war, konnte er es immer noch nicht fassen: Eva war nicht nur als Kandidatin in *1:0 für Sie* aufgetreten. Nein, dann war auch noch dieser Paul Voss unter dem Applaus des Publikums als ihr Bräutigam auf der Bühne erschienen.

Es war höchste Zeit, diesen Kerl im Sender unmöglich zu machen. Nur seine berufliche Reise zum zehnten Jahrestreffen der Internationalen Union Christlicher Demokraten in

Luxemburg hatte ihn daran gehindert, schon früher tätig zu werden. Weltbewegend war es nicht gewesen, aber als leitender Redakteur des Bonner Studios hatte er sich dort blicken lassen müssen.

Axel hatte gerade sein Jackett ausgezogen und seine Krawatte gelockert, als sein Telefon klingelte. Die Sekretärin teilte ihm mit, dass Klaus-Jürgen Meinrad ihn sprechen wolle.

»Guten Morgen, Herr Doktor, ich wollte Sie auch gerade anrufen.« Axel zündete sich eine Zigarette an. Wahrscheinlich würde Meinrad ihm dazu gratulieren, dass er Adenauer in Luxemburg ein paar ganz gute Sätze vor der Kamera hatte entlocken können.

»Vordemfelde, meine Frau ist immer noch aus dem Häuschen, und ich bin auch beeindruckt. Das war ein Ding, gestern Abend in der Peter Frankenfeld Show, Ihre Tochter und dieser Paul Voss. Meine Frau war ja schon nach *Das ideale Brautpaar* überzeugt, dass die beiden ihr Verliebtsein nicht nur gespielt haben. Und dass Peter Frankenfeld Ihrem Fräulein Tochter zu einer Hospitanz als Kostümbildnerin beim NDR verhelfen will«, Meinrad lachte jovial, »beim WDR finden wir da bestimmt auch was für sie.«

Axel brauchte einen Moment, um sich zu sammeln. »Wenn Sie meinen ... Das wäre natürlich schön.« Dem Himmel sei Dank, Meinrad schien völlig vergessen zu haben, dass ihn das Gerücht, Eva wolle Kostümbildnerin werden, mal sehr verärgert hatte.

»Und, Vordemfelde, wenn die Hochzeitsglocken für das junge Paar läuten, lassen Sie meine Frau und mich das doch bitte rechtzeitig wissen.«

Meinrad stellte noch ein paar Fragen zu dem Jahrestreffen in Luxemburg, dann beendete er das Gespräch.

Wieder läutete das Telefon. Diesmal beglückwünschte ihn der Fernsehdirektor zu seiner Tochter, die »ein sehr hübsches Aushängeschild des WDR« sei. Und überhaupt, was für ein schönes Paar, sie und dieser junge, aufstrebende Journalist vom Hörfunk.

Axel zündete sich eine weitere Zigarette an und inhalierte den Rauch nachdenklich. Da hatte ihn gestern, als er sich auf dem Sofa ein Bier hatte gönnen wollen und diese Show überhaupt nur eingeschaltet hatte, um auf dem Laufenden zu sein, fast der Schlag getroffen. Und nun nahm das diese völlig unerwartete Wendung.

Vielleicht konnte es nicht schaden, seine Optionen noch einmal ganz neu auszuloten. Paul Voss' politische Ansichten waren ihm mehr als suspekt. Vor ein paar Jahren hätte man den Kerl noch zu Recht als *Vaterlandsverräter* bezeichnet. Aber, den Gerüchten im Sender nach zu urteilen, würden demnächst wohl ein paar wichtige Stellen mit Leuten von der SPD besetzt werden. Voss war ein guter Journalist. Ehrgeizig. Nach dieser politischen Weichenstellung würde er im Sender bestimmt Karriere machen. Da war es kein Nachteil, ihn seinen Schwiegersohn zu nennen.

Schon wieder klingelte das Telefon. »Ihre Frau ...«, meldete ihm die Sekretärin.

Auch wenn sich aus Eva und Paul Voss' Auftritt bei dieser infantilen Show ein gewisser Nutzen ziehen ließ, Annemie musste das ja nicht wissen. Sie konnte ruhig ein schlechtes Gewissen haben.

»Mein Gott, Annemie«, herrschte er sie an. »Erst schaffst du es nicht, Eva von der Reise nach Hamburg abzuhalten, wie es deine Aufgabe gewesen wäre, und dann präsentiert sie sich auch noch mit diesem Voss als Brautpaar auf der Bühne.«

Am anderen Ende der Leitung schlug ihm Schweigen entgegen. »Annemie …?«

Ein Schluchzen erklang, dann Annemies brüchige Stimme. »Axel, meine Mutter … Sie ist heute Nacht an einem Herzinfarkt gestorben.«

Wie still die Villa der Großmutter war. Eva stieg die Treppe in den ersten Stock hinauf. Es schien, als hätte ihr Tod alle Geräusche gedämpft. Kein Radio lief, kein Staubsauger brauste durch die Zimmer. Kein Klappern von Töpfen war aus der Küche zu hören. Und vor allem: Das charakteristische Geräusch des Gehstocks der Großmutter auf dem Parkett ertönte nicht mehr. Würde nie mehr ertönen.

Auf das Glück ihrer Nacht mit Paul war die Trauer gefolgt. Evas Mutter hatte sie am Morgen danach im Hotel angerufen und ihr mit tränenerstickter Stimme vom Tod der Großmutter erzählt. Eva hatte den nächsten Zug nach Berlin nehmen wollen, doch Paul hatte darauf bestanden, sie zu fahren. Es war tröstlich gewesen, ihn an ihrer Seite zu haben. Ihrer Mutter hatten sie nichts von der Verlobung erzählt, damit wollten sie bis nach der Beerdigung warten. Nachdem Paul die Mutter begrüßt und ihr sein Beileid ausgesprochen hatte, war er nach Bonn zurückgekehrt.

Im ersten Stock betrat Eva das Schlafzimmer ihrer Großmutter. Seit ihrer Ankunft gestern war sie noch nicht hier gewesen. Es hatte so viel zu regeln gegeben, dabei hatte sie ihrer Mutter geholfen: Gespräche mit dem Bestatter und dem Pastor über die Beerdigung, die Liste der Trauergäste musste zusammengestellt, Grabschmuck bestellt und die Bewirtung der Trauernden organisiert werden. Wahrscheinlich würden ein paar Hundert Menschen zu der Bestattung kommen, Evas

Großmutter war in so vielen Komitees und Wohltätigkeitsorganisationen aktiv gewesen.

Im Schlafzimmer hing noch der typische herbe Geruch nach Sandelholz und Verbene. Eva öffnete die Läden an einem der Fenster, Licht strömte herein. Dann berührte sie sanft die samtene Tagesdecke auf dem Bett. Hier war die Großmutter ruhig entschlafen. Auf der Kommode lagen noch ihre silbernen, mit Schildplatt verzierten Kämme und Bürsten, und in einer Schale aus chinesischem Porzellan ruhte ihre lange zweireihige Perlenkette, die sie am liebsten getragen hatte. Ein Bücherregal enthielt religiöse Werke und eine Auswahl deutscher Klassiker. Und da waren noch Fotoalben. Neugierig kniete Eva sich auf den Teppich und schlug eines auf. Sie konnte sich nicht daran erinnern, jemals eines durchgeblättert zu haben. Was wahrscheinlich daran lag, dass sie während des Kriegs und der ersten Jahre danach die Großmutter gar nicht und später immer nur kurz besucht hatten.

Bilder von Ottilie als Säugling und kleines Mädchen in den typischen Sepiatönen aus den Anfängen der Fotografie prangten auf den ersten Seiten. Eva lächelte unwillkürlich. Immer schaute sie ernst, ja grimmig in die Kamera. Dann die Großmutter als junge Frau, ihr Gesicht von klassischer, strenger Schönheit hatte wirklich gar keine Ähnlichkeit mit der lieblichen Anmut der Mutter. Fotos von der Verlobung mit dem Großvater und von der Hochzeit. Die Großeltern auf Reisen.

Dann ein Album mit Bildern der Mutter als kleines, blond gelocktes und hübsches Mädchen im Alter von vier oder fünf Jahren, das sich am liebsten vor der Kamera zu verstecken schien, so scheu wirkte sie. Gab es denn keine Fotos von der Mutter als Säugling? Eva schaute rasch die anderen Alben durch. Da waren weitere Bilder der Mutter als Kind und dann als Backfisch und junge Frau, aber keines von ihr mit Babyfotos.

»Hier bist du, Eva.« Annemie beugte sich zu ihr. Eva hatte gar nicht gehört, wie sie ins Zimmer gekommen war. Ihr schwarzes Kleid machte sie noch blasser als sie ohnehin schon war.

»Mama, hier gibt es gar kein Album mit Fotos von dir als Säugling und Kleinkind.« Eva wandte sich ihr zu.

»Früher standen die Alben in der Bibliothek, da gab es wohl mal einen Kaminbrand.«

»Und von allen Alben ist nur das mit deinen Babybildern verbrannt?«

»Wahrscheinlich standen die anderen weiter vom Kamin entfernt.«

Eva fiel ein, dass auch bei gerahmten Fotografien in der Bibliothek und im Wohnzimmer keines dabei war, das Annemie als Säugling oder Kleinkind zeigte. Doch bevor sie das aussprechen konnte, sagte ihre Mutter: »Dein Vater und Lilly und Franzi sind eben angekommen.«

Eva war zufällig am Telefon gewesen, als ihr Vater gestern angerufen hatte. Da war er ihr gegenüber überraschend sachlich gewesen, gar nicht wütend, wie erwartet. Aber das musste nichts zu bedeuten haben.

Stumm folgte sie ihrer Mutter in die Halle hinunter. Sie wollte sich, während diese trauerte, nicht mit dem Vater streiten. Doch sie würde sich auch von ihm nicht mehr beschimpfen oder gar schlagen lassen, das schwor sie sich.

»Annemie ...« In der Halle eilten Evas Eltern einander entgegen und schlossen sich in die Arme.

»Eva ...« Ihre kleinen Schwestern stürzten auf sie zu. Sie wirkten müde von der langen Autofahrt und auch verstört.

»Ach, ihr beiden ...« Sie zog sie zärtlich an sich.

»Eva, wir zwei müssen miteinander sprechen«, hörte sie nun den Vater sagen.

»Axel, muss das denn jetzt sein?« Ihre Mutter schüttelte abwehrend den Kopf. Eva machte ihr ein Zeichen – besser, sie brachte das schnell hinter sich.

Er marschierte in die Bibliothek und ließ sich dort, wie in seinem Arbeitszimmer, hinter dem Schreibtisch nieder.

»Vater«, Eva richtete sich vor ihm auf, »damit du es gleich weißt, Paul Voss und ich haben uns in Hamburg verlobt.«

»Nun, da ihr zweimal öffentlich als Brautpaar aufgetreten seid, ist das wahrscheinlich keine schlechte Lösung.«

Eva hatte mit einem Wutausbruch gerechnet, aber nicht mit einer derart gelassenen Reaktion. Verblüfft starrte sie ihn an.

»Habt ihr euch denn schon ein Hochzeitsdatum überlegt?«

»Nun, nicht direkt ...« Während der Fahrt nach Berlin hatten Paul und sie darüber gesprochen, dass es schön wäre, bald zu heiraten. Die Erfahrung des Krieges, wie schnell ein Leben enden konnte, war ihnen beiden noch präsent. Doch Eva hatte fest damit gerechnet, dass ihr Vater niemals seine Einwilligung zur Hochzeit geben würde und sie deshalb erst nach ihrer Volljährigkeit würden heiraten können.

»Meinen Segen habt ihr. Ich habe schon mal in meinem Terminkalender nachgesehen, mir würden der September oder der Oktober gut passen. Vorher bin ich sehr viel unterwegs.«

»Ich ... ich muss das mit Paul besprechen.« War das wirklich der Vater, der noch vor wenigen Tagen angedroht hatte, Pauls berufliche Zukunft beim Sender zu zerstören? Was hatte diesen Sinneswandel bewirkt? Eva konnte sich keinen Reim darauf machen.

»Und da ist noch etwas ...«

»Ja?« Kam jetzt der große Haken?

»Von Dr. Meinrad habe ich erfahren, dass der WDR plant, eine Reihe von Märchen als Kindertheaterstücke zu verfilmen. Wenn du magst, kannst du für eines die Kostüme entwerfen.«

Eva war völlig überrumpelt. »Du ... du hast nichts dagegen?«, stotterte sie.

»Nein, gar nicht.« Milde blickte ihr Vater sie an. »Weißt du, Eva, auch ich kann meine Meinung ändern. Und ich wünsche dir wirklich, dass du glücklich bist.«

»Danke«, erwiderte Eva verdattert. Ein wenig erleichtert war sie schon, auch wenn seine Redaktion ihr noch ganz und gar nicht geheuer war.

Teil 3

Kapitel 20

An einem Septembernachmittag trat Eva im Nebenraum einer Aula im Kölner Süden einige Schritte zurück und betrachtete ihre Kostüme. Hier, in dieser Grundschule, würden morgen Vormittag die Generalprobe zu *Aschenputtel* stattfinden und am Abend dann die Premiere. Manchmal konnte sie es immer noch nicht recht fassen, dass sie tatsächlich die Kostüme hatte entwerfen dürfen und diese sogar im Fernsehen zu sehen sein würden.

Ein Lächeln stahl sich auf ihr Gesicht. Es war schön, dass der WDR es sich seit Kurzem auf die Fahne geschrieben hatte, junge Talente zu fördern. Viel Geld hatte der Sender dafür allerdings nicht zur Verfügung gestellt. Deshalb hatte sie improvisieren müssen, was letztlich für die Entfaltung ihrer Kreativität vorteilhaft gewesen war. So hatte sie viele Kleider aus Sackleinwand entworfen, und bei dem von Aschenputtel den Rock teilweise mit Fetzen von Zeitungspapier beklebt. Zeitungspapier wurde oft zum Feueranzünden verwendet, und manchmal fanden sich in der Asche noch kleine Reste davon, so war sie auf die Idee gekommen. Für die Kleider der Stiefschwestern hatte sie die Sackleinwand grün und blau gefärbt, denn diese mussten sich farblich von Aschenputtel unterscheiden.

Außerdem bekamen die Stiefschwestern große Halskrausen. Wenn sie das Fest des Königs besuchten, bestanden diese aus silbernem Papier und die von Aschenputtel und dem Prinzen aus goldenem. Die Kleider für den Ball waren aus Baumwollkattun genäht und mit glitzernder Farbe besprüht.

Eva war so gespannt, wie ihre Kreationen während der Aufführung im Licht der großen Scheinwerfer wirken würden. Hoffentlich gab es gute Kritiken. Da der WDR mitmischte, würde bestimmt viel Presse anwesend sein.

Eva überprüfte schnell, ob die filigranen Papierkrausen noch intakt waren. Dann schloss sie den Raum ab und übergab den Schlüssel dem Hausmeister.

Draußen empfing sie ein warmer, sonniger Nachmittag. Nur die langen Spinnwebfäden in der Luft und das schon bunte Laub der Bäume ließen erahnen, dass der Herbst nicht mehr weit war.

Von Großmutter Ottilies Tod war Evas Mutter oft noch sehr mitgenommen. Wie ein Schatten wanderte sie manchmal durchs Haus, und wenn jemand nach ihr rief, dauerte es eine Weile, bis sie reagierte. Was um sie herum geschah, schien sie wie durch einen Schleier wahrzunehmen. Eva machte sich Sorgen. Auch sie selbst musste oft an ihre Großmutter denken. So herrisch sie auch gewesen war, sie fehlte ihr trotzdem. Sie und die Villa in Berlin. Die Villa war inzwischen verkauft worden. Die Vorstellung, nie mehr dort zu sein, war seltsam. Aber abgesehen von ihrer Trauer um die Großmutter, waren die letzten Monate die schönsten ihres Lebens gewesen. Die Arbeit an den Kostümen hatte sie so sehr befriedigt, der Austausch mit der jungen Regisseurin war so inspirierend gewesen. Und da war natürlich auch ihre beglückende, erfüllende und einfach herrliche Liebe zu Paul.

Am Neumarkt im Herzen der Kölner Innenstadt fiel das Sonnenlicht durch das Laub der Bäume und malte helle Kringel auf den Asphalt, viele Passanten hatten ein Lächeln auf den Lippen, manche schleckten sogar ein Eis, und jenseits der Dächer erhoben sich die Türme des Doms majestätisch vor dem blauen Himmel.

In einem Zeitungskasten am Straßenrand entdeckte Eva eine Illustrierte mit Elvis Presley auf dem Titelbild. Alle sprachen von seiner Musik, bei der Arbeit, in der Kantine, in der Bahn oder im *Klavier*. Für Eva passten seine Melodien gut zu ihren stürmischen Erfahrungen der letzten Wochen.

Evas Gedanken wandten sich endgültig dem Leben und der Liebe zu. Fröhlich summte sie die Melodie von *I got a woman* vor sich hin.

Ihre Beziehung mit Paul schenkte ihr so viel Glück. Wie alle jungen Frauen hatte sie immer von der großen Liebe geträumt. Doch niemals hätte sie gedacht, dass sie so wunderbar sein könnte. Mit Paul fühlte sie sich lebendig und ganz sie selbst. Bei ihrer Arbeit an den Kostümen hatte er sie unterstützt und ermutigt, wenn sie geglaubt hatte, nicht weiterzukommen. Und dann gab es auch noch die heimlichen Stunden in seiner Altbauwohnung, wenn sie sich liebten. Immer war es überwältigend und berauschend, Eva entdeckte ihren Körper ganz neu.

Und das Schönste: Sie und Paul hatten sich entschieden, Mitte Oktober zu heiraten. Gleich würde sie sich mit ihm in der Innenstadt treffen, um die Ringe bei einem Juwelier auszusuchen – vor Glück hätte sie am liebsten die ganze Welt umarmt. Die Schwestern fieberten dem Ereignis entgegen, sie konnten es gar nicht erwarten, Brautmädchen zu sein, ihren Schleier zu tragen und Blumen zu streuen.

Ihr Vater hatte einen festlichen Raum im noblen Hotel Dreesen gebucht und die Gästeliste zusammengestellt. Eva hätte auf Dr. Meinrad und andere Herren aus den oberen Etagen des WDR gut verzichten können. Aber sie wollte den brüchigen Frieden mit dem Vater nicht gefährden. Immerhin verhielt er sich Paul gegenüber höflich und interessiert. Wahrscheinlich hatte die wohlwollende Reaktion seiner Vorgesetzten auf das »Brautpaar des WDR« den Sinneswandel des Vaters bewirkt. Aber letztlich war es ihr egal. Bald würde er keine große Rolle mehr in ihrem Leben spielen.

An einem Eiswagen kaufte Eva sich eine Waffel und schlenderte langsam weiter. Aus den zahllosen Entwürfen für ihr Hochzeitskleid hatte sie sich inzwischen für einen entschieden. Nach der Aufführung von Aschenputtel würde sie endlich mit den Näharbeiten dafür beginnen. Ihr Vater hätte auch ein Kleid von einer Schneiderin oder aus einem teuren Brautladen bezahlt, aber um nichts in der Welt hätte sie es sich nehmen lassen, ein von ihr selbst geschaffenes Unikat zu tragen.

An dem Blumenstand, wo die Hohe Straße in die Schildergasse überging, waren die sommerlichen Rosen inzwischen den Astern und Dahlien gewichen, und im Schatten zwischen den Häusern war es kühler geworden. Die Puppen in den Schaufenstern trugen die neue Herbstmode. Neugierig trat Eva näher. Viele Kleider hatten die A-Linie, schmal an den Schultern, zur Hüfte und zu den Beinen hin breiter werdend. Ein luxuriöses Modehaus präsentierte Modelle im Stil der von Christian Dior kürzlich propagierten Pfeillinie mit der Taille dicht unter der Brust und den tiefen V-Ausschnitten. Weite Röcke mit Petticoats waren immer noch angesagt. Mäntel und Kostüme hatten große Kragen und Manschetten, leuchtende Farben dominierten.

Eva dachte noch, dass sie sich demnächst ein Kleid in der Pfeillinie nähen wollte, sie mochte den vom Empire inspirierten Stil, als ein Revueplakat auf einer Litfaßsäule ihre Aufmerksamkeit erregte: *Symphonie in Gold.* Darauf drehte eine junge Eiskunstläuferin eine Pirouette. Ihr kurzes blaues Kleid bildete einen aufregenden Kontrast zu den roten Gewändern mit den langen, ausladenden Röcken der anderen Eistänzerinnen im Hintergrund. Laut einem Banner quer über dem Plakat würde in wenigen Tagen die Premiere in Köln stattfinden. Neugierig trat Eva näher heran. *Regie: Ernst Marischka* las sie, *Kostüme: Gerdago.*

Der Name versetzte ihr immer noch einen Stich. Plötzlich bemerkte Eva, dass Eis auf ihr Sommerkleid getropft war. »Mist …«, fluchte sie laut.

»*So* begrüßt man seinen Bräutigam aber nicht«, hörte sie Paul plötzlich gespielt echauffiert hinter sich.

Erschrocken drehte Eva sich um. »Ich hab mich bekleckert.« Sie küssten sich, und rasch löste sich ihr Ärger in Luft auf.

Paul war ihrem Blick zu dem Plakat gefolgt. »Hans Herbert Blatzheim lässt eine ganz große Sause zu der Premiere in Köln stattfinden, habe ich eine Kollegin von der Kultur sagen hören. Da Romy Schneider durch *Sissi* und Ernst Marischka berühmt geworden ist, glaubt er wohl, ihm das schuldig zu sein. Der Regisseur und andere Leute vom Filmstab werden bei der Premierenfeier erwartet.«

Ob Gerdago auch dabei sein würde? Eva schob den Gedanken eilig beiseite. Jetzt waren einzig die Ringe wichtig.

»Was für Ringe habt ihr euch denn ausgesucht?«

»Sind sie aus Gold oder aus Silber?«, wollten die Schwestern am nächsten Morgen beim Frühstück wissen. Eva war am vergangenen Abend erst nach Hause gekommen, als die beiden schon im Bett gewesen waren.

»Sie sind aus Eisen«, behauptete Eva, während sie sich ein Brötchen schmierte. Es würde seltsam sein, die Schwestern nicht mehr ständig um sich zu haben, wenn sie nach ihrer Hochzeit mit Paul in dessen Wohnung lebte. Sie würde sie vermissen.

»Ach, komm schon, beschreib uns die Ringe«, bat Franzi ungeduldig.

»Sie sind aus Altgold und unregelmäßig gehämmert«, gab Eva nach. »Und verhältnismäßig breit.« Der warme Glanz des Goldes und die ungeschliffen anmutende Form hatten es ihr und Paul sofort angetan. »Noch kann ich sie euch nicht zeigen, sie müssen erst enger gemacht werden. Und danach hat Paul sie.«

»Aber du kannst uns endlich mal deinen Entwurf für dein Hochzeitskleid zeigen«, meldete sich jetzt Lilly zu Wort.

»Nach der Premiere.«

»Wird Paul auch da sein?«

»Küsst ihr euch?« Wie meistens, wenn Pauls Name fiel, begannen die beiden zu kichern.

Eva verdrehte die Augen. »Ihr wisst ganz genau, dass Paul zu der Premierenfeier kommen wird, so wie ihr und Papa und Mama und Onkel Max. Müsst ihr nicht langsam los zu eurem Schulausflug?«

Es war ein glücklicher Zufall, dass ihr Nennonkel ausgerechnet diesen und den morgigen Tag für seinen Besuch in Bonn ausgewählt hatte, so konnte er mit zum Theaterstück kommen. War es wirklich erst ein Jahr her, dass er Eva bei der Begegnung vor dem Münchner Hauptbahnhof ermutigt hatte, ihren Weg zu gehen?

Zu Evas Erleichterung betrat ihre Mutter die Küche. Das würde ihre Schwestern hoffentlich von weiteren Fragen abhalten. Sie trug ein türkises, ärmelloses Etuikleid und hatte ihre blonden Haare im Nacken hochgesteckt. Das Türkis brachte ihre blauen Augen zum Leuchten und ließ sie viel jünger wirken.

»Holst du Onkel Max am Bahnhof ab?«, erkundigte sich Eva.

»Ja, sein Zug kommt gegen zehn hier an, dann zeige ich ihm die Stadt, und wir gehen eine Kleinigkeit essen. Am Nachmittag führt ihn dein Vater im Regierungsviertel herum.« Die Mutter setzte sich zu ihnen an den Tisch und goss sich eine Tasse Kaffee ein. »Morgen hat Max dann sein Interview mit diesem bayrischen Abgeordneten von der CSU. Wird eigentlich deine Frau Naumann zur Premiere kommen?«

»Ich glaube nicht.« Eva lachte. »Sie verübelt es mir sehr, dass ich in der letzten Zeit oft für die Proben freigestellt war. Aber Jutta und meine anderen Kolleginnen kommen natürlich.«

Nachdem sie den letzten Bissen ihres Brötchens schnell aufgegessen hatte, schob sie den Stuhl zurück. »Ich freu mich drauf, Onkel Max endlich wiederzusehen. Wahrscheinlich komme ich gegen vier noch mal kurz nach Hause, das hängt davon ab, wie lange die Generalprobe dauert. Und euch beiden«, sie wandte sich den Schwestern zu, »viel Spaß bei eurem Schulausflug.«

Voller Vorfreude auf die Generalprobe verließ sie gleich darauf das Haus.

Die Generalprobe verlief weitgehend gut. Aschenputtel und eine der Stiefschwestern verpassten ihre Einsätze, die

»Pferde«, die die Kutsche zogen, liefen in die falsche Richtung, und der Klavierspieler verwechselte seine Noten bei der Hochzeitsfeier am Schluss. Das waren die schlimmsten Pannen – ein gutes Zeichen, da waren sich alle einig. Denn wenn bei der Generalprobe alles wie geschmiert lief, würde garantiert bei der Premiere etwas schiefgehen, so sagte man in Theaterkreisen. Eine Generalprobe voller Patzer wiederum verhieß eine erfolgreiche Premiere.

Techniker des WDR hatten vor der Generalprobe die Kabel verlegt sowie zwei Kameras und Scheinwerfer aufgebaut. Evas Kostüme waren auch in dem gleißenden Licht schön zur Geltung gekommen, was sie kurz aufatmen ließ. Bei der Premiere würden die Lichtverhältnisse nicht anders sein. Aber erst wenn diese zu Ende war, würde ihre Anspannung wirklich nachlassen. Vorausgesetzt, die Premiere verlief gut ...

Nach der Generalprobe half sie den Kindern beim Ausziehen, und schließlich hingen alle Kostüme wieder heil in der improvisierten Garderobe. Sie hatte sich darauf eingestellt, das eine oder andere noch ändern oder reparieren zu müssen, aber das war nicht nötig. Also verabschiedete sie sich schon gegen zwei und machte sich beschwingt auf den Heimweg.

Im Haus war es still. Evas Mutter war mit Max Aubner unterwegs und zeigte ihm Bonn, während die Schwestern mit dem Ausflugsschiff auf dem Rhein schipperten. Eva lief in ihr Zimmer hinauf, um einen Film für ihren Fotoapparat in die Tasche zu stecken, damit sie das später in der Aufregung nicht vergaß. Während der Aufführung wollte sie unbedingt weitere Bilder machen. Doch in der Schublade ihres Schreibtischs war keine Filmrolle mehr. Sie musste mit dem Rad schnell in die Innenstadt fahren und einen kaufen. Rasch griff Eva nach ihrer Handtasche und eilte die Treppe wieder hinunter.

Als sie die unterste Stufe erreicht hatte, schaute sie zufällig zum Wohnzimmer. Die Tür stand ein Stück offen, was ihr vorhin gar nicht aufgefallen war, und dahinter – Eva umklammerte das Treppengeländer –, dahinter stand ihre Mutter eng umschlungen mit einem großen, breitschultrigen Mann.

»Max«, flüsterte ihre Mutter jetzt. »Max.« Tränen standen in ihren Augen, und doch zitterte ihre Stimme vor Glück.

Eva war fassungslos, als diese ihr den Kopf zuwandte. Ihr Blicke trafen sich. Ihre Mutter zuckte zusammen. Sie stieß einen erstickten Schrei aus und fasste sich an den Hals, als würde ihr etwas die Luft abschnüren. Einige Momente lang sahen sie sich stumm an. Dann drehte sich Eva um und hastete davon.

Erschöpft lag Annemie auf dem Ehebett und verfolgte, wie sich das Spiel von Licht und Schatten auf der Zimmerdecke veränderte. Jetzt begann die Premiere von *Aschenputtel* mit Evas Kostümen. Sie war so stolz auf sie. Auf ihr Talent und auch, dass sie – anders als sie selbst – so mutig ihren Weg ging. Sie hätte sich das Stück so gerne angesehen. Doch sie konnte Eva nicht unter die Augen treten.

Sie war sich so sicher gewesen, ihre Gefühle für Max unter Kontrolle zu haben. Sonst hätte sie diesem Besuch niemals zugestimmt. Lächelnd, als wäre er nur ein guter Freund, hatte sie ihn am Bahnhof begrüßt und war mit ihm anschließend durch die Innenstadt geschlendert. Sie hatten miteinander geplaudert, sie über Eva, Lilly und Franzi und Axel, Max über Martha, seine Verlobte.

In einem Restaurant am Markt hatte er ihr ein Foto von ihr gezeigt, eine hübsche Frau Mitte dreißig, mit einem sympathischen, offenen Gesicht. Sie hatte es geschafft, wieder zu lächeln und den beiden Glück zu wünschen.

Danach hatten sie einen Spaziergang am Rhein machen wollen. Aber da ihr ein Absatz abgebrochen war, hatten sie einen Abstecher zum Haus unternommen. Annemie hatte sich oben schnell andere Schuhe angezogen, und war dann auf dem eiligen Weg nach unten auf der vorletzten Stufe ausgerutscht. Max, der in der Diele auf sie gewartet hatte, hatte sie aufgefangen. Und dann ... lag sie in seinen Armen.

Sie schauten sich an, die Zeit schien still zu stehen. Annemie erkannte die schmerzliche Sehnsucht in seinen Augen – gewiss spiegelten sie ihre eigenen Gefühle –, für ihn hatte sich genauso wenig geändert wie für sie. Auch wenn sie beide so sehr versucht hatten, sich einzureden, dass es vorbei sei. Dann war es um sie geschehen. Sie küssten sich leidenschaftlich und verzweifelt, wollten all die Jahre, die sie getrennt gewesen waren, auslöschen. Wollten sich einander endlich wieder hingeben.

Und wenn Eva nicht gekommen wäre ... Annemie stöhnte auf und presste die Hand gegen den Mund. Dann hätten sie sich wahrscheinlich im Wohnzimmer ihres eigenen Zuhauses geliebt, dem Zuhause, das sie mit ihrem Mann und ihren Töchtern teilte.

Ihre Mutter hatte ein Verhältnis mit Onkel Max. Eva konnte es nicht fassen, obwohl sie die leidenschaftliche Umarmung mit eigenen Augen gesehen hatte. Nun erinnerte sie sich wieder daran, wie die beiden sich nach dem Krieg in München stets angelächelt hatten, wenn Onkel Max zu

Besuch gekommen war. Hatten die Augen ihrer Mutter nicht ganz hell gestrahlt? Da waren auch rasche Berührungen bei gemeinsamen Spaziergängen mit ihr und den Schwestern gewesen. Onkel Max hatte mal den Arm um die Mutter gelegt, oder sie hatte ihn kurz untergehakt. Damals, als Kind, war ihr das ganz harmlos und freundschaftlich erschienen. Und jener Brief vor ein paar Wochen, mit dem sie die Mutter weinend angetroffen hatte? Ob Onkel Max ihn geschrieben hatte?

»Eva ... Eva ...« Pauls Stimme brachte sie wieder in die Gegenwart zurück. Wie durch Nebel nahm sie wahr, dass sie in der Aula der Kölner Grundschule vor der Bühne stand. Er umarmte sie zärtlich und blickte sie forschend an. »Ist etwas? Gibt es irgendwelche Probleme mit dem Stück? Du wirkst so blass und durcheinander.«

»Die Generalprobe war ziemlich chaotisch, also dürfte die Premiere gut verlaufen.« Sie rang sich ein Lächeln ab und versuchte, unbeschwert zu klingen.

»Und sonst?«

Es war schwer, ihm etwas vorzumachen. »Ich ... ich kann nicht darüber sprechen. Tut mir leid, aber es hat nichts mit uns zu tun.«

»Wirklich nicht?«

»Wirklich nicht.« Paul von dem Verhältnis ihrer Mutter zu erzählen war undenkbar. Er schien zu spüren, wie ernst es ihr damit war, denn er fragte nicht weiter nach.

Ines, die junge Regisseurin, winkte ihr, in die Garderobe zu kommen. Eva half den Kindern in ihre Kostüme und begutachtete noch einmal ihren Sitz, während der Klavierspieler vor der Bühne prüfend die Tasten seines Instruments anschlug.

»Geh ruhig schon mal in die Aula, es sind bestimmt schon viele Leute für dich da. Ich beaufsichtige inzwischen diese Rasselbande.« Ines nickte ihr aufmunternd zu.

Als Eva wieder dort war, kam Jutta, begleitet von ihrem Freund, in die Aula. Von etwa zweihundert Stühlen waren schon viele besetzt. Die Freundin umarmte Eva stürmisch. »Deine Kostüme sind bestimmt toll. Ich bin so stolz auf dich!«

Eva drückte sie. »Wie lieb von dir. Danke, dass du mich immer ermutigt hast. Vor allem auch in der Zeit, als ich nicht mehr an mich geglaubt habe.«

Corinna, Greta und andere Kolleginnen umringten Eva nun ebenfalls. Sogar Frau Naumann war gekommen, die hoheitsvoll in einer der vorderen Reihen Platz nahm.

Eva ging zu ihr. »Guten Abend, Frau Naumann, schön, dass Sie gekommen sind.«

»Nun, es ist ein neues Format des Senders, das ich nicht versäumen möchte.« Sie rückte ihre Brille zurecht. Sonst hätte Eva sich über diese Antwort amüsiert, aber nun betraten ihr Vater im dunklen Anzug und ihre Schwestern in hübschen Kleidern die Aula.

Ihre Mutter war nicht dabei. Evas Magen verkrampfte sich. Sie hätte nicht gewusst, wie sie sich ihr gegenüber hätte verhalten sollen. Dennoch machte es sie traurig, dass sie nicht da war.

»Hallo, Eva.« Der Vater klopfte ihr auf die Schulter. »Deine Mutter kann leider nicht hier sein, sie liegt mit einer schlimmen Migräne im Bett.«

»Und …« Eva schluckte, »Onkel Max?«

»Ach, der ist heute gar nicht erst nach Bonn gereist, es gab Probleme bei der Zeitung in Augsburg. Was für ein Pech.«

So hatte ihre Mutter ihm das also erzählt.

»Eva, du bist ja gar nicht fein gemacht, du hast noch das Kleid von heute Morgen an«, bemerkte Lilly nun.

»Ich … ich hatte keine Zeit, mich umzuziehen«, schwindelte Eva. Nachdem sie ihre Mutter mit Onkel Max ertappt hatte, hatte sie einfach nicht mehr nach Hause zurückkehren können.

Als nun ein Gong ertönte, ging sie wieder in die Garderobe. Klavierspiel setzte ein. Ein letzter prüfender Blick auf die kleinen Schauspieler und ihre Kostüme. Aschenputtel trat hinaus auf die Bühne. Dann schlüpfte Eva in die Aula und setzte sich neben Paul. Er drückte ihre Hand und lächelte sie voller Wärme und Zuversicht an.

Scheinwerfer leuchteten auf, Kameras begannen zu surren. Der Vorhang öffnete sich. Aschenputtel saß in dem mit Zeitungsfetzen beklebten aschgrauen Kleid aus Jute vor einem Herd aus großen Steinen. Das Bühnenbild zeigte eine gemalte Küche in grauen und braunen Farben. Die bösen Stiefschwestern in ihren grünen und blauen Gewändern traten auf und schikanierten sie. Aschenputtel las traurig Erbsen aus, »Die guten ins Töpfchen, die schlechten ins Kröpfchen«, während Tauben aus Pappe von der Galerie über der Bühne heruntergelassen wurden. Der guten Fee hatte Eva einen hohen spitzen Hut, an dem ein langer Schleier hing, mitgegeben und ein Kleid aus Jute, das mit einem geheimnisvoll schimmernden Grauton besprüht war.

Für den Szenenwechsel eilte Eva wieder hinter die Bühne, half der neun Jahre alten Hauptdarstellerin in ihr Gewand für den ersten Ball und setzte ihr das Krönchen auf den Kopf. Die vier Schimmel, Jungen in weißen Hemden und Hosen, die Pferdeköpfe aus Stoff übergestülpt hatten, nahmen vor der Kutsche Aufstellung. Aschenputtel stieg hinein.

Eva hastete zurück in die Aula und war genau wieder rechtzeitig bei Paul, als der Vorhang aufschwang und die vier Schimmel die mit Streifen aus Goldfolie beklebte, aus Orangenkisten gebaute Kutsche auf die Bühne zogen. Das Scheinwerferlicht erfasste Aschenputtel: die silberne Farbe, mit der Eva ihr Kleid aus Nessel bemalt hatte, leuchtete auf, ebenso wie ihr Krönchen. Die einfachen Materialien und das improvisierte Bühnenbild verwandelten sich in etwas Märchenhaftes: Aschenputtel war auf dem Weg zu ihrem Prinzen.

Ein »Ah ...« ertönte in den Zuschauerreihen.

»Deine Kostüme sind zauberhaft«, flüsterte Paul ihr zu. »Und denk dran, im Abspann der Fernsehübertragung wird auf dem Bildschirm stehen: Kostüme – Eva Vordemfelde. Ein paar Hunderttausend Zuschauer lesen deinen Namen.«

Eva war stolz und glücklich, die Kostüme auf der Bühne zu sehen. Und dennoch, sie bekam das Bild ihrer Mutter, die in Max' Armen vor Glück geweint hatte, nicht aus dem Kopf.

Ein Schwarm Tauben flatterte am Fenster von Evas Büro vorbei, und ein einzelnes herbstlich verfärbtes Blatt segelte durch die Luft. Wie gestern schon, war es auch heute sonnig und sommerlich warm – ein goldener Herbsttag. Eva verfolgte, wie ein Windstoß das Blatt hoch hinauffliegen ließ und es dann aus ihrem Blickfeld verschwand. Jutta war vor einer Weile zu einem Diktat gerufen worden und noch nicht wieder zurück. Aus den angrenzenden Büros tönte das Klappern der Schreibmaschinen.

Evas Kostüme für *Aschenputtel* waren ein voller Erfolg gewesen, beim Schlussapplaus hatte das Publikum sie begeistert beklatscht. Paul hatte sie umarmt und ihr zugeflüstert, dass er es gar nicht verdiene, eine Künstlerin wie sie zur Frau zu bekommen. Jutta war ihr jubelnd um den Hals gefallen, selbst Frau Naumann hatte ihr säuerlich gratuliert, und zwei Reporter von der Lokalpresse hatten sie befragt. Während Eva ihnen Rede und Antwort stand, hatte sie mit angehört, wie ihr Vater dem Kameramann des WDR voller Inbrunst erklärte, er habe schon früh an das Talent seiner Tochter geglaubt und sie immer darin unterstützt, ihren Weg zu gehen – eine hanebüchene Behauptung, die früher schallendes Gelächter oder eine Woge der Entrüstung in ihr ausgelöst hätte. Aber selbst das drang nicht richtig bis zu ihr durch.

Bei der anschließenden Feier mit Paul und Jutta, den Kolleginnen und deren Freunden in einer urigen Kneipe in der Kölner Südstadt war sie wie benommen, nicht richtig anwesend gewesen. Immerzu hatte sie an die Mutter und Max denken müssen.

Am Morgen hatte diese noch im Bett gelegen, Eva hatte leise an die Tür des Elternschlafzimmers geklopft, aber keine Reaktion erhalten.

Im Flur vor dem Büro lachte jemand laut. Eva schreckte aus ihren Gedanken hoch. Noch zwanzig Minuten bis zur Mittagspause. Sie musste sich mit dem Sendeplan beeilen, sonst würde Frau Naumann sie einen Kopf kürzer machen.

Eva machte sich an die Arbeit und ließ ihre Finger über die Tasten fliegen. Gerade hatte sie die letzten Worte abgetippt, als das Telefon auf ihrem Schreibtisch läutete.

»Können Sie mal bitte zum Empfang kommen?«, meldete sich der Pförtner und legte auf, ehe sie ihn fragen konnte, worum es ging. Er war noch jung und zu Frau Naumanns großem Ärger sehr wortkarg. Wahrscheinlich war eine eilige Sendung für die Redaktion abzuholen.

Eva lief die Treppen hinunter und trat zum Empfang. »Ja, bitte, worum geht es denn?«

»Da ist jemand für Sie.« Der Pförtner wies zu einer der Sitzgruppen.

Eva drehte sich um, und das Herz hämmerte schmerzlich in ihrer Brust. Ihre Mutter erhob sich aus einem Sessel. Sie wirkte bleich, aber gefasst.

»Mama ...«, brachte Eva hervor.

»Ich muss mit dir reden. Du hast jetzt doch Mittagspause, oder?« Ihre Stimme klang fest.

»Ja«, Eva schluckte hart. »Ich kenne ein ruhiges Café ganz in der Nähe.« Der fertig abgetippte Sendeplan lag gut sichtbar auf ihrem Schreibtisch. Und Paul würde sie später erklären, warum sie sich nicht mit ihm in der Kantine getroffen hatte.

Schweigend gingen sie nebeneinanderher durch die Kölner Innenstadt. Ein Straßensänger schmetterte das Zarah-Leander-Lied *Ich weiß, es wird einmal ein Wunder geschehn*, Passanten flanierten mit prall gefüllten Einkaufstüten an den üppig dekorierten Schaufenstern vorbei. Nur ein Haus, dem die oberen Stockwerke fehlten, oder hier und da eine Lücke zwischen den Gebäuden erinnerten noch an den Krieg.

Vor dem Café, das Eva ansteuerte, standen Tische und Stühle unter der rot-weiß gestreiften Markise, aber ihre Mutter strebte schon nach drinnen und auf eine Nische vor einem der Fenster zu. Ein Hauch von Kölnisch Wasser wehte von einem Tisch älterer Damen zu Eva herüber, als sie der Mutter folgte.

»Was kann ich Ihnen denn bringen?«, erkundigte sich eine Kellnerin, als sich gesetzt hatten.

»Ich hätte gerne eine Tasse Kaffee. Und du, Eva?«

»Das hätte ich auch gerne.«

»Willst du nichts essen? Du hast doch Mittagspause.«

»Nein, ich habe keinen Hunger.« Eva hätte keinen einzigen Bissen hinunter bekommen.

Schweigend warteten sie, bis der Kaffee gebracht wurde.

Die Mutter gab einen Würfel Zucker in ihre Tasse und nahm den Löffel in die Hand, legte ihn jedoch wieder hin, ohne den Kaffee umzurühren. »Es tut mir leid, dass du Max und mich ... so gesehen hast«, sagte sie schließlich tonlos, ohne Eva anzublicken. »Das muss ein ziemlicher Schock für dich gewesen sein.«

»Ja, das war es. Aber besser ich als Franzi oder Lilly.«

Annemie stieß einen erstickten Laut aus. »Bist du mir böse?«

»Nein. Nur durcheinander und traurig.«

»Ich wollte das nicht. Wir beide wollten es nicht. Aber es ist einfach geschehen ...«

»Ich hab erst gestern begriffen, was zwischen euch gewesen ist, als Papa in Kriegsgefangenschaft war.« Eva rang mit sich, sie scheute vor der Frage zurück, aber sie musste das einfach wissen. »Habt ihr denn miteinander ... geschlafen?«

Eine tiefe Röte breitete sich auf den Wangen der Mutter aus. Sie biss sich auf die Lippen und strich über das Tischtuch. »Einige wenige Male«, flüsterte sie schließlich. »Als ihr bei unserer Nachbarin wart, die immer auf euch aufgepasst hat.«

»Im November, als ich nach der Grippe den letzten Tag zu Hause war und ich dich mit diesem Brief gesehen habe, wegen dem du geweint hast ... Der war von Max, oder?« Eva konnte nicht mehr als »Onkel« von ihm sprechen.

»Er hat mir geschrieben, dass er sich verlobt hat. Ich dachte, alles wäre längst vergangen. Und plötzlich war es wieder da. Der Brief hat alles wieder aufgewühlt. Trotzdem, als er seinen Besuch angekündigt hat, hätte ich niemals gedacht, dass ich ... Ich war wirklich überzeugt, dass ... dass ich meine Gefühle verbergen kann. Das musst du mir glauben. Sonst hätte ich mich auf keinen Fall mit ihm getroffen.«

»Liebst du ihn denn?«, fragte Eva leise.

Ihre Mutter starrte mit gesenktem Kopf vor sich hin. »Ja, ich liebe ihn, ich liebe ihn sehr«, flüsterte sie schließlich.

Hinter der Kuchentheke fiel etwas scheppernd zu Boden.

»Und Max?«

»Er liebt mich auch.«

»Und trotzdem hat er sich verlobt?«

»Ihm ist erst gestern klar geworden, dass sich an seinen Gefühlen für mich auch nichts geändert hat.«

»Und nachdem ich euch ertappt habe, hast du beschlossen, Papa gegenüber zu behaupten, Max sei gar nicht erst nach Bonn gekommen?«

»Ja. Ich habe Max angefleht zu gehen.«

»Hast du denn vor, Papa wegen ihm zu verlassen?«

»Eva«, ihre Mutter fuhr entsetzt auf. »Wie kannst du so etwas fragen? Wir sind verheiratet.«

»Aber du und Max liebt euch ...«

»Eine Ehe ist ein Versprechen für ein ganzes Leben.«

»Liebst du Papa denn noch?« Eva wusste, dass sie ihre Mutter ins Verhör nahm, aber sie wollte einfach verstehen, was sie bewegte.

Wieder wich die Mutter ihrem Blick aus. »Wir haben viel zusammen erlebt, das verbindet.«

»Mama, für mich hört sich das nach einem Nein an.«

»Eine Ehe ist wie das Leben, sie ist nicht schwarz und weiß, das wirst du auch noch verstehen, wenn du erst einmal eine

Weile verheiratet bist. Und nicht nur Liebe hält eine Ehe zusammen.«

»Hast du Angst vor den Konsequenzen, wenn du dich scheiden lassen würdest?«, fragte Eva sanft. »Ich würde dich bestimmt nicht verurteilen, und Lilly und Franzi würden es, wenn sie größer sind, sicher auch verstehen.«

»Ja, ich habe Angst vor einem Skandal, vor dem Gerede der Leute, und dass ich schief angesehen werde. Aber es ist nicht nur das ...« Die Miene der Mutter war so verzweifelt, dass es Eva das Herz brach.

»Was ist es dann?«

»Erinnerst du dich noch ... Du warst so zornig auf mich, weil ich die Probeaufnahmen für die Gymnastiksendung abgebrochen habe. Ich habe dir damals versucht zu erklären, dass ... dass ...« Der Mutter versagte die Stimme.

»... dass, wenn du sehr glücklich bist, das in einer entsetzlichen Traurigkeit endet?«

»Ja. Ich habe dir nichts vorgemacht, es ist wirklich so. Ich habe keine Ahnung, warum es so ist. Aber ganz tief in mir drin gibt es diese Gewissheit.«

»Deshalb glaubst du, wenn du Max liebst, wird das in einer Katastrophe enden?«

Ihre Mutter nickte.

Eva versuchte sich zu sammeln. »Aber ihr habt euch doch in München auch geliebt? Mama, ich möchte dich wirklich verstehen, aber ich begreife dich nicht ganz ... Hat dich denn eure Liebe damals auch so traurig gemacht?«

»Nein.« Für einen Sekundenbruchteil leuchteten die Augen der Mutter auf. »Außer dir und deinen Schwestern hat mich nichts in meinem Leben jemals so glücklich gemacht. Aber damals lag alles in Trümmern, kein Stein stand mehr auf dem anderen, alte Gewissheiten waren zerbrochen und ... die Annemie damals, das war nicht ich.«

»Ach, Mama, ich glaube, du warst niemals so sehr du selbst wie in diesen Jahren. So mutig und stark ...«

Die Mutter schüttelte den Kopf. »Das bildest du dir nur ein.«

»Und Lilly und Franzi und ich? Hast du dein Glück mit uns jemals bereuen müssen?«

»Das ist etwas anderes.«

»Mama ...«

»Ich versteh es selbst nicht«, sagte Annemie noch einmal. Sie sann einen Moment vor sich hin. Als sie sich ihrer Tochter wieder zuwandte, wirkte sie entschlossen. »Eva, ich werde niemals wieder mit dir über Max sprechen. Und du musst mir versprechen, dass du niemandem von unserem Gespräch erzählst, auch nicht Paul.«

Eva zögerte kurz. Dann nickte sie. »Ich verspreche es.«

Irgendwo in der Nähe schlug eine Kirchturmuhr zweimal. Ihre Mutter horchte auf. »Ich muss zum Zug, ich will zu Hause sein, wenn deine Schwestern vom Sportunterricht kommen.«

»Ich begleite dich zum Bahnhof.«

»Das ist nicht nötig«, wehrte die Mutter ab. Sie holte ihr Portemonnaie aus ihrer Handtasche und legte einen Geldschein auf den Tisch. Offenbar wollte sie nun alleine sein.

Vor dem Café strich Eva der Mutter zärtlich über den Arm. »Bis heute Abend, Mama.«

»Ja, bis heute Abend.«

Traurig sah Eva ihr nach, wie sie die Straße entlangging, eine zierliche Frau, deren blondes Haar unter dem Hut hervorleuchtete, die die Schultern hochgezogen hatte, als ob sie sich vor etwas schützen müsste.

Eva spürte einen dicken Kloß im Hals. Wenn ihre Mutter doch nur glücklich sein könnte. Sie wünschte es ihr so sehr.

Kapitel 21

Völlig außer Atem schloss Eva ihr Fahrrad am Bonner Hauptbahnhof ab und rannte auf den Bahnsteig. An diesem Morgen hatte sich alles gegen sie verschworen. Ihr Wecker hatte nicht funktioniert, sie hatte gegen heftigen Gegenwind ankämpfen müssen, und dann war auch noch die Schranke an einem Bahnübergang ewig geschlossen gewesen. Glücklicherweise kam sie gerade noch rechtzeitig, der Zug nach Köln musste gleich einfahren.

In der Küche hatte ihre Mutter ihr schon ein Käsebrötchen gemacht, als sie die Treppe heruntergehetzt kam, und ihr die Tasse mit Kaffee gefüllt. Eine gute Woche war seit ihrem Gespräch in Köln vergangen. Sie verhielten sich, als sei nichts vorgefallen. Und doch ertappte Eva sich ständig dabei, dass sie hinter der Fassade der treusorgenden Ehefrau und Mutter nach der Annemie suchte, die Max Aubner leidenschaftlich liebte.

Es machte sie traurig und hilflos, dass die eigene Mutter sich so sehr verleugnete. Niemals wollte sie so werden wie sie. Vor ein paar Tagen hatte sie einen Brief mit der Nachricht erhalten, dass sie im Januar zwei Monate beim Fernsehspiel in Hamburg als Kostümbildnerin hospitieren dürfe. Zwar hatte sie sich darüber gefreut, aber nicht so überschwänglich, wie es sonst der Fall gewesen wäre.

Eine Durchsage erklang in der Bahnhofshalle: Wegen einer Weichenstörung bei Koblenz würde sich der Zug voraussichtlich um eine halbe Stunde verspäten. Eva hatte sich umsonst beeilt.

Eine Verwünschung vor sich hin murmelnd, lief sie durch die Eingangshalle und kaufte sich am Kiosk eine Lokalzeitung, um sich die Wartezeit zu vertreiben. Auf einer Bank am Bahnsteig fand sie noch einen Platz. Eine Schlagzeile auf der Titelseite berichtete, dass der millionste Flüchtling aus der DDR in West-Berlin eingetroffen sei. Sie blätterte weiter. Der achte Parteitag der kommunistischen Partei Chinas kritisierte die Entstalinisierung in der Sowjetunion. Ein Artikel stellte fest, dass die Deutschen zu viel und zu fett äßen.

Ein Windstoß wehte die Seiten um, und Eva musste sie glattstreichen. Jetzt war das Feuilleton aufgeschlagen. Ihr Blick fiel auf eine Aufnahme aus *Symphonie in Gold*, morgen würde die Premiere stattfinden, und darunter stand ein Interview mit Gerdago.

Ein fett hervorgehobenes Zitat sprang ihr ins Auge: »Bei der Kostümbildnerei, wie bei jeder anderen Kunst, geht es um Wahrhaftigkeit.«

Eva spürte einen bitteren Geschmack im Mund. Ausgerechnet Gerdago sprach von Wahrhaftigkeit. Die Frau, die ihr ins Gesicht gesagt hatte, sie habe Talent, nur um sie gegenüber Heiner Palzer als mittelmäßig zu bezeichnen.

Die ganze Zugfahrt über grübelte Eva darüber nach und auch auf dem Weg zum WDR. Ja, sie glaubte mittlerweile an ihr Talent, sie hatte sich das hart erkämpft. Aber sie hatte Gerdago so sehr vergöttert. Ihre Kostüme bewunderte sie nach wie vor, daran würde sich auch nie etwas ändern. Deshalb schmerzte Gerdagos Lüge sie immer noch.

Als Eva am Sender ankam, hatte sie einen Entschluss gefasst. Frau Naumann würde sie wegen des Zuspätkommens ohnehin zur Schnecke machen, also konnte sie auch noch schnell zu Paul gehen.

Sein Lächeln ließ sie für einen Moment alles andere vergessen. »Ich war vorhin bei dir im Büro. Ich wollte dir das schnell vorbeibringen.« Er wies auf einige Möbelprospekte vor ihm auf dem Schreibtisch. »Was hältst du davon, ein neues Sofa zu kaufen? Meins ist schon so durchgesessen. Nach ein paar anderen Möbeln sollten wir uns auch umsehen. Einem Ehebett zum Beispiel.« Er grinste.

Da Eva durch ihre Arbeit an den Kostümen für das Kindertheater so eingespannt gewesen war, hatten sie das noch aufgeschoben.

»Außerdem ist mir eingefallen, dass wir ja bei das *Ideale Brautpaar* das Kaffeeservice gewonnen haben, wir könnten es endlich in dem Geschäft abholen. Bestimmt ist der Gutschein noch gültig. Es ist zwar hässlich, aber wir könnten es unseren Enkelkindern vererben.«

»Meinetwegen ...« Ihre Stimme klang geistesabwesend, das Lächeln schwand aus Pauls Gesicht. »Eva, ist etwas?«

»Ich habe ein Interview mit Gerdago in der Zeitung gelesen, darin steht, dass sie zu der Premierenfeier von *Symphonie in Gold* nach Köln kommt...«

»Willst du ihr die Artikel mit den tollen Kritiken deiner Kostüme unter die Nase halten?«

Nun musste Eva doch lächeln. »Nein, das nicht. Aber sie hat in dem Interview von Wahrhaftigkeit in der Kunst gesprochen. Ich will sie zur Rede stellen, warum sie mich angelogen und mich vor Heiner Palzer bloßgestellt hat. Das beschäftigt mich immer noch, auch wenn ich es nicht will.

Denkst du, dass du mir eine Eintrittskarte für die Premierenfeier besorgen kannst?«

»Bestimmt.« Er dachte kurz nach. »An dem Abend bin ich in Münster und komme erst spät zurück. Aber wenn du möchtest, versuche ich, den Termin zu verschieben.«

Eva schüttelte den Kopf. »Das ist eine Sache zwischen Gerdago und mir, ich wäre sowieso allein dorthin gegangen.«

Nieselregen wehte Eva ins Gesicht, als sie auf das mittelalterliche Gebäude des Gürzenich mit seinen vier kleinen Türmen an jeder Ecke und dem spätgotischen Maßwerk an der Fassade zuging. Ein herbes herbstliches Aroma lag in der Luft. Die Gastronomie des Festsaals im Herzen der Kölner Altstadt betrieb Hans Herbert Blatzheim, und hierher hatte er für das Fest nach der Premiere geladen. An diesem Abend hatte ihr nicht der Sinn danach gestanden, *Symphonie in Gold* im Kino zu sehen, und so war sie direkt zur Feier gekommen.

Am Eingang zeigte sie die Einladung vor, die ihr Paul besorgt hatte. Sie musste daran denken, wie er sie angelächelt und ihr liebevoll den Arm um die Schulter gelegt und gesagt hatte: »Wie auch immer die Begegnung zwischen dir und Gerdago abläuft, lass dich nicht beirren. Du bist eine talentierte, wundervolle Künstlerin.« Sein Zuspruch hatte ihr so gut getan. Ihr wurde ganz warm ums Herz. Mit ihm als ihrem Mann würde sie ihre Träume leben können. Daran glaubte sie ganz fest.

Das Foyer war, anders als der Rest des Gebäudes, sehr modern. Grazile Säulen trugen die Decke, und die Lampen verbreiteten ein hellgelbes Licht. Zwei breite Treppen schwangen sich rechts und links ins obere Stockwerk hinauf, dazwischen lag, wie ein Schmuckstück in einer Fassung, die

Ruine eines kleinen alten Bauwerks. Eva hatte gelesen, dass das Innere des Gürzenichs im Krieg fast vollständig zerstört und die Festhalle erst kürzlich wieder eröffnet worden war.

An der Garderobe gab sie ihren Mantel und ihren nassen Schirm ab und ging in den großen Saal. Da sie unter den festlich gekleideten Gästen nicht auffallen wollte, hatte sie das schwarze, knöchellange Cocktailkleid mit dem weiten, schwingenden Rock angezogen, das sie auch zum Bundespresseball getragen hatte.

Schon auf der Treppe schlugen ihr Stimmengewirr und lautes Lachen entgegen. Eine Kapelle spielte jazzige Schlagermusik. An den Saaltüren blieb Eva überwältigt stehen. Zwei- oder gar dreihundert Menschen waren versammelt. Wie sie vermutet hatte, trugen die Damen Cocktail- oder Abendkleider und die Herren dunkle Anzüge oder Smokings mit steifen, gestärkten Hemdbrüsten, die Eva immer ein bisschen an Teile von Rüstungen erinnerten. Ob sie in all dem Trubel Gerdago überhaupt finden würde? Auf einmal wünschte sie sich, Paul oder Jutta wären mit ihr hier.

Langsam ging sie weiter. Es gab ein riesiges, opulentes Büfett. Aber sie hatte keinen Appetit, nahm nur ein Glas Champagner, das ihr einer der herumeilenden Kellner anbot. Sie erkannte den Schauspieler Joachim Fuchsberger, der die männliche Hauptrolle in dem Revuefilm spielte, und seine blonde Filmpartnerin Eva Bell. Ernst Marischka paffte eine Zigarre. Magda Schneider in einem cremefarbenen Abendkleid hielt neben dem bulligen Hans Herbert Blatzheim Hof. Romy Schneider, strahlend schön wie immer, war von einer Menschentraube umlagert. Während ihre Mutter die Aufmerksamkeit zu genießen schien, wirkte sie eher schüchtern.

Gerdago konnte sie nirgends entdecken. Eva blieb an einer Wand stehen und ließ ihren Blick durch den Saal schweifen. Aus den Augenwinkeln nahm sie ganz in ihrer Nähe wahr, wie eine zierliche junge Bedienung, die den Gästen Canapés anbot, zusammenzuckte und ihr Tablett fast fallen ließ.

Verwundert sah Eva genauer zu ihr hin. Ein dicker Mann im Smoking, mit einer glänzenden Glatze und einem dunklen Schnurrbart ging so dicht an der jungen Frau vorbei, dass er sie streifte. Sein schmieriges Grinsen kannte sie doch ... Gott, es war der ekelhafte Kerl, der ihr auf dem Bundespresseball in den Po gekniffen hatte.

Eva lief langsam weiter, vorbei an Filmstars und Politikern. Fotografen machten Aufnahmen von den Gästen. Und da war sie: Gerdago, die schlanke Frau in einem eleganten schwarzen Abendkleid, die dunklen Haare zu einem strengen Knoten zusammengefasst, lehnte lässig an der Wand und sah dem Treiben distanziert zu. Eva blieb stehen und sah sie unverwandt an. Das war der Moment, auf den sie so lange gewartet hatte. Viele Male hatte sie überlegt, was sie Gerdago sagen würde, wenn sie vor ihr stünde. Mit fester Stimme würde sie von ihr Rechenschaft verlangen und ihr entgegen schleudern, wie schäbig sie ihre Lüge fand. Eva straffte sich. Doch als sie gerade zu ihr gehen wollte, trat ein stämmiger Mann im Abendanzug zu Gerdago, der ihr vage bekannt vorkam. Ungeduldig wartete sie, dass er weiterging.

Jemand kniff sie unsanft in den Po. Eva fuhr herum. Der dicke Kerl mit der Glatze und dem Schnurrbart grinste sie an. »Na, hübsches Fräulein, ganz allein?«

»Was fällt Ihnen ein?«

»Na, was schon?« Wieder zwickte er sie und zwinkerte ihr neckisch zu.

Was für ein Widerling! Eva hatte genug. Sie kippte ihm den Champagner ins Gesicht und verpasste ihm eine schallende Ohrfeige.

»He, Sie dummes Ding, was soll denn das?«, schrie er auf. Champagner tropfte auf seine gestärkte Hemdbrust. Die Leute wandten sich zu ihnen um. Zwei Kellner kamen herbeigeeilt.

»Die da ...« Der Kerl deutete anklagend auf Eva. »Die ist betrunken, Sie sehen ja, was sie angerichtet hat.«

»Aber er hat mich ...«, protestierte Eva.

Doch die Kellner packten sie schon an den Armen. »Sie werden uns jetzt nach draußen begleiten, Fräulein.«

»Nein, er hat mich angefasst. Ich muss mir das nicht gefallen lassen.«

»Seien Sie still und kommen Sie mit. Wenn Sie hier noch mehr Ärger machen, rufen wir die Polizei.«

»Lassen Sie mich los ...« Eva wehrte sich gegen ihren Griff, doch sie kam nicht dagegen an. Angewiderte und belustigte Blicke trafen sie.

»Es ist doch wirklich ekelhaft, wenn Frauen sich betrinken.«

»Dabei ist sie noch so jung.«

»Blatzheims Gästeliste lässt aber auch immer mehr zu wünschen übrig.« Die Kellner schubsten Eva vorwärts, Gäste machten Platz und wandten sich wieder ihren Gesprächen zu.

»Ich kenne Sie doch«, sagte eine kühle, etwas rauchige Stimme mit leichtem Wiener Akzent. Gerdago war auf Eva und die Kellner zugetreten und musterte sie. »Sie sind die junge Frau, die mir in Fuschl am See ihre Entwürfe gezeigt hat, oder?«

»Ich bin hier, weil ich mit Ihnen sprechen will«, stieß Eva hervor.

Gerdago sah zu dem dicken Mann. Der von der Hemdbrust tropfende Champagner hatte dunkle Flecken auf seinem Smoking hinterlassen. Sein rundes Gesicht war rot vor Zorn.

»Ich an Ihrer Stelle würde mich von dieser Verrückten fernhalten«, fauchte er.

»Ich bin aber nicht Sie.« Gerdago wandte sich an die Kellner.

»Lassen Sie das Fräulein los. Ich möchte mich mit ihr unterhalten.«

»Das geht nicht, sie hat den Herrn angegriffen ...«, wehrte einer von ihnen ab.

Gerdago bedachte die Kellner mit einem gebieterischen Blick. »Ich glaube schon, dass das möglich ist«, bemerkte sie knapp. Sie trat auf Eva zu und reichte ihr die Hand. Die Kellner lockerten ihren Griff, und Eva schüttelte sie ab. Ohne die anderen Gäste zu beachten, schritt Gerdago durch den großen Saal. Eva folgte ihr verwirrt und aufgewühlt zu einem kleineren Saal, in dem Lampen brannten, und Tische und Stühle standen. Es war niemand dort. Sie waren allein.

Eva fühlte sich unsicher und zittrig.

»Manche dieser *feinen* Herren sind ziemliche Widerlinge, ich kann Sie verstehen.« Gerdago setzte sich an einen Tisch und schlug die Beine übereinander. Sie betrachtete Eva forschend. »Aber wie kommen Sie eigentlich nach Köln? Sie haben mir doch gesagt, dass Sie in München leben. Und warum wollen Sie mich unbedingt sprechen?«

»Ich ...« Evas Kopf war auf einmal wie leer.

»Um es schon mal vorab zu sagen: Ich habe kein Verständnis für Unentschlossenheit.«

»Was soll das denn heißen?« Eva verstand nicht. »Was für eine Unentschlossenheit?«

»Sie sind nie mit meinem Empfehlungsschreiben bei Heiner Palzer aufgetaucht. Dabei haben Sie mir so begeistert Ihre Entwürfe gezeigt.«

»Aber, das stimmt nicht. Ich war zweimal bei Herrn Palzer.«

»Da hat er mir etwas anderes erzählt. Ich habe mich nach Ihnen erkundigt.«

»Nein, nein ...« Eva schüttelte vehement den Kopf. »Ich habe ihm im September, gleich als ich aus den Ferien zurückgekommen war, Ihr Empfehlungsschreiben gegeben. Ich wollte unbedingt bei ihm hospitieren. Er hat mir die Aufgabe gestellt, Entwürfe für das Musical *Oklahoma!* zu zeichnen. Das habe ich auch getan, und im November bin ich extra nach München gereist und habe sie ihm gezeigt. Aber er ... Er fand meine Entwürfe nur mittelmäßig. Und als ich ihm widersprochen und ihm gesagt habe, Sie hätten mir versichert, ich habe Talent, erklärte er mir, Sie hätten mir nur aus Mitleid ein Empfehlungsschreiben ausgehändigt.«

»Wie bitte?«

»Er hat gesagt, ich hätte so sehr nach Anerkennung gegiert, da hätten Sie nett zu mir sein und mir eine Chance geben wollen. Denn vielleicht würde er ja meine Entwürfe besser beurteilen als Sie.«

»Das habe ich niemals geschrieben.«

»Herr Palzer hat mir den Brief sogar gezeigt. Das hat mich zutiefst getroffen. Ich habe nie verstanden, weshalb Sie mich angelogen haben. Und als ich Ihr Interview in der Zeitung gelesen habe, in dem Sie über Wahrhaftigkeit in der Kunst gesprochen haben, hat es mir gereicht. Ich wollte von Ihnen eine Erklärung haben.«

Die Tür zum kleinen Saal schwang auf, ein junges Paar kam kichernd und eng umschlungen herein. Als sie Eva und

Gerdago bemerkten, drehten sie schnell wieder um und verschwanden.

»Kindchen«, Gerdago hatte ihnen kurz nachgeblickt, nun sah sie Eva an, »ich habe nicht die geringste Ahnung, was Palzer zu dieser Aussage veranlasst hat. Ebenso wenig, was es mit diesem angeblichen Brief von mir auf sich hat, den er Ihnen gezeigt hat. Aber Sie können versichert sein, ich würde niemals jemandem sagen, er habe Talent, wenn ich es nicht wirklich so meine. Geschweige denn, dass ich ein Empfehlungsschreiben aus Mitleid verfassen würde.«

»Aber ich habe es gelesen! Sie lügen mich doch schon wieder an.«

»Nochmal: Ich habe diesen angeblichen Brief nicht geschrieben.«

»Das kann nicht sein! Weshalb hätte Heiner Palzer mich hintergehen sollen?«, rief Eva aufgebracht.

»Kindchen, ich habe leider keine Ahnung, ich bin so verwundert wie Sie.«

Gerdago *musste* einfach wieder lügen. Aber ihr Blick war so klar und offen. Eva hatte das Gefühl, dass der Raum sich um sie zu drehen begann. Fassungslos presste sie die Hände gegen die Schläfen, versuchte verzweifelt, sich die Minuten mit Heiner Palzer zu vergegenwärtigen. Ein scharfer Geruch wie nach Alkohol hatte in der Luft gelegen, und er war ihrem Blick ausgewichen. Irgendetwas an ihm war ihr seltsam vorgekommen. Ob er getrunken hatte? Und da war auch das, was Margit in Hamburg gesagt hatte. Damals hatte sie dem keine große Bedeutung beigemessen. Die Schauspieler in Fuschl am See hatten Gerdago, so Margit, als kühl und distanziert, aber sehr klar beschrieben. Ihre Cousine hatte auch gemeint, dass diese Beschreibungen Gerdagos und die Lüge über das Empfehlungsschreiben für sie nicht zusammenpassten. Aber warum sollte Heiner Palzer erfunden haben, dass Gerdago sie für untalentiert hielt? Warum ...

»Fräulein Vordemfelde, Eva, ich weiß es nicht«, hörte sie Gerdago sanft sagen. Anscheinend hatte sie das Warum vor sich hingemurmelt.

»Falls Heiner Palzer mich belogen hat, was haben Sie denn Ihrem Brief geschrieben?«, stieß Eva hervor.

»Ich habe geschrieben, dass ich Ihre Entwürfe für eine junge Frau, die noch nie Kostüme für einen Film gezeichnet hat, erstaunlich reif fand. Dass Sie die Szenen des Drehbuchs gut in Kostüme umsetzen konnten, dass Sie ein Auge für die Wirkung der Kleider auf der Leinwand haben. Kurzum, dass ich Sie für wirklich talentiert halte und Sie Heiner Palzer sehr ans Herz lege.«

»Oh ...«, brachte Eva hervor. Ihre Beine wurden ganz weich, und sie ließ sich auf einen Stuhl sinken.

»Als Heiner Palzer mir sagte, dass Sie sich nie bei ihm gemeldet hatten, war ich sehr ärgerlich und enttäuscht. Ich fand, es sei eine Verschwendung von Talent ...« Wieder war Gerdagos Blick sehr offen und klar.

Evas Wut war verraucht, sie war entwaffnet und bewegt. Jetzt glaubte sie ihr. Sie wusste nicht, was sie sagen sollte. In die Musik und das Stimmengewirr aus dem Saal nebenan mischte sich ein ungeduldiges Hupen von draußen.

»Haben Sie denn Ihren Wunsch, Kostümbildnerin zu werden, trotzdem weiterverfolgt?« Gerdago beugte sich vor, sie schien wirklich interessiert an Evas Antwort.

»Ja, das habe ich. Ich bin mit meiner Familie im Herbst nach Bonn umgezogen und arbeite beim WDR als Sekretärin. Aber ich habe mich bei einem Modewettbewerb und bei Theatern, Revuen und Filmstudios beworben, wenn auch erst mal erfolglos. Ich habe nur Absagen bekommen. Dann konnte ich für Sängerinnen eines Kabaretts hier in Köln Kostüme entwerfen, mein Verlobter hat mir den Kontakt vermittelt. Und kürzlich war ich verantwortlich für die Kostüme eines Theaterstücks, das der WDR für das Kinderprogramm produziert hat. Es hat sehr viel Spaß gemacht.«

»Wie schön!« Gerdagos Stimme klang sehr warm und herzlich.

»Und im Januar darf ich beim NDR als Kostümbildnerin hospitieren.«

»Das freut mich sehr für Sie!«

»Ich war kurz nach der Premiere von *Sissi* im Kino. Erst wollte ich mir den Film nicht ansehen, weil ich es mich so verletzt hat, was Sie angeblich in dem Brief an Heiner Palzer geschrieben hatten.« Eva stockte kurz. Sein Verhalten machte sie immer noch fassungslos. »Ich fand Ihre Kostüme schon wunderschön, als ich sie im Hotel in Fuschl am See gesehen habe.«

»Ich erinnere mich.« Gerdago lächelte.

»Aber in dem Film fand ich sie noch wunderbarer. Alle, alle haben mir gefallen. Aber ganz besonders das von Winterhalters Gemälde inspirierte Kostüm mit den silbernen Sternen. Und natürlich Sissis opulentes Brautkleid mit dem meterlangen Schleier.«

Gerdago schwieg, und auch Eva verstummte. Sie wollte nicht aufdringlich sein.

Endlich löste Gerdagos Lächeln ihre Anspannung. »Da Sie meine Kostüme wirklich zu lieben scheinen ... Meine Assistentin möchte kürzertreten. Könnten Sie sich vorstellen, nach Wien zu kommen und sie zu unterstützen?«

»Heißt das«, Eva versagte kurz die Stimme, »Sie bieten mir an …«

»Für mich zu arbeiten, ja.«

Eva schluckte, sie war sprachlos. »Und wie!«, brachte sie schließlich hervor. Jetzt zitterte ihre Stimme doch. »Natürlich möchte ich es! Mehr als alles auf der Welt.«

Die nächtliche Rheinebene zog vor dem Zugfenster an Eva vorbei. Niemals war ihr der Wechsel aus Licht und Dunkelheit hinter den Regentropfen auf der Scheibe so schön erschienen wie jetzt. Noch immer war sie überwältigt von Gerdagos Angebot. Gerdagos Assistentin wollte mehr Zeit für ihre kleine Tochter haben. Sie hatten vereinbart, dass Eva sie für zwei Jahre unterstützen sollte. Zwei ganze Jahre … In dieser Zeit konnte sie sicher sehr viel von Gerdago lernen.

Gleich nachdem Eva den Gürzenich verlassen hatte, hatte sie versucht, Paul anzurufen, um ihm die wundervolle Neuigkeit mitzuteilen. Aber er war noch nicht zu Hause gewesen. Gewiss, dies würde ihre Pläne erst einmal über den Haufen werfen. Sie konnten nicht in seine Wohnung ziehen. Aber sie wusste, er würde sich für sie freuen, dass ihr großer Traum wahr werden würde. Er wollte ohnehin gerne im Ausland arbeiten und dort Erfahrungen sammeln. Wien würde auch für ihn etwas Neues und Bereicherndes sein. Wie schön wäre es, wenn sie gleich nach der Hochzeit dorthin aufbrechen könnten!

Eva sann darüber nach, malte sich aus, wie sie zusammen eine Wohnung in Wien beziehen und einrichten würden. An den Sonntagen würden sie dann die Stadt erkunden, Wien hatte so herrliche Museen und Parks.

Aber dann drängte wieder die Frage in ihr Bewusstsein, warum Heiner Palzer sie so grausam belogen hatte. Sie senkte sich wie ein Schatten über ihre Freude und ließ sie nicht mehr los. Er hatte sogar Gerdagos Brief gefälscht! Weshalb sich auch noch diese Mühe machen? Außer, er wollte unbedingt sicher sein, dass Eva seinen Worten glaubte. Etwas regte sich in ihrem Bewusstsein, ein Gedanke, ein Wortfetzen, den sie jedoch nicht zu fassen bekam.

Auch als Eva mit dem Rad durch den noch immer andauernden Nieselregen an der Bahnstrecke entlang nach Hause fuhr, grübelte sie darüber nach. Doch die Erinnerung entzog sich ihr beharrlich.

Sie hatte ihr Fahrrad neben dem Wagen des Vaters in der Garage abgestellt und leise die Haustür geöffnet, als sie in der dunklen Diele stehen blieb. Bis auf das Ticken der Uhr im Wohnzimmer war es still. Aus dem oberen Stockwerk, wo das Schlafzimmer der Eltern lag, war kein Laut zu hören.

Eva runzelte die Stirn. Der heftige Streit mit ihrem Vater, als er von ihren Kostümen für das *Klavier* und ihrer Beziehung zu Paul erfahren hatte ... Damals hatte sie doch etwas stutzen lassen. Er hatte ihr vorgeworfen, dass sie heimlich nach München gefahren war. Jetzt fiel es ihr wieder ein. Sie hatte vermutet, dass er ihr Zimmer durchsucht und die Fahrkarten gefunden hatte und sich darüber gewundert, weshalb sein Wissen ohne Folgen für sie geblieben war. Danach war so viel in ihrem Leben geschehen, dass sie es völlig vergessen hatte.

War es möglich, dass er sie hatte fahren lassen, weil er genau wusste, dass Heiner Palzer sie anlügen würde? Damit sie ihren Wunsch, Kostümbildnerin zu werden, ein für alle Mal aufgab? Aber woher hätte er das wissen können? Es sei denn ... er hätte es eingefädelt, dass Heiner Palzer sie belog.

Aber das war absurd. Bei all seinen schwierigen Seiten, so etwas würde ihr Vater nicht tun. So hinterhältig und gemein war er nicht. Eva ging die Stufen zu ihrem Zimmer hinauf. Nur um auf der Mitte der Treppe erneut stehen zu bleiben. Der Geruch von Alkohol in der Werkstatt des Deutschen Theaters kam ihr wieder in den Sinn und dass Heiner Palzer ihrem Blick ausgewichen war. Hatte er sich vielleicht betrunken, weil er ein schlechtes Gewissen ihr gegenüber gehabt hatte?

Aber, falls dem so war, dann musste er gegen seinen Willen gehandelt haben. Weil jemand ... ihr Vater, ihn dazu gedrängt hatte? Eva konnte den hässlichen Gedanken nicht mehr aus ihrem Kopf verbannen. Wenn sie ihn darauf ansprach, würde er das natürlich abstreiten. Zu Recht, wenn er es nicht getan hatte. Und wenn doch ... Sie musste Gewissheit haben. Unmöglich konnte sie ihm unbefangen begegnen und gleichzeitig diesen ekelhaften Verdacht hegen.

Ihr Vater war ein akribischer Journalist. Über alles machte er sich Notizen und hob die Kladden auf, die alten in Kisten im Keller, die neueren Datums in seinem Schreibtisch. »Man weiß nie, wann man mal einen Namen, eine Telefonnummer oder einen Hinweis brauchen kann«, war eine seiner Maximen. Falls er tatsächlich über Heiner Palzer recherchiert hatte, würde sie höchstwahrscheinlich etwas dazu finden.

Leise eilte Eva ins Erdgeschoss hinunter und schlich in sein Arbeitszimmer. Die Schlüssel steckten wie immer in den Türen des Schreibtischs. Eva öffnete die linke und zog die erste Schublade heraus. Stifte, Büromaterialien, Notizbücher von August bis Juli dieses Jahres. Eine weitere enthielt die von Juni bis Januar. In der nächsten Schublade lagen Mappen mit Zeitungsausschnitten. Sie öffnete die rechte

Tür und fand weitere Kladden, unter anderem zwei aus dem letzten Oktober. Hastig blätterte sie durch das erste Buch. Zu ihrer Erleichterung fand sie nichts, was auf eine Verbindung zwischen ihrem Vater und Heiner Palzer hingedeutet hätte.

Dann schlug sie die zweite Kladde auf. Und da ... da stand der Name *Heiner Palzer*. Evas Magen verkrampfte sich. Sie hoffte auf einen Zufall. Unter einem Datum von Ende Oktober las sie Notizen über ein Telefonat des Vaters mit einem Polizeibeamten der Münchner Sitte und ein fettgeschriebenes *Palzer kein warmer Bruder – leider!* Etwa eine Woche, bevor sie nach München gefahren war, hatte er das geschrieben.

Dann fielen ihr das Kürzel KPD ins Auge und, als sie weiterblätterte, das Wort *sowjetisches Propagandamaterial*. War Heiner Palzer Mitglied der KPD und schmuggelte sowjetische Propaganda in die BRD? Paul hatte ihr von solchen Fällen schon einmal erzählt. Was hatte das alles zu bedeuten? Evas Gedanken rasten, keinen konnte sie festhalten, wie ein Stück schlüpfriger Seide entglitten sie ihr.

»Was fällt dir ein! Was hast du an meinem Schreibtisch zu suchen?« Wutentbrannt stand ihr Vater in Hut und Mantel in der Zimmertür. Er war doch noch weg gewesen.

Mühsam stand Eva auf und ging ihm entgegen. »Du hast Ende Oktober über Heiner Palzer recherchiert ...«

»Ja, und?« Ein Anflug von Schuldbewusstsein huschte über sein Gesicht. Nur kurz, aber unübersehbar. Für einen Moment schien die Zeit stillzustehen. Eva sah ihrem Vater direkt in seine Augen.

Ihre sich eben noch wild überschlagende Gedanken ordneten sich zu einem erschreckend klaren Bild. Ihr wurde übel. »Heiner Palzer hat mich glauben lassen, ich hätte kein Talent.

Was hast du gemacht? Hast du ihn erpresst? Weil er sowjetisches Propagandamaterial geschmuggelt hat?«

»Das ist doch lächerlich. Wie kannst du mir so etwas unterstellen! Ich habe lediglich über sowjetische Infiltration recherchiert.«

»Du hast uns nie davon erzählt. Du berichtest sonst immer ausführlich über deine Arbeit.« Eva ging einen weiteren Schritt auf den Vater zu. »Und was für ein merkwürdiger Zufall, dass du ausgerechnet Heiner Palzer dafür ausgewählt hast.«

»Es war ein Zufall, nichts anderes.«

Wie gerne hätte sie ihrem Vater geglaubt. Aber das ging nicht mehr. »Wie konntest du mir das nur antun?«

»Halt den Mund!« Doch er wich vor ihr zurück.

»Nein, das werde ich ganz gewiss nicht«, schrie Eva ihn an. »Sag mir, warum du das gemacht hast! Ich will eine Antwort.«

»Axel, Eva, was ist denn jetzt schon wieder?« Ihre Mutter war im Morgenmantel ins Wohnzimmer gekommen und blickte entsetzt zwischen ihnen hin und her. »Mit eurem Geschrei weckt ihr noch Lilly und Franzi auf.«

Evas Vater stieß ein böses Lachen aus. »Deine Tochter behauptet, ich hätte den Kostümbildner am Deutschen Theater in München erpresst, damit er behauptet, sie sei untalentiert. Auf so eine infame Idee kann auch nur sie kommen.«

»Du lügst. Ich habe Gerdago getroffen. Sie hat mir versichert, dass sie mich an Heiner Palzer empfohlen hat, dass das Schreiben, was er mir gezeigt hat, eine Fälschung war. Sie hat mir angeboten, nach Wien zu kommen und mit ihr zu arbeiten. Und das werde ich auch tun.«

»Eva, das freut mich für dich.« Ihre Mutter ging zu Eva und legte ihr beruhigend die Hand auf den Arm. »Aber du und

Paul wollt doch in nicht einmal einem Monat heiraten. Dann seid ihr ein Ehepaar. Wie wird er denn dazu stehen?«

»Paul hat mich immer ermutigt und unterstützt, meinen Weg zu gehen. Er wird mit mir nach Wien kommen. Das weiß ich genau.«

»So, wirklich?« Wieder lachte ihr Vater böse auf. »Dein Paul hat sich vor Kurzem um eine Stelle als Hörfunkredakteur im Bonner Studio beworben. Davon träumt jeder politische Journalist. Als leitender Redakteur war ich bei dem Gespräch mit dabei. Heute ist die Entscheidung gefallen, dass er die Stelle bekommt.«

Paul hatte sich um eine Stelle im Bonner Studio beworben? Das konnte nicht sein. Der Vater log. »Das ist nicht wahr«, schleuderte Eva ihm entgegen. »Paul hätte mir davon erzählt.«

»Warum sollte er seine beruflichen Schritte mit dir besprechen? Das ist allein seine Sache. Du kannst mir glauben, wegen deinen künstlerischen Ambitionen wird er seine Karriere bestimmt nicht aufgeben, so was macht kein Mann.«

»Du lügst.« Eva wurde noch übler.

»Frag ihn.« Ihr Vater zuckte provokativ mit den Schultern. »Er wird dir schon sagen, dass er die Stelle bekommen hat. Und jetzt möchte ich hier Ordnung machen, bevor ich ins Bett gehe. Wag es bloß nicht, dich noch einmal an meinem Schreibtisch zu schaffen zu machen.«

Eva knallte das kleine schwarze Buch auf die Schreibtischplatte. »Du ekelst mich an.«

»Eva«, rief ihre Mutter.

Doch sie rannte schon in ihr Zimmer hinauf. So bald wie möglich musste sie Paul sehen. Dann würde sich alles aufklären.

Eva schlief schlecht, in ihren Träumen mischten sich Bilder des Drehs von *Sissi* mit Gerdago und Heiner Palzer. Romy Schneider trug ein Abendkleid, dessen weiter, seidiger Rock mit der breiten, ausladenden Schrift des Vaters bedruckt war, und da war ein langer Korridor wie aus einem Schloss, mit Kronleuchtern und großen Spiegeln an den Wänden. Sie wusste, irgendwo in diesem Flur war Paul, konnte ihn aber nicht finden. Panik erfasste sie und hielt auch noch an, als der Wecker sie um fünf aus dem Schlaf riss. Vor der Arbeit wollte sie unbedingt in Ruhe mit Paul sprechen.

Wie so oft im Rheinland um diese Jahreszeit war der Morgen neblig. Als Eva gegen sieben Uhr am Kölner Südbahnhof aus dem Zug stieg, war die Sonne hinter dem Dunst zu erahnen. Paul wohnte nicht weit entfernt in einer von alten Bäumen gesäumten Seitenstraße. Eva drückte die Klingel. Zu ihrer Erleichterung ertönte gleich darauf der Summer und sie eilte in den zweiten Stock hinauf.

Paul, noch in Schlafanzughose, mit nacktem Oberkörper und Zahnpasta am Mund, blickte sie an der Wohnungstür überrascht an, als sie die knarrende Holztreppe heraufkam. Dann wandelte sich sein Erstaunen in Sorge. »Eva, was machst du denn so früh hier? War es schlimm mit Gerdago? Ich dusch nur schnell und zieh mich an, dann reden wir, ja?«

Sein Kuss und die Berührung seiner nackten Haut weckten, wie so oft, ein Feuerwerk an Gefühlen in ihr. Gleichzeitig empfand sie die Panik aus ihrem Traum.

Um sich zu beruhigen, setzte Eva in der Küche Kaffeewasser auf und deckte den Tisch. Sie liebte die Altbauwohnung mit den hohen Decken, zugigen Fenstern und dem verblichenen Charme. Durch die geöffnete Tür konnte sie ins Wohnzimmer sehen, wo hohe Regale voller Bücher und Schallplatten standen sowie das abgewetzte Sofa, auf dem Paul und sie sich schon geliebt hatten. Der verglaste Balkon ging auf einen verwilderten Garten hinaus, in dem eine alte Kastanie weit ihre Zweige ausbreitete. Die rosa Blütendolden aus dem Frühjahr hatten sich in stachelige Hüllen verwandelt, und hin wieder fiel eine Kastanie scheppernd auf das Glasdach, ein Geräusch, das Paul und sie oft zum Lachen brachte.

Sie hatte sich darauf gefreut, hier mit Paul zu leben. Und sie hatten sich beide vorgestellt, wie es wäre, mit ihren Kindern die braunen, glänzenden Früchte aufzusammeln. Aber vielleicht konnten sie die Wohnung zwischenvermieten und nach der Zeit in Wien wieder hierherziehen.

»Also, was ist los, mein Schatz?« Paul war in die Küche gekommen und küsste sie zärtlich. Widerstrebend löste Eva sich aus seiner Umarmung. Sie musste Klarheit haben.

»Paul, mein Vater hat gesagt, dass du eine Stelle als Hörfunkredakteur im Bonner Studio bekommen hast. Stimmt das?«

Schon seine ersten Worte ließen ihre Hoffnung zerbrechen. »Ich wollte es dir selbst sagen, schade, dass dein Vater mir zuvorgekommen ist. Aber ja, es stimmt. Ich weiß es erst seit gestern.« Paul lächelte sie an. »Ich bin so froh darüber. Wir müssen das unbedingt feiern. Wie wär's mit heute Abend? Es gibt da ein neues Restaurant mit französischer Küche in der Innenstadt ...«

Eva unterbrach ihn. »Aber du hast mir noch nicht mal gesagt, dass du dich auf die Stelle beworben hast.«

»Nach dem Eklat bei der Pressekonferenz mit dem griechischen Königspaar waren einige in der Chefetage des WDR nicht gerade gut auf mich zu sprechen. Ich dachte, ich hätte sowieso keine Chance. Und als es konkreter wurde, dachte ich, ich warte mal ab. Ich wollte dich damit überraschen.«

Das kannte sie von ihrem Vater, er hatte ihre Mutter und die ganze Familie auch immer mit seinen Karrieresprüngen überrascht. Alle mussten sich ihm unterordnen. Evas Magen verkrampfte sich wieder.

»Eva, freust du dich denn gar nicht darüber? Es ist doch auch gut für uns. Wir können uns eine größere, schönere Wohnung leisten, mit einem Kinderzimmer.«

Auch diese Argumentation war ihr von dem Vater nur zu vertraut – er machte ja nur der Familie wegen Karriere, um ihnen allen ein gutes Leben zu ermöglichen. Sie kämpfte gegen ihre wachsende Beklommenheit an.

»Hast du Angst, dass das mit mir und deinem Vater nicht gutgehen wird? Wir werden uns bei der Arbeit öfter sehen. Aber er arbeitet überwiegend fürs Fernsehen und ich für den Hörfunk. Das sollte funktionieren, ohne dass wir uns an die Gurgel gehen.«

»Paul, gestern Abend, als ich Gerdago getroffen habe ... Da hat sich herausgestellt, dass Heiner Palzer mich belogen hat. Gerdago haben meine Entwürfe sehr gefallen, und sie hat mir ein echtes Empfehlungsschreiben mitgegeben ...« Eva stockte. Sie konnte es immer noch kaum glauben, dass ihr eigener Vater so schändlich gehandelt hatte. Sie brachte es nicht über die Lippen, es Paul zu erzählen.

»Wie schön, dass du dich nicht in ihr getäuscht hast, ich bin so froh für dich.« Die aufrichtige Freude in Pauls Augen löste Evas Beklemmung.

»Stell dir vor, Gerdago hat mir angeboten, ihre Assistentin zu unterstützen«, redete sie schnell weiter. »Ich darf für sie arbeiten, für zwei Jahre! Ich bin immer noch ganz überwältigt von ihrem Angebot ... Das und die Ehe mit dir ist viel mehr, als ich mir jemals erträumt habe. Paul, du wolltest doch immer im Ausland arbeiten. Das möchtest du doch immer noch, trotz deiner Stelle im Bonner Studio, oder? Wir zwei Jahre in Wien, das wird bestimmt herrlich.«

Das Lächeln schwand aus Pauls Gesicht. Schweigend zündete er sich eine Zigarette an, nahm ein paar Züge und sah an Eva vorbei.

»Paul?« Weshalb sagte er denn nichts? War es möglich, dass ihr Vater mit seiner Einschätzung richtiggelegen hatte? Evas Herz pochte wie wild.

»Diese Stelle im Bonner Studio ist das, was ich mir immer gewünscht habe. Über die große Politik berichten zu dürfen. In Interviews Fragen zu stellen, die Staatssekretäre und Minister oder auch den Kanzler und den Bundespräsidenten in Bedrängnis bringen. Das Bonner Studio ist ein gutes Sprungbrett für einen Posten als Korrespondent. Wenn ich mich bewähre, stehen die Chancen gut, dass ich so eine Stelle bekomme. Dann können wir beide ins Ausland gehen und die Welt kennenlernen. Nach London oder Paris oder vielleicht sogar in die USA.«

»Du bist ein guter Journalist, du wirst bestimmt auch in Wien eine interessante Stelle finden. Es geht nur um zwei Jahre. Danach kannst du immer noch im Bonner Studio arbeiten. Aber wenn du das nicht aufschieben möchtest, ich verstehe ja, warum dir so viel daran liegt ...« Eva überlegte fieberhaft. »... dann könnten wir das doch auch so lösen, dass ich nach Wien gehe, während du in Bonn bleibst. Dann würden wir uns zwar nur alle paar Wochen sehen können. Aber unsere Liebe ist stark genug, das schaffen wir.«

Paul schüttelte ungeduldig den Kopf. »Eva, darf ich dich daran erinnern, dass wir beide nicht gerade in Geld schwimmen, Fliegen können wir uns nicht leisten. Und eine einfache Bahnfahrt vom Rheinland nach Wien dauert elf, zwölf Stunden.«

»Das weiß ich sehr wohl. Aber wir könnten es doch jeweils mit ein paar Urlaubstagen verbinden. Außerdem gibt es auch Nachtzüge.« Um Paul sehen zu können, würde sie notfalls auch durchwachte Nächte in Kauf nehmen. Seine gerunzelten Brauen zeigten ihr, dass er nicht überzeugt war.

»Du hast doch die Hospitanz beim Fernsehspiel des NDR in Aussicht. Danach öffnen sich für dich bestimmt Türen bei Theatern in Köln oder Düsseldorf oder in Bonn.«

»Paul, begreifst du das denn nicht? Ich darf mit Gerdago arbeiten! Im Vergleich mit dem Fernsehspiel des NDR ist das wie ...« Eva suchte nach Worten. »... wie wenn ich dir vorschlagen würde, für eine Lokalredaktion über den Kleintierzüchterverein zu berichten.«

»Jetzt übertreibst du aber.«

»Nein, das tue ich nicht. Du verehrst doch Egon Erwin Kisch. Stell dir vor, du hättest die Möglichkeit, ihn bei seinen Reportagen zu begleiten und von ihm zu lernen. Genauso ist das mit mir und Gerdago.«

»Der Vergleich hinkt.«

»Nein, das tut er nicht.«

»Doch, denn politischer Journalismus ist nun mal wichtiger, als Kostüme zu entwerfen.«

Verdattert starrte Eva ihn an, benötigte einige Momente, um sich zu sammeln. »Wie kannst du so etwas sagen? Es geht doch gar nicht darum, wie sehr etwas gesellschaftlich von Belang ist. Es geht darum, was für uns wichtig ist, um unsere

Träume. Und meiner ist es nun mal, Kostüme zu entwerfen.«

»Eva, wir sind beide ziemlich aufgebracht. Vielleicht sollten wir heute Abend noch mal in Ruhe über alles reden.«

»Und was, bitte, sollte sich bis dahin ändern? Ich habe geglaubt, dass du mich und meine Träume ernst nehmen würdest, genauso, wie ich deine.«

»Eva, ich habe dich unterstützt. Darf ich dich daran erinnern, dass ich dich Viola vorgestellt habe und du deshalb die Kostüme für das *Klavier* entwerfen konntest?«

»Aber jetzt erklärst du mir, dass deine Ziele bedeutender sind als meine.«

Paul erwiderte nichts, zündete sich schweigend eine neue Zigarette an.

»Wusste ich es doch: Deine Karriere steht an erster Stelle«, stieß Eva gepresst hervor.

»Bist du dir eigentlich im Klaren darüber, dass du mir schon mal vorgeworfen hast, ich würde alles meiner Karriere unterordnen?«

»Ja, und? Dieses Mal scheint es wirklich der Fall zu sein. Beweis mir, dass es nicht stimmt, und komm mit nach Wien.«

»Eva, ich liebe dich, aber ich lasse mich von dir nicht erpressen.« Pauls Miene war hart geworden.

»Also ist es für dich Erpressung, wenn ich versuche, einen Herzenswunsch zu leben? Und ich habe gedacht, wir könnten eine Ehe führen, in der wir beide wachsen und uns entfalten könnten. Aber da habe ich mich anscheinend böse getäuscht.«

»Das ist Unsinn!«

»Sag mir nicht, dass ich Unsinn rede. Noch einmal: Kommst du mit nach Wien oder nicht?«

Die Stille in der Küche dehnte sich aus, während sie sich ansahen. Irgendwo im Haus wurde das Wasser angestellt und lief gurgelnd durch die Rohre. Eine Kastanie fiel auf das Dach des Wintergartens, dann noch eine. Ein bleischweres Gewicht legte sich auf Evas Brust.

»Eva, ich liebe dich über alles und ich verspreche dir, dass ich dich immer unterstützen werde. Aber ich bin nun mal der Ernährer der Familie, deshalb haben meine Wünsche Vorrang.« Die Worte hallten in der Küche nach. Fassungslos starrte Eva Paul an. Niemals hätte sie erwartet, dass er so denken würde. Sie würgte die Tränen hinunter, die ihr in der Kehle aufstiegen. »Dann ist es ja gut, dass wir noch nicht verheiratet sind«, schrie sie ihn an. Sie zog ihren Verlobungsring vom Finger und warf ihn auf den Tisch, wo er mit einem hässlichen Laut aufprallte und von dort zu Boden rollte.

»Eva, verdammt, was soll denn das …«

»Das ist ja wohl klar, ich löse die Verlobung mit dir.«

»Eva, bitte …« Paul sprang auf und versuchte, sie an sich zu ziehen.

»Lass mich.« Sie stieß ihn weg und stürzte blind vor Tränen aus der Wohnung. Auch wenn sie es nicht hatte wahrhaben wollen, Paul war ganz genauso wie ihr Vater.

Zu Hause kam ihr die Mutter besorgt in der Diele entgegen. »Eva, ich hab mir schon Sorgen um dich gemacht, du bist heute Morgen so früh los. Ist zwischen dir und Paul alles in Ordnung?« Nun stockte sie erschrocken. »Um Himmels willen, wie siehst du denn aus?«

Eva erhaschte einen Blick auf ihr Spiegelbild. Ihre Augen waren vom Weinen gerötet, Spuren getrockneter Tränen zeichneten sich auf ihren Wagen ab. Nach dem Streit mit

Paul war sie durch Köln geirrt. Solange sie sich bewegte, sie einfach nicht stillstand, würde es nicht wahr sein, dass Paul sich weigerte, seine Karriere für ihre Träume auch nur wenige Jahre zurückzustellen. Schließlich war sie so erschöpft gewesen, dass sie einfach nicht mehr konnte. Irgendwo hatte sie sich auf eine Bank sinken lassen und vor sich hingestarrt, noch immer ohne fassen zu können, was geschehen war, bis sie sich endlich zu einer Straßenbahnhaltestelle geschleppt hatte.

Erst jetzt bemerkte Eva, wie tief die Sonne stand und wie lang die Schatten waren. Es musste schon Abend sein.

»Ich habe gegen Mittag einen Anruf von Frau Naumann bekommen, die von mir wissen wollte, weshalb du unentschuldigt nicht im Büro warst«, sagte ihr Vater, der plötzlich in der Diele auftauchte, kühl. Er musterte sie prüfend. »So zerzaust, wie du aussiehst, hatte ich recht, oder? Dein Paul denkt nicht daran, dir zuliebe auf seine Stelle zu verzichten.«

Der Spott des Vaters half Eva, die Fassung wiederzugewinnen.

»Ja, das stimmt. Deshalb habe ich die Verlobung mit ihm gelöst.« Sie schaffte es, das Zittern in ihrer Stimme zu unterdrücken.

»Eva, nein!«, rief ihre Mutter entsetzt.

»Bist du jetzt völlig verrückt geworden?« Ihr Vater baute sich vor ihr auf. »Das kommt überhaupt nicht infrage. Die Hochzeit findet statt, immerhin sind schon alle Einladungen verschickt.«

»Das ist mir völlig egal. Ich werde Paul nicht heiraten. Ich werde nach Wien reisen und mit Gerdago arbeiten.«

»Du solltest dir ins Gedächtnis rufen, dass du immer noch nicht volljährig bist. Meine Erlaubnis dazu bekommst du nicht. Du wolltest Paul Voss unbedingt haben, obwohl ich von Anfang gegen ihn war. Jetzt nimmst du ihn gefälligst zum Mann. Ich mache mich doch wegen dir nicht im Sender lächerlich.«

»Ich gehe nach Wien, und zwar jetzt, und nicht erst, wenn ich einundzwanzig bin. Und du wirst mich nicht daran hindern. Ein Vater, der sich so hinterhältig verhalten hat wie du, hat überhaupt kein Recht mehr, über mich zu bestimmen!«

»Ich hab dir schon mal gesagt, dass du dir das mit Heiner Palzer zusammenfantasierst. Und ich werde dich allerdings hindern. Notfalls melde ich dich als Ausreißerin bei der Polizei. Ein paar Tage im Gefängnis oder in einer Besserungsanstalt in Wien dürften dir nicht schaden. Vielleicht kommst du so endlich wieder zur Vernunft.«

»Darauf lasse ich es ankommen!«

Zornig starrten sie sich an. Ja, sollte der Vater sie festnehmen lassen. Das war ihr egal. Nie wieder würde sie ihm nachgeben.

»Axel«, Annemie hatte die Auseinandersetzung bisher schweigend verfolgt, »stimmt es wirklich nicht, was Eva dir vorwirft?«

»Ich hab doch gerade gesagt, sie reimt sich da was zusammen«, herrschte er sie an.

Annnemie musterte ihn forschend. Ihr Gesicht verdunkelte sich. Dann kehrte sie sich unvermittelt Eva zu und strich ihr sanft über die Wange. »Liebes, willst du wirklich nach Wien gehen?«

»Annemie, halte du dich da raus!«, schnauzte der Vater sie wieder an.

»Nein, das werde ich nicht.« Mit großen, funkelnden Augen fuhr sie zu ihm herum und entgegnete scharf: »Eva ist meine

Tochter, und ich will, dass sie glücklich wird. Wenn du sie nicht gehen lässt, werde ich dich verlassen.«

Für einen Moment verschlug es dem Vater die Sprache. Dann schrie er sie an: »Seid ihr jetzt beide völlig verrückt geworden?«

»Nein, Axel, ich bin ganz klar. Ich will, dass du Eva endlich ihren Weg gehen lässt.«

Er lachte trocken auf. Aber seine Miene war unsicher geworden. »Willst du damit etwa sagen, dass du mir mit Scheidung drohst?«

»Ja, genau das meine ich.«

»Das wagst du nicht. Ohne mich kommst du nicht zurecht.«

»Nach dem Krieg bin ich schon mal ein paar Jahre lang sehr gut ohne dich zurechtgekommen. Ich habe das nur sehr lange vergessen.«

Evas Mutter stand aufrecht da, den Kopf hoch erhoben und schaute ihn unverwandt an. Ihre Haltung und der feste Ton ihrer Stimme machten unmissverständlich klar, dass sie ihre Worte völlig ernst meinte.

Axel senkte den Blick. »Soll sie doch machen, was sie will. Dann muss ich mich wenigstens nicht mehr mit ihr herumärgern.« Die Eingangstür schlug hinter ihm zu, gleich darauf heulte der Motor des Wagens in der Garage auf, und Kies spritzte gegen die Hauswand.

»Mama!« Eva warf sich schluchzend in Annemies Arme. Die Trauer um Paul und die Erleichterung, dass ihr Vater sie gehen ließ, waren einfach zu viel. Es tat gut, von ihrer Mutter festgehalten zu werden und sich kurz wieder wie ein Kind zu fühlen, das sich bei ihr die Seele aus dem Leib weinen konnte.

Eine Woche später blickte Eva suchend den in spätsommerliches Licht getauchten Bahnsteig im Bonner Hauptbahnhof entlang. Sie wollte es nicht, doch sie tat es immer wieder. In wenigen Minuten würde hier ihr Zug nach Wien einfahren. Widersprüchliche Gefühle erfüllten sie. Da war die Freude, mit Gerdago arbeiten zu dürfen. Erleichterung darüber, dass der Vater sie ziehen ließ – und auch eine große Traurigkeit.

Schon vor Tagen hatte sie Paul geschrieben, dass sie heute abreisen würde. Sie hatte immer noch gehofft, dass er seine Karriere für sie zurückstellen würde. Dass sein Verweis auf ihn als »Ernährer der Familie«, dessen Wünsche Vorrang vor ihren hätten, ihrem heftigen Streit geschuldet waren. Doch diese Hoffnung war vergeblich gewesen, denn er hatte sich bisher nicht bei ihr gemeldet.

Ihre Traurigkeit tapfer zurückdrängend, wandte Eva sich ihrer Mutter zu, die sie zum Bahnhof begleitet hatte. »Mama, danke für alles«, sagte sie leise. Annemie hatte ihr dreihundert Mark für die Reise und ihren Start in Wien gegeben, irgendwie hatte sie es geschafft, das Geld von dem Vater zu bekommen. Aber vor allem war Eva so froh, dass ihre Mutter sich auf ihre Seite gestellt hatte.

Ihren Vater hatte sie in den letzten Tagen kaum gesehen, er hatte sich auch nicht von ihr verabschiedet. Ganz anders als ihre Schwestern. Eva spürte einen Kloß im Hals. Die beiden waren in Tränen ausgebrochen, als sie ihr Lebewohl sagten, und hatten sie umarmt, als wollten sie sie nie wieder loslassen. Sie würde Franzi und Lilly auch schrecklich vermissen. Jutta würde ihr ebenfalls sehr fehlen. Ihre Freundin war fassungslos gewesen, dass ihre Beziehung zu Paul zerbrochen war, aber sie hatte sie ermutigt, ihren Weg zu gehen.

Die Durchsage, dass der Fernzug über Frankfurt, Würzburg und Passau nach Wien gleich Einfahrt haben würde, tönte über den Bahnsteig.

»Liebes«, Annemie zog sie an sich, ihre Augen schimmerten feucht, »ich wünsche dir, dass sich all deine Träume erfüllen.«

»Ach, Mama, und was ist mit deinen Träumen?«

»Das zwischen mir und deinem Vater renkt sich schon wieder ein.« Ihre Mutter schüttelte abwehrend den Kopf. Sie wollte über ihre Ehe nicht sprechen.

Eva lag auf der Zunge zu fragen, ob sie ihn nicht doch verlassen wollte, aber es war nicht der richtige Zeitpunkt: Der Zug rollte schon den Bahnsteig entlang. »In den Weihnachtsferien besuchst du mich mit Lilly und Franzi, ja? Ich zeige euch Wien, im Schnee ist es bestimmt wunderschön.«

»Wir besuchen dich, versprochen.«

Auch wenn dein Vater dagegen sein sollte. Eva verstand das Ungesagte. Ihre Mutter würde sich wieder durchsetzen. Das immerhin hatte sich verändert.

Nun hielt der Zug am Bahnsteig, die Türen öffneten sich, Reisende strömten heraus. Eva fiel der Mutter um den Hals. Es war so schwer, sie zu verlassen!

»Liebes«, nach einer innigen Umarmung schob diese sie von sich, »du musst gehen.«

Eva küsste ihre Mutter auf die Wange, kein Wort brachte sie mehr hervor. Rasch stieg sie in den Zug und fand vorne im Gang ein leeres Sechserabteil. Dort öffnete sie das Fenster. »Auf Wiedersehen, Mama! Auf bald.«

»Auf Wiedersehen, Liebes.«

Die Türen schlugen zu, der Schaffner pfiff auf seiner schrillen Pfeife, und der Zug fuhr los. Eva winkte, bis die Mutter unter den Menschen auf dem Bahnsteig verschwand.

Das barocke Poppelsdorfer Schloss und die Kastanienallee glitten am Zugfenster vorbei, dann die Südstadt mit ihren Gärten und den Rückfronten der Häuser aus der Gründerzeit, wo sich der klare Septemberhimmel in den hohen Fenstern und der Verglasung der Wintergärten spiegelte – das war für ein knappes Jahr ihre Heimat gewesen. Das Hotel oben auf dem Petersberg mit seinen hellen Mauern und die Burgruine auf dem Drachenfeld gerieten in Evas Blickfeld, dann breitete sich das Rheintal vor ihr aus.

Eva wischte die Tränen weg, die ihr in die Augen stiegen. In der Woche, die seit ihrer Begegnung mit Gerdago auf der Filmpremiere verstrichen war, hatte sie ein paarmal mit ihr telefoniert. Die Kostümbildnerin hatte sich gefreut, dass sie schon so bald nach Wien kommen würde, und ihr dort ein Zimmer in der Altstadt besorgt, nicht weit entfernt von ihrem Atelier. Gleich morgen würde sie sie dort treffen.

Gerdago hatte ihr auch erzählt, dass sie schon an Kostümentwürfen für den dritten Teil von *Sissi* arbeitete. Der Film würde *Schicksalsjahre einer Kaiserin* heißen und unter anderem von Sissis Liebe zu Ungarn handeln.

Eva holte ihr Skizzenbuch und Stifte aus ihrer Handtasche und stellte sich Kostüme in ungarischer Tracht vor. Während sie zu zeichnen begann, mischte sich wieder Vorfreude in ihre Traurigkeit.

Epilog

Die tiefen Glockenschläge des Stephansdoms tönten durch Gerdagos Atelier: acht Uhr am Abend. Eva führte die letzten Stiche für die Stickerei an einem von Sissis Ballkleidern aus. Die junge Kaiserin würde es auf einem Ball in Ungarn tragen, das Motiv aus Blüten und Blättern war von volkstümlichen Malereien inspiriert. Obwohl sie jetzt schon gut zwölf Stunden arbeitete, war die Zeit, wie an jedem Tag bisher, wie im Flug vergangen. Seit einem guten Monat durfte sie jetzt für Gerdago tätig sein, und immer noch erschien Eva alles wie ein einziger, wundervoller Traum.

Schon allein die Räume des Ateliers mit ihren hohen Stuckdecken, den Kronleuchtern, dem alten Parkettboden und dem Blick über die Dächer Wiens waren herrlich. Sie atmeten den Zauber längst vergangener Epochen. Manchmal, wenn Eva in ihre Arbeit versunken war, glaubte sie fast, Erzherzoginnen in weit ausladenden, barocken Gewändern, Mozart mit seiner gepuderten Zopfperücke oder den mürrischen Beethoven durch die Zimmerflucht streifen zu sehen.

Und dann die Fülle von Stoffen, die zahllosen Entwürfe, die überall an den Wänden hingen, manche erst Skizzen, andere fertig ausgearbeitet, und die Schneiderbüsten mit den Kostümen in den unterschiedlichen Stadien der Vollendung. Ein Kleid aus dunkelbraunem Samt, ganz schlicht geschnitten, aber dadurch umso eleganter, war schon fast fertig. Sissi würde es auf der Rückreise von Ungarn nach Wien tragen. Der helle Hut und Schleier sowie die ebenso hellen Handschuhe bildeten dazu einen schönen Kontrast.

Über der Büste daneben hing ein bislang nur zusammengehefteter Morgenmantel aus weißer Seide. Er hatte sehr lange, weite Ärmel und eine Schleppe. Die junge Kaiserin würde ihn in der Szene tragen, in der sie von ihrer lebensbedrohlichen Lungenkrankheit erfuhr. Gerdago hatte lange daran gearbeitet, bis sie damit zufrieden gewesen war. Nun betonte er, wie Eva fand, Sissis Würde und ihre Zerbrechlichkeit. In seiner Opulenz würde er in den riesigen, prächtigen Räumen von Schloss Schönbrunn vorzüglich zur Geltung kommen.

Gerdagos Schneiderin, eine ruhige Frau um die fünfzig, war beeindruckend. Wie durch Zauberhand gelang es ihr, auch die schwierigsten Entwürfe in Modelle umzusetzen. Die Assistentin, der Eva meistens zuarbeitete, war freundlich und geduldig, ganz anders als die, der sie in Fuschl am See begegnet war. Und da war natürlich vor allem Gerdago selbst: streng, kritisch, fordernd, aber auch zutiefst inspirierend und ermutigend. Ganz gewiss hatte sie von ihr in dem einen Monat schon mehr gelernt, als sie von anderen Kostümbildnern in einem Jahr hätte lernen können.

»So, jetzt es aber genug.« Gerdago war zu ihr getreten und ließ ihren Blick über Evas Entwürfe für die Stickerei schweifen. »Ich sehe mir alles morgen in Ruhe an. Aber es sieht vielversprechend aus.« Ihr Lächeln und ihr Lob waren Ansporn und Bestärkung zugleich. »Machen Sie sich einen schönen Abend, und denken Sie zur Abwechslung nicht an Kostüme. Auf den Praterwiesen soll es ein Feuerwerk geben. Und in den Bars in der Josephstadt wird wohl guter Jazz gespielt. Wir sehen uns dann morgen um acht wieder.«

Morgen … Eva hätte niemals erwartet, dass dies einmal so ein Zauberwort für sie sein würde. Sie verabschiedete sich von Gerdago, winkte der Assistentin zu und schlüpfte in ihren Mantel. Eine breite Treppe führte zwischen hohen, von Stuck umrahmten Spiegeln nach unten.

Der Abend war für Oktober sehr mild, Eva schlenderte durch die Straßen und Gassen der Inneren Stadt mit ihren barocken Häusern, Palais und verwunschenen Plätzen. Als sie auf den »Ring« hinaustrat, tauchte der Vollmond die Prachtstraßen, die die Innere Stadt in einem Halbkreis umschlossen, in silbernen Schein. Wieder hätte Eva sich nicht gewundert, wenn ihr plötzlich von Pferden gezogene Kutschen voller eleganter Herrschaften aus vergangenen Epochen begegnet wären.

Sie hätte diese Eindrücke so gern mit Paul geteilt, ebenso wie all das, was sie an den Sonntagen sah und erlebte, wenn sie durch die Parks, Straßen und Museen von Wien streifte: die von Buchsbaumhecken gesäumten Wege, die sich zu weiten Sichtachsen öffneten; die großen Gebäude mit den prachtvollen Barock- oder den verspielten Jugendstilfassaden, die Kaffeehäuser, wo man stundenlang Zeitung lesen konnte. Und schließlich all die Kunstschätze in den Museen vom Mittelalter bis zum Art Déco. Bei dem Gemälde der *Der Kuss* von Gustav Klimt hatte sie an ihren ersten Kuss bei dem Kostümfest in der alten Villa am Rhein denken müssen und es mit wehem Herzen betrachtet, bis sie schnell weiter gegangen war.

Aber wahrscheinlich war der Paul, dem sie sich so nah und vertraut gefühlt hatte, und dessen Lachen und Kommentare sie oft zu hören glaubte, wenn sie etwas amüsierte oder zum Staunen brachte, nur eine Illusion gewesen. Denn jener Paul hätte nicht seine Karriere an die erste Stelle gestellt. Er hätte sie unterstützt, genauso, wie sie auch bereit gewesen wäre, für ihn dazu sein.

Nun hatte Eva das Gebäude am Opernring erreicht, wo sie seit ihrer Ankunft in Wien wohnte: ein ehemaliges Adelspalais, das in einzelne, immer noch riesige Wohnungen unterteilt worden war.

Ihr Zimmer war ungefähr viermal so groß wie das in Bonn und gehörte noch zu den kleineren. Barocke Wandgemälde begleiteten sie auf ihrem Weg über die Treppe mit den marmornen Stufen hinauf in den ersten Stock.

Kaum hatte Eva die Eingangstür zu dem schier endlos langen Korridor geöffnet, kam ihr die Vermieterin Frau Angermüller, die verarmte Witwe eines ehemaligen königlich-kaiserlichen Hoflieferanten, entgegengeeilt. Silberhaarig und immer schwarz gekleidet, ein Lorgnon mit einer Kette um den Hals tragend, die Brauen in dem schmalen Gesicht häufig entrüstet gerunzelt, erinnerte sie Eva wahlweise an die verstorbene Großmutter und Frau Naumann.

»Fräulein, da ist Besuch für Sie gekommen.«

Eva fragte sich, wer das sein mochte, außer Gerdago und den Mitarbeiterinnen in ihrem Atelier kannte sie in Wien niemanden. »Er wartet im Salon auf Sie. Sie wissen ja, wie die Regeln hier sind. Kein Herrenbesuch außer männlichen Verwandten.«

War etwa ihr Vater gekommen? Verwundert drehte Eva sich zu der geöffneten Tür um. Und da – ihr Herzschlag setzte einen Moment aus – erhob sich Paul aus einem der mit rotem Samt bezogenen Sesseln und kam ihr entgegen.

»Um zehn muss Ihr Verlobter spätestens gehen.« Die Vermieterin bedachte Eva und Paul noch mit einem scharfen Blick, dann verschwand sie in ihren Privaträumen.

Paul trug einen schicken dunklen Anzug, das Haar fiel ihm in einer Locke in die Stirn. Eva unterdrückte den Impuls, es zärtlich zurückzustreichen, genau wie den, sich Paul in die Arme zu werfen.

Stattdessen schloss sie die Tür, was eigentlich verboten war, und verschränkte abwehrend die Arme vor der Brust. Falls er gekommen war, um sie zu überreden, doch mit ihm nach Bonn zurückzukehren, würde sie hart bleiben. Auch wenn es ihr unendlich schwerfallen würde.

»Tut mir leid, dass ich mich als dein Verlobter ausgegeben habe«, Paul hob entschuldigend die Schultern, und ganz kurz blitzte sein selbstironisches Lächeln in seinen Augen auf, »aber sonst hätte mich deine Vermieterin nicht hereingelassen.«

»Ja, sie ist ein ziemlicher Drache.«

»Deine Mutter hat mir deine Adresse gegeben.«

»So, hat sie das?« Eva verschränkte die Arme fester vor ihrer Brust, auch wenn sich ihr wild hämmerndes Herz nicht beruhigte.

»Ich wollte nicht mit dir telefonieren. Ich wollte dich sehen.«

Wie grotesk es war, dass sie sich hier im Salon mit den schweren Samtmöbeln, dem riesigen Kristallleuchter und den Vitrinen voller Porzellanfiguren gegenüberstanden. Der höfliche Vorschlag, sich zu setzen, hätte die Situation vollends wie ein schlechtes Bühnenstück wirken lassen. Eva schluckte hart. Warum musste sie ausgerechnet jetzt daran denken, wie sie nackt in Pauls Armen gelegen und er sie zärtlich gestreichelt hatte?

»Die Arbeit mit Gerdago macht mich sehr glücklich. Ich werde mich nicht von dir überreden lassen, wieder mit nach Bonn zu kommen«, sagte sie barsch.

»Deswegen bin ich nicht hier.«

»Nein?«

»Ich habe mich als Korrespondent für eine deutsche Presseagentur in Wien beworben. Gestern habe ich die Zusage für die Stelle bekommen, und ich werde sie antreten – falls du mich noch willst.«

Eva blickte ihn sprachlos an. Hatte er wirklich gerade das gesagt, was sie sich so sehr ersehnt hatte?

»Ich habe inzwischen ein paar Wochen lang im Bonner Studio gearbeitet und hatte interessante Begegnungen mit Politikern, einmal durfte ich sogar den Bundespräsidenten interviewen.«

»Herzlichen Glückwunsch ...«

»Danke«, ein schwaches Lächeln erschien auf Pauls Gesicht, das einer großen Ernsthaftigkeit wich. »Aber all das hat mich nicht wirklich glücklich gemacht. Du hast mir gefehlt. Auch wenn ich das zuerst nicht wahrhaben wollte. Bis ich absurderweise in einem Schaufenster auf der Hohen Straße das hässliche Geschirr gesehen habe, das wir mal zusammen gewonnen haben. Da war alles wieder da: die Liebe zu dir, und wie sehr es mich glücklich gemacht hat, dich an meiner Seite zu haben, und alles, was mich bewegt, mit dir zu teilen.« Er schwieg kurz, sammelte sich. »Du hattest schon recht, ich war der Ansicht, dass meine Karriere mehr zählt als deine. Das tut mir sehr leid. Und ich habe mich wie ein völliger Idiot verhalten, als ich dann auch noch meine Rolle als Ernährer herausgestrichen habe. Ich war wütend und traurig und hilflos. Das hat mich dazu verleitet. Ich hoffe, dass mir so etwas nie wieder unterläuft. Bitte, Eva, kannst du mir verzeihen und mir noch eine Chance geben? Das wünsche mir mehr als alles in der Welt.«

Paul war bereit, sie in ihren Träumen zu unterstützen. Er liebte sie wirklich. Nun hatte Eva ihre Fassung wiedergewonnen. Eine alle Enttäuschung und Zweifel auslöschende Freude brach sich Bahn. »Ich bin so froh, dass du gekommen bist, du hast mir so sehr gefehlt.« Ihr kamen die Tränen.

»Du empfindest also auch noch etwas für mich?«

Eva schlang die Arme um seinen Hals. »Ja, selbstverständlich!«

»Wirklich?«

Statt einer Antwort küsste sie ihn leidenschaftlich. »Ich empfinde sogar so viel für dich, dass ich dich immer noch heiraten würde.«

Paul befreite sich sanft aus ihren Armen und griff in sein Jackett. »Dann ist es ja gut, dass ich das hier mitgebracht habe.« Er fischte das Kästchen mit dem Verlobungsring aus seiner Manteltasche. »Willst du ihn denn wiederhaben?«

»Unbedingt.« Eva strahlte.

Als Paul den Ring auf ihren Finger schob, fühlte es sich richtig an. Ihre Ehe würde ganz anders werden als die ihrer Eltern. Mit Paul würde sie ihre Träume leben können und glücklich sein, daran glaubte sie ganz fest.

Ende

Nachwort

In den Siebzigerjahren bin ich mit den – immerhin – drei Programmen ARD, ZDF sowie dem Bayerischen Rundfunk als Regionalprogramm sozialisiert worden. Diese geringe Anzahl erscheint heute in der Zeit der deutschlandweit empfangbaren dritten Programme der ARD, des Privatfernsehens sowie der Streamingdienste sehr befremdlich. Doch verglichen damit, ist das Fernsehen der Fünfzigerjahre noch einmal eine sehr viel fremdere Welt.

Die Anfänge des Fernsehens in Deutschland reichen bis in den Nationalsozialismus mit seinen »Fernsehstuben« in den Großstädten. Zum Beispiel in Postämtern konnten sich Zuschauerinnen und Zuschauer vor einem Apparat versammeln, der Ähnlichkeiten mit einer Kommode hatte. Das erste Fernsehgroßereignis in der Bundesrepublik war die Krönung der englischen Königin Elizabeth II. am zweiten Juni 1953, die vorwiegend in Gaststätten und an anderen öffentlichen Orten übertragen wurde.

Im September 1955, dem Monat, in dem die eigentliche Handlung meines Romans einsetzt, lag die Zahl der Fernsehteilnehmenden in der BRD, einschließlich Westberlins (also die Zahl der Besitzer eines bei der Deutschen Post angemeldeten Fernsehapparats) bei knapp 200.000, im Mai 1956 war sie auf gut 400.000 angestiegen, und Ende 1956 betrug sie bereits rund 620.000. Es gab die ARD – die Arbeitsgemeinschaft der öffentlich-rechtlichen Rundfunkanstalten in der Bundesrepublik Deutschland – mit ihren unterschiedlichen Sendeanstalten. Diese einzelnen Sendeanstalten brachten im Tagesverlauf regionale Sendungen, eingebettet in das sonst überall gleiche Programm. Das Umschalten – wir nennen es heute »zappen« – von einem Programm zum anderen war nicht möglich. In der Fernsehzeitschrift *Hörzu* umfasste das Fernsehprogramm für die ganze Woche eine Seite – das Programm für das Radio dagegen pro Tag zwei Seiten.

Bis zum einunddreißigsten Januar 1955 gab es den NWDR mit Hauptsitz in Hamburg. Um Mitternacht an Silvester 1955 teilte dieser sich in den WDR und den NDR auf. Das Fernsehen des NWDR »Studio Köln« hatte 1955 einen eigenen Intendanten, neben dem Generaldirektor in Hamburg (damals Adolf Grimme) und einem Intendanten des Funkhauses Köln. Da das Fernsehen »Studio Köln« 1955 nur etwa einhundertzwanzig Mitarbeiterinnen und Mitarbeiter umfasste, halte ich es für durchaus wahrscheinlich, dass der Intendant am Bewerbungsgespräch eines leitenden Redakteurs des wichtigen Bonner Studios teilgenommen hätte. Der Chefredakteur Dr. Klaus-Jürgen Meinrad ist meine Erfindung.

Im Bonner Studio gab es 1955 nur zwei Redakteure, hier habe ich mir die erzählerische Freiheit genommen, es größer erscheinen zu lassen, als es tatsächlich war. In den Anfangsjahren des Fernsehens war es üblich, dass Fernsehjournalisten auch Hörfunk machten bzw. vom Radio kamen.

1955 und 1956 wurde fast nur live gesendet, da Filmaufnahmen sehr teuer waren. Deshalb gibt es aus diesen Jahren kaum Aufzeichnungen in den Archiven. Dies änderte sich erst mit der Entwicklung des MAZ-Verfahrens (Magnetaufzeichnung)

Ende der Fünfzigerjahre. Auch die erste Familienserie des deutschen Fernsehens, die vom NWDR von 1954 bis 1960 produzierte Serie *Unsere Nachbarn heute Abend – Familie Schölermann* mit insgesamt hundertelf Folgen, ging überwiegend live über den Bildschirm. Der NWDR/WDR in Köln produzierte 1955 und 1956 keine Fernsehserien. Im Unterhaltungsbereich gab es Übertragungen von Revuen aus dem von Hans Herbert Blatzheim, dem Stiefvater Romy Schneiders, betriebenen Kaiserhof am Hohenzollernring oder aus dem Willy-Millowitsch-Theater. Die erste Fernsehserie, die der WDR produzieren ließ, war *So weit die Füße tragen* aus dem Jahr 1959.

Die sogenannte Hallstein-Doktrin, die besagte, dass die BRD außenpolitische Verbindungen zu allen Staaten abbrechen sollte, die die DDR als Staat anerkannten, gab es wirklich. Die Sendung des *Internationalen Frühschoppens* dazu, die Evas Vater schaut, ist jedoch fiktiv. Den *Internationalen Frühschoppen* gab es seit 1953 im Fernsehen. Die erste Film-Aufzeichnung eines *Internationalen Frühschoppens* im Unternehmensarchiv des WDR stammt allerdings erst aus der Nacht der Bundestagswahl am siebzehnten September 1961. Der *Internationale Frühschoppen* an diesem Tag war in die Wahlberichterstattung eingebettet. (Die Wahlergebnisse der einzelnen Wahlkreise wurden mit Kreide auf eine Tafel geschrieben.)

Die Peter-Frankenfeld-Show *1:0 für Sie* gab es nur bis 1955, hier habe ich mir die erzählerische Freiheit genommen, sie auch 1956 noch stattfinden zu lassen. Die Show wurde von wechselnden Orten in Deutschland gesendet, nicht nur aus Hamburg. Die Beschreibungen der Hamburger Musikhalle sind teilweise erfunden.

Ähnlich bin ich mit der Sendung *Das ideale Brautpaar* umgegangen, eine beliebte Radiosendung, moderiert von Jacques Königstein, die 1954 eingestellt wurde. Nach ihrem Konzept wurde 1953 ein Kinofilm gedreht. Im Mai 1959 gab es eine Neuauflage für das Fernsehen, wieder mit Jacques Königstein als Moderator. Die »Ehethermometer«, die von Stoffblumen umrahmte Laube, die Drehbühne, auf der die Brautpaare im Studio erscheinen, die Geigen, die von der Bühne des Studios hängen etc. habe ich von dieser einmaligen Fernsehshow übernommen. Da die Zuschauerreaktionen auf die Pilotfolge verheerend ausfielen (was wahrscheinlich u. a. daran lag, dass die Sendung eine Länge von fast zwei Stunden hatte, und Jacques Königstein am Ende das Siegerpaar mit dem zweitplatzierten Brautpaar verwechselte), blieb es bei dieser einen Show. Das Konzept wurde Ende der Achtzigerjahre von Michael Schanze mit seiner Show *Flitterabend* sehr erfolgreich wieder aufgegriffen.

Mitte der Fünfzigerjahre gab es erste tragbare und von einer äußeren Stromquelle unabhängige Aufnahmegeräte der Firmen Maihak und Nagra. Bei diesen Geräten wurde der Strom mittels einer Handkurbel im Gerät erzeugt. Die Reporterin oder der Reporter kurbelten mit der einen Hand und hielten das Mikrofon mit der anderen. Die Aufnahmedauer auf Band betrug etwa sieben bis neun Minuten. Abgesehen von diesen mobilen Geräten wurde der Ton außerhalb der Studios mittels der Aufnahmegeräte in den Übertragungswagen aufgezeichnet. Hier waren natürlich wesentlich längere Aufnahmezeiten möglich.

Von 1955 bis 1965 fanden sporadische Sitzungen des deutschen Bundestags in Berlin statt, aus Solidarität mit der geteilten Stadt, so die offizielle Begründung. Bei der Sitzung im April 1965 kam es zu massiven Protesten der Sowjetunion und der DDR. 1971 beschlossen die Alliierten, dass die Sitzungen nicht mehr stattfinden durften. Erst nach dem Mauerfall kam es wieder zu einer ersten Sitzung des deutschen Bundestags in Berlin. Die Beschreibung der Technischen Universität weicht erzählerisch von den realen Gegebenheiten ein wenig ab. Das Schild »Abgeordnete bitte links einreihen« entspricht den historischen Tatsachen.

Bei den *Sissi*-Filmen hat das Schlosshotel in Fuschl am See als »Double« für Schloss Possenhofen am Starnberger See fungiert, wo Elisabeth von Österreich aufgewachsen ist. Dem Regisseur Ernst Marischka war das »echte« Schloss Possenhofen Mitte der Fünfzigerjahre als Drehort zu heruntergekommen. Bruno Mondi, der Kameramann von *Sissi*, hatte mit Veit Harlan u. a. bei dem nationalsozialistischen Propagandafilm *Jud Süß* zusammengearbeitet.

Bei *Sissi* war Gerda Iro – bekannt unter ihrem Künstlerinnennamen Gerdago – überwiegend für die Kostüme der Frauen verantwortlich und Franz Szivats für die der Männer, vor allem die Uniformen. Aus dramaturgischen Gründen erwähne ich in meinem Roman nur Gerdago.

Gerdago war ursprünglich Bildhauerin. Für die *Sissi*-Trilogie ließ sie sich von der Mode der Fünfzigerjahre und Christian Diors üppigem Kleiderstil inspirieren. Viele Kostüme wurden tatsächlich aus Nylon und anderen vergleichsweise billigen Materialien gefertigt, da zehn Jahre nach Kriegsende Seide in den großen Mengen, die man für einen verschwenderisch ausgestatteten Historienfilm benötigt hätte, noch immer nicht verfügbar war. Aber auch die Kostüme aus Nylonstoffen wurden mit kostbaren, von Hand gestickten Mustern verziert. Ich konnte mit der österreichischen Kostümbildnern Uli Fessler, die Gerdago noch kennengelernt hat, sprechen. Sie hat mir Gerdago als »freundlich, aber sehr bestimmt« beschrieben. Auch hier haben dramaturgische Aspekte es notwendig gemacht, sie gegenüber meiner Protagonistin Eva teilweise sehr kühl und distanziert agieren zu lassen. Gerdagos Atelier ist allein meine Erfindung. Die Kostüme für die *Sissi*-Trilogie wurden überwiegend im Wiener Atelier Lambert Hofer hergestellt.

In Blogs und auf Instagram gibt es immer wieder Diskussionen darüber, ob historische Korsetts tatsächlich unbequem waren. Romy Schneider hat sich in Interviews mehrfach darüber beklagt, wie einengend sie die schmalen Taillen der *Sissi*-Kostüme fand.

Die Premiere des Kinofilms *Sinfonie in Gold*, für den Gerdago ebenfalls die Kostüme entworfen hatte, fand im März 1956 in der Lichtburg, einem historischen Kino von 1928, in Essen statt und nicht im September in Köln. Hans Herbert Blatzheim hat damals tatsächlich die Gastronomie im Kölner Gürzenich betrieben.

Veranstaltungsort des Bundespresseballs war von 1952 bis 1958 das Kurhaus in Bad Neuenahr. 1955 wurde er am fünften November abgehalten und nicht, wie in meinem Buch, am zehnten Dezember. 1954 war Josephine Baker dort Stargast. Bei der Prominenz, die ich 1955 in meinem Roman auftreten lasse, habe ich mir wieder Freiheiten erlaubt. Carlo Schmid, der Vizepräsident des deutschen Bundestags, eröffnete 1955 wirklich die Tombola. Theodor Heuss und seine Schwägerin Hedwig Heuss gewannen bei verschiedenen Bundespressebällen u. a. eine Babybadewanne und einen Herd. Ein Auto der Marke Ford war einmal der Hauptgewinn.

In den Fünfzigerjahren schlossen sich Bürgermeister griechischer Ortschaften zusammen und erhoben gegenüber der Bundesrepublik Deutschland Reparationsforderungen wegen Kriegsverbrechen der Wehrmacht.

Das griechische Königspaar Paul I. und Friederike kam allerdings am siebzehnten September 1956 zu einem Staatsbesuch nach Bonn und nicht im März 1956. Auch hier habe ich mir eine dramaturgische Freiheit gestattet. Details zu dem Staatsbesuch, wie etwa, dass eines der schwarzen Cabriolets von der Firma Klosterfrau Melissengeist geliehen war, die Menüfolge beim Staatsbankett in Schloss Augustusburg bei Brühl sowie die hinter Blumenbuketts versteckten Infrarotstrahler für Wärme habe ich einer damaligen Ausgabe von *Der Spiegel* und dem *Bonner General-Anzeiger* entnommen. *Der Spiegel* schreibt von fünftausend begeisterten Bonnerinnen und Bonnern vor dem Hauptbahnhof, der lokalpatriotische *General-Anzeiger* von zehntausend.

Zu guter Letzt: Im Herbst 1955 war Konrad Adenauer vier Wochen lang schwer erkrankt, daher hätte es, anders als in meinem Roman, keine Einladung für Journalisten zu »Teegesprächen« gegeben.

1956 gab es noch kein politisches Kabarett in Köln, das *Klavier* ist meine Erfindung.

Die beiden Kostümbildner des Deutschen Theaters in München und des Kaiserhofs in Köln sind meiner Fantasie entsprungen.

Die Villa von Evas Großmutter in Berlin-Grunewald ist ebenfalls fiktiv.

Noch Mitte der Fünfzigerjahre gab es bei einem Herzinfarkt kaum mehr Behandlungsmöglichkeiten als strikte Bettruhe.

Das Hotel Königshof in Bonn wurde erst im Februar 1956 neu eröffnet.

Bei den Innenräumen des Schlosshotels Fuschl am See habe ich mir erzählerische Freiheiten erlaubt, ebenso bei den Büro- und Studioräumen des WDR in Köln.

Der WDR hatte 1956 eine Gymnastiksendung im Programm, eine Kochshow mit Clemens Wilmenrod gab es schon seit 1953 im NWDR.

Danksagung

Danke an

- meinen Mann Hartmut Löschcke für das Lesen des Manuskripts, Anregungen und konstruktive Kritik und, wie immer, Geduld in schwierigen Schreibphasen,
- meine Lektorin Sarah Mainka für den intensiven und bereichernden Austausch in der Entstehungsphase der Saga und ihr anregendes Feedback zu dem Manuskript,
- meine Redakteurin Dr. Friederike Römhild für ihre vielen hilfreichen, gründlichen Anmerkungen in der Schlussphase des Lektorats,
- Trixy Royeck für das ausführliche Gespräch über die Arbeit einer Kostümbildnerin, es hat mir sehr geholfen, mich die Welt der Kostüme erleben zu lassen,
- Ursula Daalmann für die intensive Unterhaltung über ihre Arbeit bei *Hallo Ü-Wagen* mit Carmen Thomas – auch wenn *Hallo Ü-Wagen* erst 1974 startete, hat mir das einen wichtigen Einblick in die Hörfunk-Arbeit vermittelt und über die Abläufe in einer Hörfunkredaktion –,
- Petra Witting-Nöthen, der Leiterin des WDR Unternehmensarchivs, für ihre Unterstützung bei meiner Recherche zum NWDR und WDR in den Fünfzigerjahren,
- der Kostümbildnerin Uli Fessler für das Gespräch über Gerdago,

- meiner Freundin und Kollegin Mila Lippke für den inspirierenden Austausch über die Exposés der Saga, für das Probelesen des Manuskripts und ihre detaillierte Rückmeldung,
- meinen Cousinen Heidel Renner und Herta Salzmann für den lebhaften Austausch, wie sie als Jugendliche und junge Frauen die Fünfzigerjahre erlebt haben,
- meiner Agentin Andrea Wildgruber für ihre engagierte Betreuung des Projekts und dafür, dass ich mich in ihrer Agentur sehr gut aufgehoben fühle.

Dieser Roman wurde 2021 mithilfe des Stipendienprogramms der VG WORT im Rahmen von NEUSTART KULTUR gefördert.